U0104090

文學研究叢書・古典詩學叢刊

戎馬不解鞍　鎧甲不離傍2
——養生、愛、戰爭的華語敘述

張娣明、徐承毅　著

目次

第一章
緒論

第一節　研究主題

此書所要研究的主軸為戰爭哲學的華語敘述，並從此出發探析詩人對戰爭、愛、家庭、養生與解脫等概念。東漢和帝之後，外戚宦官輪流專權，接連兩次黨禍，使得朝政日非，之後爆發黃巾之亂，接著三國鼎立，三國時代發生的重要戰役如：曹操破呂布、曹操定都許昌之戰、官渡之戰、孫策開拓江東、豫章之戰、赤壁之戰、劉備襲取漢中之戰、吳蜀荊州、夷陵之戰、蜀伐魏之戰、魏滅蜀之戰……等等，大小戰事不斷，三國時代就是這樣一個兵連禍結、家國殘破、民生凋弊的混亂時代，然而孕育了無數偉大的詩人。面對時代的戰爭頻仍、動盪不安，詩人們又是如何描寫呢，相信這是大家所關切的，是故本書欲整理三國時代中屬於戰爭詩的部分，藉以體察呈現的情況和藝術，以及所提供的哲理思想研究的主軸為戰爭哲學的華語敘述，並從此出發探析詩人對戰爭、愛、家庭、養生與解脫等概念。

第二節　研究動機

從遠古以來，人們就運用各種方式進行戰爭，武器不斷地進步，從用石頭棍棒的戰爭，直到今日用不著擺開陣仗的「按鈕式」科學武器戰爭，人們用各式各樣的理由作為戰爭的藉口，於是千千萬萬的人投入這些比天災還要殘酷嚴酷的人禍裡，造成無數人喪失生命，無數家庭與親人離散，無數田園家產受到毀損。第一次與第二次世界大戰，全球發生戰爭，不論是戰勝國或戰敗國，無一不付出了慘重的犧牲與代價。從小便懵懵懂懂跟著父母親看敘述世界大戰的電影，如：「百戰雄獅」、「二次世界大戰」、「六壯士」、「叛艦喋血記」、「北非諜影」、「俾斯麥艦殲滅戰」、「西線無戰事」、「桂河大橋」……等等，或是一些描述戰爭中愛情故事的電影，如：「齊瓦哥醫生」、「亂世佳人」、「小婦人」、「金玉盟」、「戰地鐘聲」、「戰地春夢」……等等，從這些電影中，使筆者對於戰爭中悲壯的場景、有情有義的英雄形象、哀怨淒美的兒女情長，留下深刻的印象，直到今日，仍有許多電影以古代或近代戰爭為背景，挑動人們的情緒，如：「神鬼戰士」、「珍珠港」、「英倫情人」……。而臺灣與大陸兩岸之間的矛盾情愫，也使得人民對於戰爭格外敏感，在這種情況下亦造成特殊的戰爭文學，如《一九九五閏八月》便促成臺灣廣大的移民潮。甚至如前幾年的波斯灣戰爭，或近日美國遭受恐怖份子轟炸，導致雙子星大樓、五角大廈毀損，數千人罹難的慘劇，是否會引發世界大戰，都引起全球民眾對於戰爭的關切。

在西方的詩人當中，如湯瑪斯・摩耳（Thomas More）、拜倫（George Gordon, Lord Byron）、托馬斯・堪倍爾（Thomas Campbell）以至後來的近代作家，皆以詩的形式傳達了他們對於戰爭的複雜態度。拜倫處於歐美文學當中的浪漫時期（The Romantic Period, 1785-1830），戰爭的壯闊，與浪漫時期的民族英雄崇拜潮流不謀而合，因而詩人們對於當時的戰爭活動，如美國革命與法國大革命，曾賦予美麗的期望。拜倫就在其詩作《洽爾德·哈洛爾遊記》（*Child Harold's Pilgrimage*）對拿破崙寄予崇高的期望，希望這位法國民族英雄能夠再次震撼世界（And shake again the world, The Thunderer of the scene!），而浪漫時期的英雄主義多起源於掙脫傳統束縛的自由精神，所以也有不少文人為文支持革除社會教條的革命活動，作家湯瑪斯·潘（Thomas Paine）就著有《人權》（*Human Right*）以支持法國革命的自由精神。然而，浪漫詩人的熱情在面對戰鬥的殘酷時，仍然有趨向冷靜之時，詩人威廉·華茲華斯（William Wordsworth）聽聞法國革命的「九月屠殺」（September Massacre）之後，就在其詩（The Prelude）中譴責暴民，指出他們在血腥的暴動中已經失去了自己的理想。除以上詩作外，由於戰爭而產生的小說作品，更是多如繁星，如：雷馬克《西線無戰事》、托爾斯泰《戰爭與和平》、張愛玲《赤地之戀》……等等，都可見「戰爭」此一課題對於文學之深刻影響。

魏晉南北朝戰爭頻繁，是歷史上有目共睹的，此現象造成社會動盪，對於人民生活有著極嚴重的影響，文學作品自然受其影響，如我國四大小說之一的《三國演義》，故事內容正是以鋪陳三國時代戰爭情況為主。然而此時大量出現和戰爭相關的文學作品尚未被學者重視，是故本文欲整理此時尚處於紊亂狀態的戰爭詩，並藉此分析出戰爭與文學間的互動關係。最重要的是，希望經由研究戰爭詩，體察詩人們在身受戰爭之時，從犧牲中獲得了什麼教訓？「戰爭」在詩人心中有何意義？詩人對戰爭的認識又是什麼？詩人如何詮釋「戰爭」的真諦？華語戰爭詩如何敘述戰爭背後的內容與境界？以喚醒人們對於「戰爭」這種暴力行為的覺醒，從戰爭詩中認識戰爭、吸取經驗，不再沈迷於「殘酷恐怖之美感」。

第三節　研究目的與意義

戰爭千變萬化，任何一個身經百戰的將軍在面對一場戰爭時，都無法有絕對勝利之把握，戰爭的本質就是無常，環境中充滿著未知，即使經由妥善而盡量地蒐集情報，減少未知的因素，但不可能完全消除一切未知因素，要在戰爭中做成絕對肯定的決定，是不可能的奢求，幾乎所有的戰爭行為，都是根據不完全、不正確、甚至相互矛盾的情報所做成的決定，所以戰爭詩其內容也隨之複雜多變，詩人時時流露出對敵情不明的不安，對四周環境認識的不清，甚至對於自己處於有利之情況也仍不自知的惶恐。

戰爭中每一個場景，是由現場各種臨時情況組合而成之獨特戰況，任何一幕並不是孤立之事件，多半和前面與後面之場景相關連，息息相關，其中往往產生不斷變動之活動畫面，充斥著稍縱即逝之機會與無法預知之戰況。戰爭詩中亦表現出此種恆變之情況，在描述戰況或心情時，常常隨著戰情之節拍起伏，從激烈之戰鬥，到不動聲色的蒐集情報，詭密之後勤補充，以及悄然地重新佈署，甚至黑暗與天候都會影響戰爭的節奏與詩人之心情與表現手法，所以戰爭詩在節奏上多半忽快忽慢，時激昂時低沈，如王粲〈從軍詩〉便有時歡欣鼓舞，有時沈鬱悲愴。正因如此，也使得內容複雜多變，難以捉摸，不明者以為其前後不一，甚至懷疑其非一人之作。在如此未知、無常，又時時變化的環境中，戰爭很自然地朝著混亂發展，所以計畫常常會變卦，指揮命令有時會前後矛盾，情報資訊會模模糊糊，甚至遭到誤解，通訊有時會中斷，於是消息錯誤，這都是司空見慣之事，例如因消息指出蘇武投降匈奴，導致誤殺其全家一例。戰爭詩記載了這種混亂之狀況，使人慨嘆、憤恨不平，但也因此創造了不少成功之機會，對有些積極尋求戎機者而言，此種混亂之環境，正是成功之溫床，正所謂「英雄創造時代，時代創造英雄」，此種環境創造出不少應時而起的英雄人物，戰爭詩也往往記錄下或歌頌這些英雄人物。

戰爭牽涉之層面如此之廣，如此之複雜，所以其中蘊藏之學問亦深且多，而戰爭詩中也飽含各種學問，深具研究價值。

一　具有文學目的與意義

詩是一種精鍊細緻的語言，一首好詩往往蘊含著豐富的意義，文學價值自然不在話下，好的戰爭詩同樣也兼具如此特質。詩歌的華語敘述，無論是寫實或是浪漫，都承接詩經與楚辭的優良傳統，對於寫作手法如：賦、比、興等等，多所運用，顯現出卓越的才華，呈現出萬紫千紅的風光。好的戰爭詩不僅僅是在形式與聲韻上講究而已，在內容上來說，是藉由文學來瞭解戰爭，或可說是戰爭藉由文學表現。衝突會導致新事物與新題材、新作品的產生，越劇烈的衝突，產生的新作品越多，戰爭正是一種對於人類生活強烈的衝突，所以產生的文學作品自然更多，對於詩人的心靈形成更大的震撼。槍林彈雨、殊死搏鬥……等等情況，詩人將實際生活經歷化為文字，沒有經歷過戰爭者，便可藉由戰爭詩來認識與瞭解戰爭，體會戰爭中的遭遇與各種辛酸血淚，從中領受教訓，觀察戰爭帶給詩人，使其精神、理念、意志、情感等等，都發揮到極致的文學境界，甚或有些詩人企圖以戰爭詩來超越戰爭，試圖用輕盈筆觸來描寫沈重之戰爭。唐代是華語詩歌空前繁榮的時代，除了因強盛的帝國在政治、經濟、文化等方面，為它提供充足的條件外，就詩歌本身發展過程來說，就不能不說三國時代詩人，為唐代詩歌在體制、格律、聲韻等藝術形式以及題材意境方面，做了廣泛的奠基工作。五言、七言、絕句、歌行體等，都導源於三國時代詩人的創作。三國時代的戰爭詩，亦是如此，故具有其文學價值。

二　具有史學目的與意義

戰爭隨時都會發生，也隨時改變，雖然本質不變，但戰爭之原因、人物、過程、手段、與方式卻不停地隨著時代在演進，也就是說，不同之時代往往有不同形式之戰爭，如春秋時代用車戰，戰國之後用步兵格鬥戰，所使用之武器也就因時而異。戰爭之格鬥或戰術，也常常與統領人物之個性有關，如曹操與曹丕，雖為父子，但其個性迥異，帶兵打仗之方式就不同，寫出來之戰爭詩，也呈現獨特而相異之風格。華語戰爭詩中通過敘述戰爭之史實，記錄下人類戰爭之歷史，這些歷史透過詩人之反芻，有了新的生命與面貌，提供後世從中吸取教訓與真理，也記錄下詩人眼中的戰史，雖然不似正規之《史記》一般有系統地記錄歷史，但其中也見證了當時之戰況，君王與諸侯、英雄人物在戰爭中之事蹟，甚至文學家與平民百姓之心聲，就如同《史記》中本紀、世家、列傳一般。有些篇章將人們在戰爭中受難的沈痛感覺與心靈深處的呼聲化為詩作，提出嚴肅之抗議，莫渝曾認為覃子豪之戰爭詩特色是「戰爭受害之目擊證人」[1]，事實上不僅覃子豪的戰爭詩如此，許許多多的戰爭詩都有相同特色；有些戰爭詩則記錄了昂揚之精神或勝利之微笑。戰爭之所以會發生急遽之改變，多是因足以破壞戰爭均勢之新狀況產生，如兵器之改良，戰爭技術進步，一時代會有一時代之兵器，戰爭也促進各種科學之發明與發現，故戰

1　莫渝：〈熱血在我胸中沸騰：試析覃子豪的戰爭詩歌〉，《文訊雜誌》第58期（1993年11月），頁81。

爭有時也影響了科技史之發展，而戰爭詩中有時也記錄下科學進步之軌跡[2]。有些戰爭詩也補充了歷史記載之不足，不得不說戰爭詩是小型之史記，所以說戰爭詩具有史學價值，和歷史一樣是珍貴之遺產，可從中吸取對戰爭看法之有用借鏡，作為未來之參考。

三　具有哲學目的與意義

戰爭中人們生活瞬息萬變，也許上一秒健康平安，下一秒已邁上黃泉之路，充滿著未知與恐懼，處於混亂與動盪之中，於是情感與理智發生強烈之矛盾與衝突，時而憂慮、困惑與憤怒；時而為求解脫人生苦痛，欲保持和諧與調適。在這種情況下產生的戰爭詩，華語敘述便反映出此種心態，而充滿哲學性思維，詩中受到戰爭之激發，對於生命之真理多所探求，有時直接由其心感知事物的真相，全憑個人神悟默會，洞察事理；有時透過基本概念與反對概念互相辯證，然後產生新概念，在分析與綜合之間解釋有關戰爭與生命之關係；有時採用反省法觀察自我之內在經驗，批判世界之價值，人生深遠之意義，以及瞭解人生宇宙整體實在之意義。戰爭雖然維繫國祚，捍衛家園，但也造成大量傷亡，與一齣齣生離死別的悲劇，詩人就在雄偉功業與殘酷憾恨之矛盾下，產生許多詩作，內容中記錄了戰爭邪惡與醜陋的本質，暴露出人的錯誤與愚昧，也閃爍著人性美麗憐憫的淚光，晶瑩地

2　隨著劍在戰爭中日益重要的地位，於是品質上的改進也就越來越迫切，一方面要加長劍身的長度，另一方面要使它更加堅韌和鋒利。所以從早期的青銅劍，到了戰國晚期已經有了相當大的進展，例如秦國劍在秦始皇時期已經達到八十一至九十一點三釐米的長度。在增強殺傷力方面，主要是製出了劍脊和劍刃含錫量不同的複合劍。春秋時，鐵器則登上了舞臺，於是出現鐵劍。三國時代則出現了「刀」。在戰爭詩中，也因為類似這樣的科技進步與武器發明，而記錄了不同的武器名稱與戰爭型態。

放射出人的理想經驗；戰爭帶來的傷口是永遠無法結疤的，在殺戮戰場的變動中，人性的脆弱與堅韌，對立卻又相輔相成地交錯出現；戰爭中死亡與別離是常事，死亡是半秒鐘之間的遲疑，而烽火、刀槍彷彿是停格的畫面，詩之主題常在剎那與永恆的詮釋中擺盪，相見也是困難的，正是所謂「相見時難別亦難」，宛若生也生過一回，死也死過一回，相見與別離也成為戰爭詩刻骨銘心主題之一。透過種種方式，詩人在戰爭詩中試圖分析或澄清戰爭與人生評價之標準與其價值判斷，瘂弦說得好：「好的戰爭詩，常蘊含強烈之批判精神，在戰爭裡沒有誰是勝利者，因為戰爭基本上是人類自相殘殺的紀錄。」[3]故戰爭詩具有一定的哲學價值。

四　具有心理學目的與意義

因為戰爭是人類敵對意志之衝突，所以人的因素，在戰爭中具有關鍵性地位，戰爭是由人性所塑造出來，亦受制於人類行為特質中的複雜性、矛盾性與特殊性，戰爭中人類之精神力量是不可輕忽的一個環節，故戰爭中蘊藏了心理學，甚至與心理學互相啟發，想要瞭解戰爭詩，明白戰爭詩中所闡述之良心、情緒、恐懼、勇氣、士氣、對領導者之忠心、或團隊精神，就必須具備心理學之學養。林韻梅曾經提出戰爭詩歌中有悲情與反省兩種含意，例如王粲〈七哀詩〉中對戰火連年下，流離失所的人們，寄予同情；而唐代戰爭詩歌中則藉由女性心緒來反省[4]。這些看法是很好的，倘若能運用心理學去觀察、悲情、

3　瘂弦：〈戰火紋身——尹玲的戰爭詩〉，《現代詩》第18期（1992年9月），頁38-41。

4　林韻梅：〈悲情與反省——談戰爭詩歌中的含義〉，《中國語文》第74卷3期，（1994年3月），頁45-51。

憐憫與化身女性之心態，將會有更進一層之體悟。

五　具有軍事學目的與意義

戰爭是人類最恐怖事件之一，並非值得崇尚、浪漫之事，其手段為赤裸裸的武力，是有組織之暴力行為，經由直接使用暴力，或間接運用暴力威脅，才迫使敵方屈服於我方之意志之下，在各種情況下，暴力都是戰爭中不可或缺的一個要素，而暴力所帶來之後果，即是流血、毀滅與苦難，縱然暴力之規模隨著戰爭目標與手段之不同，而有大小之分，但任何有關戰爭之研究，都將注視「暴力」此一特質，專門在研究戰爭中有組織之暴力的學問，正是「軍事學」，又稱兵法學或兵學。每一場戰役，都可作為軍事學之例證，或者補充其學說不足之處，瞭解軍事學也可以較妥善地評估戰爭的危險性，掃除戰鬥的神秘感，克服恐懼，增進勇氣，使其冷靜鎮定，如果領導者能深諳軍事學，也較能獲得屬下尊敬與信任。戰爭詩可以說是一場場戰役之見證，也可做為戰史之補充，或稱之為小型戰史。拿破崙曾言：「反覆誦讀亞歷山大、漢尼拔、凱撒、古斯塔夫、丟倫、歐冉、與腓特烈的戰史，拿他們當作模範。這是你成為一名大將並精通兵法奧秘的唯一辦法。」說明了要成為成功之軍事家，必須從戰史中吸取經驗。同樣地，研究戰爭詩，將對於詩中描述敵我軍力之比例、損失之軍備與生命、失去與取得之地形地物、擄獲之敵軍與裝備、國民或軍隊行動之決心、戰略方式、攻擊與防禦形式……等等，有較清晰而正確之認知。

六　具有社會學目的與意義

戰爭對於社會造成罪惡、浪費與破壞的結果，死傷越多人，也表示耗費越大，無論是金錢或時間、精神，都是龐大之社會成本。而戰爭對於團體內之團結也有影響，戰爭會改變社會中之組織型態，打破傳統階級，刺激個人潛力，有能力者可躍升為統治階級，統治階層也可能淪為階下囚，因此戰爭創造出不少的平民傳奇英雄，如：項羽、關羽。但也有抑鬱殘生之皇族，如：李後主。戰爭詩中也常常記錄了這些社會現象，甚至如李後主詩中，則寫出了此社會現象造成之深刻感受。戰爭亦會促使獨立團體，包括民族、國家……，相互接觸而加速文化成長，導致原始部落組成大國，法律與秩序推及廣延之領土，例如魏晉南北朝時的戰爭促成南方與北方文化相互影響，匈奴、鮮卑、羯、氐、羌等「五胡」，與後燕、西燕、後秦、西秦、北魏、後涼、仇池等七國，和漢族之間雖然互相征戰，但在文化與社會制度上也相互影響，戰爭詩對此也有描述。是故，戰爭詩具有社會學之價值，三國時代戰爭詩可作為研究三國時代社會之補充。

七　具有政治學目的與意義

戰爭是政治之延續，兩國之間的政治交往並不會因為戰爭而中斷，即使發生戰爭，政治交往仍然繼續存在，並且貫穿與約束整個戰爭直到媾和。講明白一點，就是戰爭往往隨著兩國政治外交情勢起舞，兩國有可能因為外交與政治關係破裂而宣戰，也可能為了援助盟國而向他國開戰，戰爭時也因兩國間政治情勢而決定戰況，緊綳時仇視並激戰，協談時放鬆並停戰，甚至因政治與外交關係而有時打仗有時停戰，最後也可能因外交文書而宣布戰爭終止。雖然政治因素並不會滲透到戰爭中各個細節，但政治因素對制訂整個戰爭計畫與戰局計畫，具有決定性影響，從根本上而言，軍事觀點是從屬於政治觀點的，政治是主幹，戰爭只是工具，政治目的是戰爭最初之動機，也是衡量戰爭行為應達到何種目標之尺度，並且衡量應用多少力量，戰爭可說是強硬的外交方式，因為國際間的妥協大多不具備永久之法律效力，戰爭就變成解決紛爭的一種方式，所以政治利用戰爭來達到其目的，對戰爭之開始與結束有決定性影響，國家必須考慮不能因戰爭而將力量完全消耗，否則政治也將隨之破產，軍事結論往往必須受到政治考慮的牽制，戰爭成為藉以獲得權力和勢力，提出主張與增進利益之工具，所以戰爭基本上是政治行為，不能用「純」軍事方式解決。如：岳飛即是因為宰相秦檜欲與金國政府以外交方式媾和，皇帝不願打敗金國後迎接原君王復位等政治因素，而連下十二道金牌招回，以停戰與賜死岳飛，敘述竭誠希望用政治方式達到和平，所以要根據由政治因素與政治關係產生之戰爭的特點與主要輪廓之概然性來認識每次戰爭。戰爭詩的內容有時也反映出戰爭從屬於政治的特性，記錄當時各國戰爭與國際間政治情勢微妙的互動，從其中可體察出政治學之價值。如岳飛〈滿江紅〉即寫出：「靖康恥，猶未雪；臣子恨，何時滅？」認為靖康時受到金兵兩次入侵之恥辱，應以戰爭方式平復；而〈小重山〉則言：「欲將心事付瑤琴，知音少，弦斷有誰聽？」娓娓道出因政治因素，被奪兵權，壯志難伸之憂慮與憤懣。故戰爭詩中具備深刻的政治學價值。

第四節　研究的範圍與限制

本研究設定的範圍在於時代僅設定在三國時代，而且是以作者所處年代為取向，並不包含其他時代，意即假使作品內容為描述三國時代戰爭，但作者並非三國時代人，則除非有必要附帶敘述，相互比較，以使研究更加完整，否則不涉及。作品的範圍是設在屬於戰爭詩範圍的作品裡，其餘詩作將不論述。設定如此的範圍是為了使主題更明確，範圍更清楚，從而使研究易於進行。

本研究的限制在於三國時代當時戰爭繁多，作品有許多已亡佚失傳，存留之作品無法測得當時詩人對戰爭概念之全貌。而所流傳之詩歌，究竟取決於何種標準，亦無法得知。且許多詩人之生平資料，也失傳不詳，如此一來，作品難窺全貌，亦無法判斷其寫作背景與年代，恐將導致曲解或以偏蓋全之弊。也因此，更應該小心求證，仔細判斷，慎防妄下斷語。

第五節　過去華語圈主要研究成果與檢討

一　國內外對戰爭研究者多，但對華語圈古代兵學研究者少

國內外目前研究戰爭者為數不少，無論是戰爭理論、軍事理論、戰爭史、戰爭心理學、戰爭與政治學、戰爭與社會學……，都有大量的學者投入此範圍的研究，各大專院校或軍事學校，對戰爭作相關研究亦所在多有，然而專門研究華語圈古代兵學之學者，則較少，但也有部分西方學者對華語圈古代兵學甚感興趣。西方的戰爭理論已經有一定的規模與系統，但研究或整理華語圈古代兵學之書籍、期刊論

文、學位論文，數量有限，而且其中部分書籍以翻譯成白話文為主，說明與討論部分甚少，談不上是深入的研究，如果扣除此部分，研究者就更單薄了，也可見華語圈古代兵學正待有識之士，為其整理出體系。

二　過去華語圈對戰爭詩或戰爭文學之主要研究成果

胡雲翼《唐代的戰爭文學》是早期提出「戰爭文學」此一名詞功不可沒者，他對此種體裁的文學作品，作了概括而簡約的說明，然而對於其定義以及「戰爭詩」之定義，則並未提出明確之界定，甚為可惜。後來朱西甯對「戰爭文學」也提出精闢而深入的看法，但也並未對此體裁之定義，作任何之說明[5]。此文為短篇論文，主要提出戰爭文學有三種境況：形式的外觀、內容的詮釋、意境的內發。接下來，洪讚在其博士論文[6]中，對此議題有較深入之探析。此篇論文總結了前人零散的概論，也開啟後人對此體裁的關切和留意，而此論文也是第一次有人對「戰爭詩」進行大規模研究，成果斐然，他以唐詩分期作為研究劃分，分為初唐、盛唐、中唐、晚唐四期，個別研究此四期戰爭詩之情況。但可惜的是，之後並未見其他人對此體裁再度以學位論文或書籍方式進行研究。此論文自然有些未盡完美之處，如其中並非將全部之唐代戰爭詩作為研究對象，初唐僅以太宗、四傑、陳子昂等，盛唐僅以高岑、王孟、李白、杜甫，諸如此類情況，似乎有些偏頗不夠全面，但創業維艱且具有代表性的地位，仍是不容忽視的。

在洪讚之後，瘂弦〈戰火紋身〉一文，討論尹玲的戰爭詩，是以

5　不著作者：〈朱西甯談戰爭文學〉，《戰太平：戰爭文學專輯》（臺北市：三三書坊，1981年），頁23-41。

6　洪讚：《唐代戰爭詩研究》（臺北市：文史哲出版社，1987年）。

個別作者之戰爭詩，作為研究範疇，然而對「戰爭詩」定義並未說明[7]。豐華瞻在一九九三年《中西詩歌比較》一書中，也對此體裁之詩歌以「關於戰爭的詩篇」一節討論，說明英國與美國的戰爭詩概況，然而令人遺憾的是，仍是對此體裁之定義，未有隻字片語。[8]同年，莫渝〈熱血在我胸中沸騰〉一文，析論覃子豪的戰爭詩歌，是以個別作者之戰爭詩，作為研究範疇，討論其創作分期與背景、以及其戰爭詩之特色，同樣地沒有對「戰爭詩」定義提出解釋[9]。一九九四年林韻梅〈悲情與反省—— 談戰爭詩歌中的含義〉，主在探討王粲〈七哀詩〉的悲情，並觀察唐代戰爭詩歌如何藉由女性心緒來反省，文中一樣未提「戰爭詩」定義，然從其文中所舉戰爭詩的某些例子而言，並不能說不是戰爭詩，但為間接之戰爭詩[10]。一九九七年王玫珍〈元初詩人伯顏及其戰爭詩研究〉，主要研究伯顏之生平、戰爭詩存詩情況及其特色，其中則對「戰爭詩」定義有所說明，他的說法與洪讚之言，實為殊途同歸，但並未提到洪讚之定義。而且其文並未言及何謂「戰爭」？亦造成界定之模糊。後面寫道：「有時是寫戰爭場面之盛大，藉以揚威國事隆盛；有時則控訴戰爭之險惡殘酷，以及兵士戍邊之苦」，則零散而約略地提到一些屬於戰爭詩的內容範疇，還有些屬於戰爭詩的內容沒有提到，對於這種種內容的不同，也還沒有統整的分類。

整體來說，對於戰爭詩的研究，大多以研究個人為主，且多為短

7　瘂弦：〈戰火紋身——尹玲的戰爭詩〉。

8　豐華瞻：《中西詩歌比較》（臺北市：新學識文教出版中心，1993年），頁104-118。

9　莫渝：〈熱血在我胸中沸騰：試析覃子豪的戰爭詩歌〉，頁79-83。

10　林韻梅：〈悲情與反省——談戰爭詩歌中的含義〉，《中國語文》第74卷3期（1994年3月），頁45-51。文中所舉戰爭詩某些如：王粲〈七哀詩〉、杜甫〈月夜〉、李白〈春思〉與〈子夜秋歌〉、皇甫冉〈春思〉等，詩作內容描述並非戰場，所以為「間接之戰爭詩」。

篇論文篇幅短，自然較欠缺整體而宏觀之系統研究，就連戰爭詩的定義，至今仍模糊不清，是故筆者才在文中仔細推敲出其定義。而建立出每一朝代，甚或是華語圈歷史之戰爭詩概況，以判讀或彙整出華語詩人對戰爭的看法，體察詩人們在身受戰爭之時，從犧牲中獲得了什麼教訓？「戰爭」在詩人心中有何意義？詩人對戰爭的認識又是什麼？詩人如何詮釋「戰爭」的真諦？華語戰爭詩如何敘述戰爭背後的內容與境界？這些都是亟待解決之瓶頸。

第六節　研究進路與方法

無論從事何種研究，都離不開有效而科學的方法運用，以探求真理、突顯真相。方法的型態與功用各有其妙，命題與方法的配合，是研究工作開展前必要的初步程序。運用合乎邏輯的方法是引導文學研究循著系統嚴謹的軌道，使求真求實的研究能順利進行。文學研究方法一直與時俱進，但終究脫離不了對文學的理解與認識，而且對於文學內緣與外在的因素都要融合貫串地瞭解，這是因為文學不能自絕於歷史背景之外，也不能離棄當時的哲學思潮而獨立。所以運用方法也不能墨守一方，況且文學本身的複雜演變，也是促進研究方法更新變異的力量。

運用在文學的研究方法，最常見的即是傳統的文學研究法，如形式技巧的分析、歷史文化的探求、文學理論的歸納、作者個人的傳記搜索……等等，在文學內涵、形式與外在因素等範圍中著手使力。這是文學研究中常見且普遍的方法，卻也是經過歷史考驗下流傳至今的研究方式。

因此本研究宜先對於三國詩作有深入之認識，先統整各個版本，詳盡地收集資料，分辨資料的真偽，判斷作者的身分，並妥善地利用前人的研究成果[11]，甚或利用王國維《古史新證》提出的「二重證據法」[12]，利用地下出土的材料補正紙上材料，進而去瞭解三國時代詩之情況。可由作者之生平、作詩之理由、運用之環境與當時之社會背景……加以分析之，進而瞭解當時戰爭對於社會的影響及人們心態的情況。

除此方法之外，此研究也以科技整合的研究法進行，藉助政治學理論、社會學理論、文學社會學、心理學理論、戰爭心理學、戰爭理論、以及軍事理論，來研究剖析當時之政治背景、社會心理背景、軍事戰爭背景與詩歌作品之關連，分析戰爭對於文學作品的影響，以及文學作品如何表現文人對戰爭的心理，和作品中呈現出戰爭對社會影響的情況。這是因為以上各種學理的運用是文學探究的一大助力，期盼更透澈的攫獲複雜的文學風貌，運用各種方法來分析諸多的文學現象。

社會文化是經由宗教、哲學、倫理傳統、道德意識、生活方式及價值判斷……等等互相融合而成的，對於文學的創作過程、主題內涵的趨勢、結構技巧的使用、風格面貌的流露，美學觀點的形成，也自然具有影響力。所以社會學方法著重在研究道德、價值、文化、人性的特質，而這些是文化傳統情感意識的根源，自然可以運用在文學的研究之上。古代華語敘述中，有所謂的詩教，興觀群怨、經世濟民的文學思想，都具有強烈倫理的內涵與社會批評功能，本文所研究的戰爭詩就可以說是一社會現象，戰爭詩的形成受到社會的制約與塑造極深，當它形成之後又反過來影響社會趨勢，所以要分析出三國時代戰

11 朱浤源主編：《撰寫博碩士論文實戰手冊》（臺北市：正中書局，1999年），頁200-208。

12 于大成〈二重證據〉對王國維二重證據法有更深入的發揮，收入于大成：《理選樓論學稿》（臺北市：臺灣學生書局，1979年），頁501-561。

爭詩的內涵特質，必須放在歷史、社會、文化傳統的背景上仔細考量，一方面由縱向史實的貫串來瞭解社會與文學的關係，另一方面藉由心理學的方法來分析作者心性情感直接影響下所呈現的作品，以便對作家、作品、思潮進行史論結合的綜合評價，並藉歷史研究結果，分析出戰爭詩作品對於記載史實之功。

並以其藝術手法為橫向分析之依歸，此部分將以音樂理論、美學、文學理論、文學批評理論、修辭學、聲韻學、文章學……等等，來進行探求，分析三國時代戰爭詩，從而探究出優美的文學形象以及其特色。宗廷虎〈修辭學與心理學〉:「修辭學必須研究如何修辭得更好，如何最佳地調動寫說者的心理因素，如何更好地激起聽讀者的心理反應，從而使幾個分析器發揮更大作用。」[13]可見運用修辭學可以去理解作者的創作心理，並且可以藉此理解說寫者與聽讀者種種複雜的思想情感與心理活動。而美學對於修辭學與文學批評……等等方法，往往具有原則性的指導作用，是一種研究美的性質與法則的學問，無論是藝術起源的探討、美感經驗的分析、以及藝術創作的研究……等等，都是美學研究的範圍，舉凡音樂、舞蹈、繪畫、文學、建築……等等都是研究的重點，所以可以利用美學對三國時代戰爭詩進行研究，以瞭解其優美之處。同樣道理，音樂理論、文學理論、文學批評理論、聲韻學、文章學……等等方法，也都是引導探索戰爭詩的美感的方法。

除以上各種方法的輔助外，本文主要針對三國時代戰爭詩內容進行分析，兼採定質分析與定量分析兩種方式，以期掌握研究對象的特質。鑒於數量統計、列表比對有簡明客觀之優點，故在控制變因、簡

13　宗廷虎：〈修辭學與心理學〉，《修辭學論文集》（福州市：福建人民出版社，1984年），頁13-14。所謂的幾個分析器，是指大腦「言語區」中的「言語活動分析器」、「言語聽覺分析器」和「言語視覺分析器」。

化分析因素的情況下，將全體三國時代戰爭詩予以歸類統計、列表詳析，採取普遍而量化之宏觀角度，以瞭解整體情況及趨勢，進而徵諸詩家評論、詩選著錄，擇取詩篇品鑑評析，酌採比較方法，與歷代詩話與詩論作聯繫，藉以轉換研究觀點，擴充評論視野，較客觀地與發掘詩篇風格之體勢、創作之成就，由質的層次深入討論，對戰爭詩個別作品進行評估，期望由博返約、計量析質，使兩種研究方法截長補短。

以上步驟是由點而線而面，循序漸進，逐漸完成。當要完成以上步驟之時，必須隨時保持客觀之心，求時時刻刻勿失偏頗。遇有問題，須多求證據，求出作者之本義，隨時檢視所使用之資料，甚或前人理論有誤，亦須加以刊正。

第二章
三國時代戰爭詩之華語敘述

第一節　三國時代之華語敘述

要了解三國時代在劃分時的定義，需要從幾個方面來談。

一　歷史學者之定名與敘述

大多數的歷史學家都將這一段魏、蜀、吳三國鼎立的時代，稱為「三國時代」。如傅樂成《中國通史》在其章節標目上就將其稱作「三國時代」，言「……曹操於二十年親擊張魯，魯降，……二十四年，劉備大敗操軍，遂取漢中，其年七月，備自立為漢中王。至此『三分天下』的形勢，乃大體完成。」[1]而王仲犖《魏晉南北朝史》[2]在章目上也是標「三國」，並非稱「魏朝」，黎虎《魏晉南北朝史論》[3]則標「三國時期」。以上種種可見，即使書名上稱「魏晉南北朝」，在講述到魏蜀吳三分天下此一歷史時期，仍多半標舉「三國」之名。雖然也有少數如陳寅恪《魏晉南北朝史講演錄》[4]以「魏朝」為標目，而附論吳、蜀，但大多數歷史學者仍採取「三國」之名。在述及此段

1　傅樂成：《中國通史．上冊》（臺北市：大中國圖書公司，1992年），頁239。

2　王仲犖：《魏晉南北朝史．上冊》（上海市：上海人民出版社，1979年），頁1-141。

3　黎虎：《魏晉南北朝史論》（北京市：學苑出版社，1999年），頁167-202。

4　陳寅恪：《魏晉南北朝史講演錄》（合肥市：黃山書社，1987年），頁1-31。

歷史之時，學者多數選擇從東漢末年黨錮之禍、黃巾之亂……等等東漢衰微情況產生開始描述，而將曹操統一北方視為三國時代確立的開始，並以魏國滅亡，司馬炎篡位，晉國滅吳，作為結束。（如上述傅樂成《中國通史》、王仲犖《魏晉南北朝史》皆以如此的行文方式記錄）也就是說，根據政權統治的情況看來，現今歷史學家傾向於用「三國」此一較為全面的名稱來說明魏國、吳國、蜀國三足鼎立的政治情勢，並從東漢末年記述起，以晉國滅吳為結束，強調出歷史的連貫性，而不再採用《三國志》側重於魏國的定名與時代劃分方式。

二　戰爭史與軍事史學者之定名與敘述

由東漢到三國，其間政權的遞嬗、形式的演變，皆視群雄的實力消長而定，而實力消長則決定於戰爭的勝敗。戰爭成敗除了對政治有決定性影響外，既然是要研究戰爭詩此一體裁，也不得不考慮戰爭史學者以及軍事史學者對於魏國、吳國、蜀國並存時代的定名與時代劃分。以戰爭史學者的意見而言，仍是以「三國」作為定名，如三軍大學《中國歷代戰爭史》第四冊章目定為「三國時代」，曰：「所謂『三國』者，即魏、蜀、吳三分東漢州郡，各自稱王稱帝之一段時間而言。其時間，起自漢獻帝初平元年（西元190年），止於晉武帝太康元年（西元280年），共為九十年。」[5]並從董卓之亂開始敘述。而張曉生、劉文彥《中國古代戰爭通覽》第一冊也是定名為「三國時代」，而以劉備襲取漢中成功，作為三國時代之開始，以魏國滅蜀漢

5　三軍大學主編：《中國歷代戰爭史．第四冊》（臺北市：黎明文化事業公司，1963年），頁1-2。此書將三國時代分為三期，第一期為三國時代之醞釀、締造及完成期，第二期是三國稱王、稱帝及鼎峙期，第三期是三國衰敗、滅亡及結束期。

作為結束（當時吳國還未滅亡）[6]。

至於從中國軍事制度、武器裝備、軍事地理、軍事思想和戰略戰術等方面發展為考量編寫的軍事史，他們的看法也是將此時期定名為「三國」，如高銳主編《中國軍事史略》上冊將章目定為「三國」，並以黃巾之亂作為敘述起點，以司馬炎篡位稱晉為終點（當時吳國還沒有亡國）[7]。另如李新達主編《中國軍事制度史：武官制度卷》則定為「三國兩晉南北朝」[8]，劉昭祥主編《中國軍事制度史：軍事組織體制編制卷》則定為「三國」[9]。

從此可知，若從此時期之戰爭年代與軍事發展的情況，作一定名與分期的話，仍是以「三國」較為合理。

三　文學史學者之定名與敘述

政治上之朝代，可一夕變革，但文學上之朝代，雖然也會受到新朝政與新的社會生活影響，如清代八股文之出現，但改變則往往出於漸變，如從四言詩進展到五言詩，其中歷經多年，所以在討論文學作品時，並不能以政治朝代作為文學史劃分階段的唯一依據，是故也要參酌文學史學者之意見。

劉大杰《中國文學發展史》以「魏晉時代的文學」作為章目，

---

6 張曉生、劉文彥：《中國古代戰爭通覽：第一冊》（臺北市：雲龍出版社，1998年），頁315-344。

7 高銳主編：《中國軍事史略．上冊》（北京市：軍事科學出版社，1992年），頁311-347。

8 李新達主編：《中國軍事制度史：武官制度卷》（鄭州市：大象出版社，1997年），頁96-122。

9 劉昭祥主編：《中國軍事制度史：軍事組織體制編制卷》（鄭州市：大象出版社，1997年），頁160-174。

用作家與年號來排列劃分，定為「曹植與建安詩人」、「正始到永嘉」、「陶淵明及其作品」[10]。中華文化復興運動推行委員會《中國文學講話：（五）魏晉南北朝文學》以「魏晉文學」作為章目，其下分作家敘述：「曹氏父子」、「建安七子」、「阮籍」、「嵇康」[11]。鍾優民《中國詩歌史：魏晉南北朝》則標為「魏晉南北朝詩歌」，屬於魏朝部分，分為「建安詩歌」與「正始詩歌」[12]。葉慶炳《中國文學史》則以「魏代文學」作為章目，以年號分為「建安詩歌」與「正始玄風與詩歌」，其下繫作家[13]。澤田總清《中國韻文史》則定名「魏代韻文」，其下分述魏武帝、文帝、曹植、鄴下諸子的詩賦、樂府、與韻文[14]。

整體看來，定名與劃分方式極為混亂。以其內容觀之，仍有以「魏代」作為三國之代稱現象，也就是雖標名為「魏代」，其實時代背景所述為三國對峙之社會狀況，而列舉作家也往往涵蓋吳國與蜀漢，諸如：孫皓、韋昭、張純、薛綜、費禕、張儼、朱異、諸葛恪、華覈、周昭、諸葛亮……等等，與樂府作品。所以徐公持編著《魏晉文學史》將此期文學定為「三國文學」時說：「三國時期，包括建安時期在內，總共七十年（196-265）。從文學角度看，顯然可以再分為前後兩個時期，即習慣所稱建安文學及正始文學兩部分。」[15]是非常有道理的。

10　劉大杰：《中國文學發展史》（臺北市：華正書局，1994年），頁236-281。

11　中華文化復興運動推行委員會：《中國文學講話：魏晉南北朝文學》（臺北市：巨流圖書公司，1985年），頁3-142。

12　鍾優民：《中國詩歌史：魏晉南北朝》（高雄市：麗文文化事業公司，1994年），頁1-136。

13　葉慶炳：《中國文學史．上冊》（臺北市：臺灣學生書局，1987年），頁117-150。

14　澤田總清著，王鶴儀編譯：《中國韻文史》（臺北市：臺灣商務印書館，1984年），頁147-160。

15　徐公持編著：《魏晉文學史》（北京市：人民文學出版社，1999年），頁3-232。

綜上所述，戰爭詩因是以戰爭為描述主題，所以與政治、軍事、戰爭等情況密切相關，所以歷史、戰爭史、軍事史之定名與劃分也值得參考。而從文學史的角度觀之，建安與正始文學自成一斷代，有其獨特之時代文學風格，輔以目前魏晉南北朝輯本情況而言，逯欽立《先秦漢魏晉南北朝詩》定為「魏詩」，其下附蜀漢、吳[16]，丁仲祜《全漢三國晉南北朝》則定為「全三國詩」，卷一到卷五為魏詩，卷六為吳、蜀漢詩[17]。由此種種看來，定名「三國時代」較能符合政治、軍事、與文學上的考量，也較能契合於華語戰爭詩之體質，敘述出三國鼎立之社會情況，並囊括魏國、吳國與蜀漢的作家，不致令人產生誤解。

第二節　戰爭之華語敘述

德國克勞塞維茨曾說：「在戰爭中一切都很簡單，但是就連最簡單的事情也是困難的。」正因戰爭的不可捉摸與瞬息萬變，所以戰場上很難有所謂的「專家」、「權威」，而一場戰役的勝利與失敗，也非一定，「戰爭」這種學問，是無法如一般學科立出學士、碩士及博士的，由此可見，戰爭這一門學問是多麼無窮無盡、高深莫測。既然「戰爭」本身如此無限與千變萬化，所以無論用如何的定義來界說，都是無法周全的，然而在研究三國時代戰爭詩時，非得先瞭解戰爭的定義不可，否則將會造成界定一首詩是否是戰爭詩以及其所呈現之內容是否為戰爭在判斷上的困難。以下就分別從華語圈與西方軍事家的界定來談。

---

16 逯欽立：《先秦漢魏晉南北朝詩》（臺北市：學海出版社，1991年），頁345-548。

17 丁仲祜：《全漢三國晉南北朝》（臺北市：藝文印書館，1983年），頁177-326。

一　中國古代兵法家的華語敘述

無論是古今中外，任何一個軍事家或政治家，都將會面臨與討論，「什麼是戰爭？」「如何看待戰爭？」之類的問題，而華語圈古代的兵學家與軍事家有關戰爭的本質、起源與各種理論，都值得今日重新借鏡，以權衡對於戰爭的看法。「兵」字為中國古代兵學家華語敘述戰爭之用字，史美珩也曾提到過。[18]而「兵」字在不同之場合，也表示不同意義，並非全然是「戰爭」之意，它有時是「兵器」，如：老子：「兵者不祥之器，非君子之器」（三十一章）[19]；有時是「士兵」或「軍隊」，如：「是故勝兵先勝而後求戰，敗兵先戰而後求勝。」（《孫子兵法・軍形第四》）[20]有時是指「軍事」，如：「兵家自古詭道」（《唐太宗李衛公問對》），這裡的兵家是軍事家；而「兵者，國之大事也」（《孫子兵法・計篇》）這裡的「兵」指的即是「戰爭」。

除了用「兵」表示戰爭之意外，古代華語有時還用「爭」、「戰」、「武」、「禍」、「亂」、「鬥」等等來敘述戰爭。而戰爭的定義是什麼？古代對此所下的華語敘述，則是相當複雜紛紜，甚至如曾國垣所言：

> 中國向來忽略了名詞的定義，因而先秦古籍之中，關於戰爭的定義，幾乎沒有，便有，也只是一些不完整的，算不得定義。[21]

---

18 史美珩：《古典兵略》（瀋陽市：遼寧教育出版社，1993年），頁1。

19 此依據余師培林注譯：《新譯老子讀本》（臺北市：三民書局，1973年），頁60-61。

20 此依據李零主編：《中國兵書名著今譯》（北京市：軍事譯文出版社，1992年），頁7-8。

21 曾國垣：《先秦戰爭哲學》（臺北市：臺灣商務印書館，1972年），頁41。

在華語古代兵書典籍中，大多對戰爭沒有完整而有系統的定義，零星的觀念主要有下列數種說法：

（一）戰爭乃凶危之事

持此觀點者如：老子：「兵者不祥之器，非君子之器，不得已而用之，恬淡為上。」（三十一章）首先提出兵器是傷害人、不祥瑞的器物，不是屬於仁人君子的器具，如果在萬不得已的使用，也是求「心平氣和，達到目的即停止」當作最高指導原則。又如句踐：「兵者凶器也，戰者逆德也，爭者事之末也，故不得已而用之。」（《史記．句踐世家》）承襲此說，認為兵器是兇殘的器物，戰爭違背道德與德治的行為，爭執是事情最後的解決方法，只有在不得已時才使用。尉繚子：「兵者，凶器也；爭者，逆德也；將者，死官也。故不得已而用之。」（《尉繚子．武議第八》）也是襲用此說，連文句都大部分相同，只多提出將領是出生入死的官職而已。《呂氏春秋》：「凡兵，天下之凶器也；勇，天下之凶德也；舉凶器，行兇德，猶不得已也。」（《呂氏春秋．論威》）觀念是一樣的，認為兵器是天下兇殘之物品，「小勇」是天下間不祥的德行；使用凶器，作不祥的行為，都是不得已的。《三略》：「夫兵者，不祥之器，非君子之器，天道惡之，不得已而用之。」（《黃石公三略．下略》）文句跟前述皆大致相同，但更提出戰爭是受到天道厭惡的想法[22]，試圖倚靠天的力量來制約這種不祥兇殘的行為。

又如諸葛亮：「兵者凶器，戰者危事。」（《三國志．諸葛亮傳》）除復述兵器是凶器，更提出戰爭是危險的事。曹操：「兵者凶事，不

---

22 此依據王貴元、葉桂剛、曾胡主編：《中國古兵書名著精華》（北京市：警官教育出版社，1992年），頁210-212。由此可知，「兵者，不祥之器」一句之「兵」，有些譯本譯為「兵器」，有些譯為「戰爭」，兩說可並存。

可為首。」（《三國志・武帝紀》）則同樣認為戰爭是凶險之事，不可當作國家首要之事。唐太宗：「夫甲兵者，國家凶器也。」（《帝範》）、《太白陰經》：「兵者凶器，戰者危事，陰謀逆德。」（《太白陰經・善師》）以及《百戰奇略》：「夫兵，凶器也，戰者逆德也，實不獲已而用之。」（《百戰奇略・好戰》）都沿用前述的觀念與文句。

這種定義認為兵器是傷人殺人的凶器，戰爭是兇暴殘忍之行為，只有在不得已的情況下才可以使用。此種觀點反對暴力，反對用兵，《老子・三十章》也曾言：「以道佐人主者，不以兵強天下，其事好還。」表示合於「道」的政治或輔佐人君者，都應該不僅僅是以兵力強盛為方法，而要還反於「無為」，但並非主張廢兵，只是說兵是凶器，戰爭是凶事並且逆德，但仍然認為「不得已而用之」，也就是表示在必須一戰時，仍將戰鬥，是故兵不可不備，但希望備而不用，此為理想境界。由此出發，可以導致反對任何戰爭，堅持和平的人道主義，也同時可以導致大相逕庭的支持正義戰爭、反對不義戰爭的立場，雖無闡明戰爭的本質與內涵，但這種不願只訴諸武力，最好以和平方式解決，以和平人道為立足點，但若是對方以武力相逼，仍須為國一戰的態度，深深影響著華族文化，許多兵書都以此為判斷，從以上各例即可知。所以一旦觸及具體的戰爭，華族文化往往公認在反侵略的正義戰爭中英勇殺敵、不怕犧牲者為愛國英雄，如：霍去病、岳飛、鄭成功等等。

（二）戰爭是國家大事

所謂「國之大事，唯祀與戎。」（《左傳・成公十三年》）此意味著戰爭是國家之重大事情。另外持此觀點者如孫武：「兵者，國之大事也，死生之地，存亡之道，不可不察也。」（《孫子兵法・計篇》）此為孫子兵法第一篇的第一句話，一開始便開宗明義，說明戰爭是國家大事，是軍隊生死所在，關係著國家存續或亡滅，不能不認真考察。又如孫臏：「夫兵者，非恃恒勢也，此先王之傳道也[23]，戰勝，則所以存亡國而斷絕世也。戰不勝，則所以削地而危社稷也。是故，兵者不可不察。」(《孫臏兵法．威王篇》）認為戰爭不能倚靠某種固定不變的形式，這是先王傳下來的道理，打勝仗就能保存處於危亡中的國家，繼承瀕於斷絕的世系。戰敗，就會使領土被割裂，國家遭受危害，因此對戰爭問題應當認真研究。《六韜．論將》：「兵者，國之大事，存亡之道，命在於將。」除與前述孫武之想法一致外，並提出此事之要害在於將帥。諸葛亮：「夫國之大務，莫先於戒備。若夫失之毫釐，則差若千里。覆軍殺將，勢不踰息，可不懼哉。」(《將苑．戒備篇》）認為國家的重要事情中，沒有比戰備更重要的了！戒備稍一疏失，就會造成嚴重的後果，軍隊覆沒，將帥被殺，形勢之危急，不超過喘一口氣的功夫，這難道不該戒慎恐懼嗎？唐甄：「兵者，國之大事，君子之急務也。」(《潛書．全學》）也是闡述戰爭是國家大事，甚至認為是君子最急切的任務。

戰爭關係著個人的生與死，更決定著國家的存或滅，必須考慮再三，方可為之，敘述出華人「慎戰」的思想，警告國君要慎重其事，萬不可輕易引發戰爭。一旦國家發生戰爭，戰敗固然有亡國的可能，而戰勝也將使國家經濟遭受重大損失，導致衰弱不振；而且一次戰役，也可能引發之後一連串之戰爭。李德哈特（B.H. Liddell Hart）在研究西方戰爭史後，根據歷史的教訓，提出忠告：

> 我們從歷史中得知，完全的勝利從未為勝利者帶來所經常期待的結果，因為勝利往往也同時灑下了新的戰爭種子，勝利會使

23 同前註。「傳」為「傳」字誤寫。

戰敗者產生一種雪恥復仇的期望，因之也會引起新的競爭。[24]

有權決定啟動戰爭者，應當瞭解此歷史經驗，勿期待不當之結果，明察其後遺症，審慎確實地計算必勝的把握與是否有絕對之必要以戰爭來解決問題時，方能以戰爭為政治手段。事實上與國家存亡有關的問題，不只是戰爭而已，其他如：橫徵暴斂、賞罰不明、內政失當、民生不調等等都有直接關係，此定義雖不能揭示出戰爭與其他事物之明顯區隔與其本質，但可以提醒為政者對戰爭的重視與關切。

（三）戰爭是一種詭詐之行為

持此觀點者如孫武：「兵者，詭道也。」（《孫子兵法・計篇》）說明用兵應以詭詐為原則。又說：「兵以詐立。」（《孫子兵法・軍爭》）用兵打仗要依靠詭詐多變來取勝。諸葛亮也說：「敵欲固守，攻其無備；敵欲興陣，出其不意」（《諸葛亮集・便宜十六策・治軍》）認為戰爭沒有固定的型態，一切以詭詐為原則，攻擊敵人沒有防備之處，計策出乎其意料之外。李靖：「兵家自古詭道。」（《唐太宗李衛公問對》）則點明軍事家自古都使用詭詐之兵法。（宋）曾功亮：「歷觀前志，連百萬之師，兩敵相向，列陣以戰而不用奇者，未有不敗亡也。故兵不奇則不勝。」（《武經總要・前集・奇兵》）闡述其觀察歷代戰爭時，依照詭詐之道而行，以求取勝利，如不採用奇兵，就容易敗亡。

此說提出戰爭對立於政治與道德的特殊性，「兵不厭詐」正是此理。詭詐是戰爭的一個本質特徵，在戰爭中，詭詐是被允許的，不像在政治與道德中從事陰謀詭詐之行為，則是無恥卑鄙的醜惡行徑。金

24 李德哈特（B. H. Liddell Hart）著，鈕先鍾譯：《殷鑑不遠》（臺北市：國防部編譯局，1973年），頁64-65。

基洞言：

「詭者，虛實難知，實者虛之，虛者實之。」[25]

也就是說，戰爭可以在虛虛實實之間使用詭詐之術，以達成克敵致勝之目的，可以攻敵之不守，守敵之不攻，可以同時以實力攻擊敵人，也可以用出奇制勝之計打敗敵方，獲取勝利。然而此雖為戰爭之特徵本質，但還不完全等同於戰爭。

（四）戰爭是與文治不能分割的一體

持此觀點者如孔子：「有文事者，必有武備。」（《史記‧孔子世家》）首先提出凡文事必有武備。尉繚子：「兵者，以武為植，以文為種；武為表，文為裡。能審此二者，知勝敗矣。文所以觀利害，辨安危，武所以犯強敵，力攻守也。專一則勝，離散則敗。」（《尉繚子‧兵令上二十三》）說明更詳細，解釋戰爭這件事是以武力做為主幹，以文德作為根基。武力是外在形式，文德是內在實質。能確實釐清此二者之關連，就能掌握勝敗。文德是用來觀察利害、辨別安危，武力是用來進攻強敵、鞏固防守，兩者結合就能得勝，二者分離則招致失敗。元世祖時趙天麟：「文者，武之宗；武者，文之助。」（《歷代名臣奏議》卷二四一）也認為文事是武備之根源，武備是文事之輔助。

這觀念表示文事必有武備，武事也必有文備，兩者缺一不可，對文與武兩者皆一視同仁，同等重視。以武為表，以文為裡；以武為外，以文為內；兩者互為表裡，需密切配合。戰爭的武力是其外在的

---

25 金基洞：《中國歷代兵法家軍事思想》（臺北市：幼獅文化事業公司，1987年），頁75。

表現，實質的內在是政治，所以戰爭是軍事武力與政治的結合體，此定義從戰爭的內涵與本質來說，兼顧其表面武力現象與其內在政治實質，解釋出「武」是為「文」服務的手段。

（五）戰爭是一種解決戰爭或矛盾的特殊手段

持此觀點者如管仲：「兵者，外以誅暴，內以禁邪。故兵者尊主安國之經也，不可廢也。」（《管子．參患》）認為戰爭對外是為了鎮暴，對內禁止邪亂，是使君主地位鞏固、安定國家的不變法則，不可廢除。司馬穰苴：「古者以仁為本，以義治之之謂正。正不獲意則權，權出於戰，不出於中人。是故，殺人安人，殺之可也；攻其國愛其民，攻之可也；以戰止戰，雖戰可也。故仁見親，義見說，智見恃，勇見身，信見信。內得愛焉，所以守也，外得威焉，所以戰也。」（《司馬法．卷上．仁本第一》）說明古代的人以仁愛為根本，以道義來治理國家，這才是正確的。如果正當的方法達不到預想的目的，就要行使權變，權變出自戰爭需要，不來自忠信仁愛。因此，如果殺違法亂紀者可使百姓得到安定，則殺人是可以的；如果進攻別的國家為的是拯救這個國家的百姓，那麼進攻是可以的；用戰爭的手段來制止戰爭，即使進行戰爭，也是可以的；正因如此，仁愛便受到尊崇，道義受到歡迎，智謀被倚重，勇敢被仿效，誠實被信任。這樣，在國內就能得到百姓的愛戴，以此保衛國土，在境外也能贏得他國百姓的威服，以此戰勝敵人。又如《商君書》：「故以戰去戰，雖戰可也；以殺去殺，雖殺可也；以刑去刑，雖重刑可也。」（《商君書．畫策》）文子：「古之用兵者，非利土地而貪寶賂也，將以存亡平亂，為民除害也。」（《文子．上義》）與《淮南子》：「兵者，所以禁暴討亂也。……教之以道，導之以德而不聽，則臨之以威武。臨之威武而不從，則制之以兵革。」（《淮南子．兵略訓》）也都是同樣的觀念。

而孫臏：「我欲積仁義、式禮樂、垂衣裳，以禁爭奪，此堯舜非弗欲也。不可得，故舉兵繩之。」(《孫臏兵法．見威王》) 說明要用仁義、禮樂來禁止戰爭，這種方法堯舜不是不想採用，而是根本辦不到，所以才用戰爭來解決。另如蘇秦：「夫徒處而致利，安坐而廣地，雖五帝、三王、五伯、明主賢君，常欲坐而致之，其勢不能，故以戰續之。」(《戰國策．秦策》) 及《戰國策》：「今有強貪之國，臨王之境，索王之地，告以理則不可，說以義則不聽，王非戰國守御之具，其何以當之？」(《戰國策．趙策》) 都是說明如果有強大而貪婪的國家，兵臨國境、索求國土，用道理警告他們沒用，用仁義勸說他們不聽，就需要以守衛國家、防禦敵人的力量去抵抗。

荀子：「彼兵者，所以禁暴除害也，非爭奪也。故仁人之兵，所存者神，所過者化，若時雨之降，莫不說喜。」(《荀子．議兵》) 認為用兵作戰是為了禁止暴虐、掃除禍害，而不是為了爭奪。因此仁義君主軍隊駐紮的地方，政治就清明，經過的地方，民眾就受到教化，就像下了及時雨，沒有人不歡欣鼓舞。另外如葛洪：「勁兵銳卒，撥亂之神物也。用者非明哲，則速自焚之禍焉。」(《抱朴子．博喻卷》)、李荃：「先文德以懷之，懷之不服，飾玉帛以啖之。啖之不來，然後命士將練車馬，銳甲兵，攻其無備，出其不意。」(《太白陰經．貴和》)、以及何去非：「古之人君，有忘戰而惡兵，其弊天下皆得以陵之，故其勢蹶于弱而不能振；有樂戰而窮兵，其弊天下皆得以乘之，故其勢蹶于強而不知屈。」(《何博士備論．漢武帝論》) 也是在說明軍隊與戰爭都是一種解決矛盾與亂象的手段，如果有君王淡忘軍事，其弊端是天下各國都可以侵侮它，其國勢將會窘迫衰弱，無法振興；但若是太過喜愛戰爭，不只是當作手段而已的話，窮兵黷武，弊端是天下各國皆可乘隙攻擊它，其國勢將受挫於一味用強，而不知退讓。

當政治解決不了問題時，只能用「戰爭」這種政治延續的方式，來解決矛盾與衝突。這和克勞塞維茨：「戰爭無非是政治通過另一種手段的延續。」意思相同，卻比其早提出了約二千年。統治者想通過思想政治手段解決人群之間的矛盾而不可能時，也就是假使積行仁義之政，講究禮樂之式，從容揖讓於廟堂之上，而仍無法禁止爭奪，意即正常的方法行不通，只好進行戰爭，使用變通的手段，以暴力解決；舉兵征討以糾正之，這時戰爭便成為解決矛盾的最後手段，而戰爭之目的是為了「誅暴禁非」，是以戰止戰，用戰爭消滅戰爭，拯救在水火中的人民，以毒攻毒，以暴力制止暴力；如此為了「禁暴除害」而興兵，即為義兵，如果只為爭奪而戰，那便不是為義，只是為利而已。

（六）戰爭是君主對敵軍實施的刑罰

持此觀點者有《尉繚子》：「凡將，理官也，萬物之主也。」把將帥看成是審判囚犯處理案情的法官；又如臧文仲：「大刑用甲兵，其次用斧鉞，中刑用刀鋸，其次用鑽笮，薄刑用鞭朴。」（《國語‧魯語》）將戰爭當作是最大最嚴重的刑罰。《呂氏春秋》：「家無怒笞，則豎子嬰兒之有過也立見；國無刑罰，則百姓之相侵也立見；天子無誅伐，則諸侯之相暴也立見。」《呂氏春秋》在〈秋〉紀中討論有關戰爭的問題，因秋天主「刑」，而此處用比喻來解釋，家庭如果沒有家規，小孩的過失就立刻顯現出來；一國沒有刑罰，百姓之間就會發生互相侵奪的現象；天子如果沒有使用戰爭的能力，諸侯之間的暴力行為也將立即可見。將「怒笞」、「刑罰」、「誅伐」當作同一性質之物。而杜牧：「兵者，刑也。刑者，政事也。」（《注孫子‧序》）則直接點明戰爭即是一種刑罰，動用龐大軍力對敵方進行討伐與對有罪之人判刑是同一道理，都是屬於政治事件的範圍之內。

兵刑合一，兵與刑是同一性質，都是治家治國的方法，將帥是審判的法官，用兵征討就是實施刑罰，無論是對犯罪份子判刑處死與動用數萬兵力對敵方進行征伐，都是同一道理，是為了除去惡民，保障善良百姓能安居樂業，不同的是，對象的勢力有大小與有無組織之分，勢力小而無組織者僅需官府派遣數人便能制服，勢力龐大且有組織者則需動員軍隊始能平定，小者用刑，大者用兵，但實質一致。

（七）戰爭是為了維護正義的行為

孟子：「以力服人者，非心服也，力不贍也；以德服人者，中心悅而誠服也。」（《孟子・公孫丑上》）認為用武力使人降服的，別人並非甘心歸服，是因為自己力量不夠的緣故；用美德使人歸服的，別人才是內心喜悅、真心信服。又說：「春秋無義戰，彼善於此則有之矣。」（《孟子・盡心》）慨嘆春秋沒有正義的戰爭。孟子並不主張戰爭，但從此顯示出孟子認為戰爭在迫不得已時是因為「德」才可以發動。荀子：「仁者愛人，愛人，故惡人之害之也；義者循理，循理，故惡人之亂之也；故兵者，所以禁暴除害也，非爭奪也。」（《荀子・第十卷・議兵篇第十五》）說明仁者愛人，正因為愛人，所以憎恨人去傷害人；義者循理，正因為循理，所以憎恨人去擾亂理。用兵作戰，是為了禁止暴虐、掃除禍害，而不是為了爭奪。莊子：「故聖人之用兵也，亡國而不失人心，利澤施乎萬世，不為愛人。」（《莊子・大宗師》）也是同樣道理。管仲更直接指出：「兵不義不可。」（《管子・小問》）孫臏：「故城小而守固者，有委也；卒寡而兵強者，有義也。夫守而無委，戰而無義，天下無能以固且強者。」（《孫臏兵法・見威王》）講到城小而防守牢固的，是因為有充分的儲備；兵少而戰鬥力強的，是因為擁有正義。守城而無儲備，從事不義之戰，天下沒有能守得住、打得贏的。

《文子》：「義兵至於境，不戰而止；不義之兵，至於伏尸流血，相交以前。」（《文子・上義》）提出仁義之師進入敵國境內，不必作戰就可安定局面；而不仁不義的軍隊，必將死傷慘重，且戰爭曠日費時，無法收拾。也說：「用兵者五：有義兵，有應兵，有忿兵，有貪兵，有驕兵。誅暴救弱，謂之義。敵來加己，不得已而用之，謂之應。爭小故，不勝其心，謂之忿。利人土地，欲人財貨，謂之貪。恃其國家之大，矜其人民之眾，欲見賢於敵國者，謂之驕。義兵王，應兵勝，忿兵敗，貪兵死，驕兵滅，此天道也。」（《文子・上義》）將用兵的原因分為五種，認為為了維護正義而出兵的戰爭，必然能成功稱王。而《呂氏春秋》：「若用藥者然，得良藥則活人，得惡藥則殺人，義兵之為天下良藥也亦大矣！」（《呂氏春秋・蕩兵》）將正義之戰視為天下良藥。韓非則說：「無不克，本於重積德，故曰重積德，則無不克。戰易勝敵，則兼有天下；論必蓋世，則民人從。」（《韓非子・解志》）無往而不勝的根本，在於不斷累積德行，所以說「不斷累積德行，無往而不勝。」容易戰勝敵人，就可兼併天下；論理被人接受，就可使民眾順服。《鶡冠子》更直說：「兵者，禮、義、忠、信也。」（《鶡冠子・近迭》）戰爭是為了維護禮義忠信的。《司馬法》：「凡民以仁救，以義戰，以智決，以勇鬥，……故心中仁，行中義，堪物智也，堪大勇也，堪久信也。」（《司馬法・卷下・嚴位第四》）指出凡是士兵，將帥要用仁愛之心去幫助他們，用道義去激勵他們作戰，用智謀來指揮他們戰鬥，用勇敢來領導，……要有仁愛之心，行動要符合道義，才能運用智謀來處理好事物，才算是勇敢，才可以贏得長久的威信。

此主張用兵必須是為了「義」而戰，深惡痛絕「不義之戰」，戰爭以仁義為本，才能使人民喜悅。這種看法是將道德與政治合而為一，不使其分離，當必須用兵時，便得用之於義，而兵非得用之於義的原因在於，因為不義之兵，結果必然失敗，暴兵必亡，合乎正義的戰爭才能消弭戰爭，所以出發點必須是善良、合於仁義的，義兵才能獲得最後的勝利，這便是華族文化一直強調戰爭必須「師出有名」以及「邪不勝正」的道理。

誠如何曉明所說：「文化史研究表明，在數千年的歷史演進過程中，中國智慧在農藝、天算、醫學，特別是軍事領域，獲得了尤其長足的發育。」[26]華族文化在源遠流長的歷史之下，孕育了深邃卓越的智慧，古代的軍事家在大小征戰中，無論是內亂或外患，從其中獲取豐沛的經驗，自然也產生了豐富的軍事兵法領域的智慧，其中不僅是知識、技巧、與才能的紀錄，也包含了中華民族對於「戰爭」所特有的整體思維方式、認知態度，以至於價值判斷、人生觀、社會理想。從以上華族兵法家對「戰爭」主要的七種看法觀之，古代對於戰爭本質問題與基本華語敘述，並未做出全面而直接的定義，但大多從政治角度來看待戰爭，而且不斷苦口婆心地提醒眾人：戰爭是危險的，人們不可忘戰，需居安思危，當不得已時就必須使用戰爭，但基本出發點要合於仁義，在使用時千千萬萬要審慎。這些觀點在數千年前就被提出，是非常了不起的，而且深深地影響著活在中華文化數千年歷史下的政治領袖、軍事將領、詩人與文學家、以及社會上各個階層的人民。

二　西方的看法

西方軍事家對於「戰爭」的定義是相當一致的，翻開大多數的軍事書籍，往往是遵循克勞塞維茨的說法，或是從他的說法延伸發揮。

26　何曉明：《兵家韜略》（武漢市：湖北教育出版社，1996年），頁1。

而華族近代的軍事思想，由於西學東漸的緣故，也多半受到其影響，依照克勞塞維茨的理論。百年以來，世界各國一致稱讚克氏為現代軍事學的創造者。克氏為十九世紀普魯士將軍，曾參與普法戰爭與法俄戰爭，累積了豐富的戰爭經驗，他的軍事思想對於後代有著重要影響與貢獻，他的軍事哲學主要包括：認為戰爭的本質在於殲滅敵人；戰爭勝敗的邏輯在於雙方精神與物質兩者優劣的結果；一切原則均以戰史實驗作證明；戰爭為活的反應，敵我利害互為因果；不以片面或單一原因結果關係論勝敗，而以「變數」、「函數」等綜合變化關係與功能來看戰爭。而他對於戰爭所提出的行動方法，也就是戰略與兵術，包括：攻守均以殲滅敵人為目的之殲滅主義；無論何時何地已佔有優勢為戰勝根本之優勢主義；守勢本質最鞏固，攻勢本質最薄弱之「守勝於攻」理論；求敵之重點集中我之力量之集中主義；精神勝物質，也可以弱勝強之精神主義。諸如此類學說與方法，不只分析綜合了許多戰爭實務，以戰爭的歷史資料作基礎與佐證，也提出關於戰爭之本質與現象的哲學思維，闡明各個命題之因果關係，具有軍事學的高度成就，也影響後世軍事學、政治家、與統帥將領甚鉅，極多的國家與戰爭都以其理論當作戰略與戰術的基本原則。以下即為其對於戰爭定義之意見：

> 戰爭到底是什麼？我們不必強下種種複雜的定義。但追溯戰爭的由來，當以兩人格鬥為基礎。因為戰爭不過是格鬥的擴大，所以我們可以說，戰爭成於多數的格鬥，即由兩人相對角逐來想像戰爭。人類角逐相鬥，有二要素：一是敵對的感情；一是敵對的意圖；假設有兩人互相嫉視，他們的感情本極粗暴，但若有敵對的意圖，縱無敵對的感情，自必發生衝突，以其有形的威力加於對方。所以戰爭是威力作用，其唯一目的在擊破敵

人使其無力復抗而屈從我方意志。[27]

由於原著是十九世紀上半期作品，且為未經修訂之遺著，某些篇章僅是草稿，文字晦澀難解，所以各國譯本在許多地方對原著的理解出入極大。以上所述為民國六十三年在臺灣出版的翻譯版本，一直為臺灣各界所接受。而其下將舉出民國六十七年大陸所重新修訂翻譯的簡體字版本，中文語圈對此版本接受度也頗高。

在這裡，我們不打算一開始就給戰爭下一個冗長的政論式的定義，只打算談談戰爭的要素——搏鬥。戰爭無非是擴大了的搏鬥。如果我們想要把構成戰爭的無數個搏鬥作為一個統一體來考慮，那麼最好想像一下兩個人搏鬥的情況。每一方都力圖用體力迫使對方服從自己的意志；他的直接目的是打垮對方，使對方不能在作任何抵抗。

因此，戰爭是迫使對方服從我們意志的一種暴力行為。

暴力用技術和科學的成果裝備自己來對付暴力。暴力所受到的國際法慣例的限制是微不足道的。這些限制與暴力同時存在，但在實質上並不削弱暴力的力量。暴力，即物質暴力（因為除了國家和法的概念以外就沒有精神暴力了）是手段；把自己的意志強加於敵人是目的。為了確有把握地達到這個目的，必須使敵人無力抵抗，因此從概念上講，使敵人無力抵抗是戰爭行

27　克勞塞維茨著，黃煥文譯：《大戰學理》（臺北市：臺灣商務印書館，1974年），頁1。在此版本之前，克氏思想除德國外，蘇聯與日本研究較深，影響亦大。中國則因譯本較弱，流行不廣，僅蔣百里與陳孝威二人研究較深。英國對克氏研究也不透澈，常常發生誤解，如曲解其主張之優勢主義為單純數量優勢，其實克氏並未忽視素質，也非單重數量。在此譯本之前，主要中譯本為生活書局出版，其譯本根據俄文譯本，且譯者沒有兵學根底，故錯誤較多。此譯本則根據德文版本，且其譯者為軍方官員，故較得其書精髓。

為的真正目標。這個目標代替了上述目的，並把它作為不屬於戰爭本身的東西而在某種程度上排斥掉了。[28]

此二種譯本雖略有出入，然而仍可看出克氏對戰爭定義的基本輪廓，甚至由於譯者不同的理解，更能將戰爭定義下得較為完整。首先，對於「戰爭」定義的基本前提是無論多複雜的定義，都是十分勉強的。也就是說，就算能用冗長的政論性文章討論，也未必能敘述出「戰爭」意義面貌的萬分之一。其次可以理解的是，戰爭是擴大的格鬥，兩人搏鬥是其原型，兩人在敵對的意圖與衝突下，以威力企圖迫使對方服從自己之意志的這種行為，是戰爭的雛形，順此模型可以想像戰爭的情況，戰爭只是更大規模的決鬥，由無數個搏鬥組成。戰爭與小規模的格鬥都是威力作用，直接目的都是為了擊垮對方，使對方無法再作任何抵抗。直接來說，戰爭就是一種以迫使對方實現我方益智為意圖的暴力行為。若以國際間戰爭的實況來說，戰爭是兩方都以暴力來對抗敵方的暴力，而其間的方法常是以技術與科學的發明來增強己方之裝備，而這種暴力雖有如國際法一類的限制，都微不足道，且不足以削弱其威力。戰爭中的暴力是一種物質力量，因為若無國家與法律的觀念，就稱不上是精神力量，所以此暴力是一種手段，迫使敵方向我方意志屈服才是最後目的。為了達到此一目的，必須解除敵人武裝，理論上解除武裝也就變成戰爭的直接目的。

克氏不僅在此書的第一章第一節規劃出戰爭的定義，整章都對戰爭的定義多所闡發，甚至全書皆在為戰爭定義作更完整而全面的說明，在此章結語中，有極精彩而獨到之見解，可作為戰爭定義之補充

28 克勞塞維茨著，中國人民解放軍軍事科學院譯：《戰爭論．第一卷》（北京市：商務印書館，1978年），頁23-24。此書根據德意志民主共和國國防部出版社1957年版譯出。

說明。首先提到「戰爭無非是政治通過另一種手段的繼續」，此為家喻戶曉的克氏格言。意思是戰爭不僅是一種政治行為，也是一種真正的政治工具，是政治交往的繼續，是政治行為通過另一種手段的實現。簡單來說，政治意圖是目的，戰爭是手段。其實不僅戰爭是政治的延續，從此書各國翻譯版本及其詮釋角度不同，就可發現政治延續的痕跡，如：中共以馬克斯主義角度翻譯此書，英國以民族間仇恨的立場扭曲此書，克氏曾對俄國有功，故俄國譯本較完備，……。

克氏同時也說，戰爭是應乎實際情況而變化，有如變色龍一般，可說是奇特的三面體，包括下列三個方面：一、戰爭具有威猛憎惡和敵對感情等盲目本能；二、是概然性與偶然性的活動，使戰爭成為一種自由的精神活動；三、具有政治工具的從屬性質，戰爭是為純粹理智的行為。此三面中，第一面主要屬於人民，第二個方面專屬於將帥與軍隊，第三面則與政府有關。戰爭時激烈的公憤，在戰前原已存於國民之中；處於概然性與偶然性錯雜的境界中而能運用自如，則為勇氣與才智的活動範圍，必須取決於統帥與軍隊，故為其特色；政治目的則純粹是由政府掌握。這三種傾向代表三條不同的規律，藏在戰爭的性質之中，起著不同的作用，皆不容忽視，也藉由這些補充，可以對戰爭定義與概念，有更清晰確立的輪廓。

西方大多數的軍事家、政治家、三軍將領在著作軍事或戰爭理論時，多以此定義規範戰爭，葛雷將軍在其著作《戰・爭》，即從此定義延伸：

> 戰爭是指兩個或兩個以上國家之間，因互相仇視，而干戈相向。它的本意就是：兩個敵對、獨立、且和解無望的意志體之間，發生了武力的衝突，各自一方都想要將自己的意志，強加於對方之上。因此戰爭的目的，在於將我方的意志加諸在敵人

> 的身上。我們透過武力，有系統的運用暴力，或暴力威脅的手段，達成我們的目標。[29]

將定義更明確的限定範圍在兩國或兩國以上，以下則根據克氏之說法，認為是因為互相仇視，也就是有敵對的意圖，而產生衝突，彼此以武器與暴力相向，也正是所謂的兩個敵對、獨立無關、且無法以理智、外交與其他方式和解的意志體，以暴力來解決問題，而雙方都欲擊破敵人，使其無力復抗而屈從我方意志。戰爭此時便成為一種有系統的武力方式，以達成將我方意志加諸於敵方身上的目標。他又繼續說道：

> 當國家之間產生嚴重不合，卻無法經由外交等和平方式解決，便訴諸戰爭。國與國之間若非處於交戰狀態，可以認定為和平相處，不過，絕對的戰爭或和平，在現實中可以說根本不存在。大多數國家之間的關係，是介於戰爭與和平兩個極端之間。即使是在兩國和平相處的時期，只要不是屬於前述兩種極端關係中的任何一種，都有可能需要訴諸某種程度的武力。因此，戰爭的形式便可能包括從兩國宣戰，引發大規模的激烈軍事衝突，到彼此暗中敵視，卻未達到必須使用暴力的程度。

此段將產生戰爭的主要原因，歸諸於國家之間發生激烈衝突，而無法以外交等和平方式，並且更進一步提示，在現實中的國與國關係幾乎不可能是完全地敵對，或完全地友好，即使在和平相處，沒有交

---

[29] 葛雷將軍著，彭國財譯：《戰．爭》（臺北市：智庫公司，1995年），頁19-20。原為美國海軍陸戰隊戰鬥發展指揮署教育思想部出版（The United State Marine Corps）。以下引用皆同此註。葛雷將軍為美國海軍陸戰隊第二十九任指揮官，1987-1991年擔任參謀聯席會議委員，退役後轉任加州微波公司董事（California Microwave），該公司為衛星與無線通訊的領導廠商。

戰狀態的兩個國家，也有可能訴諸某種程度的武力，正如所謂的「防人之心不可無」，在國防上往往需要常備武力，並且以諜報武力從事收集對方資料的工作，所以他才會認為戰爭的形式除了兩國正面宣戰，激烈的軍事衝突外，在暗地裡互相較勁，彼此監視，即使未必使用暴力，仍屬於戰爭的形式之一。這是將戰爭的範圍以及時間擴大而延長的說法。

從以上古今中外對「戰爭」定義的說法看來，其定義實有廣義與狹義之分。廣義來說，如《呂氏春秋．蕩兵》曾言：「察兵之微，在心而未發，兵也；嫉視，兵也；作色，兵也；傲言，兵也；援推，兵也；連反，兵也；侈鬥，兵也；三軍攻戰，兵也。此八者皆兵也，微巨之爭也。」把個體、群體、國家、民族、階級、集團之間具有對抗性因素的思想與行為全看成戰爭，可說是非常寬之定義。「戰爭」可以擴大至相當廣泛，甚至可說人生即是戰爭，自然狀態就是戰爭狀態，也就是說，人生中的活動包括向外與向內兩種，向外如對一切宇宙自然現象及社會現象，產生好奇，並致力於適應或控制；向內如對自我情感與理智上的混亂激盪，以致於鍛鍊調適；種種向外與向內的活動，都可說是時時處於戰爭狀態。因此任何發生衝突的狀態，皆可謂「戰爭」。

而就狹義的「戰爭」定義來說，是廣義的「戰爭」中的一部分，是動員全國的人力、物力、財力與智力，以求本國生存的戰鬥行為。本質為一種威力作用，目的在於使敵方屈服於我方意志。倘若更狹隘來限定，便如葛雷將軍限定為兩國或以上，才可為戰爭，然而由於三國時代之大規模、影響民生甚鉅的戰爭，未必皆為兩國或以上之戰役，故不取此義。《便宜十六策．治軍第九》：「治軍之政，謂治邊境之事，匡救大亂之道，以威武為政，誅暴討逆，所以存國家安社稷之計。」便說明了華語敘述狹義的「戰爭」，包含了對抗外敵與討伐內亂兩種在內，筆者以為對戰雙方需有一方具有組織，包含對抗外敵與討伐內亂兩種方向，而且需動員全國之人力物力，攸關國家存亡、以武力使敵方屈服、危險嚴重、使用時不排斥違背道德、且多為政治之延續的戰鬥行為，是較合乎我國對於「戰爭」的狹義看法，且合於三國時代狀況的戰爭型態。馬少雲認為按性質分類，戰爭可分為：（一）王朝性戰爭，（二）宗教性戰爭，（三）政治性戰爭，（四）經濟性戰爭，（五）民族性戰爭，（六）全民（綜合）性戰爭。若按形式分，可分為（一）有形戰爭（熱戰），（二）無形戰爭（冷戰）。按範圍分：（一）有限戰爭，（二）無限戰爭。[30]所以按照不同的標準分類，則可分出不同的戰爭類型。限於篇幅與時間之故，本論文探討之戰爭詩，作品中描述之「戰爭」，將以狹義之「戰爭」為範圍，且筆者相信在焦點凝聚之下，可研究出詩人對於上述之狹義戰爭的看法，以及作品之成就，成果將更為具體，否則將焦點渙散、大而不當。

第三節　戰爭詩之華語敘述

一　前人之研究情形

對於「戰爭詩」定義的探討，首先要作的是，觀察前人對此的研究情形。胡雲翼《唐代的戰爭文學》是早期提出「戰爭文學」此一名詞功不可沒者，他對此種體裁的文學作品，作了概括而簡約的說明，然而對於其定義以及「戰爭詩」之定義，則並未提出明確之界定。後

30 馬少雲：《戰爭哲學》（臺北市：臺灣商務印書館，1968年），頁14。除正文中之分類外，另外計有按使用武器分：（一）傳統性戰爭，（二）核子大戰。按：此無法適應三國時代。按實質區分：（一）人與自然之爭，（二）人與人之爭，（三）人與自己之爭。按：此分類為廣義之戰爭分類，且缺少物與物之爭一類。

來朱西甯對「戰爭文學」也提出精闢而深入的看法，但也並未對此體裁之定義，作任何之說明[31]。接下來，洪讚在其博士論文《唐代戰爭詩研究》[32]中，對此議題有較深入之探析。此篇論文繼承了前人對於戰爭詩零散的概論，也開啟後人對此體裁的關切和留意，而此論文也是第一次有人對「戰爭詩」進行大規模研究，成果斐然，但可惜的是，之後並未見其他人對此體裁再度以學位論文或書籍方式進行研究。

洪讚對於「戰爭詩」定義的說明是這樣的：

> 「戰爭詩」就是指描寫一切戰爭或與戰爭有關係的事物的詩篇。[33]

其論文對於「戰爭詩」之定義僅此一句說明，是相當概括而正確的，但其討論何謂戰爭時，僅提出克勞塞維茨之說法，而且僅以克氏之結論「戰爭就是一種以迫使對方實現我方意志的暴力行為」作為說明，實在稍嫌簡略，當筆者在進行研究，對界定判讀文本是否為「戰爭詩」時，造成困難，是故，筆者在此欲對此議題，以洪讚的定義為基礎，作更詳細的探討與擴充，以期在判斷文本之時，可有明確之準則。

在洪讚之後，瘂弦〈戰火紋身〉一文，討論尹玲的戰爭詩，然而對「戰爭詩」定義並未說明[34]。豐華瞻在一九九三年《中西詩歌比較》

31　不著作者：〈朱西甯談戰爭文學〉，《戰太平：戰爭文學專輯》，為演講紀錄（臺北市：三三書坊，1981年），頁23-41。

32　洪讚：《唐代戰爭詩研究》。

33　同前註，頁2-5。此論文在第一章第二部分「戰爭及戰爭詩釋義」，對「戰爭」及「戰爭詩」定義，僅如正文所言，其他部分則在說明戰爭所造成的現象與傷害、中國文學在描述戰爭時的傳統態度、戰爭文學的三種傾向……等。

34　瘂弦：〈戰火紋身——尹玲的戰爭詩〉。

一書中，也對此體裁之詩歌以「關於戰爭的詩篇」一節討論，然而令人遺憾的是，仍是對此體裁之定義，未有隻字片語涉及。[35]同年，莫渝〈熱血在我胸中沸騰〉一文，析論覃子豪的戰爭詩歌，同樣地沒有對「戰爭詩」定義提出解釋[36]。一九九四年林韻梅〈悲情與反省——談戰爭詩歌中的含義〉，文中一樣未提及「戰爭詩」的定義，然從其文中所舉戰爭詩的某些例子為間接之戰爭詩[37]，可知其「戰爭詩」的範圍不限於直接描寫戰爭的詩篇。一九九七年王玫珍〈元初詩人伯顏及其戰爭詩研究〉，則對「戰爭詩」定義有所說明：

> 所謂「戰爭詩」是從詩歌題材選取上劃分的：詩歌內容顧名思義是圍繞戰爭主題而創作的。有時是寫戰爭場面之盛大，藉以揚威國事隆盛；有時則控訴戰爭之險惡殘酷，以及兵士戍邊之苦；這類題材早自先秦即已存在，可謂源遠流長[38]。

提出「戰爭詩」依據的劃分標準是「從詩歌題材選取」，這是不錯的。其對「戰爭詩」之定義：「詩歌內容顧名思義是圍繞戰爭主題而創作的。」這說法與洪讚之言，實為殊途同歸，但並未提到洪讚之定義。而且其文並未言及何謂「戰爭」？亦造成界定之模糊。後面寫道：「有時是寫戰爭場面之盛大，藉以揚威國事隆盛；有時則控訴戰爭之險惡殘酷，以及兵士戍邊之苦」則零散而約略地提到一些屬於戰爭詩的內容範疇，還有些屬於戰爭詩的內容沒有提到，對於這種種內

---

35 豐華瞻：《中西詩歌比較》，頁104-118。

36 莫渝〈熱血在我胸中沸騰：試析覃子豪的戰爭詩歌〉，頁79-83。

37 林韻梅：〈悲情與反省——談戰爭詩歌中的含義〉，頁45-51。文中所舉戰爭詩如：王粲〈七哀詩〉、杜甫〈月夜〉、李白〈春思〉與〈子夜秋歌〉、皇甫冉〈春思〉等，詩作內容描述並非戰場，所以為「間接之戰爭詩」。

38 王玫珍：〈元初詩人伯顏及其戰爭詩研究〉，《嘉義技術學院學報》第55期（1997年12月），頁125-138。

容的不同，也還沒有統整的分類。

二　戰爭詩之華語敘述

戰爭詩是描寫戰爭或有關之事物的詩作，既然如此，戰爭詩描寫的對象：「戰爭」，就如同前一節所言，有廣義與狹義之分，前已詳言，茲不贅述，然不論是廣義或狹義，都屬於戰爭詩之範圍。在前一節中提到，凡是具有對抗性的思想或行為，都屬於廣義之戰爭，所以只要詩中描寫內容為具有對抗性的思想或行為，包括人與人、人與自然、人與自己、物與物等等之間的對抗，皆是廣義之戰爭詩。魏晉南北朝詩作中，有許多作品正是描寫廣義的戰爭型態，如：劉楨〈鬥雞詩〉：「願一揚炎威，會戰此中唐。」將雞與雞相鬥，描寫如戰爭一般威風；劉楨〈射鳶詩〉：「流血灑牆屋，飛毛從風旋。」將人射鳶之景，描寫如戰爭一般流血慘烈；應瑒〈鬥雞詩〉：「芥羽張金距，連戰何繽紛。從朝至日夕，勝負尚未分。」認為鬥雞也是戰爭，戰況激烈且勝負難分；曹丕詩：「走者貫鋒鏑，伏者值戈殳，白日未及移，手獲三十餘。」把打獵描寫得如戰爭一般，獵物如同敵人遭到狙擊而被擒獲；曹植〈鬥雞詩〉：「群雄正翕赫，雙翹自飛揚。」將鬥雞場比作戰場，雞隻相爭如同戰爭中群雄對立；江偉〈答軍司馬詩〉：「羈縶繫世網，進退惟準繩。」寫內心對於任官與否之交戰；陶淵明〈雜詩〉之九：「遙遙從羈役，一心處兩端。」也是寫內心交戰，自己與自己在不同的想法中徘徊戰鬥著；傅玄〈惟漢行〉：「兩雄不俱立，亞父見此權。項莊奮劍起，白刃何翩翩。」寫項羽與劉邦兩方人馬對立，互相較勁威逼之情形，可說是團體與團體之間的戰爭；傅玄〈秦女休行〉：「匿劍藏白刃，一奮尋身僵。身首為之異處，伏屍列肆旁。肉與土合成泥，灑血濺飛梁。」描述女子報仇，殺害仇家，屬於人與人的戰爭；……等等皆是廣義的戰爭詩，不勝枚舉。

狹義的戰爭詩所描述的戰爭，則是就狹義的「戰爭」定義來說，是廣義的「戰爭」中的一部分，必須是動員全國的人力、物力、財力與智力，以求民族生存的戰鬥行為。本質為一種威力作用，目的在於使敵方屈服於我方意志。三國時代動盪，發生許多大規模、影響民生甚鉅的戰爭，其中包含了對抗外敵與討伐內亂兩種在內，對戰雙方多半至少有一方具有組織，一場戰役往往是攸關國家存亡、以武力使敵方屈服、危險並造成嚴重傷亡、使用時不排斥違背道德、且多為政治之延續的戰鬥行為，限於篇幅與時間之故，本論文探討之戰爭詩，作品中描述之「戰爭」，將以狹義之「戰爭」為範圍，希望藉此研究出詩人對於上述此種深刻影響國家社會與人民生活之戰爭的看法，以及作品如何呈現此類曠日廢時戰爭之藝術成就，祈求凝聚焦點之後，可使研究成果更為具體且更為精緻。洪讚在說明戰爭詩定義時，並未劃分出「戰爭」有所謂廣狹之分，然觀其全文，其所選擇之戰爭詩所描述的對象，應也是以狹義的戰爭為範圍。

但是即使如上述之定義，仍是相當模糊難辨的，因此筆者在此試圖做更進一步之界定。首先，在判斷一篇作品是否為戰爭詩，第一步須以其內容為主，也就是以文本作為基礎，觀察其內容是否為戰爭之呈現。此時可以時間與空間分別作為經線與緯線，去衡量作品，倘若內容空間設定為戰場，無論是前期、中期、或後期，都無庸置疑是屬於戰爭詩之直接範疇。即使此戰場非寫實的，而是經由詩人想像假設而成，也是直接之戰爭詩。倘若作品內容在時間設定上為戰爭之前、中、後期，然而空間描述並非戰場上，則為間接之戰爭詩。以時間來說，戰爭前期包括：緊急的備戰狀況，也就是在政治關係緊張而無法獲得解決，決策者開始深思熟慮是否以戰爭方式改善時，並且準備執行或下達命令算起，此期為正式進入戰爭之預備，通常已經快速地整飭裝備，預備進行動員，並協調各個部隊、擬定作戰計畫與路線、評估敵我軍情、補強我方戰鬥力……等等工作[39]。戰爭中期即是指兩方正式宣戰之後，以征服或毀滅為目的的行為延續期。其間包括以殲滅敵方兵力為目的，甚至是導致對領土之征服的火力攻擊與破壞消耗、維持己方戰力與兵力以及等待敵方之攻擊的防禦與靈活移動、使對方顯現其本身佈署的搜索、正面攻擊的會戰、詭詐迂迴的奇襲……等等發生於宣戰之後，到戰爭結束之前的種種戰況，都為戰爭中期[40]。戰爭後期之活動則包括：勝利之慶祝、死傷及俘虜之處理、民生與心理之重建、軍隊之撤退、和約之簽署、對敵方之追擊、監視與實施警戒、接受新土地之駐軍與規劃、戰敗之退卻……。以空間來說，戰場是兩軍對戰之地區，此地區可屬於作戰雙方、他們的同盟國，以及其他被牽涉入戰爭之弱國。假設戰爭同時具有海洋性質，戰場範圍就可能廣及兩個半球，例如路易十四時英法兩國之戰爭。幾支戰爭中的軍隊，可以採取合作行動，也可以採取個別行動，在第一種情形之下，整個戰場都是一體的，各支軍隊全為單一的戰略所指導，以求達到一個固定的目標。在第二種情形下，每支軍隊則有他獨立之戰場[41]。而

39 此處所說為「戰爭前期」之準備，並非指一般承平時期之一般軍隊作戰準備，諸如和平時期之隨時待命狀態，包括平日軍隊戰技訓練與演習、平日補充檢查裝備、調整編制、建立共識與信仰、增進將帥領導統御能力、專業軍事教育……，凡是一般和平時期之常態備戰，皆不同於此處之「戰爭前期」。

40 詳見克勞塞維茨著，李昂納德編，鈕先鍾譯：《戰爭論精華》（臺北市：麥田出版社，1996年），頁125-238。其第四章「戰略」，第五章「會戰」，第六章「防禦」，第七章「攻擊」，為敘述戰爭中期行動之篇章，研究探討甚詳，今不贅述。

41 詳見約米尼著，鈕先鍾譯：《戰爭藝術》（臺北市：麥田出版社，1996年），頁79-81。第三章第十七節「戰場」，對「戰場」之定義言之甚詳，曾提到不管地形如何，每一個戰場都包括：（一）一個固定之作戰基地，（二）一個主要的目標點，（三）作戰的正面，戰略正面，和防守線，（四）作戰區和作戰線，（五）暫時性的戰略線和交通線，（六）我方所應該克服的，或是用來阻止敵方的各種天然和人工的障礙物，（七）地理上的戰略要點，其佔領與否對於攻勢和守勢都具有極大的重

所謂「非戰場」，自然是指不屬於上述戰場範圍之空間。

除了合於前述時空之直接戰爭詩與間接戰爭詩外，另外還有容易遺漏者，此時便需輔以作者資料來界定。也就是說，作品描述時間是戰爭之前、中、後期，然而內容卻不是顯著之戰爭情況，此時就需要以其作者之生平事蹟去考量，倘若作者在戰時為軍人身分，即使書寫內容為思鄉情懷，想念故友，感激上司……之類的情感，仍應視為直接之戰爭詩。倘若作者再戰時並非軍人身分，則是間接之戰爭詩。

有關戰爭詩之定義，可以用下面的圖來解釋。

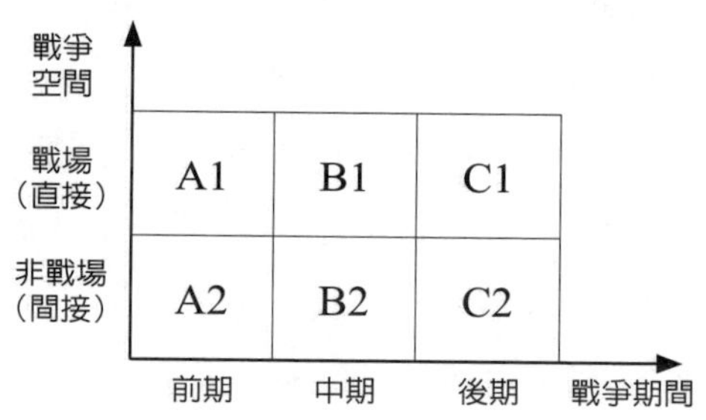

圖一　作品圖（主要圖）

當閱讀到一首疑似戰爭詩之作品時，首先以內容來判讀，此時使用圖一來觀察，假設其詩描述時期為戰爭前期，如果詩中空間是戰場，則落於A1區域，如果是「非戰場」，則落於A2區域。依此原則，有可能分別落於A1、A2、B1、B2、C1、C2等區域，若落於A1、B1、C1此三個區域者，則為直接之戰爭詩，落於A2、B2、C2三區域者，則為間接之戰爭詩。倘若一首詩描述時間既非戰爭時期，設想空間也非戰場，也就落於這張圖之外，自然多半不是戰爭詩了，

要性，（八）在原始基地與目標點之間的一些偶然性的中間基地，（九）在遭遇挫敗之後，可供避難的地點。

但此時宜考慮詩作及作者背景，來防止遺漏。

本篇論文所述，將以直接戰爭詩為主要研究對象，輔以間接戰爭詩作為說明。

三　戰爭詩之分類

前人對於戰爭詩或戰爭文學有以下數種分法：

豐華瞻認為分為兩種，一種是主戰的，也就是歌頌戰爭、鼓勵戰爭的詩。另一種是反對戰爭，也就是譴責戰爭的詩[42]。這種分法是較為簡約的、二元對立性的分法，但缺少了既不主戰也不反戰的一類，或是說在詩歌內容上，無法判斷作者對於戰爭態度的這一類。

胡雲翼則認為戰爭文學的性質，可分為三種傾向：第一種是主戰的文學，第二種是非戰的文學，第三種是描寫戰爭的文學。他所說的「描寫戰爭的文學」，是指作品中表現出作者認為戰爭是人類一種活動的現象，不加上作者的感情，也不加理智的暗示，無主觀之主戰或反戰，是一種純粹描寫的戰爭文學。這種分類法被洪讚所沿襲[43]。此種分類已經注意到戰爭詩或戰爭文學，除了主戰與反戰之外，還有一些不是屬於這兩種的中間地帶的作品。

莫渝將戰爭詩分為三類[44]：一類為戰爭感懷詩，即頌戰或非戰，一類為戰爭紀錄，另一類為昂揚的戰鬥詩。第一類將頌戰或非戰都概括進去，範圍實在太大。第二類的問題，在前一段，筆者已經說明。第三類與第一類的「頌戰」，之間的界線模糊不清，重疊性高。

朱西甯也將戰爭文學分為三類，但與前述胡雲翼與莫渝的三類，

42　豐華瞻：《中西詩歌比較》，頁104-118。

43　洪讚：《唐代戰爭詩研究》，頁5。

44　莫渝：〈熱血在我胸中沸騰：試析覃子豪的戰爭詩歌〉，頁79。

並不相同。他分為第一類是形式的外觀，第二類是內容的詮釋，三是意境的內發。第一類是描述記錄戰爭的文學，例如記錄戰爭的報導文學，此類可使讀者想見逼真的景象，特色是外觀描寫得非常逼真與細膩，可讓讀者身歷其境，給予刺激官能的經歷。但這樣的戰爭文學，會產生一些問題，那就是它提供給讀者對戰爭的認識，僅止於戰爭的表象，並未能深入地感知戰爭的內在，容易受其描述方式影響，一場戰役若在此類文學中打得精彩、有條理，讀者便直呼過癮。假使打得醜惡、凌亂，讀者就覺得沒有生氣；如此一來，就無法從其中體驗或思考戰爭的本質意義，僅是本能的直接反應。且倘若僅消極地想逃避戰爭中表象的殘酷，所付出的代價也將是無法計算的。

第二類詮釋戰爭內容的文學作品又分為兩類，一種是作者有意識的去詮釋戰爭，也就是態度上有所謂主戰或反戰，這些華語作品顯然比詮釋戰爭的形式外觀作品更有深入的體驗，但容易有主觀的偏頗，其中就有不妥善的敘述，如因為作者的政治立場，便在作品中有政治是非的偏見，或者過於強調民族意識，導致內容處理顯得狹窄……等等問題。此類的第二種，是一種客體的呈現，對作戰雙方都無褒無貶，皆不偏袒，詮釋戰爭的內容，但冷靜客觀的觀察，這類型不給予論斷而使得描寫範圍更加廣闊，但有時會客觀到是非不明，善惡不辨的地步。第三類意境內發的戰爭文學，是出自作者的生命意境，它的特色是情意與是非兼具，不會光專注於情意的抒發而忽略了是非之辯，也不會因太過強調是非之辯而忽略了情意的深邃。[45]朱西甯以上的分類，可以說將戰爭文學的內容與體質，劃分得更周延而完備，使類別更分離，將各個層面的戰爭文學作品都談到了，也清楚說明各類型華語戰爭文學的優缺點以及敘述手法所易呈現的情況。但是對於

45　不著作者：〈朱西甯談戰爭文學〉，頁23-41。

研究者而言，這種分類是滯礙難行的，原因其一是因為第二類第二種冷靜客觀觀察戰爭，但卻是詮釋戰爭內容的文學作品，此種與第一類僅描寫戰爭形式外觀的文學作品，是極為近似的，如何界定一篇戰爭文學作品是客觀冷靜的描寫戰爭之外觀，還是描寫其內容呢？原因其二是所謂「意境的內發」，如何判定？實在太抽象、太深奧難辨。這兩個原因都顯示出，這種分類法需要依靠研究者主觀的分辨，將「形式」、「內容」、「意境」，依照個人的想法去劃分，如此自由心證的結果，反而容易流於研究者自身主觀之侷限，造成分類不當。原因之三，是其將主戰與反戰放在第二類下之第一種，但以實際上戰爭文學作品而言，此類在數量上佔了多數，明顯地在這幾類中比例過大，在分類時，發生某一類比例過大，也是值得考慮將其分開，並且獨立為一大類的。

所以朱氏的分類，可以說是符合理想且合於哲學思考的，但並不適用於需要明確劃分的學術研究上，也就是說，此種分類以及朱氏對戰爭文學的批評，是值得重視且參考的，但由於施行困難，本文為免除個人分類時主觀的流弊，仍將採行胡雲翼先生明確的三種分類。

四　華語敘述中戰爭詩之傳統

豐華瞻曾經提出大多數研究華族詩者，都認為華語古典詩敘述內容方面顯著的特點是反對戰爭，他認為這種說法有些片面，因為中華文化也有頌揚戰爭、鼓勵戰爭的詩，並進而提出，戰爭有兩種，一種是侵略戰爭，一種是自衛戰爭，華族的詩人反對前者，但贊成後者。而英美的詩人，也是有著同樣的態度。姑且不論豐氏推翻多數研究者認為華語詩傳統上是反戰的這種說法，但後面所提到，華族詩人反對侵略而贊成自衛或爭取獨立與自由的態度，從第一節中，華族古代兵學家對戰爭的態度就可略知一二，華族大多主張正義之戰，強調仁義忠愛，無論是兵學家或詩人，態度都是一貫的。

胡秋原〈中國文學之傳統的精神〉中言：

> 由於中國民族起於本土，勤勞立國，所以中國人從來不喜戰爭。此在《詩經》中最為顯然。《詩經》中如〈邶風〉之〈擊鼓〉，〈衛風〉之〈伯兮〉，〈豳風〉之〈破斧〉、〈小雅〉之〈出車〉、〈漸漸之石〉，都是非戰的。……[46]

胡氏認為華族不喜戰爭，而華語戰爭文學，甚或是華人文學之傳統精神是非戰的，這是從《詩經》以來，一直延續下去的，持這種態度的研究者很多，例如洪讚在其博士論文中，也是支持此論點的。[47]而前面豐氏有異議的，也正是這種觀點。

筆者在這裡，並不想落入爭論華語戰爭文學到底是主戰的，還是非戰的窠臼，不過華人文化不喜歡戰爭、對於戰爭是持否定的態度，對於戰爭的處理是小心戒懼的，從前面兵法家的觀念便可以看出，也就是說華族不是好戰的民族。但依據之前所回顧的有關華語戰爭文學之研究成果而言，目前研究資料與結果、或專門研究華語戰爭文學者，實在太少了！如果比起研究西方戰爭文學之成果觀之，根本是小巫見大巫。連華族各個朝代戰爭文學的研究成果，都尚未出爐，又如何整體判斷華語文學的傳統是反戰或主戰呢？現在下結論，恐怕是太快，也太危險。而且值得思考的是，如果一族的文學傳統是主戰的，是否就表示人民好戰？而一族之人民反戰，是否其文學傳統便一定反戰呢？三國時代的戰爭詩，對戰爭的態度又是如何？將留待後文論

---

46 胡秋原：〈中國文學之傳統的精神〉，《文季》第1卷1期（1983年4月），頁18。

47 洪讚：《唐代戰爭詩研究》，頁3-4。

述。而此處真正欲整理的是此時尚處於紊亂狀態的戰爭詩，並藉此分析出戰爭與文學間的互動關係。更重要的是，希望經由研究戰爭詩，體察詩人們在身受戰爭之時，從犧牲中獲得了什麼教訓？「戰爭」在詩人心中有何意義？詩人對戰爭的認識又是什麼？詩人如何詮釋「戰爭」的真諦？華語戰爭詩如何敘述戰爭背後的內容與境界？以喚醒人們對於「戰爭」這種暴力行為的覺醒，從戰爭詩中認識戰爭、吸取經驗，不再沈迷於「殘酷恐怖之美感」。使人們在欣賞描寫戰爭形式外觀之文學作品時，不被血腥殘暴的表象所蒙蔽，客觀冷靜地分析出其是非善惡；對帶有作者主觀性詮釋的主戰或反戰文學，能有智慧地不被其侷限；並進而體會出戰爭文學的意境，使人們具有鑑賞戰爭文學的能力，加深對戰爭的認識，瞭解戰爭的本質，以多角度的視野去觀察戰爭。

全球局勢詭譎多變，筆者以為對戰爭的瞭解，不應只停留於主戰、反戰、厭戰、拒戰、畏戰的識見中打轉，光是討論這些，將導致一個國家或社會無法對應時代的課題，人們應當借助過去歷史或文學的經驗，去懂得並認清戰爭的形式與道理，不為所惑，更勇敢地迎向未來。

五　與其他近似體裁之分別

有些類似於戰爭詩的體裁，例如邊塞詩、愛國詩、軍旅詩等，以其極容易混淆，是故在此欲做一說明。

所謂「邊塞詩」，有些集本直接採用此名，卻不說明定義，如：

更生選注《歷朝邊塞軍旅詩》[48]、黃麟書《宋代邊塞詩鈔》[49]等。許總《唐詩體派論》不以邊塞詩為其名稱，而以代表人物名之曰「高岑體」[50]。何寄澎《總是玉關情》言：「凡詩中描寫的人、事，只要不脫邊塞範圍，就應列為邊塞詩。」這種說法失之過簡；古遠清《詩歌分類學》解釋：「邊塞詩的概念，帶有地域性與戰略性。地域性，是指這類詩體所表現的均是邊塞大自然的奇采壯觀和西部絢麗多姿的風土人情。戰略性，是指邊塞的「塞」，使人聯想到守衛祖國要塞的含義。」[51]相當清楚扼要。古氏其後說到：「古代的邊塞詩，大多與戰爭有關，與軍旅詩多有重疊交叉之處。」已經注意到邊塞詩與戰爭詩有關。洪讚在其研究中則提到：「它（戰爭詩）不同於邊塞詩，雖然邊塞詩中極大部分都是戰爭詩，但邊塞詩畢竟不等於戰爭詩，因為邊塞詩中還有描寫塞外風光或邊人生活的詩篇，而這些都不是戰爭詩。」[52]將邊塞詩中不屬於戰爭詩的部分，劃分出來。

所謂的「愛國詩」，在臺灣早期由於處於戰爭威脅之時代背景，出現了一些選集，如：黃永武《愛國詩牆》[53]、朱子赤《愛國詩詞選粹》[54]等，但並未說解「愛國詩」之含意。黃益庸、衣殿臣編著《歷代愛國詩》在前言部分則對此有較深入之說明：「對愛國詩的界定，我們認為不宜作過於狹隘的理解，而應作較寬泛的理解。……有民族英雄和愛國志士抒發愛國情操，表現民族氣節的詩篇……；有歌頌邊防將士誓死殺敵衛國的為國建功立業的雄心壯志的詩篇，……；有讚

48 更生選注：《歷朝邊塞軍旅詩》（北京市：華夏出版社，2000年）。

49 黃麟書：《宋代邊塞詩鈔》（臺北市：東明文化基金會，1989年）。

50 許總：《唐詩體派論》（臺北市：文津出版社，1994年），頁278-323。

51 古遠清：《詩歌分類學》（高雄市：復文圖書出版社，1991年），頁316。

52 洪讚：《唐代戰爭詩研究》，頁4-5。

53 黃永武：《愛國詩牆》（臺北市：尚友出版社，1981年）。

54 朱子赤：《愛國詩詞選粹》（臺北市：文史哲出版社，1988年）。

美廣大愛國軍民在反對帝國主義侵略戰爭中的偉大英雄業績和大無畏的自我犧牲精神的。」[55]已經將「愛國詩」規劃出主要之內容。

「軍旅詩」是一種晚近才提出的新名詞。古遠清《詩歌分類學》第三篇中由題材選取上劃分，其中一類為「軍旅詩」，其下的定義為：「以國防為識別標誌的軍旅詩，是以戰爭、軍人、部隊生活、軍事建設為表現對象的一種詩歌樣式。」[56]可見是以軍事相關題材作為範圍的體裁。

戰爭詩與邊塞詩、軍旅詩主要的不同，筆者以為可以回歸一篇作品描述的時間與空間來看，時空設定在戰場、戰時，就是戰爭詩，空間設定在邊塞，就是邊塞詩，時空設定在軍事時期、軍事空間，而主要人物是軍人、部隊等等，就是軍旅詩。這些體裁之所以混淆，是因為戰爭有時發生於邊塞這個空間，而人物也有些為軍人，所以戰爭詩、邊塞詩與軍旅詩，常有重疊之部分，而必須瞭解的是一首戰爭詩，有可能同時也是邊塞詩，也可能同時是軍旅詩，甚或既是戰爭詩，也是邊塞詩，同時也是軍旅詩，這些情況都是有可能，而且可以成立的。就好比三個圓圈，各自有兩兩相交的範圍，但也有三者共同的部分。也就是說，如果一首詩描寫的是戰爭時期與戰場的情況，而其發生之場所為邊塞，且主要人物為軍人或部隊，這首詩就既是戰爭詩，也是邊塞詩與軍旅詩；一首詩如果描寫戰爭時期與戰場，但其戰場並非邊塞，而人物是軍隊，則其為戰爭詩與軍旅詩，與邊塞詩無關；倘若一首詩描述為戰時與戰場，此戰場為邊塞，但人物不是軍隊，則此詩為戰爭詩與邊塞詩，與軍旅詩無關；若一首詩描述空間為邊塞，人物為軍隊，但非戰時也非戰場，則此詩為邊塞詩與軍旅詩，

---

55 黃益庸、衣殿臣編著：《歷代愛國詩》（北京市：大眾文藝出版社，1998年），頁2。

56 古遠清：《詩歌分類學》（高雄市：復文出版社，1991年），頁281-296。

與戰爭詩無關；假使一首詩僅是描述戰時與戰場，戰場非邊塞、人物未出現軍隊，則僅是戰爭詩，與邊塞詩或軍旅詩無關；若一首詩描述空間為邊塞，時間非戰時，人物未出現軍隊，僅是邊塞詩，與戰爭詩、軍旅詩無關；假設一首詩取材與軍隊或軍事有關，而空間不是發生於邊塞，也非戰場，時間也不是戰爭時期，則僅是軍旅詩，與邊塞詩、戰爭詩無關。

第四節　略述西方文學傳統中的戰爭要素

豐華瞻先生曾在他的《中西詩歌比較》當中，比較了中西詩人對戰爭的態度。一反傳統詩學批評對於中西戰爭詩的刻板印象，豐先生舉出數首東方與西方的詩作來證明，華語圈的詩人不一定反戰，而西方的詩歌未必都支持戰爭。在西方的詩人當中，如湯瑪斯・摩耳（Thomas More）、拜倫（George Gordon, Lord Byron）、托馬斯・堪倍爾（Thomas Campbell）以至後來的近代作家，皆以詩的形式傳達了他們對於戰爭的複雜態度[57]。詳細來說，拜倫處於歐美文學當中的浪漫時期（The Romantic Period, 1785-1830），戰爭的壯闊，與浪漫時期的民族英雄崇拜潮流不謀而合，因而詩人們對於當時的戰爭活動，如美國革命與法國大革命，曾賦予美麗的期望。拜倫就在其詩作《洽爾德・哈洛爾遊記》（*Child Harold's Pilgrimage*）對拿破崙寄予崇高的期望，希望這位法國民族英雄能夠再次震撼世界（And shake again the world, The Thunderer of the scene!）[58]，而浪漫時期的英雄主義多起源於掙脫傳統束縛的自由精神，所以也有不少文人為文支持革除

57 豐華瞻著：《中西詩歌比較》，頁108-118。

58 拜倫：《洽爾德・哈洛爾遊記》，第三章第三十六節。

社會教條的革命活動，作家湯瑪斯．潘（Thomas Paine）就著有《人權》（*Human Right*）以支持法國革命的自由精神。然而，浪漫詩人的熱情在面對戰鬥的殘酷時，仍然有趨向冷靜之時，詩人威廉．華茲華斯（William Wordsworth）聽聞法國革命的「九月屠殺」（September Massacre）之後，就在其詩（The Prelude）中譴責暴民，指出他們在血腥的暴動中已經失去了自己的理想：「反身成為壓迫者……法國人已經轉自衛為征服，喪失了他們原有的理想。」[59]此一對於戰爭的反覆省思在近代歐美文學更是具有舉足輕重的地位，從第一次世界大戰的全面性戰鬥以至第二次世界大戰的毀滅性結果，歐美文人開始思索西方文化引以為傲的理性與信仰在戰爭中的無力感，豐先生所舉詩例，桑德堡的〈草〉，以極富創意的方式說明人類用理性與科學所創造的文明，在戰爭時傾圮於一旦，然後由野草回覆以無限的荒涼：「屍骨埋入地下，一切由我做主。」現代詩人艾略特（T. S. Eliot）為此一荒涼之景象以文化典故開拓更多的想像空間：「……我們在邁利曾經同過船啊！去年你在園中種下的屍體，有沒有發芽？今年可會開花？曾否為空降的寒霜所摧毀？」[60]邁利（Mylae）為羅馬與迦太基之間第一次戰爭的戰場（公元前二六四年），此處暗指第一次世界大戰，點明在人們科技進步的幻想之下，仍然重複著戰爭的愚行，因而以古代深埋神像的儀式為寄託，將屍體埋入地下，期待著戰亂荒蕪之後可能復有的豐收。

從浪漫時代的自由主義、個人主義、人文主義、到現代文學中的

---

59 原文為 “become oppressors in their term, Frenchmen had changed a war of self-defence For one of conquest, losing sight of all which they had struggled for.” Abrams, M. H. , *The Introduction to Romantic Period*（London: W. W. Norton & Company, 1993）, p.2.

60 原文為 “You who were with me in the ships at Maley! That corpse you planted in your garden, Has it begun to sprout?” 參考李俊清譯註：《艾略特的荒原》（臺北市：書林出版公司，1992年），頁55。

批判潮流，可以看到西方文學為戰爭所關照的多樣面向。戰爭的壯烈可以敘述民族的尊嚴，發展人在面臨危機時的強壯潛能，卻也泯滅了非戰之時可能發展出來的人性，將人類的未來帶向荒蕪，等待新生。這些以詩文觀察戰爭的思想原創性，都可以在西方文化的兩大源頭——希臘羅馬文化與基督教文化，追溯其蹤跡。浪漫主義裡的自由主義，如拜倫《洽爾德·哈洛爾遊記》的〈希臘島〉所述：「世世代代被奴役的人們！你們可明白；誰想要獲得自由，必須自己起來爭鬥？」而希臘人起身抗戰的理由，則來自歷史上雅典城邦的高度文明：「美麗的希臘！一度燦爛而淒涼的遺跡！你消失了，然而不朽；傾圮了，然而偉大！」古典文明發展的中心思想之一，來自於以一己之力與天爭權的人本思維，如此理想在戰爭的險惡當中可見全然的發揮，故戰爭在古典文學為一重要的主題。而艾略特所描述，第一次世界大戰之後的荒寒，在基督教的儀式文化裡也可以找到理想中的依歸，在邁利的典故之前，《荒原》出現了教堂的象徵：「每個人的目光死盯著腳步……走向聖瑪麗伍爾諾斯教堂，教堂正以象徵死亡的聲音敲過九句中的第九響……」[61]在此，詩人的宗教情操與人類的非理性行為針鋒相對，若追根究柢，這兩個提供後世文人創作養料的文學傳統，對於戰爭又有如何直接的體驗？

希臘羅馬文化中的重要作品，荷馬史詩（Homer's Epics），即以戰爭為主要素材，勾勒出人性的種種型態。其中之一，伊利亞德（Iliad）記述的是特洛伊戰史[62]，其中至今仍為後世所津津樂道的

---

61 原文為"And each man fixed his eyes before his feet... To where Saint Mary Woolnoth kept the hours with a dead sound on the final stroke of nine."鐘聲的第九響為耶穌死亡的時刻，同前註。

62 特洛伊戰爭（Trojan War）公元前一一五九年希臘城邦與特洛伊城發生的戰爭。

人物，如阿其里斯（Achilles）[63]、奧德休斯（Odysseus）[64]、與亞格曼儂（Agamemnon）[65]皆為戰爭中的將領，這些人物在砍戰殺伐之事中暴露出人類的特質。在荷馬的筆下，戰鬥的鮮血淋漓有其迷人之處，因而詩裡常見殘暴的場面，如希臘將領珮托克拉斯（Patroclus）在戰場上以兵器刺穿敵人下顎並騎馬將其拖過沙場的著名畫面[66]。雖然，這些描述成為荷馬入詩的基本素材，刺激讀者（或聽者，史詩本為口傳）的感官，另一方面也引起人們對於戰爭的恐懼感。故多數批評家以為，荷馬所挑起戰爭「可怖的美感」（terrible beauty）體現了人生的重大矛盾之一，人們為暴力的美感所吸引，卻又恐懼其威力，在殘暴本能與自我安全的意志選擇之間落入了生存與死亡的矛盾。[67]

荷馬史詩對於戰爭的深入透視，是其流傳千古的主因之一。戰爭的吸引力，以血的美感為中心點，擴散在社會所賦予的戰爭意義當中，把戰士們的爭鬥本能向外在環境投射而成英雄主義。如羅青所言，伊利亞德兼顧戰爭兩項事實：戰場一方面是「眾人揚名立萬之地」，另一方面也是「悲哀眼淚之源」。故伊利亞德會把在戰場上叱

---

63 阿其里斯（Achilles），特洛伊戰爭中希臘軍的大將，與總指揮官之間因為戰利品分配的問題而拒絕上戰場，造成希臘軍隊節節敗退。其驍勇善戰的形象成為西方英雄的典型之一。

64 奧德休斯（Odysseus），希臘軍隊裡著名的智慧型戰士，以其「木馬屠城」的計謀結束特洛伊戰爭。奧德休斯的理智表現在荷馬的另一部史詩《奧得賽》（*Odyssey*）裡發揮到淋漓盡致，為西方人於戰爭的狂熱當中豎立一個理性的形象。

65 亞格曼儂（Agamemnon），希臘軍隊總指揮，為求希臘艦隊順利出航，將女兒獻祭給神明。其家庭悲劇成為戰爭與人性相左之顯例。

66 英譯文為 "Patroclus rising beside him stabbed his right jawbone, ramming the spearhead over the chariot-rail, hoisted, dragged the Trojan out as an angler perched on a jutting rock ledge drags some fish from the sea..."

67 參考 The Norton Anthology of World Masterpieces Mack et al ed. 6th ed. *The Introduction to Homer*（London: W. W, Norton & Company, 1992）,p.94.

吒風雲的人物賦予神聖的形象，卻也不會忽略掉他們死時的慘狀。[68] 除了荷馬史詩之外，特洛伊戰爭也給予希臘悲劇從戰爭中思考生存本質的機會，[69] 伊斯奇勒斯（Aeschylus）所著詩劇《亞格曼儂》以希臘將領亞格曼儂凱旋歸國為起點，展開一場即將發生的人倫悲劇。儘管唱詩班壯麗地傳達出戰爭勝利的畫面，也唱出對於戰敗國的優越感，舞臺上的人們還是訴說出他們對戰爭的感慨：「戰神這個兌換死屍的兌錢商，在戰場上舉平他的矛，把吮飽苦澀淚水的屍土，從特洛伊的焚屍場，送還他們的親人，並以曾是壯漢的一把灰，填平一個個瓦甕。」[70]

隨著希臘城邦勢力的衰落，羅馬帝國興起，維吉爾（Virgil）在帝國開國時期為羅馬的政治勢力背書，寫成史詩《伊尼亞斯逃亡記》（*The Aeneid*）。詩中主角伊尼亞斯（Aeneas）為特洛伊人，在故鄉淪陷之後，受到天啟前往義大利，建設羅馬帝國，如史詩一開頭所言：「這是戰爭的故事和一個人的故事，」[71] 主角於戰敗之時負起民族責任，戰爭的破壞因此帶給人們的不只是全然的破壞，還有重新建設家園的希望。在這裡，值得注意的是，伊尼亞斯的英雄形象不同於以往希臘戰爭中的將領，詩人經由這位國家主人翁將戰爭的重點從個人的

---

68 羅青著：《荷馬史詩研究：詩魂貫古今》（臺北市：臺灣學生書局，1994年），頁136。

69 希臘羅馬文明中的戲劇皆以詩句構成，此做法影響後世（尤其是文藝復興時代）戲劇創作甚深。

70 英譯文為“War, War, the great gold-broker of corpses holds the balance of the battle on his spear! Home from the pyres he sends them, home from Troy to the loved ones, weighted with tears, the urns brimmed full, the heroes return in gold-dust, dear, light ash for men...”（434-440），中譯文參照黃毓秀、曾珍珍合譯，《希臘悲劇》（臺北市：書林出版公司，1984年），頁35。

71 英譯文為“I sing of warfare and a man at war”（1），中譯文參照曹鴻昭譯：《伊尼亞斯逃亡記》（臺北市：聯經出版社，1986年），頁1。

成敗（如阿其里斯壓倒性的能力）轉移到團體的責任上，所以，不論在詩開始的戰敗場面或詩末的勝利，戰鬥的目的都在於保衛自己的家人與族群，以確保國家團體的重要根基。

在羅馬帝國陷落之後，歐洲進入中古時期，基督教信仰代替集權政治統領歐洲，教士階級身為當時特有的知識分子，撰寫騎士與異教徒戰鬥的傳奇故事以鞏固民間的宗教情感。故此時，戰爭中的英雄個人主義由民族國家的範疇轉換到宗教信仰上來。其中最有名的騎士詩篇為法國的《羅蘭之歌》（*The Song of Roland*）。文中主角羅蘭為第一次十字軍東征查理曼大帝的愛將，為了對抗回教徒，羅蘭的戰爭情操奠基於他對神的忠心，這一忠誠由他對於君主的效力顯現出來（此態度助長中古時期的騎士封建制度）[72]，如羅蘭義正辭嚴對屬下告誡「身為人必須為主上承受苦難、承受重擊、承受苦寒……別讓後人恥笑我們，因為異端不智，而基督徒必勝！」[73]然而，不論騎士戰爭的口號如何神聖，人們在戰場上進行之事仍然是赤裸裸的殺戮。詩末羅蘭為內賊所害，身中埋伏，仍然手刃數十個西班牙人，所向披靡，在他即將戰死之時，他吹響號角呼叫查理曼的援軍見證他的壯烈，用力過度致使太陽穴鮮血迸流[74]，在他倒下之後，上帝派來天使迎接他的

---

72 在基督教尚未成為文化主流之前，早期的中古英文記載了許多部族之間的戰爭，如冒頓之役（The Battle of Maldon）、布魯南堡之役（The Battle of Brunanburh），皆以敘事短詩（Short Verse Narrative）的形式流傳下來，這些詩篇所記載的部落戰爭守則，即戰士勇敢為領袖效命，而領袖照應屬下的精神，可說是中古騎士精神的前身。可參考顏元叔著：《英國文學：中古時期》（臺北市：書林出版公司，1993年）。

73 英譯文為“A man must bear some hardship for his lord, stand everything, the great heat, the great cold, ... let them no sing a bad song about us! Pagans are wrong and Christians are right!” 參照 The Norton Anthology of World Masterpieces Mack et al ed. 6th ed.*The Introduction to Song of Roland*（London: W. W, Norton & Company, 1992）, p. 1157.

74 英譯文為“Roland the Count fights well and with great skill, but he is hot, his body soak

靈魂[75]。經由文學與宗教論述的想像力，表現出中古騎士在沙場上為信仰犧牲的意義。[76]

戰爭的殘酷本質基本上與基督宗教所要求的悲憫精神相衝突，故在教會文化中的騎士所必備的條件，除了驍勇善戰之外，也必須由種種的禮儀來束縛他們的戰鬥能力，如同喬叟（Geoffery Chaucer, 1343-1400）在其著名詩篇《坎特伯里故事集》（*The Canterbury Tales*）就曾經描繪出中古世紀理想騎士的矛盾形象：一個戰士應該要在上帝的支持下奮勇殺敵，平時卻又要溫文有禮，像女人一樣。[77]中古世紀後期，雖然騎士文化已經因為火藥科學與商業發達的緣故漸趨沒落，然而騎士在社會上仍然享有貴族的地位，故喬叟在其作品當中會將騎士的言行舉止與一般俗夫的文化並置以造成強烈的對比。因此，為信仰作戰的英雄形象成為社會規範出來的理想標竿，中古世紀的軍事文化也因此悄悄成為歐洲人文傳統的重要基石。

綜合以上所述，西方文學傳統中隱含著對於戰爭行為的矛盾情感，鮮血橫飛、浩氣四射的場景在文學中迎合著讀者的感官刺激與爭鬥本能，並配合著信仰或榮譽等等的社會價值建構出某種特定的文化

---

with sweat, and much pain, his temple broken with because he blew the horn...” pp.2098-2102。

75 英譯文為“He held his head bowed down upon his arm, he is gone, his two hands joined, to his end, Then God sent him his angel Cherubin, and Saint Michael...” pp.2392-2394。

76 中古騎士的戰爭故事除了羅蘭的詩篇之外，還有英文散文所記載的亞瑟王與圓桌武士的傳奇（King Arthur and Round Table Nights），主要作品有馬洛里（Sir Thomas Malory）的《亞瑟之死》（*Marte Darthur*）。

77 原古英文為“A Knight ther was, and that a worthy man, ...Ful worthy was he in his lordess were, as well in Christendom as hethenesse,... as meeke as is a maide...”（The General Prologue, pp.45-69）「有一位騎士，是一位高貴的人物，自從他騎乘出行以來，始終酷愛騎士精神，以忠實為上，推崇正義，通曉禮儀。為主人作戰，英勇無比……而他的外表卻像一位姑娘那樣溫和……」。

情操，以使讀者認同戰爭的必要性。如同荷馬史詩裡戰士的殺伐寄寓在信譽與榮耀當中，而中古騎士的刀光劍影則籠罩於基督天主的光環之下。然而，人們對死亡的恐懼卻迫使他們反思這些殘酷行為可能帶來的後果，這些文學上的反省之聲配合著文明的變遷形成人們與自我毀滅本能之間的種種妥協行為。故戰爭會在詩人的筆下成為悲劇的催化劑，成為詩作獻祭眾神以求國泰民安，或在憐憫與慈善的宗教教條之下，成為剷除異端的必要之惡。若剔除文人們在詩中所附加的社會價值，戰爭文學中的主戰與反戰之聲，本質上可視為生命中生死慾望的交錯地帶。詩人對於此一矛盾情感的掌握程度，決定了其作品在文學傳統中的價值。

換句話說，不論社會觀念給予人性當中的殘暴面向多大的助力，不論國家或宗教文化所型構的英雄主義賦予戰士們多少殺戮的意義，戰爭行為基本上就是一種人性矛盾的存在。在社會價值不斷變動的歷史中，詩作就是因為描述這種矛盾性而展現其深度。羅青先生曾提出荷馬史詩當中的社會價值（譬如特洛伊與希臘人的城邦之爭）並非描述的重點，其中兩方戰敗的場面都同樣壯烈，同樣悲哀。若詩人無法保持這個觀察人性的公正態度，詩的力量就會減弱。如在歷史劇《亨利五世》（*Henry V*）中，莎士比亞就太過於強調其國家的立場，而忽略了戰爭的普遍性質。[78]莎士比亞所處時代，舞臺道具設備不夠發達，《亨利五世》一劇為強化戰爭的場面，以個人獨白的方式將戰爭之事以詩行表達出來，激發觀眾的想像力。其中寫景意象堪稱一絕：「黑夜籠罩大地，兩軍對壘紮營，對方營地寂靜中傳來喑啞碎響，挺立的衛兵間的慎言細語，兩陣間幾乎可以互相聽聞，營火回應營火，

[78] 參考羅青著：《荷馬史詩研究——詩魂貫古今》，頁149。

散出蒼白焰苗，微明映出對方兵卒黑暗的臉龐。」（IV, 5-9）[79] 雖然這類的詩行活靈活現地傳達了英法兩軍之間風聲鶴唳的戰役景象，傳達出英王如何在惡劣的環境下克敵制勝宣揚國威，然而，莎翁在國家主義的蒙蔽之下，並未充分思考戰爭的殘酷，致使其主角亨利五世的英雄形象有了瑕疵，這位國王在面對爭戰勞苦的質問時，即發表了無法令臣民信服的演說：「國王沒有責任要負擔起每個兵士的身死，父親不負責兒子的身死，主人不負責僕人的身死，因為，他們的原意是派他們去執行任務，不是派他們去死。」[80] 甚至，如同基督宗教在十字軍東征時所顯現的弔詭，英王亦以不可知的神意來強調這場戰爭的合理性，因為聖經云人人皆負有原罪：「戰爭變成他的法警，戰爭變成他的天譴；於是，在這裡有人遭受懲罰，因為他先前破壞了國王的律法，如今正好為國王賣命作補贖。」[81]

此類英雄形象的矛盾說明了片面的國族價值觀在面對普遍人性時的困境。文藝復興時期是歐洲人民各個生活層面開始劇烈活動的時期。歐洲人在思索重大事務（如戰爭）之時，無法再以單一的價值觀（如國家或宗教）作為依歸，單純而樂觀的英雄行為（如羅蘭

---

79 參考顏元叔譯：《莎士比亞通論：歷史劇》（臺北市：書林出版公司，1995年），頁398。
From camp to camp through the foul womb of night.
The hum of either army stilly sounds.
That fix'd sentinels almost receive.
The secret whispers of each other's watch
Fire answer fire, and through their paly flames.
Each battle sees the other's umber'd face.

80 同前註，頁408。"The king is not bound to answer the particular endings of his solders, the father of his son, nor the master of his servent; for they purpose not their death when they purpose their services."

81 同前註，頁409。"War is his beadle, war is his vengeance; so that here men are punished for before-breath of the king's laws in now the king's quarrel."

或亨利之戰鬥）也因而成為泡影。「文藝復興人」的代表形象哈姆雷特（Hamlet）曾對戰爭發表過一針見血之詞：「兩千條人命兩萬元的金錢，竟然拿來爭奪這一席之地，這是財富太多、和平太久形成的內組，腑臟破裂，而表面沒有跡象顯示這個人為什麼死了。」[82]

在莎翁悲劇中，哈姆雷特具有軍人與文人的特質，並於威登堡（Wittenberg 宗教改革啟蒙之地）吸收新的基督教觀念，加上其古典學養，其思考的材料可謂兼容並蓄，卻無法將征伐的動機託付於任何一項外在的價值，只能名之以人心內在的病變，亦即安逸的生活以後，燦爛一死之慾望，道盡戰爭的虛無與荒謬。

哈姆雷特所身處的文藝復興後期可說是現代西方社會的前身，因為此時歐洲文化的各個層面（尤其是政治與宗教）都已經具備現代社會的雛形，古典時代的哲學基礎、中古時代的神學信仰、以及各個歐洲民族在中古時期以後所發展出來的國家意識，多已沉澱在西方人的心靈深層，並隨著時代的進展發展其世界觀，文藝復興之後，新古典時期與浪漫時期雖然創作態度相異，仍然是以這些文化資產為養料。其中對於戰爭這一議題的觀察，雖有以往的文明基礎作為參考點，如本章開頭所討論，仍然不脫戰爭行為最根本的矛盾，即人性當中的好戰因子與生存慾望，不論精神文明如何發展，這一人性恆久的衝突點仍然決定了歷史的走向，近代的兩次世界大戰可資其證。英國詩人魏佛瑞·歐文（Wilfred Owen）曾做詩描述第一次世界大戰的情景：士兵們佝僂著走過戰場（Bent double, like old beggars under sacks,

---

82 同前註，頁 333。"Two sounds souls and twenty thousand ducats will not debate the question of this straw!
This is th' impostume of much wealth and peace,
That inward breaks, and shows no cause without
When the man dies."

knock-kneed, coughing like hags,）咒罵聲在泥濘中響著，在身後夜光彈的閃爍之下，行軍的人昏昏欲睡（we cursed through sludge, Till on the haunting flares we turned our backs And towards our distant rest began to trudge. Man marched asleep.），突然之間毒氣襲擊，一個青年在綠色的煙霧當中抽搐、窒息、死去，他的同袍還聽得到血液在他的肺裡翻攪，敘詩者說，他瀕死的面容像是沉淪於罪惡中的惡魔（a devil's sick of sin），最後，很諷刺地，這首詩的詩題為這幕景象作結論：為國捐軀，死得其所（Dulce et decorum est Pro patria morr）。讀者可以跟著詩人自問，除去信仰的外衣與國家的口號，人們還能對這一幕說些什麼？[83]

第五節　西方文學批評中對於戰爭詩一詞之思辯

史鐸沃西（Jon Stallworthy）曾於《牛津戰爭詩選集》（*The Oxford Book of War Poetry*）中以英國浪漫詩人華茲華斯（William Wordsworth）對詩的定義解釋詩歌於戰爭中的定位：「詩是人性中強烈情感不自覺的豐盈流露（Poetry is the spontaneous overflow of powerful feeling）。」就史氏所言，在語言上所凝鍊的熾烈情感川流過戰爭裡的芸芸眾生，如戰場上的戰士、鐵蹄下的婦孺、或戰亂背後的政客，將會在詩頁上迸裂出人性經驗中最為直覺的吶喊。在戰爭詩的編輯當中，如此評論可以為詩人的吟唱揭開一個美麗的序幕，然而，如凱特連（Sara Katelan）於其教學網站上所言，這樣的做法於學院研究的標準來說稍嫌模糊。她在研究第一次世界大戰的詩人之前，就

83 歐文的詩Dulce Et Decorum Est（1920）旨在批判當時的愛國女詩人潔茜．波普（Jessie Pope）的主戰思想。

給戰爭詩下了以下兩個定義：（一）所有描述戰爭事物的詩篇，（二）戰爭詩人的生活都曾直接或間接地受到戰爭的影響。

第一個定義若以主題學加以探討，可知若詩人將戰爭的事物入詩，一即將戰爭當作書寫的主題（subject），其寫作的主旨將不可避免地感染到戰爭的思考模式，如主戰或反戰的心理衝突。只要作者與讀者（或批評者）對於戰爭行為有基本的共識，以此定義所歸類的作品較不易產生爭論。另一方面，凱氏所列的第二個定義於不同的文學批評派別之間將會引發不同的反應。自強生博士（Dr. Samuel Johnson）以降的文學古典研究方式形塑了文學家不可侵犯的作者權威，作者書寫的本意造就了作品（work），唯有在歷史的紀錄當中再現作者的生活經驗，學者才能為文學作品找到準確的詮釋。學者對於歐文（Welfred Owen）的研究即為戰爭詩中作者本體論的一個例證，歐文身為第一次世界大戰的英國軍官，以悲憫的眼光將自己的戎馬生命串聯於詩作當中，「身為一個軍官，」他說，「我可以用軍事領導的方式直接幫助這些孩子，然而，看著他們所受到的苦難，我可以為他們發出自己的聲音。」

作者本意論的一元性在後現代文學批評界遭到空前的挑戰，在羅蘭巴特（Roland Barthe）「作者之死」（the death of the author）的口號下，作者所完成的作品成為文本（text），隨著讀者的參與產生不同的意義。以戰爭詩來說，布魯克（Rupert Brooke）並未直接參與世界大戰，批評家仍然根據當代讀者對其詩做的反應將之視為戰爭詩人，再者，反觀英美文學史，仍有作家並未直接由生活當中吸取戰爭的經驗，卻仍經由其書寫激發讀者對戰爭的想像，如莎士比亞並未參與英法百年戰爭，卻還是讓讀者在其歷史劇中經歷這場裡史上有名的戰役。換句話說，讀者反應在主題閱讀的要求下雖然不能提供文本詮釋一個「科學」的獨斷根據，卻能將文本自作者幽暗的主觀意識中釋放出來，由讀者參與其與語意建構的過程，並得到反觀自我意識的機會，以戰爭詩為例，作者若未直接或間接參與戰場上的活動，其作品可能有失真之嫌，可是在各個層面的閱讀角度下，戰爭文學的參與者仍可透過文字的想像空間找到戰爭的另一獨特真實面。

如此由戰爭詩的作者觀點與讀者觀點反覆思考的文學批評角度：以文本為主、以作者生平為參考的基本思路，在這條思路之外，筆者以為，研究者必須將讀者的閱讀背景與動機納入研究的領域，才能勾勒文學更為客觀的活動面向。

第三章
三國時代戰爭詩產生的背景

一時代有一時代之文學，文學的題材、內容、體裁……等等，往往與時代背景緊緊相扣。而詩人之創作也每每與其生平遭遇有關，正如同唇與齒般相輔相成。包美珍〈魏晉南北朝詩及作者的地理分佈〉認為：「……在文學上有山水、田園、神怪、遊仙、隱逸、厭戰作品之出現。沿流討源，振葉尋根，則自建安以來三百八十餘年，玉石俱焚之茫茫浩劫，實有以促成之。」[1]事實上不只是厭戰作品，主戰作品或不主戰也不反戰作品，都是當時社會情況所促成的。以下就略敘當時的情勢與三國時代戰爭詩之間的關聯。

一　長時期政爭與戰亂

東漢末年一直到三國結束，其間不斷地有政爭與戰亂。東漢末年，外戚與宦官交互專政，兩派勢力互有消長，劉志義主編《中國叛亂實錄》：「外戚專政是封建政治的一大特色，又以兩漢時期最為典型。」[2]終致釀成黨錮之禍，二次黨錮之後，朝政日亂。人民不堪困苦，於是張角創太平道，倡言「蒼天已死，黃天當立」，發生「黃巾之亂」。這時邊患也日益熾盛，羌族、鮮卑……等等乘虛而入，於是造成軍閥割據與混戰，其中最有勢力者，當屬董卓。袁紹與何進為解

1　包美珍：〈魏晉南北朝詩及作者的地理分佈〉（香港：能仁書院中國文學研究所碩士論文，1984年），頁7。

2　劉志義主編：《中國叛亂實錄》（濟南市：齊魯書社，1999年），頁5。

除宦官之危害，於是招董卓入京，最後導致董卓之亂。從此進入大規模戰爭時期，未來之三國人物陸續登場，為三分天下奠定勢力基礎，從群雄攻討董卓、曹操攻打徐州陶謙、曹操擊破袁術、呂布攻荀彧、曹操破呂布、曹操據豫州定都許昌、曹操與張繡之戰、曹操攻劉備擒關羽、袁曹官渡之戰、孫策開拓江東、豫章之戰、曹操統一北方、曹操打敗烏桓、孫曹赤壁之戰、劉備襲取漢中……等等大小戰事不斷。等到三國鼎立局面形成，戰爭也未嘗平息，吳蜀荊州、夷陵之戰、關羽與曹軍樊城對峙……等等。建安二十五年，曹丕改國號為魏，劉備也在成都稱帝，吳王孫權也在魏太和三年稱帝。當時不只是戰爭仍然持續，如：孫劉猇亭對峙、曹丕平烏桓、鮮卑、曹丕三次伐吳、諸葛亮四次攻曹叡、街亭之戰、吳攻魏之戰、曹叡親征吳、魏滅蜀之戰、晉滅吳之戰……等等。同室操戈、王室內亂的情況也很嚴重，如曹丕毒殺任城王曹彰、迫害曹植與曹彪、司馬氏一族的專政……等等。著名的〈七步詩〉:「本是同根生，相煎何太急！」就是描寫這種狀況。

從戰爭詩中另外也反映出，當時人民由於兵連禍結而流離失所的慘況。在王仲犖《魏晉南北朝史》中就說三國時代「統治階級的混戰給社會帶來了巨大破壞」[3]。例如董卓的西北軍毫無軍紀可言，進入洛陽之後，放縱士兵「淫虐婦女，剽虜資物，謂之『搜牢』。」(《後漢書・董卓傳》) 當董卓撤出洛陽，「卓又盡徙洛陽人數百萬口於長安，步騎驅蹙，更相蹈藉，飢餓寇掠，積尸盈路」。(《後漢書・董卓傳》) 關中如此，其他地區的情況也不好，譬如在山東，世家大族與地方牧守在聲討董卓的同時，又互相廝殺。其他如涿郡舊有民戶十萬、口六十三萬(《續漢書・郡國志》)，到了曹魏時，只「領戶三萬」(《三國志・魏志・崔林傳》注引《魏名臣表》)；鄢陵舊有民

3　王仲犖：《魏晉南北朝史》(上海市：上海人民出版社，1979年)，頁19。

戶五、六萬家，經過戰火浩劫後，只剩下數百民戶（《晉書．庾峻傳》）。

人民以鋒鏑餘生，奔走四方者更是為數眾多。如：青州人民流徙入幽州者百萬餘口（《後漢書．劉虞傳》）；關隴人民流徙入荊州者十餘萬家（《三國志．魏志．衛覬傳》），流徙至益州者數萬家（《三國志．蜀志．劉璋傳》注引《英雄記》），流徙至漢中者又數萬家（《三國志．魏志．張魯傳》）；荊州之民，又移詣冀州（《續漢書．五行志》）。因為戰爭而避難至他鄉者，成千上萬計算，可見三國時代生民之苦。所以詩人才特別有所感，而以詩記錄此種情形，用簡短之篇幅，刻畫出人民的神態與內心情緒，藉此側面抒發自己對此情況之憂心忡忡與憐憫生民之情，雖未直接寫明，卻耐人尋味。

從以上羅列如此眾多之戰爭可知當時中原板蕩、海宇揚塵、烽火連天導致黔庶塗炭的情況，這些戰爭也化作詩人們作詩的題材，如曹操〈薤露〉寫的是東漢末年外戚與宦官專政導致戰爭的情況、王粲〈從軍詩〉五首寫的是曹操征張魯大軍浩蕩之情況、應瑒〈侍五官中郎將建章臺集詩〉寫的是漢末戰爭生民流離之景、曹丕〈至廣陵於馬上作詩〉寫的是曹丕征孫權的情況、曹植〈送應氏詩〉二首中的第一首寫的是董卓之亂……等等。陳義成〈漢魏六朝樂府研究〉：「詩歌本生活體驗與描敘，而戰爭生活為人類生活之激盪劇烈面。刺激文思，乃馳騁於翰墨。」[4]詩人或感於戰爭之煙塵千里，於是描繪併吞八荒之氣勢，或體驗到戰爭之殘酷，目睹河山殘破、民生茹苦含辛、殺人盈城，於是將惻隱之心、同情之懷，發為辭章。王銘惠〈魏晉詩歌悲怨意識之研究〉：「對於戰爭的狀況，不管是在沙場之上或是在被

4　陳義成：〈漢魏六朝樂府研究〉（新北市：輔仁大學中國文學研究所碩士論文，1973年），頁151。

肆虐的地方，在詩歌中都有令人怵目驚心的描述，以及戰事悲壯心情。」[5]也說明了戰爭對於詩人創作的影響。

二、儒學的逐漸衰微

漢代時由於大一統社會的安定，加以漢武帝的獨尊儒術，「名教」取得了重要的地位。然而隨著時代久遠，逐漸僵化，又因為三國時代兵荒馬亂，儒學無法適應戰爭訴求的需要，以及安頓人心的實用功能，於是逐漸衰微。林宴寬〈阮籍「自然與名教」思想析論〉：「『名教』社會行之日久，孔孟道德心的真情實意也日漸褪色，『名教』成為與利祿、神秘結合的僵化『教條』。」[6]這也就是為什麼三國時代作家大量轉向於文學創作的原因之一。從本文可知，三國時代有些戰爭詩是為了適應戰爭的要求，作為宣傳與安撫人心之用，如：曹叡〈苦寒行〉、王粲〈行辭新福歌〉、繆襲〈舊邦〉……等等，有些則不再以熟讀經史作為晉身之階，而以戰爭詩作為求官之用，如：應瑒〈侍五官中郎將建章臺集詩〉、曹植〈雜詩〉第五首、阮籍〈詠懷詩〉第三十八首……等等，有些則能夠突破自己的身分，用華語戰爭詩敘述自己對社會的真情實感，如：曹操〈蒿里行〉、曹丕〈雜詩〉、應璩〈百一詩〉第十八首……等等。可見儒學的衰微與戰爭詩之間的互動，而這也是三國時代主戰詩大量增加，詩人不以民生疾苦為考慮，也較不會傾向創作反戰詩的因素之一。當然，由於儒學的衰微，魏晉玄學的興替，造成玄言詩盛行，乃至「詩雜仙心」的情況，也對詩人

5　王銘惠：〈魏晉詩歌悲怨意識之研究〉（新北市：華梵大學東方人文思想研究所碩士論文，1999年），頁83。

6　林宴寬：〈阮籍「自然與名教」思想析論〉（臺北市，臺灣師範大學國文研究所碩士論文，1998年），頁21。

創作戰爭詩興趣減弱、建安風骨漸失的情形，產生一定的作用。

三　擺脫經學，文學自覺

此點文學潮流可以說是上一點的延續。李文初《漢魏六朝文學研究》：「由對個體生命的重新審視而激發起來的人的覺醒，使得魏晉南北朝的文學，無論文學理論批評或是文學創作，都顯示出強烈的主體性色彩。這是人的覺醒促使文學『自覺』發展的時代特徵。」[7]魏晉南北朝詩歌呈現主體性色彩，是人的覺醒促使文學自覺，是此時期重要特徵，前文也已經述及三國時代戰爭詩也呈現出這樣的特色。三國時代戰爭詩，雖然也有敘述自己志向的內容，但更多的時候是藉著景色的敘述吟詠情性，雖然有時也會引用經書中的例證，但大多數的時候是依照自身在面對戰爭時所得到感受來進行創作。例如：曹操〈苦寒行〉：「延頸長嘆息，遠行多所懷。我心何怫鬱？思欲一東歸。水深橋梁絕，中路正徘徊。」用大量的描述，抒發行軍辛苦的難過感受。王粲〈從軍詩〉：「被羽在先登，甘心除國疾。」大量重複自己要一馬當先，為國殺敵，叫囂著自己的企圖。曹丕〈陌上桑〉：「寢蒿草，蔭松柏，涕泣雨面霑枕席，伴旅單，稍稍日零落，惆悵竊自憐，相痛惜。」在詩中描繪自己淚流滿面的景況與惆悵自憐的情緒。諸如此類的戰爭詩作，無所保留地宣洩出自己的情感，不顧自己的身分，不顧言論的後果，甚至如曹丕〈雜詩〉中的第二首因為情感太過哀傷，所以被吳景旭《歷代詩話》認為不可能寫伐吳不克，久滯欲歸的心情，不可能向吳示弱。這些戰爭詩已經明顯地脫離儒家用政治、道德原則去規範限制詩歌感情的華語敘述方式，也遠遠離開溫柔敦厚的

7　李文初：《漢魏六朝文學研究》（廣州市：廣東人民出版社，2000年），頁95。

詩教。

此種情況的產生，除了與儒家的衰微有關外，與三國時代面對戰爭的需要，而採取的政治措施也有關聯。三國時代群雄並起，問鼎中原，有治國用兵之術者受到禮遇。如曹操〈敕有司取士勿廢偏短令〉:「夫有行之士未必能進取，進取之士未必能有行。」錢國盈〈魏晉人性論研究〉:「引起魏晉才性之辯的主要原因在於建安年間曹操所下的四次詔令，曹操所下的四次詔令皆涉及了才能與操行的問題，由此而引發了才能與操行孰輕孰重，二者是否一致的論辯。」[8]才性之辯在魏晉時期是一個重要的哲學命題，引起當時許多學者廣泛而深入的討論，然而無論引起多大的爭議，在文學上仍然有其影響力。如劉楨〈贈五官中郎將詩〉四首中的第二首在內容中稱讚曹丕文采縱橫與在戰場上壯懷激烈、左延年〈從軍行〉描述男子出征時英姿煥發的模樣、曹植〈白馬篇〉塑造武藝高強的愛國英雄、〈襄陽民為胡烈歌〉與〈軍中為夏侯淵語〉歌誦胡烈與夏侯淵之戰功……等等，都可看出三國時代戰爭詩中已經少用道德來品評或讚許人物，而改以人才的智慧與戰功作為標準，如有軍事才能者，則倍受詩人歌誦與青睞，這也成為主戰類詩作增多的原因之一。

四　寫實詩與浪漫詩平分秋色

葉慶炳《中國文學史》認為建安詩歌之特色「自題材言，寫實詩與浪漫詩平分秋色。」[9]從戰爭詩觀之，也是符合這樣的情況。有部分戰爭詩以現實社會為素材，如阮瑀〈怨詩〉、王粲〈七哀詩〉、曹

8　錢國盈：〈魏晉人性論研究〉（臺北市：臺灣師範大學國文研究所碩士論文，1991年），頁20。

9　葉慶炳：《中國文學史．上冊》，頁118。

植〈門有萬里客行〉……等等都將戰爭的亂象，形之於筆墨，當然如同韋昭〈伐烏林〉、繆襲〈楚之平〉、曹髦〈四言詩〉……等等描寫戰爭時軍威浩蕩、掃蕩廓清的作品，也不能不說是取材自現實。沈志方〈漢魏文人樂府研究〉：「在長期戰亂中，文人既『不能效沮溺，相隨把鋤犁』（王粲〈從軍行〉），又難以安定食貨規擘典章，他們的事功主要仍建立在軍事這個大範圍內，因此對戎馬經歷的實際描寫，自然也成為此期樂府的特殊內涵。」[10]事實上不只是樂府詩，三國時期許多戰爭詩也是取材自實際的戎馬經歷。到了正始以後，詩人對戰爭司空見慣，或視若無睹，或避而不談，於是如阮籍與嵇康等作家，都已經較少談論或描寫戰爭，詩作中或暢言老莊哲理，或嚮往神人仙境，或感嘆生命短暫，開啟了兩晉浪漫文學。

五　創作者多有其政治地位或政治企圖

從本論文可知，戰爭詩之創作者，雖然有時也能突破身分的顧忌，盡情抒發對戰爭的反感，但多數的作品與作者之政治地位有關，如曹操〈短歌行〉引用周王有征伐之權力是來自於商紂，說明自己能發動戰爭是來自於漢獻帝所賜予的權利；曹丕〈令詩〉描寫戰爭造成遍地白骨的景象，最後則說明自己想要勵精圖治的願望；曹叡〈櫂歌行〉描寫軍隊出發、帶甲十萬的場景，最後則說明此戰是為了伐罪弔民……等等。另外有些作者則有其政治上的企圖，如曹植〈雜詩〉中的第六首敘述期盼為國征戰之意願；繆襲與韋昭的〈鼓吹曲辭〉都是因為任命而以敘述戰爭史實、歌誦祖國之光榮的目的而作；王粲〈從

10　沈志方：〈漢魏文人樂府研究〉（臺中市：東海大學中文研究所博士論文，1982年），頁188。

軍行〉五首是為了激勵士氣而作；應瑒〈侍五官中郎將建章臺集詩〉敘述戰禍之景與自己的恐懼，是為了得到曹操的重用……等等。前面已經分析過，這些華語作品敘述方式多半重視宣傳與傳播的效果，也很能運用說服人心掌握人心的技巧，以達到期政治考量的目的。齊滬揚《傳播語言學》:「傳播是人類互相溝通的需要。」[11]在戰爭多的年代，詩人便透過詩歌來與人們溝通他們的戰爭理念與政治企圖，以鞏固他們的政治地位、勸導軍隊效死、凝聚全國人民的情感、產生共同的戰爭行為、或達成對上位者的祈求。

沈師秋雄〈杜詩管窺〉云：

> 歷史上每一位偉大的詩人，其作品的產生，大體都以他的一生作為背景，而個人的一生與他所處的時代有密切不可分的關係。所以經由一個詩人的作品，我們不僅了解作者的悲歡離合，他的得意及失意，並且可以體會出他所處那個時代脈搏的律動，覺察出那個時代的特殊現實，這對於一個寫實作風的作者尤其如此[12]。

誠然如此，每一首作品幾乎都與作者之遭遇與生平有關，也與他所處的時代環境有關，尤其是寫實的作品或寫實風格的詩人更是如此。如以曹操的戰爭詩來說，可以看出曹操對於平定天下的奮鬥精神，如〈步出夏門行〉，而〈蒿里行〉、〈薤露〉則可以看出曹操對生民由於戰爭而導致暗無天日與社會失序的同情。當然，出征時的艱辛（如〈苦寒行〉）、土崩瓦解的潰敗（如〈蒿里行〉、〈薤露〉）、與橫掃千軍的旗開得勝（如「觀滄海」、「冬十月」），三種不同的情勢也

11　齊滬揚：《傳播語言學》（鄭州市：河南人民出版社，2000年），頁3。

12　沈師秋雄：〈杜詩管窺〉，《詩學十論》（臺北市：文史哲出版社，1993年），頁59。

造就了詩人對景物產生煩悶、憤慨與充滿希望……等等不同的感觸。

從以上種種情況觀之，可見三國時代戰爭詩，這種寫實風格居多的體裁，與當時政治、社會與文學潮流緊密結合，長時期政爭與戰亂、儒學的逐漸衰微、擺脫經學，文學自覺的文學潮流、寫實詩與浪漫詩平分秋色的狀況、與創作者多有其政治地位或政治企圖等等因素都影響著三國時代戰爭詩的創作內容。楊國娟〈漢魏樂府詩美學研究〉也認為漢魏樂府在內容涵義之美上，具有社會寫實之美與同情時代的寫實美，而且主要就表現在對戰爭苦難取材的作品上[13]。可見三國時代的戰爭詩非常能表現時代性。

13 楊國娟：〈漢魏樂府詩美學研究〉（香港：珠海大學中文研究所博士論文，1997年），頁270-322。

第四章
曹氏家族愛恨情戰與養生解脫的華語敘述

本章希望對於個別作家的戰爭詩風格作個別的評述，並以三國時代政治核心也同時為當時文壇領袖的曹氏家族當作分析對象，針對當時的華族作家一一敘述，探析此家族的詩歌、戰爭、愛、家庭、養生與解脫等等敘述方式與觀念。

第一節　曹操的生平、庭訓與養生解脫敘述

曹操生於東漢桓帝永壽元年（西元155年），卒於獻帝建安二十五年（西元220年）。綜觀其一生可以說是一生戎馬。中平元年（西元184年）爆發黃巾之亂，他被認命為騎都尉，鎮壓穎川。後董卓興起，曹操組織軍隊參加以袁紹為盟主討伐董卓的聯軍。初平元年（西元190年）與董卓部將徐榮戰於滎陽之戰，因寡不敵眾失敗。初平三年領兵收編了青州等地的黃巾軍。建安元年（西元196年）挾天子以令諸侯，迎漢天子劉協到許昌。建安五年與袁紹在官渡決戰，以少勝多。建安十二年平定烏桓，統一北方。建安十三年進軍江陵，欲統一全國，然而在赤壁決戰時，敗給孫劉的聯軍，於是形成三國鼎立的局面。一生東征西討，然終未完成統一的宏願。

曹操一生不僅在政治上、軍事上有卓越的成就，在文學創作方面，也有顯著的成就。因為他對文學的提倡，形成了鄴下文人集團。而他自己在鞍馬間為文，在横槊時賦詩，在幾十年軍旅生涯中，創作

出優秀的詩篇，現存有二十一首，其中六首有描寫戰爭的部分。

〈薤露〉與〈蒿里行〉是反戰的態度，兩者都是用五言藉樂府古題寫時事，〈薤露〉內容是描述外戚大將軍何進欲殺害宦官張讓、段珪，結果反被殺，後導致董卓進兵洛陽，自封相國。〈蒿里行〉則是描述州郡軍閥集結欲征討董卓，後互相爭奪，袁術、袁紹先後稱帝，韓馥則欲立劉虞。兩詩也都是採用敘事詩的方式。另外有三首對於戰爭的態度不明顯：〈苦寒行〉寫曹操由鄴縣率兵征討囤兵壺關口之袁紹的外甥高幹。〈步出夏門行〉寫北征烏桓，勝利班師回朝，路途上所見所感。〈卻東西門行〉寫因戰爭出塞北，記敘所見之景，抒發對故鄉之思念。三首都是使用記敘兼抒情的筆調。六首中只有〈短歌行〉是主戰，描述周文王之征伐為有德之戰，藉此闡揚戰爭如是為了正義，仍須戰鬥。

整體看起來，曹操的戰爭詩多與其生平所經歷的戰爭有關，多採用記敘與抒情的敘述方式，寫實地描述戰爭中所見所聞，細膩地刻畫他在戰爭中的情感，較少虛幻的成分，且由於是親身經歷，多敘述其痛苦的心情與描繪壯烈的場景，例如即使是對戰爭態度不明顯的〈苦寒行〉內容也是極言行軍冰雪與谿谷的痛苦。鍾嶸《詩品》曾言：「曹公古直，甚有悲涼之意。」這一句話用在觀察他的戰爭詩上，也是恰當的，他的戰爭詩敘述方式質樸古雅，直接表達其情感，少幻想，有濃厚的悲傷痛苦。

三國時期的曹操，畢生為統一中原而戎馬倥傯，東征西討，日理萬機，然而他在鞍馬勞頓之間，仍然十分注重他對兒子們的教育。作為一代有為的政治家、軍事家和文學家的曹操，對兒子們的教育費盡心血。在他的幕府下，文臣武將，濟濟一堂，如謀士郭嘉、程昱、荀攸、孔融、賈詡、楊修、鐘繇、陳琳、司馬懿等，武將有曹仁、夏侯敦、典韋、許褚、李典、張遼、徐晃、張郃等，他們不僅是聽命曹操的重臣，而且也是曹操用以教育兒子們的良師。其兒子們的成長，或文或武，大多得益於他們的教導。

曹操的兒子較多，曹昂、曹丕、曹彰、曹植、曹熊等長成後都先後封侯，從政從軍，輔佐曹操。幼子曹沖亦頗聰穎，相傳有曹沖稱象的故事，可惜少年夭折。其餘各子，如曹昂因隨父征戰，死於宛城。曹丕繼承父志，廢漢立魏，文韜武略亦不遜於其父。

曹植頗有才名，才高八斗，尤其在詩賦方面多有建樹。曹植從小深受曹操的影響，愛好文學，於是曹操請楊修、陳琳、鐘繇、王朗等文臣作為曹植的老師，不僅教給他文學知識，而且還教以治國平天下的治政能力。楊修為人曠達，意氣豪邁，才華橫溢，人稱：「筆下龍蛇走，胸中錦繡成。開談驚四座，捷對冠群英」。曹植愛修之才，常邀修談論為學與治國之道，徹夜不息。在楊修等人的教導下，曹植的才華在諸兄弟中佼佼超群，深得曹操的鍾愛，以致有意立植為世子。為了考核曹植的真才實學，曹操經常以政事為題考問，曹植在楊修等人的教誨下，於軍國之事廣博學習，常常對答如流，出口成章，語驚四座。曹植所寫的〈銅雀臺賦〉，就是曹操命題的急就之作，流傳甚廣。

又如曹彰尚武，深通武藝，攻城必克，戰無不勝，很受曹操鍾愛。曹彰，字子文，少善騎射，膂力過人，能手格猛獸。曹操知道兵家之事是極險的，對曹彰尚武而魯莽的性格頗為憂慮。一天，他教誡兒子：

> 汝不讀書而好弓馬，此匹夫之勇。何足貴乎？

要求曹彰好好讀書，成為儒士。然而曹彰回：

> 大丈夫當學衛青、霍去病，立功沙場，長驅數十萬眾，縱橫天

下，何能作博士耶？

曹操遂問其志，彰說：「好為將」。操問：「為將則當如何？」彰答：「披堅執銳，臨難不顧，身先士卒，賞必行，罰必信。」操聽兒子言，深感此兒有為將之志，高興得大笑。此後曹操親自為兒子傳授兵家之學，並請武將傳授武藝。

建安二十三年，代郡烏桓反，曹操令曹彰帶兵五萬討之，以考驗其實戰能力。臨行時誡之：「居家為父子，受事為君臣。法不徇情，爾宜深戒。」由於曹彰在父親的精心教育之下，精通兵法，又深通武藝，所以到代北之後，身先士卒，指揮若定，勢如破竹，很快平定北方，班師凱旋。曹操常對兒子們說：「生子當如孫仲謀。爾等與孫仲謀若何？」並經常以統一華人文化圈，平定東吳、蜀漢的大業，激勵兒子們奮發向上。

曹操為防止其諸子為爭王位，相互傾軋，故在他臨終之前召曹洪、陳群、賈詡、司馬懿等託付家事。他說：

> 孤縱橫天下三十餘年，群雄皆滅，止有江東孫權、西蜀劉備，未曾剿除。孤今病危，不能再與卿等相敘，特以家事相托。孤長子曹昂，劉氏所生，不幸早年歿於宛城；今卞氏生四子：丕、彰、植、熊。孤平生所愛第三子植，為人虛華少誠實，嗜酒放縱，因此不立。次子曹彰，勇而無謀；四子曹熊，多病難保。惟長子曹丕，篤厚恭謹，可繼我業。卿等宜輔佐之。

至死仍不忘囑咐文武大臣教育和輔佐他的兒子們。其次觀察曹操的養生解脫之道，他的壽命雖不算長，離古人人生七十古來稀的標準，只差四歲，還算是正常的壽終正寢，不能說是過早謝世。養生，就是指通過各種方法頤養生命、增強體質、預防疾病，從而達到延年益壽的活動。所謂生，就是生命、生存、生長之意；所謂養，即保養、調養、補養之意。總之，養生就是保養生命的意思。不獨現在人有這種思想，古人也有養生的高手。三國時期的曹操就注意此道。

曹操年輕時就習兵練仗，才力絕人，雄姿英發。他白天講開策，夜間思經傳，常倚案臥視書籍，兀兀窮年，勞累至極，所以經常頭痛。不過他很講究養生，也懂些醫術。曹操身邊有幾位醫者，其中頗有名氣的有廬江的左慈、譙郡的華佗、甘陵的甘始等人。《後漢書》說，他確實按照甘始、華佗延年的方法去做。曹操善於養生，從《曹操集》中可以看到，他向老壽星請教，其中一封致皇甫隆的密信就很有意思，全文不長：

> 聞卿年出百歲，而體力不衰，耳目聰明，顏色和悅，此盛事也。所服食施行導引，可得聞乎？若有可傳，想可密示封內。（《與皇甫隆令》）

皇甫隆遇青牛道士姓封名君達，其論養性（生）法即可放（仿）用，封君說：

> 體欲常勞，食欲常少；勞勿過極，少勿過虛。去肥濃，節酸鹹，減思慮，損喜怒，除馳逐，慎房室。春夏施瀉，秋冬閉藏。

武帝行之有效。可知皇甫隆把自己的幾條基本原則都傳給曹操，而曹操也確實照辦。大約老壽星並不覺得是什麼秘密，所以後來張華也知道這些，並且寫進自己的著作裏。這幾條現在看來仍然實用：一要經常活動，但不過量；二要節制飲食，但不過頭；三要少吃脂肪，少吃鹽，不庸人自擾，保持平心靜氣，不追逐名利，謹慎地安排好性生活。四要根據季節的變化調節自己的狀態，與自然同步運行。

可見對於曹操來說，有一個健康的身體至關重要。事實上曹操創建大業的時候，有幾次瀕臨死亡。《三國演義》上有張松罵曹操的典故，且看書上所說：「良久，操喚松指而示曰：汝川中曾見此英雄人物否？松曰：吾蜀中不曾見此兵革，但以仁義治人。操變色視之。松全無懼意。楊修頻以目視松。操謂松曰：吾視天下鼠輩猶草芥耳。大軍到處，戰無不勝，攻無不取，順吾者生，逆吾者死。汝知之乎？松曰：丞相驅兵到處，戰必勝，攻必取，松亦素知。昔日濮陽攻呂布之時，宛城戰張繡之日；赤壁遇周郎，華容逢關羽；割鬚棄袍於潼關，奪船避箭於渭水：此皆無敵於天下也！」張松罵曹操的短處就是曹操瀕臨死亡的幾個地點。濮陽戰呂布差一點被砸死，宛城戰張繡差一點被刺死，赤壁大戰差一點被燒死，潼關遇馬超差一點被挑死，渭水河畔差一點被箭射死。還有曹操第一次出師攻打徐榮差一點被砍死。九死一生，曹操竟然再接再厲，最後折衝禦侮，表現出背城借一的胸懷。對照官渡戰敗的袁紹，夷陵之戰失敗的劉備，即能體現出曹操實為意志堅強。決心死戰，才能追奔逐北。若缺乏濟河焚舟的意志，泥首銜玉，就像劉備，夷陵戰敗，一病不起，嗚呼哀哉。

曹操帶兵行軍打仗，艱苦的軍事生涯，擁有鴻鵠之志，練就鬚眉如戟。《廣志》記他以遼東紅高粱做御粥。《魏開遺令》記載，曹操每當半夜，身體稍有不舒服，等到天亮便喝熱粥取汗，汗出以後，再服當歸湯。他的〈步出夏門行‧龜雖壽〉：

> 神龜雖壽，猶有竟時；騰蛇乘霧，終為土灰；老驥伏櫪，志在千里；烈士暮年，壯心不已，盈縮之期，不但在天；養怡之福，可得永年。

詩中以長壽的動物神龜為例，說明生老病死的規律。今人常用詩中「烈士暮年，壯志不已」來讚許老當益壯的胸襟，同時，這首詩也是曹操留予後世的一曲養生之道！「老驥伏櫪，志在千里。烈士暮年，壯心不已」敘述曹操自己的志向，前面形容衰老的身軀，後面卻陳述凌雲的壯志，表現出問鼎中原的決心，前後情景差異懸殊，對比強烈，映襯用得鮮明，讓人留下深刻的印象。透過如此比較，便將曹操個人即使年老仍然懷抱壯志的英雄形象，生動地描繪出來。透過運用映襯，可以彰顯出曹操在形體下的能征慣戰與胸中甲兵的豪傑之氣，強調出形體的衰老並不能挫折其銳氣，從而幫助確立曹操躍馬橫戈的英勇姿態。

曹操〈氣出唱〉第一首：

> 開玉心正興，其氣百道至。傳告無窮閉其口，但當愛氣壽萬年。東到海，與天連。神仙之道，出窈入冥，常當專之。心恬淡，無所惕。欲閉門坐自守，天與期氣。

大意是說：眾星星光明亮，它的光氣一道道飛來身旁，仙人傳道奧妙無窮。閉口養元氣，做到愛惜天氣，壽命會更長。東到海，海與天相連。神仙的道路，微妙又幽玄，應當用心去鑽研。心態清淨淡泊，不要有過分的貪欲雜念。關門靜坐修煉，保持良好心態，適應大自然。

曹操對於食物也很有研究。曹操曾經撰寫《四時食制》一書，介紹春夏秋冬四季就地取食，以求營養合理而均衡的一些知識。其中，羅列許多營養豐富的食物的名字、產地、特徵，僅魚類就達十四種之多。魚類含有高能蛋白質，容易消化吸收，對健腦強心有益，是曹操重要的食物。還有幾種調料，可以增加飯菜的色香味美，促進食欲，令人口感舒適，大快朵頤。

由此可見，曹操之所以能夠一諾千聲，不僅僅在於曹操胸懷廣闊、志存高遠，還在於他善於養生之道。從曹操對身體注意保養，可以看出養生和壽命長短有很大關係，給後人留下寶貴的經驗和教訓。

第二節　曹丕詩作與養生敘述

曹丕是三國時代戰爭詩作相當豐富的詩人，他是曹操的次子，曹操死後繼承其位，後逼迫漢獻帝讓位，自立為大魏皇帝。邱英生、高爽編著之《三曹詩譯釋》曾評論：

> 曹丕的政治才能遠不如曹操，他放棄了曹操統一全國的大業，復頒〈太宗論〉，明示不願征伐的心跡。[1]

姑不論曹丕的政治才能是否遠不如曹操，但他其實並未放棄曹操統一全國的大業，為了完成曹操統一天下的遺願，他曾經三次親征東吳孫權。第一次是在延康元年，治兵東郊，隨即南征，直到譙縣，雖然沒有真正發生戰爭，此舉振奮人心，提高了他的威望。第二次在黃初三年，此次兵分三路，各有所獲，後回師洛陽，詔令休力役，省徭戍，畜養士民，使天下安息。第三次在黃初六年，抵達廣陵，臨江觀兵，但因天寒水道結冰，戰船無法進入長江，故退軍。這三次的親征，在曹丕的戰爭詩中，都有詳細的紀錄。至於「復頒〈太宗論〉，明示不願征伐的心跡。」一言，也可以從曹丕的戰爭詩來分析此一問題。曹丕現存的戰爭詩作品有十四首，其中多數對於戰爭的態度是不明顯的持平觀點，雖然隱含著對戰爭的怨懟，但終究不能說是非戰的作品。表現了曹丕對於戰爭的看法，也看出曹丕認為戰爭的目的為何，這種態度在曹丕其他的戰爭詩中，是一貫的。〈董逃行〉描寫戰

1　邱英生、高爽編著：《三曹詩譯釋》（哈爾濱市：黑龍江人民出版社，1997年），頁3。

爭時路途遙遠、士兵吵雜、旌旗蔽日之景。〈黎陽作詩〉三首中的第二首記敘行軍途中遇到大雨之艱難情況。這兩首都是客觀地記述戰爭場景。而〈飲馬長城窟行〉描寫戰爭時船艦眾多、鑼鼓喧天、武器精良、士兵整齊之壯闊場景。〈黎陽作詩〉三首中的第三首形容騎兵大軍萬馬奔騰、雄壯威武之氣勢，兵器、軍旗、金鼓聲的壯盛軍威，及敘述抵達黎陽之輕鬆愉悅，並讚美祖先。此二首雖隱含讚頌我方軍隊之意，但未明確表態，故仍不能歸為主戰之作品，應是由於身為軍隊將領，必須身先士卒，鼓舞士氣的敘述方式造成。

曹丕戰爭詩另外的一半，三首是主戰類的作品，〈至廣陵於馬上作詩〉一首即是描寫黃初六年八月，曹丕東征，十月，行幸廣陵，在長江邊舉行閱兵，向東吳孫權展現武力，詩中記載了當時閱兵之雄壯與充滿自信的豪情，展現身為領軍親征的國君那份昂揚的鬥志。其他的兩首主戰詩，與其他戰爭詩的精神是一貫的，〈黎陽作詩〉三首中的第一首是由鄴城出征，途經黎陽而作，此首先記敘出征之情況，而後說明此戰之目的是為了「救民塗炭」，且以周公自比，強調靖亂的決心。〈令詩〉說明由於當時戰爭頻繁，生民塗炭，遍地白骨，自己想要整理當時政治情況之志向。都說明了他的政治抱負都需要以戰爭為手段，而最終的目的是要平亂，使人民獲得安居樂業的生活，可見曹丕的主戰態度與華人文化圈歷來的兵法家是一致的，皆主張「義戰」，而戰爭是以導向和平為依歸。

黃初三年冬十月，曹丕伐吳，隔年三月曾頒布詔令並還師，此詔《魏書》作「丙午詔」，《全三國文》卷四題作〈敕還師詔〉。內容中說到：

> 昔周武伐殷，旋師孟津；漢祖征隗囂，還軍高平，皆知天時而度賊情也。且成湯解三面之網，天下歸仁。今開江陵之圍，以

緩成死之禽。且休力役，罷省繇戍，畜養士民，咸使安息。

曹丕詔中記載當時分三路征討，征東各路軍馬水戰，斬首四萬人，獲取戰船萬艘。大司馬曹仁擒獲敵軍，數以萬計。中軍將軍曹真、征南將軍夏侯尚圍攻江陵，左將軍張郃等率領船隊進擊南渚，敵軍被水淹死者數千人。而曹丕在此詔中解釋他為何退兵的原因，一方面是由於敵營中瘴癘之氣蔓延，疾病孳生，恐被傳染，另一方面舉出周武王與漢光武帝為典範，認為戰爭必須讓天下人都認為仁義，而甘心歸順為前提下，才能繼續進行，所以他現在命令解開江陵的包圍，並免除征戰的勞役，使士民得到休養生息。

曹丕這種崇尚仁義，以先王聖賢為模範的戰爭觀，在其戰爭詩與詔令中，是統一的，對此，產生了許多不同的看法，一種是前面提到的，認為他是「放棄了曹操統一全國的大業」、「不願征伐」。筆者以為從曹丕三次東征的情況看來，應不是放棄曹操統一全國的志向，也非不願征伐，只是他一貫的「義戰」理念，所給予的錯覺。另一種看法則對曹丕多所迴護，如易健賢則認為這些事「體現了他思想氣度寬仁弘厚，躬修玄默的一面」[2]。這也可以聊備一說，但曹丕當時的戰功是否真如他所記錄的彪炳，則是有待考證的。對於曹丕當時的戰爭狀況，由於並非重要戰役，歷來的歷史學家多數著墨無多，如《三國志．吳志．吳主傳》記載：「魏文帝出廣陵，望大江，曰：『彼有人焉，未可圖也。』乃還。」僅簡單記錄其事。現代的歷史學家張曉生、劉文彥也只說：「曹丕曾三次發兵大舉攻吳，但均因阻於長江天

2 〔魏〕曹丕著，易健賢譯注：《魏文帝集全譯》（貴陽市：貴州人民出版社，1998年），頁11。

險，未能成功。」[3]甚至有些連此段歷史都未加記錄[4]。當時戰爭事實雖然有待釐清，曹丕是否以仁義之戰作為退兵的委婉理由，尚無從得知，但可以肯定的是，曹丕對戰爭以仁義為指導原則，以人民生活的和平福祉為目的的態度，不僅繼承了華語圈兵法家的觀點，在文章或戰爭詩中，也是始終如一的。

曹丕除了上述數首戰爭詩外，還有四首非戰類的戰爭詩。〈黎陽作詩〉是以自身的經驗創作，記敘戰爭中出征，描寫征途所見，看到故宅頓傾，心中悲涼傷感。而〈陌上桑〉與〈雜詩〉兩首，這三首的共同點，皆是從平民征夫的角度來創作，描寫由於征戍頻繁，征夫被迫離鄉背井，跟隨軍隊出征與行軍之經過，所以思念故鄉，進而抒發心中哀傷與惆悵之苦悶情緒。邱英生、高爽編著之《三曹詩譯釋》也曾評論：

> （曹丕）一方面向大貴族官僚地主集團靠攏，另一方面也就必然同勞動人民疏遠，所以在他現存的詩篇中看不到關心人民疾苦的作品。[5]

這種批評顯然受到馬克思社會主義的影響，認為作家必須關心人民疾苦，好的作品必須為勞動人民立言。這種文學批評，有它的侷限與偏差，難道其他非關人民疾苦的作品，都是不佳的文學作品？那麼，《西遊記》那樣充滿想像力的小說，便罪大惡極，而莎士比亞的《仲夏夜之夢》，浪漫綺麗的情節，也毫無可取之處！在這種批評方式之下，只有社會寫實的作品才能生存，無疑地扼殺了文學豐富多變的生命力。事實上從〈陌上桑〉與〈雜詩〉兩首，以及前面的〈燕

3　張曉生、劉文彥：《中國古代戰爭通覽》，頁326。

4　三軍大學編著：《中國歷代戰爭史》，其中未記載曹丕征吳之事。

5　邱英生、高爽編著：《三曹詩譯釋》，頁3。

歌行〉兩首看來，曹丕並不是沒有關心人民疾苦的作品，這幾首便是替平民的征夫怨婦，對戰爭提出抱怨，只是他這一類的作品，是以悱惻纏綿的筆法寫作，讓人感到一股淡淡的淒涼哀傷，而不是強烈抨擊的大聲吶喊，對於戰爭殘酷血腥的場面，也沒有描述，才導致這種誤解。

總括來看，曹丕的戰爭詩敘述方式多半對戰爭態度不明顯，反戰態度的詩作與不明顯態度的作品都以寫情為主，情感細膩委婉，而主戰多敘述主張義戰的態度。

二二〇年，曹操去世，曹丕繼位魏王後，封曹叡為武德侯。曹丕重視文教。黃初二年，下令人口十萬以上的郡國每年察舉孝廉一人，如有特別優秀的人才，可以不受戶口限制。黃初五年，封孔子後人孔羨為宗聖侯，重修孔廟，在各地大興儒學，立太學，置五經課試之法，設立春秋穀梁博士。在短期內使封建正統文化復興。曹丕重視文教，不僅繼承曹操的家教，也與母親教育有關。

曹操不僅事業成功，對後代教養也很成功，他有二十五個兒子，其中不乏出類拔萃的人才，如曹丕、曹彰、曹植、曹沖等。

曹操工作很忙，但對孩子教育耳提面命。曹丕在《自敘》中回憶，他五歲時，父親就教他射箭，六歲就教他騎馬，八歲時他就精通騎射，經常跟著父親到各地去征戰。而且他是文武兼修，八歲時就能夠寫文章，後來又博通經史諸子百家之書。

曹操家庭教育成功，與他的卞夫人也有極大關係。卞夫人很有見識，是位鳴機夜課的母親，她的四個兒子，除小兒子曹熊體弱早夭外，曹丕、曹彰、曹植都非常傑出。

卞夫人原是位歌舞伎，在漢代，這是家族性職業，稱為倡家。曹操在家鄉譙地結識她，納為妾，後來帶到洛陽。董卓控制洛陽時，曹操隻身微服東出避難。幾天後，他的朋友袁術來到家中，帶來曹操的死訊。這時候，曹操已經有了一些追隨者，是他最初的家底兒，聽到曹操死訊，他們打算鳥獸散。關鍵時刻，卞夫人計出萬全，她勸阻這些人：曹君之事只是傳聞，吉兇尚未可知，今日你們散去，明天他如果沒事，你們有什麼面目再與他相見？即使真的不幸，我們不過是一起死而已，有什麼了不起的！聽了卞夫人的話，曹操最早的這些班底兒凝聚起來，保護曹家老小。

後來曹操聽到此事，對卞夫人的見識大為稱讚，放手讓她管家，並把別的姬妾生的兒子也都交給她去教養。曹操政治上唯才是舉，在家裡也善於識人用人，因此家庭教育十分成功。

曹操去世同年十月曹丕稱帝，次年封曹叡齊公，再次年封平原王。由於曹叡生母甄夫人得罪了曹丕被殺，因此曹叡始終沒有被立為太子，有一段時間曹丕甚至打算立徐姬之子曹禮作為太子。直到曹丕病重將死，曹叡才被立為太子。

野史《魏末傳》記載，曹叡小時候曾經跟從曹丕狩獵，見到母子兩鹿。「帝與睿獵，見子母鹿，帝親射殺其母，命睿射其子。」（《資治通鑒》）曹丕射殺了鹿母，命令曹叡射殺子鹿，曹叡不從，並且說：「您已經殺掉了母鹿，我實在不忍心再殺掉牠的孩子。」說完哭泣不已。曹丕於是放下了弓箭，因為此事十分讚許曹叡，並且立其為太子的心意已經確定。曹操曾評曹丕生性篤厚恭謹，曹叡也受父親義方之訓。

曹叡從小得到祖父曹操的喜愛，常令他在左右。生而曹操愛之，常令左右。為人口吃少言，沈毅好斷，不好浮華之士。初封武德侯，繼為齊公，為平原王。母甄氏，為郭后譖死。丕以郭無子，使養睿。睿因母故，意甚不平。後郭后頗加慈愛，睿亦敬事如常。常從丕獵，丕射殺鹿母，命睿射其子。睿不忍，啼泣而罷。初嗣位，以司馬懿拒蜀。孫權攻合肥，睿自領兵擊退。公孫淵反遼東，亦命司馬懿討平。

曹真等輔政，睿皆處以方任，政自己出，容納直言，有君人之量。然不久便大營宮館，耽於內寵。在位十三年，卒。沒後，政權歸司馬氏。睿有愛好文學的遺傳性，故著作詩文頗多。有集十卷，(《隋書經籍志注》作七卷，此從《唐書志》）傳於世。

曹叡年幼聰慧，曹操曾驚異地說：「我基於你可以有三世之業了。」在朝會宴席上，也經常叫他與侍中近臣並列。曹叡好學多識，特別留意法理。曹叡能如此聰慧，即是曹氏家族教育幼秉庭訓的成果。

曹丕（187-226），魏文帝。他本人只活了四十歲，不算高壽，但對養生有許多精到見解。首先，因親歷百姓死亡，暴骨如莽的戰亂，太子時又親歷疫癘，許多夙昔熟悉的親友相繼死亡，使他受震驚。建安二十三年（218）〈與吳質書〉云：

> 昔年疾疫，親故多離其災。徐（幹）、陳（琳）、應（瑒）、劉（楨）．一時俱逝，痛可言邪！昔日游處，行則連輿，止則接席，何曾須臾相失！每到觴酌流行，絲竹並奏，酒酣耳熱，仰而賦詩，當此之時，忽然不自知樂也。謂百年已分，可長共相保，何圖數年之間，零落略盡，言之傷心！[6]

曹操積極推行唯才是舉、文武並用政策，外定武功，內興文學。並令郡國各修文學，曹氏父子組織鄴下文人集團，他們「行則連輿，止則接席」[7]（曹植〈與吳質書〉），聲勢壯大，「灑筆以成酣歌，和墨以籍談笑」[8]。(《文心雕龍．時序》）共同創作詩文，造成詩文鼎盛。

6　〔清〕嚴可均：《全上古三代秦漢三國六朝文》（京都市：中文出版社，1981年），頁1089。

7　同前註。

8　黃叔琳注，李詳補注：《增訂文心雕龍校注》（北京市：中華書局，2000年），頁曹操政權內，正如鍾嶸所云：「俊才雲蒸」、「彬彬之盛大備於時」，創作詩文人才受到重視，而吳蜀不能比擬。三曹「經國之大業」的文學主張，是他們作為統治者，出於經世安邦的考慮，然而「不朽之盛事」的文學倡導，卻提升詩文地位，且是他們治世興邦的政治策略。〈與吳質書〉也曾回憶此時生活。他與父親曹操，親自參與賦詩，以行動引導了文學興盛風氣，改變過去執政者將文人「倡優蓄之」的態度。當時災難頻傳，除了戰爭之外，疾病瘟疫流竄，一時之間，建安七子多罹病身亡，曹丕的心痛，已經無法言語形容。其下回憶「行則連輿，止則接席，何曾須臾相失？每至觴酌流行，絲竹並奏，酒酣耳熱，仰而賦詩」[9]，說明了他與建安文人的密切關係，也道出他們賦詩的時機與動機，他們出去遊玩一起駕車，停下來宴飲就接席而坐，到達宴會的高峰，一邊喝酒，一邊聽絲竹之樂，酒酣耳熱之際，就一同賦詩。做詩的時機，常常伴隨著宴會娛樂之際。其下一句「仰而賦詩，當此之時，忽然不自知樂也。」[10]由於故人已身亡，無人陪伴宴飲與賦詩，現在便無法感受到「樂」，反言之，賦詩是導源於「樂」。王運熙、楊明《中國文學批評通史．魏晉南北朝卷》：

> 在中國文學批評史上具有悠久傳統的文氣說，就是從《典論．論文》和〈與吳質書〉開始的[11]。

此處的說法是「文氣說」，認為文氣說是華語文學批評史上的悠久傳統，並將創始推到《典論．論文》與〈與吳質書〉。曹丕從好友

541。

9　〔清〕嚴可均：《全上古三代秦漢三國六朝文》，頁1089。

10　同前註。

11　王運熙、楊明：《中國文學批評通史．魏晉南北朝卷》（上海市：上海古籍出版社，1996年），頁24。

早逝體認到文章與身體都要重視「氣」，從而重視養生。郭紹虞《中國文學批評史》：

> 《典論．論文》再說：「文以氣為主。氣之清濁有體。不可力強而致。譬諸音樂。曲度雖均。節奏同檢。至於引氣不齊。巧拙有素。雖在父兄。不能以移子弟。」這又是從作者方面說明風格的不同，所以拈出「氣」字。這裡所謂「氣」，是指才氣說的。至如他再講到「徐幹時有齊氣」，又〈與吳質書〉也說：「公幹有逸氣，但未遒耳。」這裡所謂「氣」，又是指語氣說的。「齊氣」是說語氣的舒緩[12]，「逸氣」是說語氣的奔放，這一樣也可以形成文章的風格。事實上，語氣的不同，也還是跟著才氣變的[13]。

郭紹虞就從《典論．論文》這數段文字與〈與吳質書〉中的幾句話，建構出曹丕的意見。郭氏將「文以氣為主」[14]這一段，解讀為分析風格，將「氣」解為才氣。「徐幹時有齊氣」、「公幹有逸氣」兩處的「氣」析為語氣，並且認為語氣也是跟隨才氣而來。「才氣」一詞，郭紹虞《中國古典文學理論批評史》又稱「才性」，曾做以下說明：

> 從語氣來說明文章的風格，這還是比較切合實際的。事實上，語氣的舒緩與奔放，也不是和才性一無關係的。用語氣的舒緩與奔放，同樣可以說明才性，但比「引氣不齊。巧拙有素」這

12　郭原注：「此從舊說，近范寧《魏文帝典論論文齊氣解》載《國文月刊》六十三期，謂齊氣乃高氣之誤，亦頗有理。」

13　郭紹虞：《中國文學批評史》（上海市：上海書店，1989年），頁44。

14　〔清〕嚴可均：《全上古三代秦漢三國六朝文》，頁1098。

些話，就容易捉摸了[15]。

「語氣」較「風格」具體一些，並認為文章語氣的舒緩或奔放，與才性有關。

「才氣」與「才性」，此處可理解為符合個人特色的氣質，「逸氣」與「齊氣」也與這樣的解釋相合，而「齊氣」一詞，筆者以為則是更進一步揉合了地域、生長環境、文化背景等因素，此待後詳述。

至於「氣之清濁有體」[16]，郭紹虞《中國歷代文論選》注：

> 這是本文論氣的主要方面。清濁，意近於《文心雕龍．體性》所說的氣有剛柔，剛近於清，柔近於濁。〈風骨〉篇說：「翬翟備色，而翾翥百步，肌豐而力沉也。」是指氣的重濁柔弱。又說「鷹隼乏彩，而翰飛戾天，骨勁而氣猛也。」是指氣的清新剛健。本文所說的齊氣，就屬於柔濁的一種。所謂建安風骨，建安風力，則屬於清剛的一種[17]。

郭氏將《典論．論文》與《文心雕龍》結合起來說明，並將氣的「清」與「濁」，更進一步闡述為「剛」與「柔」。在他的詮釋下，辭藻紛然，力道沉著的文章屬於重濁柔弱的氣，而齊氣為其中一種。建安風骨則與之不同，另屬「骨勁氣猛」的清剛一類。

他也曾經於《中國歷代文論選》說過：

> 關於文氣，作者認為「文以氣為主」，而「氣之清濁有體」。清指才知之清，濁也指才知之濁。但由於他不作才與氣的區

---

15 郭紹虞：《中國古典文學理論批評史》（北京市：人民文學出版社，1959年），頁67。

16 〔清〕嚴可均：《全上古三代秦漢三國六朝文》，頁1098。

17 郭紹虞：《中國歷代文論選》（上海市：上海古籍出版社，1986年），頁162。

> 別，所以也可以說清是俊爽超邁的陽剛之氣，濁是凝重沉鬱的陰柔之氣。後來劉勰《文心雕龍．體性》稱「才有庸儁，氣有剛柔」，「風趣剛柔，寧或改其氣」，沈約在《宋書．謝靈運傳論》稱「剛柔迭用，喜慍分情」，多少是受了曹丕論文的啟發[18]。

清與濁都被歸為才智的範圍，屬於其中一種。也依然認定清是陽剛，濁是陰柔，並進一步對陽剛與陰柔，加上形容詞，用「俊爽超邁」、「凝重沉鬱」[19]使它們更具體，凝聚到某種寫作風格或敘述情感上。由此推論出劉勰、沈約的說法，受到曹丕的影響。深究之下，「風趣剛柔，寧或改其氣」[20]、「剛柔迭用，喜慍分情」[21]，二句對剛柔無高下的分別，「剛柔迭用」則還期望華語敘述能剛柔並濟；然而「才有庸儁，氣有剛柔」[22]，將才分庸儁，相對於氣有剛柔，庸儁有高低之判，隱隱將剛柔分出上下。在劉勰之後，有更多的文學批評家，將建安風骨連結到清剛之氣的範圍，並產生推崇清剛貶抑陰柔的華語敘述傾向，如元好問就是其中稱得上代表性的一家[23]。

曹丕有關「體弱」的說明，出自〈與吳質書〉：

---

18 同前註，頁163。

19 同前註，頁162。

20 黃叔琳注；李詳補注：《增訂文心雕龍校注》，頁379。

21 郭紹虞：《中國歷代文論選》，頁163。

22 黃叔琳注；李詳補注：《增訂文心雕龍校注》，頁379。

23 筆者：〈元好問主壯美的詩學觀〉，「第五屆中國修辭學國際學術研討會」，2003年。如〈自題中州集後五首〉的第一首：鄴下曹劉氣盡豪，江東諸謝韻尤高。若從華實評詩品，未便吳儂得錦袍。〈論詩三十首〉第七首也是表達崇尚壯美：慷慨歌謠絕不傳，穹廬一曲本天然。中州萬古英雄氣，也到陰山敕勒川。兩首都提到「氣」，並將氣連結到「豪」、「英雄」等形容詞，推崇意味濃，並把建安詩風歸為此類。

> 仲宣獨自善於辭賦，惜其體弱，不足起其文，至於所善，古人無以遠過。[24]

李善將此處的「體弱」註解為氣弱：

> 《典論．論文》曰：「文以氣為主，氣之清濁有體。〔氣〕弱謂之體弱也。」[25]

用〈論文〉的觀點來解釋，氣有分體，文又以氣為主，將「體弱」聯繫到「氣弱」，也就聯繫到文章詩歌上。

另有一說，根據《三國志》，劉表「以粲貌寢而體弱通侻」[26]輕視王粲，於是推論此處的「體弱」指王粲身體不健康[27]。魏晉南北朝品評人物風氣盛，劉表對王粲的容貌、體力與儀節，不滿意而輕視，甚至不能重用他，使他鬱鬱寡歡，寫下〈登樓賦〉敘述心跡，與得曹操重用後，所寫〈從軍詩〉等意氣風發作品，敘述方式判若兩人，倘從〈從軍詩〉五首觀察，王粲的體力恐怕並不虛弱。

從文學評論家的評語，解讀王粲的詩歌辭賦時，多為讚美，另如劉勰《文心雕龍．才略》稱讚王粲為建安七子的「冠冕」，所以曹丕〈與吳質書〉的「惜其體弱」，也應非指他詩歌文章中的「氣弱」；至於以實際上情況看，曹氏一家也未嫌棄過王粲的身體狀況，筆者認為恐怕是曹丕對王粲英年早逝的惋惜，從此得到養生的啟發，痛惜他沒

---

24 〔梁〕蕭統編、〔唐〕李善注：《文選．卷四十二》（北京市：中華書局，1977年），頁591-592。

25 胡克家：《文選考異．卷七》：「何〔焯〕校上『弱』上添『氣』字，陳〔景雲〕同，是也。各本皆脫。」《文選》附錄《胡氏考異》，頁950。

26 《三國志》，頁598。

27 羅宗強：《魏晉南北朝文學思想史》（北京市：中華書局，1996年），頁28-29。

有多寫出一些好詩好文流傳後世[28]。

在〈與王朗書〉中又云：

> 生有七尺之形，死唯一棺之土，唯立德揚名，可以不朽，其次莫如著篇籍。疫癘數起。士人凋落。余獨何人，能全其壽？

因而，他去世前遺令「遣後宮淑媛、昭儀以下歸家」。比較合乎人性。其配郭皇后亦敕告諸親家云：「今世婦女少，當配將士，不得因緣取以為妾也。宜各自慎，無為罰首。」能為生人著想，實原自為逝者感傷，認識到人生苦短，生命易折。

曹丕雖壽命不高，體質實比較健壯。《典論．自敘》云：

> 余時年五歲。上以世方擾亂，教余學射，六歲而知射，又教余騎馬，八歲而能騎射矣。……是以少好弓馬，于今不衰；逐禽則十里，馳射常百步，日多體健，心每不厭。

他最愛好郊外射獵。〈自敘〉云：

> 埒有常徑，的有常所。雖每發輒中，非至妙也。若馳平原，赴豐草，要狡獸，截輕禽。使弓不虛彎，所中必洞，斯則妙矣。

此外，他還精通擊劍，所藝不按常規而有實效，曾與劍術名家奮威將軍鄧展以蔗代劍，現場較量，連勝數合，令坐中驚視。還曾向袁敏學習舞戟，用單戟攻敗對方的雙戟，使對家不知所出。在娛樂方面，則善作彈棋之戲。另外，還博通經史，善作詩文，可謂文武兼修俱精。體腦雙健，亦為養生之資。

28　根據曹植〈王仲宣誄〉，王粲逝於建安二十二年，征吳返鄴途中，〈與吳質書〉作於建安二十三年。

曹丕為政，主張寬仁玄默，以德化人，有大人之量。對養生，他也主張法任自然，不必盲從世俗，講求方術。在《典論》中，批評向聲背實的盲從世態：

> 穎川郗儉能辟谷（絕日常飲食），餌茯苓；甘陵甘始名善行氣（即呼吸吐納練氣功），老有少容：廬江左慈知補導（即男女交媾，采陰補陽）之術。并為軍吏。初，儉至之所，茯苓價暴貴數倩。議郎安平李覃學其辟谷，餌茯苓、飲寒水，水寒中泄利（中泄利即患拉痢疾之腹瀉癥），殆至殞命。後始來，眾人無不鴟視狼顧，呼吸吐納。軍祭酒弘農董芬為之過差，氣閉不通，良久乃蘇。左慈到，又競受其導補之術，至寺人（宦官）嚴峻往從向受，奄豎真無事于斯術也。人之逐聲，乃至于是。

文中舉練辟谷、學氣功、行御女術三種養生術。各舉了反面例子說學不得法或無條件學，而硬要去學，只會惹禍遺羞，毫無意義。即使是行之有效的養生術。也不該盲目信從。此言頗精切。時至今日花樣繁多，光養生氣功便有數十種風行於世，他如腳部按摩、藥膳等不勝枚舉，而且有許多現代色彩的新醫療保健法，但永不會有百試百靈人人皆宜的妙法，否則人類當從此不受疾患夭折之苦。因而，不盲從隨俗，的確前事不忘後事之師。

又《三國志・華陀傳》注引魏文帝（曹丕）《典論》談及郤儉・左慈・甘始等之方術，謂：

> 光和中，北海王和平亦好道術，自以當仙。濟南孫邕少事之，從至京師。會和平病死，邕因葬之東陶。有書百餘卷，藥數囊，悉以送之。後弟子夏榮言其尸解。邕至今恨不取其寶書仙藥。劉向惑於《鴻寶》之說，君遊眩於子政之言，古今愚謬，

豈唯一人哉。

曹丕斥貶信仰神仙方術為愚謬。曹丕還禁止吏民禱祝老子。按苦縣有老子之廟，漢桓帝曾遣中常侍左悺祠之，魏文帝視其樓屋傾頹，乃令修整，但於黃初三年又頒布敕令：

> 告豫州刺史：老聃賢人，未宜先孔子，不知魯郡為孔子立廟成未？漢桓帝不師聖法，正以嬖臣而事老子，欲以求福，良足笑也。此祠之興由桓帝，武皇帝以老子賢人，不毀其屋。朕亦以此亭當路，行來者輒往瞻視，而樓屋傾頹，儻能壓人，故令修整。昨過視之，殊未整頓，恐小人謂此為神，妄往禱祝，違犯常禁，宜宣告吏民，咸使知聞。

他認為老子只能說是賢人，並非神．聖，對賢人可以尊重，但不准當作神而立祠禱祝，並且說這是常禁。又黃初五年十二月下詔云：

> 叔世衰亂，崇信巫史，至乃宮殿之內，戶牖之間，無不沃酹．甚矣其惑也；自今其敢設非祀之祭，巫祝之言，皆以執左道論，著於令典。

足見曹操．曹丕均有鑒於黃巾之亂，嚴為防範，對道教是實行約制政策。對相關養生方式並不盲從。

第三節　曹植的愛與養生敘述

曹植戰爭詩的創作數量也很多。他是曹丕的弟弟，頗受曹操喜愛，屢次想要封他為太子，曹丕即位後，對他壓迫迫害，數次貶爵徙封。他是一位生於亂長於軍的詩人，在他青少年時期，曾多次隨父親出征，十四歲隨曹操征袁譚、攻南皮、平冀州，十六歲隨父征烏桓，二十歲隨征馬超，二十一歲隨征孫權，戰爭對於他的影響很大。曹植的詩歌創作，可以用曹丕稱帝，也就是建安二十五年（西元220年），作為前後的分期[29]，前期的詩歌，主要多半是歌詠都市貴公子享樂遊蕩的生活，以及追求長生的詩篇。後期則充滿懷才不遇的激憤情緒，描寫受到迫害的抑鬱以及渴望自由解脫的心情。他的戰爭詩也跟隨著這樣的心情軌跡而改變，前期的戰爭詩作品，包括〈白馬篇〉中塑造了武藝高強的愛國者形象，歌頌其犧牲小我、視死如歸的高尚情操，此詩是前期作品中傑出的代表作，也是戰爭詩中的不朽佳作。在建安十六年（西元211年），曹植跟隨曹操征馬超，途經洛陽，後應瑒受命為五官將文學，行將北上，曹植設宴送別，便寫下〈送應氏〉二首，其中的第一首聯想起二十多年前，董卓挾持天子遷都、火焚洛陽，迫使人民大遷徙，以及後來連年戰禍的情形，並且敘述自己的憤懣與對人民之深切同情，是一首非戰類戰爭詩的優秀作品。此期另外有三首對戰爭態度不明顯的戰爭詩，〈贈丁儀王粲〉寫曹操西征張魯，王粲、阮瑀、徐幹等隨行，後平定關中，隨即引軍自長安北征楊秋。此詩除歌誦曹操功勞外，並寫丁儀、王粲之處境，勸勉他們態度要執中道。〈離友詩〉三首中的第一首是建安十七年冬，曹操東征孫權，曹丕、曹植隨軍，第二年春天回師北歸，途經譙縣，曹植與夏侯威結為好友而作，此首寫夏侯威陪送曹植返鄴，一路滿足與歡暢的情景。〈離友詩〉三首中的第二首則寫與夏侯威離別時眷戀、悲戚、且感到相會無期的愁苦。三首皆以抒情敘述方式來陳述戰爭。

---

29 大多數學者都認同此種看法，如：邱英生、高爽編著：《三曹詩譯釋》，頁5。王景霓、湯擎民、鄭孟彤編著：《漢魏六朝詩譯釋》（哈爾濱市：黑龍江人民出版社，1997年），頁100。殷義祥譯注：《三曹詩》（臺北市：錦繡出版事業公司，1993年），頁24-25。

曹植後期的戰爭詩作可以看到主戰類與非戰類的作品，各有其共同點，使兩類呈現明顯差異，筆者以為這是相當值得玩味之處。後期主戰類作品，都具有向曹丕陳述自己願意領兵征戰，希望為國赴難之志向的情況。〈責躬〉是曹植在黃初四年，徙封為雍丘王時，為了自劾其罪、頌揚帝德，所作的第一首獻詩。內容以歌頌國家及先祖之政治功業為主。其中提到亂事興起，而後發動戰爭才得以維持國之安定，而自己願意「甘赴江湘，奮戈吳越」。〈雜詩〉七首中第五首抒發詩人自身希望領兵南征孫權，實現自己為國建功，甘心為國赴難之豪情壯志，與未能實現此志願之苦悶心情。〈雜詩〉七首中第六首記敘登樓遠眺所見，並抒發對當時佞臣，如：司馬氏之擁兵自重、作戰不力，與對國事之憂心，並說明自己甘心為國赴難之情懷與壯志不遂之哀傷。

後期非戰類作品，則皆是以描述戰爭中流離失所的人民與征夫，來影射自己漂泊無依的可憐處境。〈門有萬里客〉記敘戰爭中人民流離失所、悲泣嘆息的情況，並藉此襯托曹植自身封地常常變更，飄零流蕩之痛苦。〈雜詩〉七首中的第二首則是描繪一名為國獻身，在遠方征戰的士兵，卻因此衣不蔽體、食不充飢、浪跡天涯的貧苦漂泊，令人聯想到曹植的處境。

後期只有一首對戰爭態度不明顯的戰爭詩：〈雜詩〉七首中的第三首，寫西北方有一名善織女子，因為丈夫出外征戰，久戍不歸，過了約定的日期，而悲苦嘆息，無法專心於織布的工作上。全詩瀰漫著哀傷，作者對戰爭的態度沒有直接表明，卻帶有非戰的傾向。

另外有數首無法考證是何時期之戰爭詩，列述於下。〈丹霞蔽日行〉記敘紂王昏亂，凌虐忠正之士，周人起而代之，而漢代興起也是因秦代無道，這兩場戰爭，皆為上天應允的光輝戰爭。〈孟冬篇〉記敘孟冬十月之時，武官以打獵訓練士兵準備戰爭的情況，並說明今日之努力，定能在未來獲得功效。〈矯志詩〉主要為議論政治上用人之道，應舉用賢良合適其位之人。其中提到國君鼓勵戰鬥，勇士遂敢於死戰的情況。三首都是主戰類的詩作，第一首主張義戰，第二首不忘備戰，第三首認為為人君者應鼓勵戰鬥，皆是從政治上位者來看戰爭。此外另有一詩，原見於《太平御覽》，沒有題目，記敘他跟隨父親出外征戰時，櫛風沐雨、劍不離手、鎧甲為裳的情況，親身參與征戍的形象相當鮮明。

朴貞玉〈三曹詩賦考〉「征伐詩」一節下言：

> 曹植詩有關征戍敘述，在「離友詩」、「贈丁儀王粲」中部分句子內，竭露出友人因征戍離別的情狀，但並沒有跟曹操、丕一樣完整的征行詩；他詩歌中，沒有描寫其艱難悲壯或威武雄姿的篇章。[30]

此文已經注意到戰爭詩其實包含有描寫戰爭中情感的詩作，然而由於朴貞玉並沒有定義何謂「征伐詩」，所以所言「完整的征行詩」一辭，與他所訂標題「征伐詩」用辭不統一且令人困惑。何況前面提到有一首沒有題目，是曹植敘述自身征戰形象的詩，然則曹植雖很少反映自己披堅執銳、征伐四方的從軍戰爭生活，但並非完全沒有從自身出發。且從前面所提十五首戰爭詩作來看，裡面亦不乏從他人角度描寫戰爭艱難悲壯或塑造英雄人物威武雄姿的篇章。所以，朴貞玉的說法是不能成立的。

總而言之，從曹植現存一百三十六首詩作看來，戰爭詩僅有十五首，佔百分之十一點八，比例不高，筆者以為這正可看出曹植創作題

30　朴貞玉：〈三曹詩賦考〉（臺北市：臺灣師範大學國文研究所碩士論文，1984年），頁79-80。

材與內容的多變，不拘限於同一題材與內容。

曹植為建安時期的文學巨人，以言出為論，下筆成章聞名當世，其〈洛神賦〉〈白馬篇〉等作品代代相傳，至今被人們反覆解讀。南朝謝靈運曾說：天下才有一石，曹子建獨佔八斗。曹植最後一次被封在陳地，史稱陳王，二三二年病逝，是年四十一歲。曹植生於亂世，擅長文學，然而其志向卻在文學之外，在金戈鐵馬收取關山的想像之中。他很想模仿父親，策馬揮鞭，征服四方。他曾經不遺餘力，尋求種種機會，以便實現人生夢想，但競爭太子失利，受到文帝曹丕的打壓以及明帝曹叡的輕蔑。最終惆悵離世。

曹植是個難以解讀的個體，其經歷簡單，感情卻複雜；文學天賦超人，政治上與家人相處上卻不得要領。品讀他的一生，他的生命屬於辭賦文章，屬於高雅藝術。他由受寵而失意，由失意而落魄，源於政治上與家人相處上的任性。

一般說來，每個人都有自己的優勢，都可能在某個方面高人一籌。曹植的優勢是文學，其辭賦文章風骨奇絕，充滿智慧。曹操經過長期征討，滅袁紹、劉表等割據勢力，三分天下有其二，創下家業。他讀過曹植十歲時寫的文章，對兒子的才情讚不絕口。首都新建銅雀臺時，曹操悉將諸子登臺，使各為賦。植援筆立成。曹操驚喜過望，很賞識這位能寫文章的聰明兒子。曹植整天在父親跟前每進見難問，應聲而對。曹植他漸漸陷入自我認知的盲區。其盲點有二：一是自視過高。二是角色錯位。

他的專長是辭賦文章，其角色定位似乎不該離開文學。可他總想捨棄專長，他認為辭賦小道，未足以揄揚大義，彰顯來世，不打算用文字來立身揚名。他的志向是建永世之業，流金石之功，是要參與政事，安邦定國。直到病逝前，他還沒忘自己的壯志雄心，帶兵平蜀滅吳。

曹操極善識人用人。他看出了曹植的毛病，當然也知道兒子不是聖賢，有些缺點在所難免，曹操想磨練兒子，征討孫權時，使植留守鄴城，戒之曰：吾昔為頓邱令，年二十三，思此時所行，無悔於今。今汝年亦二十三矣，可不勉與！話說得意味深長，充滿父親的真誠期待。遺憾的是，他不知謹慎，任性而為。

他管不住自己，不願自我約束，隨情由性，任意而為，屢屢突破政治和道德底線。這一點，他和李白特別相似，兩人都有政治抱負，都曾目中無人，也都想建功青史留名。但兩人又都不守規則，張揚外露，其行為就像他們的作品，天馬行空，肆意揮洒，結果只能被排斥在官場與家族之外。曹植的任性表現，超出官場與家族所能容忍的限度。比如：他貪懷酗酒，時常誤事。建安二十四年，曹仁被關羽圍困，曹操任命曹植為南中郎將，「欲遣救曹仁，植醉不能受命」。再比如，他不自我約束，時常闖禍，當時曹操禁止家族穿錦衣繡服，曹植家教不嚴，他的夫人穿著奢華，到處招搖，被曹操發現，立即賜死。最不可思議的是，曹植曾「乘車行馳道中，開司馬門出」。按規定，司馬門是魏王的專用門，曹操怒不可遏，公車令坐死，導致植寵日衰。司馬門事件是曹植的人生低潮，也是他任性而行，不自彫勵，飲酒不節的必然結果。

曹操死後，在曹丕、曹叡執政的時期，他曾經安分過一段時間，但也有過「醉酒悖慢，劫脅使者」的違法行為，因太后說情，才免於被殺。他的一生，的確不夠局天蹐地，沒有行則思義，一路直情逕行，於是步履踉蹌，屯蹶否塞。

曹操有二十五個兒子，太子人選也不止一個。除了曹丕、曹植之外，他還注意過曹沖。曹沖也不是平庸之輩，早年稱過大象，也善寫文章，但死得太早，無緣參與競爭。其間，曹植在策略方法上有兩個失誤：一是沒掌握主要說服要領。曹操舉棋不定，核心問題是立長還是立賢。曹丕是長子，有天然優勢，曹植必須能在立賢上立基，設法消除曹操的顧慮。然而，他沒有這樣做。曹丕卻相反，不逞口舌之勇，只是默默地朝乾夕惕。兩個人各守一道，涇渭分明，效果卻大不相同。有一次，曹操出征打仗，兩個兒子送行，曹植極盡歌功頌德之能事，讓曹操覺趨雀躍，曹丕卻一直哭泣，「操及左右皆歔欷」，大臣們都認為曹植過於花梢，不如曹丕來得實在。二是沒有得到廣泛支持。曹植身邊，只有楊修、丁儀和丁廙等人在為之搖旗吶喊。曹丕雖然一度不被看好，但朝中很多重臣都為他說話，再加上曹丕「御之以術，矯情自飾，宮人左右，並為之說」。太子之爭，早見分曉。

曹丕死後，他反覆多次給明帝曹叡寫信，一會兒訴說自己無功受祿，枉為人臣；一會兒批評皇帝重用異姓、排斥家族；一會兒又積極自薦，自己枵腹從公，精通排兵佈陣，期待引濟時艱等等。不僅如此，他還試圖面見皇帝，共同討論天下大勢，探討政權拯民水火。

因為任性，他命途多舛，被家族冷落。但也正因為任性，他才獲得了心靈自由，七步成詩。接下來觀察一篇曹植真情至性的名作〈感甄賦〉：

> 黃初三年，余朝京師，還濟洛川。古人有言，斯水之神，名曰宓妃。感宋玉對楚王神女之事，遂作斯賦。其辭曰：余從京域，言歸東藩。背伊闕，越轘轅，經通谷，陵景山。日既西傾，車殆馬煩。爾乃稅駕乎蘅皋，秣駟乎芝田，容與乎陽林，流眄乎洛川。於是精移神駭，忽焉思散。俯則未察，仰以殊觀，睹一麗人，於岩之畔。乃援御者而告之曰：「爾有覿於彼者乎？彼何人斯？若此之豔也！」御者對曰：「臣聞河洛之神，名曰宓妃。然則君王所見，無乃日乎？其狀若何？臣願聞之。」余告之曰：「其形也，翩若驚鴻，婉若遊龍。榮曜秋

菊，華茂春松。彷彿兮若輕雲之蔽月，飄飄兮若流風之回雪。遠而望之，皎若太陽升朝霞；迫而察之，灼若芙蕖出淥波。襛纖得衷，修短合度。肩若削成，腰如約素。延頸秀項，皓質呈露。芳澤無加，鉛華弗御。雲髻峨峨，修眉聯娟。丹唇外朗，皓齒內鮮，明眸善睞，輔靨承權。瑰姿豔逸，儀靜體閑。柔情綽態，媚於語言。奇服曠世，骨像應圖。披羅衣之璀粲兮，珥瑤碧之華琚。戴金翠之首飾，綴明珠以耀軀。踐遠遊之文履，曳霧綃之輕裾。微幽蘭之芳藹兮，步踟躕於山隅。於是忽焉縱體，以遨以嬉。左倚采旄，右蔭桂旗。攘皓腕於神滸兮，采湍瀨之玄芝。

余情悅其淑美兮，心振盪而不怡。無良媒以接歡兮，托微波而通辭。願誠素之先達兮，解玉珮以要之。嗟佳人之信修，羌習禮而明詩。抗瓊珶以和予兮，指潛淵而為期。執眷眷之款實兮，懼斯靈之我欺。感交甫之棄言兮，悵猶豫而狐疑。收和顏而靜志兮，申禮防以自持。於是洛靈感焉，徙倚彷徨，神光離合，乍陰乍陽。竦輕軀以鶴立，若將飛而未翔。踐椒塗之郁烈，步蘅薄而流芳。超長吟以永慕兮，聲哀厲而彌長。爾乃眾靈雜遝，命儔嘯侶，或戲清流，或翔神渚，或采明珠，或拾翠羽。從南湘之二妃，攜漢濱之遊女。歎匏瓜之無匹兮，詠牽牛之獨處。揚輕袿之猗靡兮，翳修袖以延佇。體迅飛鳧，飄忽若神，淩波微步，羅襪生塵。動無常則，若危若安。進止難期，若往若還。轉眄流精，光潤玉顏。含辭未吐，氣若幽蘭。華容婀娜，令我忘餐。於是屏翳收風，川後靜波。馮夷鳴鼓，女媧清歌。騰文魚以警乘，鳴玉鸞以偕逝。六龍儼其齊首，載雲車之容裔，鯨鯢踴而夾轂，水禽翔而為衛。於是越北沚。過南岡，紆素領，回清陽，動朱唇以徐言，陳交接之大綱。恨人神之道殊兮，怨盛年之莫當。抗羅袂以掩涕兮，淚流襟之浪浪。悼良會之永絕兮。哀一逝而異鄉。無微情以效愛兮，獻江南之明璫。雖潛處於太陰，長寄心於君王。忽不悟其所舍，悵神宵而蔽光。於是背下陵高，足往神留，遺情想像，顧望懷愁。冀靈體之復形，御輕舟而上溯。浮長川而忘返，思綿綿而增慕。夜耿耿而不寐，沾繁霜而至曙。命僕夫而就駕，吾將歸乎東路。攬騑轡以抗策，悵盤桓而不能去。

〈洛神賦〉為曹植於魏文帝黃初四年（西元223年）所著。最早見於蕭統《昭明文選》中錄入名為〈洛神賦〉，按唐朝江都人李善為《文選》作註解釋這是甄氏之子魏明帝曹叡所改，李善註又改〈感鄄賦〉為〈感甄賦〉，把〈洛神賦〉看作是曹植寫給甄氏的愛情篇章。其序稱曹植由京城返回封地時，途經洛水，忽然有感而發，並作此賦。洛神為華族神話裡伏羲氏（宓羲）之女兒，其因為於洛水溺死，而成為洛水之神，即洛神。

〈洛神賦〉原名〈感鄄賦〉，一般認為是因曹植被封鄄城所作；亦作〈感甄賦〉，甄通鄄，曹植是知道兩字相通的，賦的題目也很反常，漢賦中寫一座城池的賦一般以〈城名賦〉命名，如〈東京賦〉〈西京賦〉等，並無〈感城名賦〉這一慣例。並且〈感鄄賦〉的內容非但和鄄城毫無關係，而且其中「跑題」所描寫的洛神非常傳神，所以也有人認為其寫作牽涉到曹植與魏文帝曹丕元配甄氏（即曹植之嫂）之間的一段錯綜複雜的感情。曹操的夫人劉氏生長子曹昂，早年死於宛城。次夫人卞氏生四子：曹丕，篤厚恭謹；曹彰，勇而無謀；曹植，聰明機警，卻嗜酒放縱；曹熊，身體病弱。

曹植天賦異稟，博聞強記，十歲左右便能撰寫詩賦，頗得曹操及其幕僚的讚賞。曹植任性創作此賦，曹叡繼位，即魏明帝因覺原賦名字不雅，遂改為〈洛神賦〉。可見姪兒對叔叔與母親之間關係有所顧忌，才有改名之舉。據《文昭甄皇后傳》載：甄氏乃中山無極人，上蔡令甄逸之女。出生於漢靈帝光和五年（西元182年），比曹丕長五歲，較曹植長十歲。《三國志．魏書》注列舉甄逸的三男五女的名字，唯獨沒有她的名字，稱她為「甄宓」，完全是因為曹植的這篇〈洛神賦〉被一些人認為是寫給甄氏的愛情篇章。建安年間，她嫁給袁紹的兒子袁熙。東漢獻帝七年，官渡之戰，袁紹兵敗病死。曹操乘機出兵，甄氏成曹軍俘虜，繼而嫁曹丕為妾。

甄氏也確有絕色和詩才。絕色典故見《三國志．魏書．劉楨傳》註記：「其後太子嘗請諸文學，酒酣坐歡，命夫人甄氏出拜。坐中眾人咸伏；而楨獨平視。太祖聞之，乃收楨，減死輸作。」劉楨因為看絕色美人看得太入迷，以致引起曹操不快而下了牢獄。詩才典故見《古詩源》收錄甄氏所作一首〈塘上行〉：

> 蒲生我池中，其葉何離離。果能行仁義，莫若妾自知。眾品鑠黃金，使君生別離。念君去我時，獨愁常苦悲。想見君顏色，感結傷心脾。念君常苦悲，夜夜不能寐。莫以賢豪故，捐棄素所愛。莫以魚肉賤，捐棄蔥與薤。莫以麻枲賤，捐棄菅與蒯。出亦復愁苦，人亦更苦愁。邊地多悲風，樹木何翛翛。從軍致獨樂，延年壽千秋。

常人對他人之妻或夫，即使有愛慕之意，多半隱匿於心，然曹植卻鋒發韻流，將甄后蛾眉曼睩婉若游龍之貌，描繪絲絲入扣。引發當時與後世之人多所聯想，造成家族困擾，兄長與姪兒踧踖不安，最後曹叡還加以改名。曹操死後，曹丕於漢獻帝二十六年（公元220年），登上帝位，定都洛陽，是為魏文帝。甄氏因激怒曹丕，不僅未能封后，最終亦慘死，據說死時以糠塞口，以髮遮面，十分悽慘。

甄氏死的那年，曹植到洛陽朝見哥哥。甄氏所生的兒子曹叡陪皇叔吃飯。曹植看著侄子，想起甄氏之死，心中酸楚無比。飯後，曹丕遂將甄氏遺物玉鏤金帶枕送給曹植。曹植睹物思人，在返回封地時，夜宿舟中，恍惚之間，遙見甄氏凌波御風而來，曹植一驚而醒，原來是南柯一夢。回到鄄城，曹植腦海中還惦記著與甄氏洛水相遇的情景，於是文思激蕩，寫成〈感甄賦〉。不論自況與否，這些描寫應該是有人物原型的，從作品結尾所透露出的作者對洛神的戀戀不捨卻又被迫離開的淒婉之情，更不能不令人起疑。

四年後（西元226年），曹叡繼位，即魏明帝。因覺原賦名字不雅，遂改為〈洛神賦〉。《昭明文選》中李善為「曹植」一條作註明確記錄〈感鄄賦〉就是〈感甄賦〉:「魏東阿王，漢末求甄逸女，既不遂。太祖回與五官中郎將。植殊不平，晝思夜想，廢寢與食。黃初中入朝，帝示植甄后玉鏤金帶枕，植見之，不覺泣。時已為郭后讒死。帝意亦尋悟，因令太子留宴飲，仍以枕賚植。植還，度轘轅，少許時，將息洛水上，思甄后。忽見女來，自云：我本託心君王，其心不遂。此枕是我在家時從嫁前與五官中郎將，今與君王。遂用薦枕席，懽情交集，豈常辭能具。為郭后以糠塞口，今被髮，羞將此形貌重睹君王爾！言訖，遂不復見所在。遣人獻珠於王，王答以玉珮，悲喜不能自勝，遂作感甄賦。後明帝見之，改為洛神賦。」

宋人劉克莊卻說，這是好事之人乃「造甄后之事以實之」。明人王世貞又說:「令洛神見之，未免笑子建傖父耳。」清代又有何焯、朱乾、潘德輿、丁晏、張雲等人，群起而鞭撻之。

他們的論點綜合起來，大概有如下幾點：

曹植愛上他的嫂嫂很不可能。他沒有那麼大的膽量寫〈感甄賦〉。丕與植兄弟之間因為政治的鬥爭，本來就很緊張，其次圖謀兄妻，這是「禽獸之惡行」，「其有污其兄之妻而其兄晏然，污其兄子（指曹叡）之母而兒子晏然，況身為帝王者乎？」或認為李善注引《記》所說的文帝曹丕向曹植展示甄后之枕，並把此枕賜給曹植，「里老所不為」，何況是帝王呢？極不合情理，純屬無稽之談。甚至認為〈感甄賦〉確有其文，但「甄」並不是甄后之「甄」，而是鄄城之「鄄」。「鄄」與「甄」通，因此是「感甄」。曹植在寫這篇賦前一年，任鄄城王。此文是「託詞宓妃以寄心文帝」，「其亦屈子之志也」，「純是愛君戀闕之詞」，就是說賦中所說的「長寄心於君王」。

但是真正刻骨銘心愛過人者，應該能體會曹植愛戀之情，身分或年齡的差距是相處的問題，並不能阻隔愛情的產生。男大女小或女大男小的戀情時有所聞，已非新聞。身分不適合的不倫，除了叔嫂，公公與媳婦，父親情人與兒子，也非新聞，從《詩經》就有記載，武則天與太宗高宗，唐明皇與楊貴妃正是名例。

李商隱有多首詩詞秉承李善之言，其中《東阿王》一詩：

國事分明屬灌均，西陵魂斷夜來人。
君王不得為天子，半為當時賦洛神。

又有〈無題〉詩云：

颯颯東風細雨來，芙蓉塘外有輕雷。
金蟾齧鎖燒香入，玉虎牽絲汲井回。
賈氏窺簾韓掾少，宓妃留枕魏王才。
春心莫共花爭發，一寸相思一寸灰。

此賦詞句華美，比喻新奇，並屢被後世文人所引用，稱頌。並被採用多種形式演繹，如東晉時，大畫家顧愷之亦以此賦為題繪畫為〈洛神賦圖〉。兩幅宋朝人臨摹的洛神賦圖，是根據曹植的〈洛神賦〉畫的，畫中曹植和隨從在岸上遙望水上飄逸窈窕的洛神和各種神仙怪物。其中一幅現藏北京故宮博物院，另一幅被末代皇帝溥儀捲逃到東北，日本投降後散落民間，後被遼寧博物館收藏。

書法家王獻之曾書〈洛神賦〉，今僅存十三行，稱玉版十三行，趙孟頫也曾用小楷書之。金庸武俠小說《天龍八部》也大量引用〈洛神賦〉的詩句。

曹植也與曹操曹丕一樣關注養生議題，有〈靈芝篇〉：

> 靈芝生王地。朱草被洛濱。榮華相晃耀。光采曄若神。古時有虞舜。父母頑且嚚。盡孝於田壟。烝烝不違仁。伯瑜年七十。彩衣以娛親。慈母笞不痛。歔欷涕沾巾。丁蘭少失母。自傷早孤煢。刻木當嚴親。朝夕致三牲。暴子見陵侮。犯罪以亡形。丈人為泣血。免戾全其名。董永遭家貧。父老財無遺。舉假以供養。傭作致甘肥。責家填門至。不知何用歸。天靈感至德。神女為秉機。歲月不安居。嗚呼我皇考。生我既已晚。棄我何其早。蓼莪誰所興。念之令人老。退詠南風詩。灑淚滿褘抱。亂曰。聖皇君四海。德教朝夕宣。萬國咸禮讓。百姓家肅虔。庠序不失儀。孝悌處中田。戶有曾閔子。比屋皆仁賢。髫齓無夭齒。黃發盡其年。陛下三萬歲。慈母亦復然。

曹植的這首詩，敘述企圖建世濟國的思想。在詩歌藝術上用美好的靈芝來作比喻，生動形象。在敘述方法也有創新，尤其對五言詩來說。過去，華語樂府古辭多以敘事為主，到古詩十九首，漸有抒情敘述。而曹植引導發展，華語敘述將抒情與敘事結合，使之既能描寫複雜事態的變化，又能表達曲折的心理感受，這首詩就是例證。曹植作為建安文學的集大成者，對於後世華語詩歌敘述方式的影響是不可低估的。

這是曹植早期的一篇五言詩。詩裡他托物言志，全詩可分為四個部分。

第一部分，開頭四句，寫靈芝的光華。靈芝，又稱靈芝草、神芝、芝草、仙草、瑞草，是多孔菌科植物赤芝或紫芝的全株。靈芝不生在中原，而是「浸石菌於重涯，濯靈芝以朱柯」（東漢張衡〈西京賦〉），它何等珍貴。而且與洛濱的朱草相輝耀。王者有盛德則此草生，更突出了靈芝的高貴，作者埋下伏筆，表面寫草，實際為以後寫人定下基調。

公元前一世紀左右，我國最早的藥學著作《神農百草經》收載三百六十五種藥品，並將所載藥品分為上、中、下三品，上品藥皆為有效、無毒者，靈芝即被列為上品。其後，東晉葛洪的《抱朴子》、唐朝蘇敬的《新修本草》、梁代陶弘景的《神農本草經集注》和《名醫別錄》以及明朝李時珍的《本草綱目》等著作均在《神農本草經》的基礎上進一步補充、修正有關靈芝的論述。

詩中第二部分，是從「天靈感至德古」到「不知何用歸」，列舉眾多古代孝子如何盡孝道，作者讚頌他們的品德如靈芝之光。作者列舉「虞舜盡孝於田，烝烝不違」、「伯瑜慈母笞而不痛，彩衣以娛」、「丁蘭早孤，刻木當親」、「暴子犯罪亡形、免戾全名」、「董永家貧，舉假以供養」等故事。這些孝子，以孝為先，以孝為德，以孝為樂，思念父母的養育之恩，報答父母的養育之情。曹植之所對他們如此推崇，是在宣傳以孝治天下的思想。當時一個重要選官制度是孝悌力田，獎勵孝敬父母、尊敬兄長的德行的人和能努力耕作者，讓他們受賜爵、賜帛或複其身（即免除徭役）等。孝悌力田與「三老」同為郡、縣中掌教化的鄉官，並作為定員。這些孝悌楷模就如靈芝一般光榮。

《神農本草經》根據中醫陰陽五行學說，詳細地描述了靈芝的產地、氣味和主治。指出靈芝的藥效為：平，無毒，可明目，補肝氣，安精魂，仁恕；去胸中結，益心氣，補中，增智慧，不忘；心腹五邪，益脾氣，安神，忠信和樂；咳逆上氣，益肺氣，通利口鼻，強志意，勇悍，安魄；利水道，益腎氣，通九竅，聰察；治耳聾，利關節、保神、益精氣，堅筋骨，好顏色。還強調此靈芝可久食輕身不老，延年神仙。《神農本草經》中對靈芝的這些論述，被其後的歷代歷醫藥學家尊為經典並引證，沿用至今。對靈芝推崇備至。

詩的第三部分，是從「古時有虞舜」到「灑淚滿褘抱」，寫由於孝行感動神靈，人們將得到回報，這就像人食了靈芝草一樣，能起死回生、長生不老。它寫天靈、神女的感受，寫對皇考、蓼莪的悼念，寫「退詠南風詩，灑淚滿褘抱」的感慨。曹植將抒情與敘事結合，產生具感染力的藝術效果。

明代大醫學家李時珍（1518-1593）《本草綱目》中描述靈芝「久食長生，輕身不老，延年益壽」，並詳細論述靈芝的神奇功效，如：靈芝有清血、解毒、降火的共同功效。靈芝還具有藥食兼用的特點，東漢王充在《論衡．初稟篇》中說：「芝草一年三華，食之令人眉壽慶世，蓋仙人之所食」。李時珍指出：「昔四酷采芝，群仙服食，則芝菌屬可食者，故移入菜部」。陶弘景亦指出：「凡得芝草，便正爾食之，無虞節度，故皆不云服法也。」蘇敬則認為：「芝自難得，給獲一二，豈得終久服耶」。現代病理研究已經確定野生靈芝中含有有機鍺、有機硒、靈芝多糖、總三萜及豐富的微量元素等。這些物質決定野生靈芝能提高免疫力，修復組織細胞。現在，靈芝作為藥物已正式被華人文化圈的藥典收載，同時它又是中國批准的新資源食品，無毒副作用，可以藥食兩用。

第四部分，是從「亂曰」到最後，寫由此得到國強民和的奇效，暗寓靈芝的獨到之處。修身養性、齊家治國，是統治階級的一貫思想，詩行文到此，用「亂曰」形制。亂曰，原是屈原離騷體結尾的一種形式。離騷體有發端，有展開，有回環，照應，它不拘於古詩章法，自成一格，採用「亂曰」的形式結尾，對全詩內容或主旨進行概括與總結，這首詩也沿襲此法。作者說，依以上的情況來看，結果將是：國家「聖皇君四海。德教朝夕宣。萬國咸禮讓」；百姓「「肅虔，不失儀，比屋皆仁賢」；個人「髫齓無夭齒。黃發盡其年」；從上到下，國泰民安，和睦和諧，寓意這就像靈芝的光華。

中國醫學科學院藥物研究所等科研單位的試驗結果表明，靈芝的藥理成分非常豐富，其中有效成分可分為十大類，包括靈芝多糖、靈芝多肽、三萜類、十六種氨基酸（其中含有七種人體必需氨基酸）、蛋白質、甾醇類、甘露醇、香豆精苷、生物堿、有機酸（主含延胡索酸），以及各種人體必需的微量元素等。靈芝對人體具有雙向調節作用，所治病種，涉及心腦血管、消化、神經、內分泌、呼吸、運動、免疫等各個系統，尤其對腫瘤、肝臟病變、失眠以及衰老的防治作用十分顯著。某些品牌靈芝產品獲得臺灣「護肝」健康食品認證〈衛署健食字第A00182號〉，成分升級效用升值，將樟芝多醣體、芝麻素與腺苷，濃縮淬煉而成，護肝效果再提升。學者卯曉嵐先生在《中國靈芝文化》中寫到：「一種真菌類生物，在中國歷史上被推崇到如此顯赫地位以至於形成靈芝文化，這確是中國文化發展史上的一個奇蹟，是世界文明史上的罕事」。

其次再觀察一首曹植對期待養生的詩作，〈飛龍篇〉：

> 晨游泰山，雲霧窈窕。忽逢二童，顏色鮮好。乘彼白鹿，手翳芝草。我知真人，長跪問道。西登玉堂，金樓復道。授我仙藥，神皇所造。教我服食，還精補腦。壽同金石，永世難老。

〈飛龍篇〉是寫登泰山遇道人的詩篇，現嵌在泰安譬廟漢柏院的碑牆上。自東漢張道陵創道教後，其信徒很多，黃巾軍起義，就是以道教相號召的。泰山周圍，為黃巾軍活動地區，道教傳播亦廣。道家講究煉丹服食，可以長生不老，子建政治仕途不順，抑鬱寡樂，其亦有感於此，作為精神寄託。詩中多涉神仙怪誕之說。有些學者認為是曹植來到東阿做東阿王，初來東阿，骨瘦如柴。後來因為常食阿膠滋補，身體受益匪淺，於是感念而作〈飛龍篇〉，所以認為曹植詩中所指的仙藥，就是山東省東阿縣出的阿膠。

阿膠始於秦漢，至今已有兩千多年的歷史了，是驢皮煎煮濃縮後的固體動物膠。其主要成分是蛋白質。在中醫學裡，阿膠是滋陰補血、安胎、治療經產病的婦科良藥，已有兩千五百年的製作用藥歷史。中國明朝李時珍的《本草綱目》記載：阿膠本經上品，弘景曰：出東阿，故名阿膠。

1. 甘，平。歸肺、肝、腎經。補血，止血，滋陰潤燥。用於血虛萎黃，眩暈，心悸等。為補血之佳品。常與熟地黃、當歸、黃耆等補益氣血藥同用。用於多種出血證。止血作用良好。對出血而兼見陰虛、血虛證者，尤為適宜。治血熱吐衄，配伍蒲黃、生地黃，如《千金翼方》，治吐衄咳唾失血既多，虛倦神怯，配伍人蔘、白及等，如《痰火點雪》；治肺破嗽血，配伍人蔘、天冬、北五味子、白及等，如《直指方》阿膠散；治便血如下豆汁，配伍當歸、赤芍等，如阿膠芍藥湯；治先便後血，配伍白芍、黃連等，如《醫林集要》阿膠丸；治沖任不固，崩漏及妊娠下血，配伍生地黃、艾葉等，如膠艾湯。

2. 用於陰虛證及燥證。能滋陰潤燥。治溫燥傷肺，乾咳無痰，配伍麥冬、杏仁等，如清燥救肺湯，治熱病傷陰，虛煩不眠，配白芍、雞子黃等，如黃連阿膠湯；治熱病傷陰，液涸風動，手足瘈瘲，配龜板、牡蠣、白芍、生地黃等，如大定風珠。本品性滋膩，有礙消化，胃弱便溏者慎用。

然而證據不足，是否曹植的仙藥就是指阿膠，無法證實，僅能聊備一說。

魏時，太平道隨黃巾起義失敗而衰微，五斗米道隨張魯歸順曹操與移民北遷，形成組織分散，其勢大減。在經歷黃巾起義之後，魏朝廷深知不得忽視方士活動，因而採取約制政策。

據張華《博物誌》謂：

> （魏太祖曹操）又好養性法，亦解方藥，招引方術之士，廬江左慈．譙郡華陀．甘陵甘始，陽城郤儉無不畢至……。

又據曹操樂府〈氣出唱〉〈精列〉等具有神仙思想，羨慕服藥長生。似乎曹操招致方士純粹是為謀求養生方術，其實曹操的用心遠不止此。《三國誌．華陀傳》引曹植〈辨道論〉說：

> 世有方士，吾王悉所招致，甘陵有甘始，廬江有左慈，陽城有郤儉。始能行氣導引，慈曉房中之術，儉善辟穀，悉號三百歲。卒所以集之於魏國者，誠恐斯人之徒，接奸宄以欺眾，行妖慝以惑民，豈復欲觀神仙於瀛洲，求安期於海島，釋金輅以履雲輿，棄六驥而美飛龍哉？自家王與太子及余兄弟咸以為調笑，不信之矣。

曹植還曾考驗過郤儉、左慈、甘始等人之術。被曹操招致的方士們的處境如何呢？曹植〈辨道論〉中說：

> 然甘始等知上遇之有恆，奉不過員吏，賞不加無功，海島難得而遊，六黻難得而佩，終不敢進虛誕之言，出非常之語。

曹氏家族雖期待養生妙方，但仍然保持客觀理智，不受誇張荒誕的言論影響。

第四節　曹叡的家庭與養生敘述

魏明帝曹叡（西元206-239年），字**元仲**，是曹魏的第二位皇帝，從二二六年到二三九年在位，享年三十四歲。叡能詩文，與曹操、曹丕並稱魏之「三祖」。（清）潘眉，《三國志考證》：「延康元年以武德封曹叡為國，本紀載年十五封武德侯，延康元年即建安二十五年，帝是年十五，則生於建安十一年也。」曹叡是魏最後一位擁有實權的皇帝，曹叡死後，曹爽掌權，魏帝自此淪為傀儡。曹爽因政變下臺，魏國大權完全落入司馬家族手中。曹叡從小得到祖父曹操的喜愛，常令他在左右。曹叡年幼聰慧，曹操曾驚異地說：「我基於你可以有三世之業了。」在朝會宴席上，也經常叫他與侍中近臣並列。曹叡好學多識，特別留意法理。

二二〇年，曹操去世，曹丕繼位魏王封曹叡為武德侯。同年十月曹丕稱帝，次年封曹叡齊公，再次年封平原王。

由於曹叡生母甄夫人得罪曹丕被殺，曹丕懷疑曹叡心懷不滿，因此始終沒有立為太子，有一段時間甚至打算立徐姬之子曹禮作為太子。直到曹丕病重將死，曹叡才被立為太子。《三國志．魏書．明帝紀》：黃初二年為齊公，三年為平原王。以其母誅，故未建為嗣。

據《魏略》記載，曹叡小時候曾經跟從曹丕狩獵，見到母子兩鹿。曹丕射殺了鹿母，命令曹叡射殺子鹿，曹叡不從，並且說：「您已經殺掉了母鹿，我實在不忍心再殺掉牠的孩子。」說完哭泣不已。曹丕於是放下了弓箭，因為此事十分讚許曹叡，並且立其為太子的心意已經確定。《魏略》：文帝以郭后無子，詔使子養帝。帝以母不以道終，意甚不平。後不獲已，乃敬事郭后，旦夕因長御問起居，郭后亦自以無子，遂加慈愛。文帝始以帝不悅，有意欲以他姬子京兆王為嗣，故久不拜太子。魏末傳曰：帝常從文帝獵，見子母鹿。文帝射殺鹿母，使帝射鹿子，帝不從，曰：「陛下已殺其母，臣不忍復殺其子。」因涕泣。文帝即放弓箭，以此深奇之，而樹立之意定。

西元二二六年（黃初七年）五月，年少的太子曹叡在洛陽即位，是為魏明帝。在曹真、曹休、陳群和司馬懿等人的輔佐下，開始為期十二年的執政生涯。

曹叡即位後，追謚其母甄夫人為文昭皇后。同年八月，孫權進攻江夏，文聘堅守。朝臣商議發兵救援，曹叡則認為孫權意在偷襲，今已相持，則不會持久，不久孫權果然撤退。《三國志・魏書・明帝紀》：二七年夏五月，帝病篤，乃立為皇太子。丁巳，即皇帝位，大赦。尊皇太后曰太皇太后，皇后曰皇太后。諸臣封爵各有差。三癸未，追謚母甄夫人曰文昭皇后。壬辰，立皇弟蕤為陽平王。八月，孫權攻江夏郡，太守文聘堅守。朝議欲發兵救之，帝曰：「權習水戰，所以敢下船陸攻者，幾掩不備也。今已與聘相持，夫攻守勢倍，終不敢久也。」先時遣治書侍御史荀禹慰勞邊方，禹到，於江夏發所經縣兵及所從步騎千人乘山舉火，權退走。

1. 辛巳，曹叡封皇子曹冏為清河王，東吳將軍諸葛瑾、張霸等又率部進犯襄陽。撫軍大將軍司馬懿指揮魏軍大破吳軍，斬張霸。征東大將軍曹休也在潯陽擊敗其他東吳軍隊。朝廷一一論功行賞。十月，曹冏病逝。十二月曹叡大封群臣，封鍾繇為太傅，曹休為大司馬，曹真為大將軍，華歆為太尉，王朗為司徒，陳群為司空，司馬懿為驃騎大將軍。《三國志・魏書・明帝紀》：辛巳，立皇子冏為清河王。吳將諸葛瑾、張霸等寇襄陽，撫軍大將軍司馬宣王討破之，斬霸，征東大將軍曹休又破其別將於尋陽。論功行賞各有差。冬十月，清河王冏薨。十二月，以太尉鍾繇為太傅，征東大將軍曹休為大司馬，中軍大將軍曹真為大將軍，司徒華歆為太尉，司空王朗為司徒，鎮軍大將軍陳群為司空，撫軍大將軍司馬宣王為驃騎大將軍。

2.西元二二七年（太和元年），曹叡去郊外祭天，以太祖武皇帝配享；又率宗族在明堂奉祀天帝，以文皇帝配享。又將與吳國毗鄰的江夏郡南部地區分出，另設置江夏南部都尉。這時西平郡麴英反叛，連殺臨羌令、西都長等地方官員，於是派遣將軍郝邵、鹿磐率兵平定叛亂，斬殺麴英。二月曹叡以示重農，鼓勵農耕，照例在這天到屬於他名下的籍田中從事象徵性的耕作勞動。詔令在鄴城修建文昭皇后寢廟。曹叡清早到東郊祭祀太陽。四月發行五銖錢。開始動工修建宗廟。八月，曹叡又在西郊舉行祭月儀式。十月在東郊操練軍隊。西域焉耆國國王特送其兒子來到明帝身邊侍奉。十一月，立毛氏為皇后，進封天下男爵子爵各進二級，對孤寡老弱生活無依靠者由官府賜給穀物。十二月，封毛皇后的父親毛嘉為列侯。新城太守孟達叛亂，詔令驃騎將軍司馬懿討伐。《三國志．魏書．明帝紀》：太和元年春正月，郊祀武皇帝以配天，宗祀文皇帝於明堂以配上帝。分江夏南部，置江夏南部都尉。西平曲英反，殺臨羌令、西都長，遣將軍郝昭、鹿盤討斬之。二月辛未，帝耕于籍田。辛巳，立文昭皇后寢廟於鄴。丁亥，朝日於東郊。夏四月乙亥，行五銖錢。甲申，初營宗廟。秋八月，夕月於西郊。冬十月丙寅，治兵於東郊。焉耆王遣子入侍。十一月，立皇后毛氏。賜天下男子爵人二級，鰥寡孤獨不能自存者賜穀。十二月，封後父毛嘉為列侯。新城太守孟達反，詔驃騎將軍司馬宣王討之。

西元二二八年（太和二年），司馬懿攻破新城，孟達被斬。蜀相諸葛亮第一次北伐，曹叡派曹真、張郃等人拒敵，並親往長安壓陣。不久，馬謖被張郃大破於街亭，蜀軍撤退。四月曹叡返回洛陽，詔令赦免除殊死刑以外的所有囚犯。評定征伐的戰功，依功績大小對將士們封爵增邑。《三國志．魏書．明帝紀》：蜀大將諸葛亮寇邊，天水、南安、安定三郡吏民叛應亮。一遣大將軍曹真都督關右，並進兵。右將軍張合擊亮於街亭，大破之。亮敗走，三郡平。丁未，行幸長安。二夏四月丁酉，還洛陽宮。三赦系囚非殊死以下。

同年十二月，諸葛亮第二次北伐，兵出陳倉，魏將郝昭防禦成功。西元二二九年（太和三年），四月，元城王曹禮病死。六月繁陽王曹穆死，曹叡追尊在東漢桓帝時當過大長秋的高祖曹騰為高皇帝，夫人吳氏為高皇后。十月，把平望觀改名為聽訟觀。十一月間洛陽宗廟建成，特派朝廷禮官太常韓暨持節到鄴城迎高皇帝、太皇帝、武帝、文帝的神位。十二月尊奉各位先帝神位進入洛陽宗廟。郭威認為：「漢高祖為義帝發喪，魏明帝正禪陵尊號，一時達禮，千古所稱。」大月氏王波調派使者來朝拜，向明帝進獻珍奇禮物。曹叡封波調為大月氏王。西元二三〇年（太和四年）二月，曹叡詔令說：世上樸實有用的文章，都是深受王教的影響。自漢末戰亂以來，儒家經典衰微，年輕人的興趣和追求，也不放在經典的學習和研究上，這豈不是官府訓導不力，在官員的選拔任用上不重德行造成的嚴重後果嗎？官吏們只有真正學通一部經典，其才識方可勝任管理百姓的能力。對博學高才者要嚴格考核，從中選拔真正的優秀者立即予以重用，而對那些華而不實的無能之輩，則一律予以罷退。曹叡又傳令太傅三公，將文帝所著《典論》一書刻在石碑上，立於宗廟門外。任命大將軍曹真為大司馬，驃騎將軍司馬懿為大將軍，遼東太守公孫淵為車騎將軍。四月，太傅鐘繇病死。六月太皇太后卞氏去世。曹叡到上庸郡巡視。七月，將武宣卞後葬於武帝的高陵。接著，傳詔命大司馬曹真、大將軍司馬懿率魏軍伐蜀。八月明帝東巡，遣使者以一頭公牛的特禮祭祀中嶽山神。到達許昌宮。九月，連降大雨，伊水、洛水、黃河、漢水等洪水氾濫，乃詔令曹真、司馬懿等人回師。十月，曹叡一行返回洛陽宮。十六日，明帝傳令各地：獄中所押囚犯除殊死刑的死囚外，一律按罪過大小由家人贖回。十一月，太白犯歲星。十二月，改葬文昭甄皇后於朝陽陵。詔令公卿們為朝廷舉薦賢良之人。

西元二三一年（太和五年）正月，曹叡親往屬他名下的籍田中從事農耕。三月，大司馬曹真病死。諸葛亮率蜀軍進犯天水一帶，明帝詔令大將軍司馬懿統兵抗擊。自去年十月以來半年無雨。九月，曹叡率朝臣舉行盛大的祭祀求雨儀式。四月，北方鮮卑附義王軻比能率族人及丁零大人兒禪到幽州貢獻名馬，又重設護匈奴中郎將。七月六日，蜀軍自動回撤，朝廷對抵抗蜀軍有功者分別封爵晉位加以褒獎。十五日，皇后生皇子曹殷，傳令大赦天下。

西元二三二年（青龍元年）三月，曹叡東巡，所經之處，囑咐對年老體弱的鰥寡孤獨者賜以穀物和衣帛。四月，曹叡到達許昌宮。五月，皇子曹殷夭折，追封謚號為安平哀王。七月，提升衛尉董昭為司徒。九月，曹叡巡行到摩陂。傳令大修許昌宮，新建景福、承光二殿。這年十月，殄夷將軍田豫率部在成山征討吳將周賀，擊敗吳軍並將周賀斬首。十一月，陳思王曹植去世。十二月，曹叡返回許昌宮。

西元二三三年（青龍二年），鮮卑步度根與軻比能合，曹叡命秦朗率中軍征討，步度根及軻比能敗走漠北，步度根部將泄歸泥再度叛降。九月，屯駐安定地區保衛邊塞的匈奴首領胡薄居姿職等人又率部反叛，大將軍司馬懿派部將胡遵指揮平叛，很快擊潰叛軍並迫使叛軍首領投降。到十月份，步度根部落的另一首領戴胡阿狼泥等人到並州，表示願意歸降魏軍。驍騎將軍秦朗乃班師回朝。十二月，車騎將軍公孫淵將前來勸降的東吳特使張彌、許晏二人斬首上報。公孫淵被封為大司馬樂浪公。

西元二三四年（青龍三年）三月，漢獻帝禪位曹氏後被封為山陽公的劉協病逝，曹叡穿素服致哀，並派特使參加葬禮。四月，諸葛亮第五次北伐，司馬懿前去防守。不久，諸葛亮病逝，蜀軍退。同時，孫權亦大舉北犯，曹叡親征東吳，未至，孫權已敗走。

十二月，明帝詔令主管司法的官員修訂法律條令，刪改大辟刑為減死罪。

魏明帝登基後首先必須對抗內外敵人的攻擊，二二六年八月孫權攻江夏、襄陽，二二七年孟達反，到二三四年為止諸葛亮五次進攻曹魏，二三四年孫權攻合肥。魏明帝成功地抵禦了這些內外戰爭。他重用曹真、張郃、司馬懿等名將與諸葛亮作戰。二三五年諸葛亮死後，魏蜀邊境上的情況有所減緩，魏明帝開始在洛陽大建宮殿，常用人力物力。同年，他將他的養子曹芳封為齊王。二三七年遼東公孫淵反魏，自立為燕王。此年，魏明帝令司馬懿攻遼東，司馬懿遂帶兵四萬，和夏侯霸等人出征遼東，大破燕軍，殺公孫淵，成功收復遼東。

西元二三五年（青龍三年），曹叡開始大修宮殿，治洛陽宮，起昭陽、太極殿，築總章觀，消耗大量人力，影響了農業。大臣楊阜、高堂隆等人數次進諫，曹叡不聽。陳壽論：「明帝沉毅斷識，任心而行，蓋有君人之至概焉。於時百姓凋敝，四海分崩，不先聿修顯祖，闡拓洪基，而遽追秦皇、漢武，宮館是營，格之遠猷，其殆疾乎！」

西元二三六年（青龍四年）四月，曹叡詔令設置崇文觀，徵召天下善於撰屬的人進觀。五月司徒董昭病死。北方肅慎國進獻用眡木製成的石弩弓箭。六月曹叡詔令說：從前有虞氏把五刑之狀畫成圖像公榜出去，百姓就不再觸犯法律；周代雖設置了刑法卻很少用得著。我自繼位以來，雖極力效仿以往各朝代帝王們施政的長處，想重現過去好的社會風氣，但現在看來，想做到那些並不是件容易事。法令越是明確地昭示天下，違法的人越是增多，刑罰實行得普遍，而各種犯罪活動仍不能制止。既然如此，我打算把過去所頒佈法令中的一些苛刻條文，大多予以免除，這也是救百姓性命的一片真誠心願。聽說各地審斷的犯人每年多達數百，這豈不是我在治理國家中引導不夠，使百姓對違反法令看成不以為然，而刑罰上又採用一些苛嚴的手段，從而把百姓引入盲區嗎？有關執法人員在議定案件的處理意見時，務應寬鬆為本。有些向我請求寬恕的犯人，往往還來不及申訴情由案子已經判決，這怎麼有利於理清事實，從而做到合情合理地決斷呢？現今我特詔令廷尉及各郡國所有司法官員，今後再遇有應處以死罪的囚犯，在案情全部清理並決斷後，除謀反之類大逆罪及親手殺人的兇犯外，其他死罪犯人都應儘快通知其家屬。如有向我請求寬恕的犯人，司法機關應將他所寫的陳請書信和有關的案情文書一起送給我，我當盡力設法保其生命。望將此詔佈告天下，使天下的官吏百姓都能知道我的心願。七月，遼東高句麗國王宮將東吳孫權派去聯絡的特使胡衛等人斬首，並將首級送到幽州。十二月司空陳群死去。曹叡行巡至許昌宮。

西元二三七年（青龍五年、景初元年），曹叡從魏興郡中分出魏陽，錫郡中分出安富、上庸等地新設上庸郡，同時撤銷錫郡建制，把錫縣劃歸魏興郡。遼東公孫淵反，自稱燕王。

西元二三八年（景初二年），司馬懿出兵征討遼東，獲勝。六月，魏明帝賜予日本卑彌呼金印，封其為親魏倭王，曹叡的健康開始惡化。之後，密遣帶方太守劉昕、樂浪太守鮮于嗣越海定二郡，諸韓國臣智加賜邑君印綬，其次與邑長。其俗好衣幘，下戶詣郡朝謁，皆假衣幘，自服印綬衣幘千有餘人。同年年底，曹叡病危，立燕王曹宇為大將軍，欲屬以後事，曹宇推辭，於是曹叡聽中書劉放、孫資之言改立曹爽為大將軍，同司馬懿共同輔政。

西元二三九年（景初三年）正月丁亥日，崩洛陽嘉福殿，《魏書》載他逝世於九龍前殿，年僅三十五歲，謚號明皇帝，廟號魏烈祖，癸丑日葬於高平陵。其養子曹芳繼位。《三國志．魏書九．諸夏侯曹傳第九》爽飲食車服，擬於乘輿；尚方珍玩，充牣其家；妻妾盈後庭，又私取先帝才人七八人，及將吏、師工、鼓吹、良家子女三十三人，皆以為伎樂。詐作詔書，發才人五十七人送鄴台，使先帝婕妤教習為伎。……初，張當私以所擇才人張、何等與爽。疑其有奸……

曹叡處事沉著、剛毅，明識善斷，即位不久就政由己出，使幾個輔政大臣形同虛設。同時注重法理。王沈稱曹叡：「好學多識，特留意於法理。」他詔令設置律博士，改革漢法，制訂新律。孫盛曰：「聞之長老，魏明帝天姿秀出，立發垂地，口吃少言，而沉毅好斷。初，諸公受遺輔導，帝皆以方任處之，政自己出。而優禮大臣，開容善直，雖犯顏極諫，無所摧戮，其君人之量如此之偉也。然不思建德垂風，不固維城之基，至使大權偏據，社稷無衛，悲夫！」

又下令刪簡死刑條款，減少死罪；劉曄評：「秦始皇、漢孝武之儔，才具微不及耳。」除死刑外，可以用財贖罪；減鞭杖之刑，以免苦打成招。諸葛瑾認為：「選用忠良，寬刑罰，布恩惠，薄賦省役，以悅民心，其患更深於操時。」

在曹叡登基不久，就遇到內外敵人的攻擊，西元二二六年八月孫權攻江夏、襄陽，二二七年孟達反，二三一年，鮮卑與蜀漢聯手進犯，到二三四年為止諸葛亮五次進攻曹魏，二三四年孫權攻合肥。魏明帝成功地抵禦了這些內外戰爭。裴松之：「魏明帝一時明主。」

他重用曹真、張郃、司馬懿等名將與諸葛亮作戰。二三五年諸葛亮死後，魏蜀邊境上的情況有所減緩。同年，軻比能被曹魏派遣的刺客所殺，鮮卑「種落離散，互相侵伐，強者遠遁，弱者請服」，北疆也得以安定。二三七年，遼東公孫淵反魏，自立為燕王。此年，魏明帝令司馬懿攻遼東，司馬懿遂帶兵四萬，和牛金、胡遵等出征遼東，大破燕軍，殺公孫淵，成功收復遼東。《資治通鑒》寫道：「漢主壽常慕漢武，魏明之為人。」

曹叡還用心寫詩度曲。他徵召文士置於崇文館，鼓勵其文學創作。曹叡能詩文，善樂府，與其祖父曹操、父曹丕並稱魏之三祖。司馬光評：「帝沈毅明敏，任心而行，料簡功能，屏絕浮偽。行師動眾，論決大事，謀臣將相，咸服帝之大略。性特強識，雖左右小臣，官簿性行，名跡所履，及其父兄子弟，一經耳目，終不遺忘」。

馬植傑總評：「綜觀曹叡之行事，優缺點各佔一半，其優點是善為軍計、明察斷獄、比較能客人直諫。曹叡在容受直言、不殺諫臣方面，在古代封建君主中是少見的，這算是他的特色。曹叡的最大缺點是奢淫過度，還有一個重要的失誤，則在確定繼承人和輔政大臣方面。」

從二三八年冬開始，魏明帝的健康開始惡化。二三九年初，魏明帝病重，曹叡本意讓燕王曹宇為大將軍，夏侯獻、曹爽、曹肇、秦朗共同輔政，但曹宇一直不接受。於是曹叡單獨召見劉放、孫資到其床邊問話，問道「燕王為何一直不接受大將軍的安排？」劉放和孫資回答：「燕王實在是自己知道不堪大任所以推辭」，曹叡又問：「曹爽可以代曹宇為大將軍嗎？」劉放和孫資表示贊同，同時又多次強調應該迅速召見太尉司馬懿來輔助朝綱，曹叡答應並令劉放起詔書。劉放、孫資退下之後，曹叡的想法突然改變，宣詔讓司馬懿不要入宮，過一段時間曹叡見到劉放、孫資說：「我同意召見司馬懿，但是曹肇等人卻讓我不要這樣做，差點壞了我的大事！」於是再次起草詔書，命曹爽、劉放、孫資一同接受詔令，同時免去曹宇、曹獻、曹肇、秦朗等人的官職。

景初三年（西元239年）司馬懿率師從遼東回到河內郡駐紮。《三國志．魏略．明帝紀》：「乃召齊、秦二王以示宣王，別指齊王謂宣王曰：『此是也，君諦視之，勿誤也！』又教齊王令前抱宣王頸。魏氏春秋曰：時太子芳年八歲，秦王九歲，在於御側。帝執宣王手，目太子曰：『死乃復可忍，朕忍死待君，君其與爽輔此。』宣王曰：

『陛下不見先帝屬臣以陛下乎？』」明帝傳令把他急招入臥室，拉著他的手囑咐說：「終於等到你來，現在把後事託付給您，和大將軍曹爽共佐曹芳。我在死前能見到你，也沒什麼遺憾的了。」又把齊王曹芳和秦王招來，囑託宣王照顧。當天，明帝駕崩於洛陽宮嘉福殿，年僅三十五歲。

再看曹叡〈苦寒行〉：

> 悠悠發洛都。并我征東行。征行彌二旬。屯吹龍陂城。顧觀故壘處。皇祖之所營。屋室若平昔。棟宇無邪傾。奈何我皇祖，潛德隱聖形。雖沒而不朽。書貴垂伐名。光光我皇粗：軒耀同其榮。遺化布四海：八表以肅清。雖有吳蜀寇。春秋足耀兵，徒悲我皇祖。不永享百齡。賦詩以寫懷。伏軾淚沾纓。

這首詩是曹叡寫於東征途中，由於屯兵之處，正是曹操營建之故壘，景物依舊，但人事已非，睹物思人，曹叡感到格外唏噓，情動於中乃發乎歌詠。

「悠悠發洛都。并我征東行。征行彌二旬。屯吹龍陂城。」寫曹叡率軍從洛陽出發，已經滿二十日，現在駐紮於龍陂城，時間與地點都清楚交代。一「彌」字，點出詩人心中對時間長的感慨。《詩經．小雅．車攻》有「蕭蕭馬鳴，悠悠旆旌」，與此相近。「顧觀故壘處。皇祖之所營。屋室若平昔。棟宇無邪傾。」曹叡放眼環顧曹操故壘，屋舍儼然，棟宇直立，而這些正是曹操武功的具體表現。透過寫景，使人感受到詩人心中蒼涼孺慕的洶湧情緒。「奈何我皇祖，潛德隱聖形。雖沒而不朽。書貴垂伐名。光光我皇粗：軒耀同其榮。遺化布四海：八表以肅清。」直抒胸臆，讚揚皇祖之盛德與功業，曹操蕩平袁紹，討伐烏桓，翦除呂布、袁術、韓遂、劉表諸雄，統一北方，治軍三十年，南臨江，東極海，西濱散關，北登白狼，雄才大略，威震一時。而其詩作跌宕悲涼，雄渾豪邁，亦傳頌千古。所以獲得曹叡用熱烈之詞讚譽。「雖有吳蜀寇。春秋足耀兵，徒悲我皇祖。不永享百齡。賦詩以寫懷。伏軾淚沾纓。」寫曹叡在此告慰曹操，其子孫正繼承先祖之餘烈，調集精銳部隊征伐吳蜀，實現其統一天下之宏願。「春秋足耀兵」顯出其自信自強，「不永享百齡」則寫出其遺憾悲痛。

據《三國志．魏明帝》載：「帝生而太祖愛之，常令在左右。」《魏書》亦載：**「帝生數歲，每朝宴會，同與侍中近臣並列。」**可見他幼年受到曹操喜愛，再加上其生母被其父曹丕賜死，曹叡對其祖父曹操也就格外親近仰賴。父母親對於其親生的子女有很深遠的影響，孩子的出生是經由父母染色體的結合而成，基因已經決定了某些「指令」，例如智商、長相等等。而父母親對子女後天的教養也會影響子女的行為模式，其本身的價值觀、意識型態也會有所影響。而祖先的影響也是巨大的，《語意與心理分析》：「祖父母，不論生或死，對子孫的言行都有很大的影響。許多兒童不但模仿祖父母，並且希望自己就是祖父母。」[31]人們常需要以祖先來證實自己存在的價值，如果祖先是偉人，子孫將不自覺的感到驕傲，使祖先成為家庭的英雄，成為模仿的對象。「兒童對祖父母的態度是既敬又畏，這種敬畏的原始情感對兒童的原生形式時有很大的影響力。」[32]華人文化重視家庭與家族尤甚，連英國人Jhonston都注意到：「要了解中國這奇異的安定及長久不墜的社會制度，沒有比這個事實更重要的；即社會和政治的單元是同一的，而此一單元不是個人而是家庭。」[33]「家」不只是一個生殖單

---

31 Dr. Eric Berne著，謝玉麗、王引子合譯：《語意與心理分析》（臺北市：國際翻譯社，1974年），頁50。Dr. Eric Berne是行為分析的創始人，一生致力於現代心理學的改革。

32 Dr. Eric Berne著，謝玉麗、王引子合譯：《語意與心理分析》，頁43、52。所謂原生是指在兒童時期對將來所作的生活計劃。

33 R. F. Johnston , Lion and Dragon in Northern China（New York：Dutton, 1910）, p.135.

位，還是社會、經濟、教育、文化、政治，甚至是宗教、娛樂的單位，凝聚了整個社會力量，「家」不只限於同一屋簷下的成員，橫的擴及到整個家族、宗族、氏族，縱的上達祖先，下及子孫。華人社會是一典型的父系社會，整個社會結構是建立在倫常關係上，連職業也常常是祖父傳父，父再傳子。直到如今仍有許多家族企業，如國泰的蔡氏家族、台塑的王氏家族；不僅華語圈如此，外國也是一樣，如甘迺迪家族、大小羅斯福、甚至最近的大小布希等等。由曹叡對於先祖曹操崇敬的情況可知其對於其祖先的驕傲，而且以身為其後代為榮，從此可見曹叡對於「軍人」和「戰爭」的心態，不是排斥，甚至較一般人接受而且適應，並進而產生繼承其統一天下之志的強烈意願，是故其現存詩作三成為戰爭詩，而且三分之二為主戰詩，另外三分之一則在描寫戰士英勇、戰爭壯闊之場景。

〈苦寒行〉屬於〈相和歌・清調曲〉。《樂府解題》：「晉樂奏魏武帝〈北上篇〉，備言冰雪溪谷之苦。其後或謂之〈北上行〉，蓋因武帝辭而擬之也。」此曲調始於曹操，因首句為「北上太行山」，故也稱〈北上行〉。清商樂在〈古詩十九首〉時代已經十分流行，從作品中頻繁出現對清商樂的描寫便可得知。建安時期最盛行的音樂也是清商樂，〈苦寒行〉也是清商樂之一，在討論王粲的〈安臺新福歌〉時，曾經提過錢志熙《漢魏樂府的音樂與詩》認為替俗樂舊曲新聲配辭，曹氏一門似乎擁有一種特權。文人如王粲、繆襲，可以奉命為雅樂作詞，以體現臣子歌誦君德，潤色鴻業的職分；但卻不能隨便地為屬於內廷的樂府制撰歌詞。在此要補充的是，根據他的統計發現，魏晉各代所奏的相和、清商樂所用歌詞，除古辭外，全為曹氏一門所作，其中「三祖」所作最多，陳王曹植僅兩篇。[34]所以，筆者認為曹

34　錢志熙：《漢魏樂府的音樂與詩》（鄭州市：大象出版社，2000年），頁149-150。

叡承襲由曹操開始的曲調，而且是由於曹氏一門才有的特權，頂著先祖的光輝，創作此詩，在內容上曹叡同樣描寫戰爭，但更進一步抒發對曹操的懷念，從種種跡象看來，曹叡此詩別具深意。

《古詩漢魏六朝新賞：曹丕等九人》曾評曹叡：「在政治上無甚建樹，文學上無甚特色。」[35]而〈沈約、謝靈運傳〉論云：「至於建安，曹氏基命，三祖陳王，咸蓄盛藻，甫乃以情緯文，以文被質。」將曹操、曹丕、曹叡、曹植之詩，並列為「三祖陳王」。對曹叡有截然不同的兩種評論，這是由於現代所存留的詩作很少，且其中六首為戰爭詩（約佔百分之三十三點三），題材較為統一，而有些作品或承襲先人，或歌誦曹操，或平易淺白，令人覺得不夠精彩。但若純粹以他的戰爭詩而論，其對於戰爭之場景，描述清晰生動，詞藻精緻，情感真實，如前述之〈善哉行〉，而且對於曹操之懷念深情，雖令人有歌功頌德之疑慮，但出自肺腑，何況曹操為當時傑出之政治家與軍事家，作為後世子孫不免引以為傲，故在曹操之功績上，粉飾雕琢，其心可憫。筆者認為大體上來說，曹叡之戰爭詩的確以情緯文，以文被質，與曹操、曹丕、曹植三位一樣，具有開國氣象。

至於養生概念到魏明帝曹叡時（西元227-239年），態度有明顯改變，據《三國誌・吳主傳第二》記載：

> 魏明帝太和四年，……詔立都講祭酒，以教學諸子。遣將軍衛溫・諸葛直將甲士萬人浮海求夷洲及亶洲。亶洲在海中，長老傳言秦始皇帝遣方士徐福將童男女數千人入海，求蓬萊神仙及仙藥，止此洲不還。

35　高海夫、金性堯主編：《古詩漢魏六朝新賞：曹丕等九人》（臺北市：地球出版社，1993年），頁191。

曹叡也有此意於尋覓神山仙藥。這時張魯之婿燕王曹宇曾一度為大將軍，這時天師道的傳播是有利的條件。正由於曹叡對方士採取明為招致而實為約制的政策，這也使方士們得以親近門閥貴族。達官貴人喜神仙方術者不少，如議郎李覃學辟穀，軍謀祭酒陡弘農董芬之習吐納等，又有一些著名的文人如嵇康、何宴、王弼等既好老、莊之書，亦好養生之術，並為之著書立論，如嵇康著〈養生篇〉，宣揚若安期、彭祖之倫，可以善求而得道。導致神仙方術與玄學相結合，到晉代便確立以宣揚金丹道為主的神仙理論體系，同時也出現為門閥貴族服務的支派。

曹操平漢中後，拔漢中之民數萬戶，以實長安及三輔，五斗米道徒眾被迫北遷魏地，因而五斗米道原來的組織體系便被分散，祭酒徒眾分散各地。也正由於這樣，五斗米道在北方民間傳播開來，至西晉末，東晉初，五斗米道在江南也盛行起來。東晉江南五斗米道為孫恩起義提供宗教藉口，同時五斗米道與江南民間信仰相結合，又演化出三洞經籙。道教的分化，在魏晉便開其端倪。

第五節　曹氏戰爭詩的華語敘述

此部分將要討論三曹戰爭詩個別的內容與筆法，以下就從三曹的一些作品做討論。

（一）悲涼豪邁的曹操戰爭詩

第一部分先討論曹操的作品與筆法。

首先以曹操〈短歌行〉作為例子。這是一首表明曹操心志的戰爭詩。曹操在戰爭中採取的重要策略是「挾天子以令諸侯」，這個策略使他在政治上與戰爭上得到主動與正當的地位，從這個戰略的使用，也可以看出曹操是一位傑出的軍事家與政治家。戰略屬於軍事藝術中最高層次的內容，如果戰略正確無誤，即使在戰術運用或作戰方法上出現一些失誤，也不會導致軍事全局上的逆轉。曹操深明此理，而且瞭解戰爭必須師出有名，於是制定了此一重要戰略，使自己的地位處於優勢，並且取得戰爭主控權。李寶均言：

> 建安元年（西元196年），他把正在窮途末路中的獻帝迎到許縣（河南許昌），置於自己的掌握之中。這是曹操在政治上作出的一項重大戰略決策。在封建社會，皇帝是權力和國家統一的象徵。他把獻帝掌握在手中，控制了中央政權，在政治上就高居於其他競爭對手之上而處於極大的優勢地位。[36]

已經注意到「挾天子以令諸侯」是曹操所做出的重大戰略決策，當然如他所說「皇帝是權力和國家統一的象徵」，所以曹操「控制了中央政權」。但筆者以為，若從戰爭與軍事的角度看來，曹操為自己的出兵，找到合理的藉口，使自己能夠主動進攻，先發制人地積極進攻，又使對方無從辯駁，也是重要的致勝之道。

然而這樣的行為，自然受到其他各國的關注，其他各國也瞭解其中的嚴重性，因此也受到政敵的攻擊，說他有「不遜之志」。為了回應政敵之攻擊，他在這首詩中極力頌揚周文王、齊桓公、晉文公，極力表明忠貞之志。開頭一句「周西伯昌，懷此聖德」，概括說明周文王具有高尚道德，而後「三分天下，而有其二。修奉貢獻，臣節不墜。」讚揚周文王佔有三分之二的疆域，但仍不廢臣節，此處曹操以文王自比，表明自己絕不會廢棄臣節，會忠於臣職，侍奉君王。「崇侯讒之，是以拘繫」，揭示周文王就是由於受到崇侯的毀謗，才被囚

36　李寶均：《曹氏父子與建安文學》（臺北市：萬卷樓圖書公司，1991年），頁14。

禁，以此暗諭其他人對自己的毀謗就像崇侯對周文王的讒言一般。「後見赦原，賜之斧鉞，得使征伐。為仲尼所稱，達及德行，猶奉事殷，論敘其美。」一筆蕩開，直指核心說明紂王賜給文王斧鉞，而賜與斧鉞代表的是授與征伐之權利。從此建立自己征伐之合理性。之後並以孔子稱讚周文王服事殷，來敘述自己奉事漢室之心。

其下頌揚齊桓公與管仲。「齊桓之功，為霸之首。九合諸侯，一匡天下。一匡天下，不以兵車。」指出齊桓公任用管仲，以「尊王攘夷」為名，多次盟會諸侯，成為春秋時五霸之首。而最令人敬佩的是，他匡正了諸侯兼併的局面，靠的不是武力，以此期勉自己，也希望藉此遊說當時其他政敵。「正而不譎，其德傳稱。孔子所嘆，並稱夷吾，民受其恩。」是說孔子曾經讚美齊桓公是一位正派而不耍手段之人，並且一併讚揚管仲。《論語・憲問》:「桓公九合諸侯，不以兵車，管仲之力也。」又說:「管仲相桓公，霸諸侯，一匡天下，民到於今受其賜。」孔子認為桓公能停止戰爭，是受到管仲的幫助，而人民也得到他的恩澤。「賜與廟胙，命無下拜。小白不敢爾，天威在顏咫尺。」引用周天子派宰孔將祭肉賜給桓公，並說因其年歲大，不用下階跪拜，然而桓公仍堅持以臣禮下拜接受祭肉之事。此事記載於《左傳・僖公九年》。曹操藉此說明桓公功勞高遠，受到周天子厚愛，仍然極其恭敬，表明自己也要效法桓公之心。

第三例舉晉文公之事，前半尊崇晉文公尊奉周事而受到諸侯敬仰，後半則對晉文公有所非難。「晉文亦霸，躬奉天王。受賜珪瓚，秬鬯彤弓，盧弓矢千，虎賁三百人。威服諸侯，師之者尊。八方聞之，名亞齊桓。」寫晉文公同樣是霸主，亦恭敬地尊奉周天子。並以晉文公在打敗楚國後，將楚國戰俘獻給周天子，敘述對天子的敬重與忠誠，周天子因此命他為諸侯的領袖，並賜給車子、服飾與寶物之事，來說明這樣的行為值得尊敬。「河陽之會，詐稱周王，是以其名紛葩。」則非議晉文公因召請周天子參與會議，與禮制不合，於是讓天子狩於河陽，遇上諸侯盟會而參加會議，並假稱天子名義之事。以上二事皆記載於《左傳‧僖公二十八年》。曹操以此兩事並列，對比地說明自己絕不會像晉文公一樣作出使人非議之事，而要學習晉文公尊奉周室而贏得威信與聲望的行誼。

曹操此詩大加讚頌周文王、齊桓公、晉文公，就是要以此來敘述自己對先賢功業的敬仰之情，並說明自己將以他們為榜樣，尊奉漢室，以獲得天下人之尊敬，使令名流傳於後的志向。此詩高明之處，筆者以為便是從以往政治上之事例，來破除政敵想要以此為藉口，從政治上孤立他，使他無法將戰爭合理化的不利情勢。除了此詩之外，他還寫了〈讓縣自明本志令〉，同樣也對於其他人攻擊他有「不遜之志」，以敘述忠貞之誠，並無代漢之野心來作回應。此文中提到他「遭值董卓之難，興舉義兵，是時合兵能多得耳，然常自損，不欲多之；所以然者，多兵意盛，與強敵爭，倘更為禍始。」講述自己作戰是為了和平與民族之和諧，並說明「設使國家無有孤，不知當幾人稱帝，幾人稱王」，表明自己無廢漢自立之野心。而後舉用樂毅被燕王驅往趙國，仍不忘故國，以及蒙恬將被誅卻堅持君臣大義的事例，「孤每讀此二人書，未嘗不愴然流涕也。」表明自己十分欽佩他們，闡明自己雖然武力足以背叛朝廷，但其志向並非如此。最後以自家祖父曹騰任中常侍大長秋、父曹嵩官至太尉之事，說明自己感念恩德，忠於朝廷。雖然曹操並非真心要尊奉漢室，當其欲稱魏國公之時，荀彧提出「秉忠貞之誠，守退讓之節」，於是加害荀彧之行徑來看，他的這些詩文只是為了鞏固與發展自己的地位，但從這些詩文敘述方式，仍可觀察出曹操反擊政敵、安撫人心、將戰爭合理化的高明政治手腕。

羅隱云：「魏武陰賊險狠，盜有神器，實竊英雄之名。」（《韻語陽秋》卷十九）便是以為曹操是陰險奸詐之人，竊據了英雄之名。然而當時適值亂世，成者為王，敗者為寇，論其詩文，條理清晰，例證鑿鑿，從此更可得知其運籌帷幄的軍事與政治長才，且其為三國首領之中，認真提倡文學之君主，實為兼具文學、軍事、政治等多方才能之優秀人物。

何以曹操冒著被人攻詰的危險，仍處心積慮要訂下此一戰略，並且多方論述，花費大量詩文，又寫詩，又公佈詔令？筆者以為從軍事戰略與戰術的角度來看這個問題，便不難理解。因為在戰爭中，先發制人有四項優點，第一可以震撼對方士氣，第二可以達成突然襲擊的目的，第三可以在敵強我弱的情況下，通過搶先進攻改變力量對比，第四可以把戰爭引到敵國的土地上，減少對本國的破壞。因為優點多，所以古代兵家有些人主張兵貴先，甚至認為是天下之至權，兵家之上策。但先發制人也會帶來負面影響，也就是容易引起敵國民眾與軍隊的反感，也會遭致國際上其他國家的反對與譴責。西元二千零一年所發生的美國九一一事件便可視為先發制人之優缺點的最好例證，恐怖組織先發制人地攻擊紐約，的確達到震撼、突襲的成果，並且改變了與美國強大力量之懸殊差距，也將戰爭引到美國本土上去。但他們忽略了其缺失，於是招致美國上下一心的反抗，也受到國際間的大聲撻伐，美國因此獲得無數的援助。相較之下，曹操便聰明得多，他先迎獻帝到許縣，然後寫作詩文表明心跡，使政敵無話可說，詩中以周文王的戰爭之權來自天子所授與，及晉文公戰爭是為了周天子之例，從此確立自己戰爭主控權的合理性與正當性，隨時可以先發制人，筆者認為他是要建立「戰權王授」的概念，這麼一來便巧妙地避開了先發制人戰爭的不義性質。其次，他在詩文中一再提及齊桓公與晉文公之最大貢獻，是不用戰爭卻能統合諸侯。這也是帶有古代軍事家的理想色彩，孫子曾曰：「是故百戰百勝，非善之善者也；不戰而屈人之兵，善之善者也。」（《孫子兵法．謀攻第三》）就已經提出百戰百勝算不上是真正的高明，能夠不經戰鬥便使對方軍隊屈服，才是真正的高明。從此詩便可見曹操對此一軍事戰爭最高境界的嚮往，也藉此詩呼籲敵方陣營效法春秋時的結盟，然而經由自己掌握中央的地位，便顯示其他結盟的不義，是為對抗漢獻帝而起，其中亦包藏著曹操破壞其他敵國結盟的用心。

曹操為魏朝建立了開國的氣象，綜觀曹氏一門，曹丕、曹植、曹叡的政治思想與軍事策略多繼承曹操，在他們的戰爭詩中，尤其可以看到一脈相承的痕跡，如曹丕〈黎陽作詩〉三首中的第一首，也是先將出兵合理化，並以周公自比；曹叡〈櫂歌行〉也將出征道德化；曹植〈丹霞蔽日行〉同樣讚頌周及漢興起戰爭的光輝；曹植〈送應氏詩〉二首中的第一首則憤恨董卓；而曹丕〈黎陽作詩〉三首中的第三首、曹植〈贈丁儀王粲詩〉、〈責躬〉、曹叡〈苦寒行〉則懷念先祖之德，歌誦曹操戰功；在在可見他們對曹操的感念，以及曹操政治與軍事思想對他們的影響。

再看曹操〈薤露行〉。此詩敘述了漢末董卓之亂的前因後果。「惟漢廿二世，所任誠不良。沐猴而冠帶，知小而謀強。猶豫不敢斷，因狩執君王。白虹為貫日，己亦先受殃。」從漢高祖劉邦到靈帝劉弘是二十二世，一說詩中舉其成數，如逯本作「二十世」，另說為廿二世，如《宋書》。中平六年（西元189年），漢靈帝崩，劉辯即位，何太后臨朝，宦官張讓、段珪等把持朝政，何太后之兄與大將軍何進謀誅宦官，密召董卓進京剷除宦官，謀泄，何進被張讓所殺，張讓又劫持少帝與陳留王奔小平津。此段正是譏刺何進徒有其表就像獼猴戴帽穿衣，智小而圖謀大事，猶豫不決，導致少帝被劫，自己也遭董卓殺害。「因狩執君王」是「為尊者諱」，「白虹貫日」則是一種天象，指太陽中有一道白氣穿過，古人認為是上天預示的凶兆，通常應驗在君王身上。

「賊臣持國柄，殺主滅宇京。蕩覆帝基業，宗廟以燔喪。播越西遷移，號泣而且行。」以下轉到董卓之亂。寫董卓將少帝與陳留王劫回，但不久廢少帝為弘農王，後將其殺死，立陳留王為獻帝，於是各州郡起兵討伐，社會陷入混戰局面，董卓焚毀京城洛陽，挾持獻帝西遷長安。「瞻彼洛城郭，微子為哀傷。」據《尚書・大傳》，微子在商朝滅亡後，經過殷墟，見到宮室敗壞，因而悲傷感嘆。這裡曹操以此來比況自己對漢室傾覆之悲傷與感嘆。

接下來談談曹操的〈蒿里行〉。〈薤露〉與〈蒿里行〉都是古人出喪時所唱的輓歌，曹操借古題寫時事，一首寫漢室之傾覆，一首寫軍閥間的爭權奪利，都寫出戰爭所釀成人民災禍的歷史事實。清人方東樹《昭昧詹言》:「此用樂府題，敘漢末時事。所以然者，以所詠喪亡之哀，足當哀歌也。〈薤露〉哀君，〈蒿里〉哀臣，亦有次第。」說明〈薤露〉與〈蒿里〉內容上的聯繫，而各有其側重。兩首都記錄現實，展現歷史，描繪出戰爭的悲哀，明代鍾惺《古詩歸》就稱此兩首「漢末實錄，真詩史也」。

曹操詩作，前人多以為有悲涼慷慨之格調，此風格在其戰爭詩中尤為明顯，或者可以說他的戰爭詩是塑造悲涼慷慨情調之來源。敖器之《敖陶孫詩評》:「魏武帝如幽燕老將，氣韻沉雄。」此詩中，曹操從大處落墨，以概括性語言描述數年以來的社會動亂，並未描寫其詳細過程，其中強烈的感情與批判色彩，不僅敘述自己之感慨，也有別於史書式的客觀陳述，有感人的力量。而悲慘場面之廣大，也讓人感到氣魄之沉雄壯闊，其中具有深沉悲憤之情。而這種以古樂府來寫時事的敘述方式，也開創了新的華語敘述風氣，清代沈德潛《古詩源》:「藉古樂府寫時事，始於曹公。」這一方面是因為樂府本身有緣事而發的民歌特點，另一方面也是因為曹操寫作的詩作情感跌宕真摯，被人所重視的緣故。

這兩首詩之所以情感真摯，從此可見曹操對於董卓之亂與漢末社會情勢之重視。曹操之祖為曹騰，是桓帝時代宦官集團之中堅份子，父親曹嵩，是曹騰的養子，曹操則是曹嵩之長子。雖然曹操與宦官集團關係密切，但他也與世家大族集團積極交往，所以當袁紹勸何進殺宦官之時，也能參與意見。當袁紹主張全數消滅時，曹操則主張懲辦幾個罪魁禍首即可，這一方面是與曹操的出身有關，另一面也可看出他對於董卓力量評估的遠見。之後董卓入京，其政治措施及其軍隊毫無軍紀的狀況，都成為人民與曹操痛恨的目標，因此，雖然董卓想拉攏曹操並用政府名義任命曹操為驍騎校尉，可是曹操還是不願意與董卓合作，而與袁紹等人先後退出洛陽。曹操在陳留集結兵五千人，但那時因為沒有地盤，只得受陳留太守張邈的接濟，作戰上也受到張邈的牽制。由於這批聯盟的關東軍，在作戰經驗上遠不如董卓的西北軍，因此大多不肯向洛陽推進，只有曹操力主戰鬥，並將自己的軍隊向前移動，希望在他的影響下，聯盟也能向前推進。然而曹操進到滎陽汴水時，與徐榮遭遇，戰鬥失利，傷亡慘重，曹操自己也被流矢所傷，幸虧堂弟曹洪尋獲一條船，才得以趁夜逃脫。曹操經過這次挫敗，得到教訓，決定重新徵募軍隊，擴大自己的勢力，並在之後趁機取得兗州的統治地位。記載此段漢末史實者，除曹操之〈薤露〉與〈蒿里行〉外，繆襲〈楚之平〉與〈戰滎陽〉、韋昭〈漢之季〉都是以此為書寫內容。從此可知，董卓之亂對三國時代人民生活影響甚鉅，也促使詩人們對其重視，而對於曹操而言更是他崛起的開端，也是他難忘的失敗戰役，所以他將其描寫得相當慘烈，是其來有致的。

除了從歷史的角度，可以觀察出曹操創作此詩的動機，另外此詩所呈現出的敘事技巧也是值得注意的。「詩中有畫」是詩歌中很優美的境界，而曹操此詩不僅是一幅動亂歷史畫卷，而且是有動作，有作者說話的史論圖畫，曹操的雙眼成為讀者觀賞到漢末董卓之亂的管道，但這個像攝影機一樣清楚明確的觀視位置，是經由曹操安排且剪裁過的，近似於電影中的陳述過程，經由電影製作者的剪輯，而後才傳達給觀賞者。《電影敘事：劇情片中的敘述活動》中說：「一般而言，情節若要塑造觀眾的感知活動，可控制以下三者：（一）觀眾所接觸的故事訊息量；（二）訊息能被歸因的適切程度；（三）情節和故事間的形式對應。」[37]其實不只是電影如此，詩歌也可透過控制這三個條件，創造出所需的情節，曹操此詩也控制了這三個條件，有意地塑造讀者感知活動，他運用符合其想要傳達訊息的情節，使史實的建構一致而穩定的進行，因為歷史線索與寫作動機的提供訊息量正確，使得讀者容易理解，雖然情節上有飛快帶過以及未詳述的部分，正如電影中主角飛快長大的時間缺隙，但不至於影響讀者的體會，而且曹操剪裁得宜，沒有枝蔓或偏離主題的引言、牽強的隱喻、干擾，他以情節控制讀者接受訊息的數量與適切程度，從頭至尾持續採取同一觀點，嘲諷何進與董卓，提示與引導讀者的敘事活動，以上種種都可看出曹操對於訊息量與情節鋪排的掌握功力。

再看曹操〈苦寒行〉。〈苦寒行〉屬於〈相和歌．清調曲〉，此曲調始於曹操，因首句為「北上太行山」，故也稱〈北上行〉。吳兢《樂府古題要解》：「備言冰雪溪谷之苦，或謂〈北上行〉，蓋因魏武帝作此詞，今人效之。」建安九年（西元204年）十月，并州刺史高幹，也就是袁紹的外甥，投降曹操。建安十年（西元205年）秋，高幹乘曹操征討烏桓之際叛變，捉拿上黨太守，拒守壺關口。建安十一年春，曹操親征高幹，三月攻入壺關，高幹逃往荊州，途中為上洛都

37　大衛．鮑得威爾著，李顯立、吳佳琪、游惠貞譯：《電影敘事：劇情片中的敘述活動》（臺北市：遠流出版社，1999年），頁129。

尉所殺。曹操在問罪高幹途經太行山，時值正月，冰雪紛飛，行軍異常艱難。「北上太行山，艱哉何巍巍！羊腸坂詰屈，車輪為之摧。樹木何蕭瑟，北風聲正悲！熊羆對我蹲，虎豹夾路啼。溪谷少人民，雪落何霏霏！ 延頸長嘆息，遠行多所懷。」描寫軍隊攀登巍峨的太行山，依次記述山路崎嶇、車輪毀損、蕭條的樹木、怒吼的北風，猛獸夾路、人煙稀少、雪落紛紛等景色，全為「苦景」，造成詩人嘆息，心事重重。

「我心何怫鬱？思欲一東歸。水深橋梁絕，中路正徘徊。迷惑失故路，薄暮無宿栖。行行日已遠，人馬同時飢。擔囊行取薪，斧冰持作糜。悲彼〈東山〉詩，悠悠使我哀。」全以抒情敘述為主，詩人希望儘早東歸，然而水深橋斷，徘徊於中路，而且無棲處，人馬飢渴，邊走邊砍柴，鑿冰作粥，句句突出作者與軍隊遭受的困苦，所以詩人聯想到《詩經‧東山詩》，感到悲從中來，也有以周公自況之意。

此詩借景抒情，所描寫之景全為悽涼蕭瑟之景，而且形象鮮明，行軍中所見之景，如實地勾畫，構成完整形象，從身邊景物到行軍動作，都形象性的敘述了艱辛困難的內容，使讀者得到真實的感受，也讓人感到作者雖未大力非戰，但卻隱約含有悲涼厭戰的感情。

陳祚明《采菽堂詩集》：「寫征人之苦，淋漓盡情，筆調高古，正非子桓兄弟所能及。」可見曹操將行軍之辛苦與己身的感情，刻劃入微，所以得到很高的評價。朱乾《樂府正義》：「魏武〈北上〉，擬〈東山〉詩也。魏武善用兵，今觀其言，與士卒同甘苦如此，魏安得而不昌乎？」曹操善於用兵，能夠身先士卒，與部下同甘共苦，從此詩看得十分清楚，也難怪當時魏國軍隊的戰爭力會強盛。

曹操此詩對後世影響不小，除建立了〈苦寒行〉一樂府題與體制外，如曹叡也沿用此題創作，內容中也對曹操無限追念。而此詩內容也對後世產生影響，像杜甫〈石龕〉：「熊羆咆我東，虎豹號我西。

我後鬼長嘯，我前猿又啼。天寒昏無日，山遠道路迷。」明顯受到曹操〈苦寒行〉的影響。

此外如將此詩與〈步出夏門行〉作一比較，可以看出曹操在戰勝後與戰爭前對於景物的描述情調截然兩分，戰爭前與戰爭中憂心忡忡，馬到成功後，雄圖大略，一掃陰霾。曹操另有〈卻東西門行〉，也是描寫戰爭中戰士出征遠行的飄蕩與家鄉想念的心情。其中以鴻雁擬人的手法影響了應瑒〈侍五官中郎將建章臺集詩〉，而用轉蓬比喻飄蕩的手法則影響了曹植〈雜詩〉七首中的第二首。

（二）細膩纏綿的曹丕戰爭詩

其次要討論曹丕的作品與筆法。

首先看曹丕〈至廣陵於馬上作詩〉（魏詩卷四）：

> 觀兵臨江水，水流何湯湯，戈矛成山林，玄甲耀日光，猛將懷暴怒，膽氣正縱橫，誰云江水廣，一葦可以航，不戰屈敵虜，戢兵稱賢良，古公宅岐邑，實始剪殷商，孟獻營虎牢，鄭人懼稽顙，充國務耕殖，先零自破亡，興農淮泗間，築室都徐方，量宜運權略，六軍咸悅康，豈如東山詩，悠悠多憂傷。

曹丕在登基之後，對內修明政治，對外伐吳征蜀，儘管孫權曾經遣使稱藩，但不久又叛變。曹丕曾多次出征吳國，黃初五年（西元224年）八月，親自征吳，九月抵達廣陵（今江蘇揚州），未戰而還。次年再征，但因到處結冰，舟船難行，曹丕見長江洶湧，判斷與吳之兩方情勢，只得再次回返，回來後為記此次大軍臨江之盛況，便賦此詩。

「觀兵臨江水，水流何湯湯，戈矛成山林，玄甲耀日光，猛將懷暴怒，膽氣正縱橫，誰云江水廣，一葦可以航」，寫出氣勢慷慨之場景，首先寫江水之浩蕩渾闊，顯出長江此一天然屏障的險要，其次寫戈矛林立，兵多將廣，再寫出軍人渾身是膽、意氣昂揚之士氣，其後變化《詩經．衛風．河廣》：「誰謂河廣，一葦可航之」，成為「誰云江水廣，一葦可以航」。表現出我方軍隊藐視一切、銳不可當的氣勢。

「不戰屈敵虜，戢兵稱賢良，古公宅岐邑，實始翦殷商，孟獻營虎牢，鄭人懼稽顙，充國務耕殖，先零自破亡」，眼看戰爭一觸即發，曹丕此處卻想起孫武之名句「不戰而屈人之兵，善之善者」（《孫子兵法．謀攻》），化為自己「不戰屈敵虜，戢兵稱賢良」之慨歎。接下來連用三個例證：「古公宅岐邑，實始翦殷商」化用《詩經．魯頌．閟宮》：「居岐之陽，實始翦商」，指當初周族傳續至古公亶父時代，飽受戎狄威脅，只好從豳遷至岐陽，然而這正是後來代替殷商的開始。第二例是晉楚鄢陵之戰後，鄭伯依舊背叛晉、魯、宋、衛、曹等國，於是孟獻子獻計在虎牢一地築城，鄭國被迫求和。「充國務耕殖，先零自破亡」是指西漢派趙充國征伐羌族的一支：先零，他在破先零之後，屯田罷兵。以此三例作為「不戰屈敵虜」的不朽典範。

「興農淮泗間，築室都徐方，量宜運權略，六軍咸悅康，豈如東山詩，悠悠多憂傷。」則是曹丕構想的一個輝煌藍圖，希望在淮泗這個廣大的平原地區，興農屯田，建都於徐州，並等待良好時機，統籌計畫可行之權謀策略，一展鴻圖大業，使全軍欣悅歡暢，就不會如〈東山〉詩，一樣憂傷。

曹丕在此詩中，呈現出身為一國之君、六軍統帥之威風凜凜、氣吞山河的氣概，及其尚武精神，展現陽剛之美。曹丕另有〈校獵賦〉也是記敘戰爭前大規模軍事演習的景況：

> 披高門而方軌，邁夷途而直駕，長鎩糾電，飛旗拂天。部曲按列，什伍相連。峙如叢林，動若奔山。……

描寫軍隊打開高高的城門，車馬並駕出動，行進於平坦的路上而沒有阻礙，長矛交錯糾集如虹霓，旗幟飄舞猶如連接天際，隊伍整齊排列按部就班，什什伍伍連接成行，停止時如靜止不動的叢林，衝鋒時如奔騰而來的高山。將這種既是生產活動與體育運動，也是準戰爭的軍事行動，描繪得生動壯觀。這種描繪戰爭前閱兵以及演習場面的詩賦多，正表現出由於戰爭頻繁，此類活動也跟著出現，而場面及規模浩大，震撼了詩人的心靈，於是詩人們將之記錄下來。

再看曹丕〈黎陽作詩〉三首中的第一首：

> 朝發鄴城，夕宿韓陵，霖雨載塗，輿人困窮，載馳載驅，沐雨櫛風，舍我高殿，何為泥中，在昔周武，爰暨公旦，載主而征，救民塗炭，彼此一時，唯天所讚，我獨何人，能不靖亂。

據《三國志》〈武帝本紀〉與〈文帝本紀〉記載，曹操當年統一北方、征討袁紹的戰爭中，曾多次用兵黎陽，曹丕多跟隨出征，而曹丕自己亦曾用兵黎陽。究竟此詩所言年代為何，無法確知[38]，但從內容以周公自比的情況推測，至少應是尚未受禪代漢之前的作品。

黎陽，黎山在其南，黃河經其東，形勢險要，為兵家必爭之地，地名因山取黎，因水取陽。「朝發鄴城，夕宿韓陵，霖雨載塗，輿人困窮，載馳載驅，沐雨櫛風」記敘從鄴城出發，黃昏紮營於韓陵。鄴城在今河南安陽，韓陵即韓陵山，在安陽東北約十七里，兩地相距不遠，但卻朝發而夕宿。與〈木蘭詩〉：「旦辭黃河去，暮至黑山頭。」

---

38 陳洪、王福利《建安詩文鑑賞辭典》認為是建安八年，跟隨曹操時所作，丁福林《漢魏六朝詩鑑賞辭典》認為是漢延康元年，曹操死後所作。

王粲〈從軍詩〉五首其四：「朝發鄴都橋，暮濟白馬津」形容行動快捷，雖然詞句相似，但其意義卻完全不同。其後說明了行軍速度緩慢之原因，原來是因風雨滂沱，道路泥濘。然而我方戰士卻冒著風雨，不畏險阻，奮勇前進。形容的景況雖與《詩經・東山》：「我徂東山，慆慆不歸。我來自東，零雨其濛。」或《詩經・采薇》：「今我來思，雨雪霏霏。」極為近似，也許有人因此便以為曹丕此詩是描寫戰爭之苦，但仔細分辨，曹丕其實是藉著行軍之苦，來襯托出戰士之勇。尤其看到下文，更可瞭解其主戰之心。切不可因此誤解，而誤分入反戰類。

「舍我高殿，何為泥中，在昔周武，爰暨公旦」，曹丕用設問提出，為何要放著高殿華屋不住，在這泥濘當中奔波受苦？並自問自答，說明是因為周武王與周公旦早已作了榜樣。曹丕與曹植都喜歡舉用周文王、周武王、周公之例，這是承襲了曹操之風，如曹操〈苦寒行〉、〈短歌行〉兩首，這是因為曹操「挾天子以令諸侯」，曹操將自己所發動之戰爭，都視為奉帝命征伐，如同周文王、武王、周公；另一方面，曹丕也是藉地名發揮，因《尚書》：「西伯既戡黎」，黎原屬於殷朝屬地，商末被周文王所滅，曹丕以地名相近藉此發揮。「載主而征，救民塗炭，彼此一時，唯天所讚，我獨何人，能不靖亂」則真正點明出征的目的，在於救民塗炭，按照天的意志行事，將會如周公、武王一般，得到天助。「我獨何人，能不靖亂」則表明曹丕主戰的決心，清楚說明自己欲替天行道，平定叛亂，討伐不義。曹丕此篇情調不似一般主戰類詩作之淩厲剽悍，反以描述行軍之苦起筆，抒情意味較濃，用這樣站在與將士們一樣的立場，更能引起共鳴，而且更突顯出為天行道、救民塗炭之戰爭是勢在必行的，這些辛苦是值得的。

他的另一篇詩作〈令詩〉：「喪亂悠悠過紀，白骨從橫萬里，哀哀下民靡恃，吾將以時整理，復子明辟致仕。」也是以同樣敘述方式，以哀憐生民塗炭、感嘆時代動盪為基礎，彷彿是非戰派色彩，但實際上是表達以戰止戰之理想，希望能統一天下，之後肅清政治，安撫百姓。

袁美敏《人品與文品相關性研究》認為「詩緣情」形成的背景是：「魏晉以降，緣於現實哀樂的刺激，中國詩人發現了以情感為生命內容與特質的自我主體。並由對個人生命特質的肯定，而建立六朝『詩緣情』之說。」[39] 華語詩基本上是抒情的敘述基調，即使是敘事或是議論筆法，還是會夾雜抒情的敘述方式。例如曹丕此詩，本為記敘當時戰爭的作品，但他在記敘之中，摻雜了大量的個人情感，如：「霖雨載塗，輿人困窮」，這「困窮」便是他對於雨的感受，並在詩中敘說個人的政治抱負，華語社會古人的心志情性，又往往是表現在政治與社會兩方面，許多詩人在華語詩歌中表達他們憂國憂民的情志，曹丕在此亦然，以敘事為輔，感事為主，通過自身參與的感受，把屬於客體的事件，以抒情的敘述方式呈現，造成人與物互相感受的情況。曹丕的作品，不只是這一首有這樣的現象，大多數作品都成為他個人情感的投射，顯得情意纏綿，成為他心聲的代言，發自於內心的情感與觀點，所以容易引起讀者的多愁善感，與純粹記敘或說理的敘述方式所帶來的影響不同。

這樣情志婉約的主戰敘述方式詩作在三國時代是較為少見的，但其中所表達的主戰意念卻是堅定的，如此的詩作反而更能向曹丕所率領的將士，宣示對戰爭的肯定。《太公兵法．文韜文師篇》：「同天下之利者則得天下，擅天下之利者則失天下……與人同憂、同樂、同

39　袁美敏：《人品與文品相關性研究》（臺北市：臺灣師範大學國文研究所碩士論文，1992年），頁597。

好、同惡者義也；義之所在，天下赴之。凡人惡死而樂生，好德而歸利，能生利者道也；道之所在，天下歸之。」戰爭勝敗的關鍵在於人心的歸向，而能感動民心的，便是君王的愛心。曹丕在詩中，表現出他與戰士們一樣厭惡在大雨中趕路，一樣不喜在風雨中駕車，一樣渴望在高樓華宅中舒適的生活，但眼前有更重要的事等待完成，也就是救民塗炭，使全天下人都能幸福愉悅，才是他終極的目標，如此更能使將士們感同身受，使之樂戰樂死，而且曹丕身先士卒，與將士們同飢寒，並以同理心去替士卒設想，照顧到他們生活與情緒，進而宣示此趟戰爭的理念，使戰士們感到榮耀與尊嚴，認為此戰是光榮而有德的，是為了愛民而作，將使得戰士們士氣更高。

再來看曹丕〈雜詩〉二首中的第二首：

> 西北有浮雲，亭亭如車蓋，惜哉時不遇，適與飄風會，吹我東南行，行行至吳會，吳會非我鄉，安得久留滯，棄置勿復陳，客子常畏人。

曹丕此詩的寫作背景，《文選》李善注與李周翰注都認為是伐吳之事。這是因為魏在西北，吳在東南，所以詩中有「西北浮雲」、「東南行」、「至吳會」等語，「吳會非我鄉，安得久留滯」則是寫伐吳不克，久滯欲歸的心情。而吳景旭《歷代詩話》曾經駁斥這種說法，認為曹丕雄才且有智略，不可能做此詩示弱於孫權，也不可能做此詩讓劉備笑話，同時吳會是指當時的吳郡與會稽郡，在長江南，曹丕臨江觀兵而還，並未至江南。筆者以為此說也很有見地，但是有時詩人寫作之地名與人名，未必確指實地或確有其人，只是借題發揮，而且曹丕雖有雄才大略，深諳兵法，這在前面論述中筆者也一再提到，然而就曹氏一門或說整個建安文學的戰爭詩而言，內容上已經有濃厚的個人抒情風格，文學已經漸漸脫離為經學服務的目的，就連曹操的戰爭詩也多呈現出悲涼的氣氛，這在後文中會有詳細地討論，此處暫且打住。單以曹丕本身戰爭詩來說，具有激勵士氣、宣傳主戰思想的作品不少，但也有描寫戰爭中辛苦之作，或從征人怨婦角度側面抒發對戰爭的不滿。若僅從曹丕攻打吳國之作而言，有主戰的作品，如前面所提〈至廣陵於馬上作詩〉、〈黎陽作詩〉三首中的第一首與第三首，皆為主戰之作，但如〈黎陽作詩〉三首中的第二首則是描寫軍隊困於大雨中的情況，還有單首的〈黎陽作詩〉也是流露反戰情緒，凡此種種，曹丕作詩未必僅從政治目的或角度著眼，有時也以抒發個人情志為考量，所以在攻打吳國時做出此反戰詩也不無可能性。除此二說之外，吳淇《六朝選詩定論》與張玉穀《古詩賞析》等則認為此詩是曹丕早年疑懼父親曹操欲立曹植為世子而作，此說甚為牽強，故此處不做說明。

無論如何，從以上可知，此詩內容與戰爭有關，而且表現出曹丕對戰亂的厭倦情緒。

「西北有浮雲，亭亭如車蓋」，以浮雲自比，以車蓋借諭飄搖不定的景況。「惜哉時不遇，適與飄風會，吹我東南行，行行至吳會，吳會非我鄉，安得久留滯」，用感嘆寫出遇到飄風而漂泊流蕩的行蹤，之後道出久攻不克，停滯於異鄉的思鄉之情。「棄置勿復陳，客子常畏人」表露出羈旅他鄉的遊子，日久思反卻又怕勾起鄉愁的矛盾心情，其實這樣的矛盾，在一個位為君王的曹丕身上，恐怕是更明顯的吧！

而〈雜詩〉二首中的第一首：

> 漫漫秋夜長，烈烈北風涼，展轉不能寐，披衣起彷徨，彷徨忽已久，白露沾我裳，俯視清水波，仰看明月光，天漢回西流，三五正縱橫，草蟲鳴何悲，孤鴈獨南翔，鬱鬱多悲思，綿綿思

故鄉，願飛安得翼，欲濟河無梁，向風長歎息，斷絕我中腸。

雖然此首詩作沒有點明寫作背景，但在題目與內容上與第二首都是一致的，描寫遊子思歸，飄泊異鄉的濃厚抑鬱情緒。沈德潛《古詩源》:「二詩以自然為宗，言外有無窮悲感。」已經說明了曹丕此詩自然流露出他的心思，而且並不是大聲痛哭似地傾訴愁苦，而是言已終而情未竟地使詩外餘音觸動著讀者心弦。陳祚明《采菽堂古詩選》:「二詩獨以自然為宗，言外有無窮悲感，若不止故鄉之思。寄意不言，深遠獨絕，詩之上格也。」也是承繼沈氏之說。至於吳淇《六朝選詩定論》評曰:「言行客在外，孤身無伴，易得人侮，況身為太子云云乎，前章寫得深細，後章促急，至末二句換韻處，其節愈促，其調彌急。」寫出當時戰亂頻仍，人民飽經動亂之苦，許多人因戰亂饑荒而流浪在外，或為兵役繇役而離鄉背井的心情，曹丕在此詩中便反映此類現象，另如〈於清河見挽船士新婚與妻別〉也是曹丕此類作品。而且如吳淇所言，曹丕〈雜詩〉的第一首寫得深入細膩，第二首則顯得節奏急促，表現出心情的煩躁不安。

其實從當時戰爭的情況看來，可以知道曹丕何以在面對戰爭時煩躁不安、沉悶憂鬱。趙海軍、毛笑冰《中國古代的軍事》:「三國兩晉南北朝是中國歷史上的大分裂、大融合時期，幾近四百年之久，歷經三十多個胡漢政權與王朝。分裂與混戰成為這個時期的標誌，戰事之頻繁是其他時期所不能比擬的，僅史料記載的就達約六百零五次。」[40]可見當時戰爭如天星般繁多，在征戍之間的煩悶思家、厭倦疲乏，是在所難免的。而且依據《中國古代的軍事》所言，此時期的戰爭特色為：各兵種的發展更為完善、戰略計畫的制定達到相當水準、多種戰法靈活運用。可以得知三國時代之各種武器，如盔甲、弓弩、

40 趙海軍、毛笑冰：《中國古代的軍事》（臺北市：文津出版社，2001年），頁111。

刀劍、箭鏃、車船、馬鎧……等等，在製作技術上都有長足進步，並因為戰爭的需要，不斷改良與發明，對於軍種的訓練方式，包括：騎兵、步兵、車兵、水軍等等，更是日新又新，再加以各個軍事將領鑽研戰略戰術，使得戰爭的策略也達到更全面更具體的水準，戰術則更力求多樣，火攻、水戰、伏擊、奇襲等等，輔以當時與其他民族交流越密，產生新的政權組織型式與軍事制度，而且由於三國鼎立，除伐謀之外，還要伐交，聯盟戰與破交戰也是微妙的戰爭特色，種種情況顯示，三國時代不僅戰爭次數多，而且戰略、戰術、外交、兵器、兵種訓練、甚至於後援補給的情況都比前代要複雜許多，君王之心力交瘁，更是顯而易見。所以曹丕對於戰爭的憂心與不耐，是可以理解的。

從前述之〈薤露〉與〈蒿里行〉可知，曹操與曹丕同樣對戰爭流露出反對與憂心態度，不過兩人在詩中所運用的敘事技巧，則是不同的，所以呈現出不同的面貌。高辛勇《形名學與敘事理論：結構主義的小說分析法》：「『事目』為敘述文之主幹，……與『事目』結合最密切的因素是『人物』。」[41]所謂「事目」是指人物的行為，行為之成為「事目」，端賴其在整個故事發展中所具的功用（或意義）而定。不只是敘述文或小說是以事目為主幹，敘述詩也是以事目為主幹，與事目結合最密切的因素也同樣是「人物」。曹操在寫作反戰詩時，是以整個事件為記敘重點，而人物的行為與人物的紀錄只是輔助事件發展的地位，然而曹丕所描寫的反戰類記敘筆法作品，則是以人物，也

41　高辛勇：《形名學與敘事理論：結構主義的小說分析法》（臺北市：聯經出版社，1987年），頁33。此段是作者分析影響俄國結構主義敘事分析影響甚鉅的溥刺（Mofologija skazki）《俄國童話型態學》（*Morphology of the Folktale*）所得，此書出版於一九二八，一九五八年出現英譯本，六零年代引起廣泛注意與討論，一九七〇、一九七二年法、德譯本相繼出現。

就是他自己，作為全文敘述的核心，所有行為之間的關聯、動機、動作過程等等都是透過這個人物貫串所得，與曹操的「我」是旁觀者，詩中出現的人物，如：何進、董卓等等，都只是戰爭事件發生中的過客的敘述方式大異其趣。所以沈德潛《古詩源》言：「子桓詩有文士氣，一變乃父悲壯之習矣，要其便娟婉約，能移人情。」筆者以為正是因為曹操與曹丕兩者寫作風格不同，曹操以客觀角度大筆描繪戰爭史實，曹植則以文人之筆，細膩書寫己身遭遇，導致兩種截然不同的情調。

再來看曹丕〈陌上桑〉：

> 棄故鄉，離室宅，遠從軍旅萬里客，披荊棘，求阡陌，側足獨窘步，路局苲，虎豹嘷動，雞驚禽失，雞鳴相索，登南山，奈何蹈盤石，樹木叢生鬱差錯，寢蒿草，蔭松柏，涕泣雨面霑枕席，伴旅單，稍稍日零落，惆悵竊自憐，相痛惜。

〈陌上桑〉是漢樂府〈相和曲〉名，原是漢代民間敘事詩，曹丕此詩是沿用樂府舊題，歌詠新事。曹丕年輕時正值天下大亂，兵馬倥傯，軍閥混戰，曹操轉戰四方，他也隨之到處遷徙，居無定所，而此詩主要就在寫征戰生活之苦。

「棄故鄉，離室宅，遠從軍旅萬里客」，先寫離家遠去，從軍萬里，哀怨之情已生。「披荊棘，求阡陌，側足獨窘步，路局苲，虎豹嘷動，雞驚禽失，雞鳴相索，登南山，奈何蹈盤石，樹木叢生鬱差錯，寢蒿草，蔭松柏，」描寫戰爭中行軍之景況，道路狹窄曲折，披荊斬棘，寸步難行，荒涼無人，只有豺狼虎豹出沒，怒吼哀嚎，野雞禽鳥，飛相索群，登上南山，腳踩盤石，身處於叢密樹林，露宿於蒿草松柏之中，行軍之艱難辛苦，歷歷在目。「涕泣雨面霑枕席，伴旅單，稍稍日零落，惆悵竊自憐，相痛惜。」直抒其情，寫其涕泣如雨，淚流滿面，浸溼枕席，想到同伴逐個死去，內心惆悵哀慟。

曹丕此首〈陌上桑〉通過遠征戀鄉、征途艱辛惡劣、與戰友陣亡的敘寫，以及珠淚縱橫、孤苦無依的情感抒發，事中有景，景中含情，情景交融地敘述他的強烈非戰情緒。

賴麗蓉〈魏晉「人物品鑑」研究——創造性審美活動的完成〉：「敢於理直氣壯，毫不保留的流露真情應是魏晉風流的重大特色。」[42]「深情」在魏晉之前是一種任誕的行為，因為不符合溫柔敦厚的詩教，在以往而言，外在的行為舉止與內在的情感好惡都要接受禮樂的節制，然而魏晉人物開發了生命的真相，開始體會自然與深情。曹丕在這首詩中就毫不保留的流露真情，並不因為他的特殊身分而有所矜持，而許多曹丕的作品以寫情敘述方式為主，雖被評論為柔靡，但筆者以為這反映出他重視自身的真情，而在詩中顯露的深情，也表現出他對於自身存在意義的重視，對於生命本身的愛戀，較能稍微超脫於禮法之外。（雖然他也大量創作飛張揚厲的主戰類詩作，以符合他身為將領的身分）鍾鳳鳴《心戰戰法研究》就將情激法列為說服的方法，重要的第一種。已經指出：「人類是感情的動物，而從感情方面著手，是最容易激動的。」[43]人們可以抵抗他人的屈辱，對於嘲諷或怒罵往往產生反效果，然而卻不能防禦他人的同情或憐憫，所以許多領袖會採取懇求的戰術，煽動群眾對於敵方的仇恨，利用強烈的情感刺激，擴張願意為國犧牲的公共意志。從主戰類詩作的分析中，可以得知曹氏一族，大多半生戎馬，作戰經驗豐富，熟諳兵法，怎會不知以情感訴求的敘述方式是最易打動人心之法？然而曹操、曹丕、曹植等

---

42 賴麗蓉：〈魏晉「人物品鑑」研究——創造性審美活動的完成〉（臺北市：臺灣師範大學國文研究所博士論文，1996年），頁170。

43 鍾鳳鳴：《心戰戰法研究》（臺北市：正中書局，1962年），頁155。將說服的方法分為：情激法、理喻法、利誘法、恫嚇法。

人都有強烈非戰之作，與勸戒鼓舞軍心之做法背道而馳，更可看出其真情與深情，也更令人佩服他們能突破自身身分之勇氣。

（三）高華多變的曹植戰爭詩

再來要討論曹植的作品與筆法。

首先看曹植〈孟冬篇〉：

> 孟冬十月，陰氣厲清，武官誡田，講旅統兵，元龜襲吉，元光著明，蚩尤蹕路，風弭雨停，乘輿啟行，鸞鳴幽軋，虎賁采騎，飛象珥鶡，鐘鼓鏗鏘，簫管嘈喝，萬騎齊鑣，千乘等蓋，夷山填谷，平林滌藪，張羅萬里，盡其飛走，趯趯狡兔，揚白跳翰，獵以青骹，掩以脩竿，韓盧宋鵲，呈才騁足，噬不盡緤，牽麋掎鹿，魏氏發機，養基撫弦，都盧尋高，搜索猴猿，慶忌孟賁，蹈谷超巒，張目決眥，髮怒穿冠，頓熊扼虎，蹴豹搏貙，氣有餘勢，負象而趨，獲車既盈，日側樂終，罷役解徒，大饗離宮，亂曰：聖皇臨飛軒，論功校獵徒，死禽積如京，流血成溝渠，明詔大勞賜，大官供有無，走馬行酒醴，驅車布肉魚，鳴鼓舉觴爵，擊鐘釂無餘，絕網縱麟麑，弛罩出鳳雛，收功在羽校，威靈振鬼區，陛下長歡樂，永世合天符。

在孟冬十月時，天氣寒冷，武官就要實施田獵，講述軍旅之事與統籌軍隊。其下皆為描述田獵演習之場景，描摹仔細，猶如身歷其境。「亂曰」之下，則寫此次以田獵備戰的成果，並表示此種活動可以永保皇業。所描述之場景與曹丕〈校獵賦〉十分雷同，除與前面解說曹丕〈至廣陵於馬上作詩〉時所引者近似外，另如「死禽積如京，流血成溝渠」一句，與〈校獵賦〉之「聚者成丘陵，散者填溪谷，流血赫其丹野。」極為相近，皆在描寫擒獲的獵物堆積成丘陵，逃散的填滿溪川，流淌的鮮血染紅了原野之景，可見這種活動的相同程序，給予詩人們同樣的刺激，所以詩人們會用不同之詞句，描繪同一種情況。

此詩字句以四言為主，「亂曰」之下則為五言，字句華麗，鋪張陳述，近似於賦的筆法，可看出曹植不僅使五言詩的題材擴大，也開啟了詩極盡描繪之功能。正如鍾嶸《詩品》卷上所評：「詞采華茂。」文辭整練而華麗。

所謂「以不教民戰，是謂棄之」[44]，如果一支軍隊未經訓練，在戰爭時等於是白白犧牲，所以對士兵必須嚴格地訓練，《周禮》中就記載了我國古代軍隊利用狩獵進行軍事演習，把訓練與實戰結合起來。蘇軾在〈教戰守策〉中也提倡要使人民在斬刈殺伐之際，能夠習於鐘鼓金鳴之聲，而這些備戰的活動正是希望軍隊與人民能夠習於戰事，詩人透過詳細生動的描繪，使人們在文字上也能體會這種活動，在心理上接受戰爭的訓練。

再看曹植〈丹霞蔽日行〉：

> 紂為昏亂，虐殘忠正，周室何隆，一門三聖，牧野致功，天亦革命，漢祚之興，階秦之衰，雖有南面，王道陵夷，炎光再幽，殄滅無遺。

「紂為昏亂，虐殘忠正」寫紂王昏庸，大肆殺害忠正之士。《韓非子・雜言篇》：「故文王說紂，而紂囚之。翼侯炙，鬼侯獵，比干剖心，梅伯醢。」許多忠義之士都被紂王以極為不人道之方式，殘害致死。「周室何隆，一門三聖，牧野致功，天亦革命」周室興隆之因，是由於不疏遠宗室，而一門中有文王、武王及周公，三位聖明

44　劉寶楠：《論語正義》（臺北市：文史哲出版社，1990年），頁550。

之人。於是可以在牧野之戰中獲勝。牧野之戰發生在商都朝歌南郊三十里，當時是殷紂王三十三年（西元前1027年）。此戰之發生其來有致，文王曾遭紂王囚禁於羑里，後因商紂接受了文王臣子進獻的財寶，獲得釋放，並賜征伐之權，文王利用此權，爭取盟國、征伐犬戎、黎、崇等國，使周室三分天下有其二。武王時則收買內間，煽動中原各族反殷，爭取邊遠民族的支持，並掌握殷軍主力遠在東南地區討伐東夷之時機，一舉在牧野之戰中擊敗殷紂，紂王自焚而亡。牧野之戰的勝利，與其說是因為武力，不如說是政治與權謀的結果。因帝紂暴虐荒淫，文武二王才得以擴張，並以宣傳謀略之法，造成反殷勢力。並運用趁隙而入的奇襲戰略，以及大量戰車甲士猛襲紂軍。我國戰車的大規模運用及發揮其突襲性能，以此戰為始，對春秋戰國時代諸侯對戰車的重視，有莫大啟示。曹植因深深瞭解牧野之戰之前因後果，所以在詩中想像牧野之戰時，不以戰爭場景之描述為主軸，而以敘述其原因與結果為主，使讀者體會牧野之戰只是政治運作的結果，而戰爭勝利與否，與其政治之好壞有密切關係。

「漢祚之興，階秦之衰」，這裡寫另一場戰爭，也就是漢代取代秦代之事，這自然也是因秦始皇之暴政。「雖有南面，王道陵夷，炎光再幽，殄滅無遺」，此在寫漢代之所以衰滅，是由於王莽、董卓代漢擅權，使漢王朝陷入黑暗之境。

前面兩場戰役，皆是因君主昏庸暴虐，而曹植則已點出「牧野致功，天亦革命」，可見曹植已經知道為生存而戰是人類之天性，而且連天都要為此革命的，這個想法是很先進的。勞倫茲《攻擊與人性》：

> 攻擊性沒有傳統精神分析學家所想的毀滅本質，而實在是與生俱來，為保存生命的結構中不可少的部分，雖然會意外的走入

錯誤的方向而引起毀滅，但它仍然是任何制度中實用而有作用的部分。[45]

勞倫茲因觀察動物行為，研究出此理論，並據此研究一般與特殊的攻擊，何以週期性的爆發，以及儀式化過程對壓抑攻擊的影響；進化曾經製造哪些機能，讓攻擊性以不傷人之途徑表現出來……等等。他因此研究獲得諾貝爾生物與醫學獎，並成為美國時代雜誌之封面人物。戰爭屬於人類大規模的攻擊行為，即使到今天有些軍事學家，仍然認為戰爭的起源來自於人類攻擊性的毀滅本質，這兩種說法雖背道而馳，但各有其理，也各有證據，實在難分軒輊。另有些軍事學家也像勞倫茲一般相信戰爭來自於不同種族或不同團體間對利益的競爭，例如為了飲水、食物、居住空間……等等，或對方之存在影響到已身之安危而起，例如曹植此詩，也將戰爭歸結於此，可見華族比西方了解到戰爭起因之一，是為了保存生命，是出於人類或動物本能這項事實，要早得多。

曹植在詩中對此三事，沒有任何評語，僅記敘史實，實則是對於魏朝的感慨，希望藉由闡述戰爭的起因，讓施政者早日預防戰爭之發生及朝政的衰敗，華語敘述言盡而意未窮，耐人尋味。

而且曹植在此處的華語敘述是用一種概括的敘事手法，並不寫出具體的戰爭情況。洪順隆《抒情與敘事》就已提出我國史詩分為具體的敘述與概括的敘事，他對於「概括的敘事」，定義為「不以具體史事為處理對象，而綜合所欲頌美的對象的生世、事蹟、德美，以及天瑞、人和、功業，已抽象的頌美的語言加以敘述」[46]。事實上不僅是史

45 勞倫茲著，王守珍、吳月嬌譯：《攻擊與人性》（臺北市：遠景出版社，1976年），頁54。

46 洪順隆：《抒情與敘事》（臺北市：黎明文化事業公司，1998年），頁68。

詩如此，戰爭詩用敘事手法者，也可分為這兩種形式。

再看曹植〈白馬篇〉：

> 白馬飾金羈，連翩西北馳，借問誰家子，幽并游俠兒，少小去鄉邑，揚聲沙漠垂，宿昔秉良弓，楛矢何參差，控弦破左的，右發摧月支，仰手接飛猱，俯身散馬蹄，狡捷過猴猿，勇剽若豹螭，邊城多警急，胡虜數遷移，羽檄從北來，厲馬登高隄，長驅蹈匈奴，左顧陵鮮卑，棄身鋒刃端，性命安可懷，父母且不顧，何言子與妻，名編壯士籍，不得中顧私，捐軀赴國難，視死忽如歸。

這首詩寫一位武藝精練的愛國英雄，歌誦他為國獻身、視死如歸的高尚品格。《樂府古題要解．卷下》：「〈白馬篇〉，曹植『白馬飾金羈』、鮑照『白馬騂角弓』、沈約『白馬紫金鞍』，皆言邊塞征戰之狀。」已經說明了此種題目大致的內容走向。曹植在此詩中寄託了他為國建功立業的雄心壯志，另如其〈求自試表〉云：「而志在擒權馘亮，雖身分蜀境，首懸吳闕，猶生之年。」也敘述希望能夠攻打孫吳與蜀漢，即使身手異處，也甘之如飴的精神，可見得捐軀赴難、視死如歸的戰爭英雄，是曹植所欽佩，而且一直想要效法的。之所以如此，他在〈陳審舉表〉中言：「數年以來，水旱不時，民困衣食；師徒之發，歲歲增調」是由於關心民生疾苦，感到「輟食而揮餐，臨觴搤腕」，非常憂心，因此他不斷地提出政見，並主張戰鬥：「以為當今之務，在於省繇役，薄賦斂，勸農桑，三者既備，然後令伊管之臣得施其術，孫吳之將得奮其力。」（〈諫伐遼東表〉）

「白馬飾金羈，連翩西北馳」，開篇用襯托法，先寫馬，寫一匹白色的駿馬，套上金色的籠頭，如同鳥一般的飛翔，向西北方奔馳，氣勢非凡，如同電影剛開始即用一特寫鏡頭，表現英雄騎術高超，也從此得知戰況危急。「借問誰家子，幽并游俠兒，少小去鄉邑，揚聲沙漠垂」，用故意設問的敘述方式，說明這位壯士是幽州、并州的遊俠，從小離鄉背井，聲名在邊塞地區傳揚。「宿昔秉良弓，楛矢何參差，控弦破左的，右發摧月支，仰手接飛猱，俯身散馬蹄，狡捷過猴猿，勇剽若豹螭」，用大量文字鋪敘形容這位遊俠的武藝精妙絕倫，弓不離手，利箭參差，左右仰俯，無論何方，皆能準確射中目標，靈巧敏捷勝過猿猴，勇猛剽悍彷如豹螭。

「邊城多警急，胡虜數遷移，羽檄從北來，厲馬登高隄，長驅蹈匈奴，左顧陵鮮卑」，邊塞地區戰爭頻傳，匈奴鮮卑常揮兵入侵，告急文書從北而來，遊俠立即策馬登上高堤，直搗匈奴陣營，轉頭又將鮮卑制服。此處敘寫這位壯士征戰沙場，奮勇殺敵之況。節奏緊湊，頃刻間強虜灰飛湮滅，更顯出其矯健俐落之雄姿。「棄身鋒刃端，性命安可懷，父母且不顧，何言子與妻，名編壯士籍，不得中顧私，捐軀赴國難，視死忽如歸」，揭示遊俠壯士的精神層面，之所以能克敵制勝，主因在於他的愛國情操，見大利而忘小利，父母都不顧了，何況是妻子與兒女。

在此詩中，讀者可以清楚地想像一位充滿愛國熱血、擁有卓越武藝、一身是膽的戰爭英雄，彷彿有血有肉，栩栩如生。也可從此看出曹植慷慨激昂的熱情，與他描寫細緻的筆觸。陳桂珠《才高八斗曹子建》言：「曹植的詩弘壯慷慨，抑揚哀怨，便是他簡易率真，不自雕飾，以忠義為懷，以氣節為尚的性情，及親睹建安兵亂所使然。」[47]正是曹植〈白馬篇〉極佳的註腳。

再來看曹植〈送應氏詩〉二首中的第一首：

步登北邙阪，遙望洛陽山，洛陽何寂寞，宮室盡燒焚，垣牆皆

47　陳桂珠：《才高八斗曹子建》（臺北市：莊嚴出版社，1984年），頁111。

> 頓擗，荊棘上參天，不見舊耆老，但睹新少年，側足無行徑，荒疇不復田，遊子久不歸，不識陌與阡，中野何蕭條，千里無人煙，念我平常居，氣結不能言。

〈送應氏詩〉一共兩首，作於建安十六年（西元211年），當時曹植二十歲，被封為平原侯，應瑒被任為平原侯庶子。七月曹植隨父親西征馬超，途經洛陽，應氏兄弟行將北上，曹植設宴送別，並寫下此二首詩作。

「步登北邙阪，遙望洛陽山」，寫登高遠望，提供詩人綜覽洛陽的立足點與觀察角度。「洛陽何寂寞，宮室盡燒焚，垣牆皆頓擗，荊棘上參天」，寫洛陽舊都故址及其周圍之景況，描繪宮室被毀、垣牆頹敗、荊棘叢生之景象，敘述對二十多年前因關東州郡結成聯盟，起兵討伐董卓，董卓遂挾持天子遷都長安，火焚洛陽，迫使人民遷徙，以及連年混戰的極度憤懣，與對人民之深切同情。「不見舊耆老，但睹新少年，側足無行徑，荒疇不復田，遊子久不歸，不識陌與阡，中野何蕭條，千里無人煙」，耆老多被遷走，壯年遊子外出謀生，久別不歸，只剩下不能勞動的新生少年，田園荒蕪，生產遭受破壞，廣大地區蕭條無人煙，描寫出戰爭對人民生活與經濟生產帶來的嚴重危害。「念我平常居，氣結不能言」，最後直抒心中無限的感慨，對於戰爭造成的禍害顯然抱著憎惡的心情。

這是曹植前期的作品，前期的作品由於生活經驗的關係，反映人民生活的題材很少，此篇可說是前期作品中思想性較高的佳作。同樣是前期作品的〈愁霖賦〉，也流露出同樣的心情：「迎朔風而爰邁兮，雨微微而逮行。悼朝陽之隱曜兮，怨北辰之潛精。車結轍以盤桓兮，馬踟躕以悲鳴。……哀吾願之不將。」寫建安十七年東，隨曹操東征孫權，次年返回鄴都，途遇霖雨，敘述出揮師遠伐、鞍馬勞頓的征戰生活。從這些作品都可觀察出，曹植以形象描畫委婉寫出對戰爭厭倦之沉鬱深情。

不過，筆者認為曹植對於戰爭所帶來的破壞，並不是一味地消極反對，他是將對軍閥連年禍亂的反對，化為想要經世濟民的力量，所以他大多數的詩作仍是以主戰為主軸，表現出想要建功立業的志向，也就是他對於戰爭的態度，仍是「以戰止戰」的，此種情況與曹丕是一致的，而與嵇康以及晚年的阮籍，對於無論何種戰爭都應消弭的主張，是不同的。廖美玉〈文心曹植說〉：「這種自覺的超乎流俗的心志，表現在曹植的作品中，是對現實人、事、物的廣泛而深入的關注，對季節、流光的敏感，對親情友誼的迷戀，對酣宴豫樂的追求，而尤其亟亟於榮聲勳業的建立。」[48]已經說明曹植對於榮聲勳業的建立特別重視，在他的詩文中可以一再發現這樣的心跡，一再強調自己對奮節顯義、烈士捐軀成仁的崇尚，是一種曹植對自我的期許，希望改善時代的離亂悲苦與危殆。

王世德《影視審美學》：「既然要創造影視藝術美，當然，首先就必須按照影視思維方式，運用影視語言，去感受和反映生活，表現審美感情。」[49]事實上不只是電影或戲劇會按照影視思維方式，運用影視語言，去創造影視藝術美，去感受與反映生活，文學作品也常常借助於影視語言，去敘述生活，表現審美感情，像曹植此詩便是用形象的敘述方式去圖解當時戰爭後的洛陽，在他體驗了當時的情況與積累了素材後，就從看到的畫面，揀擇後呈現為詩中的畫面、構圖、與線條等，雖然文字是抽象的，需要經過讀者的加工，才能轉換為具體的形象，但所得的效果與影視戲劇所放映的連續活動畫面與長短鏡頭的

---

48 廖美玉：〈文心曹植說〉，《魏晉南北朝文學與思想學術研討會論文集》（臺北市：文史哲出版社，1991年），頁290-291。

49 王世德：《影視審美學》（北京市：北京廣播學院出版社，1999年），頁118。

場面調度是相近的，甚至可以經由想像而得到更廣闊的思考視野。

再看曹植〈雜詩〉中的第二首：

> 轉蓬離本根，飄颻隨長風。何意迴飆舉，吹我入雲中。高高上無極，天路安可窮？類此遊客子，捐軀遠從戎。毛褐不掩形，薇藿常不充。去去莫復道，沈憂令人老。

「轉蓬離本根，飄颻隨長風。何意迴飆舉，吹我入雲中。高高上無極，天路安可窮？」敘述轉蓬隨風飄蕩，又被捲入高空。〈吁嗟篇〉也寫道：「吁嗟此轉蓬，居世何獨然！……卒遇回風起，吹我入雲間。自謂終天路，忽然下沉泉。」都運用了轉蓬的形象來說明詩中主角之遭遇。「類此遊客子，捐軀遠從戎。毛褐不掩形，薇藿常不充。」以「類」字連接起喻體（轉蓬）與本體（遊客子），之後著墨於描繪一個衣不遮體、食不充飢、捐軀從戎的「遊客子」形象。「去去莫復道，沈憂令人老」，最後兩句是詩人針對前面描述情況的感慨，而「去去莫復道」直接運用樂府詩的套語。曹植會有這樣的描寫與感慨，一方面起因於當時軍人的生活與地位相當貧困與低落。建安元年（西元196年），曹操開始在許下屯田。屯田分為民屯與兵屯，兵屯自然是軍事建制，而民屯之掌管農官稱為典農中郎將、典農都尉、屯司馬，也充滿著濃厚的軍事色彩。由於官府對於屯田者過度剝削，而且受到農官的管轄與支配，身分低落與失去自由，因此屯田者（包括士兵）就發生不是逃亡便是起義的現象。曹操只好改強制政策為自願應募，同時允許應募而來者只要種田，不必作戰。但在此同時，曹操對於士兵的逃亡，採取了更高壓的政策，凡是士兵逃亡者，罪及妻子。到此，士兵在性質上，不但是個戰士，而且是國家軍屯下的隸屬農民，如此一來，制止逃亡不但依靠有形的軍法，而且還有束縛於土地的經濟關係與家族的血緣親情關係。從此以後，士兵多是父子相承，地位日益低下。關於戰士地位卑下的問題，在阮籍〈詠懷詩〉中的第三十一首的討論中已經提過。屯田制度的施行，使得農村經濟逐漸恢復，但生產提高後，剝削也加重了，魏末晉初，租稅提高到「持官牛者，官得八分，士得二分，持私牛及無牛者，官得七分，士得三分」(《晉書・傅玄傳》)，人民生活苦不堪言，生產情緒也開始低落，造成「天下千城，人多游食」(《晉書・束晳傳》)，又開始有逃亡的現象。此時為了增加稅收，政府只好補充勞動人手進入兵屯之中，於是用「鄴奚官奴俾，著新城代田兵種稻」(《晉書・食貨志》)，這時奴俾身分的一部分人成為戰士，兼具農民身分，戰士的地位也就更加大不如前。在此同時，世家大族有時還想霸佔屯田的土地，如曹爽專政之時，與何晏等人「共分割洛陽野王典農部桑田數百頃……以為產業」(《三國志・魏志・曹真傳子爽附傳》)，這也加速了屯田制度的毀壞。屯田制度發展到這個地步，已經不能藉此束縛流民與增加稅收，完全無利可圖，等到司馬炎滅吳，連軍事目的都已經消逝，便改用佔田法了。

曹植在此詩中便簡明扼要地，將這種屯田戰士們的窮苦生活情景描述出來。另一方面也反映了淪為政治囚犯的自己的生活，曹植〈遷都賦序〉:「連遇瘠土，衣食不繼。」〈轉封東阿王謝表〉也說：「桑田無葉，左右貧窮，食裁糊口，形有裸露。」都可看出他不僅像詩中的「遊客子」一般輾轉遷徙，而且生活困難，常常衣不蔽體，食不充飢。

陳晉卿〈六朝行旅詩之研究〉:「如同《詩經》中「征戰戍邊」類型行役詩所反映出的，戰爭仍是人民百姓流離失所，棄鄉背井的主要因素。」[50]可見戰爭造成人民流離失所，是許多文學家早已採用的題

50　陳晉卿：〈六朝行旅詩之研究〉(臺北市：淡江大學中國文學研究所碩士論文，

材之一，也是用來表現戰爭面向的重要內容，這種情況也被許多研究者所注意與觀察到了。筆者認為曹植在這首詩中不僅標舉出這種情況，他還留意到戰爭造成屯田制度，而屯田制度與戰爭又同時影響了戰士生活的這種情形，更可看出曹植觀察之細微，與其又能切合時事，又能雙關自己生活之巧心。

謝思煒〈文人形象的歷史演變〉：「由於動亂時代的刺激，建安詩人開始將文人詩賦中的抒情成分與民歌中的民生成分結合在一起，由泛泛的人生抒情轉變為圍繞個人經歷的政治抒情、社會抒情。」[51]前面提過建安時代是文人抒情文學發展的一個高潮，在曹植此詩中可以看到濃厚的抒情成分，他表現了人民的形象與自己的形象，正如謝氏所說，是經由時代動亂的刺激造成，將抒情成分與民生成分結合起來，而且是圍繞個人經歷的政治抒情與社會抒情。但筆者以為這種情形不僅僅是受時代影響，也和前面提過的曹操出身民間，熱愛民歌，倡導樂府有密切之關係。但無論如何，曹植此詩都是有著廣泛的社會觀察，並與自身形象與遭遇作緊密結合的作品。

再看曹植〈離友詩〉二首中的第一首：

> 王旅旋兮背故鄉，彼君子兮篤人綱，媵余行兮歸朔方，馳原隰兮尋舊疆，車載奔兮馬繁驤，涉浮濟兮泛輕航，迄魏都兮息蘭房，展宴好兮惟樂康。

建安十七年冬，曹操調兵遣將東征孫權，曹丕曹植隨軍，第二年

1996年），頁31。其文將戰爭詩中的直接戰爭詩與邊塞詩合為「征戰戍邊」一類，是「行旅詩」中的一種類型，意義上雖無不妥，但「行旅詩」範圍委實太大，且此一類型涵括兩種內容之作品，如純粹邊塞風光的內容與描述戰爭場景的內容，兩者相提並論，所要比較研究之重點為何，令人費解。

51 謝思煒：〈文人形象的歷史演變〉，《古代文學中人物形象論稿》（北京市：北京師範大學出版社，2000年），頁113-114。

春天回師北歸，途經譙縣，歸鄉祭奠掃墓，曹植在此時與夏侯威結為好友，此詩敘寫與夏氏之友誼。「王旅旋兮背故鄉，彼君子兮篤人綱，媵余行兮歸朔方」，說明自己與軍隊凱旋回師離開譙返回鄴，夏侯威珍視他們的友情，於是與之同行。「馳原隰兮尋舊疆，車載奔兮馬繁驤，涉浮濟兮泛輕航」，接下來寫軍隊凱旋返鄉的情景：大隊人馬沿著歸鄴的道路疾走，車輪飛轉，眾馬奔騰，在廣平的原野上馳騁，在低窪的潮濕地裡跋涉，又乘著輕快的小舟渡過濟水。寫景暢快，並感到行路之輕快，沒有行軍之勞頓，也沒有征戰後的困乏。從此可以瞭解詩人此時的心情也是愉悅歡暢的，這一方面是由於戰爭上的勝利，另一方面也因為友情的滋潤。而能夠結交到好友，自然也是因為戰勝的緣故所造成的。「迄魏都兮息蘭房，展宴好兮惟樂康」，敘述自己讓夏侯威居住在美好芳潔的宮室中，表達熱情的款待，以及一起宴樂與慶功。

反觀他的〈離友詩〉第二首：「涼風肅兮白露滋，木感氣兮條葉辭，臨淥水兮登崇基，折秋華兮采靈芝，尋永歸兮贈所思，感離隔兮會無期，伊鬱悒兮情不怡。」則敘述與好友分別的眷戀之情，所以景物亦呈現悲哀之情調。宗白華《美從何處尋》：「中國傳統的藝術很早就突破自然主義和形式主義的片面性，創造了民族的獨特的現實主義的表達形式，使真和美、內容和形式高度地統一起來。」[52]像曹植這兩首詩敘述方式就很明顯的表達了這種藝術美。他所記敘的景色真嗎？看起來記敘的景色似乎逼真，但實際上卻是「情景」，用景色的描寫「逼真地」敘述出他的內心情感與行動，使讀者透過描述的景色與行動，就可以獲知作者對於戰爭勝利以及結交到好友的愉悅，以及要與朋友分離的悲哀，也就是將內容與形式統一的敘述方式，創造出

[52] 宗白華：《美從何處尋》（板橋市：駱駝出版社，1987年），頁254。

高度的藝術境界。

接下來看曹植〈贈丁儀王粲詩〉：

> 從軍度函谷，驅馬過西京，山岑高無極，涇渭揚濁清，壯哉帝王居，佳麗殊百城，員闕出浮雲，承露概泰清，皇佐揚天惠，四海無交兵，權家雖愛勝，全國為令名，君子在末位，不能歌德聲，丁生怨在朝，王子歡自營，歡怨非貞則，中和誠可經。

建安十六年七月，曹操西征馬超。曹植與文士王粲、阮瑀、徐幹等隨行，九月平定關中，十月引軍自長安北征楊秋，此詩便是敘述這樣的戰爭環境之中。李善《文選注》以為丁儀是丁翼之誤，黃節《曹子建詩注》加以駁斥，認為是丁儀無誤。

「從軍度函谷，驅馬過西京」點明事件經過，建安十六年七月曹操西征馬超，經過函谷關，同年十月從長安北征楊秋，經過西京長安。「山岑高無極，涇渭揚濁清，壯哉帝王居，佳麗殊百城，員闕出浮雲，承露概泰清」，描寫看到的景色：山高望不到頂峰，涇水、渭水清濁分明，帝王所居京城壯觀，壯麗超過百座都城，圓闕高聳入雲，承露盤與天相接。「皇佐揚天惠，四海無交兵，權家雖愛勝，全國為令名」，歌誦曹操能廣布天恩，使四海沒有戰爭，戰爭家雖然喜愛戰爭勝利，但能使對方不戰而降則更有好的名聲。《三國志・武帝紀》：「冬天十月，軍自長安北征楊秋，圍安定。秋降，復其爵位，使留撫其民人。」曹植此處就是在歌誦曹操接受楊秋投降之事。「君子在末位，不能歌德聲，丁生怨在朝，王子歡自營」，進入正題，詩人指出由於王粲與丁儀官位低微，不能歌誦丞相的功德，有關歌誦與記載王室之事，以及某些體制為曹氏一門才能創作，或是被任命才能創作，不能逾越妄作的事情，在前面已經詳加討論過，此詩更可作為輔證。其下指陳丁儀身在朝廷而有所抱怨，王粲則喜歡自得其樂。

丁儀曾作〈勵志賦〉：「悵騄驢之進庭，屏騏驥於溝壑。」王粲的〈七釋〉：「深藏其身，高栖其志，外無所營，內無所事。」都流露出曹植所說的兩人個性上的傾向。對於兩人的態度，曹植深表憂慮，因此在最後兩句：「歡怨非貞則，中和誠可經」，規勸兩人的態度都是不正確的，而不偏不倚、態度執中，才是可取之道。從此詩可以看出曹植與朋友間的感情極深，除了像〈離友詩〉一般有思念朋友之情、一同遊樂之情，也有如此處的勸勉切磋之誼，並非酒肉朋友而已。丁金域《承先啟後的曹子建詩》就認為曹子建的詩作之所以能承先啟後，其中一個原因便是「得建安七子之切磋襯托，更增華美」[53]，事實上不只是與建安七子之間的交遊使他的詩作更加豐富，他與許多人的友誼都使得作品內容充實而情韻動人，不論是在內容上或形式上都受到朋友的影響，此種現象從他許多的贈答唱和之作中，即可明白。

而以他與朋友間的交流與勸勉來看，內容仍脫離不了對國家社會的關懷，對曹操功業的輔助，對百姓生活的憐憫，對選才用人的意見……等等經世治國的理念，這些理念幾乎在他所有的戰爭詩中，都清晰地呈現出來。翁淑媛〈曹植散文研究〉將「輔主祐民的見解」列為曹植散文中第一項的重要內容，認為「曹植畢生以『戮力上國，流惠下民』為其政治理想，具有統一安民的偉大胸懷。」[54]事實上，不只

53　丁金域：《承先啟後的曹子建詩》（臺中市：永吉出版社，1981年），頁113。他在文中談到：「建安時期的文人，除曹氏父子三人外，值得稱述的尚有孔融、王粲、陳琳、徐幹、阮瑀、應瑒、劉楨等所謂建安七子是也。……其中以劉楨、王粲之詩，最負盛名，影響於子建者也多，二人有作，子建亦必效之，唱和之作甚多，且高於原玉也。」已經注意到朋友對曹植詩的影響甚鉅。

54　翁淑媛：〈曹植散文研究〉（臺北市：臺灣師範大學國文研究所碩士論文，1995年），頁59-65。認為「曹植輔主祐民的見解主要包括有：一、提出用人授任問題。二、指陳將略。三、關懷民生。」綜觀曹植的戰爭詩，也如其散文一樣，有此三種意見。

曹植的散文呈現出這樣的內容與意見，曹植在戰爭詩中也表現出他同樣的見解，像此詩歌誦曹操能保全國家安定，並希望王粲與丁儀能執中道輔助國君，也是基於同樣的精神。

再看曹植〈雜詩〉中的第三首：

> 西北有織婦，綺縞何繽紛。明晨秉機杼，日昃不成文。太息終長夜，悲嘯入青雲。妾身守空閨，良人行從軍。自期三年歸，今已歷九春。飛鳥繞樹翔，噭噭鳴索群。願為南流景，馳光見我君。

「西北有織婦，綺縞何繽紛。明晨秉機杼，日昃不成文。太息終長夜，悲嘯入青雲。」點出地點與人物，用「何繽紛」、「不成文」來表現女子的煩亂心情，而終於爆發出整個晚上的太息與上達青雲的長嘯。內容近似於《詩經・大東》：「跂彼織女，終日七襄；雖則七襄，不成報章。」〈古詩〉：「皎皎河漢女，……札札弄機杼，……終日不成章。」「妾身守空閨，良人行從軍。自期三年歸，今已歷九春。」改以第一人稱說明悲嘆的原因是「守空閨」，而守空閨的原因則是因為丈夫「良人行從軍。自期三年歸，今已歷九春」[55]。李新達主編《中國軍事制度史：武官制度卷》：「魏晉南北朝時期，一般官吏是十日一休沐。入直臺省的官吏是五日一休沐。急假是指病假與探親假。……各種假期的長短，根據當時各文武官吏的具體情況而定。」[56]

---

55 關於「九春」的時間長度，有兩種說法，一種是李善《文選注》認為：「一歲三春，故以三年為九春。」另一種如邱英生、高爽編著：《三曹詩譯釋》，頁129，認為是九個春天，也就是九年。筆者以為從詩意看來，如果約定三年，而只是等了三年，應當還不至於如此悲苦，所以經過九年才如此愁悶，似乎較合理。但是否一定是實際數字上的九年，倒也未必，中國人習慣用三、六、九等數字表示數量眾多，是故解為「極言等待之久」，也就可以了。

56 李新達主編：《中國軍事制度史：武官制度卷》，頁117。

看起來似乎假期還算多，然而這些是軍官的假期，一般的兵卒福利並不如此。再加上十天放一天假，僅僅一天的假期，不大可能從離家很遠的戰場回家。何況當時兵荒馬亂，往往不可能正常休假，即使是現在，如果在整軍經武的備戰狀態，或正處於槍林彈雨，軍隊多半是禁假狀態的。依此判斷，婦人的丈夫正處於備戰或戰爭中，才會導致織婦長久的等待。從此更可知織婦內心的惶恐忐忑，深怕這長久的等待，換來的竟是丈夫的枯骨。「飛鳥繞樹翔，噭噭鳴索群。願為南流景，馳光見我君。」最後以歸鳥索群來比喻與襯托出自己與丈夫不能團聚的痛苦，而希望變成向南流瀉的日光，飛馳去見丈夫。

建安時期，兵馬倥傯，於是許多青壯年男子告別親人，長年在外砲煙彈雨，致使婦女哀傷，於是產生相關的間接戰爭詩[57]，如前面提過的陳琳〈飲馬長城窟行〉也是這一類的作品。這一類的閨怨詩產生的背景與李白〈長干行〉描寫丈夫出外從商的情況相較，述說婦女獨守空閨的哀怨是一致的，但與戰爭有關的閨怨詩，情緒上更悲痛無奈，因為戰爭對自己與丈夫生命的威脅更大，能否相見更難預知。這一類閨怨主題夾雜征人因久戰而無法回家的內容而產生，是一種獨特的現象，王子彥《南朝游俠詩研究》就已經注意到了[58]，然而他將這樣的現象歸入「閨怨與邊塞交融」一類，筆者以為改為「閨怨與戰爭交融一類」較為妥貼。

從華語詩作整體觀察敘述方式，筆者以為閨怨詩從詩經時代就已經出現，如〈綠衣〉、〈終風〉、〈雄雉〉……等等，到了三國時代，

---

57 魏雯：「建安時期，戰爭頻仍，許多青壯年男子要告別妻室，遠離故土，長年征戰在外，致使家室怨曠，婦女哀傷。這一社會現象引起了詩人的極大關注。」王巍、李文祿主編：《建安詩文鑑賞辭典》（長春市：東北師範大學出版社，1994年），頁241。

58 王子彥：〈南朝游俠詩研究〉（臺北市：淡江大學中國文學研究所碩士論文，1995年），頁97。

閨怨詩仍然存在，如曹丕〈寡婦詩〉、曹丕〈燕歌行〉二首、曹植〈浮萍篇〉、徐幹〈室思詩〉、〈塘上行〉……等等，然而加上戰爭成分者並不多見，也較不明顯，到南北朝後日益增加，如：梁．何遜〈學古贈丘永嘉征還詩〉、梁．費昶〈發白馬〉、梁．王褒〈從軍行〉二首中的第一首……等等，直到唐代，則大為興盛。

（四）精細飛揚的曹叡戰爭詩

再來要討論曹叡的作品與筆法。先看曹叡〈善哉行〉：

> 我徂我征，伐彼蠻虜，練師簡卒，爰正其旅，輕舟竟川，初鴻依浦，桓桓猛毅，如羆如虎，發砲若雷，吐氣如雨，旄旌指麾，進退應矩，百馬齊轡，御由造父，休休六軍，咸同斯武，兼塗星邁，亮茲行阻，行行日遠，西背京許。遊弗淹旬，遂居揚土。奔寇震懼。莫敢當御。權實豎子。備則亡虜。假氣遊魂。魚鳥為伍。虎臣列將。怫鬱充怒。淮泗肅清。奮揚微所，運德耀威，惟鎮惟撫。反旆言歸。旆入皇祖。

描寫軍隊出征時，船隻佈滿江面、軍隊如熊似虎、砲聲如雷、吐氣如雨、百馬齊轡之情景，並記錄勝利之光輝榮耀。從詩的內容看來，應是東征孫吳的一次戰役。曹叡，為曹丕長子，現所存詩包括此詩在內均為樂府。其個性奢華，在位期間大治宮室，於洛陽興建昭陽殿、太極殿……等，於許昌建景福殿、承光殿……等。並且喜好打獵，耽於女色。此詩正如其喜好華靡之性格一般，講求藻飾，鋪敘華麗。

「我徂我征，伐彼蠻虜」，交代出此次出征的原因，在於討伐蠻虜。「練師簡卒，爰正其旅」，講述出征前先秣馬厲兵，挑選勇悍的士兵使其訓練有素。「桓桓猛毅，如羆如虎」，脫胎於《尚書．牧誓》：「尚桓桓，如虎如貔，如熊如羆，於商郊。」形容軍隊將士如熊踞虎蟠，馳騁沙場無堅不摧。「發砲若雷，吐氣如雨，旄旌指麾，進退應矩，百馬齊轡，御由造父」，寫己方軍隊裝備精良，而士兵隨著指揮的令旗進退自如，騎兵則個個技術純熟，身手不凡，如同「造父」。「造父」據《史記．趙世家》記載，為周穆王時善御之人，曾於戰役中立下奇功。《管子．兵法》：「三官不繆，五教不亂，九章著明，則危危而無害，窮窮而無難。」認為在練兵時，倘能注意「三官」、「五教」、「九章」等法則，就是處在危險窮盡的環境，也不會受到災害。所謂「三官」，是指號令軍隊的三種工具：鼓、金、旗。「五教」是指用不同旗幟訓練士兵眼睛；用號令訓練耳朵；用規定訓練步伐；用使用兵器訓練手；用賞罰訓練意志。「九章」則是以太陽旗表示白天行軍，月亮旗表示黑夜行軍，龍旗是水上行軍，虎旗是林間行軍，烏鴉旗是坡地行軍，蛇旗是草澤行軍，喜鵲旗是陸上行軍，狼旗是山嶺行軍，皋旗是裝載糧草，駕車出發。切不可忽視這些陣仗排列、前進後退、號令旗幟的訓練功用，以為戰爭不需要陣仗號令，只要使用蠻力即可，古有明訓，有許多因陣形號令而成功或失敗的例證。如西漢時河西戰役中，李廣率領四千騎兵突然遭遇匈奴四萬騎兵之包圍，李廣命令成圓陣陣形，以密集弓箭阻敵，竟堅持兩天之久，直到張騫率援兵至。而諸葛亮創「八陣圖」；牧野之戰中周武王命令每前進六步、刺四次要看齊一次；趙匡胤制定「平戎萬全陣法」；以及曹劌：「一鼓作氣，再而衰，三而竭。」《左傳．莊公十年》皆說明了陣形、號令、旗幟等等訓練，對於戰爭的勝算之影響性。所以此處曹叡形容己方軍隊在戰爭時仍然能夠「旄旌指麾，進退應矩，百馬齊轡」，便已經預示了勝利的前兆。

「休休六軍，咸同斯武，兼塗星邁，亮茲行阻，行行日遠，西背京許。遊弗淹旬，遂屆揚土。奔寇震懼。莫敢當御。權實豎子。備則亡虜。假氣遊魂。魚鳥為伍。虎臣列將。怫鬱充怒。」敘述六軍日夜兼程，精神飽滿，所到之處敵軍為之震攝逃竄。「淮泗肅清。奮揚微所，運德耀威，惟鎮惟撫。反旆言歸。旆入皇祖。」寫魏軍大獲全勝，並主張恩威並施、鎮撫兼用，後以勝利之旗還入祖廟作結。

此詩從戰爭的準備、戰爭的過程、到凱旋歸來，完整地敘寫戰爭完全的過程，這在三國時代戰爭的詩作中，算是描述相當精細之作品，結構佈局層層遞進，尤其對戰爭中間過程之詳細而精彩的描寫，不僅預告了勝利的結局，也表現出這首戰爭詩雄壯鏗鏘的優秀。

其次看曹叡〈清調歌〉：

> 飛舟沈洪波，旌旗蔽白日精。楫人荷輕櫂，騰飛造波庭。

這是一首描寫水師作戰的詩歌。蜀漢在諸葛亮死後，減弱了對魏國的攻勢，而東吳仍然是魏國的勁敵。曹叡曾經率兵親征東吳，因東吳位於江南，所以必須運用水軍，「飛舟沈洪波」與「騰飛造波庭」正是描寫水軍作戰時舟行之神速，從「旌旗蔽白日精」則可以看出水師出征時旗幟掩蓋天際之情況。整首詩寫出水師出征時，廣闊蒼茫、水天浩渺與軍容壯盛的景色。曹叡另有一詩〈堂上行〉：「武夫懷勇毅，勒馬於中原。干戈森若林，長劍奮無前。」也是描寫戰爭中介冑之士勇武地斬將搴旗，奮力殺敵之情況。而〈櫂歌行〉：

> 王者布大化，配乾稽后祇。陽育則陰殺，晷景應度移。文德以時振，武功伐不隨。重華舞干戚，有苗服從媯。蠢爾吳中虜，憑江棲山阻。哀哉王士民，瞻仰靡依怙。皇上悼愍斯，宿昔奮天怒。發我許昌宮，列舟于長浦。翌日乘波揚，棹歌悲且涼。太常拂白日，旗幟紛設張。將抗旄與鉞，耀威於彼方。伐罪以弔民，清我東南疆。

也是描寫水師出征東吳的情況。以「蠢爾吳中虜，憑江棲山阻」直斥東吳，「發我許昌宮，列舟于長浦」寫水軍出發，「太常拂白日，旗幟紛設張。將抗旌與鉞，耀威於彼方。伐罪以弔民，清我東南疆。」則渲染出水軍之雄壯威武，將可直搗黃龍，並認為此戰是伐罪弔民的正義之戰。此詩在前面主戰類中已經提過，從〈櫂歌行〉與〈清調歌〉、〈堂上行〉的比較可以得知，主戰類與反戰類、主戰類與不主戰也不反戰類、反戰類與不主戰也不反戰類，三類之間的區隔僅是一線之隔，有時只是華語敘述成分上的比例不同，例如〈櫂歌行〉極力鋪陳誇飾水軍之雄壯，並已經明確敘述主張此正義之戰的態度，故列為主戰類，但其中仍有「翌日乘波揚，棹歌悲且涼」描寫征人悲戚心情，近於反戰或不主戰也不反戰態度的句子。而〈清調歌〉與〈堂上行〉其中也用誇飾法敘述軍隊投鞭斷流之盛況，但以描寫為主，只能說即使有主戰態度，也是隱含在其中，仍以歸為不主戰也不反戰類較適當。其他如王粲〈從軍行〉五首中的第三首，是在前半部敘述對戰爭憂傷之情，但結尾強調保家為國是男子之責任，所以仍以歸為不主戰也不反戰類為宜。至於有些閨中婦人想念在外征戰之丈夫的詩作，雖隱含有對戰爭埋怨與不滿之情緒，但有時也會想像丈夫不可一世之狀貌，故也不宜遽下斷語，歸為反戰類。所以一首華語戰爭詩對於戰爭態度，是由其中內容與敘述成分所組成，其中的敘述成分往往是游移的，主戰類詩作中有時也摻雜一部分反戰或厭戰的敘述成分，反戰類有時也會描寫摧陷廓清的激烈場面，而不主戰也不反戰類更是每每隱含著對於戰爭的褒貶，所以必須衡量其中各個敘述成分的比例多寡，或端賴於作者直接表明之態度而做定奪。

（五）結語

從以上我們可以歸納出曹氏戰爭詩在寫作手法上有以下幾點相同

之處：

第一、曹氏的戰爭詩多半有移情的手法。俞汝捷《人心可測：小說人物心理探索》：「移情（empathy），或譯感情移入，指的是個體對他人的情感產生的情緒性反應。它說明人類情緒不但可以被識別，而且通過社會交往，在一定的氣氛渲染下，可以彼此相通。」[59]也就是說，曹氏的戰爭詩多半與自己的戰爭經驗相結合，在曹氏的作品中，往往可以分析出他自身參與的戰爭情況，即使是想像也通常與他遭遇的經驗有關。再不然，寫作的動機也和他的當時際遇有關。

第二、曹氏在寫戰爭詩，多半以情感為主要出發目的，雖然也有為政治目的服務的，但也有許多能大膽直言戰爭辛苦的詩作，能擺脫政治家的身分，直言不諱。陳昌明〈六朝「緣情」觀念研究〉說：

> 「『言志』與『緣情』是中國文學的二大主要思潮，『緣情』觀念在魏晉形成之後，文學才脫離政治與思想的束縛而成為獨立的藝術，文學的本質、作用與表現，乃有自覺性的理論發展，而新的文體，新的表現方式大量出現，造成沈剛伯先生所謂『中國歷史上的第一次文藝復興』，影響巨大而深遠。」[60]

六朝文論對於華語文學構成的敘述本質，專主情性說，一反兩漢的政教實用觀，倡言文學的功用在於抒發情性，文學不再是儒學的附屬品，因為對情感的肯定，文學開始從傳統的約束下解脫出來，文學作品內容則各適其志，表現個性，甚至標新立異。如此一來，華語文學不只是傳道講理的工具，而能肯定其精神上的地位，拓展出屬於文

---

59 俞汝捷：《人心可測：小說人物心理探索》（臺北市：淑馨出版社，1995年），頁105-106。

60 陳昌明：〈六朝「緣情」觀念研究〉（臺北市：臺灣大學中國文學研究所碩士論文，1987年）。

學藝術美的境界，獨立成為自由的一門學問。筆者以為三國時代雖然還沒有像晉朝之後那樣完全對過去的理念發生懷疑，形成士人之群體自覺，尋求個體之自由與消遙，但也已經開始有對自我之情的肯定，開始展開對生命態度的反省。曹氏的一些戰爭詩作品，已經以敘述個人情感為基調，並不顧及他們是君王、或重要王裔、或朝廷重臣，脫離了政治與思想的束縛，這些詩作只是表現他們對戰爭的自覺，是由於外物的變化與人世的興衰所激發而成，是透過感物興情的方式寫成。

第三、曹氏的戰爭詩在闡述個人理念時，多徵引戰爭事實，此時敘事手法多為概括的敘事，如果為描寫個人親身經歷或想像中戰爭景況，則為具體的敘述。

第四、曹操與曹丕兩人戰爭詩的風格，一個是悲涼豪邁，一個是細緻纏綿，兩人作品的敘述共通性是感傷的基調，而曹植的作品則是高華多變，有神采飛揚、歌功頌德的一面，也有悲哀悽涼、難過艱辛的一面。

但也有不同之處：《講故事：對敘事虛構作品的理論分析》：「聚焦 focalization 是由敘述的施動者 narrating agent（誰在敘述）、聚焦者 focalizer（誰在看）和被聚焦者 focalized（誰在被看從而也就被敘述：就精神活動而言，是情感、認識或感覺）形成的三位一體的關係組成。」[61]像曹操〈薤露〉、〈蒿里行〉等等多數戰爭詩作品的聚焦都只有被聚焦者，也就是呈現的史實是顯明的，敘述的施動者大多數時間是隱性的，偶爾出現作者對於史實的評論，類似於司馬遷「太史公曰」筆法。而曹丕的戰爭詩作品敘述的施動者即是被聚焦者，都是作

61 史蒂文科恩、琳達夏爾斯著，張方譯：《講故事：對敘事虛構作品的理論分析》（板橋市：駱駝出版社，1997年），頁104。

者本身，也都是顯性存在，是一般抒情敘事詩採用的筆調。

曹操與曹丕同樣對戰爭流露出反對與憂心態度，不過兩人在詩中所運用的敘事技巧，則是不同的，所以呈現出不同的面貌。高辛勇《形名學與敘事理論：結構主義的小說分析法》:「『事目』為敘述文之主幹，……與『事目』結合最密切的因素是『人物』。」[62]所謂「事目」是指人物的行為，行為之成為「事目」，端賴其在整個故事發展中所具的功用（或意義）而定。不只是敘述文或小說是以事目為主幹，敘述詩也是以事目為主幹，與事目結合最密切的因素也同樣是「人物」。曹操在寫作非戰詩時，是以整個事件為記敘重點，而人物的行為與人物的紀錄只是輔助事件發展的地位，然而曹丕所描寫的非戰類記敘筆法作品，則是以人物，也就是他自己，作為全文敘述的核心，所有行為之間的關聯、動機、動作過程等等都是透過這個人物貫串所得，與曹操的「我」是旁觀者，詩中出現的人物，如：何進、董卓等等，都只是戰爭事件發生中的過客的敘述方式大異其趣。所以沈德潛《古詩源》言:「子桓詩有文士氣，一變乃父悲壯之習矣，要其便娟婉約，能移人情。」筆者以為正是因為曹操與曹丕兩者寫作風格不同，曹操以客觀角度大筆描繪戰爭史實，曹植則以文人之筆，細膩書寫己身遭遇，導致兩種截然不同的情調。

至於曹植則運用非常多變的筆法，有以自身為敘述者的，也有隱藏自己身分只敘述戰爭的，還有許多是想像中的敘述，寫作手法非常靈活。

---

62 高辛勇:《形名學與敘事理論：結構主義的小說分析法》，頁33。此段是作者分析影響俄國結構主義敘事分析影響甚鉅的溥剌（Mofologija skazki）《俄國童話型態學》（*Morphology of the Folktale*）所得，此書出版於一九二八，一九五八年出現英譯本，六零年代引起廣泛注意與討論，一九七〇、一九七二年法，德譯本相繼出現。

第二點不同在於呈現出來的情感不同。曹操因為身經百戰而且具有軍事長才，所以呈現出戰爭的悲涼，但卻不失豪情，也就是蒼涼卻具有生命力的勁道。而曹丕則具有細膩曲折的情感，再加上連連戰爭失利，所以戰爭詩呈現兩種形式，一種是戰爭口號與政令，另一種則是充滿對戰爭的無奈、怨懟與淒涼之感。至於曹植，雖然早年隨曹操征戰，但畢竟缺乏真正領軍戰鬥的經驗，所以其戰爭詩多為想像之作，詩作中充滿對指揮戰爭一統天下的壯志。

總括來說，曹氏戰爭詩作品的出現與當時社會情況與歷史背景有密切關係，而每一首戰爭詩背後也往往與一場戰爭的動機、過程、結果有關，也與政治目的息息相關。例如曹操一生戎馬，曾與董卓部將徐榮戰於滎陽、與袁紹在官渡決戰、平定烏桓、進軍江陵、在赤壁決戰時，敗給孫劉的聯軍。他的戰爭詩〈薤露〉內容是描述外戚大將軍何進欲殺害宦官張讓、段珪，結果反被殺，後導致董卓進兵洛陽，自封相國。〈蒿里行〉則是描述州郡軍閥集結欲征討董卓，後互相爭奪的情形。〈苦寒行〉寫曹操由鄴縣率兵征討囤兵壺關口之袁紹的外甥高幹。〈步出夏門行〉寫北征烏桓。〈卻東西門行〉寫因戰爭出塞北。而曹丕是曹操的次子，曹操死後繼承其位，他曾經三次親征東吳孫權。〈黎陽作詩〉三首與〈至廣陵於馬上作詩〉、〈雜詩〉兩首都是寫征吳之事。曹植是一位生於亂長於軍的詩人，在他青少年時期，曾多次隨父親出征，他的戰爭詩也跟隨著這樣的心情軌跡而改變，前期的戰爭詩作品，包括〈白馬篇〉中塑造了武藝高強的愛國者形象，〈送應氏〉二首中的第一首聯想董卓挾持天子遷都、火焚洛陽，迫使人民大遷徙，以及後來連年戰禍的情形。後期主戰類作品，都具有向曹丕陳述自己願意領兵征戰，希望為國赴難之志向的情況。如〈責躬〉、〈雜詩〉七首中第五首、〈雜詩〉七首中第六首。後期非戰類作品，則皆是以描述戰爭中流離失所的人民與征夫，來影射自己漂泊無依的可憐處境，如：〈門有萬里客〉、〈雜詩〉七首中的第二首。曹氏的戰爭詩相同點呈現在曹氏的戰爭詩多半有移情的敘述手法、多半以情感為主要出發目的以及曹氏的戰爭詩在敘述個人理念時，多徵引戰爭事實，此時敘事手法多為概括的敘事，如果為描寫個人親身經歷或想像中戰爭景況，則為具體的敘述等三個方面。不同之處則在於敘述觀點及情感表達兩方面。

第五章
三國時代戰爭詩之概況研究：從作家個別創作數量及比例分析之

第一節　三國時代戰爭詩概況

逯欽立輯校的《先秦漢魏晉南北朝詩》，是目前魏晉南北朝詩總集中，較為完備者，其所收錄的三國時代詩，若將殘詩也算作一首，包括：曹操二十一首、王粲三十一首（含郊廟歌辭五首）、陳琳八首、劉楨二十六首、徐幹十首、阮瑀十四首、應瑒六首、繁欽八首、曹丕五十五首、甄皇后一首、邯鄲淳一首、左延年三首、焦先一首、吳質一首、繆元一首、曹叡十八首、杜摯二首、曹植一三六首、曹彪一首、曹髦二首、何晏二首、應璩三十四首、韋誕一首、毌丘儉三首、郭遐周三首、郭遐叔四首、阮侃二首、嵇康六十四首、阮籍九十九首、仙道一首、雜歌謠辭四十三首（包括諺語）、繆襲的魏鼓吹曲辭十二首、費禕一首、雜歌謠辭九首、薛綜一首、張純一首、張儼一首、朱異一首、諸葛恪一首、華覈一首、周昭一首、孫 一首、樂府古辭一首、雜歌謠辭十六首（包括諺語）、韋昭的吳鼓吹曲辭十二首。總計六百六十首，其中戰爭詩有一百零六首（參見附錄一：戰爭詩篇目），佔百分之十六點一，可見戰爭與人民生活息息相關，而詩人也大量寫作此體裁。東漢和帝之後，外戚宦官輪流專權，接連兩次黨禍，使得朝政日非，之後爆發黃巾之亂，接著三國鼎立，一直到曹丕在曹操死後繼承其位，後逼迫漢獻帝讓位，自立為大魏皇帝，魏朝正式成立，期間戰禍頻仍，就在這樣一個兵連禍結、家國殘破、民生凋弊的混亂時代，孕育了無數偉大的詩人。從起於東漢中平元年（西元184年），迄於東漢建安十二年（西元207年），歷時二十四年的黃巾之亂後，一直到魏朝，也就是三國時代結束，總計有：起於東漢初平元年（西元190年），迄於東漢初平三年（西元192年），歷時二年的群雄討董卓之戰、起於東漢興平元年（西元194年）四月，迄於東漢建安元年（西元196年）七月，歷時二年零三個月的曹操破呂布與定都許昌之戰、起於東漢興平二年（西元195年）十二月，迄於東漢建安四年（西元199年），歷時四年的孫策開拓江東與豫章之戰、起於東漢建安五年（西元200年）二月，迄於同年十月的袁曹官渡之戰、起於東漢建安十三年（西元208年）十一月，迄於東漢建安十四年（西元209年）十二月，歷時一年零一個月的孫曹赤壁之戰、起於東漢建安十六年（西元211年）十二月，迄於東漢建安二十四年（西元219年）五月，歷時七年零六個月的劉備襲取蜀漢之戰、起於東漢建安二十四年（西元219年）閏十月，迄於同年十二月的吳蜀荊州之戰、起於魏黃初二年（西元221年）六月，迄於次年閏六月的吳蜀夷陵之戰、起於魏太和二年（西元228年）二月，迄於魏青龍二年（西元234年）八月，歷時六年半的蜀伐魏之戰、起於魏景元四年（西元263年）八月，迄於同年十一月的魏滅蜀之戰等等，十一次大規模且歷時長久、影響深遠的戰役，這段期間尚有其他不計其數小規模的戰事，例如曹操打敗烏桓、曹丕平定鮮卑等等，這些戰爭不僅對於三國各國政治勢力與版圖劃分有關鍵性的影響，對於人民生活也有巨大的改變，同時也成為詩人們謳歌、批評、記錄、想像的題材與內容。

從詩人個別來看所創作的戰爭詩數量，曹操六首、王粲十七首、劉楨四首、阮瑀一首、應瑒一首、繁欽一首、曹丕十一首、左延年二首、焦先一首、曹叡六首、曹植十二首、曹髦二首、應璩四首、毌丘儉二首、嵇康一首、阮籍七首、繆襲九首、韋昭九首。其中王粲、曹丕、曹植三人，是創作戰爭詩數量較多的詩人。至於創作數量少的詩人，則多半有存詩過少之情況，不宜因此便說這些詩人不喜歡或輕視戰爭詩的創作，宜從每一位作者所存詩作中，戰爭詩的比例來探討此一問題。而創作數量多的這三位，可以試著由其生平背景，來窺探他們的創作態度與創作情況。

第二節　三國時代戰爭詩創作數量多的詩人

一　王粲生平與養生敘述

王粲是三國時代戰爭詩創作數量最多的詩人，一方面是因其職務所需，譬如征張魯和吳時，身為侍中，《三國志．魏志》：「建安二十年三月，公西征張魯，魯及五子降。十二月，至自南鄭。是行也，侍中王粲作五言詩以美其事。」便說明了〈從軍詩〉五首的誕生，是因為必須做如此作品來鼓舞士氣、提振軍中人心，使軍中將士對國家和軍隊產生認同感。《戰爭藝術》一書中曾提到：「儘管一個國家在軍事組織方面，具有極良好的規模，但是政府在同時如不培養人民的尚武精神，那麼這個國家還是不會強盛的。」並且進一步指出：「專門在民間提倡尚武精神還不夠，而對於軍隊本身的士氣，尤其應該加以激勵。」[1]可見尚武精神和士氣在軍隊這樣的人際團體中的重要性。

另一方面，王粲的確對於曹操有很高的忠誠度，因為其早年依附劉表，不得重用，鬱鬱寡歡了十五年，其千古名作〈登樓賦〉，便

1　Baron De Joinini著，鈕先鍾譯：《戰爭藝術》（臺北市：軍事譯粹社，1954年），頁35-38。

是在荊州不受重用時，登當陽城樓觀景，除一解思鄉之情外，曾言：「懼匏瓜之徒懸，畏井渫之莫食」，更發抒懷才不遇的感慨。後得曹操看重，先任為丞相掾，賜爵關內侯，後遷軍謀祭酒，建國後拜為侍中。這樣的重用，也就不難明白他何以言：「詩人美樂土，雖客猶願留。」如此一來，對於曹操的知遇之恩自然銘感五內，難怪他會說：「棄余親睦恩，輸力竭忠貞。」他在職期間對於建立魏國制度貢獻良多，詩中所言：「鞠躬中堅內，微畫無所陳。」實為謙詞。王粲最後是在征吳途中病逝，一生鞠躬盡瘁，真是做到了詩中所說：「雖無鉛刀用，庶幾奮薄身。」察其生平之後，便知其所言不虛，這些讚美戰爭的詩句，與其心境密切相關，而他也果如其言，為魏國效忠犧牲。

王粲另有〈詠史詩〉[2]一首，其中言：「結髮事明君，受恩良不訾。」「人生各有志，終不為此移。」藉著秦穆公以三良殉葬的事，流露對於曹操知遇之恩的感念，以頌讚三良殉死之事，傳達效忠的心意，也可看出王粲入魏之後身受賞識，心中急於建功的理念。

《滄浪詩話》曾評劉公幹〈贈五官中郎將〉和王仲宣〈從軍詩〉言：

> 是欲效伊尹負鼎干湯以伐桀也。是時漢帝尚存，而二子之言如此，一曰元后，一曰聖君，正與荀彧比曹操為高、光同科。或以公幹平視美人為不屈，是未為知人之論。《春秋》誅心之法，二子其何逃？

這裡是站在儒家的角度，批評王粲〈從軍詩〉，認為當時漢皇仍在，怎可說曹操為「聖君」？而像是要討伐暴君一般，大張旗鼓。然

2　〈詠史詩〉：「自古無殉死，達人共所知。秦穆殺三良，惜哉空爾為。結髮事明君，受恩良不訾。臨沒要之死，焉得不相隨？妻子當門泣，兄弟哭路垂。臨穴呼蒼天，涕下如綆縻。人生各有志，終不為此移。同知埋身劇，心亦有所施。」

而倘根據上述生平背景來看，從詩人心態來說，其心可憫，而他也是真情流露，直接將感恩報答之心，表現在詩的內容中，更以行動來證明他的想法。

綜而觀之，王粲所做十八首戰爭詩，有九首為主戰類，即是在此種背景下產生，尤其在跟隨曹操之後，態度更為明確。此九首中，三首是〈從軍詩〉五首的第一、二、四首，內容記敘征戰途中所見及所感，說明我軍定將快速成功，描寫我軍軍隊壯盛之容，且敘述勝利之好處，強調戰爭才能帶來安居樂業，並一再強調自己從軍之志向與自己盡忠之熱誠，描述自己急於建功立業之豪邁情懷。此外有一首獨立之〈從軍詩〉，內容也是敘述願意從軍戰鬥之志向。〈從軍詩〉五首，〈太廟頌歌〉及〈俞兒舞歌〉四首，皆是歌詠魏朝之戰功，描述建國，統一天下、收服蠻荊，而後休兵革的情況，但即使安樂也不忘備戰，才能長保無憂。記敘魏國武士外修武藝，勤練劍弩，內修節操，行為淳仁，有如神明，而開疆闢土，使各方臣服。並敘述戰爭之後，國家安定、大宴賓客與軍隊、安撫人民、講求文治的情形。內容中不斷歌頌君王用兵神武，軍隊精良，立功宏大，遠征四國，極至海邊，將可永垂不朽，常保安泰。

另外九首中，有五首是客觀描述戰爭的情況，〈贈士孫文始〉敘述戰爭中，家國之情況，並抒發思念澹津亭侯士孫萌之情。〈為潘文則作思親詩〉代潘文則敘述在戰爭中所見所聞，並抒發思親之情。〈從軍詩〉中的第三首，由途中之景，觸發心中憂傷之情，但於結尾說明不可念私情，強調戰鬥衛國是男子之責任。〈從軍詩〉中的第五首前半部敘述征吳途中所見山河破碎荒涼景象，後半表現對曹操的讚美與繁華樂土的景象。〈從軍詩〉記敘戰爭時船艦與戰鬥之景。〈七哀詩〉中的第二首描述自己因戰爭流離在外，以及不得劉表重用，導致情緒的憂愁與翻騰。

此外兩首則流露出反戰的情緒：〈七哀詩〉中的第一首，寫作者離開長安時，所見因董卓部隊大肆燒殺劫掠而造成悲慘的離亂景象，以及自己的哀痛心情。〈七哀詩〉中的第三首，抒發內心之悲傷，描述戰爭造成之家庭離散、百姓被俘虜的痛苦。此二詩內容深刻、刻劃細微，將戰爭的殘酷具體描述出來，且情感真摯，為王粲被人稱道之千古名作，筆者以為誠是戰爭詩史上的重要鉅作。但這兩首詩都是王粲較早期的作品，寫作當時跟隨劉表，不得重用。筆者以為從此也可看出王粲在跟隨劉表與跟隨曹操時，對於戰爭態度的截然不同，而呈現在其戰爭詩內容上，亦是劃然兩判的。

漢獻帝西遷時，王粲徙至長安，左中郎將蔡邕見而奇之。後至荊州依附劉表，劉表以其貌不揚且身體羸弱為由，而不重用他。王粲與劉表為同鄉，劉表又是王粲祖父王暢的學生，故王粲前來投奔劉表，便是情理中事。王粲出身於望族，又是名揚四海的才子，劉表原打算將他招為東床快婿，無奈王粲身材短小，長相醜陋，劉表又很看重外表，所以聯姻之事終究未成。這對王粲來說，當然是一件不小的憾事。更有甚者，劉表在政治上也不怎麼重用他，只是將他的文學才能為己所用罷了。

劉表死後，王粲勸劉表次子劉琮，令歸降於曹操。曹操辟王粲為丞相掾，賜爵關內侯。魏國始建宗廟，王粲與和洽、衛覬、杜襲同拜侍中。其時舊制禮儀廢弛，朝內正要興造制度，故使王粲與衛覬等典其事。王粲強記默識，善算術行文；著詩、賦、論、議垂六十篇，有《王侍中集》。與魯國孔融、北海徐幹、廣陵陳琳、陳留阮瑀、汝南應瑒、東平劉楨，合稱「建安七子」。王粲為七子之冠冕，文學成就最高。他以詩賦見長，〈初征〉、〈登樓賦〉、〈槐賦〉、〈七哀詩〉等是其作品的精華，也是建安時代抒情小賦和詩的代表作。同時王粲還撰有華人文化歷史上第一部專門記載英雄傳記的史書《漢末英雄記》。明代人輯錄其作品，編就《王侍中文集》流傳後世。著名的文學典籍《昭明文選》中也有王粲的作品。建安二十二年卒，享年四十一歲。

王粲，字仲宣，山陽高平人。曾祖龔、祖暢，皆為漢三公。父謙為大將軍何進長史，粲少年時即為大文學家蔡邕所器重。博學多識，善屬文，蔡邕見而奇之。嘗賓客盈座，聞粲在門，倒屣迎。粲年既幼弱，容狀短小，一座皆驚。邕曰：「此王公孫也，有異才，吾不如也。吾家書籍文章盡當與之」。荊州避難，依劉表十六年，建安十三年歸附曹操。辟丞相椽，封關內侯。隨操征戰。十六年，遷軍謀祭酒，始與丕、植諸子交遊。十八年，拜侍中。

初，粲與人共行，讀道邊碑，人問曰：「卿能暗誦乎？」曰：「能。」因使背而誦之，不失一字。觀人圍棋，局壞，粲為復之。棋者不信，以帕蓋局，使更以他局為之。用相比較不誤一道，其強記默識如此。（意思是有一天，王粲與幾個夥伴到郊外玩耍，走到半路上，發現路旁立著一塊石碑，上面刻滿了密密麻麻的碑文。勤奮好學的王粲見碑文寫得不錯，就大聲讀了起來。夥伴們早就聽說他有過目成誦的本領，就和他開玩笑說：「王粲，你讀完這一遍，能背下來嗎？」

王粲謙虛地說：「試試看吧。」於是，他把臉背過去，一句句地背誦起來。夥伴們一邊聽，一邊對照原文看，他們吃驚地發現，王粲竟然背得一字不差！大家不禁為他喝起采來。還有一次，王粲在旁邊看人下圍棋，一不小心把棋盤給碰翻了。下棋的人見是王粲，就故作生氣地說：「怎麼辦！我們就要見分曉了，本可以贏他一盤，看，卻讓你給攪了！」王粲說：「對不起，我給你們恢復原貌成嗎？」說著他撿起棋子，按剛才的棋勢擺了起來。擺好之後，下棋的人和觀棋的人，都不信王粲擺的和原來是一樣的，就用東西把棋盤蓋起來，要王粲另外再擺一盤，看看兩盤擺的是不是完全一樣。王粲二話不說，就在旁邊重新擺過一盤。擺好後，經過對照，一子兒不差。從此，王粲驚人的記憶力便遠近聞名了。

他性善算，作算術，略盡其理。善屬文，舉筆便成，無所改定，時人常以為宿構，然正復精意覃思，也不能加也。著詩、賦、論、議、垂六十篇。建安二十二年春，道病卒，年四十一。（《三國志．魏書．王粲傳》）在七子中，粲為其首。王粲少時即有才名，博聞強記，有過目不忘之才。用通俗的語言解釋，就是王粲的語文算術成績都好，是一個文理科俱佳的全才。《三國志．魏書．王粲傳》記載的兩件小事，證明王粲確實是一個記憶力超強的人。

在晉皇甫謐《針灸甲乙經》序中，記載了張仲景為王粲看病的逸事：「仲景見侍中王仲宣時年二十餘，謂曰：君有病，四十當眉落，眉落半年而死，令服五石湯可免。仲宣嫌其言忤，受湯而勿服。居三日，見仲宣謂曰：服湯否？仲宣曰：已服。仲景曰：色候固非服湯之診，君何輕命也？仲宣猶不言。後二十年果眉落，後一百八十七日而死，終如其言。此二事雖扁鵲、倉公無以加也。」雖然事近傳奇，但也可以顯示當時人對張仲景醫術的敬服。

相傳，為了開闊眼界，博采眾長，並和各方名醫交流經驗，張仲景到了繁華的都城洛陽一帶行醫。當時文學史上號稱「建安七子」（孔融、陳琳、王粲、徐幹、阮籍、應瑒、劉楨）之一的王粲，是「建安七子」中成就最高的作家和詩人。他和張仲景交往密切。在接觸中，張仲景憑自己多年的醫療經驗，發現這位僅二十幾歲的才子身上隱藏著一種很厲害的病源。於是，張仲景告訴王粲，說他已經患病了，應該及早治療，否則，到了四十歲，眉毛就會脫落，眉毛脫落後半年，就會死去；如果現在服五石湯，還可以挽救。王粲聽了很不高興，自認身體沒什麼不舒服，便不聽張仲景的話，更不吃藥。過了幾天，張仲景又見到王粲，就問他吃藥沒有，王粲說已經吃了。張仲景認真地觀察了王粲的神色，搖搖頭，知道他並沒有吃藥，因為他的神色和往時一樣。可是王粲始終不信張仲景的話，二十年後他的眉毛果然慢慢脫落，眉毛脫落後半年就過世了。

張仲景，《後漢書》無傳，其事蹟始見於《宋校傷寒論序》據此，他為南陽人，師事張伯祖，曾經出任過長沙太守，因此被後世稱為**張長沙**。但關於仲景任長沙太守之事是否屬實，後世尚有爭議，因為《名醫錄》為唐人著作，南北朝人的著作都未提及此事，考諸史書上也沒有相關的記載。清孫鼎宜認為，張機應為「張羨」之誤，章太炎也持此說，然而張羨並不以醫術聞名，這個說法仍然是有問題的。

東漢末年，動亂頻繁，疫病流行，人民病死者很多，張仲景的家族也不例外，「建安紀年以來，猶未十稔，其死亡者，三分有二，傷寒十居其七。」這引發了他發憤學習醫學的決心，「乃勤求古訓，博採眾方，撰用《素問》、《九卷》、《八十一難》、《陰陽大論》、《胎臚藥錄》，並《平脈辨證》，為《傷寒雜病論》合十六卷。」

張仲景著《傷寒雜病論》是他一生最大的成就，但在此外，我們對他所知不多。

這些故事涉及兩大問題，第一是望診的問題，比如扁鵲一共望了四個層面：肌膚腠理層面、血脈層面、腸胃層面、骨髓層面。第二是疾病的真正內涵以及治療手段的問題。疾病可能會存在於四個層面：肌膚腠理層面、經脈層面、臟腑層面和膏肓層面，膏肓即骨髓。那麼如何治療？如果在腠理，可以用熱敷的方法；如果在經脈，可以用針石的方法；如果在臟腑，可以用藥；如果在膏肓，就回天無力了。

雖然醫術與藥物對健康有所幫助，但俗話說「藥可治病不治命」。身染疾病，上下不適，根據不同的症狀，用藥物有針對性地治療，可以讓人在一定時間內康復起來。但是如果平時不注意自身的保養，而面對小病小災又置若罔聞，甚至已經感覺力不從心，仍然以各種借口延誤治療，都是自己給自己的壽命「打折扣」。而等到病入膏肓，再想依靠名貴的藥材或醫學技術挽回已然遠去的健康，往往是錯過時機，悔之晚矣。王粲的英年早逝，就是典型的例子。對這個問題，張仲景就提出過「上工（名醫）治未病」的醫療思想，也就是說醫生的高明在於發現並治療潛藏在病人體內的病症，而不在於到了病人已經深受病痛折磨的時候才用藥治療。對於追求養生的人來說，想要健康不離身，首先要做到健康合理的生活，謹慎對待自己身體上任何的不適，將防微杜漸作為養生的基本與前提。

好多人認為，眉毛是個擺設，鼻、眼、口、耳都有具體的工作，只有眉毛是個虛職，僅供愛美的女士們描畫。如果你這樣想就錯了，在中醫看來，眉毛不僅可以反映一個人的氣質，還能反映一個人的健康狀況。

中醫認為，眉毛能反映五臟六腑的盛衰。《內經》中有這樣的記述：「美眉者，足太陽之脈，氣血多；惡眉者，血氣少；其肥而澤者，血氣有餘；肥而不澤者，氣有餘，血不足；瘦而無澤者，氣血俱不足。」眉毛屬於足太陽膀胱經，其盛衰依靠足太陽經的血氣。眉毛長粗、濃密、潤澤，反映足太陽經血氣旺盛；眉毛稀短、細淡、脫落，則是足太陽經血氣不足的象徵。眉又與腎對應，為「腎之外候」，眉毛濃密，則說明腎氣充沛，身強力壯；眉毛稀淡惡少，則說明腎氣虛虧，體弱多病。

老年人往往眉毛稀淡或者脫落，這是氣血不足、腎氣虛弱的表現，屬於生老病死的自然現象。如果眉毛過早脫落，則說明氣血早衰，是很多病癥的反應，其中最為嚴重的要算是麻瘋病了。我們中醫歷來重視眉診，前邊講過的漢代名醫張仲景與王粲的故事可以算是最早的病例。現在有些好事之人，根據脫眉的病癥推斷王粲得的就是麻瘋病。對此，筆者持謹慎態度，因為前人留下的資料過於簡單，並不能由此認定王粲患的就是麻瘋病。不過，眉毛脫落的確是瘤型麻瘋病的先兆，開始的時候是雙眉呈對稱型稀疏，最後就全部脫落了。

現在麻瘋病已經非常少見了。但不久前，大陸東南大學附屬中大醫院皮膚科接診一例來自蘇北農村的男子，此人三年之前發現小腿上的皮膚粗糙，出現斑疹，而且雙腳有潰爛現象，眉毛也莫名脫落，甚至連鬍子和鼻毛都一起脫落了。他跑了多家醫院，都是當作皮膚病來治的。後來，到了東南醫院，接診醫生一看他眉毛脫落，就明白這是麻瘋病的一個典型徵兆。經過病理活檢，果然在顯微鏡下找到了麻瘋桿菌。

兩眉之間的部位叫印堂，又稱「闕中」，在疾病的診斷和治療上也特別有價值。《靈樞・五色篇》中說「闕上者，咽喉也；闕中者，肺也」。可見，印堂可以反映肺部和咽喉疾病。肺氣不足的病人，印堂部位呈現白色；而氣血鬱滯的人，則變為青紫色。江蘇著名中醫朱良春教授曾在講座中提到這樣一個醫案，很好地說明瞭印堂與咽喉疾病的關係。上世紀五十年代，南通地區白喉大流行，發病四千多人。一下子白喉血清供應不上，衛生部門就讓中醫參與治療。朱教授他們在《內經》裏找到這樣一句話「闕上者，咽喉也」，就在闕上部位給病人紮針，用短針平刺進去以後，用膠布黏起來，留針。十分鐘後，病人的疼痛感減輕了，又觀察了三四個小時，病人的體溫也降下來。第二天，經過針札的病人白喉偽膜開始剝落。朱教授他們一共觀察了一百三十七位病人，據他統計治癒一百三十三例，治癒率是百分之九七點一，療效甚至超過白喉血清。

中醫師指出，眉毛能反映五臟六腑的盛衰，降肝火、補氣血才能讓毛髮滋生。臺北市立聯合醫院中興院區中醫科主治醫師林在裕指出，有些患者平常脾氣暴躁，又喜歡吃油炸、辛辣等食物，確診為毛髮異常掉落的「肝鬱化火」，眉毛變得稀短、細淡、枯脫，就反映出氣血不足。經給予「降肝火」、「補氣血」等中醫療髮，三個月後，眉毛稀疏情況已有改善，而且新頭髮也開始再生，不再成為毛髮稀少的中年男子。

林在裕指出，患者眉毛脫落現象即中醫所謂的「斑禿」，大多與情緒不安、勞累過度、睡眠不足等有關。傳統中醫認為「怒則傷肝」，引發氣血運行不暢，毛髮因缺乏營養而脫落。

「肝鬱化火」者容易有急躁易怒、口乾舌燥、頭暈脹痛、面紅目赤、胸悶心悸、耳鳴或失眠等症狀。可利用柴胡、牡丹皮、山梔子等具有疏肝降火功效藥物，來滅滅肝火過旺的不適症狀，讓縮小的毛細孔重新開啟，營養物質可以順利運送供應毛髮生長。

依中醫觀點，眉毛能反映五臟六腑的盛衰。擁有美眉者，代表身體氣血充足才能養腦滋髮而使毛髮茂密秀美。林在裕表示，眉毛不僅可以襯托出一個人的氣質，還能藉以觀察個人健康狀況。所謂「惡眉」係因氣血不足，導致眉毛無光彩而枯槁。

治療毛髮稀疏，可考慮使用具有氣血雙補功效的「八珍湯」，由四君子湯（黨參、茯苓、白朮、炙甘草）和四物湯（熟地、當歸、川芎、白芍）組合而成，可促進皮膚周邊血液循環，進而加速毛髮新生速率。

由於脾氣不好、緊張焦慮的人，血管容易受到交感神經影響而收縮，讓頭部血液循環變差，導致眉毛、頭髮因無法獲得充足養分開始脫落。林在裕提醒，有這方面問題的人一定要學習放鬆情緒，少吃辛辣油膩食物，減少毛髮掉落危機。

二　曹植

創作數量上次多的詩人是曹植。前已論，略過。

三　曹丕

三國時代戰爭詩第三位數量豐富的詩人是曹丕，前已論，略過。

第三節　從詩人個別的戰爭詩創作比例來看

戰爭詩的創作與每位詩人個別的情況，有很直接的關係，每位作者的個別情況都有不同的差異，是故作戰爭詩研究時，可以總合地觀察整體情況，也可以從個別的情況來看。每位詩人戰爭詩創作的數量與現存詩作數量的比例，可以參見筆者所作之附表一：魏朝詩作家個人戰爭詩統計表。

一　戰爭詩創作比例高的詩人

從附表一可以看到，有些詩人現在僅存一首詩，而這首詩正是戰爭詩，例如：焦先〈祝衄歌〉以象徵諷刺魏伐吳，結果魏軍戰敗之事。也有詩人存留兩首詩作，而兩首皆為戰爭詩者，如：曹髦〈四言詩〉記敘東伐時，舟萬艘、兵千營的情況。另有一詩沒有題目，內容是記敘戰爭時，兵器眾多、武騎整齊如雁行的情況。這些詩人創作戰爭詩的比例，皆為百分之百，這樣的比例自然無法令人信服。這是由於存留詩作太少，才會產生如此現象，當然也不可因此就認定這些作者就是完完全全只創作戰爭詩的作家。不過，這樣的情況，可以幫助我們理解當時創作戰爭詩風氣之盛，而後世人對於此期戰爭詩的創作也相當重視，這些戰爭詩才得以保留下來。

（一）韋昭

韋昭是東吳的學者，字弘嗣。因避司馬昭之諱，《三國志》稱其為韋曜[3]。曾任丞相掾、尚書郎、太子中庶子，官至侍中，領左國史[4]。因性格剛直，敢於直諫，後下獄被害。二五八年，孫綝廢孫亮，立孫休為吳國皇帝，改年號永安，昭立五經博士而創設國學，立太學博士制度，開南京設皇家中央學府之始，為南京太學之濫觴；韋昭官拜中書郎，出任博士祭酒，掌管國子學[5]。二六四年孫休亡，孫皓即位，韋昭封高陵亭侯，擔任中書僕射、侍中，領左國史。時孫皓欲為其父孫和立本紀，韋昭認為孫和並非皇帝應入列傳。二人多次發生類似之事，使韋昭甚是憂慮。他自稱衰老而請求辭官，專心著書[6]。孫皓終是不聽。後與孫皓不和愈加嚴重，孫皓以其不承用詔命，意不忠盡，終

3　〔晉〕陳壽著，裴松之注：《三國志．卷六十五．吳書二十．王樓賀韋華傳第二十》：曜本名昭，史為晉諱，改之。

4　同前註：韋曜字弘嗣，吳郡雲陽人也。少好學，能屬文，從丞相掾，除西安令，還為尚書郎，遷太子中庶子。時蔡穎亦在東宮，性好博弈，太子和以為無益，命曜論之。

5　同前註：和廢後，為黃門侍郎。孫亮即位，諸葛恪輔政，表曜為太史令，撰吳書，華覈、薛瑩等皆與參同。孫休踐阼，為中書郎、博士祭酒。命曜依劉向故事，校定眾書。又欲延曜侍講，而左將軍張布近習寵幸，事行多玷，憚曜侍講儒士，又性精確，懼以古今警戒休意，固爭不可。休深恨布，語在休傳。然曜竟止不入。

6　同錢著：孫皓即位，封高陵亭侯，遷中書僕射，職省，為侍中，常領左國史。時所在承指數言瑞應。皓以問曜，曜答曰：「此人家筐篋中物耳。」又皓欲為父和作紀，曜執以和不登帝位，宜名為傳。如是者非一，漸見責怒。曜益憂懼，自陳衰老，求去侍、史二官，乞欲成所造書，以從業別有別付，皓終不聽。時有疾病，醫藥監護，持之愈急。

為孫皓所害[7]。

《三國志》評曰：「韋曜篤學好古，博見群籍，有記述之才。」著作甚豐，據《吳志》本傳及《隋書．經籍志》所記，有《毛詩答雜問》七卷、《春秋外傳國語注》二十二卷（今或有學者認為當作二十一卷）、《孝經解贊》一卷、《辨釋名》一卷、《漢書音義》七卷、《吳書》五十五卷、《洞記》四卷、《官儀質訓》一卷，文集二卷。今存《國語注》，《漢書音義》多為《漢書》顏師古注所引，《吳書》多為《三國志》裴松之注所引，他書佚文於《玉函山房輯佚書》有輯存。

《三國志》稱韋昭：「少好學，能屬文」。在韋昭現存的詩作中，戰爭是比例很高的創作題材，現在流傳下來的作品只有〈吳鼓吹曲〉十二首，其中九首是以戰爭為素材，其餘三首則是謳歌吳國的政治。〈炎精缺〉寫漢室衰敗，孫堅奮發圖強，希望匡濟時事，此詩極力歌頌其英勇威猛，將來必能稱王。〈漢之季〉描寫孫堅因哀憐漢室之衰，痛恨董卓挾持漢主，故興兵奮擊之凌厲姿態。〈攄武師〉記敘孫權為完成父親之志業而征伐，殺黃祖、攘平奸凶、平西夏，威震天下。〈伐烏林〉記敘曹操破荊州之後，順流東下，欲征伐劉備與孫權，孫權命周瑜迎擊，在烏林將曹操擊破的過程。〈秋風〉描寫戰士在戰場上見到秋風揚沙、感到寒露沾衣，而戰事吃緊，敵軍不斷侵擾疆界，隨時要騎馬穿甲冑，偶爾也會感到思親悲傷，但仍然想要立功獲賞。〈克皖城〉寫曹操志圖兼併天下，於是令朱光為廬江太守，而後孫權親征，破之於皖城，聲勢炫赫，除暴安民。〈關背德〉寫蜀將關羽背棄吳德，心懷不軌，於是孫權北伐圍樊，此師歌頌其聖明，大

7　同前註：曜因獄吏上辭曰……曜冀以此求免，而皓更怪其書之垢，故又以詰曜。……而華覈連上疏救曜……皓不許，遂誅曜，徙其家零陵。

勝而百蠻降服。〈通荊門〉描寫孫權與蜀交好結盟，雖然其間關羽失德、蠻夷作亂，但兩者結盟將可討蕩不恭，在戰爭中耀武揚威，整肅封疆。〈章洪德〉描寫孫權在戰爭中顯神威，而能彰顯其德，平定南方，使遠方歸附，進貢之珍奇異寶充斥於庭。綜觀九首戰爭詩，筆者以為應是韋昭史家性格使然，近似以史家之筆寫詩，故作品頗似歷史組詩，筆者認為或可稱為「援史入詩、以詩寫史」。然而從此九首也或可見出其維護孫吳之心，其中七首皆為主戰、歌誦之態度，僅兩首持既不主戰也不反戰之態度，與其剛直耿介之性格頗不相類。

客來敬茶的風俗是從三國末年開始的。

自從杜康釀造出酒後，從皇宮貴族到民間百姓，普遍都是用酒待客，以表示主人對客人的敬意。三國時，吳國最後一個皇帝孫皓，終日不理朝政，沉浸在酒色之中。孫皓每次設宴，常常都是一整天，入席之人無論酒量如何都要以七升為最低限，即使自己不能全部喝完，也要被強迫灌飲。飲酒助興，經常宴請群臣。每次都是從日出喝到日落，而且整天伴有歌舞伎樂，非要把手下的大臣灌得酩酊大醉不可。韋昭酒量很小，孫皓也一定要他奉陪，往往不歡而散。

有一次，韋昭陪孫皓在花園賞花喝茶。孫皓問韋昭說：你的酒量怎麼一直大不起來？「回稟聖上，我在家每日三餐不離酒，可就是大不起來。」孫皓聽了搖頭說：堂堂大臣，酒量這麼小，真沒出息。韋昭端起茶碗對孫皓說：俗話說得好，刨子能刨平木板，鋸子能鋸斷木板，各有所長，相互不能代替。卑臣酒量雖小，可是茶量卻很大一次能喝上幾大壺，不信，我喝給您看。說罷，捧起茶壺一口氣飲下三壺。孫皓笑道：你喝茶本領這麼大，今後凡在酒宴上，我賜你以茶代酒，但不可外傳，免得其他大臣攀比。韋昭高興萬分，磕頭謝恩。

不久，孫皓又在宮中宴請重臣，他要太監給韋昭備兩壺茶水。皇上和大臣飲一杯酒，韋昭就喝一杯茶。從早晨喝到中午，幾個大臣醉倒在桌子底下，韋昭反而勁頭十足。皇上和滿朝文武百官都已大醉，只有韋昭沒醉。這消息傳開後，宮廷和民間便形成了用茶代酒接待客人的習俗。韋曜一向飲酒不過二升之量，起初他受到特殊禮遇時，孫皓常減少他的酒數，或者暗中賜給他茶水代替酒，這也是以茶代酒歷史典故的來源[8]。

敬茶可根據來客需要進行泡茶。如果客人是體力勞動者，或是老茶客，一般可以奉上一杯飽含濃香的茶湯；如果客人是有一定修養，或無嗜茶習慣的，一般可以泡上一杯富含清香的茶湯；倘若主人並不知道客人的愛好，又不便問時，不妨按一般的要求，泡上一杯濃淡適中的茶湯。

如是宴請賓客，還得敬上餐前茶和養後茶。餐前茶選飲清香爽口的綠茶或花茶，以清淡為宜，目的在於清口。餐後茶選飲濃香甘洌的烏龍茶或普洱茶，以濃厚為宜，目的在於去膩助消化和解酒。

華人文化圈對飲茶有「一人得神，二人得趣，三人得味，七、八人是施茶」的說法。一人拿著杯慢慢的喝，沉思意遠這就叫得神，趕上節日，約上三五好友，一邊喝茶一邊談心，當然是人生樂趣。俗言「酒逢知已千杯少」，飲茶又何嘗不是如此呢？老朋友在一起，無所不談，自然有飲不盡的茶，說不完的話。三四個人喝茶最好，所以說「得味」。最為考究的烏龍茶的茶具，都是供三四個人用的。如果七、八人在一起，就稱為「施茶」，只是為了解渴，談不上「辨味」。

廣東海陸豐一帶有以「敬三茶」招待賓客的習俗。所謂「敬三

---

8 同前註：皓每饗宴，無不竟日，坐席無能否率以七升為限，雖不悉入口，皆澆灌取盡。曜素飲酒不過二升，初見禮異時，常為裁減，或密賜茶荈以當酒，至於寵衰，更見逼強，輒以為罪。又於酒後使侍臣難折公卿，以嘲弄侵克，發摘私短以為歡。時有愆過，或誤犯皓諱，輒見收縛，至於誅戮。曜以為外相毀傷，內長尤恨，使不濟濟，非佳事也，故但示難問經義言論而已。皓以為不承用詔命，意不忠盡，遂積前後嫌忿，收曜付獄，是歲鳳皇二年也。

茶」，即客登門時先泡條形茶。除器具別有講究外，泡茶的方法也很講究。泡條形茶後，接著是「敬二茶」，通稱點心茶。做點心茶也有特製器具，如擂缽、擂錘，還有盛點心茶專用的鬥形瓷、缽等。用的原料是碎粒茶，配上黑芝麻粉、肉油渣、麻油及辣味香料等，與麵條同煮。煮好後盛入瓷缽內，吃時從缽內盛出，一人一碗，送到客位上。吃時加鹽酥花生和米拌和，連續要吃二至三碗，才算受領敬意。

用過點心禮茶後，到了吃中、晚餐時，舉行的是「敬三茶」，通稱禮飯茶。其配料更為豐富多彩，主料是香米和碎粒茶，加配火腿絲、白果肉、蓮子肉、桂圓肉、紅棗肉、熱黑芝麻（擂碎）指點桌面的禮俗

廣州的茶俗有一點特別，當主人端茶給客人時，客人要用中指和食指在桌面上輕輕地點幾下，並道聲「唔該」，以示感謝。相傳這禮俗起自清乾隆皇帝下江南的時候。有一次，他青衣小帽帶幾個隨從，來到廣州一個茶館飲茶。當時，正值春日融融，桃紅柳綠，鳥語花香。乾隆一路觀賞景色，興致勃勃，一入茶館，便忘記了自己身分。待茶館小夥計端上茶來，就抓起茶壺給身邊的臣僕斟茶。按皇宮禮節，皇帝給臣僕們遞東西時，臣僕要立即下跪去接。皇帝這突如其來的舉動，把臣僕們弄得不知所措，要是下跪接茶，恐暴露了廬山真面目；要是不跪，又違反了朝規。這時一位頭腦靈敏的臣僕，想出了一個替身法。當乾隆給他斟茶時，他用右手的食指和中指成雙腿姿式，在皇上面前「跪」了幾下，後面接茶的臣僕紛紛效法，逗得皇帝大笑：以手當腳，可見對君的誠意。後來，這故事一傳開，就變成了現在在桌面上用手指點幾下，以示對主人感謝的禮俗。

《神農本草經》記載，神農嚐百草，日遇七十毒，得荼而解。荼就是茶的古字（英文 tea 讀音來自荼）。茶最早的功用就是藥用。唐大中三年（西元850年），有一位和尚一百三十歲，宣宗皇帝問他服

什麼藥才能如此長壽？和尚答道：「我向來不知藥性，平生只愛喝茶，每逢雲遊到一個地方，先討茶喝，喝一百碗也不嫌多。」皇帝賜和尚五十斤上等茶。

明高濂的養生經典《遵生八箋》中寫道：「人飲真茶，能止渴消食，除痰少睡，利水道，明目益思，除煩去膩，人固不可一日無茶。」顧元慶《茶譜》亦說:「人飲其茶，能止渴，消食除痰，少睡，利尿道，明目益思，除煩去膩，人固不可一日無茶。」

（二）繆襲

繆襲也是創作戰爭詩比例頗高的詩人。他是漢魏間的學者，字熙伯，歷事曹操、曹丕、曹叡、曹芳四代，《史通》卷十二載：「黃初、太和中，始命尚書衛覬、繆襲草創紀傳，累載不成」，其後才由王沈總纂為《魏書》。逯欽立輯本收錄其〈魏鼓吹曲〉十二首，未收錄〈挽歌〉。〈挽歌〉見於《文選》卷二十八，多數學者肯定為其所作，且認為價值頗高[9]，故今據以補之。〈魏鼓吹曲〉十二首，與其史官性格關係密切，其中九首記錄了當時的歷史與戰爭情況，其餘三首則歌誦魏朝政治。〈楚之平〉描寫魏初平定各方的戰役，認為其為義兵，神武奮勇，當時漢室衰微，群雄並爭，而魏武皇帝平定天下，使國家安定，武功超越三王五帝，興禮樂，定綱紀。〈戰滎陽〉描寫戰於滎陽西南之汴水之時，兩軍馳騁，後被徐榮所敗，馬傷軍驚，幾乎全軍傾頹，且同盟猶疑，計謀無成，幸虧魏武皇帝才得以保全。〈獲呂布〉描寫曹操東圍臨淮，生擒呂布、殺陳宮之事。〈克官渡〉描寫

9　如吳小如等撰：《漢魏六朝詩鑑賞辭典》（上海市：上海辭書出版社，2001年），頁236-238。王巍、李文祿主編：《建安詩文鑑賞辭典》，頁619-620及674。曹道衡、沈玉成編撰：《中國文學家大辭典》（北京市：中華書局，1996年），頁486。以上三書皆將〈挽歌〉視為繆襲之作。

曹操與袁紹戰鬥，破於官渡之事。當時曹操派顏良前往白馬，詩中記敘戰爭中血流遍野，而曹軍以寡敵眾，中間一度萌生退意，後終大捷的過程。〈舊邦〉言曹操在官渡之戰後，建廟以收置戰死之士卒，使孤魂得有依靠。〈定武功〉描寫曹軍度過黃河，擊破袁紹，其間戰爭之艱難狀況。〈屠柳城〉描述曹操越過北塞，經歷白檀，路程遙遠，終於破三郡烏桓於柳城，使無北患。〈平南荊〉記敘由於南荊許久未進貢，所以曹操南征，後軍隊獲得勝利，南荊臣服於魏。〈平關中〉記敘曹操征馬超，定關中勝利的過程。九首戰爭詩，對於戰爭多是不主戰也不反戰地記錄其過程，文字簡潔而氣勢磅礴，且記錄詳細，雖然態度上傾向魏國，但仍具有歷史與文學價值。鍾嶸《詩品》將繆襲列入下品，以現今存詩觀之，並不妥當。

繆襲有一篇〈神芝贊〉曰：

> 青龍元年，神芝產于長平之習陽，其色丹紫，其質光耀，其長尺有八寸五分，其本圍三寸有三分，上別為三幹，分為九枝，散為三十六莖，圍率一寸九分，葉徑二寸七分，其幹洪纖連屬，有似珊瑚之形，其吐柯載葉，祥明躅絜，考圖案諜，蓋美乎所同於前代者矣。古瑞命記曰：王者慈仁則芝生，而食之則延年不終，與真人同，又神農氏論芝云，山川雲雨，五行四時，陰陽晝夜之精，以生五色神芝，皆為聖王休祥焉。自漢孝武顯宗，世號隆盛，而元封永平所紀神芝，方斯蔑如也。且其枝幹條莖，本末相承，乃協于天官之數，非神明其孰為此哉。推其類象，則蓂莢之植階庭，萐莆之生庖，屢視四靈矣。乃詔御府，匱而藏之，且盡其形。遂以名園為之贊曰：帝德允臻，廚不難致，煌煌神芝，吐葩揚榮，曩披其圖，今握其形，永章遐紀，載之頌聲。

與曹植一樣讚頌靈芝。靈芝自古以來即被認為是有吉祥、如意、長壽的象徵，又被稱為靈芝草、神芝、芝草、仙草、瑞草。《神農本草經》說靈芝：「養命以應天，無毒，多服久服不傷人，輕身益氣，不老延年。」而道家的經典《太上靈寶芝草品》則介紹靈芝的服食與採集，亦蒙上神秘色彩。漢劉向《列仙傳》載彭祖「常服桂芝」，自此靈芝、彭祖，便成為長壽的象徵。在植物學上的分類屬於真菌界裏的靈芝科（Ganodermataceae）、靈芝屬（Ganoderma）。原屬於亞洲東部，華族古代認為靈芝具有長生不老，起死回生的功效，故被視為仙草。麻姑仙女採靈芝釀酒給王母娘娘祝壽的傳說，演變成後輩給長者祝壽的習俗。地名中與靈芝有關的，也往往與健康長壽聯繫在一起。相傳仙都山上有「紫芝塢」，是黃帝在此種植靈芝而得名。亦說是東海八仙飲山泉，嘗紫芝的地方。黃山軒轅峰下有「采芝源」，相傳是皇帝和容成子，浮丘公在黃山煉丹時採集靈芝的地方。

在古代園林植物專著如《全芳譜》中則被列於「卉」部之首。靈芝在華人文化中的地位甚至超過它在醫藥上的地位，影響宗教、醫藥、文學、建築、戲劇、藝術等等。據《山海經》中記載，傳說靈芝是炎帝的幼女「瑤姬」的精靈轉化成「瑤草」，此即靈芝。《孔子家語》記載「與善人居，如入芝蘭之室，久而不聞其香，及與之化矣」。推測當時即已將芝草與蘭花擺設於家中。此後，芝蘭成為君子品格的象徵。後人又以「芝蘭玉樹」比喻有出息的子弟，以「芝眉」「芝宇」形容氣宇軒昂的容貌。對靈芝特殊情感，也使得它成為歷代詩人作品中的重要題材。宋陸游在《齋中雜題》寫著：「幽居厭其凡花草，紅子紛紛不復栽。自斯蒼苔換黃土，南山移得玉芝來。」靈芝入庭園景觀者，更不勝枚舉。後人有詩曰「不見茹芝人，只聞紫芝塢。我來醉白雲，枕石歃芝杜」。《白蛇傳》中白素貞從南極仙翁那兒盜來救許仙還陽的仙草即是靈芝。

古籍記載靈芝生長的環境條件非常講究，要天地人、五行、時序、陰陽二氣等因素高度和諧。這是種極高、極完美、極精妙的理想境界，也就是天人合一的哲學理想。三國時魏繆襲〈神芝贊〉引神農氏論芝，說：「山川雲雨，五行四時，陰陽晝夜之精，以生五色神芝，皆為聖王休祥焉。」即是此意。此外，靈芝的形狀，又被美化成「如意」的形狀，普遍出現在日常生活的器物及建築裝飾之上。

（三）其他

除以上所列詩人外，毌丘儉、左延年、王粲、等人，戰爭詩也都是占創作比例百分之五十以上。（由此看來，王粲可以算是魏朝中戰爭詩創作數量多，而且同時也是創作意願高的作家。對於王粲戰爭詩的分析，前面已經討論過，故今不贅述。）而左延年現存三首詩，其中兩首為戰爭詩：一首〈從軍行〉記敘男子出征戰鬥，而妻子皆懷有身孕的痛苦情形。另一首〈從軍行〉則記敘男子從軍出征英姿煥發、神氣光鮮的模樣。同樣是男子出征戰鬥的情況描寫，一反戰一主戰，兩種截然不同的態度，呈現出作者的多角度看法。毌丘儉也是現存三首詩，其中兩首為戰爭詩：〈之遼東詩〉是詩人於討公孫淵定遼東時，抒發自己對重責大任的憂心。（後因此進封安邑侯）〈在幽州詩〉則記敘戰爭中所見到胡地之景，並抒發情感。兩首都是不主戰也不反戰，呈現一致的觀點。然而同樣地，筆者認為這二位詩人都是存詩不多，所以造成數據偏高，容易有失真的情況發生，與僅存一詩而其為戰爭詩的作家一樣，並不能因此就判斷出他們對於戰爭詩的創作意願高低，只能說戰爭詩的創作是一個時代現象，許多詩人都有戰爭詩的創作，而這些作品與時代環境緊密相扣，並且獲得後世的重視與珍惜，流傳久遠。

二　戰爭詩創作比例低的詩人

接下來要探討一下，與上述戰爭詩創作的高比例作家相反的詩人。像徐幹、邯鄲淳、吳質、繆元、杜摯、曹彪、何晏、韋誕、郭遐周、郭遐叔、阮侃、仙道、費禕、薛綜、張純、張儼、朱異、諸葛恪、華覈、周昭、孫觥等人，都沒有留下戰爭詩，但他們的存詩目前多在十首以下，其中邯鄲淳、吳質、繆元、杜摯、曹彪、何晏、韋誕、阮侃、仙道、費禕、薛綜、張純、張儼、朱異、諸葛恪、華覈、周昭、孫觥等人，更是僅存一或二首，如此一來，根本無從判定他們是不想創作戰爭詩，還是有創作卻沒有流傳下來？這些人的戰爭詩創作比例，與前述比例過高者，有著一樣無法信任的問題。

至於阮瑀，由於早亡，四十餘歲即因病逝，且專長為書記，曹丕《典論．論文》稱：「琳、瑀之表章書記，今之雋也。」詩則被《詩品》列為下品，謂「平典不失古體」。存詩很少，雖在逯欽立輯本中有十四首，但其中二首為殘斷之句，六首失去題目，完整之作僅有八首。阮瑀雖多次與曹操出征，如建安十二年隨操征烏丸、次年參與赤壁之戰、十六年隨操西征等，但現在看來屬於戰爭詩的只有一首，且失去題目，《樂府》與《詩紀》則作「怨詩」，內容記敘人民因戰爭而受到顛沛流離之苦。故其創作戰爭詩比例雖過低，但卻無法判斷出原因以及所代表的意義。然而如嵇康與阮籍等人創作的戰爭詩，都僅佔詩作比例的百分之八以下，這卻是相當令人注意的情況。

（一）嵇康

嵇康字叔夜，西元二二三至二六二年間人，早孤家貧，博學而有才，志向超遠，拜中散大夫[10]。正始末年與阮籍等竹林名士共倡玄學新風，主張「越名教而任自然」、「審貴賤而通物情」，為「竹林七賢」的精神領袖[11]。曾娶曹操曾孫女，官曹魏中散大夫，世稱嵇中散。後因得罪鍾會，為其構陷，而被司馬昭處死。嵇康年幼喪父，由母親和兄長撫養成人。幼年即十分聰穎，博覽群書學習各種技藝。成年後喜讀道家著作，身長七尺八寸，容止出眾，然不注重打扮。嵇康風度非凡，為一世之標，《晉書》上說：康早孤，有奇才，遠邁不群。身長七尺八寸，美詞氣，有風儀，而土木形骸，不自藻飾，人以為龍章鳳姿，天質自然。

《世說新語．容止》中寫到：嵇康身長七尺八寸，風姿特秀。見者歎曰：「蕭蕭肅肅，爽朗清舉。」或云：「肅肅如松下風，高而徐引。」山公曰：「嵇叔夜之為人也，岩岩若孤松之獨立；其醉也，傀俄若玉山之將崩。」有人語王戎曰：「嵇延祖卓卓如野鶴之在雞群。」答曰：「君未見其父耳。」（《世說新語．容止》）

好友山濤稱其「站時就如孤松獨立；醉時就似玉山將崩」。兄長嵇喜在《嵇康別傳》裏，誇耀他是「正爾在群形之中，便自知非常之器。」然而，嵇康卻有「土木形骸，不自藻飾」的個性傾向，據同時代的顏之推在《顏氏家訓》裏記載，當時上層男士，崇尚陰柔之美，非常重視個人修飾，出門前不但要敷粉施朱，熏衣修面，還要帶齊羽扇、麈尾、玉環、香囊等各種器物掛件，於此方能「從容出入，飄飄若仙」。與脂粉撲面、輕移蓮步者相比，嵇康的「不自藻飾」是非常獨立特行的。

10　見莊萬壽：《嵇康研究及年譜》（臺北市：臺灣學生書局，1990年），頁134。

11　《世說新語．任誕》：陳留阮籍、譙國嵇康、河內山濤三人年皆相比，康年少亞之。預此契者，沛國劉伶、陳留阮咸、河內向秀、瑯邪王戎。七人常集於竹林之下，肆意酣暢，故世謂竹林七賢。

後迎娶了沛王曹林之女長樂亭主為妻，育有一兒一女。

首先注意到的是，嵇康所創作的戰爭詩，比例只有百分之一點六，事實上他現存的詩作有六十四首，如果和同時期的詩人比較，數量算非常豐富，但對於戰爭這樣的題材，嵇康顯然是處理得不多，在這六十四首的作品中，只有一首是戰爭詩。筆者以為造成此情況的原因，一方面是因為時代環境之故，前面提到三國時代重大的十一次戰役，其中可以看到，魏青龍二年（西元234年）八月，歷時六年半的蜀伐魏之戰結束，一直到魏景元四年（西元263年）八月，魏滅蜀之戰開始，中間沒有什麼重大的戰爭，嵇康的主要活動時期就在這樣偏安的魏朝末期，而之後緊接著就統一天下的狀況下，詩人對於戰爭的敏感度與興趣，自然就減低了許多。而且當時的主要戰場，已經從兵戎相接的武力戰場轉移到政治舞臺上，司馬氏集團，包括：司馬懿、司馬師、司馬昭、司馬炎等人，與曹魏集團，如：曹爽、何晏、鄧颺、王淩、夏侯玄、李豐、毌丘儉、曹髦、諸葛誕等人，互相鬥爭。於是文人學士人人自危，為了遠禍全身，大多醉心於清談玄理。嵇康也是其中的代表，他的詩文極力主張聽任自然而反對虛偽的名教，對於司馬氏掛著虛偽的禮教招牌，給予尖銳的批判。如〈難自然好學論〉認為仁義是為了束縛人的思想言行而制定，是為統治者服務的。〈太師箴〉把一切禮法名教的根源歸結為一已之「私」。〈釋私論〉也是抨擊虛偽名教的文章。〈管蔡論〉則為管叔、蔡叔翻案，以此深刻地諷刺司馬氏。

另一方面也與他的思想性格及對戰爭的態度有關。嵇康在他的待人處世上，傾向於以退為進，所以歷史上對他的評語是恬靜寡欲，含垢匿瑕，而王戎曾說在二十年間未見過嵇康喜慍之色。嵇康這種遠禍全身的態度，也出現在文章中，如〈家誡〉一文，教給兒子許多穩妥而圓滑的處世方法，包括：言語謹慎、避免與人爭論、不要打聽他人隱私等等。在他的思想中，則有重視養生與隱居不仕的兩種態度。嵇康在〈養生論〉、〈答難養生論〉、〈難宅無吉凶攝生論〉、〈答釋難宅無吉凶攝生論〉中，認為神仙是存在的，住宅是有吉凶之分的，而精神與形體不可分離，必須同時保養，主張節欲，對富貴、名位、酒色諸事物，都必須加以節制。在其詩文中，也時時可見隱居不仕的思想，如〈與山巨源絕交書〉反映了對險惡政治的畏懼與對世俗的憤激。〈五言古意〉則描寫他和朋友就像雙鸞一樣遠離世俗，逍遙自得，然而世網高張，終於為時所羈。〈幽憤詩〉則回顧一生，內心獨白，道出對隱士生活的嚮往。

嵇康對於戰爭的態度，從他的一些詩作當中也可見出端倪。如〈代秋胡歌詩〉中的第三首主要論述人的修養，如勞謙寡悔、忠信久安、天道惡盈，並提出反戰之見解，認為「好勝者殘、強梁致災、多事招患」。明顯地敘述自己反戰的立場。另如〈贈兄秀才入軍〉十八首，雖然時間空間記錄的不是戰爭時空，只是純粹的軍旅詩，但其中也可以看出嵇康對戰爭與從軍的一些看法。此十八首全為作者想像之作，所以武秀成評曰：「以想像高妙勝」[12]。他在詩中想像其兄在軍中戎裝騎射、顧盼生姿的凌厲疾速，並想像在休息時，「目送歸鴻，手揮五絃。俯仰自得，遊心太玄。」在行軍時能夠或射獵、或垂釣、或「目送歸鴻」而想望，或「手揮五絃」而自吟，將想像中的兄長，陶醉於大自然中，一派清新灑脫。從此詩不難想像何以《文心雕龍·明詩》稱「嵇志清峻」，而鍾嶸《詩品》評其「托喻清遠，良有鑒裁，亦未失高流矣」。但仔細一想，行軍途中豈有如此悠閒自得之理？筆者以為事實上嵇康是運用浪漫的敘述方式，寫出自己理想中的軍隊生活，過度美化軍旅生活，以至於幾近他自己所神往的隱士生活，表達

---

12 武秀成譯注：《嵇康詩文》（臺北市：錦繡出版社，1993年），頁23。

出他對現實中軍人生活的否定，也可看出他對軍人生活的終極目標：戰爭的否定態度，並在詩中希望兄長不要隨俗浮沉，而能心遊玄理，這不只是對其兄的期許，也是對世人與整個大環境的期許。

從以上時代環境的狀況、戰場的轉移、及嵇康的思想性格、與對戰爭的態度來觀察，在在都不難理解嵇康創作戰爭詩比例之低的緣故。

嵇康擅長音樂，作有琴曲〈風入松〉；又作有〈長清〉、〈短清〉、〈長側〉、〈短側〉四首琴曲，被稱作「嵇氏四弄」，與蔡邕的「蔡氏五弄」合稱「九弄」。隋煬帝曾將彈奏「九弄」作為取仕條件。又通繪畫、書法。唐張懷在《書法會要》中目之為草書第二。

嵇康崇尚老莊，曾說「老莊，吾之師也！」講求養生服食之道。主張「越名教而任自然」的生活方式，著〈養生論〉闡明養生之道。他讚美古代隱者達士的事蹟，嚮往出世的生活，不願做官。大將軍司馬昭欲禮聘他為幕府屬官，他到河東郡躲避征辟。司隸校尉鍾會盛禮前去拜訪，遭到他的冷遇[13]。鍾會撰《四本論》始畢，甚欲使嵇公一見，置懷中，既定，畏其難，懷不敢出，於戶外遙擲，便回急走。或問顧長康：「君《箏賦》何如嵇康《琴賦》？」顧曰：「不賞者，作後出相遺。深識者，亦以高奇見貴。」(《世說新語．文學》）同為竹林七賢的山濤曾推薦他做官，他作〈與山巨源絕交書〉，列出自己有

13 《世說新語．簡傲》：鍾士季精有才理，先不識嵇康，鍾要於時賢俊者之士，俱往尋康。康方大樹下鍛，向子期為佐鼓排。康揚槌不輟，傍若無人，移時不交以言。鍾起去，康曰：「何所聞而來？何所見而去？」鍾曰：「聞所聞而來，見所見而去。」嵇康與呂安善，每一相思，千里命駕。安後來，值康不在，喜出戶延之，不入，題門上作「鳳」字而去。喜不覺，猶以為欣。故作「鳳」字，「凡鳥」也。

「七不堪」、「二不可」，堅決拒絕為官[14]。司馬昱謂叔夜「俊傷其道」[15]。

嵇康身處亂世，但崇尚老莊，講求服食養生之道，有自己的養生訣竅。他認為，人之所以能長壽，在於注意平時在細微之處保養自己。這就好比「為稼於湯之世（當時天下大旱），偏一溉之功者，必一溉而後枯，而一溉之益固不可誣也。」養生之道與此相仿，關鍵在於平日一點一滴的修養，不使自身為七情所傷、六淫所中，如此才能身體強健，得以長壽。但世人恰與此相反，「常謂一怒不足以侵性，一哀不足以傷身，輕而肆之」，這可真是「不識一溉之益，而望嘉谷於旱苗者也。」所以，世間多聞早夭之人，難見皓首之翁。

嵇康認為人可以長壽。他說「至於導養得理，以盡性命，上獲千餘歲，下可數百年，可有之耳。」「但世皆莫精（其術）故莫能得之。」嵇康認為，正確的養生應該是：「君子知形恃神以立，神須形以存，悟出理之易失，知一過之害生。故修性以保神，安心以全身，愛憎不棲於情，憂喜不留於意，泊然無感而體氣和平，又呼吸吐納，服食養身，使形神相親，表裏俱濟也。」

嵇康繼承老莊的養生思想，進行實踐頗有心得，他的〈養生論〉是華人養生學史上第一篇較全面、較系統的養生專論。後世養生大家如陶弘景、孫思邈等對他的養生思想都有借鑒。〈養生論〉全文：

世或有謂神仙可學得，不死可以力致者。或云：上壽百二十，

---

14 《世說新語·賢媛》：嵇康游於汲郡山中，遇道士孫登，遂與之遊。康臨去，登曰：「君才則高矣，保身之道不足。」山公將去選曹，欲舉嵇康，康與書告絕。（《世說新語·棲逸》）山公與嵇、阮一面，契若金蘭。山妻韓氏覺公與二人異於常交，問公，公曰：「我當年可以為友者，唯此二生耳。」妻曰：「負羈之妻亦親觀狐、趙，意欲窺之，可乎？」他日，二人來，妻勸公止之宿，具酒肉。夜穿墉以視之，達旦忘反。公入曰：「二人何如？」妻曰：「君才致殊不如，正當以識度相友耳。」公曰：「伊輩亦常以我度為勝。」

15 簡文云：何平叔巧累於理，嵇叔夜俊傷其道。

古今所同，過此以往，莫非妖妄者。此兩失其情。請試粗論之。

夫神仙雖不目見，然記籍所載，前史所傳，較而論之，其有必矣。似特受異氣，稟之自然，非積學所能致也。至於導養得理，以盡性命，上獲千餘歲，下可數百年，可有之耳。而世皆不精，故莫能得之。

何以言之？夫服藥求汗，或有弗獲；而愧情一集，渙然流離。終朝未餐，則囂然思食；而曾子銜哀，七日不饑。夜分而坐，則低迷思寢；內懷殷憂，則達旦不瞑。勁刷理鬢，醇醴發顏，僅乃得之；壯士之怒，赫然殊觀，植髮衝冠。由此言之，精神之於形骸，猶國之有君也。神躁於中，而形喪於外，猶君昏於上，國亂於下也。

夫為稼於湯之世，偏有一溉之功者，雖終歸於火焦爛，必一溉者後枯。然則，一溉之益固不可誣也。而世常謂一怒不足以侵性，一哀不足以傷身，輕而肆之，是猶不識一溉之益，而望嘉穀於旱苗者也。是以君子知形恃神以立，神須形以存，悟生理之易失，知一過之害生。故修性以保神，安心以全身，愛憎不棲於情，憂喜不留於意，泊然無感，而體氣和平；又呼吸吐納，服食養身，使形神相親，表裏俱濟也。

夫田種者，一畝十斛，謂之良田，此天下之通稱也。不知區種可百餘斛。田、種一也，至於樹養不同，則功效相懸。謂商無十倍之價，農無百斛之望，此守常而不變者也。

且豆令人重，榆令人瞑，合歡蠲忿，萱草忘憂，愚智所共知也。薰辛害目，豚魚不養，常世所識所。虱處頭而黑，麝食柏而香，頸處險而癭，齒居晉而黃。推此而言，凡所食之氣，蒸性染身，莫不相應。豈惟蒸之使重而無使輕，害之使者而無使明，薰之使黃而無使堅，芬之使香而無使延哉？

故神農曰「上藥養命，中藥養性」者，誠知性命之理，因輔養以通也。而世人不察，惟五穀是見，聲色是耽，目惑玄黃，耳務淫哇，滋味煎其腑臟，醴醪鬻其腸胃，香芳腐其骨髓，喜怒悖其正氣，思慮銷其精神，哀樂殃其平粹。夫以蕞爾之軀，攻之者非一塗；易竭之眾，而外內受敵。身非木石，其能久乎？其自用甚者，飲食不節，以生百病；好色不倦，以致乏絕；風寒所災，百毒所傷，中道夭於眾難。世皆知笑悼，謂之不善持生也。至於措身失理，亡之於微，積微成損，積損成衰，從衰得白，從白得老，從老得終，悶若無端。中智以下，謂之自然。縱少覺悟，咸歎恨於所遇之初，而不知慎眾險於未兆。是由桓侯抱將死之疾，而怒扁鵲之先見，以覺痛之日，為受病之始也。害成於微，而救之於著，故有無功之治；馳騁常人之域，故有一切之壽。仰觀俯察，莫不皆然。以多自證，以同自慰，謂天地之理，盡此而已矣。縱聞養生之事，則斷以所見，謂之不然；其次狐疑，雖少庶幾，莫知所由；其次自力服藥，半年一年，勞而未驗，志以厭衰，中路復發。或益之以畎澮，而泄之以尾閭，欲坐望顯報者；或抑情忍欲，割棄榮頭，而嗜好常在耳目之前，所希在數十年之後，又恐兩失，內懷猶豫，心戰於內，物誘於外，交賒相傾，如此復敗者。

夫至物微妙，可以理知，難以目識。譬猶豫章生七年，然後可覺耳。今以躁競之心，涉希靜之塗，意速而事躓，望近而應遠，故莫能相終。

夫悠悠者既以未效不求，而求者以不專喪業，偏恃者以不兼無功，追術者以小道自溺。凡若此類，故欲之者萬無一能成也。善養生者則不然也，清虛靜泰，少私寡欲。知名位之傷德，故忽而不營，非欲而彊禁也；識厚味之害性，故棄而弗顧，非貪而後抑也。外物以累心不存，神氣以醇泊獨著。曠然無憂患，寂然無思慮。又守之以一，養之以和，和理日濟，同乎大順。然後蒸以靈芝，潤以醴泉，晞以朝陽，綏以五弦，無為自得，體妙心玄，忘歡而後樂足，遺生而後身存。若此以往，庶可與羨門比壽，王喬爭年，何為其無有哉！[16]

首段嵇康反駁世上有人認為神仙可以通過學習變成，不死可以經過努力實現。另一種說法：高壽至多一百二十歲，古今相同，超過壽限以上，皆為虛妄。嵇康認為這兩種說法都不符合實情。他試以粗略地論述這個問題。

第二段說明神仙雖然不能親眼所見，但是古代書籍裏記載，前代史書中傳說，都明白地論述神仙之事，神仙存在是必定的。似乎神仙們獨受異常之氣，稟承天然，並非久學所能實現。至於導氣養性得當，延長性命，長則獲一千多歲，短則大約數百歲，則是可以的。但是世人都不精於導氣養性之術，所以沒有什麼人能達到這樣的壽限。

第三段嵇康闡述：憑什麼證明這一點呢？通過服藥來發汗，有時卻不能出汗；但是羞愧之情一旦聚集，便大汗淋漓。整個早晨不食，就昏昏沈沈地想睡；而心懷深憂，便直至天亮也無法合眼。梳子用來理鬢，烈酒可以使顏面脹紅發熱，使用方法僅能得到這樣的結果；然而勇士發怒，卻能面容特殊異常壯觀，甚至頭髮豎立直衝冠帽。從這些方面說來，精神對於形體，好比國家君王一般。精神在內部躁亂不安，形體就會在外部遭到損害，猶如在上位的國君昏庸，國人便會在下作亂一樣。

第四段嵇康舉例說明：在商湯大旱之年種植莊稼，曾受過一回灌

16　戴明揚：《嵇康集校注》（北京市：人民出版社，1962年），頁29。

溉的莊稼，雖然最終難免枯死，但必然遲些時日枯萎。既然如此，灌溉一次的益處實在不可輕視。然而世人常說發怒一次不會侵害德性，悲哀一次不足以損傷身體，輕率而放肆自己的喜怒哀樂，這好比不明灌溉一次的益處，卻期望由枯萎的禾苗結出嘉好的稻穀一般。所以有才德的君子知道形體依恃精神而成立，精神需要憑藉形體才能存在，領悟容易喪失生機，明曉一過的危害。所以修養性情才能保持精神，安定心志才能健全身體，不耽溺在愛憎憂喜等情感中，清靜淡泊，沒有任何貪戀，從而使身體和諧脾氣平靜；又施行呼吸吐納的養生方法，服食丹藥，調養身體，使形體與精神互相結合，表裏都得到協調。

第五段繼續舉例：田種法，一畝收得十斛，就稱為良田，這是天下通稱。不知區種一畝可收一百多斛。田地、種子相同，由於種植培養的方法不同，功效就相差懸殊。說商人不能獲取十倍的價差，農夫沒有獲取百斛的希望，這是墨守常規而不知變通的看法。

第六段講述一些食材的功效：多吃豆令人身重，過食榆使人嗜睡，合歡可以叫人消除仇怨，萱草能夠讓人忘掉憂愁，愚者智者所共同知道的常識。葷辛傷害視力，有毒的河豚不宜飼養，這也是一般的人都懂得的道理。頭蝨凡居頭部會逐漸變黑，雄麝食柏藥能產生麝香，居住在山區頸部容易生癭，生活在晉地牙齒常會發黃。從這些事例推而論之，凡是所食之物，其氣皆能薰陶情志，染變形體，每一件事皆是互相呼應。難道只是多食豆使身體重滯而不能輕捷，多食蒜使眼睛傷害而不能使它明亮，多食棗使牙齒變黃而不能堅固，多食柏藥而使雄麝產生香氣而不能發出腥味嗎？

第六段總結，所以神農氏說：「上品藥滋養生命延年益壽，中品藥調理性格」的話，實在懂得性命的道理，並通曉保養。但是世人不明察，只看到五穀的作用，沉溺在歌舞女色之中，雙目被外界之物迷惑，兩耳喜歡淫邪之聲，濃厚滋味煎熬他們的臟腑，酒漿腐蝕他們的腸胃，香氣朽爛他們的骨髓，喜怒擾亂他們的正氣，思慮消耗他們的精神，哀樂禍害他們的純和之性。以藐小單薄的軀體，卻受到多方的攻伐；以容易耗竭的身子，卻遭致內外的夾擊。人身並非木石，怎麼能夠久長呢？

第七段繼續承接上段。那些過於剛愎自用的人，飲食不能節制，就發生各種疾病；貪戀女色不知厭倦，導致精力衰竭；風寒邪氣侵襲，各種毒物傷害，中途夭折在這些災難之下。世人都知道並嘲笑、哀憐，說他們不善於養生。至於養生失當，疏忽於致病的細微跡象，這些跡象累積就形成損傷，多次損傷便導致衰弱，由衰弱而髮白，由髮白而疲老，由疲老而終壽，竟迷迷糊糊地不明衰亡之因。中等才智以下的人，認為這些是自然現象。即使稍微醒悟，也都在得病時歎息悔恨，卻不知在病患未有徵兆時謹慎地防範各種危險。這好比齊桓侯身染致命的疾患；卻恚怒於扁鵲的先見之明，把感覺病痛的時候，作為患病之初。病害在剛露徵兆時已經形成，卻在其顯著時方才救治，所以有毫無功效的治療；奔競於常人之間，所以只能達到一般的壽限。全面觀察人間，皆是如此。一般人喜用多數人的情況來證實自己的看法，用與常人相同的壽限來安慰自己，認為天地間的事理，完全如此而已。有些人即使聽說養生之事，卻以一孔之見判斷，說它不可能有這樣的效果；其次，有些人感到狐疑，雖然稍微夙慕養生的精妙，但是不知道它的道理；又其次，有些人盡力服食丹藥，一年半載以後，用力辛勤卻未獲效驗，志意已經衰退厭倦，半途而廢。有的人補益身體好像田間小溝的的涓涓細流，而消耗正氣卻如海水歸處的奔騰洪流，還想坐待明顯的回報；有的人強抑感情隱忍欲望，捨棄宏願。而食色的嗜好常在耳目之前，養生的功效卻在數十年之後，又擔心兩者都要失去，心中猶豫不決，思想交爭於內，物欲引誘於外，食色嗜好與養生功效互相排擠，如此必然又導致失敗。

第八段探析：養生的道理精微深奧，可以從事理上推知，難以用眼睛來識別。譬如枕木、樟木生長到七年，然後方可分別。現在以急於求成之心，跨入清心寡欲之路，意圖速成卻事與願違，希望切近卻應和遙遠，所以不能堅持到底。

第九段指出多數人的盲點：眾多的人既由於不明養生的功效就不探索，而廣博探索的人因為不能專心就失去功業，偏執一端的人因為不全面施行養生方法就不獲成效，追求養生技術的人因為小道就自我沉迷。凡是像這幾種人，要速成長壽，萬人中沒有一人能成功。

最末結尾：善於養生的人就不是這樣，心地清淨虛無，精神專注通暢，減少私情欲望。知道名利地位傷害精神，所以忽略不求，並非在思想上貪求而在行動中強行克制；認識厚味危及生機，所以棄置不顧，並非內心貪戀然後抑制。名位厚味因能使心受害就不留存於心，精神氣魄因淳樸恬靜而特別飽滿。胸懷坦蕩沒有憂愁，心地寧靜沒有思慮。又用純一之理約束自己，用和諧之氣調養自己，和之氣與純一之理逐日增加，最終達到安定境界。然後用靈芝重蒸，用甘泉滋潤，用朝陽沐浴，用音樂安神，無所作為，自有所得，身體輕健，心境沈靜，忘掉物質的歡樂然後愉悅常足，擺脫形體的勞累然後身體長存。如此堅持下去，幾乎可同羨門、王喬比較年壽短長，怎麼說沒有這種可能性呢！

嵇康養生之理論大抵見於〈養生論〉及回覆向秀〈難養生論〉之〈答難養生論〉，〈養生論〉一篇可謂其養生理論之綱要，而〈答難養生論〉則是延伸及加強養生理論之續篇。嵇康養生觀可分為養神與養形二項加以討論。〈養生論〉的主旨在於精神層面之修養，是對內的修鍊工夫，嵇康於文章篇首即強調此觀念。

《嵇康集》十卷書中，篇篇含養生之理，提出「越名教而任自然」

的養生看法。魏晉之時，養生之學大興，但當時有兩種相對立的思想存在：一是認為修道可成仙，長生不老；二是認為生死全由天，半分不由人。嵇康針對這種現象，指出神仙不可能，如果導養得理，則安期、彭祖之論可及的看法。

在他的重要著作《養生論》中，他以導養得理可壽的總論點，提出了以下觀點：

一、形神兼養，重在養神。他舉例說明精神對人體影響甚鉅，指出「由此言之，精神之於形骸，猶國之有君也。」而中醫學也認為人以神為根本，神滅則形滅。嵇康直指養生根本在於重視精神力量。嵇康在此指出「神」作為引領身體的主導作用，其以曾子因哀傷便不思食，竟可至七日不感飢餓，或內心深懷憂慮，則勢必通宵難眠，又或者人因恚怒，致使面紅耳赤、怒髮衝冠，都是因為心理影響生理的種種表現，是以精神主導身體相當明顯。因此嵇康認為精神與身體之間，猶如一國之中有君王來領導一般，若精神煩躁，則生理自然頹喪，猶如一個國君昏昧亂政，則其國自然不治一般。在此不僅將精神引領生理之作用比喻的相當貼切，同時也確立形與神之間有著內與外之不同，內在即精神層面修養得宜，則外在之身體自然康健無疾。

二、養生要重一功元益，慎一過之害，全面進行。嵇康認為萬物稟天地而生，後天給予的養護不同，壽命也不盡相同，勿以益小而不為，勿以過小而為之，防微杜漸，提早預防，積極爭取長壽。而嵇康養神說之主要追求既在精神修養方面，那麼應當如何修養精神，便成為其養神說之主要目標。

嵇康認為養生之障礙主要在欲求上[17]，此特指過分追逐之欲求，

---

17 嵇康〈答難養生論〉將之歸結為五項，其云：「養生有五難：名利不滅，此一難也。喜怒不除，此二難也。聲色不去，此三難也。滋味不絕，此四難也。神慮轉發，此五難也。」

即不符合自然之性之追求，諸如對於功名利祿之執迷、或過度的喜怒哀樂，皆是養生之障礙。指出養神之要在於「清虛靜泰，少私寡欲」，一味追逐名聲地位自然對於自身德行有所傷害，故善養其神者必然忽而不營，其亦知珍食美饌乃損害自身之性者，故亦棄之不顧，並非是享盡聲名或嚐厭美食後不求，而是善養神者一開始便知道這些欲求對於自身精神修養是有害的，故而略之不求，斷棄一切過度之欲求，如此精神才可無憂慮，保持內心之純淨，此方可使心「虛一而靜」，見於大道[18]。

三、指出若不注重養生，耽聲色，溺滋味，七情太過，則易夭折。「夫以蕞爾之軀，攻之者非一塗；易竭之身，而內外受敵，身非木石，其能久乎？」又嵇康認為過度欲求之根源乃來自人「智用」之結果，是以其有云：

> 難曰（向秀所難）：感而思室，飢而求食，自然之理也。誠哉是言！今不使不室不食，但欲令室食得理耳。夫不慮而欲，性之動也；識而後感，智之用也。性動者，遇物而當，足則無餘；智用者，從感而求，倦而不已。故世之所患，禍之所由，常在於智用，不在於性動[19]。

---

18 在此「守一」、「養和」之說乃來自莊子，見郭慶藩輯：《莊子集釋》（北京市：中華書局，1961年），頁420。「我守其一以處其和」的「一」乃指道，「和」即是調和，此謂修養之境界需化去執著，並調和情緒，使之歸於虛靜也，嵇康養神之說受莊子影響。牟宗三：《才性與玄理》（臺北市：臺灣學生書局，1989年），頁327，「『清虛靜泰，少私寡欲』，即心『虛一而靜』也。」按：嵇康康養神之說本來自於道家思想，故「虛一而靜」亦即其工夫論之基調。而「虛一而靜」之語原出於荀子，而荀子之所以有此觀念當是受了道家之影響，牟先生在此藉荀子之語作為解釋，亦是有其見道處在者。

19 戴明揚：《嵇康集校注》，頁174。而不足。不以榮華肆志，不以隱約趨俗。混乎與萬物並行，不可寵辱，此真有富貴也。

嵇康指出人有追求配偶之情愫以及飢餓便思食，這是很自然的需求現象，然而在追求以上條件時，亦必須要合於養生之要求，過之者則可謂之縱欲。他認為不經過思考而有的行為，是很自然的反應，是自然之性，但是經過思考所起之欲念，則是用智之結果，而依乎本性而動者，只要滿足基本欲求之後便無所追求，而用智者則隨自身情感過分的追求，不知節制。是以因為用智，遂使人運用智謀來相互爭奪，為滿足自身利益，而使社會機詐百出，你爭我奪，皆是因為人利用智慧互相爭鬥之結果。嵇康認為要解決此亂象必須要「知足」：

> 故世之難得者，非財也，非榮也，患意之不足耳！意足者，雖耦耕甽畝，被褐啜菽，莫不自得。不足者雖養以天下，委以萬物，猶未愜然。則足者不須外，不足者無外之不須也。無不須，故無往而不乏；無所須，故無適

只要自足，則不會有過度追求錢財榮華，對於養生是一種危害，且知足之人，對於榮利財富不屑一顧，因為真難得者，乃是自身精神境界之提升，而非物質世界給予自己滿足，知足者才是真富貴者，知足而後心意自無他求，是以意足，如此心意即自足，老子：「禍莫大於不知足，咎莫大於欲得，故知足之足，常足矣[20]。」其所逑說者即與嵇康此意同致。

嵇康養神之法以除去過度欲求為主要工夫，是在心上做工夫[21]，是道家的心靈修為，而其亦雅好音樂，遊歷山澤[22]，亦是陶冶性靈的

20　〔魏〕王弼等注：《老子四種．四十六章》（臺北市：大安出版社，1999 年），頁 40。

21　此牟宗三先生語，見《才性與玄理》，頁 327。

22　參孫世民：〈嵇康養生論探析〉《興大人文學報》第 38 期（2007年），頁154。孫先生探討嵇康養神說極為廣泛，其分析嵇康養神之法亦加入遊歷山澤，觀覽魚鳥，以及彈琴或寫詩等，。

休閒活動，山澤可視為道家人格喜愛自由及藝術的一種表現，以上乃論述養神法部分，下文將繼續論述養形之法。

嵇康養形之說主要來自道教的修鍊之術，其修鍊目的在於長生不死以及羽化登仙，道教修鍊之法簡言之即「導引服食」，「導引」者乃一種類似體操的養生氣功，而「服食」則是食用藥物以達長生不死之效。以下分列論述嵇康養形說之內容：嵇康養生論中大多以服食之事為主，嵇康受道教之術影響，認為服食藥物可以達到延年益壽之效，此段嵇康指出一般人常食用之作物，其實對於修養身體並無什麼益處，且又指出人多耽於聲色，惑於五彩，這些外在物質，對於修養身體不但無益反而有大害，因此他認為必須要服食上藥，才有延年益壽之功。道教服食之術認為凡物之屬性，可以藉由食用而使人獲得該物之屬性[23]，故上藥所以能養命者，即在於其有特殊的屬性。魏晉之時有服食五石散之風尚，五石散乃是由各種礦物所組成的藥，其成分大多是硃砂，甚至有黃金及其他礦物。道教養生說相信人與自然皆本源於宇宙的原一之氣，人的物性結構與自然界的物性結構有類比的相似性[24]，礦物所以能千年不壞者，其必然有長生之效，照屬性傳達的原理來說，古人自然相信服食礦物可以達到長生；認為服食天地間長存之物之精華可以調理人的體質，甚至可以長生不死[25]。而嵇

23 見李豐楙〈嵇康養生思想之研究〉，《靜宜學報》第2期（1979年6月），頁23。其引威伯特「屬性傳達原理」，認為古代巫術之思考原則相信某一事物之屬性經由接觸傳染，可傳達其屬性予另一事物。

24 參見曾春海《竹林玄學的典範——嵇康》（臺北市：輔仁大學出版社，1994年），頁141。

25 如葛洪《抱朴子內篇．仙藥》：「神農四經曰，上藥令人身安命延，昇為天神，遨遊上下，使役萬靈，體生毛羽，行廚立至。」而葛洪隨後又言所謂上藥之屬大約如下：「仙藥之上者丹砂，次則黃金，次則白銀，次則諸芝，次則五玉，次則雲母，次則明珠，次則雄黃，次則太乙禹餘糧，次則石中黃子，次則石桂，次則石英，次則石腦，次則石硫黃……」引自王明：《抱朴子內篇校釋》（北京市：中華書局，

康亦具體指出服食哪些東西有延年益壽之效：豈若流泉甘醴，瓊蕊玉英，金丹石菌，紫芝黃精。皆眾靈含英，獨發奇生；貞香難歇，和氣充盈；澡雪五臟，疏徹開明。吮之者體輕[26]。此段敘述者如「瓊蕊玉英」、「金丹石菌」等，皆是自然界礦物，嵇康認為這些東西經過自然界長久的培育，吸收天地間靈氣，服食之後可以改變身體狀況，甚至可以達到洗淨五臟六腑，或使身體感到輕盈，並令精神通明豁達。嵇康認為「世人不知上藥良於稻稷」，而僅食五穀，不知道這些上藥可以改善人之體質，並將五穀帶給人體的穢惡之氣排除。嵇康此理之依據乃在上藥難得，而五穀易植，難得之物勢必能改善人類之氣性，是以〈答難養生論〉中還舉出許多修鍊成功之仙人為例，表示服食這些上藥可以改變人的體質，體質氣性藉由藥物的滋養，便能與仙人一般[27]。

四、嵇康還告誡養生者要有信心，堅持不懈，否則就不易有效。還要以善養生者為榜樣，積極吸取好的養生方法，清心寡欲，守一抱真，並「蒸以靈芝，潤以醴泉，晞以朝陽，綏以五弦」，就可以「與羨門比壽，與王喬爭年」。

嵇康自己也身體力行，王戎云：「與嵇康居二十年，未嘗見其喜慍之色。」（《世說新語．德行》）他自己提的理論，幾乎條條做到，嵇中散語趙景真：「卿瞳子白黑分明，有白起之風，恨量小狹。」趙

1985年），頁196。其所謂上藥之類者，大多以礦物為主。古人對於礦物之永久性有助於長生深信不疑，故奉之為上藥。

26 戴明揚：《嵇康集校注》，頁184。

27 嵇康〈答難養生論〉：「故赤斧以練丹赬髮，涓子以朮精久延，偓佺以松實方目，赤松以水玉乘煙，務光以蒲韭長耳，邛疏以石髓駐年，方回以雲母變化，昌容以蓬蔂易顏。若此之類，不可詳載也。孰云五穀為最，而上藥無益哉？」引自戴明揚：《嵇康集校注》，頁185。以仙人多服食妙物為例，表示服食這些妙物，有可能成仙長壽。

雲：「尺表能審璣衡之度，寸管能測往復之氣。何必在大，但問識如何耳。」（《世說新語．言語》）但卻犯「營內而忘外」一忌，最終受人誣陷而遇害。

而服食上藥只是養形之法之一，若人只服上藥而不注意自身之調養，則服食再多上藥亦無濟於養生，因此嵇康又認為：久慍閑居，謂之無歡；深恨無觴，謂之自愁；以酒色為供養，謂長生為無聊。然則子之所以為歡者，必結駟連騎，食方丈於前也。夫俟此而後為足，謂之天理自然者，皆役身以物，喪志於欲，原性命之情，有累於所論矣。夫渴者唯水之是見，酌者唯酒之是求，人皆知乎生於有疾也。今若以從欲為得性，則渴酌者非病，淫湎者非過，桀蹠之徒皆得自然，非本論所以明至理之意也[28]。

應向秀「順欲」[29]之說而發，嵇康提出養生有五難，其中「聲色不去」、「滋味不絕」二者，乃就人的生理傾向而論，其意指人若認為縱情於聲色酒肉乃自然之事，則必然害於自身之性情。就人的基本需求而言，縱使無聲色之饗，或酒肉之歡，亦無害於生命的存續。然而人若過分縱情於聲色或物質享受，則必會傷害到自然之性，更是大大的傷害了養生之道。嵇康肯定人有基本需求的，然而過度的物質追求，則非其所希望者，基於道家隨順自然之立場，對於會傷害自然本性。滋味、聲色自須加以排遣，方符合理性否則即如嵇康所論，桀蹠

28　戴明揚：《嵇康集校注》，頁188。

29　向秀所謂「順欲」，其〈難養生論〉：「且夫嗜欲，好榮惡辱，好逸惡勞，皆生於自然。夫天地之大德曰生，聖人之大寶曰位。崇高莫大於富貴，然富貴，天地之情也。……且生之為樂，以恩愛相接，天理人倫，燕婉娛心，榮華悅志，服饗滋味，以宣五情，納禦聲色，以達性氣，此天理自然，人之所宜，三王所不易也。」引自戴明揚：《嵇康集校注》，頁162-166。按向秀之說以為人一切嗜欲好惡，皆乃自然之性，然其未曉人欲若過份發展，則人人各縱其所欲，必有害於人與人之和諧相處，故而嵇康反之。

之徒鎮日沉湎於聲色酒肉，其道亦符合於自然，因此人須在適度的物質需求下，節制自身過分追求享受的心理，此方可謂之自然。

總結以上所論，嵇康養形之說可分為二層次來討論，一是服食妙物以期長生久壽，一是節制對聲色滋味之欲求以待上藥之功，二者需相輔相成，始可延年益壽。

呂安之妻貌美，被呂安的兄長呂巽迷姦，呂安憤恨之下欲狀告呂巽。嵇康與呂巽、呂安兄弟均有交往，故勸呂安不要揭發家醜，以全門第清譽。但呂巽害怕報復，遂先發制人，反誣告呂安不孝，呂安遂被官府收捕。嵇康義憤，遂出面為為呂安作證，觸怒大將軍司馬昭。此時，與嵇康素有恩怨的鍾會，趁機勸說司馬昭，將呂安、嵇康都處死。

嵇康臨刑前，三千名太學生聯名上書，求司馬昭赦免嵇康，並讓其到太學講學，但並未獲准。在刑場上，嵇康顧視日影，從容彈奏〈廣陵散〉，曲罷歎道「廣陵散於今絕矣」，隨後赴死，時年三十九。[30]

嵇康的祖先原本姓奚，住在會稽上虞（今浙江省紹興市上虞市），後為躲避仇家，遷徙到譙國的銍縣（今安徽省淮北市濉溪縣），並改姓為嵇[31]。嵇氏家族是一個儒學世家[32]，因此嵇氏家族被認為屬於社會上層的士族。但是也有觀點對此提出質疑，認為本來沒有改姓一事，嵇氏本為賤姓，謊稱是由貴姓奚氏改姓，以提高自己家族的

---

30 《世說新語‧雅量》：嵇中散臨刑東市，神氣不變，索琴彈之，奏廣陵散。曲終，曰：「袁孝尼嘗請學此散，吾靳固不與，廣陵散於今絕矣！」太學生三千人上書，請以為師，不許。文王亦尋悔焉。

31 關於為何改「奚」為「嵇」。一種說是取「稽」字之形，「奚」字之音，以暗示家族本出於會稽奚氏。另一種是說銍縣有嵇山，於是以山為名。《世說新語‧德行》劉孝標註引王隱《晉書》曰：「以出自會稽，取國一支，音同本奚焉。」《世說新語‧德行》劉孝標註引虞預《晉書》曰：「銍有嵇山，家於其側，因氏焉。」

32 《三國志》裴松之引嵇喜撰《康別傳》：「家世儒學」。

地位。嵇氏因與魏武帝曹操同鄉，在東漢末年戰亂時參與到曹魏政權中，實際上是在嵇康父親那一輩才開始發跡的[33]。

嵇康的父親名叫嵇昭，字公遠，在曹魏擔任督軍糧治書侍御史[34]，他在嵇康年幼時便已經去世，嵇康由母親和兄長撫養長大。嵇康有資料可考的兄弟有兩位。其中兄長嵇喜在歷史上有明文記載，他在西晉時擔任揚州刺史、太僕、宗正等重要官職[35]。他與嵇康之間作有〈贈兄喜秀才入軍詩〉等組詩互相贈答。在贈答中嵇喜表現出與嵇康截然不同的積極入世的態度，使得後世猜測政治立場與價值觀的分歧對二人的兄弟關係產生負面影響[36]。嵇康的另一位兄長，即撫養嵇康的那位兄長，在歷史上並沒有留下姓名和事蹟，曾經一度被認為就是嵇喜[37]。然而學者們根據對相關資料的分析認為這位撫養嵇康的兄長應該比嵇喜更為年長，而且更早去世，因而確認他的存在[38]。他與母親一同撫養嵇康，對嵇康影響巨大。嵇康也對他感情深厚，曾在

33　侯外廬：《中國思想通史》（北京市：人民出版社，1956年），「嵇喜所作康傳，則極其籠統地說「家世儒學」。俱未舉出其先世有怎麼輝煌的人物，似從其父起，才發跡起來，這是很可疑的。……考康家居譙國，乃曹魏發跡之地，則自其父由賤族而攀附升騰，實極為可能之事。」

34《三國志》裴松之注引《嵇氏譜》。

35　同前註。

36　莊萬壽著：《嵇康研究及年譜》（臺北市：臺灣學生書局，1990年），頁23，「大概在年少時兩人的感情還不錯……但由此可見他對嵇喜所執的絕望態度。」

37《元和姓撰》卷三，「嵇姓譙郡銍縣」下校文：「康乃少孤為其兄公穆所育」。

38　莊萬壽著：《嵇康研究及年譜》，19頁：「最重要的是嵇喜還出現在《晉書・武帝紀》太康三年（282年）九月裡……這一年距嵇康之死已經十九年，如嵇喜是撫養嵇康的哥哥則至少已經七十二歲，早超過七十歲的退休年齡。……所以我們看嵇喜絕不是嵇康長兄，而且年齡大嵇康不多。」劉志偉：〈嵇康兄弟之謎與兄弟關係考辨〉，《西北師大學報》第1期（1995年），「……可知他有一位哥哥在他三十八歲時或稍前的時間，已經去世。這位哥哥顯然不是指嵇喜。……《晉書》卷三十八《齊王傳》記載，當齊王攸，「居文帝喪，哀毀過禮」時，司馬嵇喜進諫……可知，嵇喜在嵇康死後，直到晉初仍然活著。綜上，嵇康有兩位哥哥可以無疑。」

〈答二郭詩〉等作品中多次提及他們的養育之恩。後來這位兄長與母親都先於嵇康去世，嵇康在〈與山巨源絕交書〉與〈思親詩〉中敘述自己深深的悲痛。

嵇康的父親早在他還是嬰兒時就去世，母親與哥哥在撫養他時偏於嬌慣而缺乏嚴格管束，他自己在〈幽憤詩〉中敘述因此養成桀驁不馴的自由性格[39]。根據記載嵇康在年少時便顯示出過人的聰慧，他並沒有通過拜師或者進入學校來接受正統的儒家教育，而是通過自學來完成早期教育的[40]，與其良好的家庭文化環境有關[41]。嵇康所涉獵內容十分廣泛，包括歷史、音樂以及後來對他影響深遠的老莊學說等各個方面，令他在後來的日子裡贏得多才多藝的讚譽，向秀〈思舊賦〉序：「嵇博綜技藝，於絲竹特妙。」

家族的財產與兄長的照顧，嵇康的早年過著優裕的生活，〈答二郭詩〉：「昔蒙父兄祚，少得離負荷」。雖然容姿俊美，才華出眾，但他卻不願修飾儀表培植聲譽，為謀求仕進做準備，而是過著自由自在特立獨行的生活，《嵇康別傳》：「少有俊才，曠邁不群，高亮任性，不脩名譽，寬簡有大量。」成年後的嵇康迎娶了曹魏宗室女長樂亭主[42]為妻，官拜郎中，後又遷至中散大夫。這些官職都是清淨閒散的職務。

39　嵇康〈幽憤詩〉：「嗟余薄祜。少遭不造。哀煢靡識。越在襁褓。母兄鞠育。有慈無威。恃愛肆姐。不訓不師。爰及冠帶。憑寵自放。抗心希古。任其所尚。」

40　臧榮緒《晉書》：「幼有奇才，博覽無所不見。」

41　童強：《嵇康評傳》（南京市：南京大學出版社，2006年），頁70。原文：「嵇康早年並沒有像漢代經生一樣，負笈千里，授業名師，其早期教育可能是在家裡完成的。若是這樣，嵇喜在傳記中所說的『家世儒學』就不是泛泛之言了。」

42　關於長樂亭主的身分，一說為魏武帝曹操的兒子沛王曹林的女兒，一說為曹林的孫女。《文選》卷十六，江淹《恨賦》注引王隱《晉書》，原文：「嵇康妻，魏武帝孫穆王林之女也。」《三國志．沛穆王林傳》注，原文：「按《嵇氏譜》，嵇康妻，林子之女也。」

嵇康在獄中反思自己的人生寫下〈幽憤詩〉，並為告誡兒子嵇紹寫下〈家誡〉：

> 人無志，非人也。但君子用心所欲，準行自當。量其善者，必擬議而後動。若志之所之，則口與心誓，守死無貳。恥躬不逮，期於必濟。若心疲體解，或牽於外物，或累於內欲；不堪近患，不忍小情，則議於去就。議於去就，則二心交爭。二心交爭，則向所以見役之情勝矣。或有中道而廢，或有不成一匱而敗之。以之守則不固，以之攻則怯弱。與之誓則多違，與之謀則善泄。臨樂則肆情，處逸則極意。故雖繁華熠耀，無結秀之勳；終年之勤，無一旦之功。斯君子所以歎息也。若夫申胥之長吟，夷叔之全潔，展季之執信，蘇武之守節，可謂固矣。故以無心守之安，而體之，若自然也。乃是守志之盛者耳。所居長吏，但宜敬之而已矣，不當極親密，不宜數往，往當有時。其有眾人，又不當獨在後，又不當宿。所以然者，長吏喜問外事，或時發舉，則怨者謂人所說，無以自免也。若行寡言，慎備自守，則怨責之路解矣。其立身當清遠。若有煩辱，欲人之盡命，托人之請求，當謙言辭謝，其素不預此輩事，當相亮耳。若有怨急，心所不忍，可外違拒，密為濟之。所以然者，上遠宜適之幾，中絕常人淫輩之求，下全束修無累之稱；此又秉志之一隅也。凡行事先自審其可：若於宜，宜行此事，而人欲易之，當說宜易之理。若使彼語殊佳者，勿羞折遂非也；若其理不足，而更以情求來守。人雖複云云，當堅執所守，此又秉志之一隅也。不須行小小束修之意氣，若見窮乏，而有可以賑濟者，便見義而作。若人從我有所求欲者，先自思省：若有所損廢多，於今日所濟之義少，則當權其輕重，而

距之。雖復守辱不已，猶當絕之。然大率人之告求，皆彼無我有，故來求我，此為與之多也。自不如此，而為輕竭。不忍面言，強副小情。未為有志也。夫言語，君子之機，機動物應，則是非之形著矣。故不可不慎。若於意不善了，而本意欲言，則當懼有不了之失，且權忍之。已後視向不言此事，無他不可，則向言或有不可；然則能不言，全得其可矣。且俗人傳吉傳凶疾，又好議人之過闕，此常人之議也。坐中所言，自非高議。但是動靜消息，小小異同，但當高視，不足和答也。非義不言，詳靜敬道，豈非寡悔之謂？人有相與變爭，未知得失所在，慎勿豫之也。且默以觀之，其是非行自可見。或有小是不足是，小非不是非，至竟可不言以待之。就有人問者，猶當辭以不解。近論議亦然。若會酒坐，見人爭語，其形勢似欲轉盛，便當無何舍去之。此將鬥之兆也。坐視必見曲直，倘不能不有言，有言必是在一人，其不是者，方自謂為直，則謂曲我者有私於彼，便怨惡之情生矣；或便獲悖辱之言，正坐視之大見是非，而爭不了，則仁而無武，二義無可，故當遠之也。然大都爭訟者，小人耳。正復有是非，共濟汗漫，雖勝可足稱哉？就不得遠取醉為佳。若意中偶有所諱，而彼必欲知者，若守大已，或劫以鄙情，不可憚此小輩，而為所攙。引以盡其言。今正堅語，不知不識，方為有志耳，自非知舊鄰比，庶幾已下，欲請呼者，當辭以他故，勿往也。外榮華則少欲，自非至急，終無求欲，上美也。不須作小小卑恭，當大謙裕；不須作小小廉恥，當全大讓。若臨朝讓官，臨義讓生，若孔文舉求代兄死，此忠臣烈士之節。凡人自有公私，慎勿強知人知。彼知我知之，則有忌於我。今知而不言，則便是不知矣。若見竊語私議，便舍起，勿使忌人也。或時逼迫，強與我共說。若其

> 言邪險，則當正色以道義正之。何者？君子不容偽薄之言故也。及一旦事敗，便言某甲昔知吾事，是以宜備之深也。凡人私語，無所不有，宜預以為意，見之而走者。或偶知其私事，與同則可，不同則彼恐事泄，思害人以滅跡也。非意所欽者，而來戲調，蚩笑友人之闕者，但莫應從小共，轉至於不共；而勿大求矜趨，以不言答之。勢不得久，行自止也。自非監臨相與，無他宜適，有壺榼之意，束修之好，此人道所通，不須逆也。過此以往，自非通穆。匹帛之饋，車服之贈，當深絕之。何者？常人皆薄義而重利，今以自竭者，必有為而作損，貨徼歡施而求報，其俗人之所甘願，而君子之所大惡也。又慎不須離樓，強勸人酒。不飲自已，若人來勸，己輒當為持之，勿稍逆也。見醉熏熏便止，慎不當至困醉，不能自裁也。

表現出了其臨終前之思考，其言也善，以自身經驗教子：如何在守志與明哲保身之間取得平衡。嵇康教子立志，動靜準行，取其善者，不可累於私慾，當堅守心志，固守不貳，不可中途而廢，否則三心二意，或妥協懈怠，或未成一簣，則困於攻守，二心交爭，毀盡事謀，終難有成就。嵇康告誡兒子非義不言，詳靜敬道，但如果仁而無武，於義無可，便應當遠離保身。對於不必要的邀請，當推辭；亦不貪求外在的榮華，乃為上美。不僅要宏行寡言，靜退自守，嵇康在文中亦諄諄告誡嵇紹要有為有守，堅執所守，適度地有所堅持。當他人所言邪險時，則當正色以道義正之。然而，卻也不必太過義正嚴辭而不近人情。

嵇康兼顧及了立身處世中的多方面向，其思想中深涵儒家仁義禮智信的內蘊，具有儒家知識分子的理性良知與自覺，無法遺世獨立而做遁世隱者，對於自己將來可能死於非罪也並非全無所預知，所以最終能於於東市從容就義而無所懼[43]。他一方面希望兒子仍要秉持儒家精神立身處世，一方面希望兒子要避嫌遠禍。嵇康自己拒絕當官，但卻教導兒子如何涉世當官；自己嚮往道家安時處順，自得逍遙的境界[44]，性格曠達不羈，任蕩譏俗，蔑視禮教，但勉誨兒子要寡言慎備，心口一致，行事處世要有禮有節，注重世俗人情，慎言篤行，避嫌遠禍，但不忘忠孝仁義，他自己的精神追求是見義為仁，所以他勇於挺身而出為好友呂安辯護而遭禍。

死亡是生命之必然，差別只是時間的早或晚，但重要的是生的意義和死的價值，當他無法改變來自於外力的死亡方式，但他可以憑自己的思想和意念而抉擇如何接受其死亡的意義和價值，誠如孟子所謂：「盡其道而死者，正命也」[45]精神之展現。嵇康同時具備見義為仁的儒家精神和面對死亡時安時處順的道家生命境界，正是玄學儒道會通另一種樣貌側影的呈現，也是嵇康那種卓爾不群之生命情調的展現，剛強嫉惡，遇事便發的嵇康又豈會為了頤養天年而壓抑內在仁心義心之感發？無懼於司馬氏集團強權統治下的的死亡威脅，嵇康勇敢地選擇了捨生取義，超越了死為的威脅與恐懼，死於他自己的「顯明臧否」。對於自己的死法，嵇康從容就義，沒有懊悔[46]。

林下諸賢，各有俊才子：籍子渾，器量弘曠；康子紹，清遠雅

43　見曾春海：《竹林玄學的典範——嵇康》，頁106-109。

44　嵇康〈幽憤詩〉：「……抗心希古，任其所尚。托好老莊，賤物貴身。志在守樸，養素全真……」。戴明揚校注：《嵇康集校注》，頁27。

45　〔清〕阮元校勘，〈孟子・盡心〉，《十三經注疏》（北京市：中華書局，1980年），頁228。

46　嵇康〈四言贈兄秀才入軍詩十八首〉之十八：「流俗難悟，逐物不還。至人遠鑒，歸之自然。萬物為一，四海同宅。與彼共之，予何所惜。生若浮寄，暫見忽終。世故紛紜，棄之八戎。澤雉雖饑，不願園林。安能服御，勞形苦心。身貴名賤，榮辱何在。貴得肆志，縱心無悔」，可見其生命情志思想之面貌。戴明揚校注：《嵇康集校注》，頁19-20。

正；濤子簡，疏通高素；咸子瞻，虛夷有遠志；瞻弟孚，爽朗多所遺；秀子純、悌，並令淑有清流；戎子萬子，有大成之風，苗而不秀；唯伶子無聞。凡此諸子，唯瞻為冠，紹、簡亦見重當世。（《世說新語・賞譽》）

嵇康被誅後，山公舉康子紹為秘書丞。紹諮公出處，公曰：「為君思之久矣。天地四時，猶有消息，而況人乎？」（《世說新語・政事》）在嵇康臨死之前，沒有把自己的一雙兒女託付給自己的哥哥嵇喜，沒有託付給他敬重的阮籍，也沒有交給向秀，而是託付給山濤，並且對自己的兒子說：「山公尚在，汝不孤矣。」（一說「巨源在，汝不孤矣。」）嵇康死後，山濤對待嵇康的兒子視如己出。山濤沒有辜負嵇康的重托，一直把嵇康的兒子養大成才。山濤和王戎，在嵇康被殺害之後，對嵇紹一直都特別的照顧。他們盡到朋友應盡的道義與責任，使得嵇紹即使失去父親，卻還擁有他們慈父般的關懷與教導，這便是成語「嵇紹不孤」的由來。十八年後，嵇康的兒子嵇紹也在山濤的大力舉薦下，被晉武帝「發詔徵之」，後來還成為晉朝的忠臣。朋友之間感人至深的信義與友情，也成為千古傳揚的佳話。

其子嵇紹，後為晉朝之侍中，八王之亂中為保護晉惠帝而殉難。嵇紹因天子流亡在外，接奉詔書馳往行駕住處。恰逢王師在蕩陰戰敗，惠帝臉部受傷，中三箭，百官及侍衛人員都紛紛潰逃，只有嵇紹莊重地端正冠帶，挺身保衛天子，司馬穎的軍士把嵇紹按在馬車前的直木上。惠帝說：「這是忠臣，不要殺他！」軍士回答道：「皇太弟（司馬穎）的命令，只是不傷害陛下一人而已！」於是殺害嵇紹，血濺到惠帝的衣服上，惠帝為他的死哀痛悲歎。等到戰事平息，侍從要浣洗御衣，惠帝說：「這是嵇侍中的血，不要洗去。」[47]

47《晉書・卷八十九》：尋而朝廷復有北征之役，征紹，複其爵位。紹以天子蒙塵，承

附錄《三國志》

嵇康磚畫像

時又有譙郡嵇康，文辭壯麗，好言老、莊，而尚奇任俠。至景元中，坐事誅。康字叔夜。案嵇氏譜：康父昭，字子遠，督軍糧治書侍御史。兄喜，字公穆，晉揚州刺史、宗正。喜爲康傳曰；「家世儒學，少有俊才，曠邁不群，高亮任性，不脩名譽，寬簡有大量。學不師授，博洽多聞，長而好老、莊之業，恬靜無欲。性好服食，嘗采御上藥。善屬文論，彈琴詠詩，自足於懷抱之中。以爲神仙者，稟之自然，非積學所致。至於導養得理，以盡性命，若安期、彭祖之倫，可以善求而得也；著養生篇。知自厚者所以喪其所生，其求益者必失其性，超然獨達，遂放世事，縱意於塵埃之表。撰錄上古以來聖賢、隱逸、遁心、遺名者，集爲傳贊，自混沌至於管寧，凡百一十有九人，蓋求之於宇宙之內，而發之乎千載之外者矣。故世人莫得而名焉。」虞預晉書曰：康家本姓奚，會稽人。先自會稽遷於譙之銍縣，改爲嵇氏，取「嵇」字之上，「山」以爲姓，蓋以志其本也。一曰銍有嵇山，家於其側，遂氏焉。魏氏春秋曰：康寓居河內之山陽縣，與之遊者，未嘗見其喜慍之色。與陳留阮籍、河內山濤、河南向秀、籍兄子咸、琅邪王戎、沛人劉伶相與友善，游於竹林，號爲七賢。鍾會爲大將軍所昵，聞康名而造之。會，名公子，以才能貴幸，乘肥衣輕，賓從如雲。康方箕踞而鍛，會至，不爲之禮。康問會曰：「何所聞而來？何所見而去？」會曰：「有所聞而來，有

詔馳詣行在所。值王師敗績於蕩陰，百官及侍衛莫不散潰，唯紹儼然端冕，以身捍衛，兵交御輦，飛箭雨集，紹遂被害於帝側，血濺御服，天子深哀歎之。及事定，左右欲浣衣，帝曰：此嵇侍中血，勿去。

所見而去。」會深銜之。大將軍嘗欲辟康。康既有絕世之言，又從子不善，避之河東，或云避世。及山濤爲選曹郎，舉康自代，康答書拒絕，因自說不堪流俗，而非薄湯、武。大將軍聞而怒焉。初，康與東平呂昭子巽及巽弟安親善。會巽淫安妻徐氏，而誣安不孝，囚之。安引康爲證，康義不負心，保明其事，安亦至烈，有濟世志力。鍾會勸大將軍因此除之，遂殺安及康。康臨刑自若，援琴而鼓，既而歎曰：「雅音於是絕矣！」時人莫不哀之。初，康采藥於汲郡共北山中，見隱者孫登。康欲與之言，登默然不對。逾時將去，康曰：「先生竟無言乎？」登乃曰：「子才多識寡，難乎免於今之世。」及遭呂安事，爲詩自責曰：「欲寡其過，謗議沸騰。性不傷物，頻致怨憎。昔慚柳下。今愧孫登。內負宿心，外赧良朋。」康所著諸文論六七萬言，皆爲世所玩詠。康別傳云：孫登謂康曰：「君性烈而才俊，其能免乎？」稱康臨終之言曰：「袁孝尼嘗從吾學廣陵散，吾每固之不與。廣陵散於今絕矣！」與盛所記不同。又晉陽秋云：康見孫登，登對之長嘯，逾時不言。康辭還，曰：「先生竟無言乎？」登曰：「惜哉！」此二書皆孫盛所述，而自爲殊異如此。康集目錄曰：登字公和，不知何許人，無家屬，於汲縣北山土窟中得之。夏則編草爲裳，冬則被髮自覆。好讀易鼓琴，見者皆親樂之。每所止家，輒給其衣服食飲，得無辭讓。世語曰：毌丘儉反，康有力，且欲起兵應之，以問山濤，濤曰：「不可。」儉亦已敗。臣松之案本傳云康以景元中坐事誅，而干寶、孫盛、習鑿齒諸書，皆云正元二年，司馬文王反自樂嘉，殺嵇康、呂安。蓋緣世語云康欲舉兵應毌丘儉，故謂破儉便應殺康也。其實不然。山濤爲選官，欲舉康自代，康書告絕，事之明審者也。案濤行狀，濤始以景元二年除吏部郎耳。景元與正元相較七八年，以濤行狀檢之，如本傳爲審。又鍾會傳亦云會作司隸校尉時誅康；會作司隸，景元中也。干寶云呂安兄巽善於鍾會，巽爲相國掾，俱有寵於司馬文王，故遂抵安罪。尋文王以景元四年鍾、鄧平蜀後，始授相國位；若巽爲相國掾時陷安，焉得以破毌丘儉年殺嵇、呂？此又干寶疏謬，自相違伐也。康子紹，字延祖，少知名。山濤啓以爲秘書郎，稱紹平簡溫敏，有文思，又曉音，當成濟者。帝曰；「紹如此，便可以爲丞，不足復爲郎也。」遂歷顯位。晉諸公贊曰：紹與山濤子簡、弘農楊准同好友善，而紹最有忠正之情。以侍中從惠帝北伐成都王，王師敗績，百官皆走，惟紹獨以身捍衛，遂死於帝側。故累見褒崇，追贈太尉，諡曰忠穆公。

（二）阮籍

阮籍，字嗣宗，「竹林七賢」之一，他是魏朝創作戰爭詩自身比例較低者。創作比例之所以低的原因，有一部分是與嵇康一樣的因素，他生於東漢獻帝建安十五年（西元210年），卒於魏陳留王景元四年（西元263年），與嵇康的活動時期相差不多，所處的時代環境也大抵一致，戰爭雖未停止，但三國各自鞏固內部，發展經濟，國勢相對於東漢末年與魏朝初期穩定得多，文人創作戰爭詩的意願自然減低。而且政治鬥爭漸趨激烈，文人大多投入其中。

阮籍的戰爭詩在數量上與比例上略多於嵇康，則從以下幾點與嵇康在思想性格上的不同，可以窺知一二。首先，阮籍不像嵇康那樣力主聽任自然而反對虛偽的名教，對於虛偽的禮教招牌，給予尖銳的批判，而是對於儒道二家採取調和折衷的態度，在理想上屬於道家，現實則屬於儒家，如〈樂論〉中的原則與出發點是道家思想，但論述音樂教育作用時，則採取儒家的禮樂教化思想。〈通易論〉用自然之道來解釋易經，但又採取傳為周公所著《繫辭》的觀點。徐麗霞在其碩士論文〈阮籍研究〉中，第二章「阮籍之行事」曾謂阮籍行事為「反對禮法」、「依違儒道」、「蹭蹬仕途」[48]。前兩項也就說明了阮籍批判不顧國家、只圖私利的禮法之士與縉紳之徒的態度，以及他儒內玄外的傾向。其次他「蹭蹬仕途」的情況，也多少影響了其戰爭詩的創作。

阮籍在仕途上不像嵇康那樣尋求隱居，在他的〈大人先生傳〉中，憤怒地指責禮法之士「汝君子之禮法，誠天下殘賊亂危死亡之術耳」；對於自食其力的薪者，予以慰勉，期望使他進一步認識自然之道，徹底超脫；而對於隱士，則批評他「貴志而賤生，禽生而獸死」，認為同樣不足取。所以他曾經多次任官，例如蔣濟曾聘任他，後來稱病辭去，之後復為尚書郎，同樣以病免。曹爽後召其為參軍，不久又稱病辭去。又為司馬懿、師父子從事中郎，後封關內侯、徙散騎常侍。後求外出，為東平相，旬日而還。聞步兵廚營人善釀，有儲酒三百斛，乃求為步兵校尉。在阮籍這樣儒內玄外的思想與以仕為隱、彎而不曲的生活下，戰爭詩的數量自然較多，但相對而言仍是有限，則是與他明哲保身的處世態度有關。

在記載中，阮籍是口不臧否人物，不論人是非，至性過人，與物無傷的人。鍾會當時任司隸校尉，多次以時事問之，希望給阮籍加上罪名，但他都以酣醉獲免。司馬懿曾想與阮籍結為親家，阮籍昏醉六十日，司馬懿只好作罷。司馬昭要晉爵晉王，加九錫之禮，讓阮籍寫勸進表章，他也藉醉拖延，後草草成章，敷衍了事。這種情況也反映在他的詩文上，使得詩文隱晦曲折，採取象徵的比興手法，使讀者對於所指對象，無法確定、難以捉摸，針對時政的篇章，尤其如此。《文選》李善注云：「嗣宗身仕亂朝，常恐罹謗遇禍，因發茲詠，故

48　徐麗霞：《阮籍研究》（臺北市：臺灣師範大學國文研究所碩士論文，1979年），頁16-99。

每有憂生之嗟。雖志在譏刺，而文多隱避，八代之下，難以情測，故粗明大意，略其幽旨也。」就是在說明阮籍為了遠禍全身，所以詩文多含蓄蘊藉的現象。筆者以為在同樣道理之下，阮籍對於「戰爭」這種政治的延續手段，不願意多談，也創作較少，是可想而知的。

阮籍創作的七首戰爭詩中，〈采薪者歌〉內容在談論人生道理，認為往來如風，富貴在俯仰之間，並提到張良起於戰爭中，成為威震八方之英雄，但也有如邵平一般，從東陵侯一夕之間降為平民者，禍福無常。對於戰爭持反對意見。除〈采薪者歌〉外，其餘六首皆在詠懷組詩中。倪其心曾言：

> 今存阮籍詩計五言古詩八十二首，四言詩十三首，總題〈詠懷〉。其四言詩真偽未定，五言則公認為阮籍代表作，大致並非一時一地之作，而且可能是經過詩人自己整理的一個組詩。[49]

此六首戰爭詩皆為五言之作，可以肯定為阮籍所作，也非一時一地之作。若按其順序來觀察，可以看到阮籍對於戰爭態度的轉變。〈詠懷詩〉中的第三十一首從拜訪戰國時魏國名勝吹臺的遺址興懷，批評魏安釐王因求享樂，不知養兵。四年，秦將白起破魏軍於華陽，只好割南陽求和，藉此歷史教訓，警告魏明帝之腐政。〈詠懷詩〉中的第三十八首抒發欲建立功名、匡濟天下的雄心，認為只有在戰場上成就事蹟，才能擺脫人生的榮枯，唯有忠義與氣節，才能名留千古，從根本上超越生命的短暫。〈詠懷詩〉中的第三十九首說明願意「臨難不顧生」，「效命爭戰場」，表現其英武的壯士風采與慷慨捐軀的烈

49 倪其心譯注：《阮籍詩文》（臺北市：錦繡出版社，1993年），頁25。此處記阮籍詩共九十五首，與逯欽立本包括殘詩共九十九首略有出入。

士精神，而且認為「忠為百世榮」、「義使令名彰」。此三首皆持主戰觀點，為阮籍早期之創作。阮籍在早期本具濟世之志，志氣宏放，學習擊刺武藝，想要做個武藝高超的戰士，「英風截雲霓，超世發奇聲」，胸懷愛國壯志，「壯士何慷慨，志欲威八荒」，想要為國征戰，統一天下。然而當他接觸政治現實後，使他感到失望，對於戰爭的態度也趨於中立，甚至開始反戰。〈詠懷詩〉第四十二首討論王業需要有良士輔助、戰場等待著英雄，但若為了保身善終，則應該隱遯山林，不慕榮利之間的差別。從此詩已經表現出理想與現實之間的差距。〈詠懷詩〉第六十一首藉著描寫少年時英姿煥發、武藝高超，之後在戰場上聽聞金鼓鳴，卻感到悲哀悔恨，來比喻自己年輕時與現在心境上的不同。〈詠懷詩〉第六十三首則抒發自己在戰場上希望太平，以得到閒暇遊樂之心情。從這些詩作的內容，可以觀察到阮籍在早期對於戰爭持贊成之態度，認為男兒當征戰沙場，壯志凌雲，為國犧牲，但後來由於覺察到政治的險惡陰謀，也了解到戰爭的無情以及其為政治服務的本質，於是轉而認為應當保身以求善終，甚至對於以往的想法感到悔恨，並期望太平。從其戰爭詩的發展看來，相當符合其生平的狀況，也順應其心態之變化，是故筆者亦感到阮籍詠懷詩之順序，似乎有可能是經由作者或後人編排整理過的組詩。

父親阮瑀，為曹操文吏，多出章表[50]，阮籍年幼喪父。在古代禮法中，最為繁複的為喪禮。下面二則《世說新語》阮籍喪母時的紀錄：

> 阮步兵喪母，裴令公往弔之。阮方醉，散髮坐牀，箕踞不哭。裴至，下席於地，哭，弔唁畢，便去。或問裴：「凡弔，主人哭，客乃為禮。阮既不哭，君何為哭？」裴曰：「阮方外之

---

50 《三國志．王粲傳》裴松之注引《魏氏春秋》。

人，故不崇禮制；我輩俗中人，故以儀軌自居。」時人歎為兩得其中。

依據禮法，客人到喪家弔唁時，主人哭泣之後，客人才行弔唁之禮。但裴楷到阮籍家時，阮籍已醉。裴楷了解阮籍的行事作風是禮法規範之外的，故裴楷不以為意，仍舊禮盡而返。《三國志・裴松之注》記載阮籍是個很孝順的人，居喪的時候雖然不按照一般禮俗，卻因悲傷而損害健康，險些因此喪命[51]。

阮籍當葬母，蒸一肥豚，飲酒二斗，然後臨訣，直言「窮矣」！都得一號，因吐血，廢頓良久[52]。

阮籍在喪服期間喝酒吃肉，完全不顧慮禮法，但這並不代表他不因母親的去世而哀慟，只是他不想照著世俗的規矩走。相反地，他絕望地呼喊「窮矣！」並且號哭嘔血。過於巨大的悲傷之下，心理影響生理，因而吐血。阮籍曾在母親喪禮時，仍然喝酒吃肉，連在司馬昭面前也一樣[53]，卻在下葬之際吐血數升：既而飲酒二斗，舉聲一號，吐血數升。及將葬，食一蒸肫，飲二斗酒，然後臨訣，直言窮矣，舉聲一號，因又吐血數升，毀瘠骨立，殆致滅性。（《晉書》卷49）不

---

51 《三國志・王粲傳》裴松之注引《魏氏春秋》:「性至孝，居喪雖不率常檢，而毀幾至滅性。」

52 《世說・任誕》第九:「阮籍當葬母，蒸一肥豚，飲酒二斗，然後臨訣，直言『窮矣！』都得一號，因吐血，廢頓良久。」劉注引鄧粲《晉紀》曰:「籍母將死，留人圍棋如故，對者求止，籍不肯，留與決睹。既而飲酒三斗，舉聲一號，嘔血數升，廢頓久之。」

53 阮籍遭母喪，在晉文王坐，進酒肉。司隸何曾亦在坐，曰:「明公方以孝治天下，而阮籍以重喪，顯於公坐，飲酒食肉，宜流之海外，以正風教。」文王曰:「嗣宗毀頓如此，君不能共憂之，何謂？且有疾而飲酒食肉，固喪禮也！」籍飲噉不輟，神色自若。

僅如此，阮籍對於來弔唁的人，如裴楷、嵇喜等，也不按照禮法來接待，甚至對嵇喜作白眼；而嵇喜的弟弟嵇康聽了兄長弔喪時遇到的不愉快經驗，於是帶了琴與酒前去弔喪，阮籍才青眼以對[54]。除了不遵守喪禮的禮法之外，阮籍對其他的禮法也呈現漠視態度。例如他對待女性親屬，也毫不避嫌，還說：「禮豈為我設邪！」：「籍嫂嘗歸寧，籍相見與別。或譏之，籍曰：「禮豈為我輩設邪！」鄰家少婦有美色，當壚沽酒。籍嘗詣飲，醉，便臥其側。籍既不自嫌，其夫察之，亦不疑也。兵家女有才色，未嫁而死。籍不識其父兄，逕往哭之，盡哀而還。」（《晉書．阮籍傳》）甚至在當時權勢極大的在司馬昭面前，阮籍也表現得不拘禮法[55]。

阮籍在古琴史上是一位名人。他留下一首重要的琴曲〈酒狂〉，可以說是在古琴史上膾炙人口，是現在學習古琴的必學曲目。一般古琴曲不太符合現代的樂理邏輯，節奏感不是很好。而〈酒狂〉這首曲的節奏感很好，旋律性比較接近現代人們熟悉的音樂，是四分之三拍，所以今天的學琴者多數都很喜歡。而且它運用了一些很重要的指法，像跪指、長鎖，因此在教學上也都把它作為教材，也是今天古琴考級的曲目之一。著名的古琴曲〈酒狂〉就是在描繪阮籍的彈琴縱歌，借酒佯狂。〈酒狂〉開始有一段快板，就是用這種音樂形式，描繪阮籍喝醉了酒踉踉蹌蹌的步態。它也是古琴曲裡比較少有的快節奏的樂曲。〈酒狂〉名為「狂」，其實不是真的狂，實際是壓抑與憤懣。

---

54 《晉書．阮籍傳》：裴楷往弔之，籍散髮箕踞，醉而直視，楷弔唁畢便去。或問楷：「凡弔者，主哭，客乃為禮。籍既不哭，君何為哭？」楷曰：「阮籍既方外之士，故不崇禮典。我俗中之士，故以軌儀自居。」時人歎為兩得。籍又能為青白眼，見禮俗之士，以白眼對之。及嵇喜來弔，籍作白眼，喜不懌而退。喜弟康聞之，乃齎酒挾琴造焉，籍大悅，乃見青眼。由是禮法之士疾之若仇，而帝每保護之。

55 《晉書．阮籍傳》：晉文王功德盛大，坐席嚴敬，擬於王者。唯阮籍在坐，箕踞嘯歌，酣放自若。

從阮籍嗜酒，下面可談酒與養生的關係：酒性溫，味甘、辛，少飲有疏通血脈，去瘀活血，驅風散寒，行藥殺邪的功效。《內經》中已有關於古代用酒治病的記載。《千金要方》收集大量的藥酒方，用於各種疾病的防治。如獨活酒治痹，牛膝酒治拘急，附子酒治脹滿，紫石酒治虛冷，杜仲酒治腰痛等。《新修本草》載酒「主行藥事，殺百邪惡毒氣。」有引陶弘景注云：「大寒凝海，惟酒不冰，明其熱性，獨冠群物。藥家多須，以行其勢。人飲之，使體弊神昏，是其有毒故也。昔三人晨行觸霧，一人健，一人病，一人死。健者飲酒，病者食粥，死者空腹。此酒勢辟惡，勝於食。」

酒除了有防治疾病的作用，還可用於延年益壽。老年人陽氣漸衰，血脈不暢，易受風、寒、霧、露的侵襲，如能合理適量飲酒，可以疏風活血、輕身延年。《千金要方》中有「秋冬間，暖裏腹」的主張，並認為：「冬服藥酒兩三劑，立春則止，此法終生常爾，則百病不生，《保生月錄》中載：「下月清晨炒蔥頭飲酒一二杯，令血氣通暢」；「冬月早出宜飲酒，以去寒，或含薑以辟惡」。酒與藥物配合使用能增強其保健益壽的功效。清代徐沅青《醫方叢語》中轉引《歸田瑣錄》載有「周公百歲酒」（又名「梁火酒」），此方「治聾明目，黑髮駐顏」，曾有甘肅的一位姓齊的軍門，服四十年，壽逾百歲，他家三代服之，「相承無七十歲以下人」。

酒的種類很多，作用也有不同。浸藥多用白酒，做藥引多用米酒，活血止痛多用黃酒。葡萄酒少量引用，也可強心提神，《新修本草》謂其「能消痰破辟」。啤酒以大麥芽發酵製成，有營養作用，並可健胃消食。飲酒的數量及方法宜據個人不同的體質情況而定。總的原則在於少飲、淡飲，反對暴飲雜飲。如《養生藥論》中引阮堅之的話說：「淡酒、小杯，久坐細談，非惟娛客，亦可養生。」此外，古人還主張酒後漱口，並忌飲茶過多。如《養生藥論》：「酒之毒在齒，飲後吸水用鹽漱之良。酒後啜茶水過多，引入腎臟，令腰腳重墜，兼患痰飲水腫，攣躄諸疾。飲酒過量則損害健康，導致疾病，甚至引起死亡。早在《呂氏春秋》中即有「肥肉厚酒，勿以相強，命曰爛腸之食」的記載。《韓非子》:「香美脆味，厚酒肥肉，甘口而痰形。」

《管子》中載，齊桓公讓管仲飲酒，管仲倒到一半，並說：「棄身不如棄酒。」三國時，曹植〈酒賦〉中把酒稱作「荒淫之源」。梁代陳宣嗜酒如命，以「不飲為過」，最後還是說：「譬酒尤水也，可以濟舟，亦可以覆舟。」宋代學者楊文忠喜常醉，買存到送詩一首，其中有「酒如成病悔時遲」句，文中矍然起謝，不再醉。陸龜蒙〈中酒賦〉中還說：「書編百氏，病載千名，將有濱於九死，諒無敵於餘酲。」歷代醫家對於過量飲酒的害處也是有一致的認識的。如《飲膳正要》謂酒「少飲為佳，多飲傷形損壽，易人本性，其毒甚也。飲酒過度，喪生之源。」《本草綱目》:「少飲則和血行氣，壯神禦風，消愁遣興；痛飲則傷神耗血，損胃亡精，生痰動火。」又說：「過飲不節，殺人頃刻。」

酒之為物，氣熱而質濕。（內經）氣味俱陽，陰寒之時，少飲能禦邪助神，壯氣活血，恣飲則生痰益火，耗氣損精，令暴病暴死，世人認為痰厥中髒。而不知酒色自戕之所致也。（三錫）酒入於胃，則絡脈滿而經脈虛，酒氣與穀氣相搏，熱盛於中，故熱遍於身，內熱而溺赤也。（內經）輕者，頭痛眩暈，嘔吐痰逆，神昏煩亂，胸滿噁心，飲食減少，小便不利。（醫鑒）甚者，大醉之後，忽然戰慄，手足厥冷，不省人事，名曰酒厥。（匯補）酒循經絡，留著為患，入肺則多嚏多痰，入心則多笑多言，入肝則善怒有力，入脾則思睡，入腎則思淫。及其久也，傷肺則變咳嗽消渴，傷心則變怔忡不寐，傷脾則變痞滿疸脹，傷肝則變脅痛吐血，傷腎則變腰軟陽痿，此五臟之受病也。又酒後汗多者，胃受之；酒後面青者，膽受之；酒後多溺者，小腸受之；酒後溺赤者，膀胱受之；酒後積利者，大腸受之；數者皆能成病，惟胃與小腸受酒者，汗多則從表而泄，溺多則從便而出。所以善飲不醉而變病亦少也。（說約）酒毒留於肺者，緣肺為清虛之臟，酒多則損其清虛之體，由是稠痰濁火，熏灼其間，輕則外為鼻 准赤，內為咳嗽痰火，重則肺葉受傷，為胸痛脅脹，咳唾膿血，痰出腥穢，肺癰潰爛，宜化痰清肺，庶可保全。（匯補）

現代研究證實：酒的有效成分是酒精，化學名稱叫「乙醇」。白酒、大麯、白蘭地、威士忌等烈性酒含醇量達百分之四十至六十。此外，新製成的酒還雜有毒性較大的異戊醇。酒精是有害的物質，過量可引起急、慢性酒精中毒，對人體損害極大。當人的血液中酒精達到萬分之五到千分之二的濃度時，就會出現醉酒的狀態。當達到千分之四時，就會造成急性中毒而死亡。長期過量飲酒還可形成慢性酒精中毒和招致一些疾病。

阮籍的兒子阮渾長大後，也想要像父親一樣放達，阮籍卻制止他說：「仲容已預之，卿不得復爾。」仲容就是阮咸，也是竹林七賢之一。魯迅說：

> 嵇康對於他自己的舉動是不滿足的。所以批評一個人的言行實在很難，社會上對於兒子不像父親，稱為「不肖」，以為是壞事，殊不知世上正有不願意他的兒子像自己的父親哩。試看阮籍、嵇康，就是如此。這是因為他們生於亂世，不得已，纔有這樣的行為，並非他們的本態。但又於此可見魏晉的破壞禮教者，實在是相信禮教到固執之極的[56]。

[56] 魯迅：〈魏晉風度及文章與藥及酒之關係〉，《魏晉思想》（臺北市：里仁出版社，1995年），頁16。

正如竹林七賢之一的阮籍亦不願意兒子像自己那般的任誕肆意，反對兒子「作達」[57]，其藉由酣飲為常以求消極避禍，內心必定是充滿苦痛無奈的孤寂感，從其途窮而哭、〈大人先生傳〉和極其隱晦的〈詠懷詩〉中可見一斑。乃因「越名教而任自然」係對司馬氏偽名教之政權之反動，皆非真正反對名教。故魯迅這樣的闡釋與理解，雖不甚完全，但亦不遠。

戰爭詩在三國時代，是一個相當重要的題材。華語這種題型的詩作之所以出現，與時代是緊密結合的，由於當時戰爭頻繁，兵連禍結，創作數量自然增多，且敘述內容多變。從三國時代詩人個別之情況，來觀察其創作數量與比例，首先必須釐清因為存詩不多而導致存疑的數據。由本文可知，王粲、曹植、曹丕皆是創作華語戰爭詩數量較多的詩人，韋昭、繆襲、王粲是華語戰爭詩佔其創作比例較高者，而華語戰爭詩佔其自身創作比例低者為嵇康與阮籍。其中王粲無疑地是魏朝戰爭詩創作數量多且自身創作意願高者。根據本文亦可得知，華語詩人對於戰爭的態度藉由戰爭詩敘述出來，有些或為統一，有些則有變化，多半受到其時代環境、生平際遇、思想傾向、性格個性、理想志向等等，交互影響，其創作數量與比例亦與此有關。

57　〔南朝宋〉劉義慶著，〔南朝梁〕劉孝標注：《世說新語箋疏》（上海市：上海古籍出版社，1993年），頁735，「阮渾長成，風氣韻度似父，亦欲作達。步兵曰：『仲容以預之，卿不得復爾。』」

第六章
主戰類之華語敘述

從作家個別的戰爭詩創作數量與比例分析之後，接下來要將所有三國時代的戰爭詩總合起來觀察他們的整體現象。這一節所要探析的是主戰類的作品。（關於所有三國時代的戰爭詩，每一首之所屬卷數、作者、時代、國別、體裁、直接或間接、態度、手法、及簡要內容，請參考筆者所作附表二、魏朝戰爭詩一覽表）在一百零四首的戰爭詩中，主戰類有四十六首，佔百分之四十四點二。以下就以一些例子討論主戰類作品所呈現的內容。

第一節　戰爭前之華語敘述

看曹植〈孟冬篇〉：

孟冬十月，陰氣厲清，武官誡田，講旅統兵，元龜襲吉，元光著明，蚩尤蹕路，風弭雨停，乘輿啟行，鸞鳴幽軋，虎賁采騎，飛象珥鶡，鐘鼓鏗鏘，簫管嘈喝，萬騎齊鑣，千乘等蓋，夷山填谷，平林滌藪，張羅萬里，盡其飛走，趯趯狡兔，揚白跳翰，獵以青骹，掩以脩竿，韓盧宋鵲，呈才騁足，噬不盡紲，牽麋掎鹿，魏氏發機，養基撫弦，都盧尋高，搜索猴猿，慶忌孟賁，蹈谷超巒，張目決眥，髮怒穿冠，頓熊扼虎，蹴豹搏貙，氣有餘勢，負象而趨，獲車既盈，日側樂終，罷役解徒，大饗離宮，亂曰：聖皇臨飛軒，論功校獵徒，死禽積如京，流血成溝渠，明詔大勞賜，大官供有無，走馬行酒醴，驅車布肉魚，鳴鼓舉觴爵，擊鐘釂無餘，絕網縱麟麑，弛罩出鳳雛，收功在羽校，威靈振鬼區，陛下長歡樂，永世合天符。

在孟冬十月時，天氣寒冷，武官就要實施田獵，講述軍旅之事與統籌軍隊。其下皆為描述田獵演習之場景，描摹仔細，猶如身歷其境。「亂曰」之下，則寫此次以田獵備戰的成果，並表示此種活動可以永保皇業。所描述之場景與曹丕〈校獵賦〉十分雷同，除與前面解說曹丕〈至廣陵於馬上作詩〉時所引者近似外，另如「死禽積如京，流血成溝渠」一句，與〈校獵賦〉之「聚者成丘陵，散者填溪谷，流血赫其丹野。」極為相近，皆在描寫擒獲的獵物堆積成丘陵，逃散的填滿溪川，流淌的鮮血染紅了原野之景，可見這種活動的相同程序，給予詩人們同樣的刺激，所以詩人們會用不同之詞句，描繪同一種情況。

此詩字句以四言為主，「亂曰」之下則為五言，字句華麗，鋪張陳述，近似於賦的筆法，可看出曹植不僅使五言詩的題材擴大，也開啟了詩極盡描繪之功能。正如鍾嶸《詩品》卷上所評：「詞采華茂。」文辭整練而華麗。

所謂「以不教民戰，是謂棄之」[1]，如果一支軍隊未經訓練，在戰爭時等於是白白犧牲，所以對士兵必須嚴格地訓練，《周禮》中就記載了我國古代軍隊利用狩獵進行軍事演習，把訓練與實戰結合起來。蘇軾在〈教戰守策〉中也提倡要使人民在斬刈殺伐之際，能夠習於鐘鼓金鳴之聲，而這些備戰的活動正是希望軍隊與人民能夠習於戰事，詩人透過詳細生動的描繪，使人們在文字上也能體會這種活動，在心理上接受戰爭的訓練。

1　劉寶楠：《論語正義》，頁550。

第二節　戰爭中之華語敘述

首先看王粲〈從軍詩〉五首中的第二首：

> 涼風厲秋節，司典告詳刑，我君順時發，桓桓東南征，汎舟蓋長川，陳卒被隰坰，征夫懷親戚，誰能無戀情，拊衿倚舟檣，眷眷思鄴城，哀彼東山人，喟然感鸛鳴，日月不安處，人誰獲恒寧，昔人從公旦，一徂輒三齡，今我神武師，暫往必速平，棄余親睦恩，輸力竭忠貞，懼無一夫用，報我素餐誠，夙夜自怲性，思逝若抽縈，將秉先登羽，豈敢聽金聲。

此詩背景前面曾經提到，《三國志．魏志》：「建安二十年三月，公西征張魯，魯及五子降。十二月，至自南鄭。是行也，侍中王粲作五言詩以美其事。」這是在說明第一首。其下四首，則是：「建安二十一年，粲從征吳，作此四篇。」[2]這五首詩內容看來的確多為「美其事」，倘若配合王粲生平觀之，便不難理解其何以如此。筆者以為一方面是因其職務所需，征張魯和吳時，身為侍中，必須做如此作品來鼓舞士氣、提振軍心，另一方面，王粲的確對於曹操有很高的忠誠度。這種種背景在之前已經討論過，今不贅述。

「涼風厲秋節，司典告詳刑，我君順時發，桓桓東南征，汎舟蓋長川，陳卒被隰坰」，描寫涼風使秋天充滿殺伐之氣，主管刑法的官吏告知是明察用刑的季節。我們君王順應時令發兵，雄赳赳、氣昂昂地向著東南出征。水上戰船多得蓋滿了江面，陳列的士卒遍布郊野。從此處可以想見當時兵力的強大，人數的眾多，軍隊浩浩蕩蕩出發的

---

2 〔梁〕蕭統編：《文選》（臺北市：藝文印書館，1991年），頁394。

壯闊場面。「征夫懷親戚，誰能無戀情，拊衿倚舟檣，眷眷思鄴城，哀彼東山人，喟然感鸛鳴」，直接說明出征的士兵懷念著親戚朋友，誰能沒有戀舊的感情？表示這是人之常情。下面描寫征夫撫摸衣襟倚靠著桅杆，念念不忘地思念著鄴城。可憐〈東山〉詩中的士卒，聽到鸛鳴都感嘆嚮往凱旋的歸期。「日月不安處，人誰獲恒寧」，這裡強調戰爭的必要，說連日月都不能安定，有誰能永遠獲得寧居。「昔人從公旦，一徂輒三齡，今我神武師，暫往必速平」，讚頌我方軍隊的強大，用今昔對照的方式，敘述古人跟隨周公征討，一去就是三年之久，而現在我們的神武大軍將會很快地得勝。拿古代賢人來映襯，更顯得我軍的優秀。「棄余親睦恩，輸力竭忠貞，懼無一夫用，報我素餐誠，夙夜自恲性，思逝若抽縈，將秉先登羽，豈敢聽金聲。」敘述詩人將暫時拋開親人的恩惠，盡力獻出一片忠誠。只怕沒有一點用途，可以報答國家給我俸祿的德澤。想要立功回報的心，使我早晚慷慨激烈，思緒綿長如同抽取蠶絲。在戰場上，我要持箭奮勇地率先登上敵方陣營，哪裡敢聽鳴金收兵的號令？又再次敘述意欲效忠國家的堅定態度和唯恐不能盡力的想法。

此五首作品，很清楚的是採取自述式，征途中所見之自然景色和軍隊浩蕩的情形，是作者所見，如：「逍遙河堤上，左右望我軍。連舫踰萬艘，帶甲千萬人。」途中有觸覺的，也是由作者自己感受，如：「下船登高防，草露沾我衣。」「翩翩飄吾舟。」而敘述自己從軍意願的，也是由作者親自說出，如：「棄余親睦恩，輸力竭忠貞。懼無一夫用，報我素餐誠。」心中傷悲，想念親人的，也是作者自身，如：「征夫心多懷，惻愴令吾悲。」「悠悠涉荒路，靡靡我心愁。」作者所痛恨、慚愧的，也是自己本身的能力，如：「恨我無時謀，譬諸具官臣。」「我有素餐責，誠愧伐檀人。」這些都是直接出現「我」、「余」、「吾」，非常鮮明，讓讀者強烈地感受到這個「我」的存在，走入作者「有我」的境界。

其他部分，這個「我」則是隱藏的主詞，雖為隱藏的，但實際上讀者皆可瞭解所有句子的主角為作者，如：「四望無煙火，但見林與丘。」誰不知是作者在「見」呢？又如：「拊襟倚舟檣，眷眷思鄴城。」應該一看便知是作者在「拊襟」、「倚舟檣」、「思鄴城」。而「孰覽夫子詩，信知所言非。」主詞當然便是作者了。其他用借喻或借代的方式，也是這個「隱藏我」的出現方法，如第一首：「良苗」；第二首：「征夫」；其五：「客子」、「詩人」。

除了「我」之外，也有其他人物，如：君王、司典、軍隊、許歷、女士……，然而多為少數幾言帶過，而且常是透過這個「我」所見到，如軍隊、女士；或是透過「我」所聽到的，如司典；「我」所知道的，如：許歷；而「君王」則是經由「我」來歌頌的，所以他在詩中多稱呼其為：「我君」、「我聖君」；軍隊和「我」也是不分的，如：「我神武師」、「我軍」。

作者採取這樣「第一身敘述者」[3]的敘事觀點，筆者以為是相當自然真切，很容易讓讀者將詩中的「我」，轉變成自己，產生共鳴。而其他的人物，皆為旁襯之用，凸顯主角，也使敘事主線清晰。

若將五首詩一次看完，感覺十分順暢，這是由於王粲用敘述為主線，採取順敘的方式。第一首雖然和其後四首不同時間創作，但在內容上則是一致的，仍然為這組詩的一部分。第一首先說明君主神武，定將快捷的打勝仗。其次說明從軍的優渥待遇，結尾則言明自己甘願從軍。

第二首進入出征的主題，描述開始出發的景況，並且述說主角

3　楊師昌年：《現代小說》（臺北市：三民書局，1997年），頁34-73，「敘事觀點」一節。

思親心情和忠貞之志。第三首則繼續前進，描述途中景色，行軍狀況，並且由景生情，進一步說明主角思想。第四首仍然記敘其軍隊出征的壯闊場面，並再次重申其奮勇的決心。第五首前半段仍是行進中所見，並寓情於景，後半段則寫回到國內所見繁榮之景象與其歡喜的心情。

若依照其敘述的進程，則一路從開始到歸國，是由時間遞進而層層推出，可以做一簡單主線如下：

概說 → 出發 → 經過，尚未到達 → 繼續前進 → 回國

至於全五首詩，筆者在後以（附表三）呈現其完整結構。

總而言之，此五詩之敘述結構，以時間為經，順時遞進，並在各首中反覆夾雜同樣意義，不同詞句的說明、歌頌和抒情，扣住第一段中概說的主題。

第三節　戰爭後之華語敘述

先看繆襲〈平南荊〉：

> 南荊何遼遼，江漢濁不清。菁茅久不貢，王師赫南征。劉琮據襄陽，賊備屯樊城。六軍廬新野，金鼓震天庭。劉子面縛至，武皇許其成。許與其成撫其民，陶陶江漢間，普為大魏臣。大魏臣，向風思自新，思自新，齊功古人。在昔虞與唐，大魏得與均。多選忠義士，為喉脣。天下一定，萬世無風塵。

此詩之背景為當時孫權於建安十三年春，第三次西攻江夏，斬太守黃祖，盡獲江夏士眾，遂準備西進以取荊州（韋昭〈吳鼓吹曲辭：攄武師〉即在記錄此事）。荊州既失江夏郡於東吳，劉表商請劉備移

兵往禦之，但遭劉備拒絕。而曹操久欲進取荊州，但因北方未靖，無暇南征，見孫權攻取江夏，深恐荊州為吳所有，於是急出軍合肥，以牽制孫權，後荀彧出計認為華夏已平，可以輕進而出其不意，荊州可一戰而定。於是曹操於建安十三年七月開始南征，集大軍屯南陽。會劉表病卒，表妻弟蔡瑁、外甥張允立表少子劉琮為嗣。操聞表卒，即自己親率輕騎疾趨襄陽，九月至新野，劉琮用諸將之議，請降於操[4]。

「南荊何遼遼，江漢濁不清」，首先說明地理情況，曹操距離荊州多麼遙遠，而長江濁濁橫跨中間。「菁茅久不貢，王師赫南征」，以荊州久未向漢獻帝進貢為托辭，作為出征的理由。從此可知曹操迎漢獻帝之用心，以及為何袁紹也想要迎漢獻帝而被曹操拒絕之理由。「劉琮據襄陽，賊備屯樊城。六軍廬新野，金鼓震天庭，劉子面縛至」，解說當時政治勢力之情況與戰爭結果，劉琮據有襄陽，劉備屯兵樊城，一「賊」字可見對劉備之敵意。而曹操親率六軍至新野，戰爭之金鼓聲響徹雲霄，劉琮即自動降服。「武皇許其成，許與其成撫其民，陶陶江漢間，普為大魏臣」指曹操在戰爭後，改封劉琮為青州刺史，封荊州降將蒯越等十五人各為列侯，以琢郡人李立為荊州刺史，盡收劉表羽翼，安撫人心，使江漢之間，成為魏國所有。「大魏臣，向風思自新。思自新，齊功古人。在昔虞與唐，大魏得與均。多選忠義士，為喉脣。天下一定，萬世無風塵。」最後期許他們成為魏國臣子後，能改過自新。並稱讚魏國國政與虞唐一般，選用忠義之士作為人民喉脣，日後將統一天下，萬世太平。

雖然曹操進取荊州後，繼續攻打孫權，爆發赤壁之戰（可與韋昭〈伐烏林〉相參照，據筆者比對，應即是記錄赤壁之戰的作品），

4　三軍大學中國歷代戰爭史編纂委員會編著：《中國歷代戰爭史》（臺北市：黎明文化事業公司，1963年6月初版、1989年4月修訂三版），頁120。

不僅未能掃平江東，連到手之荊州，也告失。一直到黃初二年，孫權向曹丕稱臣，才又收復一部分荊州。但繆襲以史家之筆，詳細交代整件事的來龍去脈，地名、地理方位、政治情勢、戰爭過程、戰爭後政治勢力之重新劃分情況……等，皆在詩中記錄，是一篇極清楚之敘事詩。前面提過，繆襲是漢魏間的學者，字熙伯，歷事曹操、曹丕、曹叡、曹芳四代，執掌禮樂。曾與衛覬撰《魏書》未成，後由王沈總纂為《魏書》。所以此詩以近似史官之筆調寫成，亦不足為奇。

蔡邕《禮樂志》：「漢樂四品，其四曰短蕭鐃歌，軍樂也。黃帝崎伯所作，以建威揚德、風敵勸士也。」[5]鼓吹曲又稱短蕭鐃歌，此處已經說明其為軍隊樂歌，作用在於建立威信、讚揚德政、諷諭敵軍、與勸導將士。繆襲之魏鼓吹曲也是承此而來，作用亦相同。《晉書．樂志》：「漢時有短蕭鐃歌之樂，其曲有〈朱鷺〉……等曲，列於鼓吹，多序戰陣之事。及魏受命，改其十二曲，使繆襲為辭，述以功德代漢。……」解說了繆襲之所以作此十二曲的原因，是因為曹魏代漢，而內容在闡述其功績德政，其性質則多是記敘戰陣之事。同樣在《晉書．樂志》中：「改漢〈上陵〉為〈平南荊〉，言曹公南平荊州也。」[6]則交代題目〈平南荊〉的由來，並說明改動漢〈上陵〉而成。

張芳鈴謂：「積極進取，奮發用世，建業立名之心，為建安文人之共願，故詩文多呈悲壯豪放之氣，慷慨激切，遒健有力，與齊梁溺于雲月，靡靡風息，大相逕庭。」[7]雖然張芳鈴在文中，並未提到繆襲之作，但此一通則亦可適用於繆襲此十二首鼓吹曲之上。繆襲生於此戎馬擾攘之世，參與戎行，且歷仕四朝，而此十二首鼓吹曲，述於詩

5　〔宋〕郭茂倩：《樂府詩集》（臺北市：里仁書局，1999年），頁223。

6　同前註，頁267。

7　張芳鈴：《建安文學之探述》（臺北市：臺灣師範大學國文研究所碩士論文，1976年），頁54。

文，皆可徵諸史實，其中精神積極奮發，並於詩中期勉軍民圖有所為，建立永世之業，流金石之功。在心為志，發言為聲，文辭豪壯，將魏國之霸氣，表露無疑。並尊奉古聖先賢，以識其政治理想，表明魏國靖亂之心，與建業垂名之心。繆襲此十二首近於史詩之洋洋大作，後世少人研究，既少考據亦少評論，筆者以為此因華語詩評重視詩之情味敘述，而對於史詩較少關注，且對於起源政治考量之歌功頌德作品評價甚低，與西方截然不同，有密切之關聯。

再看王粲〈安臺新福歌〉：

> 武功既定，庶士咸綏，樂陳我廣庭，式宴賓與師，昭文德，宣武威，平九有，撫民黎，荷天寵，延壽尸，千載莫我違。

〈渝兒舞歌〉四首是王粲根據漢時我國四川渝水沿岸地區流行的民間歌舞「巴渝舞」而改寫的歌詞。《後漢書・南蠻傳》：「閬中有渝水，其人多居水左右。天性勁勇，初為漢前鋒，數陷陣。俗喜歡舞，高祖觀之，曰：『此武王伐紂之歌也』。乃命樂人習之，所謂『巴渝舞也』。」可見「巴渝舞」之形式化並且流傳下來走向宮廷，與漢高祖有關。「巴渝舞」是民間歌舞，帶有不少原始成分，粗獷神秘，且呈現陽剛之美，頗符合魏國之開國氣象與當時環境。曹魏一門皆喜好俗樂，曹操、曹丕、曹叡、齊王芳皆深好此道，獎勵並提倡，樂府及一般五言詩，多是俗樂愛好的產物，曹操之妻卞后即出身倡家。此四首詩便是王粲奉命所作。

《晉書・樂志》：

> 「巴渝舞」舞曲有〈矛渝本歌曲〉、〈安弩渝本歌曲〉、〈安臺本歌曲〉、〈行辭本歌曲〉，總四篇。其辭既古，莫能曉其句度。魏初，乃使軍謀祭酒王粲改創其辭。粲向巴渝帥李管、種玉

> 歌曲意，試使歌，聽之，以考校歌曲，而為之改為〈矛俞新福歌曲〉、〈弩俞新福歌曲〉、〈安臺新福歌曲〉、〈行辭新福歌曲〉，行辭以述魏德。

詳細記錄了王粲改寫歌詞的前後經過及原因。此詩題中「新福」二字，意為大吉大利，是為了送給初建國家的魏王而作。這一首〈安臺新福歌〉內容是寫在戰爭開國之後，武功已成，則要開始施政的治國方略總提，主張戰士樂陳廣庭，歌舞昇平，大宴賓客與犒賞開國有功之軍隊，重賢敬能，昭明文德，宣揚武威以及先祖之光榮，以民為本，安撫百姓，國家定能安樂年年，綿延至久。表現出王粲在戰爭後，對於和平與安邦定國的渴望，並寫出自己希望的理想政治情況。

錢志熙言：「建安時代的樂府詩，雅樂主要有郊祀、宗廟、典禮這幾項。魏的郊祀樂舞，皆習用前代，無新作歌詞。」[8]已經說明魏朝的雅樂，皆習用前題，其中即舉到王粲此四首詩。曹操令王粲作新辭，目的在於宣揚武威，竊比漢祖。這組歌曲用雜言體，且多用五言、七言句式，似乎受到俗樂體的影響。曹操去世後，這組〈渝兒舞歌〉也成為太祖廟的祭祀樂章。並在後文以統計的方式並配合其他歷史證據，提出：「為俗樂舊曲新聲配辭，曹氏一門似乎擁有一種特權。文人如王粲、繆襲，可以奉命為雅樂作詞，以體現臣子歌誦君德，潤色鴻業的職分；但卻不能隨便地為屬於內廷的樂府制撰歌詞。」這或許是為何三國時代存留下的樂府詩較少，且多半為曹氏一族所作，而其他文人之作又多半歌功頌德的緣故。

8　錢志熙：《漢魏樂府的音樂與詩》，頁146-154。

第四節　想像中戰爭之華語敘述

此類的時空已經不是當下的時空，而是突破時空的限制，是屬於詩人們想像的時空，內容描寫詩人想像的戰爭。

王粲〈矛俞新福歌〉：

> 漢初建國家。匡九州。蠻荊震服。五刃三革休。安不忘備武樂脩。宴我賓師。敬用御天。永樂無憂。子孫受百福。常與松喬遊。烝庶德。莫不咸歡柔。

此詩為〈渝兒舞歌〉四首中的第一首，關於此組詩作之創作因緣，之前於〈安臺新福歌〉中已經提過，此不贅述。此詩在追緬漢高祖劉邦之政績，內容描述漢初開國之時，平定九州，收服邊疆，收藏好刀劍武器，不再發動戰爭。居於安樂卻不忘記武備。大宴賓客，恭敬地侍奉並利用天，可使子民享受百福安康，宛如居於仙境，與先人赤松子、王子喬分享同遊之樂。通過描述漢高祖之德政以及百姓安定祥和的氣氛，敘述出詩人希望魏國也能效法，奉行德政、備武修樂，以及對和平之希冀。

王粲除了在想像漢高祖開國之戰時，敘述對太平盛世與天下一統的想望外，另有多首其他的詩文也呈現同樣的想法，如〈游海賦〉：「包納污之弘量，正宗廟之紀綱。總眾流而臣下，為百谷之君王。」這裡一面稱讚大海包納百川之污水，然後筆鋒一轉，由此聯想到就像治理國家一樣，需要整頓綱紀，理順眾川，使其臣服，共尊大海為百川之王。以大海比喻政治，暗示出王粲對於恢復倫理、加強中央集權、安祥社會的理想，把歌詠自然的海與社會人生巧妙地結合起來，具有生動的創造性。

王粲對於太平雖然極度渴望，但在此詩中仍強調「安不忘備武樂脩」。《左傳・隱公五年》，臧僖伯言：「春蒐、夏苗、秋獮、冬狩，皆於農隙以講事。」這是四時田獵之名首次見錄於古籍者也。《周禮・夏官・大司馬之職》曰：「中春教振旅，司馬以旗致民，平列陳如戰之陳，辨鼓、鐸、鐲、鐃之用。……」從此可知當時藉田獵以行軍事訓練之情形，如以旗幟指揮，排列戰陣之形，使人民分辨種種鼓號之不同……等等。劉瑞箏《春秋軍制研究》認為蒐禮之作用包括：整軍謀帥、練兵備戰、設教制法、耀武召盟。[9]可見我國很早就有居安思危、備戰待敵之思想與實際做法，王粲在此只是加以發揮，而且從此可見，當時戰爭之頻繁，所帶給人們的強烈危機意識。

洪順隆《抒情與敘事》將六朝屬於建國史詩的樂府詩歌，內容分做歌功型和頌德型兩種類型[10]。綜觀王粲這四首〈渝兒舞歌〉，也屬於建國史詩類型，而其內容既屬於歌功型，也屬於頌德型。洪氏又將六朝建國史詩的形式分為具體的敘述與概括的敘事兩類。綜觀王粲這四首詩作，亦或為具體的敘述，或為概括的敘事。洪氏並認為六朝建國史詩具有（1）寄身於樂府詩中，在祭祀宗廟、燕射樂舞詩中設籍生長。（2）內容以史實為主，以六朝各代君主之起源……戰功……為題材。（3）表現藝術技巧以敘事為主。講求客觀。王粲這四首戰爭詩，也符合其特性。可見洪氏所言六朝建國史詩，在六朝之外也可適用。其次，由於建國時多與戰爭有關，所以建國史詩與戰爭詩多有重疊之作品。第三，敘事筆法的戰爭詩，如為樂府詩歌，則其特性則更

9　劉瑞箏：〈春秋軍制研究〉（臺北市：臺灣師範大學國文研究所碩士論文，1988年），頁28-40。

10　洪順隆：《抒情與敘事》，頁43-82。所謂歌功型，是指內容描述所頌對象的受天命、繼祖業、立戰功、遂治績等，頌德型則描述所頌對象的受天命、制禮樂、成文德、致人和、天瑞顯、夷狄服、天下同等。

是近乎相同。所以洪氏所言之特性，是否為建國史詩之特性，還有待釐清。第四，洪氏所言，第三點特性似乎通用於所有屬於敘事筆法、以及與歷史相關之詩作上。

第五節　戰爭英雄之華語敘述

除了以上記敘戰爭時空的前、中、後期以及想像中的詩作外，另有一些仍然是在戰爭的時空下，但描述主軸卻不是在於爭戰的事件上，而是將焦點凝聚在人物之上，描述英雄人物的作品。

接下來則要同時看兩例。

〈襄陽民為胡烈歌〉：美哉明后。儁哲惟嶷。陶廣乾坤。周孔是則。文武播暢。威振遐域。

〈軍中為夏侯淵語〉：典軍校尉夏侯淵。三日五百。六日一千。

在逯欽立《先秦漢魏晉南北朝詩》魏詩卷十一雜歌謠辭中，收錄了許多類似這樣短篇的民歌，大多都已經不知作者為何，此二首亦然。至今甚少有人為之作注，研究者就更少了。這種情況之產生，大抵與其中內容往往模糊難辨有關，然而其中藏著豐富的三國時代人物記載、與風土民情之相關史料，如能妥善處理，將可對於三國時代的相關歷史，有進一步的了解。

此二首在今之注本、譯本中甚少出現。〈襄陽民為胡烈歌〉寫的是胡烈，讚揚他俊傑而品德高尚，效法孔子，文治武功均能德惠百姓，征討的戰功震撼邊疆。〈軍中為夏侯淵語〉寫得是夏侯淵，描寫他在拜將之時，常常急行軍，往往能出敵不意。《魏書》曰：「淵為將，赴急疾，常出敵不意。」胡烈是曹魏驍勇善戰的戰士，魏景元三年（西元262年），司馬昭發動伐蜀之戰，以鍾會為將領，正是因為蜀漢陽平關守將蔣舒叛變，引導魏軍前鋒胡烈部襲陷陽平關，使鍾會得到大量庫藏積穀，才能更順利推展。這一戰便是魏滅蜀之戰。其後孫吳聞蜀滅亡，西攻永安，外托救蜀，實為趁機分割蜀土，此時胡烈率大軍進攻夷陵，才迫使吳軍東撤。

而夏侯淵也是曹操手下的一員重要大將，隨曹操東征北討，於東漢建安二十年（西元215年）隨曹操南取漢中，後與張郃、徐晃屯駐漢中，建安二十三年春（西元218年）劉備率大軍進擊漢中，遭到夏侯淵等人的頑強阻擊，終因宛成守將侯音叛變，曹操無法前來援救，而於建安二十四年（西元219年）三月，遭劉備擊敗，夏侯淵被殺，張郃等人退守。劉備於此之後，又東取房陵、上庸、襄陽、樊城，並自稱漢中王，造成劉備在蜀漢割據之勢。此歌讚頌夏侯淵善於運用奇計快兵，能制敵之先，古兵法書對於如何料敵、洞燭先機有許多闡述，如：《六韜》之中，〈疾戰〉即在說明快速出兵之使用時機，〈突戰〉則是在講述防守對方快速進攻的方式。

從這些描寫戰爭英雄的民歌身上，可以發現當時民心渴望有道德操守，卻又驍勇善戰知謀略的神勇英雄，能夠保護百姓、統一天下，使社會安和樂利，幫助百姓脫離這戰爭頻仍的情況。這種情況與此類的文人作品相比，筆者以為藉英雄或「以戰止戰」的方式來期待和平的想望是一致的。

此類民歌以殘叢小語的方式，用片言數句，便勾勒出人物的軼事言行、思想面貌，筆者認為與《世說新語》是相近的，較貼近於現實，可以作為三國時代人物傳記的補充資料。這多半與漢、晉以來盛極一時的品評人物，與清談風氣有關。

另如〈百姓諺〉、〈孫亮初白鼉鳴童謠〉，以及〈襄陽民為胡烈歌〉、〈軍中為夏侯淵語〉，都可以看出魏晉南北朝喜歡做人物品鑒的活動不只是反映在文學與哲學思想上，這種情況也反映在三國時代的諺語與民謠上。賈元圓〈六朝人物品鑒與文學批評〉就認為六朝喜歡從事人物品鑒的活動，而品鑒活動往往從「徵驗內藏的情性」、「賞鑒外顯的神姿風采」、「類別才能的所宜」數個方面體現出來[11]，如〈襄陽民為胡烈歌〉、〈軍中為夏侯淵語〉都是以「賞鑒外顯的神姿風采」與「類別才能的所宜」作為評論胡烈與夏侯淵之內容。從歷史的記載來看，漢魏以來品鑒人物才性的著作似乎不少，但流傳下來的卻所剩不多，其中劉劭的《人物志》以及零星的鍾會《四本論》都可說是代表性著作。而前列之俗諺，從其中的內容可以窺探出當時品評人物風氣之盛，連俗諺與童謠都會以記載人物事蹟與評論人物為內容，用簡短的文字記載一些人物的小故事，近似於《世說新語》的筆法，卻在時代上早了許多。吳惠玲〈《世說新語》之人物美學研究〉就將《世說新語》的人物之美分為「清逸之美」、「瀟灑之美」、「自得之美」、「容與之美」、「才德之美」、「德行之美」、「才智之美」、「女德之美」、「性情之美」、「深情之美」、「真性之美」、「任達之美」、「形體之美」、「談辯之美」[12]……等等，可見得當時品評人物內容與範圍之廣闊。從以上諸諺語與童謠之內容與前面所述之文學環境對照觀之，可以發現此類型以人物為經緯的戰爭諺語與俗諺一方面是時代風氣造成，事實上以人物為敘述主軸的戰爭詩作也不少，前面都已經分立類別詳述過了。另一方面也可見得，三國時代文學除前面提過的將文學獨立於經學之外、注重個人情志的書寫現象外，在人物的評論上，也已經跳脫重視聖人與德性的框架，而能用純美學、純文學、純記事、純藝術的角度來欣賞人世間發生的事物。

---

11 賈元圓：〈六朝人物品鑒與文學批評〉（臺北市：東吳大學中國文學研究所碩士論文，1985年），頁51-85。

12 吳惠玲：〈《世說新語》之人物美學研究〉（臺北市：臺灣師範大學國文研究所碩士論文，1998年），頁12-142。

再如王粲〈從軍詩〉五首中的第一首：

> 從軍有苦樂，但問所從誰，所從神且武，焉得久勞師，相公征關右，赫怒震天威，一舉滅獯虜，再舉服羌夷，西收邊地賊，忽若俯拾遺，陳賞越丘山，酒肉踰川坻，軍中多飫饒，人馬皆溢肥，徒行兼乘還，空出有餘資，拓地三千里，往返速若飛，歌舞入鄴城，所願獲無違，盡日處大朝，日暮薄言歸，外參時明政，內不廢家私，禽獸憚為犧，良苗實已揮，竊慕負鼎翁，願厲朽鈍姿，不能效沮溺，相隨把鋤犁，熟覽夫子詩，信知所言非。

「從軍有苦樂，但問所從誰？所從神且武，焉得久勞師？相公征關右，赫怒震天威。一舉滅獯虜，再舉服羌夷。西收邊地賊，忽若俯拾遺。」這裡主在稱頌領袖的英明和軍功的偉大，說明從軍出征有苦有樂，但是要看是跟隨何人，像我們隨著神明武勇的曹操，一同出征又哪裡會有長時間勞動軍旅的痛苦？將軍曹操征討關右，赫然憤怒震動天地。一戰便戰勝了玁狁，再戰降服羌族。向西收拾邊域的賊匪，輕鬆快速地就如同是彎腰撿拾物品。「陳賞越丘山，酒肉踰川坻。軍中多飫饒，人馬皆溢肥。徒行兼乘還，空出有餘資。拓地三千里，往返速若飛。歌舞入鄴城，所願獲無違。」此處說明從軍的好處：陳設的獎品高過了山丘，犒賞的酒多過河川，肉豐盛過高地，人和馬都健壯。出去時是徒步行走，回來時駕著兩輛戰車，口袋空空地出征，回來財物富裕。開拓領土三千多里，往返快速像在飛行一般。進入鄴城享受歌舞音樂的娛樂，心裡所希望的都能如願。這裡說盡當兵的優點，使人不禁也想從軍去了。

詩中：「盡日處大朝，日暮薄言歸。外參時明政，內不廢家私。禽獸憚為犧，良苗實已揮。不能效沮溺，相隨把鋤犁。孰覽夫子詩，信知所言非。」表明自己願意報效國家的決心。白天身在朝廷之中，傍晚返回家中。在外參與開明的政事，對內也不荒廢家務。雖然像禽獸一樣怕做祭品，但是丞相的恩澤像陽光雨露般滋潤著我這禾苗。不能學習長沮、桀溺，相偕避世隱居只顧耕耘。仔細閱讀孔夫子詩，確實知道他所說的是不對的。內容中肯定從軍的成就，強調為國效勞是理所當然，甚至還批駁清高的隱士，否定孔子想要隱居的志向。

華語第一部詩歌總集《詩經》中已經有軍戎詩的作品，如〈豳風〉中的〈破斧〉，內容主角為久戰歸來的士兵，慶幸自己沒有戰死，深刻地敘述厭戰的心態。另外如此詩中引用的〈東山〉，也是《詩經》中此類作品，內容也是說出人民對和平生活的嚮往。《楚辭．國殤》中敘述戰爭激烈的場面，並且哀悼捐軀的戰士。從華語以前的作品可看出，王粲此五首〈從軍詩〉內容相當獨特，敘述主題採取和樂歌頌的方式，既沒有描寫戰爭中橫屍遍野的可怕場面，也沒有厭戰的情緒，就算是幾乎完全敘述戰士哀傷的思親情感的第三首，最後也以勉勵自己不可顧念私事為結，明顯地知道並非沿著華語《詩經》與《楚辭》的傳統。

兩漢樂府也承襲華語《詩經》、《楚辭》的風格，多半敘述戰爭破壞人民生活，以及戰爭時恐怖血腥的場面，例如：〈十五從軍征〉、〈戰城南〉。即使如王粲所讚頌的聖君：曹操，其同類作品，也是敘述行軍時的艱苦情形和田園荒廢、民不聊生的狀況，〈苦寒行〉、〈蒿里行〉正是其例。到了晉代，詩人因動亂頻繁，更是強烈地反對戰爭，渴望和平，例如同樣收在《昭明文選》中，陸機的〈從軍行〉、〈苦寒行〉；鮑照〈東門行〉、〈苦熱行〉。

綜觀王粲〈從軍詩〉五首，主題圍繞在說明從軍之重要性，讚美領袖英明，軍容壯盛，表明願效一己之力，這樣的主題除了是戰爭詩外，自然符合了所謂的「軍旅詩」。此外，如楊師昌年也曾經將題材分為三十六類，根據上述內容來看，此五首詩即符合第九類：壯舉[13]。而此五首詩，《昭明文選》則置於「軍戎」類，雖然名稱上不同，實為同一題材。

之後同類作品，亦有讚頌軍功的作品，如《昭明文選》中，鮑照〈出自薊北門行〉，也是表現壯士誓死衛國的精神。到了唐代，所謂的「邊塞詩」中有不少此類作品，而裡頭也有許多是呈現英雄們樂觀地奮勇殺敵的作品，如王昌齡的〈從軍行〉、〈出塞〉。即使到了現代，抗戰時期，郭沫若《戰聲集》、卞之琳《慰勞信集》，都是描述寧死不屈的愛國精神，甚至如臧克家的〈從軍行〉不僅內容如此，題目也沿用此。

王粲此五首詩內容主在歌頌軍功偉大，甚至描寫戰士重視戰爭，和《詩經》、《楚辭》、兩漢樂府的傳統不同。《新譯昭明文選》第二冊中曰：「〈從軍行〉現在最早的歌辭是王粲的從軍詩五首。」[14]如果是最早，便可知道後世如陸機、王昌齡、臧克家等人也許是沿用其題目創作。而對於後世同類作品，內容上不管相同或不同，是否產生過影響，也是值得日後進行研究的。

另看韋昭〈關背德〉：

---

13 楊師昌年《現代小說》，頁15。楊師是根據法國Georges Polti整理出一表，表中對於此類做了以下說明：

1. 主要的即觀眾所同情的人物：勇敢的領袖。
2. 其他必要人物：敵人（對象）。
3. 細目：

甲、備戰。

乙、(1)戰事。(2)爭鬥。

丙、(1)劫奪一個所欲的對象或人物。(2)奪回那所欲的對象或人物。

丁、(1)冒險的遠征。(2)為了所愛的婦女而冒險。

14 周啟成等注：《新譯昭明文選．第二冊》（臺北市：三民書局，1997年），頁1218。

關背德。作鴟張，割我邑城圖不祥。稱兵北伐圍樊襄陽。嗟臂大於股。將受其殃。巍巍夫聖主。睿德與玄通。與玄通。親任呂蒙。泛舟洪氾池。溯涉長江。神武一何桓桓。聲烈正與風翔。歷撫江安城。大據郢邦。虜羽授首。百蠻咸來同。盛哉三比隆。

這首詩的背景是起源於赤壁之戰時，孫吳與蜀漢結盟，劉備趁機攻取武陵、長沙、零陵、桂陽四郡，並以江南四郡地少不足以安民為藉口，去京口面見孫權，要求把南郡借給他，孫權同意之後，並上表漢獻帝，封劉備為荊州牧。建安十九年，劉備奪取益州，孫權於是派諸葛瑾向劉備索還荊州，劉備藉口方圖涼州，不肯歸還，劉備入蜀時，留關羽守江陵。建安二十年，因劉備拒還荊州，孫權於是任命長沙、零陵、桂陽三郡太守，前去接收土地，然而三位太守卻被關羽趕回來。孫權大怒，派呂蒙率軍取三郡，正要交戰，因曹操取漢中，劉備懼失益州派人講和，以湘水為界平分荊州。但在建安二十二年，劉備又進擊漢中（前面在夏侯淵時已經談過），佔領漢中後，又東取房陵、上庸、進攻襄陽、樊城。所以詩中開頭便寫：「關背德。作鴟張，割我邑城圖不祥。稱兵北伐圍樊襄陽。」

接下去寫「嗟臂大於股。將受其殃。」發出手臂大於大腿的嗟嘆，認為養虎貽患，將要遭殃。「巍巍夫聖主。睿德與玄通。與玄通。親任呂蒙。泛舟洪氾池。溯涉長江。神武一何桓桓。聲烈正與風翔。」在平分荊州後，孫權並未放棄奪回全部荊州的企圖，在建安二十二年，向曹操稱臣，鞏固結盟勢力。並任命呂蒙代替魯肅。二十四年關羽舉兵進攻襄樊，呂蒙詐稱有病，關羽果然中計，將守備江陵、公安的兵力調往襄樊，於是孫權派呂蒙與陸遜率軍，晝夜溯江西上，取得江陵與公安。此處正是描寫此段史事，讚揚孫權具有睿智，任命呂蒙溯涉長江，大軍英勇。「歷撫江安城。大據郢邦。虜羽授首。百蠻咸來同。盛哉三比隆。」呂蒙進入江陵後，又西取宜都、枝江、夷道、秭歸、房陵、南鄉。盡得關羽及其將士之家屬，將他們妥善安置，並嚴申軍紀，不許掠奪百姓。因此關羽軍隊失去鬥志，此時孫權派人勸降，關羽偽裝接受，後西逃漳鄉，孫權派潘璋、朱然率軍追趕，終於擒獲，孫權處死關羽，並將其頭顱獻給曹操。曹操拜孫權為驃騎將軍，領荊州牧，封南昌侯。此詩便以此做結。

此詩所描寫的是，著名的吳蜀荊州、夷陵之戰。張曉生、劉文彥《中國古代戰爭通覽》甚至以此為確立三國時代三足鼎立的第一戰[15]。但關於韋昭此詩的研究與注釋本甚少，原因大致與前面所談繆襲〈魏鼓吹曲〉十二首相同，現不贅述。建安時期，吳國、蜀國詩壇寂寥，蜀國無樂府詩作存留，吳蜀詩人成名者少，韋昭是其一，在此詩中韋昭對孫權多所讚揚，而對蜀國不義之行，大加斥責，充分流露出詩人對自己國家的愛護之心，韋昭由於剛正不阿，愛國心切，最後也因直諫君王，下獄被殺。他另有一詩〈秋風〉：「秋風揚沙塵，寒露沾衣裳。角弓持弦急，鳩鳥化為鷹。邊垂飛羽檄，寇賊侵界疆。跨馬披介胄，慷慨懷悲傷。辭親向長路，安知存與亡。窮達固有分，志士思立功。思立功，邀之戰場。身逸獲高賞，身沒有遺封。」則在頌揚描寫吳國將士勇敢奔赴疆場為國立功的情形，與〈關背德〉同樣暗示有志之士應該去思考如何為國征戰沙場，討賊滅敵的心聲。

《古今樂錄》曰：「〈關背德〉者，言蜀將關羽背棄吳德，心懷不軌。孫權引師浮江而擒之也。當漢〈巫山高〉。」簡明扼要地說明了此詩的來龍去脈。前面在〈魏鼓吹曲辭〉中，已經提過前人研究認為鼓吹曲辭多半講述戰陣殺伐之事，以及其來源演變，現也不再詳

---

15 張曉生、劉文彥：《中國古代戰爭通覽．第一冊》，頁317-325。

述。但《晉書・樂志》認為韋昭此作與繆襲同時而作，經由蕭滌非比對（附表一），與考證之後，種種證據顯示，吳鼓吹曲，名雖代漢，實本於魏，應當可信[16]。因此從魏以後，鼓吹曲辭，開始專門述說功德，變為純粹貴族樂府，或許民歌中求新求變、多樣婀娜的社會人民風情便因此消失，但筆者認為之後凡遇此題，便可得知其走向，並可作為其國小型簡史與戰爭史，從而以此補充歷史記載之不足。

從軍事學角度來說，此詩則顯示了戰爭中聯盟的微妙性。《孫子・謀攻》：「上兵伐謀，其次伐交，其次伐兵，其下攻城。」可見外交是比直接使用武力還要重要的事。三國時代戰爭頻繁，外交活動也十分頻仍，各國都認識到認清國際形勢，結交與國對抗敵人，是關係到國家存亡的重要策略。《戰國策・趙策二》：「安民之本，在於擇交，擇交而得則民安，擇交不得則民終身不得安。」把外交的成敗，看作成決定國家百姓安危的重要事件。三國時代，吳蜀相聯以抗曹，一直是眾人所知的重要外交策略，也決定了三國鼎立的形勢，但此詩寫的內容則是蜀國背棄吳國，孫吳改以聯合曹魏策略，奪回荊州的史實。從此可知，國際關係往往是以利益為考量，要拉攏誰或孤立誰，有時以地緣關係為著眼點，有時則須以其他更重大的利益為衡量依據。在戰爭時，常常要利用其他國之間的利益矛盾，解決自己面臨的多方威脅，如此詩中記載的曹仁被圍困於襄樊，於是曹操利用孫權與蜀漢之間因荊州而起的心結，聯合孫權，而孫權也藉此奪回荊州，就在使蜀漢與吳、魏對立的形勢下，使危機轉嫁到蜀漢身上，吳國與魏國同時得到發展與生存。也藉著這種策略，孤立蜀漢，吳國與魏國

16　蕭滌非：《漢魏六朝樂府文學史》（臺北市：長安出版社，1980年），頁147-151。原為清華研究院畢業論文，黃節審查。蕭氏先考訂出韋昭創作年代，再比對出韋昭所更動名稱者，與繆襲相同，而且其中有與繆襲之作，字數句數長短，完全相同，而與其他前人之作不同者，由種種證據考訂出韋昭承接繆襲之作。

避免了自身兩線作戰的風險。而中間記載了因曹操進攻漢中，劉備被迫答應平分荊州一事，也突顯了外交往往也可以增加談判籌碼的特殊性，也說明在三國鼎立時，想辦法讓鷸蚌相爭，則我方可以坐收漁翁之利的方式。〈燭之武退秦師〉開啟了弱國以外交獲得在戰爭中生存的成功先例，而此詩中所記載之三國情勢，也成為重視外交的明訓。

附表一　漢魏吳鼓吹曲名對照表

朝代／次第	曲舊名	改名魏繆襲	改名吳韋昭
1	朱鷺	楚之平	炎精缺
2	思悲翁	戰滎陽	漢之季
3	艾如張	獲呂布	攄武師
4	上之回	克官渡	烏伐林
5	翁離	舊邦	秋風
6	戰城南	定武功	克皖城
7	巫山高	屠柳城	關背德
8	上陵	平南荊	通荊門
9	將進酒	平關中	章宏德

朝代／次第	曲舊名	改名魏繆襲	改名吳韋昭
10	君馬黃		
11	芳樹	邕熙	承天命
12	有所思	應帝期	從曆數
13	雉子		
14	聖人出		
15	上邪	太和	玄化
16	臨高臺		
17	遠如期		
18	石留		

附表二　王粲從軍詩五首結構表

※註：箭頭往前表示呼應，往後表示遞進。

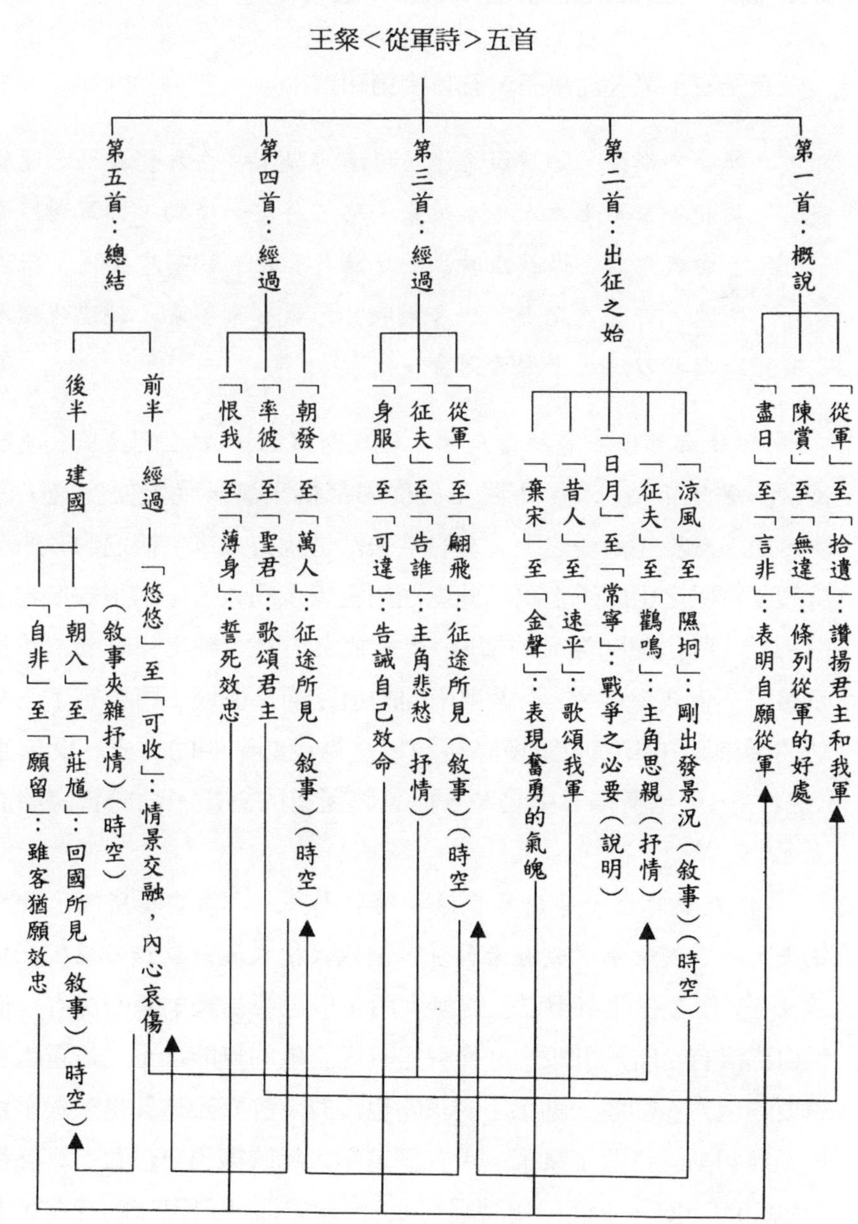

第六節　自己志向之華語敘述

首先看王粲〈從軍詩〉五首中第四首：

> 朝發鄴都橋，暮濟白馬津，逍遙河隄上，左右望我軍，連舫踰萬艘，帶甲千萬人，率彼東南路，將定一舉動，籌策運帷幄，一由我聖君，恨我無時謀，譬諸具官臣，鞠躬中堅內，微畫無所陳，許歷為完士，一言猶敗秦，我有素餐責，誠愧伐檀人，雖無鉛刀用，庶幾奮薄身。

「朝發鄴都橋，暮濟白馬津。逍遙河隄上，左右望我軍。連舫踰萬艘，帶甲千萬人。」軍隊早晨從鄴都橋出發，晚上便度過了白馬津。逍遙漫步在河堤之上，左右望去都是我方大軍，接連的戰船超過萬艘，冑甲之士成千上萬。此處運用視覺上的敘述，誇張的形容出行役所見，隊伍遼闊浩大的情形。「率彼東南路，將定一舉動。籌策運帷幄，一由我聖君。」沿著東南向的道路前進征伐，將要定下一舉成功的勳業。在軍帳中策畫謀略的，全靠我們聖明的君王。此處直稱「聖君」，可見讚揚君主之甚，而且將所有的籌畫，功勞皆歸諸於君王。

「恨我無時謀，譬諸具官臣。鞠躬中堅內，微畫無所陳。許歷為完士，一言獨敗秦。我有素餐責，誠愧伐檀人。雖無鉛刀用，庶幾奮薄身。」作者在此重申自己雖無大用，但也要為國捐軀的決心。他痛恨自己沒有合時的計策，好像只是具備官職的無能之士。位置處在極重要的地方，卻連一點小小的謀略也沒有。許歷雖然只是一般平民，但憑幾句話就打敗了秦軍。用許歷這個人物映襯出自己雖有官職卻愧對國家的不安。下面引用詩經〈伐檀〉，來說明自己無功受祿，非常慚愧。最後總結自已雖無微弱的才能，但願奮不顧身。

〈從軍詩〉五首，全為五言作品，不摻雜其他字數句子，形式非常整齊，節奏一貫，具有統一規律的單純之美。

目前對於此作品，研究者不多，亦無發現有說明其韻腳的，是故筆者在此作一初步歸類[17]。

〈第一首〉韻腳：

微韻：肥、飛、違、歸、揮、非。

支韻：誰、師、夷、遺、坻、資、私。

齊韻：犁。

微韻古通支韻，齊韻古亦通支韻，故三韻可通用，此詩有押韻。

〈第二首〉韻腳：

庚韻：征、情、城、鳴、平、貞、誠、縈、聲。

青韻：刑、坰、寧、齡。

庚韻古略通青韻，故此詩押韻。

〈第三首〉韻腳：

支韻：夷、坻、悲、誰、私。

微韻：飛、違、暉、衣。

微韻古通支韻，和第一首押同韻。

〈其四〉韻腳：

真韻：津、人、臣、陳、秦、人、身。

文韻：軍、君。

文韻古轉真韻，真韻古通庚韻、青韻，所以此詩和第二首同韻。

17　王粲屬於建安時期的人（西元177-217年），原則上此期根據林慶勳和竺家寧著：《古音學入門》（臺北市：臺灣學生書局，1989年），頁4，應屬上古音（前十一至一世紀），然而與中古音相去不遠，又如董同龢先生也在《漢語音韻學》中認為中古音系可以伸展至隋以前，故仍可以《廣韻》觀之。

〈其五〉韻腳：

尤韻：愁、丘、由、流、舟、遊、收、憂、疇、馗、休、留。

此詩全用尤韻。

五首作品全有押韻，每隔一句押韻，也就是雙數句押韻，已經有後世押韻的規模，尤其第一首和第三首押同韻，第二首和第四首押同韻，間隔著押韻，可見其巧思，也可見第一首所敘述時代雖和其後四首不同，但應可屬一系列之作品，為一組詩。

綜觀五首詩作，全為五言，隔句押韻，一、三首押相同韻，二、四首又押同韻，用節奏井然、韻腳相同的方式來抒發情感，敘述自己願意在疆場上為國捐驅、奮勇殺敵的愛國之心，顯得韻律和諧有致，情感一致而綿延不絕。

再看阮籍〈詠懷詩〉中的第三十八首：

> 炎光延萬里。洪川蕩湍瀨。彎弓掛扶桑。長劍倚天外。泰山成砥礪。黃河為裳帶。視彼莊周子。榮枯何足賴。捐身棄中野。烏鳶作患害。豈若雄傑士。功名從此大。

關於阮籍的生平與其戰爭詩的大致情況，在前面已經討論過，現在不再重述。

「炎光延萬里。洪川蕩湍瀨。彎弓掛扶桑。長劍倚天外。泰山成砥礪。黃河為裳帶。」前六句刻畫出阮籍心中英雄的形象，起首兩句渲染出壯闊的空間。三、四句出自於宋玉〈大言賦〉，敘述英雄的活動，把彎弓掛於扶桑樹上，把長劍靠在天外，氣勢豪雄誇張。五、六兩句再次用誇飾，將英雄的形象描繪的無比高大，所以泰山只是一塊磨刀石，黃河也彷彿衣帶。此二句出自《史記‧高祖功臣年表序》：「使河為帶，泰山若礪，國以永寧，爰及苗裔。」在字句敘述形式上相近，但意義上卻無相涉。「視彼莊周子。榮枯何足賴。捐身棄中野。烏鳶作患害。」這是用《莊子・列禦寇》的故事，莊子將死，他的學生欲厚葬他，莊子卻要天葬，學生認為如此屍身將被烏鳶食之，但莊子認為在上會被烏鳶食，在下會被螻蟻食。阮籍在此敘述人生無論生死，都應曠達面對，視生死為一同的。「豈若雄傑士。功名從此大。」最後點明主旨，雄傑之士在戰場上要超越生死的界線，建立功名。

魏晉時代，天下多禍，政治嚴酷，仕人常有生命之憂，面對生命短暫、明日不知身向何處的憂慮，有些人求仙與長生之道，有些人恣意放誕，也有人主張積極用世。前面提過建安時代文人多有想要為國征戰建功的思想，阮籍身處三國與晉代交接之際，受建安餘風影響，阮籍此類敘述自己想要建功立業，主張戰爭之詩作，大多在其早期。另外如〈詠懷詩〉中的第三十九首：「壯士何慷慨，志欲威八方，驅車遠行役，受命念自忘，良弓挾烏號，明甲有精光，臨難不顧生，身死魂飛揚，豈為全軀士，效命爭戰場，忠為百世榮，義使令名彰，垂身謝後世，氣節故有常。」認為只有功名與事業才能擺脫人生的榮枯，只有忠義與氣節才能流令名於千古，從根本上超越生命之短暫，表現出剛健有力的風格。建安時代文人的華語詩作中，多敘述雄心壯志，寧可馬革裹屍，也不願忍辱偷生，形成遒健慷慨之詩歌風骨，具有激越人心之藝術張力，建安之後，詩人已經失去為國效命的客觀環境，高壓政治也消磨了他們積極進取之意志，此時的華語敘述多憂生之嗟與對仙隱生活之嚮往，而阮籍在建安之末，仍直承建安風格，有此兼濟天下之壯志。

邱鎮京《阮籍詩研究》：「此詩『視彼莊周子。榮枯何足賴』似在暗示掛弓倚劍、礪山帶河的英傑，才是他投效的途徑，其實這也僅說明建功立業的功臣名將，曾經是他早年嚮慕崇仰的偶像。」[18]就已經說明了阮籍早年有經世濟民、馳騁沙場之志，而之後卻有了改變的情況。阮籍詠懷詩多以抒情敘述方式，宣洩詩人心中塊壘與情思，像這一類敘述其生平志業者，所佔比例較少，不過可以看出阮籍年輕時學習詩書，重視修養，期與聖賢同垂不朽，並且精熟武藝，歌頌忠義壯士，敘述心中仰慕，志氣豪邁。

從阮籍此首歌詠豪傑之士的詩，可以聯想到許多歌詠戰爭英雄的華語詩作，多以武器配備塑造其英雄形象，〈詠懷詩〉中的第三十八首、第三十九首如此，之前提過的曹植〈白馬篇〉亦如是。其中弓和劍幾乎是敘述中不可缺少的。其實在漢武帝時期，劍的鍛造技術提高，已經出現鋼劍。然而等到「刀」出現後，佩劍只有在上朝時帶著，等到三國時期，軍隊中大量裝備的實戰用短柄武器，就只有刀了[19]。但是在三國時代的華語戰爭詩中，幾乎未見「刀」的稱呼與敘述，僅有一些文章出現，可見古人與現代對武器的華語敘述不盡相同，或者是因為配劍者為軍隊較高階位者，「劍」是一種身分的表徵，所以當時詩人仍習慣將短兵器以「劍」作為代表，來刻畫英雄人物的形象。

第七節　檢討過去戰爭之華語敘述

首先以曹操〈短歌行〉作為例子：

> 周西伯昌，懷此聖德。三分天下，而有其二。修奉貢獻，臣節不墜。崇侯讒之，是以拘繫。後見赦原，賜之斧鉞，得使征

---

18 邱鎮京：《阮籍詩研究》（臺北市：文津出版社，1979年），頁130。

19 楊泓著：《中國古兵器論叢》（臺北市：明文書局，1983年），頁129-135。

伐。為仲尼所稱，達及德行，猶奉事殷，論敘其美。齊桓之功，為霸之首。九合諸侯，一匡天下。一匡天下，不以兵車。正而不譎，其德傳稱。孔子所嘆，並稱夷吾，民受其恩。賜與廟胙，命無下拜。小白不敢爾，天威在顏咫尺。晉文亦霸，躬奉天王。受賜珪瓚，秬鬯彤弓，盧弓矢千，虎賁三百人。威服諸侯，師之者尊。八方聞之，名亞齊桓。河陽之會，詐稱周王，是以其名紛葩。

這是一首表明曹操心志的戰爭詩。曹操在戰爭中採取的重要策略是「挾天子以令諸侯」，這個策略使他在政治上與戰爭上得到主動與正當的地位，從這個戰略的使用，也可以看出曹操是一位傑出的軍事家與政治家。戰略屬於軍事藝術中最高層次的內容，如果戰略正確無誤，即使在戰術運用或作戰方法上出現一些失誤，也不會導致軍事全局上的逆轉。曹操深明此理，而且了解戰爭必須師出有名，於是制定了此一重要戰略，使自己的地位處於優勢，並且取得戰爭主控權。李寶均言：

> 建安元年（西元196年），他把正在窮途末路中的獻帝迎到許縣（河南許昌），置於自己的掌握之中。這是曹操在政治上作出的一項重大戰略決策。在封建社會，皇帝是權力和國家統一的象徵。他把獻帝掌握在手中，控制了中央政權，在政治上就高居於其他競爭對手之上而處於極大的優勢地位。[20]

已經注意到「挾天子以令諸侯」是曹操所做出的重大戰略決策，當然如他所說「皇帝是權力和國家統一的象徵」，所以曹操「控制了中央政權」。但筆者以為，若從戰爭與軍事的角度看來，曹操為自己

---

[20] 李寶均：《曹氏父子與建安文學》（臺北市：萬卷樓圖書公司，1991年），頁14。

的出兵，找到合理的藉口，使自己能夠主動進攻，先發制人地積極進攻，又使對方無從辯駁，也是重要的致勝之道。

然而這樣的行為，自然受到其他各國的關注，其他各國也了解其中的嚴重性，因此也受到政敵的攻擊，說他有「不遜之志」。為了回應政敵之攻擊，他在這首詩中極力頌揚周文王、齊桓公、晉文公，極力敘述忠貞之志。開頭一句「周西伯昌，懷此聖德」，概括說明周文王具有高尚道德，而後「三分天下，而有其二。修奉貢獻，臣節不墜。」讚揚周文王佔有三分之二的疆域，但仍不廢臣節，此處曹操以文王自比，敘述自己絕不會廢棄臣節，會忠於臣職，侍奉君王。「崇侯讒之，是以拘繫」，揭示周文王就是由於受到崇侯的毀謗，才被囚禁，以此暗諭其他人對自己的毀謗就像崇侯對周文王的讒言一般。「後見赦原，賜之斧鉞，得使征伐。為仲尼所稱，達及德行，猶奉事殷，論敘其美。」一筆蕩開，直指核心說明紂王賜給文王斧鉞，而賜與斧鉞代表的是授與征伐之權利。從此建立自己征伐之合理性。之後並以孔子稱讚周文王服事殷，來敘述自己奉事漢室之心。

其下頌揚齊桓公與管仲。「**齊桓之功，為霸之首。九合諸侯，一匡天下。一匡天下，不以兵車。**」指出齊桓公任用管仲，以「尊王攘夷」為名，多次盟會諸侯，成為春秋時五霸之首。而最令人敬佩的是，他匡正了諸侯兼併的局面，靠的不是武力，以此期勉自己，也希望藉此遊說當時其他政敵。「正而不譎，其德傳稱。孔子所嘆，並稱夷吾，民受其恩。」敘述孔子曾經讚美齊桓公是一位正派而不耍手段之人，並且一併讚揚管仲。《論語・憲問》：「桓公九合諸侯，不以兵車，管仲之力也。」又說：「管仲相桓公，霸諸侯，一匡天下，民到於今受其賜。」孔子認為桓公能停止戰爭，是受到管仲的幫助，而人民也得到他的恩澤。「賜與廟胙，命無下拜。小白不敢爾，天威在顏咫尺。」引用周天子派宰孔將祭肉賜給桓公，並說因其年歲大，不用下階跪拜，然而桓公仍堅持以臣禮下拜接受紀肉之事。此事記載於《左傳．僖公九年》。曹操藉此敘述桓公功勞高遠，受到周天子厚愛，仍然極其恭敬，表明自己也要效法桓公之心。

第三例舉晉文公之事，前半尊崇晉文公尊奉周事而受到諸侯敬仰，後半則對晉文公欺騙天子而有所非難。「晉文亦霸，躬奉天王。受賜珪瓚，秬鬯彤弓，盧弓矢千，虎賁三百人。威服諸侯，師之者尊。八方聞之，名亞齊桓。」寫晉文公同樣是霸主，亦恭敬地尊奉周天子。並以晉文公在打敗楚國後，將楚國戰俘獻給周天子，敘述對天子的敬重與忠誠，周天子因此命他為諸侯的領袖，並賜給車子、服飾與寶物之事，來說明這樣的行為值得尊敬。「河陽之會，詐稱周王，是以其名紛葩。」則非議晉文公因召請周天子參與會議，與禮制不合，於是採用欺騙的方式，讓天子狩於河陽，遇上諸侯盟會而參加會議，並假稱天子名義之事。以上二事皆記載於《左傳．僖公二十八年》。曹操以此兩事並列，對比地敘述自己決不會像晉文公一樣作出使人非議之事，而要學習晉文公尊奉周室而贏得威信與聲望的行誼。

曹操此詩大加讚頌周文王、齊桓公、晉文公，就是要以此來敘述自己對先賢功業的敬仰之情，並說明自己將以他們為榜樣，尊奉漢室，以獲得天下人之尊敬，使令名流傳於後的志向。此詩高明之處，筆者以為便是從以往政治上之事例，來破除政敵想要以此為藉口，從政治上孤立他，使他無法將戰爭合理化的不利情勢。除了此詩之外，他還寫了〈讓縣自明本志令〉，同樣也對於其他人攻擊他有「不遜之志」，以敘述忠貞之誠，並無代漢之野心來作回應。此文中提到他「遭值董卓之難，興舉義兵，是時合兵能多得耳，然常自損，不欲多之；所以然者，多兵意盛，與強敵爭，倘更為禍始。」講述自己作戰是為了和平與民族之和諧，並說明「設使國家無有孤，不知當幾人稱帝，幾人稱王」，敘述自己無廢漢自立之野心。而後舉用樂毅被燕王驅往趙國，仍不忘故國，以及蒙恬將被誅卻堅持君臣大義的事例，「孤每讀此二人書，未嘗不愴然流涕也。」表明自己十分欽佩他們，敘述自己雖然武力足以背叛朝廷，但其志向並非如此。最後以自家祖父曹騰任中常侍大長秋、父曹嵩官至太尉之事，說明自己感念恩德，忠於朝廷。雖然曹操並非真心要尊奉漢室，當其欲稱魏國公之時，荀彧提出「秉忠貞之誠，守退讓之節」，於是加害荀彧之行徑來看，他的這些詩文只是為了鞏固與發展自己的地位，但從這些詩文，仍可觀察出曹操反擊政敵、安撫人心、將戰爭合理化的高明政治手腕。

羅隱云：「魏武陰賊險狠，盜有神器，實竊英雄之名。」（《韻語陽秋》卷十九）便是以為曹操是陰險奸詐之人，竊據了英雄之名。然而當時適值亂世，成者為王，敗者為寇，論其詩文敘述方式，條理清晰，例證鑿鑿，從此更可得知其運籌帷幄的軍事與政治長才，且其為三國首領之中，認真提倡文學之君主，實為兼具文學、軍事、政治等多方才能之優秀人物。

何以曹操冒著被人攻詰的危險，仍處心積慮要訂下此一戰略，並且多方論述，花費大量詩文，又寫詩，又公佈詔令？筆者以為從軍事戰略與戰術的角度來看這個問題，便不難理解。因為在戰爭中，先發制人有四項優點，第一可以震撼對方士氣，第二可以達成突然襲擊的目的，第三可以在敵強我弱的情況下，通過搶先進攻改變力量對比，第四可以把戰爭引到敵國的土地上，減少對本國的破壞。因為優點多，所以古代兵家有些人主張兵貴先，甚至認為是天下之至權，兵家之上策。但先發制人也會帶來負面影響，也就是容易引起敵國民眾與軍隊的反感，也會遭致國際上其他國家的反對與譴責。西元二千零一年所發生的美國九一一事件便可視為先發制人之優缺點的最好例證，恐怖組織先發制人地攻擊紐約，的確達到震撼、突襲的成果，並且改變了與美國強大力量之懸殊差距，也將戰爭引到美國本土上去。但他們忽略了其缺失，於是招致美國上下一心的反抗，也受到國際間的大聲撻伐，美國因此獲得無數的援助。相較之下，曹操便聰明得多，他先迎獻帝到許縣，然後寫作詩文表明心跡，使政敵無話可說，詩中以周文王的戰爭之權來自天子所授與，及晉文公戰爭是為了周天子之例，從此確立自己戰爭主控權的合理性與正當性，隨時可以先發制人，筆者認為他是要建立「戰權王授」的概念，這麼一來便巧妙地避開了先發制人戰爭的不義性質。其次，他在詩文中一再提及齊桓公與晉文公之最大貢獻，是不用戰爭卻能統合諸侯。這也是帶有古代軍事家的理想色彩，孫子曾曰：「是故百戰百勝，非善之善者也；不戰而屈人之兵，善之善者也。」（孫子兵法．謀攻第三）就已經提出百戰百勝算不上是真正的高明，能夠不經戰鬥便使對方軍隊屈服，才是真正的高明。從此詩便可見曹操對此一軍事戰爭最高境界的嚮往，也藉此詩呼籲敵方陣營效法春秋時的結盟，然而經由自己掌握中央的地位，便顯示其他結盟的不義，是為對抗漢獻帝而起，其中亦包藏著曹操破壞其他敵國結盟的用心。

曹操為魏朝建立了開國的氣象，綜觀曹氏一門，曹丕、曹植、曹叡的政治思想與軍事策略多繼承曹操，在他們的戰爭詩中，尤其可以看到一脈相承的痕跡，如曹丕〈黎陽作詩〉三首中的第一首，也是先將出兵合理化，並以周公自比；曹叡〈櫂歌行〉也將出征道德化；曹植〈丹霞蔽日行〉同樣讚頌周及漢興起戰爭的光輝；曹植〈送應氏詩〉二首中的第一首則憤恨董卓；而曹丕〈黎陽作詩〉三首中的第三首、曹植〈贈丁儀王粲詩〉、〈責躬〉、曹叡〈苦寒行〉則懷念先祖之德，歌頌曹操戰功；在在可見他們對曹操的感念，以及曹操政治與軍事思想對他們的影響。

再看阮籍〈詠懷詩〉中的第三十一首：

> 駕言發魏都，南向望吹臺。蕭管有遺音，梁王安在哉？戰士食糟糠，賢者處蒿萊。歌舞曲未終，秦兵已復來。夾林非吾有，朱宮生塵埃。軍敗華陽下，身竟為土灰。

阮籍這首詠懷詩以詠史為內容，藉著歷史議論當時的政治，並抒發自己的思想感情。阮籍〈詠懷詩〉中提到大梁者，另有三首：第二十首：「徘徊蓬池上，還顧望大梁」、第二十六首：「昔余遊大梁，登於黃華顛」、第七十四首：「梁東有芳草，一朝再三榮」。這幾首中，除了第二十六首是取用神神話，與戰國魏都無關外，其他都是指戰國時魏國都城，今河南開封市。「駕言發魏都，南向望吹臺。蕭管有遺音，梁王安在哉？」從訪問戰國時魏國名勝吹臺的遺址談起，在詩人的想像中，吹臺曾是魏王歌舞歡宴之所，簫管的樂音似乎仍未斷絕，但魏王何在？弔古的感慨油然而生。「戰士食糟糠，賢者處蒿萊。」從前面吹臺上管簫的音樂，使讀者聯想到曹操銅雀臺的音樂，曹操在死前遺令「於臺堂上安六尺床，施穗帳，朝哺上脯糒之屬，月旦十五日，自朝至午，輒向帳中作伎樂。」曹操之後，丕及叡皆雅好音樂，曹叡更以生活奢侈著稱，其中曹操、曹丕對於樂府與民間音樂貢獻極大。由此將時間拉回當世，批評當時的曹魏政治。首先批評的是當時的兵制，當時實行世兵制，兵士之家世代當兵，受到極大的歧視。張文強曾言：「曹魏建國前後，世兵制逐漸形成，並成為曹魏主要的兵役制度。所謂世兵制，即是一旦為兵，要與一般民戶分離單位戶籍，成為軍戶；軍戶不經放免要世代為兵；軍士身分地位因此日漸微賤的一套制度。」[21]當時為防止官兵叛逃，要求將領與士兵以家屬作為人質，且父死子代、兄終弟及，世代為兵，而軍戶女子不許外嫁，只准在軍戶內求偶。於是阮籍在此為戰士待遇之低，發出不平之鳴。

21　張文強：《中國魏晉南北朝軍事史》（北京市：人民出版社，1994年），頁12-13。

其次批評當時的用才制度。曹丕之後選才任官使用「九品中正制」，官吏的升降也由此決定，於是出於寒門的賢士不得重用，只能過著貧困的生活，而政治上由世族貴族把持政權。《中國歷朝行政管理》便言：「自九品中正制實行後，士人的薦舉及品評均由中正負責，這勢必造成中央用人大權的旁落，並為士族地主把持政權打開了通途。」[22]阮籍此處記敘魏明帝末年歌舞荒淫，不知養兵用賢。其下「歌舞曲未終，秦兵已復來。夾林非吾有，朱宮生塵埃。軍敗華陽下，身竟為土灰。」又回到戰國時魏國，魏王還在歌舞宴樂之際，秦國攻打魏國的軍隊已經到來，吹臺的林地與宮殿，不再屬於魏國而變為荒蕪廢墟。用得是西元前二七三年，魏安釐王攻伐韓國華陽，秦軍救韓，大敗魏軍在華陽山下，魏王割地求和之史實，描寫當時戰爭的歷史活動畫面。最後兩句變化曹操〈龜雖壽〉：「神龜雖壽，猷有竟時。騰蛇乘霧，終為土灰。」暗示若是政治現實如此，衰亡是必然的命運，將如魏王身死國滅。藉由令人景仰的開國元首曹操的詩句，陳述歷史教訓，以示警告，更具意義。

《古詩漢魏六朝新賞》認為此詩：「詠史而有現實寓意，也應不即不離，並不能一一比附。從史實中引出教訓，才是詩篇中最重要的目的。」[23]整體說來，魏朝戰爭詩主戰類，藉過去戰爭議論者，包括阮籍的這一首，多半是藉著詠史而寄託現實意義，從歷史紀錄中得出教訓，或作為立論之根據。而以阮籍個人風格而言，前面提到阮籍為全身避禍，詩多隱微，此詩因指斥當世，故借助史事來闡明己意，其中多提過去歷史，僅兩句指涉當時制度，若即若離，曲折委婉，涵義幽微，使人深思。李正治言：「阮籍詠懷的主要風格，可用『宏邈高

22　黃崇岳主編：《中國歷朝行政管理》（北京市：中國人民大學出版社，1998年），頁290。

23　同前註。

遠』一語，概括全體。」[24]此詩亦符合此風格，觀其中時空交錯，穿梭於廣大宇宙之中，而旨意遙深，正是「宏邁高遠」之作。

何以說此詩寓意深遠？亦可以從戰爭學的角度，來看阮籍所要討論的歷史教訓。前面提過阮籍少年時曾習武藝，他對於古兵家之思想，自然也熟諳非常。古代兵家時時刻刻提醒君王，居安思危，安不忘戰，阮籍在此詩中所要談的也正是這個課題。在政治穩定、經濟繁榮之時，君王仍要清醒地看到戰爭的潛在危險，警覺地注視敵軍行動，不懈地練兵習武，更何況阮籍指出，曹魏當時戰士地位低下，不用賢才的情況下，暗示魏明帝更不應該耽溺於聲色歌舞之中。《司馬法》中言：「天下雖安，忘戰必危。」（仁本第一）一「必」字，寫出忘記備戰的嚴重性。又言：「天下既平，天子大愷，春蒐秋獮；諸侯春振旅，秋治兵，所以不忘戰也。」則仔細地說明備戰之方法，在天下已經平安，天子舉行盛大的凱旋儀式，春天與秋天要用田獵訓練士兵作戰；諸侯也要於春天整軍，秋天演習。已經提出除了思危之外，還要「有備」，阮籍此詩以「戰士食糟糠，賢者處蒿萊。」就已議論出當時備戰情況的漏洞，期望得到君王的重視，能夠早日構築可靠的防禦戰備，使能夠有備而制人，不至於無備而受制於人，像戰國時魏國一樣，被秦國軍臨城下，兵敗割地。

第八節　論述戰爭道理之華語敘述

首先以繁欽〈遠戍勸戒詩〉為例：

肅將王事，集此揚土。凡我同盟，既文既武。郁郁桓桓，有規

24 李正治：〈六朝詠懷組詩研究〉（臺北市：臺灣師範大學國文研究所碩士論文，1980年），頁161。

有矩。務在和光，同塵共垢。各竟其心，為國蕃輔。誾誾行行，非法不語。可否相濟，闕則云補。

繁欽，字休伯，長於書記，又善為詩賦，曾經多次跟隨曹操征戰，如建安十三年，為丞相主簿，從曹操南征。十四年參與赤壁之戰，十六年從操西征。此詩從題目便可得知背景是由於即將到遠地征戰，所以寫作勸戒眾人，觀其內容，則極有可能是以此詩作為誓師之用。內容中說到，所有的戰士在此地集結，並議論同盟的戰友文武雙全，此次戰爭中需靠大家謹守規矩，和光同塵，順隨大眾，不自立異，盡心盡力，即使有所爭議，也要在辯論時態度和順，互相幫助，互補缺失。簡明扼要地提釋出作戰時應有的態度與紀律，議論嚴肅到甚至近似於戒條規章，這樣的詩作充滿理智與深意，但從興味的角度而言，則缺乏情趣。

後世多尊崇其〈定情詩〉，認為是繁欽之代表作，對於〈遠戍勸戒詩〉則評論闕如，一方面因〈定情詩〉為今存建安時代文人五言詩篇幅最巨者，鋪陳排比，另一方面因其中情意回環婉轉，淒惻動人。然從其生平所處之時代背景與其職務而言，繁欽創作〈遠戍勸戒詩〉，亦有其深意。當時曹操數次征戰，皆因同盟之離心離德而失敗，如東漢末年時，群雄商討進攻董卓，曹操進攻之時，劉岱、張邈等人卻不合作，導致孫堅被襲擊、王匡被攻破。又如官渡之戰時，建安五年七月多縣起兵叛曹，導致情況危急。最明顯的例子是赤壁之戰時，曹操率領著號稱八十萬的大軍，卻被周瑜率領三萬精兵給擊敗，還因此失去荊州。主因正如周瑜所分析的，曹操雖然軍隊人數眾多，但心存疑懼或不滿。但也有因為敵營分裂，造成曹軍之優勢者，如許攸叛離袁紹，使曹操獲知軍機，燒掉袁紹之補給糧食。故繁欽深感軍隊同心同德之重要性，而於此詩中發出誠摯的呼籲。

西方軍事家約米尼曾說：「假使各種其他的條件都相等，則戰爭的勝負就決定於盟國的有無。」[25]這指出「寡不敵眾」的道理，而且同盟的作用在戰爭中不僅可使作戰兵力增多，也可使敵人原是安全的疆界，受到威脅，形成備多力分的局面。三國時代多次戰爭就是因後方叛變，或是因邊境受到敵軍之新盟國威脅，而宣告停止。當然，除了外援之盟國外，己方之「人和」也是相當重要，包括民心之向背、軍隊士氣之高低，與將領之向心力，都是戰爭成功之要素。孟子就曾經與齊宣王討論鄒人與楚人之戰，言：「然則小固不可以敵大，寡固不可以敵眾，弱固不可以敵彊。」但若是王發政施仁，則「天下之欲疾其君者，皆欲赴愬於王。其若是，孰能禦之？」（《孟子．梁惠王上》）指明為人國君者，若能施仁政，善於養民，獲得民心，則「仁者無敵」。此外，軍隊之士氣與忠誠度也決定了戰爭的勝敗，因此魏國才會想出以軍人之家屬作為人質的方法。古代戰爭中，因人和而戰勝敵軍之例子，實在不勝枚舉，如田單在齊國僅剩莒與即墨兩座城池時，卻因激發軍民同仇敵愾之心，一舉收復失地。繁欽正是由於當時魏國的情況，且深知「人和」之重要，而以此詩勸戒即將遠征之軍隊。

繁欽另有〈撰征賦〉：「有漢丞相武平侯曹公，仗節東征。……左駢雄戟，右攢干將。彤弧朱矰，丹羽絳房。望之如火，焰奪朝陽。」描繪出曹操勇猛善戰的英雄氣概。此賦下文則鋪敘軍隊陣容嚴整威武、武器精良，以及衝鋒陷陣之銳不可當。整篇賦生動具體，使人讀之，如親臨戰爭現場目睹一般。與〈遠戍勸戒詩〉相比，兩者情調不同，一豪邁一嚴肅，一描寫逼真一說理明確，但皆可作為繁欽生平的註腳，看出戰爭在其生命中刻劃的痕跡。

25　約米尼著，紐先鍾譯：《戰爭藝術》，頁28。

再來看另一例應璩：

郡國貪慕將，馳騁習弓戟，雖妙未更事，難用應卒迫。[26]

應璩，字休璉，是應瑒的弟弟。這首詩被逯欽立認為是百一新詩，百一詩的來源是因為當時大將軍曹爽在朝中樹立黨羽，應璩入曹爽府為長史，謂爽以「公今聞周公巍巍之稱，安知百慮有一失乎」，故做〈百一詩〉，譏切時事。姑且不論詩中所指大將究竟為何人，但用此詩闡明與議論將領對戰爭的影響，以及將領的重要性等等意涵極為清楚。

華族古代從春秋中期開始文武分職，將相分設，專職的軍事將領出現，意味著戰爭發展成越來越大規模，武器裝備提高，戰場地域擴大，時間延長，且影響越來越大，作戰方式複雜化，對作戰要求相形增高，於是軍隊的指揮效能需要加以提高，必須由專職的人員處理，是故專司軍事指揮的「將」應運而生。尉繚子曾說：「將帥者，心也；群下者，支節也。其心動以誠，則支節必力，其心動以疑，則支節必背。」（《尉繚子卷第二・攻權》）比喻將領就像心臟，部下就像肢節。假使將領能專誠，士卒就會效力；假使將領猶疑，士卒就會背叛。說明了將領在戰爭中居於領導地位，是一個最重要且具關鍵性的人物。

應璩此詩第一句「郡國貪慕將」，「貪慕」一辭已有明顯之貶意。我國兵法家對於將領的要求，品德皆為條件之一，而「貪慕」一辭，顯然有違將德之標準。身為一位將領重要德行之一，便是愛國，但如果將領貪慕名利，很可能會怠忽保國衛民的職責，成為喪失氣節，為一己之私利，不顧國家民族之利益，出賣自己的國家與軍隊。

26　此為組詩中第五首，逯氏以為是「百一新詩」。

所以孫武有言：「進不求名，退不避罪，唯民是保，而利於主，國之寶也。」（《孫子兵法．地形》）將帥若是「貪慕」，往往造成爭功驕矜，而好大喜功，爭名奪利，也往往會破壞全軍大計。如《左傳．定公四年》記載吳國舉並犯楚，當時楚國左司馬戍與子常，本已協商好防禦之退兵計畫，但終因子常為搶功而破壞計畫，導致兵敗垂成。以上種種皆可見，應據用「貪慕」一詞形容此將的貶損之意。

接下來一句「馳騁習弓戟」，此句形容此將的戰爭技術高超。「馳騁」是一樣很重要的戰技，這是因為騎兵是一種能兼有步兵之靈活優點，與戰車之衝擊力與殺傷力優點的兵種。我國一直到西元前三百零七年趙武靈王「胡服騎射」，這項著名的軍事改革後，才開始建立能有效防禦遊牧民族的騎兵部隊。趙武靈王（公元前325－前299年）是趙國第六個國王，是著名的政治家和軍事家。當時趙國雖然有時可以戰勝一些小國，但也經常受到強國的欺凌，經常被齊國、秦國打敗，還被秦國佔去好幾座城池。趙武靈王觀察到與趙國相鄰的北方和東方的胡族，作戰時身穿短衣，騎在馬上，流動性大、舉動靈巧、戰鬥力也強。於是趙武靈王決定向胡人學習，這也就是歷史上有名的軍事改革——趙武靈王的「胡服騎射」（武靈王19年，公元前307年），由於此一改革使趙國躍居為軍事強國[27]。當時許多對於此政策反對的聲音，如肥義：「疑事無功，疑行無名」，這是因為華人文化向來以中原文明為傲，孔子也曾說過：「微管仲，吾其被髮左衽矣！」表示人們對於放棄傳統服飾和習俗，而向蠻夷地區效法的鄙視。然而趙武靈王在眾人的反對中，仍舊推展了此一改革，並親自訓練出一支強大的騎兵隊伍，這種行動迅速的騎兵，成為後來國家的一個重要軍種，尤其適用於北方草原地帶，歷史上我國對北方少數民族的戰爭，

27　無作者：《春秋戰國史話》（臺北市：木鐸出版社，1986年），頁141-144。

主要就是依靠騎兵，如秦漢時代對抗匈奴的戰爭。

有些書甚至因此認為騎兵是趙武靈王創造的新兵種，是中原騎兵之始[28]，這種說法現在雖然已經受到考訂而推[29]，中原從商代就已經有騎兵，只是為數甚少；《韓非子・十過》有「車騎先至晉陽」一語，表示趙襄子已用騎兵配合車兵作戰。但這件事說明了趙襄子到武靈王百餘年間，趙國的騎兵有很大的發展。而其他各國也先後建立騎兵部隊，戰國後期，齊趙楚已有「騎萬匹」，燕有「騎六千匹」，魏也有「騎五千匹」。

但我國真正開始擁有強大的騎兵兵團，卻要等到漢武帝才得以成立。就連秦始皇也只能用修築萬里長城的方式對抗匈奴，西漢則採用「和親」策略加以攏絡。這一方面是國情尚無法接受其衣著與技術，另一方面也是由於國力不足以負擔豢養馬匹之大量開銷，且養馬技術亦正待加強。可見一名將領要能學會「馳騁」此一戰技之難度，不僅要國力足以負擔馬匹開銷，也要心理上與技術上得以配合。華族令歐洲軍事史編撰者驚歎不已的成吉思汗，即是採用騎兵與其特殊的「旋風戰法」，建立起橫跨歐亞的龐大帝國。可見倘若將領能善於運用騎兵，將可獲得巨大的收益。

「習弓戟」則是另一項戰爭技術。兵法家吳起在練兵之時，要求按照士兵身材配置武器：身材矮小的讓他們使用矛和戟，高大的使用弓與弩，強壯的擎旗，勇敢的操金鼓，較弱的處理後勤雜務。身為將領的自然應該熟習各種武器的施用方式、器材特性、與適合範圍。當然「馳騁習弓戟」一句，也不能狹隘地指稱此將領只會使用「騎兵」與「弓戟」，這兩者只是一種概括的詞彙，以部分的戰技來借代所有

---

28 馮寶志著：《文明曙光——上古、秦代卷》（香港：香港中華書局，1992年），頁187-193。

29 赫治清、王曉衛著：《中國兵制史》（臺北市：文津出版社，1997年），頁37。

的戰技，包括：陸軍、水軍、步兵、戰車……等等，以及各種戰鬥隊形的變化、各種號令的運用、各項規章的賞罰……等等，其實都是一位將領所需具備與了解的。若再反過頭來說，一位將領的戰技越好，所受訓練越精實，而其真如第一句所言「貪慕」，豈不是越危險，越是養虎為患。

最後一聯「雖妙未更事，難用應卒迫」，點出此將雖然精熟於戰技，但對於戰爭尚未有所經驗，恐怕難以應對倉卒間的戰事。將領對於我方的士卒、設備，敵方的士卒、設備，戰場地形的特質，各國不同之民情風俗，敵方將帥的心理特質及其用兵習慣……等等，都需要經驗的累積與組合，倘若經驗不足，容易造成心慌意亂，不能自制，反之則較能處變不驚。所以蘇洵認為將領要「泰山崩於前而色不變，麋鹿興於左而目不瞬，然後可以制利害，可以待敵。」（〈心術〉）也才能做到如蘇軾所說的：「卒然臨之而不驚，無故加之而不怒。」（〈留侯論〉）經驗對於利用現有的資訊，推論出未來可能的發展方向之「預見力」，也很有影響，而這種預見的能力，對於整個戰局的發展亦影響深遠。不過，若光從軍事學角度而言，古代兵法家對於將領的「經驗」並未著墨太多，只有偶爾提到，對於前面所提到的「將德」與「將才」，則有豐富的論述，況且從實際例證而言，司馬穰苴、韓信都是資歷尚淺之時，便做了統率全軍的將帥，卻連戰連勝，立下赫赫戰功。將才的條件包括：愛民、愛國、度量廣大、容納諫言、不爭功諉過、勇敢、沉靜、信心與意志力、知識淵博、記憶力、觀察力、判斷力、想像力、預見力、決斷力……等等[30]，經驗只是參考的有利條件，有時資訊的整合與變通，或是出奇制勝的決策，

---

30 吳順令：《先秦軍事謀略思想研究》（臺北市：臺灣師範大學國文研究所博士論文，1992年），頁259-325。

更能影響戰局。

《文心雕龍．明詩》言：「應璩〈百一〉，獨立不懼，辭譎義貞。」〈才略〉又稱「休璉風情，則〈百一〉標其志。」應璩在寫給劉楨的書信中，曾經直斥庸才得居高位，而此詩也可看出評人之毅然獨立，文辭曲折而含義正直，頗能標舉出應璩之清志，有建安風骨之留存。胡適《白話文學史》認為應璩的〈百一詩〉：「都是通俗格言的體裁，不能算作詩。」似乎有些出入。

從以上歸納的結果可知，此類主戰類記敘戰爭前的內容，主要在描繪戰爭前一觸即發之緊張情勢，如曹丕〈至廣陵於馬上作詩〉寫黃初六年八月東征，十月，行幸廣陵，在長江邊舉行閱兵，向東吳孫權展現武力，詩中記載了當時閱兵之雄壯與充滿自信的豪情，藉此威嚇敵軍；或如曹植〈孟冬篇〉（魏詩卷六）、曹叡〈善哉行〉：「我徂我征，伐彼蠻虜，練師簡卒，爰正其旅」、應璩〈詩〉其五（魏詩卷八）：「郡國貪慕將，馳騁習弓戟，雖妙未更事，難用應卒迫。」王粲〈弩俞新福歌〉（魏詩卷十一）：「材官選士，劍弩錯陳，應桴蹈節。俯仰若神，綏我武烈，篤我淳仁，自東自西，莫不來賓。」都是描寫備戰的情況。

三國時代戰爭詩主戰類中，描述戰爭中之作品，內容多半記錄己方軍隊勝利或預期勝利的戰爭過程。除上面所述之王粲〈從軍詩〉其五之二、曹叡〈善哉行〉外，另如韋昭〈伐烏林〉：「曹操北伐拔柳城，乘勝席捲遂南征。劉氏不睦，八郡震驚。眾既降，操屠荊。舟車十萬揚風聲。」繆襲〈獲呂布〉：「獲呂布，戮陳宮。芟夷鯨鯢，驅騁群雄，囊括天下運掌中。」曹叡〈善哉行〉四解：「赫赫大魏，王師徂征。冒暑討亂，振耀威靈。」等等皆是。

主戰類記敘戰爭後期之戰爭詩，內容則多為敘述戰後所得之豐富成果，以及闡明施政之理想與未來之願景，除如以上所述之繆襲的〈平南荊〉與王粲之〈安臺新福歌〉外，另如：韋昭〈章洪德〉：「章洪德，邁威神。……扶南臣。珍貨充庭。所見日新。」韋昭〈攄武師〉：「……攘夷凶族。革平西夏。炎炎大烈震天下。」繆襲〈楚之平〉：「楚之平。義兵征。……天下平。濟九州。九州寧。創武功。武功成。越五帝。邈三王。興禮樂。定紀綱。普日月。齊輝光。」等等皆是如此。

主戰類記敘想像中的戰爭之戰爭詩，內容多寫過去之戰役，以其作為現在之借鏡，或歌誦，或諷諭，除如前述之曹植〈丹霞蔽日行〉、王粲〈矛俞新福歌〉外，另如曹植〈責躬詩〉：「……伊予小子，恃寵驕盈，舉掛時網，動亂國經，作藩作屏，先軌是隳，傲我皇使，犯我朝儀，國有典刑，我削我絀……」王粲〈太廟頌歌〉三章：「思皇烈祖。時邁其德。肇啟洪源。貽燕我則。……綏庶邦。和四宇。九功備。彝樂序。建崇牙。……念武功，收純怙。於穆清廟。翼翼休徵。……」等等皆是。這些詩作的筆法，有時是具體的描述，有時則是概括的敘事。

另外，主戰類有些以描述戰爭英雄為主軸，筆法或是鋪敘，以具體而詳細的文字刻畫戰爭英雄之形象，有些則是用簡明扼要的文字勾畫出人物面貌，除如以上曹植〈白馬篇〉、〈襄陽民為胡烈歌〉、〈軍中為夏侯淵語〉外，另如左延年〈從軍行〉：「……一驅乘雙駁，鞍馬照人目，龍驤自動作。」、應璩〈詩〉中的第三首：「放戈釋甲胄，成軒入紫微，從容侍帷幄，光輔日月輝。」韋昭〈秋風〉：「秋風揚沙塵。寒露沾衣裳，角弓持弦急。鳩鳥化為鷹。邊垂飛羽檄。寇賊侵界疆。跨馬披介胄。慷慨懷悲傷。辭親向長路，安知存與亡。窮達固有分。志士思立功。思立功。邀之戰場。身逸獲高賞。身沒有遺封。」或是寫單獨而史上有名之英雄，寫徐榮的如：繆襲〈戰滎陽〉（魏詩卷十一）、寫呂布陳宮的：繆襲〈獲呂布〉（魏詩卷十一）、寫黃祖的：韋昭〈攄武師〉（魏詩卷十二）、寫關羽的：韋昭〈關背德〉（魏詩卷十二）皆是如此。

值得一提的是，有些則是描寫當時三國君主的篇章，記敘曹操的如：繆襲〈楚之平〉（魏詩卷十一）、繆襲〈獲呂布〉（魏詩卷十一）、繆襲〈平南荊〉（魏詩卷十一）；描寫孫權的如：曹植〈雜詩〉七首中第五首（魏詩卷七）、韋昭〈攄武師〉（魏詩卷十二）、韋昭〈克皖城〉（魏詩卷十二）、韋昭〈通荊門〉（魏詩卷十二）、韋昭〈章洪德〉（魏詩卷十二）、韋昭〈關背德〉（魏詩卷十二）；描寫曹操與孫權的如：韋昭〈伐烏林〉（魏詩卷十二）；劉備則付之闕如。但這些詩作大多以歌功頌德為主要內容，或以記敘史事為主，形容制式化。

有些以歌誦我方軍隊與將領為主，描繪整體之軍隊，抒發詩人對戰士與將領的感念之情，流露對他們的敬佩之意與對戰爭勝利的讚揚。除如以上所舉之例，王粲〈從軍詩〉、曹叡〈苦寒行〉、韋昭〈關背德〉外，另如：繆襲〈楚之平〉：「楚之平。義兵征。神武奮。金鼓鳴。邁武德。揚洪名。……」曹丕〈至廣陵於馬上作詩〉：「……猛將懷暴怒，膽氣正縱橫，誰云江水廣，一葦可以航，不戰屈敵虜，戢兵稱賢良，……量宜運權略，六軍咸悅康，豈如東山詩，悠悠多憂傷。」曹叡〈櫂歌行〉：「……文德以時振，武功伐不隨。重華舞干戚。有苗服從嬀。蠢爾吳中虜。憑江棲山阻。哀哉王士民。瞻仰靡依怙。皇上悼愍斯。……」皆是如此。

主戰類有些作品內容是在抒發個人的志向，有的如曹丕，因身為君王，所以內容抒發自己對時政的感慨，希望藉戰爭一統天下，以安撫百姓，有的如王粲或阮籍，身為臣子或平民，則敘述希望投效戰場的抱負。另如：王粲〈從軍詩〉：「被羽在先登，甘心除國疾。」、曹植〈雜詩〉其六：「……烈士多悲心，小人偷自閑。國讎亮不塞，甘心思喪元。拊劍西南望，思欲赴太山。絃急悲聲發，聆我慷慨言。」應璩〈詩〉其四：「丈夫要雄戟，更來宿紫庭，今者宅四海，誰復有不并。」皆以參與戰事來表達了詩人的志向。

整體說來，三國時代戰爭詩主戰類的華語敘述，藉過去戰爭議論者，除如前面所言多半是藉著詠史而寄託現實意義，從歷史紀錄中得出教訓，或作為立論之根據。有些藉著議論與歌頌過去之戰，敘述自己之志，遂行其所欲之目的，如曹操〈短歌行〉（魏詩卷一）用議論周文王、齊桓公、晉文公之事，說明自己不欲廢漢自立，而達到取得政治與戰爭的主控權；曹植〈丹霞蔽日行〉：「紂為昏亂，……牧野致功，天亦革命，漢祚之興，階秦之衰，……」以周代商之牧野之戰、漢代秦之戰，議論正義之戰必為上天應允的道理。

有些則以敘述與歌誦祖先之功德，建立己方政權之正統性，如曹植〈責躬〉（魏詩卷七）：「於穆顯考，時惟武皇，受命於天，寧濟四方，朱旗所拂……傲我皇使，犯我朝儀，國有典刑，我削我絀……」敘述曹操之戰功，且說明為得到天命之戰，其他人反抗之無理；有些則以過去之戰爭佐證今日之時政，議論養兵與備戰對於安邦定國之重要性，如王粲〈矛俞新福歌〉（魏詩卷十一）：「漢初建國家。匡九州。……五刃三革休。安不忘備武樂脩。……永樂無憂。子孫受百福。……」以漢初之戰功，議論即使安樂也不忘戰，才能常治久安；阮籍〈詠懷詩〉中的第三十一首（魏詩卷十）以戰國時魏安釐王因不知養兵而招致敗亡的故事議論時政。

以上各種類型之華語敘述，都可看出詩作中以過去戰爭之史事，不論是過去賢良國君之戰，或各朝開國之戰，乃至於己方祖先之戰役，都是為了配合說明或議論詩人當時的心志或政治情況。

綜觀三國時代主戰類戰爭詩中純粹論述戰爭之道的詩作內容，偏向純粹說理的性質，缺乏詩歌慣有的柔和浪漫情調，所謂「溫柔敦厚，詩教也」，在此類是少見的，反而充滿了濃厚的兵法家色彩，彷彿是軍事學與兵法之簡短宣言，與對戰爭人物與事件犀利的評論，筆者認為這或許是此類詩作，流傳下來數量較少的原因之一。這些內容一方面與作者之生平與職務有關，也與當時時政與發生之社會事件有關，另一方面也顯示出詩人企圖透過詩歌這種美化的文辭形式，喚醒人們對於當時常常發生的戰爭，提起更多學理性與議論性的兵法討論，以其激發人們的愛國心，以及對戰爭技術上與理論上的改革，並促使政府對於將領的抉擇更加慎重。誠如吳順令所言：

> 就因為亙古以來，大家都習慣戴上泛道德的眼鏡，所以「謀略」思想就像棄嬰一樣，乏人照料。但是外國人卻伸出了友誼的手，把「謀略思想」撫養長大，讓他成為一個全才，不但擅長軍事，而且也能在運動、商場、談判上大放異彩。而我們卻還拄著跛腳的傳統拐杖，阿Q的指著外國人的鼻頭說：現實、功利。[31]

他語重心長地道出華人與外國人，對於「謀略思想」敘述方式與態度上的分歧，期望華人對此加以重視，進而如外國人一般，把謀略思想運用在運動、商場、與談判上，時至今日，華族優秀的兵法思想與軍事學，仍然未在華語圈內得到應有的地位與重視，反倒是在國外的軍事史與軍事理論上，獲得尊重，所以坊間到處可見到，翻譯外國作者所寫的如何運用《孫子兵法》在人際關係之類的書籍，而我國目前之軍事理論，如三軍大學、政治作戰學校也仍以教授國外之軍事理論為主，這是我國的損失，也是令人惋惜之處。而此類詩作的作者之居心，或許也正是出於此意。以上種種跡象顯示，主戰類作品的內容

31　吳順令：《先秦軍事謀略思想研究》，自序。

多與作者對政治上的企圖與期望有關。

附表三　三國時代戰爭詩一覽表

題名	卷數	作者及身分	時代	國別	幾言	體裁	直接或間接	態度	手法	描述內容
薤露	魏詩卷一	曹操	魏	魏	五言	藉樂府古題寫時事	直接	反戰	敘事	外戚大將軍何進欲殺害宦官張讓、段珪，結果反被殺，後導致董卓進兵洛陽，自封相國。
蒿里行	魏詩卷一	曹操	魏	魏	五言	藉樂府古題寫時事	直接	反戰	敘事	州郡軍閥集結欲征討董卓，後互相爭奪，袁術、袁紹先後稱帝，韓馥則欲立劉虞。
短歌行	魏詩卷一	曹操	魏	魏	主四言雜五、六言	藉樂府古題寫時事	直接	主戰	敘事兼議論	周文王之征伐為有德之戰。
苦寒行	魏詩卷一	曹操	魏	魏	五言	樂，府為此所今最見此早之題之作	直接	中間	敘事兼抒情	曹操由鄴縣率兵征討囤兵壺關口之袁紹的外甥高幹。
步出夏門行	魏詩卷一	曹操	魏	魏	主四言雜五六言	藉樂府古題寫時事	直接	中間	敘事兼抒情	曹操北征烏桓，勝利班師回朝，路途上所見所感。

題名	卷數	作者及身分	時代	國別	幾言	體裁	直接或間接	態度	手法	描述內容
卻東西門行	魏詩卷一	曹操	魏	魏	五言	樂府	直接	中間	敘事兼抒情	因戰爭出塞北，記敘所見之景，抒發對故鄉之思念，雖思念，但以反詰語氣，氣勢豪邁。
贈士孫文始	魏詩卷二	王粲	魏	魏	四言		直接	中間	敘事兼抒情	描述戰爭後，家國之情況，並抒發思念澹津亭侯士孫萌之情。
為潘文則作思親詩	魏詩卷二	王粲	魏	魏	四言		直接	中間	主為抒情	為潘文則敘述在戰爭中所見所聞，並抒發思親之情。
從軍詩五首中的第一首	魏詩卷二	王粲	魏	魏	五言	樂府	直接	主戰	記敘兼抒情	說明我軍定將快速成功，且敘述勝利之好處與自己從軍之志向。
從軍詩五首中的第二首	魏詩卷二	王粲	魏	魏	五言	樂府	直接	主戰	記敘兼抒情	記敘征張魯途中所見及所感，說明戰爭才能帶來安居樂業，並再次強調自己盡忠之熱誠。
從軍詩五首中的第三首	魏詩卷二	王粲	魏	魏	五言	樂府	直接	中間	主為抒情	由途中之景，觸發心中憂傷之情，但於結尾說明不可念私情，而戰鬥衛國是男子之責任。
從軍詩五首其四	魏詩卷二	王粲	魏	魏	五言	樂府	直接	主戰	記敘兼抒情	寫我軍軍隊壯盛之容，並描述自己急於建功立業之豪邁情懷。
從軍詩五首其五	魏詩卷二	王粲	魏	魏	五言	樂府	直接	中間	記敘兼抒情	前半部寫征吳途中所見山河破碎荒涼景象，後半表現對曹操的讚美與繁華樂土的景象。

題名	卷數	作者及身分	時代	國別	幾言	體裁	直接或間接	態度	手法	描述內容
從軍詩	魏詩卷二	王粲	魏	魏	五言		直接	主戰	記敘兼抒情	敘述願意從軍戰鬥之志。
從軍詩	魏詩卷二	王粲	魏	魏	五言		直接	中間	記敘	記敘戰爭時船艦與戰鬥之景。
七哀詩中的第一首	魏詩卷二	王粲	魏	魏	五言	樂府	間接	反戰	記敘	寫作者離開長安時，所見因董卓部隊大肆燒殺劫掠而造成悲慘的離亂景象，以及自己的哀痛心情。
七哀詩中的第二首	魏詩卷二	王粲	魏	魏	五言	樂府	間接	中間	抒情	描述自己因戰爭流離在外，以及不得劉表重用，導致情緒的憂愁與翻騰。
七哀詩中的第三首	魏詩卷二	王粲	魏	魏	五言	樂府	間接	反戰	抒情	抒發內心之悲傷，描述戰爭造成之家庭離散、百姓被俘虜的痛苦。
飲馬長城窟行	魏詩卷三	陳琳	魏	魏	五、七言	樂府	間接	反戰	記敘兼抒情	透過築城役卒與官吏的問答，以及役卒與其妻妾的互相叮囑，揭示出為抵禦匈奴而築城的苦役，給人民帶來的災難。
贈五官中郎將四首詩中的第一首	魏詩卷三	劉楨	魏	魏	五言		直接	中間	記敘兼抒情	追憶建安十四年，曹操南征劉表之後，由合肥還譙，慶功時夜宴眾賓，歡樂酣醉的情形。
贈五官中郎將四首詩中的第三首	魏詩卷三	劉楨	魏	魏	五言		間接	中間	抒情	在家中懷念遠征在外的對方。

題名	卷數	作者及身分	時代	國別	幾言	體裁	直接或間接	態度	手法	描述內容
贈五官中郎將四首詩其四	魏詩卷三	劉楨	魏	魏	五言		直接	中間	記敘	描述與想像對方在戰場上英姿勃發的情況。
詩	魏詩卷三	劉楨	魏	魏	五言		直接	中間	記敘	記敘戰爭時軍隊行軍與攻擊之情形。
怨詩	魏詩卷三	阮瑀	魏	魏	五言	樂府作怨詩	間接	反戰	記敘	記敘人民因戰爭而受到顛沛流離之苦。
侍五官中郎將建章臺集詩	魏詩卷三	應瑒	魏	魏	五言		間接	反戰	記敘兼抒情	描述因漢末戰爭，人民為避禍而逃往南方之情況，並抒發對戰禍之憂懼恐慌，後半則希冀得到曹操之恩遇。
遠戍勸戒詩	魏詩卷三	繁欽	魏	魏	四言		直接	主戰	議論	議論戰爭中應有之同心同德態度，以及戰爭的規矩。
陌上桑	魏詩卷四	曹丕	魏	魏	三、四、五、六、七言	樂府	直接	反戰	記敘兼抒情	描寫征夫離開家鄉，跟隨軍隊出征與行軍之經過，抒發心中哀傷與惆悵之情。
飲馬長城窟行	魏詩卷四	曹丕	魏	魏	五言	樂府	直接	中間	記敘	描寫戰爭時船艦眾多、鑼鼓喧天、武器精良、士兵整齊之壯闊場景。
董逃行	魏詩卷四	曹丕	魏	魏	六言	樂府	直接	中間	記敘	描寫戰爭時路途遙遠、士兵吵雜、旌旗蔽日之景。

題名	卷數	作者及身分	時代	國別	幾言	體裁	直接或間接	態度	手法	描述內容
黎陽作三首中的第一首	魏詩卷四	曹丕	魏	魏	四言		直接	主戰	記敘兼抒情	由鄴城出征，途經黎陽而作，此首先記敘出征之情況，而後說明此戰之目的是為了「救民塗炭」，且以周公自比，強調靖亂的決心。
黎陽作三首中的第二首	魏詩卷四	曹丕	魏	魏	四言		直接	中間	記敘	此首記敘行軍途中遇到大雨之艱難情況。
黎陽作三首中的第三首	魏詩卷四	曹丕	魏	魏	五言		直接	中間	記敘兼抒情	形容騎兵大軍萬馬奔騰、雄壯威武之氣勢，兵器、軍旗、金鼓聲的壯盛軍威，及敘述抵達黎陽之輕鬆愉悅，並讚美祖先。
至廣陵於馬上作詩	魏詩卷四	曹丕	魏	魏	五言		直接	主戰	記敘兼抒情	黃初六年八月，曹丕東征，十月，行幸廣陵，在長江邊舉行閱兵，向東吳孫權展現武力，詩中記載了當時閱兵之雄壯與充滿自信的豪情。
雜詩二首中的第一首	魏詩卷四	曹丕	魏	魏	五言		直接	反戰	記敘兼抒情	描寫由於征戍頻繁，遊子被迫離鄉背井，所以思念故鄉之苦悶情緒。
雜詩二首中的第二首	魏詩卷四	曹丕	魏	魏	五言		直接	反戰	記敘兼抒情	和第一首一樣是描寫由於征戍頻繁，遊子被迫離鄉背井，所以思念故鄉之苦悶情緒。在此首中點出詩作背景是伐吳不克，久滯欲歸。

題名	卷數	作者及身分	時代	國別	幾言	體裁	直接或間接	態度	手法	描述內容
黎陽作詩	魏詩卷四	曹丕	魏	魏	六言		直接	反戰	記敘兼抒情	記敘戰爭中出征，描寫征途所見，看到故宅頓傾，心中悲涼傷感。可與前面黎陽作詩三首互相對照。
令詩	魏詩卷四	曹丕	魏	魏	六言		間接	主戰	記敘兼抒情	說明由於當時戰爭頻繁，生靈塗炭，遍地白骨，自己想要整理當時政治情況之志向。
從軍行	魏詩卷五	左延年	魏	魏	五言	樂府	直接	反戰	記敘	記敘男子出征戰鬥，而妻子皆懷有身孕的痛苦情形。
從軍行	魏詩卷五	左延年	魏	魏	五言	樂府	直接	主戰	記敘	記敘男子從軍出征英姿煥發、神氣光鮮的模樣。
祝䶧歌	魏詩卷五	焦先	魏	魏	四言		直接	反戰	記敘兼議論	以象徵諷刺魏伐吳，結果魏軍戰敗之事。
善哉行	魏詩卷五	曹叡	魏	魏	四言	樂府	直接	主戰	記敘	描寫軍隊出征時，船隻佈滿江面、軍隊如熊似虎、砲聲如雷、吐氣如雨、百馬齊轡之情景，並記錄勝利之光輝榮耀。
善哉行四解	魏詩卷五	曹叡	魏	魏	四言	樂府	直接	主戰	記敘	記敘偉大的魏軍出征，振耀威靈，一路浩浩蕩蕩的情況。
苦寒行	魏詩卷五	曹叡	魏	魏	五言	樂府	直接	主戰	抒情	從洛陽出發，向東征行之事，抒發自己之感觸，並期望繼承先祖之榮耀，獲得戰役之勝利。

題名	卷數	作者及身分	時代	國別	幾言	體裁	直接或間接	態度	手法	描述內容
櫂歌行	魏詩卷五	曹叡	魏	魏	五言	樂府	直接	主戰	記敘兼抒情	記述軍隊由許昌宮出發，舟船乘波、櫂歌悲涼、旗幟飄揚、旄鉞對抗之景，並說明自己之出征，是為了振興文德、討伐不隨、伐罪以弔民。
堂上行	魏詩卷五	曹叡	魏	魏	五言		直接	中間	記敘	記敘戰爭時，士兵勇毅、勒馬中原、干戈若林的情況。
清調歌	魏詩卷五	曹叡	魏	魏	五言		直接	中間	記敘	記敘戰爭中船行若飛，旌旗蔽日之壯盛場景。
丹霞蔽日行	魏詩卷六	曹植	魏	魏	四言	樂府	直接	主戰	記敘兼議論	記敘紂王昏亂，凌虐忠正之士，周人起而代之，而漢代興起也是因秦代無道，這兩場戰爭，皆為上天應允的光輝戰爭。
門有萬里客	魏詩卷六	曹植	魏	魏	五言	樂府	間接	反戰	記敘兼抒情	記敘戰爭中人民流離失所、悲泣嘆息的情況，並藉此襯托曹植自身封地常常變更，飄落流蕩之痛苦。
孟冬篇	魏詩卷六	曹植	魏	魏	四言	樂府	間接	主戰	記敘	記敘孟冬十月之時，武官以打獵訓練士兵準備戰爭的情況，並說明今日之努力，定能在未來獲得功效。
白馬篇	魏詩卷六	曹植	魏	魏	五言	樂府	直接	主戰	記敘	詩中塑造了武藝高強的愛國者形象，歌頌其犧牲小我、視死如歸的高尚情操，以寄託詩人自己為國建功立業之雄心壯志。

題名	卷數	作者及身分	時代	國別	幾言	體裁	直接或間接	態度	手法	描述內容
責躬	魏詩卷七	曹植	魏	魏	四言		直接	主戰	記敘兼議論	以歌頌國家及先祖之政治功業為主。其中提到亂事興起，而後發動戰爭以維持國之安定。
矯志詩	魏詩卷七	曹植	魏	魏	四言		間接	主戰	記敘兼議論	主要為議論政治上用人之道，應舉用賢良合適其位之人。其中提到國君鼓勵戰鬥，勇士遂敢於死戰的情況。
贈丁儀王粲詩	魏詩卷七	曹植	魏	魏	五言		直接	中間	記敘兼抒情	寫曹操西征馬超，曹植、王粲、阮瑀、徐幹等隨行，後平定關中，隨即引軍自長安北征楊秋。繼而歌頌曹操功勞，並寫丁儀、王粲之處境，勸勉他們態度要執中道。
送應氏詩二首中的第一首	魏詩卷七	曹植	魏	魏	五言		直接	反戰	記敘兼抒情	寫設宴送別應瑒，聯想起二十多年前，董卓挾持天子遷都、火焚洛陽，迫使人民大遷徙，以及後來連年戰禍的情形，並且敘述自己的憤懣與對人民之深切同情。
雜詩七首中的第二首	魏詩卷七	曹植	魏	魏	五言		直接	反戰	記敘兼抒情	描繪一名為國獻身，在遠方征戰的士兵，卻因此衣不蔽體、食不充飢、浪跡天涯的貧苦漂泊。
雜詩七首中的第三首	魏詩卷七	曹植	魏	魏	五言		間接	中間	記敘兼抒情	寫西北方有一名善織女子，因為丈夫出外征戰，久戍不歸，過了約定的日期，而悲苦嘆息，無法專心於織布的工作上。

題名	卷數	作者及身分	時代	國別	幾言	體裁	直接或間接	態度	手法	描述內容
雜詩七首其五	魏詩卷七	曹植	魏	魏	五言		間接	主戰	抒情	抒發詩人自身希望領兵南征孫權，實現自己為國建功，甘心為國赴難之豪情壯志，與未能實現此志願之苦悶心情。
雜詩七首其六	魏詩卷七	曹植	魏	魏	五言		間接	主戰	記敘兼抒情	記敘登樓遠眺所見，並抒發對當時佞臣，如：司馬氏之擁兵自重、作戰不力，與對國事之憂心，同樣與其五般，說明自己甘心為國赴難之情懷與壯志不遂之哀傷。
離友詩三首中的第一首	魏詩卷七	曹植	魏	魏	七言		直接	中間	記敘兼抒情	建安十七年冬，曹操東征孫權，曹丕、曹植隨軍，第二年春天回師北歸，途經譙縣，曹植與夏侯威結為好友。此詩寫夏侯威陪送曹植返鄴，一路滿足與歡暢的情景。
離友詩三首中的第二首	魏詩卷七	曹植	魏	魏	七言		直接	中間	記敘兼抒情	寫自己與夏侯威離別時眷戀、悲戚、且感到相會無期的愁苦。
詩	魏詩卷七	曹植	魏	魏	五言		直接	中間	記敘	記敘自己跟隨父親出外征戰時，櫛風沐雨、劍不離手、鎧甲為裳的情況。
四言詩	魏詩卷八	高貴鄉公曹髦	魏	魏	四言		直接	中間	記敘	記敘東伐時，舟萬艘、兵千營的情況。
詩	魏詩卷八	高貴鄉公曹髦	魏	魏	五言		直接	中間	記敘	記敘戰爭時，兵器眾多、武騎整齊如雁行的情況。

題名	卷數	作者及身分	時代	國別	幾言	體裁	直接或間接	態度	手法	描述內容
百一詩其十八	魏詩卷八	應璩	魏	魏	五言		直接	中間	記敘	記敘戰爭時，軍隊鎮日行軍，不得休息的狀況。
詩中的第三首	魏詩卷八	應璩	魏	魏	五言		直接	主戰	記敘	記敘戰爭後武將入京，脫下甲冑、放下兵戈，仍然神采奕奕、光如日月的模樣。
詩其四	魏詩卷八	應璩	魏	魏	五言		間接	主戰	記敘兼抒情	大丈夫應該要擔負起保家為國的責任，雄壯地戰鬥、四海為家。
詩其五	魏詩卷八	應璩	魏	魏	五言		間接	主戰	記敘兼議論	認為平日應時時備戰，以防倉促之需。
之遼東詩	魏詩卷八	幽州刺史毋丘儉	魏	魏	五言		直接	中間	記敘兼抒情	詩人於討公孫淵定遼東時，抒發自己對重責大任的憂心。（後因此進封安邑侯）
在幽州詩	魏詩卷八	幽州刺史毋丘儉	魏	魏	五言		直接	中間	記敘兼抒情	記敘戰爭中所見到胡地之景，並抒發情感。
代秋胡歌詩中的第三首	魏詩卷九	中散大夫嵇康	魏	魏	四、五言		間接	反戰	議論	主要論述人的修養，如勞謙寡悔、忠信久安、天道惡盈，並提出反戰之見解，認為好勝者殘、強梁致災、多事招患。

題名	卷數	作者及身分	時代	國別	幾言	體裁	直接或間接	態度	手法	描述內容
詠懷詩中的第三十一首	魏詩卷十	阮籍	魏	魏	五言		直接	主戰	議論兼抒情	從拜訪戰國時魏國名勝吹臺的遺址興懷，批評魏安釐王因求享樂，不知養兵。四年，秦將白起破魏軍於華陽，只好割南陽求和，藉此歷史教訓，警告魏明帝之腐政。
詠懷詩中的第三十八首	魏詩卷十	阮籍	魏	魏	五言		直接	主戰	記敘兼抒情	抒發欲建立功名、匡濟天下的雄心，認為只有在戰場上成就事蹟，才能擺脫人生的榮枯，唯有忠義與氣節，才能名留千古，從根本上超越生命的短暫。
詠懷詩中的第三十九首	魏詩卷十	阮籍	魏	魏	五言		直接	主戰	抒情	說明願意「臨難不顧生」，「效命爭戰場」，表現其英武的壯士風采與慷慨捐軀的烈士精神，而且認為「忠為百世榮」、「義使令名彰」。
詠懷詩其四十二	魏詩卷十	阮籍	魏	魏	五言		間接	中間	抒情	討論王業需要有良士輔助、戰場等待著英雄，但若為了保身善終，則應該隱遯山林，不慕榮利之間的差別。
詠懷詩其六十一	魏詩卷十	阮籍	魏	魏	五言		直接	反戰	記敘兼抒情	描寫少年時英姿煥發、武藝高超，之後在戰場上聽聞金鼓鳴，卻感到悲哀悔恨。
詠懷詩其六十三	魏詩卷十	阮籍	魏	魏	五言		直接	反戰	抒情	抒發自己在戰場上希望太平，以得到閒暇遊樂之心情。

題名	卷數	作者及身分	時代	國別	幾言	體裁	直接或間接	態度	手法	描述內容
采薪者歌	魏詩卷十	阮籍	魏	魏	五言		間接	反戰	議論兼抒情	談論人生道理，認為往來如風，富貴在俯仰之間，並提到張良起於戰爭中，成為威震八方之英雄，但也有如邵平一般，從東陵侯一夕之間降為平民者，禍福無常。
襄陽民為胡烈歌	魏詩卷十一		魏	魏	四言	雜歌謠辭	間接	主戰	記敘	百姓歌頌襄陽太守胡烈之德政，以及戰爭有功，威震遐域。
軍中為夏侯淵語	魏詩卷十一		魏	魏	四、七言	雜歌謠辭	直接	主戰	記敘	歌詠將領夏侯淵能行動迅速、出敵不意，具有戰功。
太廟頌歌三章	魏詩卷十一	王粲	魏	魏	三、四言	郊廟歌辭	間接	主戰	記敘兼抒情	建安十年，曹操為魏公，加九錫，立宗廟，命王粲做此頌，此頌歌詠祖先之德行、想念其戰功，並描述建廟與祭祀之過程。（第一、三章全用四言，第二章全用三言）
矛俞新福歌	魏詩卷十一	王粲	魏	魏	三、四、五、七言	郊廟歌辭	直接	主戰	記敘兼抒情	描述漢初之戰功，包括建國，統一天下、收服蠻荊，而後休兵革，但即使安樂也不忘備戰，才能長保無憂。（此首與接下來三首，合稱渝兒舞歌四首）
弩俞新福歌	魏詩卷十一	王粲	魏	魏	四言	郊廟歌辭	直接	主戰	記敘	記敘魏國武士外修武藝，勤練劍弩，內修節操，行為淳仁，有如神明，而開疆闢土，使各方臣服。

題名	卷數	作者及身分	時代	國別	幾言	體裁	直接或間接	態度	手法	描述內容
安臺新福歌	魏詩卷十一	王粲	魏	魏	三、四、五言	郊廟歌辭	直接	主戰	記敘	寫戰爭之後，使國家安定、大宴賓客與軍隊、安撫人民、講求文治的情形。
行辭新福歌	魏詩卷十一	王粲	魏	魏	四、五、七言	郊廟歌辭	直接	主戰	記敘	歌頌君王用兵神武，軍隊精良，立功宏大，遠征四國，極至海邊，將可永垂不朽，常保安泰。
楚之平	魏詩卷十一	繆襲	魏	魏	三言	魏鼓吹曲辭。樂府。	直接	主戰	記敘	描寫魏初平定各方的戰役，認為其為義兵，神武奮勇，當時漢室衰微，群雄並爭，而魏武皇帝平定天下，使國家安定，武功超越三王五帝，興禮樂，定綱紀。
戰滎陽	魏詩卷十一	繆襲	魏	魏	三、六、七言	魏鼓吹曲辭。樂府。	直接	中間	記敘	描寫戰於滎陽西南之汴水之時，兩軍馳騁，後被徐滎所敗，馬傷軍驚，幾乎全軍傾頽，且同盟猶疑，計謀無成，幸虧魏武皇帝才得以保全。
獲呂布	魏詩卷十一	繆襲	魏	魏	三、四、七言	魏鼓吹曲辭。樂府。	直接	主戰	記敘	描寫曹操東圍臨淮，生擒呂布、殺陳宮之事。

題名	卷數	作者及身分	時代	國別	幾言	體裁	直接或間接	態度	手法	描述內容
克官渡	魏詩卷十一	繆襲	魏	魏	三、四、五、七言	魏鼓吹曲辭。樂府。	直接	中間	記敘	描寫曹操與袁紹戰鬥，破於官渡之事。當時曹操派顏良前往白馬，詩中記敘戰爭中血流遍野，而曹軍以寡擊眾，中間一度萌生退意，後終大捷的過程。
舊邦	魏詩卷十一	繆襲	魏	魏	七言	魏鼓吹曲辭。樂府。	直接	反戰	記敘兼抒情	言曹操在官渡之戰後，建廟以收置戰死之士卒，使孤魂得有依靠。
定武功	魏詩卷十一	繆襲	魏	魏	三至八言皆有	魏鼓吹曲辭。樂府。	直接	中間	記敘	描寫曹軍渡過黃河，擊破袁紹，其間戰爭之艱難狀況。
屠柳城	魏詩卷十一	繆襲	魏	魏	三、四、五、六、七言	魏鼓吹曲辭。樂府。	直接	中間	記敘	描述曹操越過北塞，經歷白檀，路程遙遠，終於破三郡烏桓於柳城，使無北患。
平南荊	魏詩卷十一	繆襲	魏	魏	三、四、五、七言	魏鼓吹曲辭。樂府。	直接	主戰	記敘	記敘由於南荊許久未進貢，所以曹操南征，後軍隊獲得勝利，南荊臣服於魏。
平關中	魏詩卷十一	繆襲	魏	魏	三言	魏鼓吹曲辭。樂府。	直接	中間	記敘	記敘曹操征馬超，定關中勝利的過程。

題名	卷數	作者及身分	時代	國別	幾言	體裁	直接或間接	態度	手法	描述內容
百姓諺	魏詩卷十二		魏	蜀漢	七言	雜歌謠辭。	直接	中間	記敘	由於楊儀等整軍而出，百姓告宣王，宣王追之，姜維令儀反旗鳴鼓，宣王乃退，所產生的諺語。
孫亮初白鼉鳴童謠	魏詩卷十二		魏	吳	七言	雜歌謠辭。	直接	中間	記敘	諸葛恪戰敗，弟亦被襲擊，而被認為與白鼉鳴有關，因鼉為甲兵之象。
炎精缺	魏詩卷十二	韋昭	魏	吳	三言	吳鼓吹曲辭。樂府。	直接	主戰	記敘兼抒情	漢室衰敗，孫堅奮發圖強，希望匡濟時事，此詩極力歌頌其英勇威猛，將來必能稱王。
漢之季	魏詩卷十二	韋昭	魏	吳	三、七言	吳鼓吹曲辭。樂府。	直接	主戰	記敘兼抒情	描寫孫堅因哀憐漢室之衰，痛恨董卓挾持漢主，故興兵奮擊之凌厲姿態。
攄武師	魏詩卷十二	韋昭	魏	吳	三、四、七言	吳鼓吹曲辭。樂府。	直接	主戰	記敘兼抒情	記敘孫權為完成父親之志業而征伐，殺黃祖、攘平奸囟、平西夏，威震天下。
伐烏林	魏詩卷十二	韋昭	魏	吳	四、七言	吳鼓吹曲辭。樂府。	直接	主戰	記敘	記敘曹操破荊州之後，順流東下，欲征伐劉備與孫權，孫權命周瑜迎擊，在烏林將曹操擊破的過程。
秋風	魏詩卷十二	韋昭	魏	吳	三、四、五言	吳鼓吹曲辭。樂府。	直接	主戰	記敘兼抒情	描寫戰士在戰場上見到秋風揚沙、感到寒露沾衣，而戰事吃緊，敵軍不斷侵擾疆界，隨時要騎馬穿甲冑，偶爾也會感到思親悲傷，但仍然想要立功獲賞。

題名	卷數	作者及身分	時代	國別	幾言	體裁	直接或間接	態度	手法	描述內容
克皖城	魏詩卷十二	韋昭	魏	吳	七言	吳鼓吹曲辭。樂府。	直接	主戰	記敘兼抒情	寫曹操志圖兼併天下，於是令朱光為廬江太守，而後孫權親征，破之於皖城，聲勢炫赫，除暴安民。
關背德	魏詩卷十二	韋昭	魏	吳	三至八言	吳鼓吹曲辭。樂府。	直接	主戰	記敘兼抒情	蜀將關羽背棄吳德，心懷不軌，於是孫權北伐圍樊，此師歌頌其聖明，大勝而百蠻降服。
通荊門	魏詩卷十二	韋昭	魏	吳	三、四、五、七言	吳鼓吹曲辭。樂府。	直接	主戰	記敘兼抒情	描寫孫權與蜀交好結盟，雖然其間關羽失德、蠻夷作亂，但兩者結盟將可討蕩不恭，在戰爭中耀武揚威，整肅封疆。
章洪德	魏詩卷十二	韋昭	魏	吳	三、四言	吳鼓吹曲辭。樂府。	直接	主戰	記敘兼抒情	描寫孫權在戰爭中顯神威，而能彰顯其德，平定南方，使遠方歸附，進貢之珍奇異寶充斥於庭。

第七章
主戰類作品修辭之華語敘述

此節要討論的是主戰類之修辭技巧。修辭分類不勝枚舉，限於篇幅，無法一一詳述，僅以較常見的數種修辭格來討論主戰類戰爭詩的修辭運用情形。

依據黃師慶萱之分類，修辭格雖多，但主要可以分成兩大類，一種是「表意方法的調整」，另一大類是「優美形式的設計」[1]，大體上說來，幾乎所有的修辭格都可以統攝在此二類之下。

一　誇飾

對於時間空間，詩人常用誇飾加以形容，在誇飾的描述下，時間可以加快加長，也可以縮短變慢；空間可以高度增高，面積加廣，體積變大，也可以縮短變窄減小，於是詩歌作品便擁有一把萬能鑰匙，可以穿越時空，馳騁其縱橫變化，達到文學豐富的想像和驚人的藝術技巧。如：

曹操〈短歌行〉：「天威在顏咫尺。」

曹操在此句中形容天子之威嚴彷彿近在面前，利用一個極近的空間來誇大了天子所代表的威嚴之大，使權力擴大，氣宇軒昂，氣勢磅礴。使人凜然敬畏，這裡用了時空的誇大，表示天子之威嚴不僅廣

1　黃師慶萱：《修辭學》（臺北市：三民書局，1979年）。

大，不容侵犯，利用時空的延展，突顯了精神的意涵，給予讀者深刻的印象，有一股撞擊力，震撼心魄。

> 王粲〈從軍詩〉中的第一首：「相公征關右，赫怒震天威。」「一舉滅獯虜，再舉服羌夷。」「西收邊地賊，忽若俯拾遺。」第二首：「昔人從公旦，一徂輒三齡。今我神武師，暫往必速平。」第四首：「率彼東南路，將定一舉動。」

用誇飾法故意誇大領袖和軍功的偉大，特別顯出非凡的氣勢。「相公征關右，赫怒震天威。」寫將軍曹操征討關右，赫然憤怒震動天地。描摹出不易抒寫的雄威。「一舉滅獯虜，再舉服羌夷。」寫一戰便戰勝了玁狁，再戰降服羌族。誇張地說出在作者的感情作用下，時間變成心理時間，濃縮了爭戰的時間。「西收邊地賊，忽若俯拾遺。」寫向西收拾邊域的賊匪，輕鬆快速地就如同是彎腰撿拾物品。把驚心動魄的戰爭誇飾成非常輕鬆迅速。「昔人從公旦，一徂輒三齡。今我神武師，暫往必速平。」寫古人跟隨周公征討，一去就是三年之久，而現在我們的神武大軍將會很快地得勝。用對比使讀者了解，產生共鳴。「率彼東南路，將定一舉動。」寫沿著東南向的道路前進征伐，將要定下一舉成功的勳業。誇張的預言出一個虛實相生的藝術情境。

《大眾傳播心理學》：「對敵宣傳要先建立信用，所以第一波的宣傳必須說真話，才能使人相信……第二波方含輕微的宣傳，以後，逐波不斷加強，最後纔是通牒似的宣傳。」[2]王粲在此先以西征張魯成功建立信用，而後用輕微的誇張形容功業，其次以預言的誇飾肯定未來的成功，最後用強烈的豐美情景作為引人之處，正是符合宣傳和溝

2　張慈涵著：《大眾傳播心理學》（臺北市：鳴華出版社，1975年），頁191。

通的原則，讓人接受其說法，使人心安定，鞏固心防，築成心理上的長城。

誇飾在此詩中所產生的美感，也符合了《詩歌修辭學》所言：「詩人運用誇張的關鍵是：在有限的生活依據和大膽的變異之間求得巧妙的平衡，讓讀者既不感到突然，格格不入，又能得到急劇的昇華，享受『誇張』所應有的審美愉悅。」[3]使讀者感受到暢發的偉大功勳。

〈至廣陵於馬上作詩〉：「戈矛成山林」；「一葦可以航」。

曹丕首句寫戰場上使用的戈與矛豎立成為山林，次句用誇飾說明用一葦便可以橫渡長江，此誇飾也是用典，變化《詩經・衛風・河廣》：「誰謂河廣，一葦可航之」，成為「誰云江水廣，一葦可以航」。怎會有這樣的場景，又怎麼可能如此輕易呢？這些便是用誇飾來說明己方軍隊武器之眾多，以及士氣之高昂。這便說明了作者運用誇飾使得空間場景擴大，得到無限延續，力量更大，更顯出戰鬥意志昂揚。

曹丕〈令詩〉：「白骨從橫萬里。」也是一例，使人感受到戰爭中殺戮的殘酷與可怕。詩人們運用誇飾來描述時空，使時空得到無限的擴大或縮小，讀者對於其所描繪之情景更能形象化，穿梭於時空之中，來去自如的感覺更使人為之驚嘆暢快，做到文學無處不在，恆久遠達的效果。在日本語中有所謂「海千山千」的說法，意思是海與山都是需要經過千年時間的累積才能得到的成果，這是暗喻奸詐狡猾的人。因為成海需要千年，成山也要千年，而合計兩千年功力的結果是任誰都不敢相信他。此亦是運用誇飾來達到穿越時空的藝術效果，進

3　古遠清、孫光萱著：《詩歌修辭學》（臺北市：五南書局，1997年），頁306-328。

而敘述涵義的例證。

運用誇飾華語敘述，描繪人物形象，可使其氣象狀貌、體態形勢……等極盡的誇張具體化，讓讀者感到其形象躍然紙上，光彩鮮明，達到渲染人物的藝術效果。

〈善哉行〉:「輕舟竟川」、「百馬齊轡」。

曹叡此處描寫己方的船隊佈滿江面，百匹馬齊頭並進，這自然是誇飾，然而透過此一誇飾，便可得知他們的船艦數目多，騎兵則騎術精良的情形，己方水軍與騎兵的形象便被渲染了出來。誇飾本身就有加強力量的作用，正如《文章例話》中所言：「墊拽者，為其立說之不足聳聽，故墊之使高；為其抒議之未能折服也，故拽之使滿。」[4]可知作者為了增強語言的力量，便會使用誇飾，讓文章更動人，更引起讀者注意，在這首詩中就是如此，而強化了己方軍隊力量的形象，讓讀者感受他們軍隊的戰鬥力。

〈善哉行〉四解：「振耀威靈」、「綵旄蔽日」、「旗旒翳天」。

曹叡在此詩中一樣是形容己方軍隊聲勢之浩大。軍隊可以震撼鬼靈，綵旄飄揚足以遮蔽陽光，旗旒揮動則隱翳了天空，如此的軍隊，恐怕動員全地球的人類都不夠吧！這當然是用了誇飾，正因此，一支強而有力的軍隊形象，便在面前栩栩如生地出現。在這樣的小詩中，詩人用最精練的字數，表現出最濃烈的力道，這就是誇飾之妙了，試想如果在此情況下，詩人平鋪直敘，正常的說軍旗只掩蓋了一小片樹影，那真是平淡無味，缺乏吸引力。

---

4 周振甫著：《文章例話．卷三》(臺北市：五南書局，1994年)。按：此處的「墊高拽滿」指得正是誇飾法。

用誇飾來刻畫人物，會使得人物形象得到藝術上的渲染，從原本的樸實變為絢麗，由單純成為豐盛，把事理加上了情趣，不僅將狀態描寫的生動，也可展現深層的情意，使讀者難忘，此外如曹叡〈櫂歌行〉:「太常拂白日。」用誇飾渲染畫有日月的王旗。日本俚語:「連把火吹熄的力氣都沒有」，把因為生病，所以體力非常衰弱的人物形象表現出來，因為就算體力再差，把火吹熄應該是很容易的事。這裡就是用了比實際情況更保守的比喻來加深印象。

詩人在使用誇飾時，不僅僅是為了形容速度的快慢，也利用誇飾將全詩的節奏感加強，記敘筆法的詩中常會敘述一件事情之經過，這個過程便是情節，而詩人若在此情節中用誇飾的手法，會達到突出情節的效果。

曹植〈丹霞蔽日行〉:「牧野致功，天亦革命」。

此句運用了誇飾。事實上，天怎麼可能革命呢？而且牧野之戰僅用一句話就成功了，這不正是誇大了嗎？成功豈有如此快速之理？這在在都表現了曹植對推翻暴政所採取戰爭的贊成，展現了詩人對於賢良政治的殷殷期盼。此處種種誇飾的運用都使節奏加快，此詩因為誇飾的運用，造成全詩戰爭情節快速向前推進。

〈白馬篇〉:「右發摧月支」、「仰手接飛猱，俯身散馬蹄」、「長驅蹈匈奴，左顧陵鮮卑」。

曹操以此詩記錄一位少年英雄的形象，由於使用誇飾，使得詩意特別輕快迅速，「右發摧月支」誇張地說明其戰爭的成果，而「仰手接飛猱，俯身散馬蹄」則極言身手之矯健，顯出快捷的速度感。「長驅蹈匈奴，左顧陵鮮卑」，透過「長驅」與「左顧」這樣速度之快的誇飾，則加深了暢快淋漓的感受。閱讀之中，彷彿看到這位少年英雄在戰爭中動作飄忽地快速進攻敵人，正因此詩中運用誇飾推動情節，才使得情節生動突出，整個過程流暢而不拖泥帶水。

誇飾修辭法可以做到遠離事實卻又讓讀者不至於懷疑它的真實性，也就是使得言過其實，卻又讓人信以為真的藝術技巧。而利用誇飾描述情節便會使情節突出，使過程生動有趣，覺得作者設辭巧妙，滿足讀者求新好奇的慾望，使讀者大呼痛快。譬如〈軍中為夏侯淵語〉:「三日五百。六日一千。」也是用誇飾來描述情節。

詩人常在感受到一人事變化的震撼後，經由自己的心靈轉化之後，傳達給讀者，而背後常蘊含著詩人所體悟的哲理和思想，若此時詩人採用誇飾的技巧，便會產生鮮明哲思強度的藝術效果。以下例證即可得知。

應璩詩其四:「今者宅四海」。

應璩誇張地在此述說豪傑人物應以四海為宅，「宅四海」，以一極大的空間詞，極言空間之大，將詩人關心國事的程度推至極限，更突顯出其愛國的心意，而這就是詩人所要告知讀者的哲理，現在更可進一步看出，這便是通過誇飾的方式，把所要傳達的道理，鮮明而強烈的留在讀者心中。

詩人將原本的事物，透過誇飾華語敘述，造成寫出的事物和原物有一段懸殊的差距，正因這樣的落差使得讀者去思考，也就對作者要隱含的哲理留下鮮明的印象。日本的諺語也有這類敘述哲思的例子，如:「貧窮的農民耕著像貓額頭一樣大小的田地。」「貓額頭一樣大小」便是一誇飾，陸松齡對此句便有如下的解說:「而933當中，只能耕種跟貓額頭一樣大小的田地，這樣是再怎麼耕也無法生活啊，讀者因此很容易就能聯想貧苦農民的生活，而為他們擔心。」[5]可見華語圈皆有用誇飾敘述方式來達到鮮明哲思強度的情形。

詩中「情」與「景」常是重要的兩大部分，然而不管是情景交融，或是由景入情、由情入景、以景結情、以情結景……等等情況，詩人如果運用誇飾，多可強調或突出情與景之間的關聯，在現實的基礎上對情景的特徵做藝術上的增強。

〈詠懷詩〉中的第三十八首：「炎光延萬里」、「長劍倚天外」、「泰山成砥礪。黄河為裳帶」

阮籍在此寫出英雄的形象，這些一方面描寫景況，一方面透過種種景象的描寫誇飾映襯出英雄人物的豪邁志氣。隱藏了阮籍的羡慕嚮往之情，也將作者對英雄人物的鍾愛，藉著這些誇飾得到增強，而引起讀者對此景象產生情感上極強烈的感應。

〈矛俞新福歌〉：「永樂無憂，子孫受百福」。

王粲在詩中寫著能夠永保快樂無憂，子子孫孫受到百福。這「永樂無憂」、「子孫受百福」都是誇大了事實，然而就在這種誇張中，不難體會他對於太平盛世的盼望，和對重複爭戰的厭倦。

王粲〈弩俞新福歌〉：「俯仰若神」、「自東自西，莫不來賓」。也是藉著誇飾增強王朝強大情景的力量。《語法與修辭》中言：「運用誇張，好像表面上違反了事物的真實，但實際上卻是更突出地反映了事物的本質特徵。」[6]誠然如此。三國時代戰爭詩中常寓情於景，藉著

5　陸松齡著：《日本語修辭學》（臺北市：亞太出版社，1994年），頁246-250。因未見中譯本，本文引用皆為暫譯。933為此句在書中之編號。

6　張志公、劉蘭英、孫全洲著：《語法與修辭》（臺北市：新學識出版，1990年），頁423。

誇飾敘述則更將情景的本質特性明顯地展露無疑，收到藝術的敘述效果。金奧斯丁（Jane Austen）也曾運用此法來增強情景，說明他一開始看《由多爾福的秘密》，整整兩天停不下來，而其間頭髮一直豎立的景象。藉由誇飾敘述強調出此書之懸疑刺激造成作者心情之緊繃高亢的情景[7]。

數量也是華語詩人常常加以誇飾敘述的對象。倘若數量寫得很精準，讀者可以對於事物有清晰的輪廓，然而作家卻把數量無限地擴大或縮小，使數量變得不準確，造成一種矛盾，聳動讀者的視聽，使文句有力。

〈孟冬篇〉：「萬騎齊鑣，千乘等蓋」、「夷山填谷，平林滌藪」、「張羅萬里」、「髮怒穿冠」、「頓熊扼虎，蹴豹搏貙」、「死禽積如京，流血成溝渠」、「威靈振鬼區」。

曹植在此形容軍隊在演習時，萬馬奔騰，千輛戰車齊發，軍人的數量可以夷平高山，填滿谿谷，剷平樹林，填滿淵藪，網張開萬里之長，戰士們一憤怒頭髮便穿冠而出，個個力量強大，足以搏鬥熊虎豹貙，而獵到的死禽可以堆積如京城之大，流出的血液成為溝渠，威力震動了鬼神。這樣種種的誇大數量，可以想見其聲勢之雄偉宏大，雖然數量上不可思議，形成矛盾的衝突，但卻抒寫了詩人的特殊感受，使用巧妙的比喻將軍隊之壯盛描摹出來。

〈雜詩〉其六：「遠望周千里」

曹植此處用非常誇大的數量來說明自己放眼望去的範圍。詩人何

---

7 Jane Austen也曾運用此法來增強情景："The Mysteries of Udolpho when I had once began it, I could not lay down again ; I remember finishing it in two days – my hair standing on end the whole time ."

以要如此做呢？便是為了令人感覺到他觸目所及，涵蓋整個國土。詩人用誇飾在此氣勢磅礡的大筆揮灑出國家的疆域。張高評先生曾言：「只是刺激我們眼耳等感官意象，去作更真切的體認，而使意象鮮明活現而已。[8]」透過數量的誇大，想見國家的土地、樹林、農莊、人民、蟲鳴鳥叫等等。景象和聲音壯觀，自然使讀者的眼耳感官受到刺激，使意象鮮明活現，然而仔細一想，其實體認並不真切，因為數字全為作者改造，是虛構的，卻使得讀者相信，並且為之驚嘆。也讓人感受到他對國家憂思之重。

詩人運用誇飾將數量改變，造成矛盾的數量，傳達主觀感受到的情狀，使筆勢奔騰，語力伸展，增強感人的力量，聳動讀者的視聽。日本的諺語：「像麻雀眼淚一樣多的月薪」。是將數量極端的縮小，陸松齡解釋為：「麻雀到底有沒有眼淚，這大概誰都無法得知，因此，『領到跟麻雀眼淚一樣多的薪水』這樣縮小式的誇飾，會令人聯想明天的生活該怎麼過都不知道的慘狀，確實能夠加深印象。」另如韋昭〈章洪德〉：「珍貨充庭。」也是一例。

當作者感受到一個事物，而將這個客觀事物經由主觀的轉化傳達出去，讀者接收到的訊息，以非原來之事物，這樣的事物便是「意象」。《詩歌修辭學》對此有以下說明：「『意象』是『意』和『象』的統一，是滲透著詩人主觀情意的客觀物象。」[9]誇飾法可說是被文人用作將事物轉為意象的手法之一。

在應璩詩中的第三首一詩中寫下：「光輔日月輝」。

給人一種新奇的刺激。形容人物光彩耀目的樣子。其實人怎麼可能發出光芒呢，那豈不是與燈泡一樣嗎？又怎麼可能還跟日月一樣光

8　黃永武、張高評著：《唐詩三百首鑑賞．下冊》（臺北市：黎明出版社，1990年），頁376。

9　古遠清、孫光萱著：《詩歌修辭學》，頁115。

亮？這就是經由作者主觀的感受之後，加上他心靈所受的震撼，再透過誇飾融會之下轉達出去，便給讀者一種強烈的鮮明印象，如此一來，氣勢變磅礴了，人物的風采和姿態的雄偉便也呈現出來了。

〈行辭新福歌〉：「自古立功。莫我弘大」。「漢國保長慶。垂祚延萬世」。

王粲此詩寫自己國家之功業，彷彿肯定從古至今天地之間全無其他國家比我國功業強大，而且將可保萬世太平，然而仔細一想，這是史上從無發生過的情況。所以可知這些情況實為作者巧心安排的意象，通過誇飾來營造出一種豐功偉業的氛圍，並且暗藏著對太平的希冀。

詩中運用誇飾將客觀的人事物，透過主觀情意的誇張渲染、鋪飾形容之後，便會達到成為強烈意象的藝術效果，會使得平淡無奇的人事物成為新奇而扣人心弦，增強其感人力量，讓這些事物的特點格外鮮明突出，讓讀者有強烈的感受和深刻的印象。繆襲〈楚之平〉：「普日月，齊輝光。」也是用誇飾製造強烈的意象，經營所欲達成的氣氛。

二　引用

在華語文中徵引別人的言語，或俗諺、典故等等，藉以使自己言論有份量，為人信服，或是委婉敘述己見和情意的方式，稱作「引用」。黃師慶萱將其分為明引、暗用，以敘述方式是否將引自何處說明為分類方法，而這兩類又可根據是否將文句加以刪節更改分為全引、略引、全用、略用[10]。

〈短歌行〉:「周西伯昌，懷此聖德……，得使征伐。」「為仲尼所稱」「齊桓之功……」「晉文亦霸……」

曹操在此用有關有德戰爭的典故或言語，先以周文王之事例開頭，是想證明賢王獲得征伐之權，是連孔子都稱讚之事。其次則用齊桓公事例與晉文公事例，來說明會盟諸侯是值得敬佩之事，並表明自己無意取代漢朝，正如這些先賢令人景仰之處。可見曹操當時因為挾天子以令諸侯，產生其他人對其不滿與質疑，於是用周文王、齊桓公、晉文公以及孔子之言回答這些問題，實為妙答，可謂處處用典卻環環相扣，時時隱含其志向。

接下來再看繁欽〈遠戍勸戒詩〉中的一句：「務在和光。同塵共垢」。

此句用的是《老子》的句子：「和其光，同其塵。」引用此句來期望軍隊，出征時要合作團結。由此可見三國時代已經開始重視老子之言，談玄之風從此可見端倪，連對軍隊勸戒之言都要使用老子之言，來證明自己之言的正確性，可見老子之言的份量。使用別人的語言說明自身對軍隊的期許，而這些語詞都帶有鼓勵、戒律的意味，可見雖然是用典但仍經過選擇，修飾之後符合所要呈現的情緒與意境。

除上例子，還有阮籍〈詠懷詩〉中的第三十一首：「駕言發魏都，南向望吹臺」，引用戰國時魏國為秦國所滅之事，來說明自己對時政的憂慮，等等例子可以明白：詩人們由於學識豐富，所以在經過景物之時，能夠產生聯想，並且加上自己的巧心安排，寫作成詩；或是在詩作中運用適當典故，敘述情意，委婉含蓄卻能引人深思，使自

10　黃師慶萱：《修辭學》（臺北市：三民書局，1979年），頁99-119。

己的言論更有說服力，可見華語敘述引用的好處，也可見讀書的重要。

《表達的藝術》提出華語敘述中引用有七項功能：一、言簡意賅。二、美化語言。三、豐富內涵。四、增添趣味。五、建立權威。六、供給佐證。七、製作譬喻。[11]已經點出其效果。如曹植〈丹霞蔽日行〉：「紂為昏亂，虐殘忠正」、「周室何隆，一門三聖」、「牧野致功，天亦革命」、「漢祚之興，階秦之衰」，用紂王與秦王昏庸暴亂，而周室與漢朝順天應人，革命推翻他們的功績。由批評商、秦的暴政，來樹立周、漢發動戰爭的合理性。用商秦的昏庸無能映襯出周漢的賢良。用此典故，提供戰爭也有功勞的證據，不難體會出對魏國勉勵之意。華語敘述用熟悉的事例，言簡意賅地讓人理解其中涵義，典雅而有力。

《戰爭心理學》對於宣傳的做法，其中即有「引證法」一項。[12]曹植就是借助用典來增加說服力，從此使國內大眾確信作戰目標的正確，並保持戰鬥精神，建立強烈的對自己方面的向心力，提高我方士氣，增加內部的團結感。

三　借代

將原本常用的名稱放棄不用，而改用其他名稱，這就是借代。不過雖不是原本名稱，也必然和此事物有某種關連，並非完全是兩種事

11　蔡謀芳著：《表達的藝術》（臺北市：三民書局，1990年），頁95-108。

12　黎聖倫著：《戰爭心理學》（臺北市：幼獅文化事業公司，1964年），頁127-140。將宣傳的做法，歸為一、簡化法。二、暗示法。三、稱名法。四、引證法。五、統計法。對於「引證法」一項，解說如下：「即引證史實或權威人士的言論，以加強對敵的仇恨及取得宣傳上的信任。如俄帝真理報發表反美論文，竟追溯至一九一七年的國際干涉，亦為美國所主使。」

物。借代格依據兩者的關係分為好幾類，徐芹庭分為十三類[13]，黃師分為八類[14]，而董季棠則認為只分七類即可[15]。譬如：以事物的特徵或標幟、所在或所屬、作者或產地、質料或工具代替，或部分和全體、特定和普通、具體和抽象、原因和結果互相代替，……等等，此處就不一一說明。

王粲〈從軍詩〉五首中的第一首，用「沮溺」來代指所有的隱士，指稱那些歸隱田園之人。長沮與桀溺是有名的隱者，華語敘述以部分的人物來代替全體。藉著批評沮溺的歸隱山林，過著隱士的生活，是不可以效法的，來批評全體，也就以評論有名的數人來建立己說的威信，並且產生了新穎、迂迴的間接敘述情趣，而不至於與所有的隱者公然為敵。

〈從軍詩〉五首中的第二首，則用「陳卒」來代替所有的三軍將士，敘述軍隊遍佈山野的情形，在此便是華語敘述以部分代替全體的用法。這首詩用「陳卒」代替所有軍種，包括將領、水軍、中軍、左軍、右軍、騎兵、步兵、戰車……等等，就可以節約辭彙的運用，不會顯得雜沓囉唆，也可不老是重複軍隊一辭，產生變化，而且表現出戰士們陳列戰陣整齊的樣子。並用「金聲」來代替軍隊在戰爭中撤退時所使用的號令，表示要撤退，不僅顏色上漂亮，詞彙上也不會繁瑣。

王粲的〈從軍詩〉五首其四，則用「帶甲」一辭來借代將士，是以身上所穿著的戰甲服飾來代替人物，不僅將人物所穿服飾的特色表現出來，也避免了辭語的重複。

王粲另有一〈從軍詩〉，是用「被羽在先登」以身上背著箭羽，

---

13 徐芹庭：《修辭學發微》（臺北市：中華書局，1974年），頁61-68。

14 黃師慶萱：《修辭學》，頁251-267。

15 董季棠：《修辭析論》（臺北市：大中國出版社，1988年），頁209-229。

捷足先登的動作來借代自己為國立功，想要除去國仇的心意，以具體的行動來代替抽象的心理活動，形象生動而且展現出力道之美，一語雙關，所以語意隱藏而不露骨，顯現委婉含蓄的典雅之美，比起自賣自誇真是優雅得多。曹叡〈櫂歌行〉:「旗幟紛設張，將抗旄與鉞」。以自己軍隊旗幟的張設，來代替所有武器與設備的陳列，而以對方的旄與鉞來代替所有的武器，既是以部分代替全體，也是用使用的工具來代替人物，將繁複的意思，用幾個概括性的詞語便勾勒了出來。

曹植〈雜詩〉其六:「拊劍西南望」，這裡的「劍」這一方面是身分的象徵，一方面也是一種習慣借代，在前面已經討論過，此處便不多言。而「西南望」則是借代所有方向，東、西、南、北……等等。這些借代的例子，都可看出詩人們為了不落俗套、避免重複的用心，藉此也達到了令人耳目一新、引起注意的效果，使得平凡變為殊奇，陳腐化為嶄新。

王粲〈矛俞新福歌〉用「五刃三革休」，表示所有的兵器都不再使用，以戰爭中使用的工具不再使用，借代戰爭平息的情況，之前說過當時所配備的短兵器是刀，所以王粲此處用字精準，不再用「劍」來借代武器，也可以看出同一事物不同的陳述方式和名稱。下面「常與松喬遊」使用摹寫，描繪出與仙人出遊的情景，也是借代格，以部分仙人的名稱來代替，以某些平安享樂的生活特徵來代表，不一定只用抽象名稱來稱呼，也可以用特徵、標誌、所在、產地等等其他的形容方式來代替，使得讀者能想像其平安生活的快樂，體會華語文學中一語雙關敘述方式的妙處，體會語意隱藏而不露骨，顯現委婉含蓄的典雅之美，達到如能猜到作者是描寫何物時，讀者會心的一笑和探密的滿足感。使用借代不只顯現出作者不落俗套、避免重複的用心，藉此也達到了令人耳目一新、引起注意的效果。

在兒童早期詞彙中普遍表現出詞的使用範圍的擴張（over

extension），例如有的兒童看月亮是圓的，就會把一些圓的圖案、圓的餅也叫做月亮，或是不僅稱狗為狗，而把牛、羊、馬等能走動的四足動物都稱為「狗」。這種現象，學者們有不同的解釋。克拉克提出語意特徵假設（semantic feature hypothesis）認為，對於成人而言，一個詞的意義可分成很多小的特徵，有些特徵是一般的特徵（和其他詞共同具有的），有些是特殊的特徵。如韋昭〈克皖城〉：「民得就農邊境息」，就是以和平時期才能享有的特殊特徵：人民可以從事農業，邊境平安無事的情況，來說明安居樂業的美好，使讀者了解所要敘述整個太平的狀態。

韋昭〈通荊門〉：「觀兵揚炎耀，厲鋒整封疆」，以閱兵、磨利刀鋒等部分活動來借指所有戰爭的壯闊場面，不僅通過擴張來填補詞彙的空隙，而且以新穎巧妙的方式來選擇物體名稱，華語敘述用排比形式齊整，也表現出創造性，值得玩味，其中也表現趣味奇特的借代藝術。

張志公、劉蘭英等主編（1990）《語法與修辭》言：「借代用得好，往往可以使語言生動，形象簡潔明快，收到新穎別緻、幽默風趣的表達效果。」[16] 詩人透過華語敘述中借代可以使讀者對詩人所要呈現的詞的本質特徵的理解，不會從抽象的定義出發，而是設法關連於生活的實際事例，依靠過去累積的之事表徵來理解，並且瞭解可以互換的名稱和特徵之間的關連，促使讀者掌握詩人所要表達的詞義和詞性。在正確的借代使用之下，讀者就不需要以想像來體會和理解詞語所表達的意境。讓讀者能將華語抽象的概念落實於具體的事物上，可使抽象難解的變為具體易懂，讓讀者喜愛豐富的華語詩歌意象。

---

16 張志公、劉蘭英等主編：《語法與修辭》（臺北市：新學識文教出版中心，1990年），頁414。

四　排比

在優美形式的修辭格上，常可見排比法的使用。以下就來觀察其排比法之使用情況。

詩歌中常可看到用結構相似的句法，表現出有秩序有規律的意象，展現平衡和勻稱的和諧美感。如：

> 曹植〈孟冬篇〉:「夷山填谷，平林滌藪」、「獵以青骹，掩以脩竿」、「頓熊扼虎，蹴豹搏貙」。

這些句子用排比說明軍隊演習的規模，使句子整齊，旋律一致。學習心理學中有所謂的「學習遷移」理論，認為在新學習的情境中，刺激雖有改變，而所需的的反應仍與舊學習者相同時，學習遷移便是正向的；遷移量的大小，跟新刺激和舊刺激之間的相似程度成正比。在此句中，因排比的句法相似，有共同的原則，有相同元素，在學習中趨向於正向遷移，讀者很快便可掌握住軍隊強大的形象，種種排比的句子都是用以形容軍隊的。在統一中有變化，使讀者可以較快掌握句中所要強調的演習情況。又如：

> 繆襲〈平南荊〉:「劉琮據襄陽。賊備屯樊城」、「劉子面縛至。武皇許其成」。

此首詩用排比的方式，敘述一個故事，結構井然有序，引人注意。「劉琮據襄陽。賊備屯樊城」兩句結構構成成分相仿，明顯地屬於一個整體，使節奏劃一，讀者更易於掌握其結構：前一句用人名佔據地名；後一句用人名屯兵地名，都是主詞加上動詞加上受詞的形式。《語法與修辭》認為排比的效果是：「運用排比便於表達強烈、奔放的感情，突出所描寫和論述的對象，增強語言的氣勢；同時，由於句式整齊，節奏分明，還可增強語言的旋律美[17]。」華語由於一字一音，一字一形，可以產生句式字數一致的排比敘述方式，形式工整外，也顯得節奏規律，便可藉著詩歌中排比的華語敘述，欣賞及認知到華語圈的文字之美。

韋昭〈秋風〉:「秋風揚沙塵。寒露沾衣裳」、「身逸獲高賞。身沒有遺封」。第一處用排比的華語敘述，使旋律讓人感到肅殺，感覺很寂靜，但卻又荒涼地呈現出動態的形象，後一處則記敘戰士的待遇，如能凱旋歸去則獲得富貴，如果不幸陣亡，則將有封賜。前後對比強烈，更顯出戰爭的奇特性。鮮明地敘述出種種情況都是屬於戰爭，而各個情況卻又獨立而明顯，不論是戍守戰場時的寒冷孤獨，或是身獲高官厚祿，都隸屬於戰爭，表現出戰爭多樣化的統一。

韋昭〈克皖城〉:「克滅皖城遏寇賊，惡此凶孽阻姦慝」、「除穢去暴戢兵革」。此詩用排比句敘述克皖城的情況，這些都是「克皖城」這個共相的分化，每一個部分都造成了「克皖城」這個結果，經由這些排比句具體地敘述其經過。排比句型連綴若干句型相似，而句意不同或相同，藉此可強調出同一範圍的事象，就如同此詩，可用來強化語氣，所以黃永武《字句鍛鍊法》將此修辭格列入可以使文句有力的其中之一[18]。

其他如：韋昭〈通荊門〉:「大皇赫斯怒，虎臣勇氣震」、「觀兵揚炎耀，厲鋒整封疆」；曹植〈白馬篇〉:「仰手接飛猱，俯身散馬蹄」、「狡捷過猴猿，勇剽若豹螭」、「長驅蹈匈奴，左顧陵鮮卑」。也是用相似的華語句型敘述，使華語敘述的外觀呈現出統一性的藝術。

---

17 同前註，頁435。

18 黃永武:《字句鍛鍊法》(臺北市：臺灣商務印書館，1969年)，頁48-49。

五　類疊

將同一個字詞語句反覆接連地使用，稱為類疊。從詩經以來，詩歌便有了這種筆法，譬如人所皆知的：「關關雎鳩」，就是明例。而三國時代的戰爭詩中如繁欽〈遠戍勸戒詩〉:「既文既武」、「郁郁桓桓」、「有規有矩」、「誾誾行行」。

一詩中用了「既文既武」「郁郁桓桓」「有規有矩」「誾誾行行」四個類疊。「既文既武」形容即將出征的戰士們又能文又能武，兩個「既」字，表現出戰士們的多方面才藝。「郁郁桓桓」的華語敘述，將其聲威浩大的情形，反覆地擴大出來，感覺更多，更大量了。而「有規有矩」，也把軍隊即使在戰爭中仍然有規範又有矩度的情況，一遍又一遍，一而再、再而三，無窮無盡的連續貼切地敘述出來。「誾誾行行」是指辯論時態度和順的樣子，這裡是說希望戰士們即使對政策有所不滿，也要謙和地敘述意見。筆者以為正因此詩的華語敘述有如此多的類疊，方便記憶，所以能作為出征前勸戒將士之用。

> 曹植〈責躬〉:「武則肅列，文則時雍」、「濟濟」、「我弼我輔」、「作藩作屏」、「傲我皇使，犯我朝儀」、「我削我絀」、「明明」、「煢煢」、「赫赫」、「冠我玄冕，要我朱紱」、「我榮我華」。

創作者運用類疊的華語敘述造成音韻的鏗鏘，加強重點的記憶，「武則肅列，文則時雍」，用類疊作排比，工整有致。「濟濟」一詞將人才眾多的情形描寫出來，「我弼我輔」一詞將人才爭相作為輔佐的狀況形容貼切。由於這裡類疊的使用，形式上把滿朝皆為輔佐國政的優秀人才的狀態呈現出來，語調上也更和諧，聲音反覆，音韻更有節奏。也因為一疊字一類字的使用，才能更符合此詩敘述的時空，展現文武百官量多且為國效命意願高的情形。

詩人避免掉華語類疊的敘述方式單調枯燥的弊端之後，造成一種統一對稱，單純的規則變化之美，藉著類疊表現事物的眾多，時間的連貫，動作的持續，使讀者感受反覆的聲音，所以一般來說，華語敘述中類疊之詩易記易念。

「作藩作屏」、「傲我皇使，犯我朝儀」，用類疊並且結合排比，使得不僅詞語相同，結構也大量相同或相似藉著聲音的一致，擴大語調的和諧，藉聲音的反覆，增進語勢的雄偉，表現出皇上看重自己的才幹，把自己當作屏障天子的藩國，但自己卻醉酒悖慢，對皇使傲慢，觸犯朝儀，所以讀者在讀此詩時，可感到其詩人累述自己罪行之氣勢，也能讀出整齊的陣勢，並因其字詞的有規則連續出現，造成閱讀或傾聽時彷彿連綿不絕，使得結構更加緊密。由於「類疊」的大量使用，造成以上諸多獨特效果同時呈現，聽之如同法國近代古典音樂作曲家拉威爾，其重要傑作：〈波麗露舞曲〉，曲中無窮無盡地反覆同一節奏，曲式自始至終保持不變，從最弱音到最強音徐徐增強，最終引入振奮瘋狂的高潮，此處也有異曲同工之妙，而以大量的類疊與排比，使人感到暈眩的瘋狂混亂，感受到詩人對自身罪行的害怕與心亂如麻。

觀察此詩，內容中大量將同一字詞語句反覆接連使用，除了造成統一對稱，單純的規則變化之美。如：「我削我絀」因類疊的緣故，也形成形式上的排比，結構相當整齊。讀者感受到反覆的聲音，音韻非常有節奏，易記易唱，也感到國家標準的刑罰對於詩人反覆處罰的動作。疊字的使用效果，《修辭類說》曾言有下列兩種：「一、藉聲音的繁複，增進語感的繁複，二、藉聲音的和諧，張大語調的和諧。」[19]正因聲音的繁複和和諧，讀之使人加深印象，又能幫助記憶，所以易記易念，也使人感受到詩人內心受到國家刑罰譴責的繁複。《文化傳播》一書中認為文化傳播的歷程包含：認知歷程、語文歷程、和非語文歷程。對於語文歷程，有如下之說明：「語言是一種獲得普遍認同，必須學習而來的組織化符號系統，語言可代表某個地理或文化區內的人類經驗，也是傳遞文化的主要工具。藉由語言的使用，人可與同一文化的成員互相聯繫及互動。」[20]疊字易記好念的特性，正可以表現詩人對國家刑罰的認同，也可以促使容易傳達和讓對方明白，使同一文化的成員互動良好。

又如：「明明天子」，「煢煢僕夫」，這裡都是華語敘述中類疊的使用，藉此對比出天子的聖明與自己孤單結果的罪有應得。這樣接二連三的重複同一詞彙，會加強對此語句的印象，《深層說服術》中曾說明：「根據心理學原理，人類如果不斷接受某種刺激，潛意識裡就會留存下一道深刻的痕跡。」[21]而言語上的重複（repetition）在佛洛伊德的研究中為一外顯的心理症狀。個體經由語言的重複可對自己加強某一觀念的合理性，儘管此一觀念對他而言，很可能是外界所強加的意識型態，自我在盲目接受並反覆行使的狀態下其實不明所以[22]。詩人在寫此詩時，因反覆的吟唱，就自然地敘述了自己誠惶誠恐的態度。

19　文史哲出版社編輯：《修辭類說》（臺北市：文史哲出版社，1980年），頁171-177。

20　黃葳威著：《文化傳播》（臺北市：正中書局，1999年），頁44-54。

21　多湖輝著，陸明譯：《深層說服術》（臺北市：大展出版社，1995年），頁80-84。

22　詳見Evans, Dylan, *An Introduction of Lacanian Psychoanalysis*（New York: Routledge,1996），p.164，文中除對於佛洛伊德對repetition的原有解釋外，亦說明法國心理分析家拉崗（Jacques Lacan）對佛氏理論之補充與修正。拉崗的心理分析側重語言於個體的心智上所產生的影響，在他的理論中，重複的言語可視為個體對自己社會關係的堅持（the insistence）。

「赫赫天子」則讚揚天子之聖明，「冠我玄冕，要我朱紱」「我榮我華」，並用整齊的排比，將天子對自己恩寵的態度反反覆覆的強調出來，在這些重複的類疊之中，讀者體會到一種壯美，感受到皇上不但沒有責罰詩人還加封其王爵的寬厚性格，也感受到詩人感激涕零的心情，以及無論如何都要感謝對方的決心。詩中用華語敘述中的類疊將感激之情更加強烈的噴射出來，讓人瞭解到真正的皇恩是多麼地崇高。劉鴻模言：「崇高最基本的美學特徵就是他顯示了主客體之間巨大的矛盾衝突，展示了人的本質力量在實現美、創造美的過程中的艱鉅性、曲折性、反覆性。」[23]「崇高」是美的型態之一，也是感情美的一個重要範疇。在此詩作中，便把崇高的美學特徵顯現出來，君王與臣子是主體，而臣下對君王的過失是客體，主體與客體之間有巨大的矛盾衝突，然而主體之間的信任與君王的恩典產生了強大的力量去克服艱困，便成就了美感。曹植在此，明顯地是使用「類疊」來敘述人的力量在創造美的過程中的艱鉅性、曲折性與反覆性，而這種種的類疊也表現出，在強大的現實客體面前，皇恩沒有退卻，反而更加豐盈，一再強調其力量，轉而征服與掌握了客體，實現了隆厚的恩澤。然而就史實而言，皇恩並沒有如此浩大，當時宮廷內骨肉相殘的悲涼，嚴重地侵蝕詩人，此詩只是曹植藉以避禍的希冀而已。

六　對偶

沈謙言：「凡是說話或寫作時，將字數相同，語法相似，平仄相反的文句，成雙作對地排列的修辭方式，就叫對偶。」[24]例子不勝枚

23 劉鴻模著：《愛情美學》（哈爾濱市：黑龍江人民出版社，1991年），頁115。
24 沈謙：《修辭學．下冊》（臺北市：空大出版社，1991年），頁630。

舉，以下稍作欣賞。

曹丕〈黎陽作詩〉三首中的第一首：「朝發鄴城，夕宿韓陵」、「沐雨櫛風」。對偶相對工整，形式極為漂亮，含意也很深邃。如「朝發」對「夕宿」，「鄴城」對「韓陵」，「沐雨櫛風」則是句中對，詞性一致，動作近似，對得四平八穩。第一句言軍隊行軍之出發地與紮營地，兩地非常相近，但卻行軍甚久。下句則言行軍久的原因，在於淒風苦雨。形式對偶，兩地相對，格外對比出行軍之苦，十分沈痛。

曹叡〈櫂歌行〉：「陽育則陰殺」、「伐罪以弔民」，兩句使用句中對，而意義兩兩相對，可以看出作對的功力相當雄厚。中文由於一字一音，一字一形，所以才能出現「對偶」這種平衡對稱的美文，這是英文做不到的。使用對偶，可以音韻鏗鏘，富有節奏，而且所寫之情況，一陽育一陰殺，對比強烈，作戰的原因：「伐罪以弔民」則顯得氣勢磅礴，冠冕堂皇。此二聯形式精工外，意涵上也不損害，營造出一種蒼涼悲壯的氛圍。

另王粲〈矛俞新福歌〉：「五刃三革」，用句中對寫出兵器眾多之貌。

詩人用華語敘述中對偶的形式表達情致，形式美，情意也生動，就煥發出珠聯璧合的光輝，成為情感真切，意境高遠的藝術品，而不是徒具形式的文字遊戲。

王粲〈從軍詩〉五首中的第一首：「陳賞越丘山，酒肉踰川坻」描寫賞賜之豐，「禽獸憚為犧，良苗實已揮」，敘述連禽獸都害怕作犧牲，但自已願為國捐驅，都用齊整的對偶形式鋪敘以及陳述其情。第二首：「涼風厲秋節，司典告詳刑」，利用對偶描寫涼風使秋天充滿殺伐之氣，主管刑法的官吏告知是明察用刑的季節。結構整齊勻稱，音調和諧順口，能加強語言的表達。第二首：「泛舟蓋長川，陳卒被隰坰」，用對偶寫出水上戰船多得蓋滿了江面，陳列的士卒遍布郊野的景象。用整齊的華語文字美顯現雄壯的軍容。其四：「朝發鄴都橋，暮濟白馬津」，寫軍隊早晨從鄴都橋出發，晚上便度過了白馬津。透過對偶，這一早一晚的映襯，更突顯出來。《現代漢語修辭學》言：「對偶的作用主要是借助整齊的句式和和諧的音調，把事物之間的對稱、對立、乃至相關的意思鮮明地表現出來，以加強感人的力量。」[25]

《說服技術》一書說：「思想之發生與改變則主要係由於語言或文字所引起。」[26]王粲在此透過對偶華語敘述的字句藝術形式，對讀者思考的影響力增強，吸引讀者想見當時兵力強大，軍隊盛大迅捷的壯闊場面。

透過以上之分析整理，可以發現三國時代主戰類的戰爭詩作者，在表意時多使用誇飾法、引用法、借代法。在形式設計上則偏好排比與類疊法，對偶也是喜歡使用的手法之一。喜歡用誇飾與排比、類疊法，一方面是因為適合歌功頌德、主張戰鬥內容的陳述，另一方面筆者以為則明顯受到漢賦殘留的痕跡，形式上喜歡鋪張揚厲，工整華麗。其中如曹丕、曹植、王粲、阮瑀、應瑒、劉楨、繁欽等人，都有賦作傳世。

總而言之，三國時代主戰類戰爭詩，非常重視形式之美，再加上誇飾之運用，顯得神采飛揚，氣勢磅礡，並以引證加強，種種情況綜合起來，更加後勁十足，充滿陽剛之霸氣。

---

25 黎運漢、章維耿著：《現代漢語修辭》（臺北市：書林出版社，1991年），頁146。

26 J.A.C.Brown著，周恃天譯：《說服技術》（臺北市：黎明出版社，1971年），頁1-28。

附表四　三國時代主戰類戰爭詩修辭表

題名	設問	引用	誇飾	借代	映襯	象徵	類疊	排比	摹寫	譬喻	轉化	雙關	示現	對偶	頂真
曹操〈短歌行〉		「晉文亦霸……」周西伯昌，懷此聖德……，得使征伐。」、「為仲尼所稱」「齊桓之功……」						盧弓矢千，虎賁三百人							九合諸侯，一匡天下
王粲〈從軍詩〉五首中的第一首	焉得久勞師	夫子詩	「一舉滅獯虜，再舉服羌夷」、「陳賞越丘山，酒肉踰川坻」、「所願獲無違」	沮溺	「徒行兼乘還，空出有餘資」、「外參時明政，內不廢家私」			「一舉滅獯虜，再舉服羌夷」、「軍人多飫饒，人馬皆溢肥」	人馬皆溢肥	「忽若俯拾遺」、「往返速若飛」、「良苗」	禽獸憚為犧		陳賞越丘山，酒肉踰川坻	「陳賞越丘山，酒肉踰川坻」、「禽獸憚為犧，良苗實已揮」	

題名	王粲〈從軍詩〉五首中的第二首	王粲〈從軍詩〉五首中的第四首	王粲〈從軍詩〉	繁欽〈遠戍勸戒詩〉
頂真				
對偶	「涼風厲秋節，司典告詳刑」、「泛舟蓋長川，陳卒被隰坰」	朝發鄴都橋，暮濟白馬津		
示現	「暫往必速平」、「將秉先登羽」	「將定一舉勳」、「庶幾奮薄身」		
雙關				
轉化				
譬喻	思逝若抽縈	「譬諸具官臣」、「鉛刀」		
摹寫	「涼風」、「泛舟蓋長川，陳卒被隰坰」	左右望我軍，連舫踰萬艘，帶甲千萬人		
排比				
類疊	「桓桓」、「眷眷」			「郁郁桓桓」、「闇闇行行」 「既文既武」、「有規有矩」
象徵				
映襯	「昔人從公旦，一徂輒三齡，今我神武師，暫往必速平」、「日月不安處，人誰獲常寧？」	朝發鄴都橋，暮濟白馬津		
借代	「陳卒」、「金聲」	帶甲	被羽在先登	
誇飾	「泛舟蓋長川，陳卒被隰坰」、「棄余親睦恩」	「連舫踰萬艘，帶甲千萬人」 「將定一舉勳」、「一言獨敗秦」		
引用	「東山」、「昔人從公旦」	「許歷為完士，一言獨敗秦」、「伐檀」、「鉛刀」		務在和光。同塵共垢
設問	「誰能無戀情」、「人誰獲常寧」、「豈敢聽金聲」			

題名	設問	引用	誇飾	借代	映襯	象徵	類疊	排比	摹寫	譬喻	轉化	雙關	示現	對偶	頂真
曹丕〈黎陽作詩〉三首中的第一首	「舍我高殿，何為泥中」、「我獨何人，能不靖亂」	在昔周武，爰暨公旦						在昔周武，爰暨公旦						「朝發鄴城，夕宿韓陵」、「沐雨櫛風」	
曹丕〈至廣陵於馬上作詩〉	誰云江水廣	「古公宅岐邑，實始剪殷商」、「孟獻營虎牢，鄭人懼稽顙」、「充國務耕殖，先零自破亡」、「豈如東山詩，悠悠多憂傷」	「戈矛成山林」、「一葦可以航」				「湯湯」、「悠悠」								
曹丕〈令詩〉			白骨從橫萬里				「悠悠」、「哀哀」								
左延年〈從軍行〉								鞍馬照人目，龍驤自動作						一驅乘雙駁	

題名	設問	引用	誇飾	借代	映襯	象徵	類疊	排比	摹寫	譬喻	轉化	雙關	示現	對偶	頂真
曹叡〈善哉行〉		御由造父	「輕舟竟川」、「百馬齊轡」	造父		初鴻依浦	惟撫」「如羆如虎」「我徂我征」 「桓桓」「休休」「行行」「惟鎮	我徂我征		如雨」「虎臣列將。怫鬱充怒」 「如羆如虎」「發砲若雷，吐氣					
曹叡〈善哉行〉四解			蔽日」、「旗旐翳天」 「振耀威靈」、「綵旄				「心綿綿」 「赫赫」、「行路綿綿」、								
曹叡〈苦寒行〉		屯吹龍陂城。顧觀故壘處。皇祖之所營。	「光光我皇祖，軒耀同其榮。」、「遺化布四海，八表以肅清」				「悠悠」、「光光」								
曹叡〈櫂歌行〉			太常拂白日	旗幟紛設張，將抗旄與鉞				文德以時振，武功伐不隨						「陽育則陰殺」、「伐罪以弔民」	

題名	設問	引用	誇飾	借代	映襯	象徵	類疊	排比	摹寫	譬喻	轉化	雙關	示現	對偶	頂真
曹植〈丹霞蔽日行〉		「牧野致功，天亦革命」、「漢祚之興，階秦之衰」「紂為昏亂，虐殘忠正」、「周室何隆，一門三聖」、	牧野致功，天亦革命			炎光再幽		漢祚之興，階秦之衰							
曹植〈孟冬篇〉			流血成溝渠」、「張羅萬里」、「髮怒穿冠」、「威靈振鬼區」「萬騎齊鑣，千乘等蓋」、「夷山填谷，平林滌藪」、「頓熊扼虎，蹴豹搏貙」、「死禽積如京，				趯趯	「頓熊扼虎，蹴豹搏貙」「夷山填谷，平林滌藪」、「獵以青骹，掩以脩竿」	「鐘鼓鏗鏘，簫管嘈喝」、「死禽積如京，流血成溝渠」					鏗鏘，簫管嘈喝」、「萬騎齊鑣，千乘等蓋」、「走馬行酒醴，驅車布肉魚」「風弭雨停」、「虎賁采騎，飛象珥鶡」、「韓盧宋鵲」、「牽麋掎鹿」、「蹈谷超巒」、「張目決眥」「鐘鼓	

題名	設問	引用	誇飾	借代	映襯	象徵	類疊	排比	摹寫	譬喻	轉化	雙關	示現	對偶	頂真
曹植〈白馬篇〉	借問誰家子		「右發摧月支」、「仰手接飛猱，俯身散馬蹄」、「長驅蹈匈奴，左顧陵鮮卑」	棄身鋒刃端				「仰手接飛猱，俯身散馬蹄」、「狡捷過猴猿，勇剽若豹螭」、「長驅蹈匈奴，左顧陵鮮卑」	控弦破左的	「狡捷過猴猿，勇剽若豹螭」、「視死忽如歸」					

題名	設問	引用	誇飾	借代	映襯	象徵	類疊	排比	摹寫	譬喻	轉化	雙關	示現	對偶	頂真
曹植〈責躬〉				願蒙矢石	「嗟予小子，乃罹斯殃，赫赫天子，恩不遺物」、「武則肅列，文則時雍」		「濟濟」、「我弼我輔」、「作藩作屏」、「我削我絀」、「明明」、「煢煢」、「武則肅列，文則時雍」、「傲我皇使，犯我朝儀」、「冠我玄冕，要我朱紱」、「赫赫」、「我榮我華」	「武則肅列，文則時雍」、「傲我皇使，犯我朝儀」、「冠我玄冕，要我朱紱」、「甘赴江湘，奮戈吳越」		如渴如饑					君臨萬邦，萬邦既化

題名	設問	引用	誇飾	借代	映襯	象徵	類疊	排比	摹寫	譬喻	轉化	雙關	示現	對偶	頂真
曹植〈矯志詩〉		螳螂見歎，齊士輕戰，越王軾蛙，國以死獻	萬邦作孚		「芝桂雖芳，難以餌魚，尸位素餐，難以成居」、「抱璧塗乞，無為貴寶，履仁遘禍，無為貴道」、「都蔗雖甘，杖之必折，巧言雖美，用之必滅」		濟濟	「抱璧塗乞，無為貴寶，履仁遘禍，無為貴道」、「鵷雛遠害，不羞卑棲，靈虬避難，不恥污泥」、「都蔗雖甘，杖之必折，巧言雖美，用之必滅」、「逢蒙雖巧，必得良弓，聖主雖知，必得英雄」、「道遠知驥，世偽知賢」、「澤如凱風，惠如時雨」、「口為禁闔，舌為發機」		「芝桂雖芳，難以餌魚，尸位素餐，難以成居」、「磁石引鐵，於金不連」、「鵷雛遠害，不羞卑棲，靈虬避難，不恥污泥」「道遠知驥，世偽知賢」、「澤如凱風，惠如時雨」、「口為禁闔，舌為發機」	口為禁闔，舌為發機				

題名	設問	引用	誇飾	借代	映襯	象徵	類疊	排比	摹寫	譬喻	轉化	雙關	示現	對偶	頂真
曹植〈雜詩〉中的第五首	「遠遊欲何之」、「東路安足由」		將騁萬里途					江介多悲風，淮泗馳急流							
曹植〈雜詩〉第六首			遠望周千里	拊劍西南望	烈士多悲心，小人偷自閑			烈士多悲心，小人偷自閑	「飛觀百餘尺，臨牖御櫺軒」、「遠望周千里，朝夕見平原」、「絃急悲聲發，聆我慷慨言」		絃急悲聲發				
應璩詩中的第三首			光輔日月輝	放戈釋甲冑				放戈釋甲冑，乘軒入紫微	放戈釋甲冑，乘軒入紫微	光輔日月輝					

題名	設問	引用	誇飾	借代	映襯	象徵	類疊	排比	摹寫	譬喻	轉化	雙關	示現	對偶	頂真
應璩詩第四首			今者宅四海												
應璩詩第五首				馳騁習弓戟	雖妙未更事，難用應卒迫										
阮籍〈詠懷詩〉第三十一首	梁王安在哉	駕言發魏都，南向望吹臺						戰士食糟糠，賢者處蒿萊				駕言發魏都	「戰士食糟糠，賢者處蒿萊」、「歌舞曲未終，秦兵已復來」、「軍敗華陽下，身竟為土灰」		
阮籍〈詠懷詩〉第三十八首		視彼莊周子。榮枯何足賴捐身棄中野。烏鳶作患害。	「炎光延萬里」、「長劍倚天外」「泰山成砥礪。黃河為裳帶」					「彎弓掛扶桑。長劍倚天外」、「泰山成砥礪。黃河為裳帶」			泰山成砥礪。黃河為裳帶				

題名	設問	引用	誇飾	借代	映襯	象徵	類疊	排比	摹寫	譬喻	轉化	雙關	示現	對偶	頂真
阮籍〈詠懷詩〉第三十九首			志欲威八方					「忠為百世榮，義使令名彰」「良弓挾烏號，明甲有精光」、							
襄陽民為胡烈歌		周孔是則													
軍中為夏侯淵語							三日五百。六日一千。	三日五百。六日一千。							
王粲〈太廟頌歌〉							「不顯丕欽」、「祁祁髦士」	「六佾奏。八音舉」、「昭大孝。衍妣祖」、「念武功，收純怙」「綏庶邦。和四宇」、「九功備。彝樂序」、「建崇牙。設璧羽」							

題名	設問	引用	誇飾	借代	映襯	象徵	類疊	排比	摹寫	譬喻	轉化	雙關	示現	對偶	頂真
王粲〈矛俞新福歌〉			永樂無憂，子孫受百福	「五刃三革休」、「常與松喬遊」										五刃三革	
王粲〈弩俞新福歌〉			「俯仰若神」、「自東自西，莫不來賓」	劍弩錯陳			「自東自西」、「綏我武烈，篤我淳仁」	綏我武烈，篤我淳仁		俯仰若神					
王粲〈安臺新福歌〉								「昭文德，宣武威」、「平九有，撫民黎」							
王粲〈行辭新福歌〉			「自古立功。莫我弘大」、「漢國保長慶。垂祚延萬世」	桓桓征四國			桓桓	仁恩廣覆。猛節橫逝							

題名	設問	引用	誇飾	借代	映襯	象徵	類疊	排比	摹寫	譬喻	轉化	雙關	示現	對偶	頂真
繆襲〈楚之平〉			普日月，齊輝光	起旗旌				「越五帝。邈三王。興禮樂。定紀綱。普日月。齊輝光」「神武奮。金鼓鳴」、「邁武德。揚洪名」、「漢室微。杜稷傾」、							麾天下。天下平。濟九州。九州寧。創武功。武功成
謬襲〈獲呂布〉			囊括天下運掌中					獲呂布。戮陳官		芟夷鯨鯢	囊括天下運掌中				
謬襲〈平南荊〉		在昔虞與唐	「金鼓震天庭」、「萬世無風塵」	萬世無風塵			「遼遼」、「陶陶」	「劉子面縛至。武皇許其成」「劉琮據襄陽。賊備屯樊城」、	「金鼓震天庭」「南荊何遼遼。江漢濁不清」、						自新。思自新。齊功古人。普為大魏臣。大魏臣。向風思

題名	設問	引用	誇飾	借代	映襯	象徵	類疊	排比	摹寫	譬喻	轉化	雙關	示現	對偶	頂真
韋昭〈炎精缺〉			「赫武烈，越龍飛」、「陟天衢，耀靈威」					吐英奇，張角破，邊韓羈，宛潁平，南土綏，神武章，渥澤施，金聲震，仁風馳，顯高門，啟皇基，統罔極，垂將來」 「炎精缺，漢道微，皇綱弛，政德違」、「陟天衢，耀靈威，鳴雷鼓，抗電麾，撫乾衡，鎮地機，厲虎旅，騁熊羆，發神聽，		鳴雷鼓，抗電麾，撫乾衡，鎮地機，厲虎旅，騁熊羆	鳴雷鼓，抗電麾，撫乾衡，鎮地機，厲虎旅，騁熊羆				

題名	設問	引用	誇飾	借代	映襯	象徵	類疊	排比	摹寫	譬喻	轉化	雙關	示現	對偶	頂真
韋昭〈漢之季〉							「桓桓」、「赫赫」	介士奮，醜虜震，使眾散，劫漢主，遷西館，雄豪怒，元惡僨義兵興，雲旗建，厲六師，羅八陣，飛鳴鏑，接白刃，輕騎發，							
韋昭〈攄武師〉			炎炎大烈震天下				炎炎大烈震天下	攘夷凶族。革平西夏		炎炎大烈震天下					
韋昭〈伐烏林〉			「舟車十萬揚風聲」、「乘勝席捲遂南征」							「虎臣雄烈周與程」「乘勝席捲遂南征」					
韋昭〈秋風〉	安知存與亡				身逸獲高賞。身沒有遺封			「身逸獲高賞。身沒有遺封」「秋風揚沙塵。寒露沾衣裳」、	秋風揚沙塵。寒露沾衣裳		鳩鳥化為鷹				志士思立功。思立功。邀之戰場

題名	設問	引用	誇飾	借代	映襯	象徵	類疊	排比	摹寫	譬喻	轉化	雙關	示現	對偶	頂真
韋昭〈克皖城〉				民得就農邊境患				「克滅皖城遏寇賊。惡此凶孽阻姦慝」、「除穢去暴戢兵革」							
韋昭〈關背德〉						臂大於股	「巍巍」、「桓桓」								睿德與玄通。與玄通。親任呂蒙
韋昭〈通荊門〉			高竣與雲連	觀兵揚炎耀，厲鋒整封疆			煌煌	「大皇赫斯怒，虎臣勇氣震」、「觀兵揚炎耀，厲鋒整封疆」		「虎臣勇氣震」、「聖吳同厥風，荒裔望清化」					厲鋒整封疆，整封疆。闡揚威武容
韋昭〈章洪德〉			珍貨充庭					章洪德，邁威神。感殊風。懷遠鄰。平南裔。齊海濱。越裳貢。扶南臣							

第八章
結論

第一節　三國時代戰爭詩的華語敘述

要討論三國時代戰爭詩三類之特色前，首先要釐清何謂特色，這裡所謂的特色是指三類在內容與形式上的優先性而言，易言之，三國時代戰爭詩三類之特色乃是指三類三國時代戰爭詩決定言論方向與成為該類之基本特性，或是此類之特出現象，這些特色不一定是該類的專利，但卻是決定性的部分。同樣的，反戰類詩作中也可能觸及主戰類的某些特性，或描述某些類似的場景，但並沒有視為優先而特別加以發揮。舉例來說，當我們說主戰類詩作多半歌功頌德、描述戰爭時鯨吞虎踞之氣勢時，並不表示反戰類作品沒有歌功頌德及描寫一鼓殲滅的部分，但是反戰類作品並沒有以此作為中心展開它的寫作方向。反之，在主戰類作品裡，乃是以歌功頌德為基調，試圖通過描述戰爭時衝鋒陷陣的描寫而對戰爭的意義進行創造與自我完成。以下就將前文所分三類之戰爭詩，分別說明其內容與修辭上的特色：

一　三國時代主戰類戰爭詩之特色

（一）三國時代主戰類戰爭詩華語敘述上之特色

在一百零四首的戰爭詩中，主戰類有四十六首，是數量最多的一類。此類主戰類記敘戰爭前的內容，主要在描繪戰爭前一觸即發之緊張情勢，如曹丕〈至廣陵於馬上作詩〉寫黃初六年八月東征，十月，行幸廣陵，在長江邊舉行閱兵，向東吳孫權展現武力，詩中記載了當時閱兵之雄壯與充滿自信的豪情，藉此威嚇敵軍；其他如曹植〈孟冬篇〉：「孟冬十月，陰氣厲清，武官誡田，講旅統兵」、曹叡〈善哉行〉：「我徂我征，伐彼蠻虜，練師簡卒，爰正其旅」、應璩〈詩〉其五（魏詩卷八）：「郡國貪慕將，馳騁習弓戟，雖妙未更事，難用應卒迫。」王粲〈弩俞新福歌〉（魏詩卷十一）：「材官選士。劍弩錯陳，應桴蹈節．俯仰若神，綏我武烈，篤我淳仁，自東自西，莫不來賓。」都是描寫備戰的情況。

描述戰爭中之作品，內容多半記錄己方軍隊勝利或預期勝利的戰爭過程。除如王粲〈從軍詩〉五首中的第二首、曹叡〈善哉行〉外，另如韋昭〈伐烏林〉：「曹操北伐拔柳城，乘勝席捲遂南征。劉氏不睦，八郡震驚。眾既降，操屠荊。舟車十萬揚風聲。」繆襲〈獲呂布〉：「獲呂布，戮陳宮。芟夷鯨鯢，驅騁群雄。囊括天下運掌中。」曹叡〈善哉行〉四解：「赫赫大魏，王師徂征。冒暑討亂，振耀威靈。」等等皆是。記敘戰爭後期之戰爭詩，內容多為敘述戰後所得之豐富成果，以及闡明施政之理想與未來之願景，除如繆襲的〈平南荊〉與王粲之〈安臺新福歌〉外，另如：韋昭〈章洪德〉：「章洪德，邁威神。……扶南臣。珍貨充庭，所見日新。」韋昭〈攄武師〉：「……攘夷凶族，革平西夏。炎炎大烈震天下。」繆襲〈楚之平〉：「楚之平，義兵征。……天下平。濟九州，九州寧。創武功，武功成。越五帝，邈三王。興禮樂，定紀綱。普日月，齊輝光。」等等皆是如此。

記敘想像中的戰爭之戰爭詩，內容多寫過去之戰役，作為現在之借鏡，或歌頌過去戰爭之英勇，或諷諭過去不知戰鬥的愚昧，除如曹植〈丹霞蔽日行〉、王粲〈矛俞新福歌〉外，另如阮籍〈詠懷詩〉第三十一首諷刺魏安釐王不知養兵，終遭白起兵臨華陽、曹植〈責躬詩〉：「……伊予小子，恃寵驕盈，舉挂時網，動亂國經，作藩作屏，先軌是隳，傲我皇使，犯我朝儀，國有典刑，我削我絀……」王粲〈太廟頌歌〉三章：「思皇烈祖。時邁其德。肇啟洪源。貽燕我則。……綏庶邦。和四宇。九功備。彝樂序。建崇牙。……念武功，收純怙。於穆清廟。翼翼休徵。……」等等皆是。這些詩作的筆法，有時是具體的描述，有時則是概括的敘事。

主戰類另外有些以描述戰爭英雄為主軸，筆法或是鋪敘，以具體而詳細的文字刻畫戰爭英雄之形象，有些則是用簡明扼要的文字勾畫出人物面貌，除如曹植〈白馬篇〉、〈襄陽民為胡烈歌〉、〈軍中為夏侯淵語〉外，另如左延年〈從軍行〉：「……一驅乘雙駁，鞍馬照人目，龍驤自動作。」應璩詩中的第三首：「放戈釋甲胄，成軒入紫微，從容侍帷幄，光輔日月輝。」、韋昭〈秋風〉：「秋風揚沙塵，寒露沾衣裳，角弓持弦急，鳩鳥化為鷹。邊垂飛羽檄，寇賊侵界疆。跨馬披介胄，慷慨懷悲傷。辭親向長路，安知存與亡。窮達固有分，志士思立功。思立功，邀之戰場。身逸獲高賞，身沒有遺封。」或是寫單獨而史上有名之英雄，寫徐榮的如：繆襲〈戰滎陽〉（魏詩卷十一）、寫呂布陳宮的：繆襲〈獲呂布〉（魏詩卷十一）、寫黃祖的：韋昭〈攄武師〉（魏詩卷十二）、寫關羽的：韋昭〈關背德〉（魏詩卷十二）皆是如此。此外，值得一提的是，有些則是描寫當時三國君主的篇章，記敘曹操的如：繆襲〈楚之平〉（魏詩卷十一）、繆襲〈獲呂布〉（魏詩卷十一）、繆襲〈平南荊〉（魏詩卷十一）；描寫孫權的如：曹植〈雜詩〉七首其五（魏詩卷七）、韋昭〈攄武師〉（魏詩卷十二）、韋昭〈克皖城〉（魏詩卷十二）、韋昭〈通荊門〉（魏詩卷十二）、韋昭〈章洪德〉（魏詩卷十二）、韋昭〈關背德〉（魏詩卷十二）；描寫曹操與孫權的如：韋昭〈伐烏林〉（魏詩卷十二）；劉備則付之闕如。但這些詩作大多以歌功頌德為主要內容，或以記敘史事為主，內容制式化。

另外有些以歌頌我方軍隊與將領為主，描繪整體之軍隊，抒發詩人對戰士與將領的感念之情，流露對他們的敬佩之意與對戰爭勝利的讚揚。除如王粲〈從軍詩〉、曹叡〈苦寒行〉、韋昭〈關背德〉外，另如：繆襲〈楚之平〉：「楚之平，義兵征。神武奮，金鼓鳴。邁武德，揚洪名。……」曹丕〈至廣陵於馬上作詩〉：「……猛將懷暴怒，膽氣正縱橫，誰云江水廣，一葦可以航，不戰屈敵虜，戢兵稱賢良，……量宜運權略，六軍咸悦康，豈如東山詩，悠悠多憂傷。」曹叡〈櫂歌行〉：「……文德以時振，武功伐不隨。重華舞干戚。有苗服從嬀。蠢爾吳中虜。憑江棲山阻。哀哉王士民。瞻仰靡依怙。皇上悼愍斯。……」皆是如此。

有些作品的華語敘述是在抒發個人的志向，有的如曹丕，因身為君王，所以內容抒發自己對時政的感慨，希望藉戰爭一統天下，以安撫百姓，有的如王粲或阮籍，身為臣子或平民，則敘述希望投效戰場的抱負。另如：王粲〈從軍詩〉：「被羽在先登，甘心除國疾。」曹植〈雜詩〉第六首：「……烈士多悲心，小人偷自閑。國讎亮不塞，甘心思喪元。拊劍西南望，思欲赴太山。絃急悲聲發，聆我慷慨言。」應璩詩第四首：「丈夫要雄戟，更來宿紫庭，今者宅四海，誰復有不并。」皆以參與戰事來敘述詩人的志向。

三國時代戰爭詩主戰類華語敘述有時也藉過去戰爭來議論時政，多半是藉著詠史而寄託現實意義，從歷史紀錄中得出教訓，或作為立論之根據。有些藉著議論與歌誦過去之戰，敘述自己之志，遂行其所欲之目的，如曹操〈短歌行〉（魏詩卷一）用議論周文王、齊桓公、晉文公之事，說明自己不欲廢漢自立，而達到取得政治與戰爭的主控權；曹植〈丹霞蔽日行〉:「紂為昏亂，……牧野致功，天亦革命，漢祚之興，階秦之衰，……」以周代商之牧野之戰、漢代秦之戰，議論正義之戰必為上天應允的道理。有些則以議論與歌頌祖先之功德，建立己方政權之正統性，如曹植〈責躬〉（魏詩卷七）:「於穆顯考，時惟武皇，受命於天，寧濟四方，朱旗所拂……傲我皇使，犯我朝儀，國有典刑，我削我絀……」論述曹操之戰功，且說明這場戰役是得到天命之戰，其他人反抗之無理；有些則以過去之戰爭佐證今日之時政，議論養兵與備戰對於安邦定國之重要性，如王粲〈矛俞新福歌〉（魏詩卷十一）:「漢初建國家。匡九州。……五刃三革休。安不忘備武樂脩。……永樂無憂。子孫受百福。……」以漢初之戰功，議論即使安樂也不忘戰，才能長治久安；阮籍〈詠懷詩〉第三十一首（魏詩卷十）以戰國時魏安釐王因不知養兵而招致敗亡的故事議論時政。以上華語敘述可看出詩作中以過去戰爭之史事，不論是過去賢良國君之戰，或各朝開國之戰，乃至於己方祖先之戰役，都是為了配合敘述或議論詩人當時的心志或政治情況。

主戰類也有純粹論述戰爭之道的詩作內容，偏向純粹說理的性質，缺乏詩歌慣有的柔和浪漫情調，所謂「溫柔敦厚，詩教也」，在此類是少見的，反而充滿了濃厚的兵法家色彩，彷彿是軍事學與兵法之簡短宣言，與對戰爭人物與事件犀利的評論，筆者認為這或許是此類詩作，流傳下來數量較少的原因之一。這些內容一方面與作者之生平與職務有關，也與當時時政與發生之社會事件有關，另一方面也顯示出詩人企圖透過詩歌這種美化的文辭形式，喚醒人們對於當時常常發生的戰爭，提起更多學理性與議論性的兵法討論，以其激發人們的愛國心，以及對戰爭技術上與理論上的改革，並促使政府對於將領的抉擇更加慎重。

總而言之，三國時代主戰類戰爭詩在內容上多半歌功頌德，描寫整軍經武、席捲天下、攻城掠地之景象，以表現志在統一的決心為訴求，切合於詩人當時的身分地位，並重視宣傳威武的精神。

（二）三國時代主戰類戰爭詩修辭運用上之特色

主戰類戰爭詩大量使用誇飾法、引用法、借代法。對於時間空間，詩人常用誇飾加以形容，在誇飾的描述下，時間可以加快加長，也可以縮短變慢；空間可以高度增高，面積加廣，體積變大，也可以縮短變窄減小，於是詩歌作品便擁有一把萬能鑰匙，可以穿越時空，馳騁其縱橫變化，達到文學豐富的想像和驚人的藝術技巧。如〈短歌行〉：「天威在顏咫尺。」王粲〈從軍詩〉的第一首：「相公征關右，赫怒震天威。」「一舉滅獯虜，再舉服羌夷。」「西收邊地賊，忽若俯拾遺。」第二首：「昔人從公旦，一徂輒三齡。今我神武師，暫往必速平。」其四：「率彼東南路，將定一舉勳。」以及〈至廣陵於馬上作詩〉：「戈矛成山林」；「一葦可以航」。詩中運用誇飾將客觀的人事物，透過主觀情意的誇張渲染、鋪飾形容之後，便會達到成為強烈意象的藝術效果，會使得平淡無奇的人事物成為新奇而扣人心弦，增強其感人力量，讓這些事物的特點格外鮮明突出，讓讀者有強烈的感受和深刻的印象。繆襲〈楚之平〉：「普日月，齊輝光」，也是用誇飾製造強烈的意象，經營所欲達成的氣氛。

在華語敘述中徵引別人的言語，或俗諺、典故等等，藉以使自己言論有份量，為人信服，或是委婉敘述己見和情意的方式，稱作「引用」。〈短歌行〉：「周西伯昌，懷此聖德……，得使征伐。」「為仲尼所稱」「齊桓之功……」「晉文亦霸……」

接下來再看〈遠戍勸戒詩〉中的一句：「務在和光。同塵共垢」。如〈丹霞蔽日行〉：「紂為昏亂，虐殘忠正」、「周室何隆，一門三聖」、「牧野致功，天亦革命」、「漢祚之興，階秦之衰」用紂王與秦王昏庸暴亂，而周室與漢朝順天應人，革命推翻他們的功績。由批評商、秦的暴政，來豎立周、漢發動戰爭的合理性。華語敘述借助用典可以增加說服力，從此使國內大眾確信作戰目標的正確，並保持戰鬥精神，建立強烈的對自己方面的向心力，提高我方士氣，增加內部的團結感。

華語敘述將原本常用的名稱放棄不用，而改用其他名稱，這就是借代。如〈從軍詩〉五首中的第二首，則用「陳卒」來代替所有的三軍將士，描述軍隊遍佈山野的情形，在此便是以部分代替全體的用法。曹植〈雜詩〉其六：「拊劍西南望」，以「劍」來代替所有戰爭中的武器。另如〈通荊門〉：「觀兵揚炎耀，厲鋒整封疆。」以閱兵、磨利刀鋒等部分活動來借指所有戰爭的壯闊場面。詩人透過借代的華語敘述方式，可以使讀者對詩人所要呈現的詞的本質特徵的理解，不會從抽象的定義出發，而是設法關連於生活的實際事例，依靠過去累積的之事表徵來理解，並且瞭解可以互換的名稱和特徵之間的關連，促使讀者掌握詩人所要表達的詞義和詞性。在正確的借代使用之下，讀者就不需要以想像來體會和理解詞語所敘述的意境。讓讀者能將抽象的概念落實於具體的事物上，可使抽象難解的華語敘述變為具體易懂，讓讀者喜愛豐富的詩歌意象。

透過以上之分析整理，可以發現三國時代主戰類的戰爭詩作者，在表意時多使用誇飾法、引用法、借代法等華語敘述方式。在形式設計上則偏好排比與類疊法，對偶也是喜歡使用的華語敘述方式之一。喜歡用誇飾法、引用法、借代法，一方面是因為適合歌功頌德、主張戰鬥內容的陳述，並且使常用的字詞有所變化，另一方面筆者以為則明顯受到漢賦殘留的痕跡，華語敘述上喜歡鋪張揚厲，炫燿才學。其中如曹丕、曹植、王粲、阮瑀、應瑒、劉楨、繁欽等人，都有賦作傳世。

總而言之，三國時代主戰類戰爭詩，在修辭之運用上，顯得神采飛揚，氣勢磅礡，並以引證加強，種種情況綜合起來，更加後勁十足，充滿陽剛之霸氣。

第二節　三國時代養生的華語敘述

養生思想也是三國時代華語敘述中富有特色的一部分，他們普遍認為養生之大患莫過於周孔名教對於人生的誤導，人生忙忙碌碌，殫精竭力，追求功名，最後卻短命收場。認為通過去智復性，人可以達到養生目的，養與不養效果截然不同。

對政治家和普通人的養生提出不同的告誡。對於政治家來說首先要擺脫周孔名教的束縛，否則喪志被慾望操控。因此政壇上人物千萬不能爭逐名利，而要內心世界充實。此期仍重視《莊子》的義理，又不忽視形軀保養，為「養神保形」型態。

其次政治家要少私寡欲，以天下為公。名位、厚味、外物均傷德、害性之物，必須從根本上除掉，而不是硬性壓抑。即使是君主也要與天下人一般自得其樂，恬淡樸素。號為「三玄」的《易》、《老》、《莊》，在魏晉時代皆被輾轉闡申，賦予「養生成仙」的意義。魏晉時因在門閥世族政治上相互廝殺，生活上奢侈競高，所以有此養生的華語敘述。

三國時期，殺戮頻繁、人命危淺，巨大的死亡陰影深深籠罩著這個時期，強烈挑戰人類生存的本能，但也正因命如朝露的體悟，讓人更正視死亡並珍視生命的存在。如何讓存在的時間延長，或提昇生命存在的品質，成為三國時期知識分子思考的主題及生活方式，其中更蘊含著生命意識覺醒的表徵。以三國時期作為研究主題的斷代，這個斷代有新的哲學思維、新的文化自覺；特別是「自然思潮」轉變了漢代天人感應論的宇宙思維，重新界定人性中本有的欲望與情感，如何協調人和社會群體、宇宙自然的關係，甚至影響對倫理、美學的價值判斷，和東晉、南朝的文學、藝術發展有莫大的關係。本時期的養生方法符合自然思潮主、客觀的二重華語敘述，有養神、養形二路思維，由養形衍生出的服藥與飲酒，已成為魏晉精神的重要文化象徵。魏晉養生意識已從傳統道家重視的養神，發展出文化中一直隱而不顯的養形，重視肉身實存的問題，服藥與飲酒更必須從文化的視角，才能解讀出知識分子時代性的悲哀，也進一步強化了養形行為的發展。

至於普通人的養生，也有獨到華語敘述。

其一是要形神相親，表裏俱濟。要做到這一點就必須修性保神，安心全身，愛憎不棲於情，憂喜不顯於意。泊然無感，而體氣和平，又呼吸吐納，服食養身。

其二是要持之以恒，防微杜漸。人應當有志氣，立志要有所選擇，但一當立下志，則口與心誓，守死無二。養生也是，如果一年半載未見效驗，便志已厭衰，抑情忍欲，割棄榮願，而嗜好常在耳目之前，所希在數十年之後，又恐兩失，內懷猶豫，心戰於內，物誘於外，則萬無一能成也。

其三，要知足。人生受到名位、資財、酒色等種種誘惑。知足是養生的一大關鍵。世上難得不在於財寶與虛榮，倘若知足，雖無錦衣玉食，每日勞動粗食，也能自得，若不知足，就算得到天下擁有萬物，也不足。知足的人不需用外物滿足自己，因此在任何地方都不匱乏。棄絕仕途、入山修道的知識分子，具有山林隱逸的意味，以儒家的觀點看來，可稱之為「隱士」。但在這個時代，知識分子所追求的漸漸不只是「隱士」的身分，對他們而言，「神仙」更是另外一種身分的選擇。此時的養生華語敘述也要人們努力戒除對養生有害的嗜欲，酒色為甘甜的毒鴆，名位為薰香的險餌，皆應遺棄。

最後總結養生的五難，即名利不滅、喜怒不除、聲色不去、滋味不絕、神慮轉發。如果心存五難，即使心裡希望長壽，也事與願違。假使胸中去除名利、喜怒、聲色、滋味、神慮，不用祈求，自然有福延壽，達到養生目標。

三國養生的敘述也有些不成熟處，例如製藥的技術尚未完善。服藥在當時人看來，不僅帶來成仙的希望，而且服藥本身風雅高貴，無形中能提高人的社會地位和身分。服藥者以此驕人，不服食者也以此仰慕服食者。到後來服藥似乎就成為上流人士的一種標誌。

嵇康相信服藥，他把服食納入他的養生理論當中。嵇康提出，要導養得理，應從兩方面入手：一是「修性以保神，安身以全身，愛憎不哂於情，憂喜不留於意，泊然無感而體氣和平。」二是「呼吸吐納，服食養生，使形神相親，表裡俱濟也。」所以，服食是導養的重要手段，是通向長生的途徑之一。嵇康自己不但在家裡服藥，也常出外採藥。「採藥鍾山隅，服食改姿容。」有一次，他採藥的朋友王烈在一山崖斷層處採得流體狀態的石鐘乳，吃起來如粳米飯，他們以為是得了異物，等到帶給嵇康的時候，卻已凝固成硬的，再趕去現場，那斷層的石鐘乳也已復合。王烈認為是「叔夜未合得道故也。」而嵇康也頗以此為憾。據史料記載：服食寒食散後，藥性發作會使全身一下子熱、一下子冷，人的心情也會跟著很暴躁，有人竟然拔劍逐蠅，有人碰到一點小麻煩就要拿刀自殺，嵇康雖然沒達到這種乖戾的程度，但嵇康服食的實際效果到底如何呢？看來與他自己所期待的有很大的差距。嵇康服食的目的原來是要高蹈養生，解除現實矛盾，誰知適得其反。

三國時代的養生思想多淵源於老、莊，此時期養生理論有消極避世的一面，也有與司馬氏政權不合作的潛在意識在其中，但提出養生最終目的並不僅在於求自然生命皮相之延長，而尤在於獲得內在心靈之自足自樂，不為外物所累，則有劃時代意義。漢晉之際知識分子脫離經學束縛，尋求思想自由，獲得獨立人格發展的主流，而此時期養生的華語敘述則走在這股潮流的前端，為華語圈樹立楷模。

第三節　三國時代愛與家庭教育的華語敘述

綜上所述，三國時代的家庭之愛，不再只依靠經學。有些教育思想是以玄學來反對經學教育。有些與正統玄學家不一樣，從儒道對立的觀點來批判經學教育。批判深刻，尤其是關於教育要尊重人性，合乎人性、順乎人性的思想，引導出人本教育，為華語教育思想史上的一次突破，在世界教育思想史上也佔有重要地位。

三國時代崇尚自然，認為情比禮重要，父子間的關係尊卑之別較薄弱。個體自覺，即發現自己具有獨立精神與自由意志，並且充分發揮個性，表現內心的真實感受。個體自覺，不僅在思想上轉向老、莊，而且擴張到精神領域的一切方面，文學、音樂、山水欣賞、愛與家庭教育都成為內心自由的投射對象。嵇康「難自然好學論」：

> 六經以抑引為主，人性以從欲為歡；抑引則違其願，從欲則得自然。然則自然之得，不由抑引之六經；全性之本，不須犯情之禮律。

認為六經禮律皆抑性犯情，不但打破君臣之倫，其他的人倫關係的價值也要重新評估。另如曹操轉移數百年世局，也是從他的愛才與家庭教育開始。從他的求才三令，分別於建安十五年、建安十九年、建安二十二年，七年之中接連頒布的三道廣招人才的詔令。如下以第一、第二、第三令分別稱之。

第一令主要表明思賢若渴、求賢之急，迫切希望與賢人君子共治天下，因此提出唯才是舉的華語敘述。只要是人才，其他條件均可暫時擱置。

第二令補充第一令所不夠具體處，特別敘述，不要怕用有缺點的人才，尤其不必處處都以德行來衡量。道理在於：「夫有行之士未必能進取，進取之士未必能有行也」如果由於人才的某些「偏短」，而廢棄人才，則如蘇秦、陳平不得重用。無此二人，戰國時期燕國的弱勢如何改變？漢代的江山大業，又如何成就？須明白此理，才能做到「士無遺滯，官無廢業」。

第三令彈性更大，提出用人不用講究出身，不要在乎有沒有「污辱之名」。此令詞赫然寫道：「昔伊摯、傅說出於賤人，管仲，桓公賊也，皆用之以興。蕭何、曹參，縣吏也，韓信、陳平負污辱之名，有見笑之恥，卒能成就王業，聲著千載。」甚至即使「不仁不孝而有治國用兵之術」，也並非不可以起用。此與華族社會風氣大相逕庭，此種華語敘述太過出人意料。

此三令一出，各類人才、各種人物，河滿江瀉矣。陳寅恪先生認為，曹氏所以頒此三令，主要是針對他的對手而言，目的是破除華族以來既有的吏治結構，而以「有德者未必有才」的口號相昭示，其摧廓作用自必可觀。然道出多門、魚龍混雜、泥沙俱下、奇詭爭競亦在所難免。曹氏家族教育也秉持此精神，結局造成手足相殘的悲劇。卻也形成三國時期人才鼎盛之局，開創出獨特的華語敘述。陳寅恪先生所謂曹氏不無轉移數百年世局之功用。

三國時代時局動亂，老莊盛行。世家大族逐漸形成，家庭教育興盛，家庭教育目的在於恢宏家族門第、訓誡後世子孫、寄寓人生理想等三項目的。魏晉所謂的名教乃泛指整個人倫秩序而言，其中君臣和父子兩倫更被視為全部秩序的基礎，且由於門第勢力的不斷擴大，父子之倫（或可以說家族秩序）在理論上尤其超乎君臣之倫（政治秩序）之上。華語敘述為析論修身之要，期望子弟立志高遠、淡薄知足、秉持操守。治家之法多為嚴謹不苟、勤儉素樸、恪遵倫常。

三國時代教育思想的華語敘述中，十分重視對子弟及家世門風的教育，培養他們仁義、禮讓、謙恭、廉恥、忠烈的道德品質。如「託人之請求，當謙辭口謝」，「若有怨急，心所不忍，可外違拒，密為濟之」，「凡行事先自審其可，不差於宜」，對於「所居長吏，但宜敬之而已矣」。對於別人的「請呼」，如果不是「知舊鄰比」，「當辭以他故，勿往也」。特別是對於別人的私事，慎勿干涉，引導出日後陶淵明桃花源的社會型態。這些都與名教思想息息相關。表面上與名士們憤世嫉俗的行為不相吻合，但是屬魏晉之際天下多故，名士少有全者，保全家門的教育思想，在歷史背景與魏晉之際的社會現實影響下誕生。

《晉書》卷四十九「阮籍傳」：屬魏晉之際天下多故，名士少有全者。在三國的政治是破裂的時代，因為政治紛亂，所以知識分子無法施展抱負，因此變成寄望於後代子孫的心態。強調為學之方在於珍惜光陰、勤勉不懈、博學而精。處世之宜要求謙遜不驕、謹言慎行、擇其所交。訓斥敬業要盡忠職守、廉潔清白、秉公無私。呈現當時時代精神為推尊門戶，讚頌祖德；注重教子，肯定母教；品評人物，效慕賢德；體儒用道，明哲保身等。三國時代在家庭中經驗相授，言傳身教，啟示誘導，實為發人深省。倫理上尚祖訓規，家風淳厚，深切反省世風，樹立典範。家人互相規過勸善，泯除弊端。家族多崇尚文學，創作情感真摯，文辭樸質，出語精譬，易於記誦。在教育、倫理、社會、文學等各方面皆影響日後華語社會。

第四節　三國時代戰爭詩的華語敘述繼承與影響

一　戰爭主題的華語敘述

廖國棟《建安辭賦之傳承與拓新》：

> 《詩經》已有以征戰為主題的詩篇，〈出車〉、〈六月〉是典型的代表作。……《楚辭》未見征戰主題之作。……漢代的武功是強盛的，尤其是北伐匈奴更是獲得空前的勝利，然而以征戰為主題的辭賦卻寥寥可數。……建安時期，帝國崩潰，群雄蜂起，戰火燎原。在現實中，武力是自保的憑藉，直接以征戰為題的即有十八篇。……[1]

可見從《詩經》就已經有以戰爭為主題的詩作。試看《詩經．小雅．出車》「……王室多難，維其棘矣！……憂心悄悄，僕夫況瘁。……赫赫南仲，薄伐西戎。……」以及《詩經．小雅．六月》：「六月棲棲，戎車既飭。……王于出征，以匡王國。……王于出征，以佐天子。……薄伐玁狁，以奏膚公。有嚴有翼，共武之服。……」除了這兩首之外，《詩經》以戰爭為主題的作品，不勝枚舉，另如《詩經．豳風．破斧》：「……既破我斧，又缺我錡。周公東征，四國是吪。哀我人斯，亦孔之嘉。……」等等。然而廖國棟言「《楚辭》未見征戰主題之作」，此語則有待商榷？古遠清《詩歌分類學》就曾說過：「《楚辭》中的〈國殤〉用『直賦其事』的手法寫一場激烈的

1　廖國棟：《建安辭賦之傳承與拓新》（臺北市：文津出版社，2000年），頁244-247。

車戰，沉痛地悼念了為國捐軀的將士，是我國首次出現的表現戰爭場景的詩作。」[2]觀察〈國殤〉：「操吳戈兮被犀甲，車錯轂兮短兵接。旌蔽日兮敵若雲，矢交墜兮士爭先。凌余陣兮躐余行，左驂殪兮右刃傷。……」實為描寫戰爭的優秀樂歌，不能說《楚辭》未見戰爭主題之作。雖然漢賦中戰爭主題的作品較少，但仍有鋪寫戰爭場景之作，如崔駰〈大將軍西征賦〉：「於是襲孟秋而西征，跨雍梁而遠蹤。陟隴阻之峻城，升天梯以高翔。……金光皓以奪日，武鼓鏗而雷震。……」司馬相如〈上林賦〉：「……於是乘輿弭節徘徊，翱翔往來，睨部曲之進退，覽將帥之變態。……不被創刃而死者，它它籍籍，填阬滿谷，掩平彌澤。」班固〈東都賦〉：「……千乘雷起，萬騎紛紜。元戎竟野，戈鋋慧雲。羽旄掃霓，旌旗拂天。……遂集乎中囿，陳師案屯，駢部曲，列校隊，勒三軍，誓將帥。然後舉烽伐鼓，以命三驅。……」[3]等等以戰爭為內容的作品。雖然漢賦較少戰爭主題的作品，兩漢樂府民歌倒是有為數不少的戰爭詩篇，如〈十五從軍征〉：「十五從軍征，八十始來歸。道逢鄉里人：『家中有阿誰？』『遙望是君家，松柏冢累累。』……」、〈戰城南〉：「戰城南，死廓北，戰死不葬烏可食。……」都反映了戰爭破壞人民生活的殘酷性。

到了三國時代，不只是辭賦中因為金戈鐵馬而延續了戰爭主題，詩人也以生動的詩篇表現了人民因戰爭所受的苦難與詩人對以戰爭統一天下的嚮往，從以上種種，也可知道三國時代戰爭詩的主題是前有所承的。除了三國時代戰爭詩的主題是前有所承外，三國時代戰爭詩中也常常引用到以前的戰爭詩、戰爭記載或戰爭英雄與反戰人物的事蹟，如：曹丕〈至廣陵於馬上作詩〉：「豈如東山詩，悠悠多

2　古遠清：《詩歌分類學》（高雄市：復文圖書出版社，1991年），頁281。

3　費振剛、胡雙寶、宗明華輯校：《全漢賦》（北京市：北京大學出版社，1993年）。

憂傷」引用《詩經・東山》、王粲〈從軍詩五首中的第二首〉:「哀彼東山人，喟然感鸛鳴」引用《詩經・東山》、曹叡〈善哉行〉:「百馬齊轡，御由造父」引用《史記・趙世家》中善騎戰馬者「造父」、王粲〈從軍行〉五首中的第一首駁斥孔子與長沮桀溺反戰的思想、王粲〈從軍詩五首其四〉:「我有素餐責，誠愧伐檀人」引用《詩經・伐檀》、曹丕〈黎陽作詩〉三首中的第一首:「在昔周武，爰暨公旦，載主而征，救民塗炭」引用《尚書》對西伯戡黎的記載、曹操〈薤露行〉:「瞻彼洛城郭，微子為哀傷」引用《尚書・大傳》中微子見商朝首都遭戰火蹂躪後哀傷之事、阮籍〈詠懷詩〉其六十一:「少年學擊刺。妙伎過曲城」引用《史記・日者列傳》善戰英雄曲城侯之事……等等。

二　戰爭觀念的繼承

從本文可以知道三國時代戰爭詩對戰爭的觀念，也不是一朝一夕形成的，往往是承接以前的經典而來，如曹叡〈善哉行〉認為應當練師簡卒，對軍隊施以良好之戰技訓練，在《管子・兵法》中早已提出「三官五教九章」的訓練方式。韋昭〈關背德〉說明了當時三國鼎立，聯盟的重要性，承繼了《孫子・謀攻》認為外交比使用武力還要重要的觀念。曹操〈短歌行〉則與古兵法家講求正義之戰，希望不戰而屈人之兵的理想不謀而合。曹丕〈至廣陵於馬上作詩〉:「不戰屈敵虜，戢兵稱賢良」直接化用了《孫子兵法・謀攻》:「不戰而屈人之兵，善之善者」的觀念。曹植〈孟冬篇〉則認為要在平時就要訓練人民戰爭殺伐之事，符合了《論語・子路第十三》:「以不教民戰，是謂棄之」的觀念。曹植〈丹霞蔽日行〉認為當一朝的君王虐殘忠正、昏庸無道時，就可以使用戰爭革命，正如同古代兵法家將戰爭視為最大的刑罰一般。王粲〈矛俞新福歌〉：「安不忘備武樂脩」以及阮籍〈詠懷詩〉中的第三十一首：「蕭管有遺音，梁王安在哉？戰士食糟糠，賢者處蒿萊。歌舞曲未終，秦兵已復來。」如同《管子．參患》：**「故兵者，尊主安國之經也，不可廢也」**。與許多以前的兵法家與哲學家認為忘戰必危，必須居安思危，常備不懈一樣的態度。曹丕〈黎陽作詩〉三首中的第一首：「救民塗炭，彼此一時，唯天所讚，我獨何人，能不靖亂。」以及〈令詩〉：「喪喪下民靡恃，吾將以時整理，復子明辟致仕」認為戰爭是為了救民於水火，合於《逸周書．王佩》：「勝大患，在合民心。」承襲著決定戰爭勝負的根本原因在於得到民眾的支持與擁護，而戰爭的出發點應是以人民為考量的觀念。阮籍〈詠懷詩〉中的第三十九首：「豈為全軀士，效命爭戰場，忠為百世榮，義使令名彰，垂身謝後世，氣節故有常。」則暗合於《荀子．第十卷．議兵篇第十五》：「兵者，所以禁暴除害也。」與華人認為戰爭是出於忠孝節義的敘述一致。馬宗霍《中國經學史》認為孟子一書「征伐必稱湯武」[4]，這個觀念也在曹操、曹丕、曹植等人的戰爭詩中一再出現。諸如此類的作品不計其數，將三國時代戰爭詩對照前文所言古代兵法家與哲學家對戰爭的觀念，幾乎都有相合之處，徐兆仁《三國韜略》：「發源於先秦的韜略之學，在秦漢時期得到廣泛的運用，到三國時代，更是發展迅速，碩果累累。[5]可見三國時代戰爭詩對戰爭的觀念亦前有所承，在前文說解作品時已經詳細闡述，此不再一一羅列。

4　馬宗霍：《中國經學史》（臺北市：臺灣商務印書館，1972年），頁23。

5　徐兆仁：《三國韜略》（北京市：中國人民大學出版社，1995年），序頁5。

三　筆法的繼承

《詩經》的賦比興三種筆法，對三國時代戰爭詩的影響，自然是無庸置疑。而三國時代戰爭詩對於詩經筆法的模仿與沿用，更是隨處可見。如曹丕〈至廣陵於馬上作詩〉：「誰云江水廣，一葦可以航」變化《詩經・衛風・河廣》：「誰謂河廣，一葦可航之」、「古公宅岐邑，實始剪殷商」化用《詩經・魯頌・閟宮》：「居岐之陽，實始剪商」。應瑒〈侍五官中郎將建章臺集詩〉：「朝雁鳴雲中，音響一何哀」沿用《詩經・小雅・鴻雁》：「鴻雁于飛，哀鳴嗷嗷」……等等。而楚辭筆法對三國時代戰爭詩也有一定的影響，如曹植〈離友詩〉三首中的第一首：「王旅旋兮背故鄉，彼君子兮篤人綱，滕余行兮歸朔方，馳原隰兮尋舊疆，車載奔兮馬繁驤，涉浮濟兮泛輕航，迄魏都兮息蘭房，展宴好兮惟樂康」，以及〈離友詩〉三首中的第二首：「涼風肅兮白露滋，木感氣兮條葉辭，臨淥水兮登崇基，折秋華兮采靈芝，尋永歸兮贈所思，感離隔兮會無期，伊鬱悒兮情不怡。」除了用楚辭中蘭花、秋華與靈芝等意象外，句型筆法也很近似。而繆襲〈舊邦〉：「舊邦蕭條心傷悲，孤魂翩翩當何依？遊士戀故涕如摧，兵起事大令願違。傳求親戚在者誰？立廟置後魂來歸。」除了與〈國殤〉同為歌頌戰死亡魂的樂歌外，情調筆法也很近似。從本論文也可知道，三國時代戰爭詩大量使用排比法與誇飾法，尤其是主戰類詩作情況特別明顯，則是來自於漢賦的筆法，如曹叡〈善哉行〉：「我徂我征，伐彼蠻虜，練師簡卒，爰正其旅，輕舟竟川，初鴻依浦，桓桓猛毅，如羆如虎，發砲若雷，吐氣如雨，旄旌指麾，進退應矩，百馬齊轡，御由造父，休休六軍，咸同斯武，兼塗星邁，亮茲行阻，行行日遠，西背京許。遊弗淹旬，遂居揚土。奔寇震懼。莫敢當御。權實豎子。備則亡虜。假氣遊魂。魚鳥為伍。虎臣列將。怫鬱充怒。淮泗肅清。奮揚微所，運德耀威，惟鎮惟撫。反旆言歸。旆入皇祖。」曹叡〈櫂歌行〉：「王者布大化。配乾稽后祇。陽育則陰殺。晷景應度移。文德以時振，武功伐不隨。重華舞干戚。有苗服從媯。蠢爾吳中虜。憑江棲山阻。哀哉王士民。瞻仰靡依怙。皇上悼愍斯。宿昔奮天怒。發我許昌宮。列舟于長浦。翌日乘波揚。棹歌悲且涼。太常拂白日。旗幟紛設張，將抗旄與鉞。耀威於彼方。伐罪以弔民。清我東南疆。」曹植〈孟冬篇〉：「孟冬十月，陰氣厲清，武官誡田，講旅統兵，元龜襲吉，元光著明，蚩尤蹕路，風弭雨停，乘輿啟行，鸞鳴幽軋，虎賁采騎，飛象珥鶡，鐘鼓鏗鏘，簫管嘈喝，萬騎齊鑣，千乘等蓋，夷山填谷，平林滌藪，張羅萬里，盡其飛走，趯趯狡兔，揚白跳翰，獵以青骹，掩以脩竿，韓盧宋鵲，呈才騁足，噬不盡紲，牽麋掎鹿，魏氏發機，養基撫弦，都盧尋高，搜索猴猿，慶忌孟賁，蹈谷超巒，張目決眥，髮怒穿冠，頓熊扼虎，蹴豹搏貙，氣有餘勢，負象而趨，獲車既盈，日側樂終，罷役解徒，大饗離宮，亂曰：聖皇臨飛軒，論功校獵徒，死禽積如京，流血成溝渠，明詔大勞賜，大官供有無，走馬行酒醴，驅車布肉魚，鳴鼓舉觴爵，擊鐘釂無餘，絕綱縱麟麑，弛罩出鳳雛，收功在羽校，威靈振鬼區，陛下長歡樂，永世合天符。」曹植〈白馬篇〉：「白馬飾金羈，連翩西北馳，借問誰家子，幽并游俠兒，少小去鄉邑，揚聲沙漠垂，宿昔秉良弓，楛矢何參差，控弦破左的，右發摧月支，仰手接飛猱，俯身散馬蹄，狡捷過猴猿，勇剽若豹螭，邊城多警急，胡虜數遷移，羽檄從北來，厲馬登高隄，長驅蹈匈奴，左顧陵鮮卑，棄身鋒刃端，性命安可懷，父母且不顧，何言子與妻，名編壯士籍，不得中顧私，捐軀赴國難，視死忽如歸。」韋昭〈通荊門〉：「荊門限巫山。高峻與雲連。蠻夷阻其險。歷世懷不賓。漢王據蜀郡。崇好結和親。乖微中情疑。讒夫亂其間，大皇赫斯怒，虎臣勇氣震，蕩滌幽藪討不恭，觀兵揚炎耀，厲鋒整封疆，整封疆。闡揚威武容，功赫戲。洪烈炳章，邈矣帝皇世，聖吳同厥風，荒裔望清化，化恢弘，煌煌大吳，延祚永未央。」等等作品都近似於漢賦誇張揚厲的筆法。除此之外，三國時代戰爭詩也有承襲《尚書》、《史記》、古詩以及民歌之處，如曹叡〈善哉行〉：「桓桓猛毅，如羆如虎。」沿用《尚書・牧誓》：「尚桓桓，如虎如貔，如熊如羆。」阮籍〈詠懷詩〉中的第三十八首：「泰山成砥礪，黃河為裳帶。」出自《史記・高祖功臣年表》：「使河為帶，泰山若礪。」、曹操〈苦寒行〉：「行行日已遠，人馬同時飢」、曹植〈門有萬里客行〉：「行行將復行，去去適西秦」都是化用古詩「行行重行行，與君生別離」……等等。至於對於樂府民歌筆法的傳承與創新，更是明顯，如陳琳〈飲馬長城窟行〉：「生男慎莫舉，生女哺用脯。君獨不見長城，死人骸骨相撐拄。」化用民歌：「生男慎勿舉，生女哺用脯。不見長城下，尸骸相支拄」，曹操〈薤露行〉、曹操〈蒿里行〉曹操〈短歌行〉、曹操〈苦寒行〉、曹操〈步出夏門行〉、曹操〈卻東西門行〉、曹丕〈陌上桑〉、曹丕〈飲馬長城窟行〉、曹丕〈董逃行〉、左延年〈從軍行〉、王粲〈從軍行〉、曹叡〈善哉行〉、曹叡〈苦寒行〉、曹叡〈櫂歌行〉、曹叡〈堂上行〉、曹叡〈清調歌〉、曹植〈丹霞蔽日行〉、曹植〈門有萬里客行〉、王粲〈矛俞新福歌〉、繆襲與韋昭的〈鼓吹曲辭〉……等等，或沿襲舊題與筆法，或自創新題與格式，對於樂府的提倡、傳承與創新，都有相當大的貢獻。胡國瑞《魏晉南北朝文學史》：「建安時期詩人所以取得巨大的藝術成就，與他們學習民歌分不開的。」[6]也說明了三國時代詩人在筆法上與內容上取法了民歌與樂府，所以能造成偉大的成就。從以上種種，都可了解

[6] 胡國瑞：《魏晉南北朝文學史》（上海市：上海文藝出版社，1980年），頁5。

三國時代戰爭詩在筆法上向《詩經》、楚辭、《尚書》、《史記》、古詩與樂府民歌……等等學習，所以能變化多端、生動活潑。

四　對後世的影響

（一）兩晉

三國末年政治鬥爭轉趨激烈，司馬氏上臺之後，消滅吳國，三國時代結束，戰爭漸少，加以晉代用名教箝制士人，文人對政治失望，並藉由談玄避禍，於是玄言詩、遊仙詩、山水詩興盛，以上種種因素都造成詩人對戰爭詩的創作減少。此情況從阮籍、嵇康等人已啟其端。然而仍有一些建安時期建功思想的殘留以及對戰爭關注的作品，如阮籍早期的部分詩作。另如張華〈壯士篇〉歌頌戰爭英雄、陸機〈飲馬長城窟行〉寫遠征匈奴不得歸家之苦、左思〈詠史詩〉寫自己希望建立功業的懷抱、劉琨〈扶風歌〉表現國難中的英雄氣概與愛國思想、……等等。這些戰爭詩與三國時代的戰爭詩，在主題上與手法上都極為近似，其中如陸機〈從軍行〉無論是題目、體制、手法或內容上，都受到王粲〈從軍詩〉很大的影響。

（二）南北朝

南朝與北朝政治情況不同，人民風俗不同，文學創作的走向也不同。南朝政治處於偏安狀態，詩風較為柔靡，喜歡創作愛情主題或以描寫女子情態的宮體詩為主，對於戰爭詩題材較少關注，然而仍然有些詩人注意到戰爭對人民生活帶來的痛苦或期盼能包舉宇內，如鮑照〈代出自薊北門行〉歌頌戰爭英雄、鮑照〈擬行路難〉第十四首寫戰士流離之苦、鮑照〈代東武吟〉寫戰士征戰多年窮老才回家、蕭綱〈度關山〉寫戰士立功凱旋、蕭綱〈隴西行〉與蕭繹〈隴頭水〉都寫戰爭中戰士的心情。而王訓〈度關山〉、何遜〈見征人分別〉、吳均〈入關〉、劉孝威〈驄馬驅〉與〈隴頭水〉、汪洪〈胡笳曲〉、江淹〈劉太尉琨傷亂〉與〈詠史〉、范雲〈效古〉、沈約〈豎首山〉、劉峻〈出塞〉、顧野王〈隴頭水〉、蕭紀〈紫騮馬〉、陳叔寶〈隴頭〉與〈關山月〉、徐陵〈關山月〉兩首、江總〈關山月〉與〈隴頭水〉第二首、江暉〈雨雪曲〉、陳暄〈紫騮馬〉……等等作品都述說詩人豪放的報國壯志以及反映了戰爭現實，在輕豔柔靡的詩壇上，成為一股清流。其餘如何承天與吳均、張正見等人的〈戰城南〉受到樂府詩〈戰城南〉的影響；顏延之、蕭綱等人的〈從軍行〉受到王粲〈從軍詩〉的影響；袁淑〈效曹子建白馬篇〉、孔稚珪、王僧孺、徐悱、沈約等人的〈白馬篇〉受到曹植〈白馬篇〉的影響；張正見、沈約、陳叔寶等人的〈飲馬長城窟行〉受到陳琳〈飲馬長城窟行〉的影響……等等，都可發現三國時代戰爭詩對南朝戰爭詩的影響，從此也可發現有些固定詩題內容多與戰爭相關。

至於北朝，由於處於混戰狀態，沒有南渡偏安的習氣，對戰爭詩較多注意力，然而作品遺佚甚多，此中如庾信〈擬詠懷〉與〈同盧記室從軍〉、王褒〈關山篇〉與〈從軍行〉二首……等等，都是戰爭詩佳作。其中王褒的〈從軍行〉也是繼承王粲〈從軍詩〉而來。北朝作品對於戰爭詩創作尤多的，並不是上述文人創作，而是存於北朝的民歌之中，金銀雅〈南北朝民間樂府之研究〉：「現存北朝樂府民歌梁鼓角横吹曲本為軍中之樂，這已顯示其內容包含著不少敘述戰爭的歌謠。」[7]北朝民歌中有些是表現北方民族剛健尚武之精神，如：〈企

7　金銀雅：〈南北朝民間樂府之研究〉（臺北市：政治大學中國文學研究所碩士論文，1984年），頁194。

喻歌辭〉第一與二、三首、〈瑯琊王歌辭〉第一與八首、〈折楊柳歌辭〉第五首……等等，也有寫戰士在戰爭中缺乏糧食與受挫之苦，如：〈瑯琊王歌辭〉第四首、〈紫騮馬歌辭〉四首、〈隴頭流水歌辭〉第一首、〈隴頭歌辭〉第二與三首、〈隔谷歌〉、〈慕容垂歌辭〉三首、〈企喻歌辭〉第四首……等等。而其中最受人矚目，最家喻戶曉的當屬描寫女性戰爭英雄的〈木蘭詩〉，其中「旦辭黃河去，暮至黑山頭。……萬里赴戎機，關山度若飛。朔氣傳金柝，寒光照鐵衣。」與王粲〈從軍詩〉五首中第三首：「朝發鄴都橋，暮濟白馬津」、劉楨詩：「旦發鄴城東，莫次溟水旁」、曹丕〈黎陽作詩〉三首中第一首：「朝發鄴城，夕宿韓陵」、王粲〈從軍詩〉五首中第一首：「拓地三千里，往返速若飛」、曹植〈雜詩〉其五：「吳國為我仇，將騁萬里途」、曹植詩：「櫛風而沐雨，萬里蒙露霜。劍戟不離手，鎧甲為衣裳。」筆法極為近似。

以上可見南北朝之戰爭詩，在戰爭詩主題、內容、與筆法仍受到三國戰爭詩之影響。

（三）唐代

將洪讚《唐代戰爭詩之研究》與本論文作一比較，便可一窺唐代戰爭詩與三國時代戰爭詩之異同。相同處如洪讚所言唐代戰爭詩的一項特色是「戰爭詩和唐代國勢的起伏與戰爭的性質的傾向一致。」[8]初唐國力正強，詩人都想請纓報國，有主戰的文學傾向，盛唐積極向外拓展疆域，造成邊塞戰爭詩的黃金時代，安史之亂後，國勢由盛轉衰，內憂外患交踵而至，於是反戰的戰爭詩與愛國精神的戰爭詩夾雜

[8] 洪讚：《唐代戰爭詩之研究》（臺北市：文史哲出版社，1987年），頁403-408。以下所引皆同。

出現，到了晚唐則對戰爭麻木不仁，詩人貪於享樂，呈現頹廢墮落之暮氣，或者說對現實產生厭倦，便開始寄託於山水，轉變成釋道思想。而三國時代戰爭詩也與三國時代國勢的起伏有關，當三國鼎立，三國國勢正強，不論是以曹氏父子為首的鄴下集團詩人，或是吳國詩人如韋昭等人，都暢言戰功，渴望戰果彪炳，以主戰詩居多，間雜記敘狼煙遍野下的顛沛生民之作，等到三國為晉國統一，政治鬥爭日劇，詩人們也將創作重心從戰爭詩身上移開，產生消極失望的心理，轉而寄託山水與玄言思想，逐漸與現實脫離關係。

唐代戰爭詩與三國時代戰爭詩相異之處則呈現在以下幾個方面。第一、三國時代戰爭詩數量比唐代戰爭詩少。洪讚言：「唐代是我國歷史上戰爭最頻繁的時代，……在《全唐詩》所錄的二千二百多詩人中，存有戰爭詩的詩人即達三百六十餘人之多，戰爭詩更多達二千九百餘首，這是任何其他朝代所望塵莫及的。」唐代戰爭詩數量之多，創作者之多，自然是三國時代無法比擬的，不過唐代國祚長，詩人多，戰爭詩自然為多，何況唐代戰爭詩在內容、筆法、體制上則是站在先秦兩漢與魏晉南北朝戰爭詩的基礎上累積而成的。至於他所說的「唐代是我國歷史上戰爭最頻繁的時代」則是有待商榷的，根據趙海軍、毛笑冰《中國古代的軍事》以戰爭史角度，統計各朝代的戰爭次數，曾說：「三國兩晉南北朝戰事之頻繁是其他時期所不能比擬的，僅史料記載的就達約605次。」[9]就以三國兩晉南北朝為我國歷史上戰爭最頻繁的時代。第二項差異在於筆法與修辭運用上的差異。洪讚言：

> 就唐代戰爭詩的語言風格來說，作家在描繪社會現實時，似乎是無暇做過細的思考，常常是用樸實的語言，白描的手法，直

9　趙海軍、毛笑冰：《中國古代的軍事》（臺北市：文津出版社，2001年），頁111。

接敘寫所見所聞。一般詩句和通篇立意構思，比興手法用得較少。詩人在表現愁愴悲傷的情感時，常常是直抒胸憶。

從前文的研究中可以發現唐代戰爭詩與三國時代戰爭詩在此方面可以說是大相逕庭。三國時代戰爭詩使用了大量的修辭筆法，誇飾、引用、借代、摹寫、轉化、譬喻、映襯、設問、排比、類疊、頂真……等等手法都是三國時代慣用的手法，不只表情達意上態勢多變，形式上也華麗工整。這一方面與兩朝文風差異有關，三國時代仍承襲漢賦瑰奇之風格，並為六朝重詞藻洪流中一員，而唐朝反對六朝綺麗之文風，主張樸實自然有關。另一方面則是因為三國時代戰爭詩作者多抱有宣傳之政治目的，故重視詩歌的藻飾。此外，唐代大量用近體詩形式創作，與三國時代詩作明顯不同，也呈現在戰爭詩的創作上。

第三項差異表現在內容方面。洪讚言：「唐朝前期為開疆拓土，國力上升的時代，很多詩人到過邊疆前線，對塞外生活留下深刻的印象。而唐朝後期為內部動盪不安的時代，長期的安史之亂，……多思以詩歌救國家，濟蒼生。」所以唐朝前期的戰爭詩多與邊塞詩重疊，然而三國時代對外族與邊疆的戰爭不多，雖然也有如曹操〈步出夏門行〉之類以與外族戰爭為背景的戰爭詩，但畢竟是少數，大多數仍是以三國之間戰爭為內容，展現出中原大戰之色彩，以敘寫擴張領土併吞敵方的志向為主。此點差異可以說是來自於戰爭型態的不同。

從以上比較可知，唐代戰爭詩與三國時代戰爭詩已有許多不同之處，也就是說戰爭詩在內容、筆法形式、體制上，到了唐朝都因為唐朝文學觀念與潮流的改變，而產生了新的變化。然而在唐代並不能說戰爭詩已經完全不受三國時代戰爭詩的影響，仍可看到一些作品承接了三國戰爭詩的題目、筆法或內容，如：盧思道、明余慶、王宏、駱賓王、楊炯、李昂、崔國輔、李頎、王昌齡、李白、顧況、皎然、陳羽、李約……等人的〈從軍行〉，以及虞世南〈行軍行〉、駱賓王〈從軍中行路難〉、李益〈從軍有苦樂行〉與〈從軍北征〉都可說受到王粲〈從軍詩〉或多或少的影響。而李世民、王翰、……等人的〈飲馬長城窟行〉、喬知之〈苦寒行〉、盧象〈雜詩〉二首……等等，也都受到三國時代戰爭詩的影響。

其中又以杜甫最被歷來評論家公認受到三國時代戰爭詩重大的影響。沈師秋雄曾云：「杜甫詩中的詩教意義，我以為至少包含四項：第一是倫理精神，第二是人道精神，第三是愛國精神，第四是非戰精神。」又認為杜甫詩歌的時代意義包含「一是杜詩的鎔鑄古今、鬱作詩聖；一是反映亂離，蔚為詩史」[10]。杜甫詩作中能反映愛國精神與非戰精神，以及能反映亂離，蔚為詩史的，往往屬於戰爭詩的範疇，也就是說杜甫的戰爭詩常常是具有詩教意義與時代意義的。近人陳菁瑩更有《杜詩戰爭思想研究》[11]，從以上可知，杜甫是唐代很重要的戰爭詩人。歷來評論家都則每每認為杜甫戰爭詩得力於三國時代戰爭詩，如《潛溪詩眼》：「老杜〈崆峒〉、〈小麥熟〉、〈人生不相見〉、〈新安吏〉、〈石壕吏〉、〈潼關吏〉、〈新婚別〉、〈垂老別〉……皆全體作建安語。」而王夫之《船山古詩評選》、何焯《義門讀書記》、沈德潛《古詩源》、方東樹《昭昧詹言》都認為王粲〈七哀詩〉為杜甫所宗，杜甫的〈無家別〉、〈垂老別〉……等等作品源自於〈七哀〉。另如〈兵車行〉與陳琳〈飲馬長城窟行〉相仿，鍾惺、譚元春《古詩歸》也已經提出此情形。像杜甫〈石龕〉：「熊羆咆我東，虎豹號我西。我後鬼長嘯，我前猿又啼。天寒昏無日，山遠道路迷。」明顯受

10　沈師秋雄：〈杜詩管窺〉，頁37-70。

11　陳菁瑩：《杜詩戰爭思想研究》（臺中市：東吳大學中國文學研究所碩士論文，1985年）。

到曹操〈苦寒行〉的影響，與其相近，所以方東樹認為杜甫學習曹操〈苦寒行〉之處甚多。以上種種杜甫承自三國時代戰爭詩的討論，已在前文中詳述，此不重述。

是故，戰爭詩到了唐代雖然有了新風貌，但是在詩題、內容與筆法形式上仍有延續三國時代戰爭詩之處，而作品被美稱為詩史的詩聖杜甫，更是從三國時代戰爭詩抽取其中精華，作為創作的養分。

（四）宋朝

宋代詩作有好議論、散文化的傾向。北宋初年，仍然繼承晚唐五代的遺風，有白體、西崑體、晚唐體等類型的詩派，其中以西崑體影響最大，此派重視詞采、喜用典故，對於戰爭詩的創作很少。北宋中期之後，梅堯臣、蘇舜欽、歐陽修等人提倡矯正晚唐以來講求對偶、浮靡的詩風，等到王安石、蘇軾、黃庭堅等人出現，宋代詩歌正式走上議論化散文化的道路。總歸說來，北宋詩壇較少創作戰爭詩。到了南宋前期，尤袤、楊萬里、范成大、陸游這中興四大詩人，因遭受時代的劇變，在遭受重大的戰爭，被迫南遷後，書寫以抗戰愛國為基調的詩篇，於是出現了大量的戰爭詩。之後如李清照、李綱、趙鼎、胡銓、岳飛……等等，也從事戰爭詩的創作。南宋後期，有永嘉四靈：徐璣、徐照、翁卷、趙師秀的出現，此四人情調幽咽，戰爭詩創作較少。至於江湖詩人，如：戴復、劉克莊、劉過……等人，關心時事，體察民間疾苦，對於戰爭詩的創作不少。宋亡前夕，民族憂患意識促使一批愛國詩人崛起，文天祥、汪元量、謝翺、林景熙、鄭思肖……等愛國志士，悲歌慷慨，以戰爭詩為宋代留下光彩奪目之最後一頁，為歷代詩壇罕見現象。綜觀宋朝戰爭詩創作情形，北宋對此題材較少著力，等到金朝入侵，則又大量復甦，而南宋末年則化為政權敗亡前的一聲巨響，仔細觀察其內容與筆法，已經與三國時代戰爭詩相去甚遠，宋代戰爭詩內容以愛國精神與喪權割地的恥辱為主幹，筆法則以白描為主，除了少數仍然繼承三國時代戰爭詩之題目與筆調，如：劉克莊〈軍中樂〉與〈苦寒行〉，多數宋朝戰爭詩已經與三國時代戰爭詩不大相同。值得一提的是，此時由於詞的興起與興盛，也出現了大量戰爭詞作，如辛棄疾與陸游，就是個中翹楚。

（五）元明清

元代因為外族入主中原，外族音樂輸入，加上詞調轉變、諸宮調興起，以及高壓統治政策的施行，造成文壇劇烈改變，文人較少創作詩作，而元曲興盛，知識分子大量寫作戲曲、唱詞，淺白俚俗，更貼近於市井小民，這樣的情況自然較少戰爭詩的誕生。到了明代前期，臺閣體興盛，楊士奇、楊榮、楊溥等人創作內容多為歌功頌德，戰爭詩創作甚少。前後七子如李夢陽、何景明、李攀龍、王世貞……等人，主張文必秦漢、詩必盛唐、以模擬為創作的復古運動，才又出現一些戰爭詩的作品。明代後期則有所謂公安派與竟陵派的出現，前者主要人物是袁宏道兄弟三人，主張獨抒性靈、不拘格套，重視真實情感，此派創作戰爭詩甚少。後者代表人物是鍾惺與譚元春，文風幽深孤峭，喜用奇字怪句，也對戰爭詩創作不多。明代值得一提的是，自從晚唐開始大量流傳的三國戰爭故事，李商隱〈驕兒詩〉：「或謔張飛胡，或笑鄧艾吃」，在元末明初的羅貫中手上完成了《三國志通俗演義》，雖然與三國時代戰爭詩無甚密切關係，但可見三國時代戰爭故事敘述對華人影響甚多，影響小說、戲曲尤深，尤其此小說誕生後，更使得三國時代戰爭在華語文壇上綻放出異樣璀璨的光芒。清朝之後，戰爭詩的創作日少，直到晚清末年，列強環伺，受到外國軍隊大舉入侵，戰爭爆發，才又出現大量戰爭詩的創作，如：林則徐、龔自珍、康有為、丘逢甲、譚嗣同、孫文、梁啟超、秋瑾、于右任……

等等，都有戰爭詩的創作[12]，而且此時西學東漸，也開始有以白話文創作的新詩出現，民國初年，則有大量現代戰爭詩出現，如臧克家仍沿用三國時代〈從軍行〉一名，作為其詩集之名稱，而內容以挽救民族危亡的戰爭詩為主。

從以上戰爭詩在華語詩壇大致的發展情況可知，戰爭詩中昂揚的鬥志、悲天憫人的反戰思潮敘述方式往往可以提振一朝的詩風，造成威武有力或同情眾生的情調，如三國時代、初唐、盛唐、及南宋時期的戰爭詩，成為文學批評者讚賞的對象。然而如果缺乏真情實意，只以模擬為功的戰爭詩，則會適得其反，如前後七子的戰爭詩。另外可以發現的是，戰爭詩的創作風氣與數量通常與當朝戰爭頻率與戰爭型態有關，戰爭愈多愈頻繁的朝代，戰爭詩創作愈多，所以戰爭詩實為夾雜血淚的作品。而戰爭型態則往往影響詩作之內容與情致，如三國時代為中原內鬥之戰，所以戰爭詩描述人物與內容多為當朝之人物與戰爭，近似於戰爭英雄詩或史詩，而國力強盛者，戰爭多發生於邊疆地區，於是戰爭詩充滿邊塞情調，如初唐與盛唐戰爭詩多為邊塞詩，如是危及全華族之民族生存的外族入侵之戰，則內容多強調愛國情操，如南宋、清末的戰爭詩多為愛國詩。所以戰爭型態的不同，將會造成戰爭詩內容的差異與型態的轉變。

第三節　尚待開展之部分

本文是繼洪讚先生《唐代戰爭詩研究》後再度對我國戰爭詩作一反視與討論的論文，由於之前對戰爭詩研究者不多，在理論與實際歸

12 如何瑜、夏明方譯注：《兩次鴉片戰爭詩文選譯》（成都市：巴蜀書社，1997年）。其中收有許多與鴉片戰爭相關之詩文。

類上，仍存在著一些難題，而且也有許多值得未來開展的部分。

假如日後有學者願意朝此方向進展，或許可從下列幾個方面繼續研究：

一、斷代戰爭文學的研究：如今除唐代與三國時代戰爭詩外，其他各朝的戰爭詩與其他文體的戰爭文學研究，尚付之闕如，這方面如能補全將可建構出華族歷代對戰爭的敘述方式與價值判斷、以及各代戰爭文學之貢獻與其優美之處，也可將其合併起來，建立華人文化戰爭文學通史，以了解華語戰爭文學之敘述方式與價值。

二、可與他國戰爭作品做比較：如有機會將我國戰爭詩作或戰爭文學作品，與其他國家諸如：美國、英國、法國、日本……等等國家之戰爭文學作品做比較研究，可以從中了解我國與其他國家戰爭文學的異同處，確知我國戰爭文學在筆法與意涵上的特色，並達到文化交流、觀摩的作用。

三、各朝代三國故事及人物形象之比較研究：從各個朝代對三國故事以及人物形象比較的研究，可以從中了解其中故事演變情況、背後所蘊含的價值判斷與對民情風俗以及對文學題材、手法的影響。譬如民間的諺語與童謠：

〈百姓諺〉：死諸葛走生仲達。

〈孫亮初白鼉鳴童謠〉：白鼉鳴，龜背平，南郡城中可長生，守死不去義無成。

第一則在《漢晉春秋》曰：「楊儀等整軍而出，百姓奔告宣王，宣王追焉，姜維令儀反旗鳴鼓，若將向宣王者，宣王乃退，未敢偪。於是儀結陣而去，入股而後發喪。宣王之退也，百姓為之諺曰，或以告宣王，宣王曰：「吾能料生，不便料死也」。」記載出諸葛亮死，卻讓司馬懿退兵之事。

有關第二則的記載在《宋書・五行志》曰：「孫亮初，公安有白鼉鳴，童謠曰云云，南郡城可長生者，有急易以逃也，明年，諸葛恪敗，弟融鎮公安，亦見襲，融刮金印龜服之而死。鼉有鱗介，甲兵之象。」是關於諸葛恪戰敗，弟亦被襲擊，而被認為與白鼉鳴有關，因鼉為甲兵之象的諺語。童謠中有關於戰爭與傳說的歌謠並不稀奇，如現代的〈只要我長大〉：「哥哥爸爸真偉大，名譽照我家，為國去打仗，當兵笑哈哈，走吧走吧，哥哥爸爸，家事不用你牽掛，只要我長大，只要我長大。」以及〈娃娃國〉：「娃娃國，娃娃兵，金髮藍眼睛，娃娃國王鬍鬚長，騎馬出王宮，娃娃兵在演習，提防敵人攻，機關槍達達達，原子砲轟轟轟。」都是相當明顯的戰爭兒歌，相較之下，三國時代的童謠描寫戰爭還算委婉的，而現代的則是連武器戰陣都上場了，尤其放眼於現代的卡通，描寫戰爭與戰鬥的更是不計其數，如：〈鐵金剛〉、〈科學小飛俠〉、〈皮卡丘〉、〈銀河英雄傳說〉……等等，如果再將電玩遊戲列入，如：「重返德軍總部」、「紅色警戒」、「CS」、「文明帝國」、「1943」……等等，那就更可觀了，其中三國戰爭也是許多兒童與成人喜歡的遊戲之一，如：「三國志」、「三國群雄傳」……等等，也有許多三國戰爭的卡通與連續劇、漫畫，如：「三國志」、「三國演義」……等等。可見兒童文學中描述戰爭是古今中外皆然的現象。

四、各朝代寫三國戰爭之文學作品比較研究：各朝代大多有以描寫三國戰爭為內容之文學作品，如：蘇東坡〈念奴嬌〉、《三國演義》……等等，可以將各代此類作品集合起來作一研究，以了解不同時代環境下之華語文人，對三國戰爭之不同觀點，以及華語文學敘述形式之不同。除了詩人之外，以戰爭為題材的賦也不少，黃水雲〈六朝駢賦研究〉在分類時就列有「征戍類」[13]，而元明雜劇的劇作家也對三國的戰爭很有興趣，以此創作的戲曲也不少，如：《劉關張桃園三結義》、《張翼德大破杏林莊》、《虎牢關三戰呂布》、《張翼德三出小沛》、《關雲長千里獨行》、《關雲長單刀劈四寇》、《曹操夜走陳倉路、陽平關五馬破曹》、《諸葛亮博望燒屯》、《走鳳雛龐統掠四郡》、《關雲長 大破蚩尤》……等等[14]。

一九八三年陳鵬翔提出「主題學研究」的範疇：

> 主題學研究是比較文學的一部門，它集中在對個別主題、母題，尤其是神話（廣義）人物主題作追溯探原的工作，並對不同時代作家（包括無名氏作者）如何利用同一個主題或母題來抒發積愫以及反映時代，做深入的探討。[15]

這是一個華語文學研究可以邁進的新領域。而且現今不僅侷限在神話故事與民間傳說等課題演變的探討上，已經擴大到諸如友誼、時間、離別、自然、世外桃源等主題華語敘述上。例如顧頡剛〈孟姜女故事的轉變〉[16]與鄭師明娳的《西遊記探原》[17]的示範。而此處「三國

---

13 黃水雲：〈六朝駢賦研究〉（臺北市：中國文化大學中國文學研究所博士論文，1997年），頁144。其下說明為：所謂征戍類乃是以戰事為題材，此類賦作尤以曹魏時期為多。作者多通過對某些具體戰事的發生時間、地點、征戰者之武力狀況、師旅進退之英武、艱辛、勝利之歡欣等加以記敘、鋪陳，如曹丕〈浮淮賦並序〉、〈述征賦〉，曹植〈東征賦並序〉、〈述征賦〉，王粲〈浮淮賦〉、〈征思賦〉……等十五篇。

14 梁美意：〈三國故事戲曲之研究〉（臺北市：臺灣師範大學國文研究所碩士論文，1980年）。

15 陳鵬翔：〈主題學研究與中國文學〉，《主題學研究論文集》（臺北市：東大圖書公司，1983年），頁5。

16 原刊於1924年11月23日出版的《歌謠週刊》（北京大學），後收入《孟姜女故事研究集》第一冊（廣東：中山大學，1928年）。

17 鄭師明娳：《西遊記探原》（臺北市：文開文化事業公司，1982年）。原為博士論文。

戰爭」這個主題也是未來可以研究的主題，

諸如此類可以探討三國戰爭的故事情節與人物形象在各個朝代中演變情形如何？就不僅僅是如梁美意所研究的只是侷限在元明雜劇而已，而是可以通過整個演變的情況，來觀察每個朝代對三國戰爭的處理以了解其手法之不同，也可以經由這些不斷滋長的故事來管窺個時代面對戰爭的態度。其實不只是可以做演變情況的研究，將關於三國戰爭在各個體裁所呈現的情況加以比較研究，也是值得探討的，如繆襲的〈獲呂布〉與《虎勞關三戰呂布》、《張翼德單戰呂布》的比較、韋昭〈關背德〉與《關雲長千里獨行》、《關雲長義勇辭金》、《關大王獨赴單刀會》、《關雲長單刀劈四寇》的比較……等等，都可以藉比較看出在不同體裁所使用手法之不同，以及三國戰爭戰爭故事與人物在詩人、散文家、史學家、劇作家心中形象之不同。

五、戰爭詩常用題目之系列研究：從本文可知，其實有些題目往往與戰爭內容相涉，例如〈從軍行〉、〈戰城南〉、〈苦寒行〉、〈飲馬長城窟行〉、〈鼓吹曲辭〉……等等，如可將這些題目的詩作依照時代做一縱向連結，將可得知其歷史發展與其文學形式與內容的脈絡。

六、華語戰爭詩範疇的釐清工作：戰爭詩之定義尚有值得探討與劃分釐清之處，如第一、戰爭哲理詩是否應歸入戰爭詩當中？這是一個見仁見智的問題，筆者傾向於將華語戰爭哲理詩納入戰爭詩的範疇中，所持理由如下，如果愛情哲理詩可以歸入愛情詩，愛情哲理散文可以歸入愛情散文，政治哲理詩可以歸入政治詩，政治哲理散文可以歸入政治散文，何以戰爭哲理詩不可以歸入戰爭詩？華語詩人或作家在寫某一類題材之時，可以用抒情、議論、記敘三種華語敘述方式去書寫，但其實仍是針對同一題材而為。就文本而言，戰爭哲理詩比間接戰爭詩，如描寫戰爭所帶來的勞役、描寫戰爭後方人民的生活……等等，更切進戰爭這個主題，然而間接戰爭詩其實很多作品沒有一字一句敘述到戰爭的場景，卻仍被人歸入戰爭詩，何以戰爭哲理詩更貼近「戰爭」此一核心，直接代表了詩人或作家對戰爭之想法，卻不被歸入戰爭詩呢？第二、如果是簡略敘述戰爭的作品是否為戰爭詩？就文本而言，時間空間落於戰爭的就是戰爭詩，不論是簡略敘述或詳細敘述，正如引用法分為明引與暗用兩種，又各分為全引與略引，明引與全用的部分容易辨別，而暗用與略引的往往被人誤認為不是引用法，簡略描述之戰爭正如略引一般，容易被誤判，然而仍是屬於戰爭詩的範圍。第三、敘述男子對戰爭志向的作品，是否為戰爭詩？從文本角度而言，敘述男子參戰志向或拒絕參戰的作品，在內容中多半描述戰爭場景，所以理應歸入戰爭詩中，如無描述，但直接表達出對戰爭的態度，也以歸入為宜。此點在洪讚先生的研究中也是承認的，如他將張華〈壯士篇〉:「天地相震盪，回薄不知窮。……」、陸機〈詠史〉:「弱冠弄柔翰，卓犖觀群書。……」等等通篇敘述男子參戰之志的作品歸為戰爭詩便可得知。以上種種問題，當然還可以加以討論，也期待來日有更好的解答。

未來可以開展研究的子題仍多，今日未足之部分，有待來茲。在西方，牛津大學早有戰爭文學課程的開設，現在美國也有凱特連女士講授戰爭文學課程，近來更獲得聖地牙哥教育司（San Diego County Office of Education）的支持成為「加州線上教育資源計畫」（Schools of California on Line Resources for Educators）下的其中一項子計畫（Poetry of the Great War）。從洪讚先生的研究與此文可知，華語也擁有大量戰爭文學的瑰寶，我們應當好好珍視這些財富，不要否定他們，認為不談戰爭，戰爭便不會發生，事實上從人類存在以來幾乎沒有一天不發生戰爭，重要的是，如何從這些戰爭文學中獲取智慧，使我們能正視戰爭帶來的巨大毀滅，並從戰爭文學中獲取反省的力量，從體會華語詩人所感受到的悲痛獲得制止戰爭的勇氣，並了解主戰詩人背後所代表的政治企圖與其他意圖，以及了解發動戰爭的愚蠢與無知，相信這才是研究戰爭文學的真正目的，也才是推動人類幸福的動力。

附錄一

三國時代戰爭詩篇目

曹操〈薤露〉（魏詩卷一）、曹操〈蒿里行〉（魏詩卷一）、曹操〈短歌行〉（魏詩卷一）、曹操〈苦寒行〉（魏詩卷一）、曹操〈步出夏門行〉（魏詩卷一）、曹操〈卻東西門行〉（魏詩卷一）、王粲〈贈士孫文始〉（魏詩卷二）、王粲〈為潘文則作思親詩〉（魏詩卷二）、王粲〈從軍詩〉五首中的第一首（魏詩卷二）、王粲〈從軍詩〉五首中的第二首（魏詩卷二）、王粲〈從軍詩〉五首中的第三首（魏詩卷二）、王粲〈從軍詩〉五首中的第四首（魏詩卷二）、王粲〈從軍詩〉五首中的第五首（魏詩卷二）、王粲〈從軍詩〉（魏詩卷二）、王粲〈從軍詩〉（魏詩卷二）、王粲〈七哀詩〉中的第一首（魏詩卷二）、王粲〈七哀詩〉中的第二首（魏詩卷二）、王粲〈七哀詩〉中的第三首（魏詩卷二）、陳琳〈飲馬長城窟行〉（魏詩卷三）、劉楨〈贈五官中郎將詩〉四首中的第一首（魏詩卷三）、劉楨〈贈五官中郎將詩〉四首中的第三首（魏詩卷三）、劉楨〈贈五官中郎將詩〉四首中的第四首（魏詩卷三）、劉楨〈詩〉（魏詩卷三）、阮瑀〈怨詩〉（魏詩卷三）、應瑒〈侍五官中郎將建章臺集詩〉（魏詩卷三）、繁欽〈遠戍勸戒詩〉（魏詩卷三）、曹丕〈陌上桑〉（魏詩卷四）、曹丕〈飲馬長城窟行〉（魏詩卷四）、曹丕〈董逃行〉（魏詩卷四）、曹丕〈黎陽作詩〉三首中的第一首（魏詩卷四）、曹丕〈黎陽作詩〉三首中的第二首（魏詩卷四）、曹丕〈黎陽作詩〉三首中的第三首（魏詩卷四）、曹丕〈至廣陵於馬上作詩〉（魏詩卷四）、曹丕〈雜詩〉二首中的第一首（魏詩卷四）、曹丕〈雜詩〉二首中的第二首（魏詩卷四）、曹丕〈黎陽作詩〉（魏詩卷四）、曹丕〈令詩〉（魏詩卷四）、左延年〈從軍行〉（魏詩卷五）、左延年〈從軍行〉（魏詩卷五）、焦先〈祝衄歌〉（魏詩卷五）、曹叡〈善哉行〉（魏詩卷五）、曹叡〈善哉行〉四解（魏詩卷五）、曹叡〈苦寒行〉（魏詩卷五）、曹叡〈櫂歌行〉（魏詩卷五）、曹叡〈堂上行〉（魏詩卷五）、曹叡〈清調歌〉（魏詩卷五）、曹植〈丹霞蔽日行〉（魏詩卷六）、曹植〈門有萬里客〉（魏詩卷六）、曹植〈孟冬篇〉（魏詩卷六）、曹植〈白馬篇〉（魏詩卷六）、曹植〈責躬〉（魏詩卷七）、曹植〈矯志詩〉（魏詩卷七）、曹植〈贈丁儀王粲詩〉（魏詩卷七）、曹植〈送應氏詩〉二首中的第一首（魏詩卷七）、曹植〈雜詩〉七首中的第二首（魏詩卷七）、曹植〈雜詩〉七首中的第三首（魏詩卷七）、曹植〈雜詩〉七首中的第五首（魏詩卷七）、曹植〈雜詩〉七首中的第六首（魏詩卷七）、曹植〈離友詩〉三首中的第一首（魏詩卷七）、曹植〈離友詩〉三首中的第二首（魏詩卷七）、曹植〈詩〉（魏詩卷七）、曹髦〈四言詩〉（魏詩卷八）、曹髦〈詩〉（魏詩卷八）、應璩〈百一詩〉中的第十八首（魏詩卷八）、應璩〈詩〉中的第三首（魏詩卷八）、應璩〈詩〉中的第四首（魏詩卷八）、應璩〈詩〉中的第五首（魏詩卷八）、毋丘儉〈之遼東詩〉（魏詩卷八）、毋丘儉〈在幽州詩〉（魏詩卷八）、嵇康〈代秋胡歌詩〉中的第三首（魏詩卷九）、阮籍〈詠懷詩〉中的第三十一首（魏詩卷十）、阮籍〈詠懷詩〉中的第三十八首（魏詩卷十）、阮籍〈詠懷詩〉中的第三十九首（魏詩卷十）、阮籍〈詠懷詩〉中的第四十二首（魏詩卷十）、阮籍〈詠懷詩〉中的第六十一首（魏詩卷十）、阮籍〈詠懷詩〉中的第六十三首（魏詩卷十）、阮籍〈采薪者歌〉（魏詩卷十）、〈襄陽民為胡烈歌〉（魏詩卷十一）、〈軍中為夏侯淵語〉（魏詩卷十一）、王粲〈太廟頌歌〉三章（魏詩卷十一）、王粲〈矛俞新福歌〉（魏詩卷十一）、王粲〈弩俞新福歌〉（魏詩卷十一）、王粲〈安臺新福歌〉（魏詩卷十一）、王粲〈行辭新福歌〉（魏詩卷十一）、繆襲〈楚之平〉（魏詩卷十一）、繆襲〈戰滎陽〉（魏詩卷十一）、繆襲〈獲呂布〉（魏詩卷十一）、繆襲〈克官渡〉（魏詩卷十一）、繆襲〈舊邦〉（魏詩卷十一）、繆襲〈定武功〉（魏詩卷十一）、繆襲〈屠柳城〉（魏詩卷十一）、繆襲〈平南荊〉（魏詩卷十一）、繆襲〈平關中〉（魏詩卷十一）、〈百姓諺〉（魏詩卷十二）、〈孫亮初白鼉鳴童謠〉（魏詩卷十二）、韋昭〈炎精缺〉（魏詩卷十二）、韋昭〈漢之季〉（魏詩卷十二）、韋昭〈攄武師〉（魏詩卷十二）、韋昭〈伐烏林〉（魏詩卷十二）、韋昭〈秋風〉（魏詩卷十二）、韋昭〈克皖城〉（魏詩卷十二）、韋昭〈關背德〉（魏詩卷十二）、韋昭〈通荊門〉（魏詩卷十二）、韋昭〈章洪德〉（魏詩卷十二）。

附錄二

三國時代戰爭詩

1. 曹操〈薤露行〉：惟漢二十世，所任誠不良。沐猴而冠帶，知小而謀強。猶豫不敢斷，因狩執君王。白虹為貫日，己亦先受殃。賊臣持國柄，殺主滅宇京。蕩覆帝基業，宗廟以燔喪。播越西遷移，號泣而且行。瞻彼洛城郭，微子為哀傷。
2. 曹操〈蒿里行〉：關東有義士，興兵討群凶。初期會孟津，乃心在咸陽。軍合力不齊，躊躇而鴈行。勢利使人爭，嗣還自相戕。淮南弟稱號，刻璽於北方。鎧甲生蟣虱，萬姓以死亡。白骨露於野，千里無雞鳴。生民百遺一，念之斷人腸。
3. 曹操〈短歌行〉：周西伯昌，懷此聖德。三分天下，而有其二。修奉貢獻，臣節不墜。崇侯讒之，是以拘繫。後見赦原，賜之斧鉞，得使征伐。為仲尼所稱，達及德行，猶奉事殷，論敘其美。齊桓之功，為霸之首。九合諸侯，一匡天下。一匡天下，不以兵車。正而不譎，其德傳稱。孔子所嘆，並稱夷吾，民受其恩。賜與廟胙，命無下拜。小白不敢爾，天威在顏咫尺。晉文亦霸，躬奉天王。受賜珪瓚，秬鬯彤弓，盧弓矢千，虎賁三百人。威服諸侯，師之者尊。八方聞之，名亞齊桓。河陽之會，詐稱周王，是以其名紛葩。
4. 曹操〈苦寒行〉：北上太行山，艱哉何巍巍！羊腸坂詰屈，車輪為之摧。樹木何蕭瑟，北風聲正悲！熊羆對我蹲，虎豹夾路啼。溪谷少人民，雪落何霏霏！ 延頸長嘆息，遠行多所懷。我心何怫鬱？思欲一東歸。水深橋梁絕，中路正徘徊。迷惑失故路，薄暮無宿栖。行行日已遠，人馬同時飢。擔囊行取薪，斧冰持作糜。悲彼

〈東山〉詩，悠悠使我哀。（作於建安十一年）

5. 曹操〈步出夏門行〉（五章）

豔：雲行雨步，超越九江之皋。臨觀異同，心意懷遊豫，不知當復何從？經過至我碣石，心惆悵我東海。（作于建安十二年春）

觀滄海：東臨碣石，以觀滄海。水何淡淡，山島竦峙。樹木叢生，百草豐茂。秋風蕭瑟，洪波湧起。日月之行，若出其中；星漢燦爛，若出其中。幸甚至哉！歌以言志。（作于建安十二年秋）

冬十月：孟冬十月，北風徘徊，天氣肅清，繁霜霏霏。鵾雞晨鳴，鴻雁南飛，鷙鳥潛藏，熊羆窟棲。錢鎛停置，農收積場。逆旅整設，以通賈商。幸甚至哉！歌以詠志。（作于建安十二年至十三年冬）

土不同：鄉土不同，河朔隆冬。流澌浮漂，舟船行難。錐不入地，蘴籟深奧。水竭不流，冰堅可蹈。士隱者貧，勇俠輕非。心常歎怨，戚戚多悲。幸甚至哉！歌以詠志。

龜雖壽：神龜雖壽，猶有竟時。騰蛇乘霧，終為土灰。驥老伏櫪，志在千里；烈士暮年，壯心不已。盈縮之期，不但在天；養怡之福，可得永年。幸甚至哉！歌以詠志。

6. 曹操〈卻東西門行〉：鴻雁出塞北，乃在無人鄉。舉翅萬餘里，行止自成行。冬節食南稻，春日復北翔。田中有轉蓬，隨風遠飄揚。長與故根絕，萬歲不相當。奈何此征夫，安得去四方？戎馬不解鞍，鎧甲不離傍。冉冉老將至，何時返故鄉？神龍藏深泉，猛獸步高岡。狐死歸首丘，故鄉安可忘？

7. 王粲〈贈士孫文始〉：天降喪亂，靡國不夷，我暨我友，自彼京師，宗守盪失，越用遁違，遷于荊楚，在漳之湄，在漳之湄，亦克晏處，和通篪塤，比德車輔，既度禮義，卒獲笑語，庶茲永日，無譽厥緒，雖曰無譽，時不我已，同心離事，乃有逝止，橫此大江，淹彼南汜，我思弗及，載坐載起，惟彼南汜，君子居之，悠悠我心，薄言慕之，人亦有言，靡日不思，矧伊嬿婉，胡不悽而，晨風夕逝，託與之期，瞻仰王室，慨其永慨，良人在外，誰佐天官，四國方阻，俾爾歸藩，作式下國，無曰蠻裔，不虔汝德，慎爾所主，率由嘉則，龍雖勿用，志亦靡忒，悠悠澹澧，鬱彼唐林，雖則同域，邈爾迴深，白駒遠志，古人所箴，允矣君子，不遐厥心，既往既來，無密爾音。

8. 王粲〈為潘文則作思親詩〉：穆穆顯妣，德音徽止，思齊先姑，志侔姜姒，躬此勞瘁，鞠予小子，小子之生，遭世罔寧，烈考勤時，從之于征，奄遘不造，殷憂是嬰，咨于靡及，退守祧祊，五服荒離，四國分爭，禍難斯逼，救死於頸，嗟我懷歸，弗克弗逞，聖善獨勞，莫慰其情，春秋代逝，于茲九齡，緬彼行路，焉託予誠，予誠既否，委之于天，庶我顯妣，克保遐年，亹亹惟懼，心乎如懸，如何不弔，早世徂顛，於存弗養，於後弗臨，遺衍在體，慘痛切心，形影尸立，魂爽飛沈，在昔蓼莪，哀有餘音，我之此譬，憂其獨深，胡寧視息，以濟于今，巖巖叢險，則不可摧，仰瞻歸雲，俯聆飄回，飛焉靡翼，超焉靡階，思若流波，情似坻頹，詩之作矣，情以告哀。

9. 王粲〈從軍詩〉五首中的第一首：從軍有苦樂，但問所從誰，所從神且武，焉得久勞師，相公征關右，赫怒震天威，一舉滅獯虜，再舉服羌夷，西收邊地賊，忽若俯拾遺，陳賞越丘山，酒肉踰川坻，軍中多饫饒，人馬皆溢肥，徒行兼乘還，空出有餘資，拓地三千里，往返速若飛，歌舞入鄴城，所願獲無違，晝日處大朝，日暮薄言歸，外參時明政，內不廢家私，禽獸憚為犧，良苗實已揮，竊慕負鼎翁，願厲朽鈍姿，不能效沮溺，相隨把鋤犁，孰覽夫子詩，信知所言非。

10. 王粲〈從軍詩〉五首中的第二首：涼風厲秋節，司典告詳刑，我君順時發，桓桓東南征，汎舟蓋長川，陳卒被隰坰，征夫懷親戚，誰能無戀情，拊衿倚舟檣，眷眷思鄴城，哀彼東山人，喟然感鸛鳴，日月不安處，人誰獲恒寧，昔人從公旦，一徂輒三齡，今我神武師，暫往必速平，棄余親睦恩，輸力竭忠貞，懼無一夫用，報我素餐誠，夙夜自恲性，思逝若抽縈，將秉先登羽，豈敢聽金聲。
11. 王粲〈從軍詩〉五首中的第三首：從軍征遐路，討彼東南夷，方舟順廣川，薄暮未安坻，白日半西山，桑梓有餘暉，蟋蟀夾岸鳴，孤鳥翩翩飛，征夫心多懷，悽悽令吾悲，下船登高防，草露霑我衣，迴身赴床寢，此愁當告誰，身服干戈事，豈得念所私，即戎有授命，茲理不可違。
12. 王粲〈從軍詩〉五首中的第四首：朝發鄴都橋，暮濟白馬津，逍遙河隄上，左右望我軍，連舫踰萬艘，帶甲千萬人，率彼東南路，將定一舉勳，籌策運帷幄，一由我聖君，恨我無時謀，譬諸具官臣，鞠躬中堅內，微畫無所陳，許歷為完士，一言猶敗秦，我有素餐責，誠愧伐檀人，雖無鉛刀用，庶幾奮薄身。
13. 王粲〈從軍詩〉五首中的第五首：悠悠涉荒路，靡靡我心愁，四望無煙火，但見林與丘，城郭生榛棘，蹊徑無所由，雚蒲竟廣澤，葭葦夾長流，日夕涼風發，翩翩漂吾舟，寒蟬在樹鳴，鸛鵠摩天游，客子多悲傷，淚下不可收，朝入譙郡界，曠然消人憂，雞鳴達四境，黍稷盈原疇，館宅充廛里，士女滿莊馗，自非賢聖國，誰能享斯休？詩人美樂土，雖客猶願留。
14. 王粲〈從軍詩〉：被羽在先登，甘心除國疾。
15. 王粲〈從軍詩〉：樓船凌洪波，尋戈刺群虜。
16. 王粲〈七哀詩〉三首中的第一首：西京亂無象，豺虎方遘患，復棄中國去，遠身適荊蠻，親戚對我悲，朋友相追攀，出門無所見，白骨蔽平原，路有飢婦人，抱子棄草間，顧聞號泣聲，揮涕獨不還，未知身死處，何能兩相完？驅馬棄之去，不忍聽此言，南登霸陵岸，回首望長安，悟彼下泉人，喟然傷心肝。

17. 王粲〈七哀詩〉三首中的第二首：荊蠻非我鄉，何為久滯淫？方舟泝大江，日暮愁我心，山岡有餘映，巖阿增重陰，狐狸馳赴穴，飛鳥翔故林，流波激清響，猴猿臨岸吟，迅風拂裳袂，白露沾衣襟，獨夜不能寐，攝衣起撫琴，絲桐感人情，為我發悲音，羈旅無終極，憂思壯難任。

18. 王粲〈七哀詩〉三首中的第三首：邊城使心悲，昔吾親更之，冰雪截肌膚，風飄無止期，百里不見人，草木誰當遲，登城望亭燧，翩翩飛戍旗，行者不顧反，出門與家辭，子弟多俘虜，哭泣無已時，天下盡樂土，何為久留茲，蓼蟲不知辛，去來勿與諮。

19. 陳琳〈飲馬長城窟行〉：飲馬長城窟，水寒傷馬骨。往謂長城吏，慎莫稽留太原卒。官作自有程，舉築諧汝聲。男兒寧當格鬥死，何能怫鬱築長城。長城何連連，連連三千里。邊城多健少，內舍多寡婦。作書與內舍，便嫁莫留住。善侍新姑嫜，時時念我故夫子。報書往邊地，君今出語一何鄙。身在禍難中，何為稽留他家子。生男慎莫舉，生女哺用脯。君獨不見長城，死人骸骨相撐拄。結髮行事君，慊慊心意關。明知邊地苦，賤妾何能久自全。

20. 劉楨〈贈五官中郎將詩〉四首中的第一首：昔我從元后，整駕至南鄉。過彼豐沛都，與君共翺翔。四節相推斥，季冬風且涼。眾賓會廣坐。明鐙熹炎光，清歌製妙聲。萬舞在中堂，金罍含甘醴。羽觴行無方，長夜忘歸來。聊且為太康，四牡向路馳，歡悅誠未央。

21. 劉楨〈贈五官中郎將詩〉四首中的第三首：秋日多悲懷，感慨以長歎，終夜不遑寐，敘意於濡翰，明燈曜閨中，清風淒已寒，白露塗前庭，應門重其關，四節相推斥，歲月忽已殫，壯士遠出征，戎事將獨難，涕泣灑衣裳，能不懷所歡。

22. 劉楨〈贈五官中郎將詩〉四首中的第四首：涼風吹沙礫，霜氣何皚皚，明月照緹幕，華燈散炎輝，賦詩連篇章，極夜不知歸，君侯多壯思，文雅縱橫飛，小臣信頑鹵，僶俛安能追。

23. 劉楨〈詩〉：旦發鄴城東，莫次溟水旁，三軍如鄧林，武士攻蕭莊。

24. 阮瑀〈怨詩〉：民生受天命，漂若河中塵，雖稱百齡壽，孰能應此身，猶獲嬰凶禍，流落恒苦辛。

25. 應瑒〈侍五官中郎將建章臺集詩〉：朝雁鳴雲中，音響一何哀，問子遊何鄉，戢翼正徘徊，言我塞門來，將就衡陽棲，往春翔北土，今冬客南淮，遠行蒙霜雪，毛羽日摧頹，常恐傷肌骨，身隕沉黃泥，簡珠墮沙石，何能中自諧，欲因雲雨會，濯羽陵高梯，良遇不可值，伸眉路何階，公子敬愛客，樂飲不知疲，和顏既以暢，乃肯顧細微，贈詩見存慰，小子非所宜，為且極讙情，不醉其無歸，凡百敬爾位，以副饑渴懷。

26. 繁欽〈遠戍勸戒詩〉：肅將王事。集此揚土。凡我同盟。既文既武。郁郁桓桓。有規有矩。務在和光。同塵共垢。各竟其心。為國蕃輔。誾誾行行。非法不語。可否相濟。闕則云補。

27. 曹丕〈陌上桑〉：棄故鄉，離室宅，遠從軍旅萬里客，披荊棘，求阡陌，側足獨窘步，路局笮，虎豹嗥動，雞驚禽失，雞鳴相索，登南山，奈何蹈盤石，樹木叢生鬱差錯，寢蒿草，蔭松柏，涕泣雨面霑枕席，伴旅單，稍稍日零落，惆悵竊自憐，相痛惜。

28. 曹丕〈飲馬長城窟行〉：浮舟橫大江，討彼犯荊虜，武將齊貫錍，征人伐金鼓，長戟十萬隊，幽冀百石弩，發機若雷電，一發連四五。

29. 曹丕〈董逃行〉：晨背大河南轅，跋涉遐路漫漫。師徒百萬譁諠，戈矛若林成山，旌旗拂日蔽天。

30. 曹丕〈黎陽作詩〉三首中的第一首：朝發鄴城，夕宿韓陵，霖雨載塗，輿人困窮，載馳載驅，沐雨櫛風，舍我高殿，何為泥中，在昔周武，爰暨公旦，載主而征，救民塗炭，彼此一時，唯天所讚，我獨何人，能不靖亂。

31. 曹丕〈黎陽作詩〉三首中的第二首：殷殷其雷，濛濛其雨，我徒我車，涉此艱阻，遵彼洹湄，言刈其楚，班之中路，塗潦是御，轔轔大車，載低載昂，嗷嗷僕夫，載仆載僵，蒙塗冒雨，沾衣濡裳。

32. 曹丕〈黎陽作詩〉三首中的第三首：千騎隨風靡，萬騎正龍驤，金鼓震上下，干戚紛縱橫，白旄若素霓，丹旗發朱光，追思太王德，胥宇識足臧，經歷萬歲林，行行到黎陽。

33. 曹丕〈至廣陵於馬上作詩〉：觀兵臨江水，水流何湯湯，戈矛成山林，玄甲耀日光，猛將懷暴怒，膽氣正縱橫，誰云江水廣，一葦可以航，不戰屈敵虜，戢兵稱賢良，古公宅岐邑，實始剪殷商，孟獻營虎牢，鄭人懼稽顙，充國務耕殖，先零自破亡，興農淮泗間，築室都徐方，量宜運權略，六軍咸悅康，豈如東山詩，悠悠多憂傷。

34. 曹丕〈雜詩〉二首中的第一首：漫漫秋夜長，烈烈北風涼，展轉不能寐，披衣起彷徨，彷徨忽已久，白露沾我裳，俯視清水波，仰看明月光，天漢回西流，三五正縱橫，草蟲鳴何悲，孤鴈獨南翔，鬱鬱多悲思，綿綿思故鄉，願飛安得翼，欲濟河無梁，向風長歎息，斷絕我中腸。

35. 曹丕〈雜詩〉二首中的第二首：西北有浮雲，亭亭如車蓋，惜哉時不遇，適與飄風會，吹我東南行，行行至吳會，吳會非我鄉，安得久留滯，棄置勿復陳，客子常畏人。

36. 曹丕〈黎陽作詩〉：奉辭討罪遐征，晨過黎山巉崢，東濟黃河金營，北觀故宅頓傾，中有高樓亭亭，荊棘繞蕃叢生，南望果園青青，霜露慘悽宵零，彼桑梓兮傷情。

37. 曹丕〈令詩〉：喪亂悠悠過紀，白骨從橫萬里，哀哀下民靡恃，吾將以時整理，復子明辟致仕。

38. 左延年〈從軍行〉：苦哉邊地人，一歲三從軍，三子到燉煌，二子詣隴西，五子遠鬥去，五婦皆懷身。

39. 左延年〈從軍行〉：從軍何等樂，一驅乘雙駁，鞍馬照人目，龍驤自動作。

40. 焦先〈祝衄歌〉：祝衄祝衄，非魚非肉，更相追逐，本為殺牂羊，更殺羖甲。

41. 曹叡〈善哉行〉：我徂我征，伐彼蠻虜，練師簡卒，爰正其旅，輕舟竟川，初鴻依浦，桓桓猛毅，如羆如虎，發砲若雷，吐氣如雨，旄旌指麾，進退應矩，百馬齊轡，御由造父，休休六軍，咸同斯武，兼塗星邁，亮茲行阻，行行日遠，西背京許。遊弗淹旬，遂屆揚土。奔寇震懼。莫敢當御。權實豎子。備則亡虜。假氣遊魂。魚鳥為伍。虎臣列將。怫鬱充怒。淮泗肅清。奮揚微所，運德耀威，惟鎮惟撫。反旆言歸。旆入皇祖。

42. 曹叡〈善哉行〉四解：赫赫大魏。王師徂征。冒暑討亂。振耀威靈。汎舟黃河。隨波潺湲。通渠回越。行路綿綿。綵旄蔽日。旗旐翳天。淫魚瀺灂。遊戲深淵。唯塘泊。從如流。不為單。握揚楚。心惆悵。歌採薇。心綿綿：在淮淝。願君速節。早旋歸。

43. 曹叡〈苦寒行〉：悠悠發洛都。丼我征東行。征行彌二旬。屯吹龍陂城。顧觀故壘處。皇祖之所營。屋室若平昔。棟宇無邪傾。

奈何我皇祖，潛德隱聖形。雖沒而不朽。書貴垂伐名。光光我皇祖：軒耀同其榮。遺化布四海：八表以肅清。雖有吳蜀寇。春秋足耀兵，徒悲我皇祖。不永享百齡。賦詩以寫懷。伏軾淚沾纓。

44. 曹叡〈櫂歌行〉：王者布大化。配乾稽后祇。陽育則陰殺。晷景應度移。文德以時振，武功伐不隨。重華舞干戚。有苗服從嬀。蠢爾吳中虜。憑江棲山阻。哀哉王士民。瞻仰靡依怙。皇上悼愍斯。宿昔奮天怒。發我許昌宮。列舟于長浦。翌日乘波揚。棹歌悲且涼。太常拂白日。旗幟紛設張，將抗旄與鉞。耀威於彼方。伐罪以弔民。清我東南疆。

45. 曹叡〈堂上行〉：武夫懷勇毅，勒馬於中原。干戈森若林，長劍奮無前。

46. 曹叡〈清調歌〉：飛舟沈洪波，旌旗蔽白日精。楫人荷輕櫂，騰飛造波庭。

47. 曹植〈丹霞蔽日行〉：紂為昏亂，虐殘忠正，周室何隆，一門三聖，牧野致功，天亦革命，漢祚之興，階秦之衰，雖有南面，王道陵夷，炎光再幽，殄滅無遺。

48. 曹植〈門有萬里客行〉：門有萬里客，問君何鄉人？褰裳起從之，果得心所親，挽裳對我泣，太息前自陳，本是朔方士，今為吳越民，行行將復行，去去適西秦。

49. 曹植〈孟冬篇〉：孟冬十月，陰氣厲清，武官誡田，講旅統兵，元龜襲吉，元光著明，蚩尤蹕路，風弭雨停，乘輿啟行，鸞鳴幽軋，虎賁采騎，飛象珥鶡，鐘鼓鏗鏘，簫管嘈喝，萬騎齊鑣，千乘等蓋，夷山填谷，平林滌藪，張羅萬里，盡其飛走，趯趯狡兔，揚白跳翰，獵以青骹，掩以脩竿，韓盧宋鵲，呈才騁足，噬不盡紲，牽麋掎鹿，魏氏發機，養基撫弦，都盧尋高，搜索猴猿，慶忌孟賁，蹈谷超巒，張目決眥，髮怒穿冠，頓熊扼虎，蹴豹摶貙，氣有餘勢，負象而趨，獲車既盈，日側樂終，罷役解徒，大饗離宮，亂曰：聖皇臨飛軒，論功校獵徒，死禽積如京，流血成溝渠，明詔大勞賜，大官供有無，走馬行酒醴，驅車布肉魚，鳴鼓舉觴爵，擊鐘釂無餘，絕綱縱麟麑，弛罝出鳳雛，收功在羽校，威靈振鬼區，陛下長歡樂，永世合天符。

50. 曹植〈白馬篇〉：白馬飾金羈，連翩西北馳，借問誰家子，幽并游俠兒，少小去鄉邑，揚聲沙漠垂，宿昔秉良弓，楛矢何參差，控弦破左的，右發摧月支，仰手接飛猱，俯身散馬蹄，狡捷過猴猿，勇剽若豹螭，邊城多警急，胡虜數遷移，羽檄從北來，厲馬登高隄，長驅蹈匈奴，左顧陵鮮卑，棄身鋒刃端，性命安可懷，父母且不顧，何言子與妻，名編壯士籍，不得中顧私，捐軀赴國難，視死忽如歸。

51. 曹植〈責躬詩〉：於穆顯考，時惟武皇，受命於天，寧濟四方，朱旗所拂，九土披攘，玄化滂流，荒服來王，超商越周，與唐比蹤，篤生我皇，奕世載聰，武則肅列，文則時雍，受禪於漢，君臨萬邦，萬邦既化，率由舊則，廣命懿親，以藩王國，帝日爾侯，君茲青土，奄有海濱，方周於魯，車服有輝，旗章有敘，濟濟雋乂，我弼我輔，伊予小子，恃寵驕盈，舉挂時網，動亂國經，作藩作屏，先軌是隳，傲我皇使，犯我朝儀，國有典刑，我削我絀，將寘于理，元兇是率，明明天子，時惟篤類，不忍我刑，暴之朝肆，違彼執憲，哀予小臣，改封兗邑，于河之濱，股肱弗置，有君無臣，荒淫之闕，誰弼予身，煢煢僕夫，于彼冀方，嗟予小子，乃罹斯殃，赫赫天子，恩不遺物，冠我玄冕，要我朱紱，光光大使，我榮我華，剖符授玉，王爵是加，仰齒金璽，俯執聖策，皇恩過隆，祇承怵惕，咨我小子，頑兇是嬰，逝慚陵墓，存愧闕庭，匪敢傲德，實恩是恃，威靈改加，足以沒齒，昊天罔極，生命不圖，常懼顛沛，抱罪黃壚，願蒙矢石，建旗東嶽，庶立毫釐，微功自贖，危軀授命，知足免戾，甘赴江湘，奮戈吳越，天啟其衷，得會京畿，遲奉聖顏，如渴如饑，心之云慕，愴矣其悲，天高聽卑，皇肯照微。

52. 曹植〈矯志詩〉：芝桂雖芳，難以餌魚，尸位素餐，難以成居，磁石引鐵，於金不連，大朝舉士，愚不聞焉，抱璧塗乞，無為貴寶，履仁遘禍，無為貴道，鵷雛遠害，不羞卑棲，靈虯避難，不恥污泥，都蔗雖甘，杖之必折，巧言雖美，用之必滅，濟濟唐朝，萬邦作孚，逢蒙雖巧，必得良弓，聖主雖知，必得英雄，螳螂見歎，齊士輕戰，越王軾蛙，國以死獻，道遠知驥，世偽知賢，覆之幬之，順天之矩，澤如凱風，惠如時雨，口為禁闥，舌為發機，門機之闓，楛矢不追。

53. 曹植〈贈丁儀王粲詩〉：從軍度函谷，驅馬過西京，山岑高無極，涇渭揚濁清，壯哉帝王居，佳麗殊百城，員闕出浮雲，承露概泰清，皇佐揚天惠，四海無交兵，權家雖愛勝，全國為令名，君子在末位，不能歌德聲，丁生怨在朝，王子歡自營，歡怨非貞則，中和誠可經。

54. 曹植〈送應氏詩〉二首中的第一首：步登北邙阪，遙望洛陽山，洛陽何寂寞，宮室盡燒焚，垣牆皆頓擗，荊棘上參天，不見舊耆老，但睹新少年，側足無行徑，荒疇不復田，遊子久不歸，不識陌與阡，中野何蕭條，千里無人煙，念我平常居，氣結不能言。

55. 曹植〈雜詩〉中的第二首：轉蓬離本根，飄颻隨長風。何意迴飆舉，吹我入雲中。高高上無極，天路安可窮？類此遊客子，捐軀遠從戎。毛褐不掩形，薇藿常不充。去去莫復道，沈憂令人老。

56. 曹植〈雜詩〉中的第三首：西北有織婦，綺縞何繽紛。明晨秉機杼，日昃不成文。太息終長夜，悲嘯入青雲。妾身守空閨，良人行從軍。自期三年歸，今已歷九春。飛鳥繞樹翔，噭噭鳴索群。願為南流景，馳光見我君。

57. 曹植〈雜詩〉其五：僕夫早嚴駕，吾將遠行遊。遠遊欲何之？吳國為我仇。將騁萬里途，東路安足由？江介多悲風，淮泗馳急流。願欲一輕濟，惜哉無方舟。閑居非吾志，甘心赴國憂。

58. 曹植〈雜詩〉中的第六首：飛觀百餘尺，臨牖御欞軒。遠望周千里，朝夕見平原。烈士多悲心，小人偷自閑。國讎亮不塞，甘心思喪元。拊劍西南望，思欲赴太山。絃急悲聲發，聆我慷慨言。

59. 曹植〈離友詩〉三首中的第一首：王旅旋兮背故鄉，彼君子兮篤人綱，騖余行兮歸朔方，馳原隰兮尋舊疆，車載奔兮馬繁驤，涉浮濟兮泛輕航，迄魏都兮息蘭房，展宴好兮惟樂康。

60. 曹植〈離友詩〉三首中的第二首：涼風肅兮白露滋，木感氣兮條葉辭，臨淥水兮登崇基，折秋華兮采靈芝，尋永歸兮贈所思，感離隔兮會無期，伊鬱悒兮情不怡。

61. 曹植〈詩〉：皇考建世業，余從征四方。櫛風而沐雨，萬里蒙露霜。劍戟不離手，鎧甲為衣裳。

62. 曹髦〈四言詩〉：𣲖𣲖東伐，悠悠遠征，泛舟萬艘，屯衛千營。

63. 曹髦〈詩〉：干戈隨風靡，武騎齊雁行。

64. 應璩〈百一詩〉中的第十八首：轞車在道路，征夫不得休。

65. 應璩〈詩〉中的第三首：放戈釋甲冑，乘軒入紫微，從容侍帷幄，光輔日月輝。

66. 應璩〈詩〉中的第四首：丈夫要雄戟，更來宿紫庭，今者宅四海，誰復有不并。

67. 應璩〈詩〉中的第五首：郡國貪慕將，馳騁習弓戟，雖妙未更事，難用應卒迫。

68. 毌丘儉〈之遼東詩〉：憂責重山岳，誰能為我擔？

69. 毌丘儉〈在幽州詩〉：芒山邈悠悠，但見胡地埃。

70. 嵇康〈代秋胡歌詩〉中的第三首：勞謙寡悔，忠信可久安，勞謙寡悔，忠信可久安，天道害盈，好勝者殘，彊梁致災，多事招患，欲得安樂，獨有無愆，歌以言之，忠信可久安。

71. 阮籍〈詠懷詩〉中的第三十一首：駕言發魏都，南向望吹臺。簫管有遺音，梁王安在哉？戰士食糟糠，賢者處蒿萊。歌舞曲未終，秦兵已復來。夾林非吾有，朱宮生塵埃。軍敗華陽下，身竟為土灰。

72. 阮籍〈詠懷詩〉中的第三十八首：炎光延萬里。洪川蕩湍瀨。彎弓掛扶桑。長劍倚天外。泰山成砥礪。黃河為裳帶。視彼莊周子。榮枯何足賴。捐身棄中野。烏鳶作患害。豈若雄傑士。功名從此大。

73. 阮籍〈詠懷詩〉中的第三十九首：壯士何慷慨，志欲威八方，驅車遠行役，受命念自忘，良弓挾烏號，明甲有精光，臨難不顧生，身死魂飛揚，豈為全軀士，效命爭戰場，忠為百世榮，義使令名彰，垂身謝後世，氣節故有常。

74. 阮籍〈詠懷詩〉中的第四十二首：王業須良輔，建功俟英雄。元凱康哉美，多士頌聲隆。陰陽有舛錯，日月不常融。天時有否泰，人事多盈沖。園綺遯南嶽，伯陽隱西戎。保身念道真，榮耀焉足崇。人誰不善始，尠能克厥終。休哉上世士，萬載垂清風。

75. 阮籍〈詠懷詩〉中的第六十一首：少年學擊刺。妙伎過曲城。英風截雲霓。超世發奇聲。揮劍臨沙漠。飲馬九野坰，旗幟何翩翩，但聞金鼓鳴。軍旅令人悲。烈烈有哀情。念我平常時。悔恨從此生。

76. 阮籍〈詠懷詩〉中的第六十三首：多慮令志散，寂寞使心憂。翱翔觀陂澤，撫劍登輕舟。但願長閒暇，後歲復來遊。

77. 阮籍〈采薪者歌〉：日沒不周西，月出丹淵中。陽精蔽不見，陰光代為雄。亭亭在須臾，厭厭將復隆。離合雲霧兮，往來如飄風。富貴俯仰間，貧賤何必終。留侯起亡虜，威武赫荒夷。邵平封東陵，一旦為布衣。枝葉托根柢，死生同盛衰。得志從命升，失勢與時隤。寒暑代征邁，變化更相推。禍福無常主，何憂身無歸。推茲由斯理，負薪又何哀。

78.〈襄陽民為胡烈歌〉：美哉明后。雋哲惟嶷。陶廣乾坤。周孔是則。文武播暢。威振遐域。

79.〈軍中為夏侯淵語〉：典軍校尉夏侯淵。三日五百。六日一千。

80. 王粲〈太廟頌歌〉三章：思皇烈祖。時邁其德。肇啟洪源。貽燕我則。我休厥成。聿先厥道。丕顯丕欽。允時祖考。綏庶邦。和四宇。九功備。彝樂序。建崇牙。設璧羽。六佾奏。八音舉。昭大孝。衍妣祖。念武功，收純怙。於穆清廟。翼翼休徵。祁祁髦士。厥德允升。懷想成位。咸奔在宮。無思不若。允觀厥崇。

81. 王粲〈矛俞新福歌〉：漢初建國家。匡九州。蠻荊震服。五刃三革休。安不忘備武樂脩。宴我賓師。敬用御天。永樂無憂。子孫受百福。常與松喬遊。烝庶德。莫不咸歡柔。

82. 王粲〈弩俞新福歌〉：材官選士。劍弩錯陳，應桴蹈節・俯仰若神，綏我武烈，篤我淳仁，自東自西，莫不來賓。

83. 王粲〈安臺新福歌〉：武功既定，庶士咸綏，樂陳我廣庭，式宴賓與師，昭文德，宣武威，平九有，撫民黎，荷天寵，延壽尸，千載莫我違。

84. 王粲〈行辭新福歌〉：神武用師士素厲。仁恩廣覆。猛節橫逝。自古立功。莫我弘大。桓桓征四國。爰及海裔。漢國保長慶。垂祚延萬世。

85. 繆襲〈楚之平〉：楚之平。義兵征。神武奮。金鼓鳴。邁武德。揚洪名。漢室微。杜稷傾。皇道失。桓與靈。閹宦熾。群雄爭。邊韓起。亂金城。中國擾。無紀經。赫武皇。起旗旌。麾天下。天下平。濟九州。九州寧。創武功。武功成。越五帝。邈三王。興禮樂。定紀綱。普日月。齊輝光。

86. 繆襲〈戰滎陽〉：戰滎陽，汴水陂。戎士憤怒貫甲馳。陳未成，退徐滎。二萬騎塹壘平。戎馬傷，六軍驚。勢不集，眾幾傾。白日沒，時晦冥。顧中牟，心屏營。同盟疑，計無成。賴我武皇萬國寧。

87. 繆襲〈獲呂布〉：獲呂布。戮陳官。芟夷鯨鯢。驅騁群雄。囊括天下運掌中。

88. 繆襲〈克官渡〉：克紹官渡由白馬，僵屍流血被原野。賊眾如犬羊，王師尚寡沙塠傍。風飛揚，轉戰不利士卒傷。今日不勝後何望？土山地道不可當。卒勝大捷震冀方，屠城破邑，神武遂章。

89. 繆襲〈舊邦〉：舊邦蕭條心傷悲，孤魂翩翩當何依？遊士戀故涕如摧，兵起事大令願違。傳求親戚在者誰？立廟置後魂來歸。

90. 繆襲〈定武功〉：定武功，濟黃河，河水湯湯，旦暮有橫流波。袁氏欲衰，兄弟尋干戈。決漳水，水流滂沱。嗟城中如流魚，誰能復顧室家？計窮慮盡求來連和，和不時心中憂戚。賊眾內潰，君臣奔北。拔鄴城奄有魏國。王業艱難，覽觀古今，可為長歎。

91. 繆襲〈屠柳城〉：屠柳城，功誠難。越度攏塞路漫漫。北踰岡平，但聞悲風正酸。蹋頓授首，遂登白狼山，神武慹海外，永無北顧患。

92. 繆襲〈平南荊〉：南荊何遼遼。江漢濁不清，菁茅久不貢。王師赫南征，劉琮據襄陽。賊備屯樊城。六軍廬新野。金鼓震天庭。劉子面縛至。武皇許其成。許與其成撫其民。陶陶江漢間。普為大魏臣。大魏臣。向風思自新。思自新。齊功古人。在昔虞與唐。

大魏得與均。多選忠義士。為喉脣。天下一定。萬世無風塵。

93. 繆襲〈平關中〉：平關中，路向潼，濟濁水，立高墉，鬥韓馬，離群凶，選驍騎，縱兩翼，虜崩潰，級萬億。

94.〈百姓諺〉：死諸葛走生仲達。

95.〈孫亮初白鼉鳴童謠〉：白鼉鳴，龜背平，南郡城中可長生，守死不去義無成。

96. 韋昭〈炎精缺〉：炎精缺，漢道微，皇綱弛，政德違，眾姦熾，民罔依，赫武烈，越龍飛，陟天衢，耀靈威，鳴雷鼓，抗電麾，撫乾衡，鎮地機，厲虎旅，騁熊羆，發神聽，吐英奇，張角破，邊韓羈，宛潁平，南土綏，神武章，渥澤施，金聲震，仁風馳，顯高門，啟皇基，統罔極，垂將來。

97. 韋昭〈漢之季〉：漢之季，董卓亂，桓桓武烈應時運。義兵興，雲旗建，厲六師，羅八陣，飛鳴鏑，接白刃，輕騎發，介士奮，醜虜震，使眾散，劫漢主，遷西館，雄豪怒，元惡僨，赫赫皇祖功名聞。

98. 韋昭〈攄武師〉：攄武師。斬黃祖。攘夷凶族。革平西夏。炎炎大烈震天下。

99. 韋昭〈伐烏林〉：曹操北伐拔柳城。乘勝席捲遂南征。劉氏不睦。八郡震驚。眾既降。操屠荊。舟車十萬揚風聲。議者狐疑慮無成，賴我大皇發聖明，虎臣雄烈周與程，破操烏林。顯章功名。

100. 韋昭〈秋風〉：秋風揚沙塵。寒露沾衣裳，角弓持弦急。鳩鳥化為鷹。邊垂飛羽檄。寇賊侵界疆。跨馬披介胄。慷慨懷悲傷。辭親向長路，安知存與亡。窮達固有分。志士思立功。思立功。邀之戰場。身逸獲高賞。身沒有遺封。

101. 韋昭〈克皖城〉：克滅皖城遏寇賊。惡此凶孽阻姦慝。王師赫征眾傾覆。除穢去暴戢兵革。民得就農邊境息。誅君弔民昭至德。

102. 韋昭〈關背德〉：關背德。作鴟張，割我邑城圖不祥。稱兵北伐圍樊襄陽。嗟臂大於股。將受其殃。巍巍夫聖主。睿德與玄通。與玄通。親任呂蒙。泛舟洪汜池。溯涉長江。神武一何桓桓。聲烈正與風翔。歷撫江安城。大據郢邦。虜羽授首。百蠻咸來同。盛哉三比隆。

103. 韋昭〈通荊門〉：荊門限巫山。高竣與雲連。蠻夷阻其險。歷世懷不賓。漢王據蜀郡。崇好結和親。乖微中情疑。讒夫亂其間，大皇赫斯怒，虎臣勇氣震，蕩滌幽藪討不恭，觀兵揚炎耀，厲鋒整封疆，整封疆。闡揚威武容，功赫戲。洪烈炳章，邈矣帝皇世，聖吳同厥風，荒裔望清化，化恢弘，煌煌大吳，延祚永未央。

104. 韋昭〈章洪德〉：章洪德，邁威神。感殊風。懷遠鄰。平南裔。齊海濱。越棠貢。扶南臣。珍貨充庭。所見日新。

附錄三

飲食須知（節選）

元　賈銘

序

飲食藉以養生，而不知物性有相反相忌，叢然雜進，輕則五內不和，重則立興禍患，是養生者亦未嘗不害生也。歷觀諸家本草疏注，各物皆損益相半，令人莫可適從。茲專選其反忌，匯成一編，俾尊生者日用飲食中便于檢點耳。

華山老人識。

卷一　水火

天雨水味甘淡，性冷。豪雨不可用，淫雨及降注雨謂之潦水，味甘薄。

立春節雨水性有春升始生之氣。婦人不生育者，是日夫婦宜各飲一杯，可易得孕。取其發育萬物之義也。

梅雨水味甘性平。芒種後逢壬為入梅，小暑後逢壬為出梅，須淬入火炭解毒。此水入醬易熟，沾衣易爛，人受其氣生病，物受其氣生霉，忌用造酒醋。浣垢如灰汁，入梅葉煎湯洗衣霉，其斑乃脫。

液雨水立冬後十日為入液，至小雪為出液。百蟲飲此皆伏蟄，宜製殺蟲藥餌，又謂之藥雨。

臘雪水味甘性冷。冬至後第三戊為臘，密封陰處，數年不壞。用此水浸五穀種，則耐旱不生蟲。酒席間則蠅自去。淹藏一切果食永不蟲蛀。春雪日久則生蟲，不堪用。亦易敗壞。

冰味甘性大寒。止可浸物。若暑月食之，不過暫時爽快，入腹令寒熱相激，久必致病。因與時候相反，非所宜也。服黃連、胡黃連、大黃、巴豆者忌之。

露水味甘性涼。百花草上露皆堪用。秋露取之造酒，名秋露白，香洌最佳。凌霄花上露入目損明。

半天河水即竹籬頭及空樹穴中水也，久者防有蛇蟲毒。

屋漏水味苦性大寒，有大毒。誤飲生惡瘡。滴脯肉中，人誤食之，成瘕。又檐下雨水入菜有毒，亦勿誤食。

冬霜味甘性寒。收時用雞羽掃入瓶中，密封陰處，久留不壞。

冰雹水味鹹性冷，有毒。人食冰雹，必患瘟疫風癲之證。醬味不正，取一二升納瓮中，即還本味。

方諸水味甘性寒，一名明水。方諸以銅錫相半所造，謂之鑒燧之劑。非蚌、非金石。摩熱向月取之，得水二三合，似朝露。

千里水即遠來活水。從西來者，謂之東流水，味甘性平。順流水其性順遂而下流。急流水其性急速而下達。逆流水其性洄瀾倒逆而上行。勞水即揚泛水，又謂之甘瀾水。用流水二斗，置大盆中，以杓高揚千萬遍，有沸珠相聚，乃取煎藥。蓋水鹹而體重，勞之則甘而輕。

井水味有甘、淡、鹹之異，性涼。凡井水遠從地脈來者，為上。如城市人家稠密，溝渠污水雜入井中者，不可用。須煎滾澄清，候鹼穢下墜，取上面清水用之。如雨混濁須擂桃杏仁，連汁投入水中攪勻，片時則水清矣。

《易》曰：井泥不食，慎之。凡井以黑鉛為底，能清水散結，人飲之無疾。入丹砂鎮之，令人多壽。平旦第一汲為井華水，取天一真氣浮于水面，煎滋陰劑及煉丹藥用。阿井水味甘鹹，氣清性重。

節氣水一年二十四節氣，一節主半月。水之氣味隨之變遷，天地氣候相感，非疆域之分限。正月初一至十二日，以一日主一月。每旦取初汲水，瓶盛秤輕重，重則主此月雨多，輕則主此月雨少。立春清明二節貯水曰神水。宜製丸散藥酒，久留不壞。穀雨水取長江者良，以之造酒，儲久色紺味洌。端午日午時取水，合丹丸藥有效。五月五日午時有雨，急伐竹竿，中必有神水，瀝取為藥。小滿芒種白露三節內水，並有毒。造藥釀酒醋及一切食物，皆易敗壞。人飲之，亦生脾胃疾。立秋日五更井華水，長幼各飲一杯，卻瘧痢百病。寒露、冬至、小寒、大寒四節及臘日水，宜浸造滋補丹丸藥酒，與雪水同功。

山岩泉水味甘性寒。凡有黑土毒石惡草在上者勿用。瀑涌激湍之水，飲令人頸疾。昔潯陽，忽一日城中馬死數百，詢之，因雨瀉出山穀蛇蟲毒水，馬飲之而死。

乳穴水味甘性溫。秤之重于他水，煎之似鹽花起，此真乳穴液也。取飲與鐘乳石同功。山有玉而草木潤，近山人多壽，皆玉石津液之功所致。

溫泉味辛性熱。不可飲，下有硫黃作氣，浴之襲人肌膚。水熱者，可豬羊毛，能熟蛋。廬山有溫泉池，飽食方浴，虛人忌之。新安黃山朱砂泉，春時水即微 紅色，可煮茗。長安驪山石泉，不甚作氣。朱砂泉雖微紅，似雄黃而不熱。有砒石處湯泉，浴之有毒，慎之。

海水性涼，秋冬味鹹，春夏味淡。碧海水味鹹，性微溫，有小毒。夜行海中，撥之有火星者，鹹水也。其色碧，故名碧海。鹽膽水即鹽，味鹹苦，有大毒。凡六畜飲一合即死，人飲亦然。今人用之點豆腐，煮四黃物。服丹砂者忌之。

古塚中水性寒有毒，誤食殺人。糧罌中水，味辛有毒，乃古塚中食罌中水也。洗眼見鬼，多服令人心悶。

磨刀水洗手令生癬。

地漿掘地作坎，以新汲水沃攪令濁，少頃澄清。服之解中毒煩悶，及一切魚肉果菜菌毒。

漿水炊粟米熱投冷水中，浸五六日成此水，浸至敗者損人。同李食，令霍亂吐利。醉後飲，令失音。妊婦食之，令兒骨瘦，水漿尤不可多飲，令絕產。

齏水味酸鹹性涼。能吐痰飲宿食，婦人食多絕產。

甑氣水味甘鹹。知瘡所在，能引藥至患所。

熟湯煎百沸者佳。勿用滾熱湯漱口，損齒。病目人勿用熱湯沐浴，助熱昏目。凍僵人勿用熱湯濯手足，脫指甲。勿用銅器煎湯，人誤飲損聲。勿飲半滾水，令人發脹，損元氣。

生熟湯冷水滾湯相和者，又謂之陰陽水。凡人大醉及食瓜果過度，以生熟湯浸身，其湯皆作酒氣瓜果味。《博物志》云：浸至腰，食瓜可五十枚。至頸，則無限也。未知確否。

諸水有毒人感天地絪縕而產育，資稟山川之氣，相為流連，其美惡壽夭，亦相關涉。金石草木，尚隨水土之性，況人為萬物之靈乎？貪淫有泉，仙壽有井，載在往牒，必不我欺。《淮南子》云：土地各以類生人，是故山氣多男，澤氣多女，水氣多喑，風氣多聾，林氣多蔭，木氣多傴，下氣多，石氣多力，險氣多癭，暑氣多夭，寒氣多壽，穀氣多痺，丘氣多狂，廣氣多仁，陵氣多貪。堅土人剛，弱土人脆，壚土人大，沙土人細，息土人美，秏土人丑，輕土多利，重土多遲。清水音小，濁水音大，湍水人輕，遲水人重，皆應其類也。

又《河圖括地象》云：九州殊題，水泉剛弱各異，青州角徵會，其氣輕，人聲急，其泉酸以苦。梁州商徵接，其氣剛勇，人聲塞，其泉苦以辛。豫宮徵會，其氣平靜，人聲端，其泉甘以苦。雍冀商羽合，其氣壯烈，人聲捷，其泉甘以辛。人之形賦有濃薄，年壽有短長，由水土資養之不同，驗諸南北人物之可見。水之有毒而不可犯者，亦所當知。水中有赤脈不可斷，井中沸溢不可飲，三十步內取青石一塊投之，即止。古井、眢井不可入，有毒殺人，夏月陰氣在下尤忌。用雞毛試投，旋舞不下者有毒。投熱醋數斗，可入。古塚亦然。古井不可塞，令人聾盲。

陰地流泉有毒，二八月行人飲之，成瘴瘧，損腳力。澤中停水，五六月有魚鱉遺精，誤飲成瘕。沙河中水，欲之令人瘖。兩山夾水，其人多癭。流水有聲，其人多瘦。花瓶水誤飲殺人，臘梅尤甚。銅器內盛水過夜，不可飲。炊湯洗面，令人無顏色，洗體令人生癬，洗足令疼痛生瘡。銅器上汗誤食，生要疽。冷水沐頭，熱泔沐頭，並令頭風，女人尤忌。經宿水面有五色者，有毒，勿洗手。時病後浴冷水，損心胞。

盛暑浴冷水，令傷寒病。汗後入冷水，令人骨痺。產後當風洗浴，發病，多死。酒中飲冷水，令手戰。酒後飲冷茶湯，成酒癖。飲水便睡，成水癖。夏月遠行，勿以冷水洗足。冬月遠行，勿以熱水濯足。小兒就瓢瓶飲水，令語訥。

燧火人之資於火食者，疾病壽夭繫焉。四時鑽燧取新火，依歲氣而無亢。榆柳先百木而青，故春取之。杏棗之木心赤，故夏取之。柞之木理白，故秋取之。槐檀之木心黑，故冬取之。桑柘之木肌黃，故季夏取之。

桑柴火宜煎一切補藥，勿煮豬肉及鰍魚。不可炙艾，傷肌。

灶下灰火謂之伏龍屎，不可香祀神。

艾火宜用陽燧火珠承日取太陽真火，其次則鑽槐取火為良。若急卒難備，用真麻油燈或蠟燭火，以艾莖燒點於炷，滋潤炎瘡，至癒不痛也。其戛金擊石鑽燧八木之火，皆不可用。八木者，松火難瘥，柏火傷神多汗，桑火傷肌肉，柘火傷氣脈，棗火傷內吐血，橘火傷營衛經絡，榆火傷骨失志，竹火傷筋損目也。

卷二　穀類

粳米味甘，北粳涼、南粳溫。赤粳熱、白粳涼、晚白粳寒。新粳熱、陳粳涼。生性寒，熟性熱。新米乍食動風氣，陳米下氣易消，病患尤宜。同馬肉食發痼疾，同蒼耳食卒心痛，急燒倉米灰和蜜漿調服，不爾即死。大人小兒嗜生米者，成米瘕。飯落水缸內，久則腐，腐則發泡浮水面，誤食發惡瘡。黃粱米味甘性平，其穗大毛長，不耐水旱，名曰竹根黃。其香美過於諸粱。黃者出西洛，白者出東吳，青者出襄陽。白青二粱味甘性微寒。米味甘性溫。陳廩米年久者，其性涼，炒則溫。同馬肉食發痼疾。香稻米味甘性軟，其氣香甜。紅者謂之香紅蓮，其熟最早。晚者謂 之香稻米。

糯米味甘性溫。多食發熱，壅經絡之氣，令身軟筋緩。久食發心悸，及癰疽瘡癤中痛。同酒食之，令醉難醒。糯性粘滯難化，小兒病患更宜忌之。妊婦雜肉食 之，令子不利，生瘡疥、寸白蟲。馬食之，足重。小貓犬食之，腳屈不能行。人多食，令發風動氣，昏昏多睡。同雞肉、雞子食，生蛔蟲。食鴨肉傷者，多飲熱糯米泔可消。

稷米味甘性寒。關西謂之糜子米，又名 米。早熟清香，一名高粱，即黍之不黏者。多食發二十六種冷氣病。不可與瓠子同食，發冷病。但欲黍穰汁即瘥。又不可與附子、烏頭、天雄同服，勿合馬肉食。

黍米味甘性溫，即稷之黏者。黍有五種，多食閉氣。久食令人多熱煩，發痼疾，昏五臟，令人好睡，緩筋骨，絕血脈。小兒多食令久不能行。小貓犬食之，其腳屈。合葵菜食，成痼疾。合牛肉、白酒食，生寸白蟲。赤者浙人呼為紅蓮米，又謂之赤蝦米。丹黍米，味甘性微溫，多食難化。勿同蜂蜜及葵菜食。醉臥黍穰，令人生厲。

蜀黍味甘澀性溫。高碩如蘆荻，一名蘆粟。黏者與黍同功，種之可以濟荒，可以養畜。梢堪作，莖可織箔席、編籬、供爨。其穀殼浸水色紅，可以紅酒。《博物志》云：地種蜀黍，年久多蛇。玉蜀黍即番麥，味甘性平。

粟米味鹹性微寒，即小米也。生者難化，熟者滯氣，隔宿食，生蟲。胃冷者，不宜多食。粟浸水至敗者，損人。與杏仁同食，令人吐瀉。雁食粟，足重不能飛。能解小麥毒。

秫米味甘性微寒。即粟之粘者。久食壅五臟氣，動風迷悶。性黏滯，易成黃積病，小兒不宜多食。傷鵝鴨成瘕者，多飲秫米泔可消。

大麥味鹹性涼，為五穀之長，不動風氣，可久食。暴食似腳弱，為下氣也。熟則有益，生冷損人，炒食則動脾久。

小麥味甘，麥性涼、麵性熱、麩性冷、曲性溫。北麥日開花，無毒。南麥夜開花，有微毒。麵性壅熱，小動風氣，發丹石毒。多食長宿癖，加客氣。勿同粟米、枇杷食。凡食麵傷，以萊菔、漢椒消之。寒食日用紙袋盛麵懸風處，熱性皆去，數十年久留不壞，入藥尤良。新麥性熱，陳麥平和。服土茯苓、威靈仙、當歸者，忌濕麵。麩中洗出麵筋，味甘性涼，以油炒煎，則性熱矣。多食難化，小兒病患勿食。

蕎麥味甘性寒。脾胃虛寒者食之，大脫元氣，落眉發。多食難消，動風氣，令人頭眩。作麵和豬羊肉熱食，不過八九頓，即患熱風。鬚眉脫落，還生亦希。涇以北，人多此疾。勿同雉肉、黃魚食。與諸礬相反，近服蠟礬等丸藥者忌之。誤食令腹痛致死。蕎麥穰作，辟壁虱。

苦蕎麥味甘苦，性溫，有小毒。多食傷胃，發風動氣，能發諸病。黃疾人尤當忌之。

雀麥味甘性平。亦可救荒，充飢滑腸。

胡麻味甘性平。即黑脂麻。修製蒸之不熟，令人發落。泄瀉者勿食。

白芝麻味甘，生性寒、熟性熱、蒸熟者性溫。多食滑腸，抽人肌肉。霍亂及泄瀉者，勿食，其汁停久者，飲之發霍亂。

亞麻味甘性微溫，即壁虱胡麻也。其實亦可榨油點燈，但氣惡不可食。

大麻子仁味甘性平，即火麻子也。先藏地中者，食之殺人。多食損血脈，滑精氣，痿陽道。婦人多食，即發帶疾。食須去殼，殼有毒，而仁無毒也。

黑大豆味甘性平。煮食則涼，炒食則熱，作腐則寒，作豉則冷，造醬及生黃卷則平。牛食之溫，馬食之涼。多食發五臟結氣，令人體重。豬肉同食，令生內疾。小兒同炒豆、豬肉並食，令壅氣，腹痛難止，致死十有八九。年十歲以上者，不畏也。服蓖麻子者，忌炒黑豆，犯之，脹滿致死。服濃朴者忌之，動氣也。小黑豆，味甘苦性溫。

黃大豆味甘，生性溫、炒性熱，微毒。多食壅氣，生痰動嗽，發瘡疥，令人面黃體重。不可同豬肉食。小青豆、赤白豆性味相似，並不可與魚及羊肉同食。

赤豆味甘酸性平。同鯉魚食，令肝黃，成消渴。同米煮飯及作醬，食久發口瘡。驢食足輕，人食身重，以其逐精液，令肌瘦膚燥也。

赤小豆味甘辛，性平下行。不可同魚食，久服則降令太過，使津血滲泄，令人肌瘦身重。凡色赤者食之，助熱損人。豆粉能去衣上油跡。花名腐婢，解酒毒，食之令人多飲不醉。

綠豆味甘性寒。宜連皮用，去皮則令人少壅氣，蓋皮寒而肉平也。反榧子害人，合鯉魚食久，令人肝黃，成渴病。花解酒毒。

扁豆味甘性微溫。患冷氣及寒熱病者，勿食。

蠶豆味甘微辛，性平。多食滯氣成積，發脹作痛。

雲南豆味甘性溫，有毒。煮食味頗佳，多食令人寒熱，手足心發麻，急嚼生薑解之。此從雲南傳種，地土不同，不識製用，食之作病。

豇豆味甘鹹性平。水種者勿食。中鼠莽毒者，煮汁飲之即解。欲試其效，先刈鼠莽苗，以汁潑之，便根爛不生。

豌豆味甘性平，多食發氣病。薇，味甘性寒，即野豌豆。

御米味甘性平。多食利二便，動膀胱氣。此即罌粟子也。

薏苡仁味甘性微寒。因寒筋急，不可食用。以其性善走下也，妊婦食之墮胎。

蕨粉味甘性寒，生山中者有毒。多食令目暗鼻塞，落發弱陽。病患食之，令邪氣壅經絡筋骨。患冷氣人食之，令腹脹。小兒食之，令腳軟不能行。生食蕨粉，成蛇瘕，能消人陽事，非良物也。勿同莧菜食。

卷三　菜類

韭菜味辛微酸，性溫。春食香益人，夏食臭，冬食動宿飲，五月食之昏人乏力。冬天未出土者，名韭黃。窖中培出者，名黃芽韭。食之滯氣，蓋含抑鬱未伸之故也。經霜韭食之，令人吐。多食昏神暗目，酒後尤忌。有心腹痼冷病，食之加劇。熱病後十日食之，能發困。不可與蜂蜜及牛肉同食，成瘕。食韭口臭，啖諸糖可解。

蔥味辛，葉溫、根鬚平。正月食生蔥，令人面上起游風。多食令人虛氣上沖，損鬚髮，五臟閉絕，昏人神。為其生發，散開骨節，出汗之故也。生蔥同蜜食，作下利。燒蔥同蜜食，壅氣殺人。生蔥合棗食，令人臚脹。合雉肉雞肉、犬肉食，多令人病血。同雞子食，令氣短。勿同楊梅食。胡蔥久食傷神，令人多忘，損目明絕血脈，發痼疾，患狐臭。齒人食之轉甚。同青魚食，生蟲蛆。四月勿食胡蔥，令人氣喘多驚。服地黃、何首烏、常山者，忌食蔥、忌諸蔥。並與蜜相反。

小蒜味辛性溫，有小毒。其葉和煮食物，其根比大蒜頭小而瓣少。三月勿食，傷人志性。同魚膾雞子食，令人奪氣，陰核疼。腳氣風病患及時病後，忌食之。一云與蜜相反。生食增恚，熟時發淫，有損性靈也。

大蒜味辛性溫，有毒。生食傷肝氣，損目光，面無顏色，傷肺傷脾。生蒜合青魚、鯽魚食，令人腹內生瘡，腸中腫。又成疝瘕，發黃疾。合蜜食殺人。多食生痰，助火昏目。四八月食之傷神，令人喘悸。多食生蒜行房，損肝失色。凡服一切補藥及地黃、牡丹皮、何首烏者，忌之。能解蠱毒，消肉積。同雞肉食，令瀉痢。同雞子食，令氣促。勿同犬肉食。妊婦食之，令子目疾。

蕓苔菜味辛性溫，即今之油菜。多食發口齒痛，損陽道，發瘡疾，生蟲積。春月食之，發膝中痼冷。有腰腳病者，食之加劇。狐臭人並服補骨脂者，忌食之。

菘菜味甘性溫，即白菜。多食發皮膚瘙癢，胃寒人食多，令惡心吐沫作瀉。夏至前食多，發風動疾。有足病者忌食。藥中有甘草，忌食菘菜，令人病不除。北地無菘，彼人到南方，不勝地土之宜，遂病，忌菘菜。其性當作涼，生薑可解。服蒼、白朮者，忌之。

芥菜味辛性溫。多食昏目，動風發氣。同鯽魚食，患水腫。同兔肉、鱉肉食，成惡瘡病。有瘡瘍痔疾便血者，忌之。生食發丹石藥毒。細葉有毛者，害人。芥苔多食助火生痰，發瘡動血。酒後食多，緩人筋骨。芥子味辛性熱，多食動火昏目，泄氣傷精。勿同雞肉食。

莧菜味甘性冷利。多食發風動氣，令人煩悶，冷中損腹。凡脾胃泄瀉者勿食。同蕨粉食，生瘕。妊婦食之滑胎，臨月食之易產。不可與鱉同食，生鱉瘕。取鱉肉如豆大，以莧菜封裹，置土坑內，以土蓋之，一宿盡變成小鱉也。

菠菜味甘性冷滑。多食令人腳弱，發腰痛，動冷氣，先患腹冷者必破腹。不可與魚同食，發霍亂。北人食煤火薰炙肉面，食此則平。南人食濕熱魚米，食此則冷，令大小腸冷滑也。

萵苣菜味甘苦性冷，微毒。多食昏人目，痿陽道。患冷人不宜食。紫色者有毒，百蟲不敢近，蛇虺觸之，則目瞑不見物。人中其毒，以薑汁解之。

萊菔根辛甘，葉微苦，性溫，即蘿蔔。能解豆腐、面毒。不可與地黃同食，令人髮白。多食動氣，生薑可解。服何首烏諸補藥忌食。

胡蘿蔔味甘辛，性微溫。有益無損，宜食。

芫荽味辛性溫，微毒，即胡荽。多食傷神健忘出汗，有狐臭、口氣、齒、腳氣、金瘡者，並不可食。久病患食之腳軟。同斜蒿食，令人汗臭難瘥，根發痼疾。凡服一切補藥及白朮、牡丹皮者，忌之。勿同豬肉食。妊婦食之，令子難產。

茄子味甘淡性寒，有小毒。多食動風氣，發痼疾及瘡疥。虛寒、脾胃弱者勿食，諸病患莫食，患冷人尤忌。秋後食茄損目，同大蒜食，發痔漏。多食腹痛下利，女人能傷子宮無孕。蔬中唯此無益。

芋艿味辛甘性平滑，有小毒。生則味有毒，不可食。性滑下利，服餌家所忌。多食困脾，動宿冷滯氣，難克化。紫芋破氣。野芋形葉與家芋相似，有大毒，能殺人。誤食煩悶垂死者，以土漿及糞清大豆汁解之。

山藥味甘性溫平。同鯽魚食，不益人。同麵食動氣。入藥忌鐵器。甘味甘性平。

茼蒿味甘辛性平。多食動風氣，薰人心，令氣滿。

馬齒莧味酸性寒滑。一名九頭獅子草，俗名醬瓣草。一種葉大者忌食。妊婦食之，令墮胎。

葵菜味甘性寒。為百菜之長，解丹石毒。性冷滑利，胃寒泄瀉者勿食。同黍米食，同鯉魚及魚食，並害人。時病後食之，令目暗。勿同沙糖食。妊婦食之，令胎滑。其菜心有毒，忌食。葉尤冷利，不可多食。莖赤葉黃者勿食。生葵發宿疾，與百藥相忌。蜀葵苗亦可食，但久食鈍人志性。被犬嚙者，食之即發，永不瘥也。合豬肉食，令人無顏色。食蒜葵須用蒜，無蒜勿食之。葵性雖冷，若熱食之，令人熱悶動風氣。四月勿食，發宿疾。

芹菜味辛甘性平。殺丹石毒。和醋食損齒，有鱉瘕人不可食。春秋二時，宜防蛇虺遺精，誤食令面手發青，胸腹脹痛，成蛟龍 。服糖二三，日三度，吐出 便瘥。種近水澤者良，高田生者勿用。一種赤芹有毒，忌食。

水芹味辛甘性平。生地上者名旱芹，其性滑利。一種黃花者有毒殺人，即毛芹也。赤芹生於水濱，狀類赤芍藥，其葉深綠，而背甚赤。其性溫，味酸有毒。胡芹生卑濕地，三四月生苗，一本叢出如蒿，白毛蒙茸，嫩時可茹。其味甘辛性溫。蛇喜嗜芹，春夏之交，防遺精於上，誤食成蛟龍瘕。和醋食，令人損齒。忌同芹菜。

茭白味甘淡，性冷滑。多食令下焦冷。同生菜蜂蜜食，發痼疾，損陽道。服巴豆人忌之。

蕪菁味辛苦，性溫，即諸葛菜。北地尤多，春食苗，夏食心，秋食莖，冬食根。多食動風氣。菜味甘苦，性寒滑，即紅菜頭。一名菜，道家忌之。其莖燒灰淋汁洗衣，白如玉色。胃寒人食之，動氣發瀉。先患腹冷人食之，必破腹。

苜蓿味苦澀性平。多食令冷氣入筋中，即瘦人。同蜜食，令人下痢。

落癸葉味酸性寒滑，即胭脂菜。脾冷人不可食，曾被犬嚙者食之，終身不瘥。

白花菜味苦辛，性涼。一名羊角菜。多食動風氣，滯臟腑，困脾發悶，不可與豬心肺同食。

紅花菜味甘性平。妊婦忌食。黃花菜，味甘性涼，一名萱花。

蕹菜味甘性平。難產婦人宜食。解野葛毒，取汁滴野葛苗，當時萎死。

薺菜味甘性溫。取其莖作挑燈杖，可辟蚊蛾，謂之護生草。其子名食，味甘性平，飢歲採之，水調成塊，煮粥其粘滑。患氣病患食之，動冷氣，不與面同食，令人背悶。服丹石人不可食。

蘩蔞味酸性平。一名鵝腸菜。同魚食，發消渴病，令人健忘。性能去惡血，不可久食，恐血盡也。

蕺菜味辛性微溫，有小毒。一名魚腥草。多食令人氣喘。小兒食之，三歲不行，便覺腳痛。素有腳氣人食之，一世不愈。久食發虛弱，損陽氣，消精髓。

蒲公英味甘性溫。嫩苗可食，解食毒，一名黃花地丁草。

翹搖味辛性平，即野蠶豆。生食令人吐水

枸杞苗味甘苦性寒。解面毒，與乳酪相反。

甘菊苗味甘微苦，性涼。生熟可食。真菊延齡。野菊食之，傷胃瀉人。

綠豆芽菜味甘性涼。但受鬱抑之氣所生，多食發瘡動氣。

竹味甘性微寒。諸竹皆發冷血及氣，多食難化困脾，小兒食多成瘕。同羊肝食，令人目盲。勿同沙糖食。味難食，多食發風動氣作脹。淡竹，多食發背悶腳氣。刺竹有小毒，食之落人發。箭竹，性硬難化，小兒勿食。桃竹，味苦有小毒，南人謂之黃，灰汁煮之可食，不爾戟人喉。酸出粵南，用沸湯泡去苦水，投冷井水中浸二三日取出，縷如絲繩，醋煮可食。凡煮少入薄荷食鹽，則味不，或以灰湯煮過，再煮乃佳。蘆忌巴豆，乾忌沙糖、魚、羊心肝，食傷，用香油、生薑解之。

冬瓜味甘淡性寒。經霜後食良。陽臟人食之肥，陰臟人食之瘦。煮食能練五臟，為下氣也。冷者食之瘦人。九月食之，令人反胃。陰虛久病及反胃者，並忌食之。白瓜子久食寒中。

南瓜味甘性溫。多食發腳氣黃膽。同羊肉食，令人氣壅。忌與豬肝、赤豆、蕎麥麵同食。

菜瓜味甘淡性寒。時病後不可食。同牛乳魚食，並成疾。生食冷中動氣，食心痛臍下結。多食令人虛弱不能行，小兒尤甚。發瘡疥。空心生食，令胃脘痛。菜瓜能暗人耳目，觀驢馬食之，即眼爛，可知其性矣。

黃瓜味甘淡，性寒，有小毒。多食損陰血，發瘧病，生瘡疥，積瘀熱，發疰氣，令人虛熱上逆。患腳氣虛腫及諸病時疫之後，不可食。小兒尤忌，滑中生疳蟲。勿多用醋，宜少和生薑，製其水氣。

絲瓜味甘性冷。多食令痿陽事，滑精氣。

木耳味甘性平，有小毒。惡蛇蟲從下過者，有大毒。楓木上生者，食之令人笑不止。採歸色變者、夜視有光者、欲爛不生蟲者、赤色及仰生者，並有毒不可食。唯桑槐榆柳樹上生者良，柘木者次之。其餘樹生者，動風氣，發痼疾，令人肋下急 損絡背膊悶。不可合雉肉、野鴨、鵪鶉食，中其毒者，生搗冬瓜蔓汁並地漿可解。

龍鬚菜味甘性寒。患冷氣人勿食。

紫菜味甘鹹性寒。多食令人發氣腹痛，有冷積者食之，令吐白沫。飲熱醋少許可解。其中防小螺螄損人，須揀淨用。凡海菜皆然。石〇味甘性平，似紫菜而 色青。凡海菜忌甘草。

海帶味甘鹹性寒滑。不可與甘草同食。

海苔味甘鹹性寒。多食發瘡疥，令人痿黃少血色。

附錄四

素問上古天真論篇1

養生的法則及重要意義

昔在黃帝，生而神靈，弱而能言，幼兒徇齊，長而敦敦，成而登天。乃問於天師曰：余聞上古之人，春秋皆度百歲，而動作不衰；今時之人，年半百而動作皆衰者，時世異耶？人將失之耶？歧伯對曰：上古之人，其知道者，法於陰陽，和於術數，食飲有節，起居有常，不妄作勞，故能形與神俱，而盡終其天年，度百歲乃去。今時之人不然也，以酒為漿，以妄為常，醉以入房，以欲竭其精，以耗散其真，不知持滿，不時御神，務快其心，逆於生樂，起居無節，故半百而衰也。

夫上古聖人之教下也，皆謂之：虛邪賊風，避之有時，恬淡虛無，真氣從之，精神內守，病安從來！是以志閒而少欲，心安而不懼，形勞而不倦，氣從以順，各從所欲，皆得所願。故美其食，任其服，樂其俗，高下不相慕，其民故曰朴。是以嗜欲不能勞其目，淫邪不能惑其心。愚、智、賢、不肖，不懼於物，故合於道。所以能年皆度百歲而動作不衰者，以其德全不危也。

腎氣與人體生命意義

帝曰：人年老而無子者，材力盡耶？將天數然也？歧伯曰：女子七歲，腎氣盛，齒更髮長；二七而天癸至，任脈通，太衝脈盛，月事以時下，故有子；三七，腎氣平均，故真牙生而長極；四七，筋骨堅，髮長極，身體盛壯；五七，陽明脈衰，面始焦，髮始墮；六七，三陽脈衰於上，面皆焦，髮始白；七七，任脈虛，太衝脈衰少，天癸竭，地道不通，故形壞而無子也。

丈夫八歲，腎氣實，髮長齒更；二八，腎氣盛，天癸至，精氣溢瀉，陰陽和，故能有子；三八，腎氣平均，筋骨勁強，故真牙生而長極；四八，筋骨隆盛，肌肉滿壯；五八，腎氣衰，髮墮齒槁；六八，陽氣衰竭於上，面焦，髮鬢斑白；七八，肝氣衰，筋不能動；八八，天癸竭，精少，腎藏衰，形體皆極，則齒髮去。腎者主水，受五臟六腑之精而藏之，故五藏盛乃能瀉。今五藏皆衰，筋骨解墮，天癸盡矣，故髮鬢白，身體重，行步不正而無子耳。

帝曰：有其年已老而有子者何也？歧伯曰：此其天壽過度，氣脈常通，而腎氣有餘也。此雖有子，男不過盡八八，女不過盡七七，而天地之精氣皆竭矣。

帝曰：夫道者，年皆百數，能有子乎？歧伯曰：夫道者，能卻老而全形，身年雖壽，能生子也。

養生程度不同，其壽命亦異

黃帝曰：余聞上古有真人者，提挈天地，把握陰陽，呼吸精氣，獨立守神，肌肉若一，故能壽敝天地，無有終時，此其道生。

中古之時，有至人者，淳德全道，和於陰陽，調於四時，去世離俗，積精全神，游行天地之間，視聽八達之外，此蓋益其壽命而強者也，亦歸於真人。

其次有聖人者，處天地之和，從八風之理；適嗜欲於世俗之間，無恚嗔之心，行不欲離於世，被服章，舉不欲觀於俗，外不勞形於事，內無思想之患，以恬愉為務，以自得為功，形體不敝，精神不散，亦可以百數。

其次有賢人者，法則天地，象似日月，辯列星辰，逆從陰陽，分別四時，將從上古，合同於道，亦可使益壽而有極時。

附錄五
神農本草經上品品目

卷上：上品

玉石　上品（十八種）

1. 丹沙
2. 雲母
3. 玉泉
4. 石鐘乳
5. 涅石
6. 硝石
7. 朴硝
8. 滑石
9. 石膽
10. 空青
11. 曾青
12. 禹余糧
13. 太乙餘糧
14. 白石英
15. 紫石英
16. 五色石脂
17. 白青
18. 扁青

草　上品（七十二種）

1. 菖蒲
2. 鞠華
3. 人參
4. 天門冬
5. 甘草
6. 乾地黃
7. 朮
8. 菟絲子
9. 牛膝
10. 茺蔚子
11. 女萎
12. 防葵
13. 柴胡
14. 麥門冬
15. 獨活
16. 車前子
17. 木香
18. 薯蕷
19. 薏苡仁
20. 澤瀉
21. 遠志
22. 龍膽
23. 細辛
24. 石斛
25. 巴戟天
26. 白英
27. 白蒿
28. 赤箭
29. 奄閭子
30. 析子
31. 蓍實
32. 赤芝
33. 青芝
34. 白芝
35. 黃芝
36. 紫芝
37. 卷柏
38. 藍實
39. 芎
40. 蘼蕪

41. 黃連
42. 絡石
43. 蒺藜子
44. 黃
45. 肉蓯蓉
46. 防風
47. 蒲黃
48. 香蒲
49. 續斷
50. 漏蘆
51. 營實
52. 天名精
53. 決明子
54. 丹參
55. 茜根
56. 飛廉
57. 五味子
58. 旋華
59. 蘭草
60. 蛇床子
61. 地膚子
62. 景天
63. 茵陳
64. 杜若
65. 沙參
66. 白兔藿
67. 徐長卿
68. 石龍芻
69. 薇銜
70. 雲實
71. 王不留行
72. 升麻
1. 青
2. 姑活
3. 別羈
4. 屈草
5. 淮木

木　上品（二十種）

1. 牡桂
2. 菌桂
3. 松脂
4. 槐實
5. 枸杞
6. 柏實
7. 茯苓
8. 榆皮
9. 酸棗
10. 柏木
11. 干漆
12. 五加皮
13. 蔓荊實
14. 辛夷
15. 桑上寄生
16. 杜仲
17. 女貞實
18. 木蘭
19. 蕤核
20. 橘柚

人　上品（一種）

1. 髮皮

獸　上品（六種）

1. 龍骨
2. 麝香
3. 牛黃
4. 熊脂
5. 白膠
6. 阿膠

禽　上品（兩種）

1. 丹雄雞
2. 雁肪

蟲魚　上品（十一種）

1. 石蜜
2. 蜂子

3. 蜜蠟
4. 牡蠣
5. 龜甲
6. 桑螵蛸
7. 海蛤
8. 文蛤
9. 蠡魚
10. 鯉魚膽
11.

果　上品（五種）

1. 藕實莖
2. 大棗
3. 葡萄
4. 蓬
5. 雞頭實

米穀　上品（兩種）

1. 胡麻
2. 麻賁

菜　上品（五種）

1. 冬葵子
2. 莧實
3. 瓜蒂
4. 瓜子
5. 苦菜

參考文獻

（按照作者姓名筆畫排列）

一　書籍類

（一）文學類

丁仲祜　《全漢三國晉南北朝詩》　臺北市　藝文印書館　1983年

丁金域　《承先啟後的曹子建詩》　臺中市　永吉出版社　1981年

中華文化復興運動推行委員會　《中國文學講話　（五）魏晉南北朝文學》　臺北市　巨流出版社　1985年

孔安國注　孔穎達正義《重刊宋本尚書注疏附校勘記》　臺北市　藍燈出版社　嘉慶二十年江西南昌府學開雕

毛亨傳　鄭玄箋　孔穎達正義　《重刊宋本詩經注疏附校勘記》　臺北市　藍燈出版社　嘉慶二十年江西南昌府學開雕

王幼安　《蕙風詞話人間詞話》　臺北市　河洛出版社　1975年

王先謙　《漢鐃歌釋文箋正》　臺北市　藝文印書館　1974年

王志健　《文學論》　臺北市　正中書局　1987年

王初慶等著　《兩漢文學學術研討論文集》　臺北市　華嚴出版社　1995年

王國維　《人間詞話》　臺北市　天龍出版社　1981年

王　弼　《老子帛書老子》　臺北市　學海出版社　1994年

王　弼　韓康伯注　孔穎達正義　《重刊宋本易經注疏附校勘記》　臺北市　藍燈出版社　嘉慶二十年江西南昌府學開雕

王景霓　湯擎民　鄭孟彤編著　《漢魏六朝詩譯釋》　哈爾濱市　黑龍江人民出版社　1983年

王雲路　《漢魏六朝詩歌語言論稿》　西安市　陝西人民教育出版社　1997年
———　《六朝詩歌語詞研究》　哈爾濱市　黑龍江教育出版社　1999年
王運熙　王國安　《漢魏六朝樂府詩評注》　濟南市　齊魯書社　2000年
王夢鷗　《禮記選注》　臺北市　正中書局　1993年
———　《文心雕龍》　臺北市　時報文化出版企業公司　1994年
王維輝　《東漢至隋常用詞演變研究》　南京市　南京大學　2000年
王　謨　《增訂漢魏叢書》　臺北市　大化書局　1791年。
王　巍　《建安文學概論》　瀋陽市　遼寧教育出版社　2000年
王　巍、李文祿主編　《建安詩文鑑賞辭典》　長春市　東北師範大學　1994年
古遠清　《詩歌分類學》　高雄市　復文圖書出版社　1991年
史蒂文·科恩　琳達·夏爾斯著　張方譯　《講故事：對敘事虛構作品的理論分析》　板橋市　駱駝出版社　1997年
左丘明著　竹添光鴻會箋　《左傳會箋》　臺北市　天工出版社　1993年
皮錫瑞　《增註經學歷史》　臺北市　藝文印書館　2000年
伍蠡甫、林驤華編著　《現代西方文論選》　臺北市　書林出版社　1994年
安井小太郎等著　連清吉　林慶彰譯　《經學史》　臺北市　萬卷樓圖書公司　1996年
朱自清　《經典常談》　臺北市　漢京文化出版社　1983年
衣殿臣　黃益庸　《歷代愛國詩》　北京市　大眾文藝出版社　1998年
何休注　徐彥疏　《重刊宋本春秋公羊傳注疏附校勘記》　臺北市　藍燈出版社　嘉慶二十年江西南昌府學開雕
何晏集解　邢昺疏　《重刊宋本論語注疏附校勘記》　臺北市　藍燈出版社　嘉慶二十年江西南昌府學開雕

何寄澎 《總是玉關情：唐代邊塞詩初探》 臺北市 聯經出版社 1978年
余冠英選注 《漢魏六潮詩選》 北京市 人民文學出版社 1997年
余培林注譯 《新譯老子讀本》 臺北市 三民書局 1973年
余培林 《詩經正詁》 臺北市 三民書局 1993年
——— 《新譯老子讀本》 臺北市 三民書局 1997年
吳承恩 《西遊記》 臺南市 利大出版社 1985年
吳景旭著 《歷代詩話》 北京市 京華出版社 1998年
呂慧鵑、劉波、盧達編 《中國歷代名著文學家評傳》 濟南市 山東教育出版社 1997年
更生選注 《歷代邊塞軍旅詩》 北京市 華夏出版社 2000年
李元洛 《詩美學》 臺北市 東大圖書出版社 1990年
李文初 《漢魏六朝文學研究》 廣州市 廣東人民出版社 2000年
李曰剛 《中國文學史》 臺北市 白雲書屋 1978
——— 《中國文學流變史 詩歌編》 臺北市 聯貫出版社 1983年
李石曾 《世界文學大系》 臺北市 各大出版社 1961年
李俊清譯註 《艾略特的荒原》 臺北市 書林出版社 1992年
李建中 《魏晉文學與魏晉人格》 武漢市 湖北教育出版社 1998年
李暉、于非 《歷代賦譯釋》 哈爾濱市 黑龍江人民出版社 1997年
李學勤 《古文字學初階》 北京市 中華書局 1997年
李鍌、邱燮、陳滿銘、劉正浩等編譯 《新譯四書讀本》 臺北市 三民書局 1981年
李寶均 《曹氏父子與建安文學》 臺北市 萬卷樓圖書公司 1991年
杜預注 孔穎達正義 《重刊宋本春秋左氏傳注疏附校勘記》 臺北市 藍燈出版社 嘉慶二十年江西南昌府學開雕
沈德潛選註 《唐詩別裁》 臺北市 臺灣商務印書館 1956年

汪　中《樂府詩選注》臺北市　學海出版社　1979年
汪超宏《六朝詩歌》北京市　文化藝術出版社　1998年
周振甫《文章例話》臺北市　五南書局　1994年
季旭昇《詩經古義新證》臺北市　文史哲出版社　1994年
林　尹《訓詁學概要》臺北市　正中書局　1994年
———《文字學概說》臺北市　正中書局　1996年
林尹著　林炯陽注釋《中國聲韻學通論》臺北市　黎明文化出版社　1995年
林家驪《新譯阮籍詩文集》臺北市　三民書局　2001年
林慶彰編《中國經學史論文選集》臺北市　文史哲出版社　1992年
武秀成譯注《嵇康詩文》臺北市　錦繡出版社　1993年
邱英生　高爽編著《三曹詩譯釋》哈爾濱市　黑龍江人民出版社　1982年
邱燮友註譯《新譯唐詩三百首》臺北市　三民書局　1990年
邱鎮京《阮籍詩研究》臺北市　文津出版社　1979年
施正康編著《漢魏詩選》上海市　上海書店出版社　1994年
洪順隆《抒情與敘事》臺北市　黎明文化事業公司　1998年
洪　讚《唐代戰爭詩研究》臺北市　文史哲出版社　1987年
胡國瑞《魏晉南北朝文學史》上海市　上海文藝出版社　1980年
胡樸安《中國文字學史》臺北市　臺灣商務印書館　1992年
范寧注　楊士勛疏《重刊宋本春秋穀梁傳注疏附校勘記》臺北市　藍燈出版社　嘉慶二十年江西南昌府學開雕
韋勒克等著　王夢鷗、許國衡著譯《文學論：文學研究方法論》臺北市　志文出版社　1976年
倪其心譯注《阮籍詩文》臺北市　錦繡出版社　1993年
唐玄宗注　邢昺疏《重刊宋本孝經注疏附校勘記》臺北市　藍燈出

版社　嘉慶二十年江西南昌府學開雕
唐　蘭　《古文字學導論》　臺北市　學海出版社　1986年
孫明君　《三曹與中國詩史》　臺北市　商鼎文化出版社　1996年
孫善甫校訂　《中國文化基本教材論語孟子》　臺北市　東華書院　1987年
孫鐵剛編撰　《諸侯爭盟記：左傳》　臺北市　時報文化出版企業公司　1983年
徐公持　《阮籍與嵇康》　臺北市　國文天地雜誌社　1991年
———　《魏晉文學史》　北京市　人民文學出版社　1999年
柴棲鷲　《中國歷代文學思想家生卒年代一覽表》　臺北市　北方出版社　1993年
殷義祥譯注　《三曹詩》　臺北市　錦繡出版社　1993年
袁行霈主編　《歷代名篇鑑賞集成》　臺北市　五南書局　1993年
馬宗霍　《中國經學史》　臺北市　臺灣商務印書館　1972年
高辛勇　《形名學與敘事理論：結構主義的小說分析法》　臺北市　聯經出版社　1987年
高海夫　金性堯主編　《古詩漢魏六朝新賞：阮籍》　臺北市　地球出版社　1993年
———　《古詩漢魏六朝新賞：曹丕等九人》　臺北市　地球出版社　1993年
張世祿　《中國音韻學史》　臺北市　商務印書館　2000年
張松如主編　《中國詩歌美學史》　長春市　吉林大學　1994年
張春榮　《一把文學的梯子》　臺北市　爾雅出版社　1993年
張榮芳　《通典》　臺北市　時報文化出版企業公司　1987年
張爾岐　《儀禮鄭注句讀》　臺北市　學海出版社　1981年
張澍輯　方家常譯注　《諸葛亮文集全譯》　貴陽市　貴州人民出版

社　1997年
魏曹丕著　譯健賢議注　《魏文帝集全譯》　貴陽市　貴州人民出版社　1998年
曹道衡、沈玉成編撰　《中國文學家大辭典》　北京市　中華書局　1996年
曹鴻昭譯　《伊尼亞斯逃亡記》　臺北市　聯經出版社　1986年
梁啟超　《中國之美文及其歷史》　臺北市　臺灣中華書局　1980年
———　《中國韻文裏頭所表現的感情》　臺北市　臺灣中華書局　1983年
清聖祖敕撰　《佩文韻府》　臺北市　臺灣商務印書館　1966年
許敏申　《《說文解字》與中國古文字學》　上海市　復旦大學出版社　1999年
許慎撰　段玉裁注　魯實先正補　《說文解字注》　臺北市　黎明文化事業公司　1993年
許德楠　李鼎霞選注　《漢魏六朝詩詩文卷》　北京市　京華出版社　1998年
許錟輝　《文字學簡編》　臺北市　萬卷樓圖書公司　2001年
宋郭茂倩　《樂府詩集》　臺北市　里仁出版社　1999年
郭振鐸　《插圖本中國文學史》　臺北市　莊嚴出版社　1991年
郭璞注　邢丙疏　《重刊宋本爾雅注疏附校勘記》　臺北市　藍燈出版社　嘉慶二十年江西南昌府學開雕
陳大齊　《論語臆解》　臺北市　臺灣商務印書館　1968年
陳友冰　《漢魏六朝樂府賞析》　合肥市　安徽文藝出版社　1999年
陳昌明　《緣情文學觀》　臺北市　臺灣書店　1999年
陳桂珠　《才高八斗曹子建》　臺北市　莊嚴出版社　1984年
宋陳彭年等重修　林尹校訂　《新校正切宋本廣韻》　臺北市　黎明文

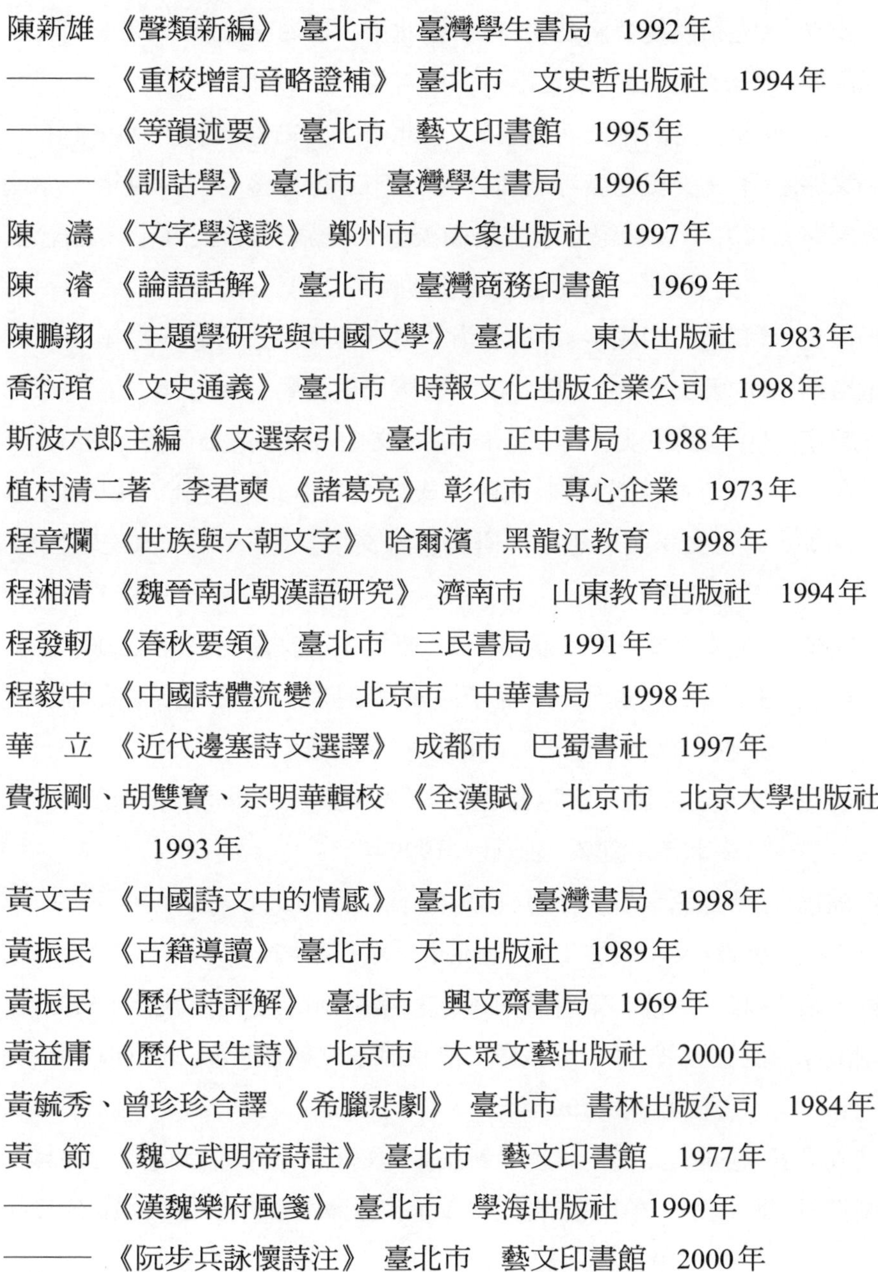

　　　　化事業公司　1995年

陳新雄　《聲類新編》　臺北市　臺灣學生書局　1992年

———　《重校增訂音略證補》　臺北市　文史哲出版社　1994年

———　《等韻述要》　臺北市　藝文印書館　1995年

———　《訓詁學》　臺北市　臺灣學生書局　1996年

陳　濤　《文字學淺談》　鄭州市　大象出版社　1997年

陳　濬　《論語話解》　臺北市　臺灣商務印書館　1969年

陳鵬翔　《主題學研究與中國文學》　臺北市　東大出版社　1983年

喬衍琯　《文史通義》　臺北市　時報文化出版企業公司　1998年

斯波六郎主編　《文選索引》　臺北市　正中書局　1988年

植村清二著　李君奭　《諸葛亮》　彰化市　專心企業　1973年

程章燦　《世族與六朝文字》　哈爾濱　黑龍江教育　1998年

程湘清　《魏晉南北朝漢語研究》　濟南市　山東教育出版社　1994年

程發軔　《春秋要領》　臺北市　三民書局　1991年

程毅中　《中國詩體流變》　北京市　中華書局　1998年

華　立　《近代邊塞詩文選譯》　成都市　巴蜀書社　1997年

費振剛、胡雙寶、宗明華輯校　《全漢賦》　北京市　北京大學出版社　1993年

黃文吉　《中國詩文中的情感》　臺北市　臺灣書局　1998年

黃振民　《古籍導讀》　臺北市　天工出版社　1989年

黃振民　《歷代詩評解》　臺北市　興文齋書局　1969年

黃益庸　《歷代民生詩》　北京市　大眾文藝出版社　2000年

黃毓秀、曾珍珍合譯　《希臘悲劇》　臺北市　書林出版公司　1984年

黃　節　《魏文武明帝詩註》　臺北市　藝文印書館　1977年

———　《漢魏樂府風箋》　臺北市　學海出版社　1990年

———　《阮步兵詠懷詩注》　臺北市　藝文印書館　2000年

黃錦鋐　《新譯莊子讀本》　臺北市　三民書局　1997年
逯欽立　《先秦漢魏晉南北朝詩》　臺北市　學海出版社　1991年
楊昌年　《現代小說》　臺北市　三民書局　1997年
———　《現代詩的創作與欣賞》　臺北市　文史哲出版社　1991年
楊家駱主編　《文史通義等三種》　臺北市　世界書局　1989年
楊家駱教授九十冥誕紀念論文集編委會　《楊家駱教授九十冥誕紀念論文集》　臺北市　萬卷樓圖書公司　2001年
楊振良　《有趣的中國字》　臺北市　萬卷樓圖書公司　1992年
葉慶炳　《中國文學史》　臺北市　臺灣學生書局　1987年
葛賢寧　《中國詩歌史》　臺北市　中華文化出版事業委員會　1951年
廖美玉　〈文心曹植說〉　收入國立成功大學中文系編輯　《魏晉南北朝文學與思想學術研討會論文集》　臺北市　文史哲出版社　1991年
廖國棟　《建安辭賦之傳承與拓新》　臺北市　文津出版社　2000年
趙岐注　孫奭疏　《重刊宋本孟子注疏附校勘記》　臺北市　藍燈出版社　嘉慶二十年江西南昌府學開雕
趙昌平、李夢生主編　倉陽卿選譯　《先秦漢魏六朝詩三百首新譯》　臺北市　建安出版社　1999年
齊滬揚　《傳播語言學》　鄭州市　河南人民出版社　2000年
劉大杰　《中國文學發展史》　臺北市　華正書局　1994年
劉玉耀　《雅的俗情：樂府詩與民歌》　瀋陽市　遼海出版社　1998年
劉洪澤　劉韜等著　《中國戰書：歷代戰爭文書賞析》　北京市　解放軍出版社　1997年
劉義慶著　吳紹志註譯　《世說新語》　臺南市　西北出版社　1994年
劉勰著　陸侃如、牟世金譯注　《文心雕龍譯注》　臺北市　建安出版社　1997年

蔣伯潛編著 《校讎目錄學纂要》 臺北市 正中書局 1982年
鄭玄注 孔穎達正義 《重刊宋本禮記注疏附校勘記》 臺北市 藍燈出版社 嘉慶二十年江西南昌府學開雕
鄭明娳 《西遊記探原》 臺北市 文開文化出版社 1982年
鄭康成 《禮記鄭注》 臺北市 學海出版社 1992年
鄭騫校訂 顏崑陽選註 《平林新月》 臺北市 時報文化出版企業公司 1996年
澤田總清著 王鶴儀編譯 《中國韻文史》 臺北市 臺灣商務印書館 1984年
蕭 統 《文選》 臺北市 藝文印書館 1991年
蕭滌非 《漢魏六朝樂府文學史》 臺北市 長安出版社 1980年
錢志熙 《漢魏樂府的音樂與詩》 鄭州市 大象出版社 2000年
錢基博 《讀莊子天下篇舒記》 臺北市 臺灣商務印書館 1967年
駱鴻凱 《文選學》 臺北市 華正書局 1989年
龍宇純 《韻鏡校注》 臺北市 藝文印書館 1994年
龍沐勛 《唐宋詞格律》 臺北市 里仁書局 1995年
龍沫勛 《中國韻文史》 臺北市 洪氏出版社 1974年
繆天華 《離騷九歌九章淺釋》 臺北市 東大圖書公司 1992年
鍾優民 《中國詩歌史：魏晉南北朝》 高雄市 麗文文化事業公司 1994年
鍾嶸著 徐達譯注 《詩品》 臺北市 地球出版社 1994年
豐華瞻 《中西詩歌比較》 臺北市 新學識文教出版中心 1993年
顏元叔著 《英國文學：中古時期》 臺北市 書林出版公司 1993年
顏元叔譯 《莎士比亞通論：歷史劇》 臺北市 書林出版公司 1995年
——— 《莎士比亞通論：悲劇》 臺北市 書林出版公司 1997年
顏邦逸、王連生、劉玉耀 《詩淵歌海：中國歷代詩》 瀋陽市 遼海

出版社　1998年
羅青著　《荷馬史詩研究：詩魂貫古今》　臺北市　臺灣學生書局　1994年
羅曼．英加登著　陳燕谷等譯　《對文學的藝術作品的認識》　臺北市　商鼎文化出版社　1991年
羅貫中　《三國演義》　高雄市　大眾書局　1973年
Abrams, M. H.. *The Norton Anthology of English Literature*, London: W. W. Norton & Company, 1993, 6th ed.
G．桑迪拉納　《冒險的時代》　北京市　光明日報　1989年
Mack et al ed. *The Norton Anthology of World Masterpieces*. London: W. W, Norton & Company, 1992. 6th ed.
R. F. Johnston.*Lion and Dragon in Northern China*. N.Y：Dutton, 1910.

（二）修辭學類

中國修辭學會　《修辭論叢》　臺北市　洪葉文化　1999年
仇小屏　《篇章結構類型論》　臺北市　萬卷樓圖書公司　2000年
文史哲出版社編輯　《修辭類說》　臺北市　文史哲出版社　1980年
王　協　《中國文法學初探》　臺北市　臺灣商務印書館　1968年
古遠清、孫光萱　《詩歌修辭學》　臺北市　五南書局　1997年
成偉鈞、唐仲揚、向宏業　《修辭通鑒》　北京市　中國青年出版社　1991年
何淑貞　《古漢語語法與修辭研究》　臺北市　福記出版社　1987年
吳正吉　《活用修辭》　高雄市　復文出版社　1984年
吳燈山　《修辭常見的毛病》　臺北市　光復出版社　1997年
吳禮權　《中國現代修辭學通論》　臺北市　臺灣商務印書館　1998年
杜淑貞　《兒童文學與現代修辭學》　臺北市　富春出版社　1991年

沈　謙　《文心雕龍與現代修辭學》　臺北市　益智書坊　1990年
———　《修辭方法析論》　臺北市　宏翰文化事業公司　1992年
———　《修辭學》　臺北市　空中大學　1991年
林月仙　《實用修辭學》　臺北市　偉文出版社　1978年
徐芹庭　《修辭學發微》　臺北市　臺灣中華書局　1971年
張文治　《古書修辭例》　臺北市　臺灣中華書局　1962年
張志公　《修辭概要》　上海市　上海教育出版社　1982年
———　《修辭概要》　臺北市　書林出版有限公司　1997年
張志公　劉蘭英　孫全洲　《語法與修辭》　臺北市　新學識文教出版中心　1990年
張春榮　《修辭行旅》　臺北市　東大出版社　1996年
———　《修辭散步》　臺北市　東大出版社　1991年
———　《修辭萬花筒》　臺北市　駱駝出版社　1996年
張春榮、顏藹珠　《英語修辭學》　臺北市　文鶴出版社　1997年
張煉強　《修辭》　北京市　首都師範大學　1995年
陳介白　《修辭學講話》　臺北市　啟明書局　1958年
陳介白等撰　《修辭學研究》　臺北市　信誼出版社　1978年
陳望道　《修辭學發凡》　臺北市　文史哲出版社　1989年
陸松齡　《日本語修辭學》　臺北市　亞太圖書　1994年
傅隸樸　《修辭學》　臺北市　正中書局　1969年
復旦大學中國語言文學系　《修辭學習》　上海市　復旦大學出版社　1982年
黃永武　《字句鍛鍊法》　臺北市　洪範書店　1986年
黃漢生　《修辭漫議》　北京市　書目文獻出版社　1983年
黃慶萱　《修辭學》　臺北市　三民書局　1975年
楊子嬰、孫方銘、王宜早　《文學和語文裡的修辭》　香港　麥克米倫

出版公司　1987年
董季棠　《修辭析論》　臺北市　益智書坊　1981年
———　《重校增訂修辭析論》　臺北市　文史哲出版社　1994年
蔡謀芳　《表達的藝術》　臺北市　三民書局　1990年
黎運漢、章維耿　《現代漢語修辭》　臺北市　書林出版公司　1991年
顏藹珠、張春榮編　《英語修辭學》　臺北市　文鶴出版公司　1993年
譚全基　《修辭新天地》　臺北市　書林出版公司　1993年
———　《修辭精華百例》　臺北市　書林出版公司　1993年
關紹箕　《實用修辭學》　臺北市　遠流出版公司　1993年

（三）歷史類

木鐸出版社　《南北朝史話》　臺北市　木鐸出版社　1987年
王仲犖　《魏晉南北朝史》　上海市　上海人民出版社　1979年
王兆春　《中國歷代名將傳》　臺北市　建宏出版社　1993年
王　恢　《中國歷史地理：歷代疆域形勢》　臺北市　臺灣學生書局　1984年
王　齊　《中國古代的遊俠》　北京市　商務印書館　1997年
白話史記編輯委員會　《白話史記》　臺北市　聯經出版社　1993年
安作璋主編　《山東通史：魏晉南北朝卷》　濟南市　山東人民出版社　1994年
江灝、錢宗武譯　《尚書》　臺北市　地球出版社　1994年
吳小如、莊銘權編著　《中國文史工具資料書舉要》　臺北市　天工出版社　1993年
呂思勉　《三國史話》　臺北市　臺灣開明出版社　1960年
李小樹　《秦漢魏晉南北朝監察史綱》　北京市　社會科學文獻出版社　2000年

李永熾編撰 《歷史的長城》 臺北市 時報文化出版企業公司 1981年
李宗侗 《中國史學史》 臺北市 中國文化大學 1991年
杜維運 《中國史學史》 臺北市 時報文化出版企業公司 2000年
林惠祥 《中國民族史》 北京市 商務印書館 1998年
金靜庵編著 《中國史學史》 臺北市 大華初版社 1998年
段 芝 《中國神話》 臺北市 地球出版社 1994年
孫長來 《宮廷劍影：中國歷代帝位之爭》 瀋陽市 遼海出版社 1998年
祝秀俠 《三國人物論》 臺北市 正中書局 1971年
荀 悅 《漢紀》 臺北市 臺灣商務印書館 1971年
袁 宏 《後漢記》 臺北市 臺灣商務印書館 1971年
高似孫 《史略》 臺北市 臺灣商務印書館 1971年
張開沅、張正明、羅福惠主編 《湖北通史：魏晉南北朝卷》 武漢市 華中師範大學 1999年
梁啟超 《中國歷史研究法補編》 臺北市 臺灣商務印書館 1973年
郭琦、史念海等著 《陝西通史：魏晉南北朝卷》 西安市 陝西師範大學 1997年
陳寅恪 《魏晉南北朝史講演錄》 合肥市 黃山書社 1987年
陶 杰 《愛國英豪：中華愛國人物》 瀋陽市 遼海出版社 1998年
傅振倫 《中國方志學通論》 臺北市 臺灣商務印書館 1970年
傅樂成 《中國通史・上冊》 臺北市 大中國圖書公司 1992年
馮寶志 《文明曙光－上古、秦代卷》 香港 中華書局 1992年
楊 侃 《兩漢博聞》 臺北市 臺灣商務印書館 1971年
詹冠群、詹冠津 《古代名將傳奇》 臺北市 可筑書房 1994年
黎東方 《先秦史》 臺北市 臺灣商務印書館 1974年
黎 虎 《魏晉南北朝史論》 北京市 學苑出版社 1999年

瀧川龜太郎　《史記會注考證》　臺北市　宏業書局　1992年

（四）軍事政治類

三軍大學中國歷代戰爭史編纂委員會編著　《中國歷代戰爭史》　臺北市　黎明文化事業公司　1963年
上海辭書出版社主編　《中國軍事史大世記》　上海市　上海辭書出版社　1996年
毛振發、田玄、彭訓厚　《中國謀略大師》　臺北市　風雲出版社　1995年
王子令　《中國古代行旅生活》　北京市　商務印書館　1996年
王建東　《孫子兵法》　臺北市　鐘文出版社　2000年
王貴元、葉桂剛、曾胡主編　《中國古兵書名著精華》　北京市　警官教育出版社　1992年
王輝強　《歷代軍事文物奇觀：華夏瑰寶》　北京市　解放軍出版社　1998年
史美珩　《古典兵略》　瀋陽市　遼寧教育出版社　1993年
朱向前　《軍旅文化史論》　北京市　東方出版社　1998年
何曉明　《兵家韜略》　武漢市　湖北教育出版社　1996年
余華青　《權術論》　臺北市　稻田出版公司　1997年
李新達主編　《中國軍事制度史：武官制度卷》　鄭州市　大象出版社　1997年
李零主編　《中國兵書名著今譯》　北京市　軍事譯文出版社　1992年
周碧松、余巧華　《話說中國歷代軍事技術：璀璨的名珠》　北京市　解放軍出版社　1998年
林鬱主編　《西方謀略家格言集》　臺北市　吳氏圖書　1995年
金基洞　《中國歷代兵法家軍事思想》　臺北市　幼獅文化事業公司

1987年
約米尼著　紐先鍾譯《戰爭藝術》臺北市　麥田出版社　1996年
胡果文《軍事藝術》上海市　上海古籍出版社　1996年
孫光大、李萬壽、黃滌明、袁華忠譯《白話真觀政要》臺北市　地球出版社　1994年
孫武著　周亨祥譯注《孫子》臺北市　地球出版社　1994年
徐兆仁《三國韜略》北京市　中國人民大學出版社　1995年
高柏園〈墨子與孟子對戰爭之態度〉收入淡江大學中文系主編《戰爭與中國社會之變動》臺北市　臺灣學生書局　1991年
高銳主編《中國軍事史略・上冊》北京市　軍事科學出版社　1992年
尉繚著　劉春生譯注《尉繚子全譯》貴陽市　貴州人民出版社　1990年
張文強《中國魏晉南北朝軍事史》北京市　人民出版市　1994年
張守軍《中國古代的賦稅與勞役》北京市　商務印書館　1998年
張秦洞《軍服文化漫談：鐵甲征衣》北京市　解放軍出版社　1998年
張習孔、林岷《中國古代著名戰役》北京市　商務印書館　1996年
張曉生、劉文彥《中國古代戰爭通覽》臺北市　雲龍出版社　1998年
郭紹宗《現代國防》臺北市　正中書局　1983年
陳明光《中國古代的納稅與應役》北京市　商務印書館　1996年
陳琳國《魏晉南北朝政治制度研究》臺北市　文津出版社　1994年
曾國垣《先秦戰爭哲學》臺北市　臺灣商務印書館　1972年
黃水華《中國古代兵制》北京市　商務印書館　1998
黃崇岳主編《中國歷朝行政管理》北京市　中國人民大學　1998年
赫治清　王曉衛《中國兵制史》臺北市　文津出版社　1997年
趙冬梅《歷史上的武舉和武學：武道彷徨》北京市　解放軍出版社　1999年

趙海軍、毛笑冰　《中國古代的軍事》　臺北市　文津出版社　2001年
趙運仕　《古代邊塞詩精選點評》　桂林市　廣西師範大學　1995年
趙鑫珊、李毅強　《戰爭與男性荷爾蒙》　臺北市　臺灣學生書局　1997年
劉志義主編　《中國叛亂實錄》　濟南市　齊魯書社　1999年
劉昭祥主編　《中國軍事制度史：軍事組織體制編制卷》　鄭州市　大象出版社　1997年
劉洪濤　《中國古代士兵生活與爭戰》　北京市　商務印書館　1997年
黎聖倫　《心理作戰政策論》　臺北市　正中書局　1956年
黎聖倫　《戰爭心理學》　臺北市　幼獅書店　1964年
蕭孝嶸　《軍事心理》　臺北市　正中書局　1941年
鍾鳳鳴　《心戰戰法研究》　臺北市　正中書局　1962年
Baron De Joinini原作　鈕先鍾譯　《戰爭藝術》　臺北市　武學出版文化　1954年
James F. Dunnigan著　劉正侃譯　《戰爭之道》　臺北市　黎明文化事業基金會　1985年
Lawrence Leshan著　劉麗真譯　《戰爭心理學》　臺北市　麥田出版社　1995年

（五）其他

于占濤　《一統下的爭鳴：魏晉南北朝哲學》　瀋陽市　遼海出版社　1998年
大衛・鮑得威爾著　李顯立、吳佳琪、游惠貞譯　《電影敘事　劇情片中的敘述活動》　臺北市　遠流出版公司　1999年
木鐸出版社　《中國哲學小史》　臺北市　木鐸出版社　1986年
王　力　《中國語言學史》　臺北市　谷風出版社　1987年

王世德 《影視審美學》 北京市 北京廣播學院 1999年
王邦雄、岑溢成、楊祖漢、高柏園編著 《中國哲學史》 臺北市 國立空中大學 2005年
王金標 《社會安全制度》 臺北市 正中書局 1983年
王處輝 《中國社會思想史》 天津市 南開大學 2001年
王繼如、楊墨秋 《古代士人處世之道》 北京市 華文出版社 1997年
古旻生、詩小玲 《藝術概論》 臺北市 古今文化 1998年
左紀國 《國際社會之分子》 臺北市 正中書局 1978年
瓦西列夫著 趙永穆譯 《情愛論》 臺北市 人間出版社 1988年
瓦倫汀著 潘智彪譯 《實驗審美心理學》 臺北市 商鼎出版社 1994年
瓦納西布茲著 張祖建譯 〈距離與視角 類別研究〉收入王泰來等編譯 《敘事美學》 重慶市 重慶出版社 1987年
多湖輝著、陸明譯 《深層說服術》 臺北市 大展出版社 1995年
牟宗三 《中國哲學十九講》 臺北市 臺灣學生書局 1997年
西爾格德等著 鄭伯壎、張東峰編譯 《心理學》 臺北市 桂冠圖書公司 1988年
宋明順 《現代社會與社會心理》 臺北市 正中書局 1984年
李春青 《魏晉清玄》 臺北市 雲龍出版社 1995年
李致忠 《古書版本學概論》 北京市 北京圖書館 1998年
李德哈特著 鈕先鍾譯 《殷鑑不遠》 臺北市 國防部編譯局 1973年
李澤厚 《美的歷程》 臺北市 谷風出版社 1987年
李澤厚、劉綱紀主編 《中國美學史》 臺北市 谷風出版社 1987年
周 緯 《中國兵器史稿》 臺北市 明文出版公司 1981年
宗白華 《美從何處尋》 板橋市 駱駝出版社 1987年
松本一男 《中國亂世人際學》 臺北市 新潮社出版 1995年

金公亮編著 《中國哲學史》 臺北市　正中書局　1981年
金文傑 《大易探微》 臺北市　千華出版社　1989
金開誠、《文藝心理學概論》 北京市　北京大學　1999年
阿倫森原著　詹克明編譯 《社會心理學》 臺北市　五洲出版社　1986年
俞汝捷 《人心可測：小說人物心理探索》 臺北市　淑馨出版社　1995年
姚名達 《中國目錄學史》 北京市　商務印書館　1998年
班納迪克安德森著　吳叡人譯 《想像的共同體：民族主義的起源與散佈》 臺北市　時報文化出版企業公司　1999年
馬成源 《中國青銅器》 上海市　上海古籍出版社　1997年
張少康 《古典文藝美學論稿》 臺北市　淑馨出版社　1989年
張慈涵 《大眾傳播心理學》 臺北市　鳴華出版社　1975年
張耀翔 《情緒心理》 臺北市　臺灣商務印書館　1947年
梁啟超 《中國學術思想變遷之大勢》 臺北市　臺灣中華書局　1974年
郭大傅 《怎樣寫議論文》 臺北市　華國出版社　1953年
陳小芬譯 《幼兒發展與輔導》 臺北市　五南書局　1994年
陳榮灼 《「現代」與「後現代」之間》 臺北市　時報文化出版企業公司　1992年
章啟群 《論魏晉自然觀》 北京市　北京大學　2000年
傅　剛 《魏晉風度》 上海市　上海古籍出版社　1997年
勞思光 《新編中國哲學史》 臺北市　三民書局　1995年
勞倫茲著　王守珍、吳月嬌譯 《攻擊與人性》 臺北市　遠景出版社　1975年
童慶炳 《中國古代心理詩學與美學》 臺北市　萬卷樓圖書公司　1994年

賀昌群　《魏晉清談思想初論》　北京市　商務印書館　2000年

黃葳威　《文化傳播》　臺北市　正中書局　1999年

楊　泓　《中國古兵器論叢》　臺北市　明文出版社　1983年

管錫華　《校勘學》　合肥市　安徽教育出版社　1998年

蓋瑞忠　《藝術概論》　臺北市　文京圖書　1999年

劉　正　《周易通說講義》　臺北市　千華出版社　1996年

劉鴻模　《愛情美學》　哈爾濱市　黑龍江人民出版社　1991年

歐賓斯坦著　萬德群譯　《當代各種主義之比較研究》　臺北市　國防部總政治作戰部　1980年

鄭貞銘　《大眾傳播學理》　臺北市　華欣出版社　1974年

謝思煒　〈文人形象的歷史演變〉　收入聶石樵主編　《古代文學中人物形象論稿》　北京市　北京師範大學　2000年

韓逋仙　《中國中古哲學史要》　臺北市　正中書局　1980年

蘇珊・郎格著　劉大基、傅志強、周發祥譯　《情感與形式》　臺北市　商鼎文化　1991年

龔鵬程　《美學在臺灣的發展》　嘉義市　南華管理學院　1998年

Dr. Eric Berne著　謝玉麗、王引子合譯　《語意與心理分析》　臺北市　國際文化　1974年

Evans, Dylan. *An Introduction of Lacanian Psychoanalysis*. New York Routledge,1996.

J.A.C.Brown著　周恃天譯　《說服技術》　臺北市　黎明出版社　1971年

Werner J. Severin , James W. Tankard, Jr.著　孟淑華譯　《傳播理論》　臺北市　五南書局　1995年

二　學位論文類

王子彥　《南朝游俠詩研究》　臺北市　淡江大學中國文學研究所碩士論文　1995年

王銘惠　《魏晉詩歌悲怨意識之研究》　新北市　華梵大學東方人文思想研究所碩士論文　1999年

包美珍　《魏晉南北朝詩及作者的地理分佈》　香港　香港能仁書院中國文學研究所碩士論文　1984年

朴美玲　《世說新語中所反映的思想研究》　臺北市　中國文化大學文學研究所碩士論文　1989年

朴貞玉　《三曹詩賦考》　臺北市　國立臺灣師範大學國文研究所碩士論文　1984年

吳惠玲　《《世說新語》之人物美學研究》　臺北市　臺灣師範大學國文研究所碩士論文　1998年

吳順令　《先秦軍事謀略思想研究》　臺北市　臺灣師範大學國文研究所博士論文　1992年

呂立德　《文心雕龍時序篇研究》　高雄市　高雄師範大學國文研究所碩士論文　1990年

李正治　《六朝詠懷組詩研究》　臺北市　臺灣師範大學國文研究所碩士論文　1980年

李清筠　《時空情境中的自我影像：以阮籍、陸機、陶淵明詩為例》　臺北市　臺灣師範大學國文研究所博士論文　1999年

李清筠　《魏晉名士人格研究》　臺北市　臺灣師範大學國文研究所碩士論文　1996年

林宴寬　《阮籍「自然與名教」思想析論》　臺北市　臺灣師範大學國

文研究所碩士論文　1998年

林素英　《從古代的生命禮儀透視其生死觀：以《禮記》為主的現代詮釋》　臺北市　臺灣師範大學國文研究所碩士論文　1993年

徐麗霞　《阮籍研究》　臺北市　臺灣師範大學國文研究所碩士論文　1979年

翁淑媛　《曹植散文研究》　臺北市　臺灣師範大學國文研究所碩士論文　1995年

袁美敏　《人品與文品相關性研究》　臺北市　臺灣師範大學國文研究所碩士論文　1992年

張芳鈴　《建安文學之探述》　臺北市　臺灣師範大學國文研究所碩士論文　1976年

梁美意　《三國故事戲曲之研究》　臺北市　臺灣師範大學國文研究所碩士論文　1980年

陳昌明　《六朝「緣情」觀念研究》　臺北市　臺灣大學中國文學研究所碩士論文　1987年

陳昌明　《從形體觀論六朝美學》　臺北市　臺灣大學中國文學研究所博士論文　1992年

陳晉卿　《六朝行旅詩之研究》　臺北市　淡江大學中國文學研究所碩士論文　1996年

陳義成　《漢魏六朝樂府研究》　新北市　輔仁大學中國文學研究所碩士論文　1973年

曾守正　《先秦兩漢文學言志思想的轉變及其文化意義：兼論與六朝文化的對照》　臺北市　臺灣師範大學國文研究所博士論文　1998年

黃水雲　《六朝駢賦研究》　臺北市　中國文化大學中國文學研究所博

士論文　1997年
楊國娟　《漢魏樂府詩美學研究》　香港　珠海大學中文研究所博士論文　1997年
楊淑華　《《文選》選詩研究》　臺北市　臺灣師範大學國文研究所碩士論文　1993年
賈元圓　《六朝人物品鑒與文學批評》　臺中市　東吳大學中國文學研究所碩士論文　1985年
劉瑞箏　《春秋軍制研究》　臺北市　臺灣師範大學國文研究所碩士論文　1988年
賴麗蓉　《魏晉「人物品鑑」研究——創造性審美活動的完成》　臺北市　臺灣師範大學國文研究所博士論文1996年
錢國盈　《魏晉人性論研究》　臺北市　臺灣師範大學國文研究所碩士論文　1991年

三　期刊類

王玫珍　〈元初詩人伯顏及其戰爭詩研究〉《嘉義技術學院學報》　第55期　1997年12月
朱西甯　〈朱西甯談戰爭文學〉《戰太平：戰爭文學專輯》　1981年8月
吳盈幸　〈魏晉南北朝馬術與射藝〉《體育與運動》　第85期　1993年6月
吳彩娥　〈追尋、回歸與超越——論魏晉南北朝詩夢意象的象徵意涵〉《國立政治大學學報》　第76期　1998年5月
瘂　弦　〈戰火紋身——尹玲的戰爭詩〉《現代詩》　第18期　1992年9月
林登順　〈魏晉南北朝胡人漢化之探析〉《嘉南學報》　第20期

1994年

林韻梅　〈悲情與反省——談戰爭詩歌中的含義〉《中國語文》 第74期　1994年3月

張娣明　〈《唐詩三百首》中修辭析論〉《第二屆中國修辭學國際學術研討會》 2000年

張娣明　〈《唐詩三百首》中誇飾修辭藝術〉《師大碩士論文發表會》2001年

張娣明　〈王粲從軍詩五首賞析〉《中國語文》 第2期第88卷　2001年

張娣明　〈王粲從軍詩修辭藝術〉《第三屆中國修辭學國際學術研討會》 2001年

張娣明　〈說弟〉《朝霞集》 第3集　1996年

莫　渝　〈熱血在我胸中沸騰：試析覃子豪的戰爭詩歌〉《文訊雜誌》第58期　1993年1月

文學研究叢書·古典詩學叢刊 0804009

戎馬不解鞍　鎧甲不離傍 2——養生、愛、戰爭的華語敘述

作　　者　張娣明　徐承毅
責任編輯　吳家嘉
特約校稿　林秋芬

發 行 人　陳滿銘
總 經 理　梁錦興
總 編 輯　陳滿銘
副總編輯　張晏瑞
編 輯 所　萬卷樓圖書股份有限公司
排　　版　浩瀚電腦排版股份有限公司
印　　刷　百通科技股份有限公司
封面設計　斐類設計工作室

發　　行　萬卷樓圖書股份有限公司
臺北市羅斯福路二段 41 號 6 樓之 3
電話 (02)23216565
傳真 (02)23218698
電郵 SERVICE@WANJUAN.COM.TW
大陸經銷　廈門外圖臺灣書店有限公司
電郵 JKB188@188.COM
香港經銷　香港聯合書刊物流有限公司
電話 (852)21502100
傳真 (852)23560735

ISBN 978-957-739-846-8
2016 年 3 月初版二刷
2014 年 2 月初版
定價：新臺幣 460 元

如何購買本書：
1. 劃撥購書，請透過以下郵政劃撥帳號：
帳號：15624015
戶名：萬卷樓圖書股份有限公司
2. 轉帳購書，請透過以下帳戶
合作金庫銀行　古亭分行
戶名：萬卷樓圖書股份有限公司
帳號：0877717092596
3. 網路購書，請透過萬卷樓網站
網址 WWW.WANJUAN.COM.TW
大量購書，請直接聯繫我們，將有專人為您服務。客服：(02)23216565 分機 10
如有缺頁、破損或裝訂錯誤，請寄回更換

國家圖書館出版品預行編目資料

戎馬不解鞍,鎧甲不離傍. 2, 養生、愛、戰爭的華語敘述 / 張娣明, 徐承毅著.
-- 初版. -- 臺北市：萬卷樓, 2014.02
面；　公分. -- (文學研究叢書)
ISBN 978-957-739-846-8(平裝)
1.中國詩 2.三國文學 3.詩評
820.91023　102027295